OCTAVE PARANGO

Frédéric Beigbeder est né en 1965. Romancier, feuilletoniste au *Figaro magazine*, il est notamment l'auteur de *L'amour dure trois ans* (1997), qu'il a porté à l'écran en 2012, *99 francs* (2000), adapté au cinéma en 2007, *Windows on the World* (2003, prix Interallié), *Au secours pardon* (2007), qu'il a adapté et réalisé en 2016 sous le titre *L'Idéal*, et *Un roman français* (2009, prix Renaudot). Il est également critique dans l'émission Le Masque et la Plume, sur France Inter.

Paru au Livre de Poche :

99 francs

L'amour dure trois ans

Au secours pardon

Conversations d'un enfant du siècle

Dernier inventaire avant liquidation

L'Égoïste romantique

🤣 ou L'homme qui pleure de rire

Je crois, moi non plus *(avec J.-M. di Falco)*

Oona & Salinger

Premier bilan après l'apocalypse

La Trilogie Marc Marronnier

Un roman français

Une vie sans fin

Vacances dans le coma

Windows on the World

FRÉDÉRIC BEIGBEDER

Octave Parango

ROMANS

99 francs

Au secours pardon

🤣 ou L'homme qui pleure de rire

Avant-propos par Marc Lambron, de l'Académie française

Préfaces par Frédéric Badré, Marin de Viry et Marc Lambron

GRASSET

Couverture : Studio LGF.

ISBN : 978-2-253-18982-4 – 1re publication LGF

Avant-propos

par Marc Lambron, de l'Académie française

On gagne parfois à ne pas s'inspirer des maîtres. Lorsque Paul Morand sollicita Marcel Proust pour une préface à son premier recueil de nouvelles, *Tendres stocks*, l'aîné déjà prestigieux dans certains cercles, nimbé d'un récent prix Goncourt, livra une dissertation générale sur le style en littérature, évoquant seulement l'espace de quelques lignes l'ouvrage de son cadet. Si j'étais Proust et si Beigbeder était Morand, voilà ce que l'auteur de la présente trilogie encourrait. Ce risque étant écarté, on peut donc en venir au sujet. Encore que, ces trois romans se suffisant à eux-mêmes, il serait tentant de recourir à ce que Roland Barthes nommait des *biographèmes,* tant le parcours de Frédéric Beigbeder s'est aussi sculpté en actes de vie, en attitudes revivifiant un dandysme de l'instant, à la Wilde ou à la Montesquiou, que l'on pourrait aussi rattacher, en plus électrique, à ce que le rock porte souvent de panache éphémère et d'élégance *destroy.*

En ouverture de ces trois romans qui, répétons-le, se recommandent d'eux-mêmes, on pourrait consigner quelques scènes vécues, desquelles émane à mon sens ce pouvoir latéral par lequel la littérature s'infuse dans la vie comme dans une texture de fiction. Autrement dit, comment Beigbeder, qui signa quelques films, agit aussi en tant que réalisateur et personnage de romans vrais dont seul le vent, ou un témoin qui s'y substitue parfois, conserve la trace. Admettons donc qu'une brise soulève ici une plume d'oie, faisant valoir la constance méritoire avec laquelle l'auteur de *99 francs* suscite du romanesque non scriptural, des scènes hors papier mais estampées en 3D. On sait que le mot « légende » qualifie en français ce qui est digne d'être lu et retenu, fût-ce dans les précaires alvéoles d'une mémoire humaine. Légendes beigbederiennes ? Au fil de ces choses vues, il faudrait se transformer en coccinelle à la Gotlib, tel un insecte tacheté se tenant discrètement sous de gros phylactères.

Août 1991. Un soir, par l'effet d'une proximité estivale, Frédéric Beigbeder vient en cours de vacances me cueillir dans une villa de Saint-Rémy-de-Provence. Son épouse d'alors, Diane, tient le volant de la décapotable. Il se dégage d'eux une impression très charmante, très Scott Fitzgerald avant les abysses. Nous roulons à travers la nuit des Alpilles jusqu'à la maison qu'Inès de La Fressange partage avec son amie Nicole Wisniak. On annonce pour la soirée une pluie d'étoiles filantes – il s'agit d'un phénomène astral et non d'une invasion de *people.* La capricante Inès a l'idée de déployer sur la pelouse une grande bâche circulaire, tout le monde se glisse sous la bâche, seules les têtes dépassent. On dirait la corolle d'une fleur nocturne dont les pétales seraient des visages tournés vers le ciel. C'est assez californien, assez néo-hippie, un mandala d'étoffes posé sur le gazon avec des têtes parlantes, comme une étoile polycéphale et terrienne sous des astéroïdes striant le firmament. Je puis donc témoigner que Beigbeder, en tant que pétale, peut accéder à ce psychédélisme dont on prétend qu'il l'atteint seulement en usant de divers adjuvants. Cet auteur mérite d'être exonéré des calomnies dont il s'accable parfois lui-même.

Printemps 1997. En ces années-là, il prend à Beigbeder la fantaisie de créer un prix littéraire, ou plutôt deux en un, le prix du roman bien et le prix du roman nul. À cette fin, il réunit un jury dédoublé en deux sessions, l'une de droite et l'autre de gauche, selon la sensibilité politique des membres. Je suis le seul participant à siéger aux deux, *en même temps.* Les délibérations ont lieu au Traveller's, ce club des Champs-Élysées ayant son siège dans l'ancien hôtel particulier d'une grande horizontale du Second Empire, la Païva, l'un des modèles de la Nana d'Émile Zola. Par ce tropisme qui oscille chez Beigbeder entre esprit français et spiritueux internationaux, la récompense en est une caisse de whisky Bushmills. La vodka sera pour plus tard. Je me souviens que le prix du roman nul fut décerné une année à Yves Simon, ce qui n'était pas gentil. Puis le jury initial fut augmenté quand il migra vers un café de la rive gauche pour devenir celui du prix de Flore. Sollicité à cette époque pour être également membre du jury du prix des Deux-Magots, j'acceptai selon une habitude déjà installée du *en même temps,* ce qui me faisait l'homme-lige de deux tenanciers d'établissements riverains, l'un tenu par un Serbe et l'autre par un Auvergnat. Sur les instances du premier, un Beigbeder bien embêté me signifia que, en matière de jury de cafés, je ne pouvais être *bi*. Je fus donc épuré du prix de Flore, ostracisme prémonitoire puisque je démissionnai quelques années plus tard du prix des Deux-Magots. On voit par là que des querelles considérables adviennent à l'ombre du clocher de l'église Saint-Germain-des-Prés, ancienne abbaye royale fondée au VIe siècle par le roi mérovingien Childebert Ier, non loin de laquelle un auteur nommé Frédéric Beigbeder vécut au XXIe siècle.

Printemps 2004. On célèbre les vingt ans du Caca's Club, fondé en 1984. Au départ, un cénacle de jeunes gens dissolus et bien élevés acoquinés avec Jean Castel pour revivifier la nuit parisienne. Principe : une fiesta tous les deux mois en attirant chez Castel les plus jolies filles de leur génération. N'étant pas l'une d'entre elles, je m'y vois toutefois convié régulièrement par un Beigbeder juvénile mais déjà respectueux des grandeurs d'établissement, je parle de ceux qui sont munis d'un bar, avant de songer à ceux qui vous abritent sous une coupole. Outre le Frédéric des Sciences-Po, les batteurs d'estrade se nommaient alors Édouard Baer, Ariel Wizman, Guillaume Rappeneau, Mathieu Cocteau. Il y eut « Le bal des dégoûtantes » – tous les garçons déguisés en travestis éméchés. Puis la fête en treillis « Retour du service militaire ». Ainsi que la soirée « École primaire » où les filles parurent en jupe plissée-socquettes blanches et les garçons en culottes courtes. Chacun fit ensuite son chemin. Au printemps 2004, donc, soirée commémorative : Beigbeder, devenu le Morny du nightclubbing, avait convié son petit monde au cinquante-sixième étage de la tour Montparnasse avec pour thème les éternelles années 1960, celles du berceau de la plupart des participants, en une régression œdipienne et dipsomane. Le carton d'invitation préconisait, pour les garçons, la « tenue Austin Powers ou Peter Sellers », et pour les filles la tenue « Darling Shaggadelic Groovy Horny Barbarella Bitch ». Le résultat ne manquait pas d'éclat : robes à sequins, perruques afro, bottes façon Nancy Sinatra, chemises à jabots, minijupes fluos, lunettes rondes à la Lennon, tuniques indiennes, pendentifs « Love and Peace », l'ensemble faisant très Carnaby Street-Beverly Hills 1966. Il y avait un light-show avec des lampes blob, des protozoaires orange, des chansons de Shirley Bassey et des musiques de Henry Mancini. On voit par là que Beigbeder, esthète de l'éphémère autant qu'altruiste émérite, aura su tel un seigneur du Grand Siècle organiser ses plaisirs de l'Isle enchantée. En 2004, les anciens du Caca's n'avaient pas tellement changé, sinon que des jeunes filles au pair gardaient les enfants à la maison. On pressentait une génération qui aurait dix-neuf ans jusqu'à cinquante-cinq ans.

Mars 2009. Étrange récurrence, de nouveau la tour Montparnasse pour une scène de genre. Proche de Michel Houellebecq, Marin de Viry a proposé à l'auteur déprimiste un dîner dans un restaurant de son choix. C'est celui de la tour Montparnasse qui a été retenu, prisé des touristes japonais et réputé pour son plateau de fromages. Au début, nous sommes quatre autour de la table : Houellebecq, Beigbeder, Viry et moi. Beigbeder a sous le bras le manuscrit de son prochain livre, *Un roman français*, qui doit paraître en août chez

Grasset. « Je vais quand même vérifier que c'est bien », dit Houellebecq en s'en emparant. Puis la conversation vient sur le chien de ce dernier, depuis lors disparu, qui venait de concevoir deux chiots et deux petites chiennes. Le chien Clément est un corgi, espèce prisée par le romancier Stephen King et la reine d'Angleterre. « Tu as assisté à la saillie ? », demande Beigbeder. « Non, pour moi c'est un peu comme mon enfant », répond Houellebecq. Frédéric Beigbeder, lui-même père d'une fille de neuf ans, renchérit : « Bientôt, je ne pourrai plus aller dans une boîte de nuit sans y rencontrer ma fille. Je devrais peut-être me retirer dans une ferme. » On sait que cette ferme a pris plus tard l'aspect d'une villa basque.

Ce soir-là, nous attendons Iggy Pop. L'ancien chanteur des Stooges vient de composer un album, *Préliminaires*, inspiré par *La Possibilité d'une île* de Houellebecq. Le voici, vêtu d'un blouson noir zippé, flanqué de son imprésario et de son épouse, une charmante Afro-Américaine prénommée Nina. Tout de suite, on parle de Sarkozy. « Quand je le vois à la télé, commente Iggy, il me rappelle l'époque où je prenais des substances. » Le chanteur précise avoir rencontré Carla Bruni à deux reprises. La première fois, approché par Léos Carax pour un film qui ne se fit pas. La seconde, lors d'une remise de médailles des Arts et Lettres : Iggy était fait officier alors que Carla n'était que chevalier. Pour l'heure, il revient des obsèques du guitariste historique des Stooges, Ron Asheton, son complice depuis 1967. « I'm not a funeral guy », dit Iggy. Il n'aime pas les obsèques. « Moi non plus, renchérit Houellebecq, mais ça nous arrivera de plus en plus ». Au milieu de ces propos non dénués d'une certaine tonalité absurde et prudhommesque, bien dans la note du moment, les bouteilles de Pape Clément circulent. Le chanteur-iguane raconte comment il a rencontré Nina. Roulant dans Miami au volant de sa Cadillac Cherry Pink modèle 1968, il a aperçu cette fille magnifique sur le trottoir : coup de foudre. Là-dessus arrivent la romancière Lolita Pille et l'alors fiancée de Beigbeder, Priscilla. Houellebecq en profite pour dégommer la précédente, Laura Smet. Les fromages sont succulents. On ne les sniffe pas avec une paille. Une pluie fine commence à tomber. Au moment de nous séparer, Iggy Pop m'embrasse sur les deux joues. On voit par là que la proximité de Beigbeder peut porter un chanteur plusieurs fois épargné par l'électrocution, y compris psychique, à des gestes tendres.

J'ai enchâssé ici ces scènes comme autant de cartouches mémoriels. Il est difficile d'être contre Sainte-Beuve quand l'on a prisé les beuveries, mais c'est pour dire que si la littéralité intérieure d'un écrivain se tient dans ses livres, le roman de la vie, en ce qu'il a de friable et de non consigné, vaut aussi comme illustration d'une saga de soi-même. Frédéric Beigbeder, auteur, critique littéraire et metteur en scène du réel, est l'un des rares spécimens de la place qui maîtrise à la fois les profils de Bret Easton Ellis, Albert Thibaudet et Hugh Hefner. On aurait scrupule à surcharger de glose les trois romans du cycle Octave Parango rassemblés dans le présent volume, car c'est en tournant les pages qu'ils parleront pour eux-mêmes. En somme, le détour de Proust avec Morand n'était pas si mauvais : en évitant la paraphrase, un préfacier pointe l'au-delà des textes, là où se tient cette singularité plus englobante, et plus mystérieuse, qui fait d'une vie un style, et d'un style une vie.

99 francs

Préface par Frédéric Badré

Préface

Extension du domaine de la pub

par Frédéric Badré

Tout est sous contrôle. Ce que Debord nomme « le spectaculaire intégré » impose maintenant sa dictature totale. Le réel n'existe plus, simplement sa représentation. Le nihilisme marchand impose sa loi partout, soumettant le monde à une crise qui ne cesse de s'approfondir.

Ce contrôle planétaire, comment le raconter ? Une transposition artistique de ce phénomène est-elle possible ? Dit autrement, comment mener la guerre ? La représentation littéraire est en recomposition à partir de ces données. Sommairement, deux pôles émergent. D'un côté, des actes poétiques isolés, des éclairs au-dessus du désert. Ces écrivains ont en général récapitulé à leur manière l'histoire des avant-gardes, de Dada à *Tel Quel*. Leurs livres ? Eh bien, par exemple : *Sa vie, son œuvre* de Bernard Lamarche-Vadel, *L'Antéforme* de Medhi Belaj Kacem ou *Ma tête en liberté* de François Meyronnis.

De l'autre côté se regroupent les écrivains de la « nouvelle tendance », cette littérature post-naturaliste d'un monde déshumanisé par l'économie, où le corps humain est traité comme un déchet, où la psychologie n'existe plus, où le sexe et l'argent surnagent comme opérateurs de réduction. La violence gore qui caractérise souvent ces ouvrages correspond à la violence nihiliste qui réduit tout à rien. Ces écrivains maîtrisent en général l'esprit de la contre-culture des années 70 : des films comme *Pulp Fiction* sont aussi une référence. Le best-seller mondial de cette littérature est le roman de Bret Easton Ellis, *American Psycho*. En France, aux côtés de Virginie Despentes, de Régis Jauffret, Michel Houellebecq incarne cette mutation littéraire. Mais voilà que le titre lui est aujourd'hui disputé.

La mise en scène du désespoir accompagnée de sa théorie d'*Extension du domaine de la lutte* (le point de vue de la victime), combinée à la froide mécanique cynique d'*American Psycho* (le dérèglement du point de vue du vainqueur) a donné naissance cet automne à *99 francs*, le quatrième roman de Frédéric Beigbeder, son livre le plus ambitieux. *99 francs* décrit frontalement la force néantisante à l'œuvre sur toute la planète. Son bras armé ? La publicité.

La publicité, c'est le domaine public en général. Sa fonction, faire connaître et vendre. Elle est donc par essence la fiction, dans un espace où la marchandise est un absolu. Il restait à écrire la fiction de cette fiction.

À partir de l'univers de la publicité, avec ses signes de reconnaissance, son vocabulaire, ses rites, ses clichés, Beigbeder éclaire l'envers de l'histoire contemporaine.

Son héros, Octave, invente des slogans publicitaires. Le nez chargé de cocaïne, il asservit le verbe à la propagande marchande. Octave est l'esclave des marques et des « procteriens » qui soumettent ses trouvailles à l'idée qu'ils se font de la « mongolienne de moins de 50 ans », la cliente idéale. À travers les péripéties d'Octave, Beigbeder montre la véritable nature d'une société sous le contrôle de la publicité. Il dénonce un système totalitaire, qu'il met en parallèle avec le système nazi (« la publicité a fait élire Hitler »), sa nature guerrière et les slogans de Goebbels étant comparables, toutes choses égales par ailleurs, à ceux de cet univers motivé par une seule obsession : vendre. Deux critères structurent le cerveau de ces maîtres du monde : « Tout est provisoire », et « Tout s'achète », en particulier ce roman, au titre (et au contenu) lucide.

Car Beigbeder écrit dans l'explicite conscience du mal. Il use des moyens du milieu qu'il décrit pour les retourner contre lui, impliquant le lecteur dans sa combinaison au passage, Beigbeder compte vendre à la France l'histoire de son aliénation. C'est pourquoi son langage n'est rien d'autre qu'un instrument de communication, lequel doit produire immédiatement ses effets. Les phrases sont parasitées par des slogans, des formules, des détournements de clichés, des jeux de mots, des effets de surface. C'est très efficace, avec une férocité masochiste très amusante. *99 francs* est une chronique impitoyable de son temps.

Octave est le maître du monde mais il est désespéré. En dépit d'une soumission intéressée au principe de réalité (cette organisation, il ne l'a pas voulue, mais elle le paye très bien), il a mauvaise conscience. Par ailleurs, il se dégoûte. Il a peur de mourir, peur de la solitude, peur des femmes, peur des enfants, peur de la pauvreté, peur de la maladie. Pour se racheter (car il a déjà tout acheté), Octave décide de trahir son milieu, et de dévoiler ses turpitudes.

Piqué par son désespoir et sa haine de soi, Octave se dénude, et pousse le délire jusqu'au crime. Beigbeder a réussi le portrait d'un phobique exhibitionniste.

Où s'en va l'espoir ? La confession d'un fils de pub suffit-elle à le sauver et à sauver le monde ? Le mal conduit à la mort, à l'enfer. La culpabilité se paye comme le reste, mais dans une monnaie différente. Octave, après un meurtre rocambolesque, est en prison. Il médite dans sa cellule son échec. Il se sent bien. Nous assistons, médusés, au destin pathétique d'un cynique qui rêve, sans y croire une seconde, à l'innocence.

Bruno Le Moult est parti.
Ce livre était pour lui.

Puisque c'est ainsi,

Je le donne à Chloë
Qui vient d'arriver.

« Il n'y a, bien entendu, aucune raison pour que les totalitarismes nouveaux ressemblent aux anciens. Le gouvernement au moyen de triques et de pelotons d'exécution, de famines artificielles, d'emprisonnements et de déportations en masse, est non seulement inhumain (cela, personne ne s'en soucie fort de nos jours) ; il est – on peut le démontrer – inefficace : et, dans une ère de technologie avancée, l'inefficacité est le péché contre le Saint-Esprit. Un État totalitaire vraiment "efficient" serait celui dans lequel le tout-puissant comité exécutif des chefs politiques et leur armée de directeurs auraient la haute main sur une population d'esclaves qu'il serait inutile de contraindre, parce qu'ils auraient l'amour de leur servitude. La leur faire aimer – telle est la tâche assignée dans les États totalitaires d'aujourd'hui aux ministères de la propagande, aux rédacteurs en chef de journaux et aux maîtres d'école. »

Aldous HUXLEY, nouvelle préface au
Meilleur des mondes, 1946.

« On nous inflige
Des désirs qui nous affligent. »

Alain SOUCHON,
Foule sentimentale, 1993.

« Le capitalisme a survécu au communisme.
Il ne lui reste plus qu'à se dévorer lui-même. »

Charles BUKOWSKI,
Le capitaine est parti déjeuner et les marins se sont emparés du bateau, 1998.

THE NAMES HAVE BEEN CHANGED
TO PROTECT THE GUILTY.

I

JE

« Ce qu'on est incapable de changer,
il faut au moins le décrire. »

Rainer Werner FASSBINDER

1

Tout est provisoire : l'amour, l'art, la planète Terre, vous, moi. La mort est tellement inéluctable qu'elle prend tout le monde par surprise. Comment savoir si cette journée n'est pas la dernière ? On croit qu'on a le temps. Et puis, tout d'un coup, ça y est, on se noie, fin du temps réglementaire. La mort est le seul rendez-vous qui ne soit pas noté dans votre organizer.

Tout s'achète : l'amour, l'art, la planète Terre, vous, moi. J'écris ce livre pour me faire virer. Si je démissionnais, je ne toucherais pas d'indemnités. Il me faut scier la branche sur laquelle mon confort est assis. Ma liberté s'appelle assurance chômage. Je préfère être licencié par une entreprise que par la vie. CAR J'AI PEUR. Autour de moi, les collègues tombent comme des mouches : hydrocution dans la piscine, overdose de cocaïne maquillée en infarctus du myocarde, crash de jet privé, cabrioles en cabriolet. Or cette nuit, j'ai rêvé que je me noyais. Je me suis vu couler, caresser les raies manta, les poumons remplis d'eau. Au loin, sur la plage, une jolie dame m'appelait. Je ne pouvais lui répondre car j'avais la bouche pleine d'eau salée. Je me noyais mais ne criais pas au secours. Et tout le monde faisait pareil dans la mer. Tous les nageurs coulaient sans appeler à l'aide. Je crois qu'il est temps que je quitte tout parce que je ne sais plus flotter.

Tout est provisoire et tout s'achète. L'homme est un produit comme les autres, avec une date limite de vente. Voilà pourquoi j'ai décidé de prendre ma retraite à 33 ans. C'est, paraît-il, l'âge idéal pour ressusciter.

2

Je me prénomme Octave et m'habille chez APC. Je suis publicitaire : eh oui, je pollue l'univers. Je suis le type qui vous vend de la merde. Qui vous fait rêver de ces choses que vous n'aurez jamais. Ciel toujours bleu, nanas jamais moches, un bonheur parfait, retouché sur PhotoShop. Images léchées, musiques dans le vent. Quand, à force d'économies, vous réussirez à vous payer la bagnole de vos rêves, celle que j'ai shootée dans ma dernière campagne, je l'aurai déjà démodée. J'ai trois vogues d'avance, et m'arrange toujours pour que vous soyez frustré. Le Glamour, c'est le pays où l'on n'arrive jamais. Je vous drogue à la nouveauté, et l'avantage avec la nouveauté, c'est qu'elle ne reste jamais neuve. Il y a toujours une nouvelle nouveauté pour faire vieillir la précédente. Vous faire baver, tel est mon sacerdoce. Dans ma profession, personne ne souhaite votre bonheur, parce que les gens heureux ne consomment pas.

Votre souffrance dope le commerce. Dans notre jargon, on l'a baptisée « la déception post-achat ». Il vous faut d'urgence un produit, mais dès que vous le possédez, il vous en faut un autre. L'hédonisme n'est pas un humanisme : c'est du cash-flow. Sa devise ? « Je dépense donc je suis. » Mais pour créer des besoins, il faut attiser la jalousie, la douleur, l'inassouvissement : telles sont mes munitions. Et ma cible, c'est vous.

Je passe ma vie à vous mentir et on me récompense grassement. Je gagne 13 000 euros (sans compter les notes de frais, la bagnole de fonction, les stock-options et le golden parachute). L'euro a été inventé pour rendre les salaires des riches six fois moins indécents. Connaissez-vous beaucoup de mecs qui gagnent 13 K-euros à mon âge ? Je vous manipule et on me file la nouvelle Mercedes SLK (avec son toit qui rentre automatiquement dans le coffre) ou la BMW Z3 ou la Porsche Boxter ou la Mazda MX5. (Personnellement, j'ai un faible pour le roadster BMW Z3 qui allie esthétisme aérodynamique de la carrosserie et puissance grâce à son 6 cylindres en ligne qui développe 321 chevaux, lui permettant de passer de 0 à 100 kilomètres/heure en 5,4 secondes. En outre, cette voiture ressemble à un suppositoire géant, ce qui s'avère pratique pour enculer la Terre.)

J'interromps vos films à la télé pour imposer mes logos et on me paye des vacances à Saint Barth' ou à Lamu ou à Phuket ou à Lascabanes (Quercy). Je rabâche mes slogans dans vos magazines favoris et on m'offre un mas provençal ou un château périgourdin ou une villa corse ou une ferme ardéchoise ou un palais marocain ou un catamaran antillais ou un yacht tropézien. Je Suis Partout. Vous ne m'échapperez pas. Où que vous posiez les yeux, trône ma publicité. Je vous interdis de vous ennuyer. Je vous empêche de penser. Le terrorisme de la nouveauté me sert à vendre du vide. Demandez à n'importe quel surfeur : pour tenir à la surface, il est indispensable d'avoir un creux en dessous. Surfer, c'est glisser sur un trou béant (les adeptes d'Internet le savent aussi bien que les champions de Lacanau). Je décrète ce qui est Vrai, ce qui est Beau, ce qui est Bien. Je caste les mannequins qui vous feront bander dans six mois. À force de les placarder, vous les baptisez top models ; mes jeunes filles traumatiseront toute femme qui a plus de 14 ans. Vous idolâtrez mes choix. Cet hiver, il faudra avoir les seins plus hauts que les épaules et la foufoune dépeuplée. Plus je joue avec votre subconscient, plus vous m'obéissez. Si je vante un yaourt sur les murs de votre ville, je vous garantis que vous allez l'acheter. Vous croyez que vous avez votre libre arbitre, mais un jour ou l'autre, vous allez reconnaître mon produit dans le rayonnage d'un supermarché, et vous l'achèterez, comme ça, juste pour goûter, croyez-moi, je connais mon boulot.

Mmm, c'est si bon de pénétrer votre cerveau. Je jouis dans votre hémisphère droit. Votre désir ne vous appartient plus : je vous impose le mien. Je vous défends de désirer au hasard. Votre désir est le résultat d'un investissement qui se chiffre en milliards d'euros. C'est moi qui décide aujourd'hui ce que vous allez vouloir demain.

Tout cela ne me rend probablement pas très sympathique à vos yeux. En général, quand on commence un livre, il faut tâcher d'être attachant et tout, mais je ne veux pas travestir la vérité : je ne suis pas un gentil narrateur. En fait je serais plutôt du genre grosse crapule qui pourrit tout ce qu'il touche. L'idéal serait que vous commenciez par me détester, avant de détester aussi l'époque qui m'a créé.

N'est-il pas effarant de voir à quel point tout le monde semble trouver normale cette situation ? Vous me dégoûtez, minables esclaves soumis à mes moindres caprices. Pourquoi m'avez-vous laissé devenir le Roi du Monde ? Je voudrais percer ce mystère : comment, au sommet d'une époque cynique, la publicité fut couronnée Impératrice. Jamais crétin irresponsable n'a été aussi puissant que moi depuis deux mille ans.

Je voudrais tout quitter, partir d'ici avec le magot, en emmenant de la drogue et des putes sur une connerie d'île déserte. (À longueur de journée, je regarderais Soraya et Tamara se doigter en m'astiquant le jonc.) Mais je n'ai pas les couilles de démissionner. C'est pourquoi j'écris ce livre. Mon licenciement me permettra de fuir cette prison dorée. Je suis nuisible, arrêtez-moi avant qu'il ne soit trop tard, par pitié ! Filez-moi cent plaques et je déguerpis, promis-juré. Qu'y puis-je si l'humanité a choisi de remplacer Dieu par des produits de grande consommation ?

Je souris parce que, si ça se trouve, dès que ce livre sortira, au lieu d'être foutu à la porte, je serai augmenté. Dans le monde que je vais vous décrire, la critique est digérée, l'insolence encouragée, la délation rémunérée, la diatribe organisée. Bientôt on décernera le Nobel de la Provoc et je ferai un candidat difficile à battre. La révolte fait partie du jeu. Les dictatures d'autrefois craignaient la liberté d'expression, censuraient la contestation, enfermaient les écrivains, brûlaient les livres controversés. Le bon temps des vilains autodafés permettait de distinguer les gentils des méchants. Le totalitarisme publicitaire, c'est bien plus malin pour se laver les mains. Ce fascisme-là a retenu la leçon des ratages précédents (Berlin, 1945 et Berlin, 1989 – au fait, pourquoi toutes les barbaries sont-elles mortes dans la même ville ?).

Pour réduire l'humanité en esclavage, la publicité a choisi le profil bas, la souplesse, la persuasion. Nous vivons dans le premier système de domination de l'homme par l'homme contre lequel même la liberté est impuissante. Au contraire, il mise tout sur la liberté, c'est là sa plus grande trouvaille. Toute critique lui donne le beau rôle, tout pamphlet renforce l'illusion de sa tolérance doucereuse. Il vous soumet élégamment. Tout est permis, personne ne vient t'engueuler si tu fous le bordel. Le système a atteint son but : même la désobéissance est devenue une forme d'obéissance.

Vos destins brisés sont joliment mis en page. Vous-même, qui lisez ce livre, je suis sûr que vous vous dites : « Comme il est mignon, ce petit pubard qui crache dans la soupe, allez, à la niche, tu es coincé ici comme les autres, tu paieras tes impôts comme tout le monde. » Il n'y a aucun moyen d'en sortir. Tout est verrouillé, le sourire aux lèvres. On vous bloque avec des crédits à rembourser, des mensualités, des loyers à payer. Vous avez des états d'âme ? Des millions de chômeurs dehors attendent que vous libériez la place. Vous pouvez rouspéter autant que vous voulez, Churchill a déjà répondu : il a dit « c'est le pire système à l'exception de tous les autres ». Il ne nous a pas pris en traître. Il n'a pas dit le meilleur système ; il a dit *le pire.*

3

Ce matin à 9 heures, j'ai petit-déjeuné avec le Directeur du Marketing de la Division Produits Frais de Madone, l'un des plus grands groupes agroalimentaires du monde (84,848 milliards de francs de chiffre d'affaires en 1998, soit 12,935 milliards d'euros), dans un bunker d'acier et de verre décoré à la Albert Speer. Pour entrer là-dedans, il faut montrer patte blanche : l'empire du yaourt est sous haute sécurité. Jamais produits laitiers n'ont été si bien protégés. Il ne manque plus que la date limite de fraîcheur au-dessus des portes automatiques. On m'a filé une carte magnétique pour accéder aux ascenseurs et ensuite j'ai traversé un sas avec des tourniquets métalliques comme dans le métro et tout d'un coup je me suis senti hyper-important, comme si j'allais rendre visite au président de la République, alors que j'allais juste voir un vieux HEC en chemisette rayée. Dans l'ascenseur, je me suis récité un quatrain de Michel Houellebecq :

« *Les cadres montent vers leur calvaire*
Dans des ascenseurs de nickel
Je vois passer les secrétaires
Qui se remettent du rimmel. »

Et cela me faisait tout drôle de me sentir à l'intérieur d'un poème congelé.

À la réflexion, il est exact que la réunion de ce matin était sans doute plus importante qu'une entrevue avec le chef de l'État. C'était la réunion la plus importante de ma vie, puisqu'elle a déterminé tout le reste.

Au 8e étage chez Madone, tous les chefs de produit portent des chemisettes rayées et des cravates avec des petits animaux dessus. Le Directeur du Marketing terrorise ses grosses assistantes qui en font de la rétention d'eau. Son nom est Alfred Duler. Alfred Duler commence tous ses meetings par la même phrase : « Nous ne sommes pas ici pour nous faire plaisir mais pour faire plaisir au consommateur. » Comme si le consommateur était quelqu'un d'une autre race – un « untermensch » ? Il me donne envie de gerber : pour quelqu'un qui bosse dans l'alimentaire, c'est embêtant. Je l'imagine, le matin, en train de se raser, de nouer sa cravate, de traumatiser ses enfants avec son haleine, d'écouter France-Info vachement fort, de lire *Les Échos* en buvant son café debout dans la cuisine. Il ne touche plus sa femme depuis 1975 mais ne la trompe même pas (elle, si). Il ne lit qu'un livre par an, et en plus il est d'Alain Duhamel. Il enfile son costard, croit sincèrement jouer un rôle crucial au sein de son holding, possède une grosse Mercedes qui fait vroum-vroum dans les embouteillages et un cellulaire Motorola qui fait pilim-pilim dans son étui accroché au-dessus de l'autoradio Pioneer qui diffuse des messages pour Casto-Casto-Castorama, Mammouth écrase les prix, Choisissez bien choisissez But. Il est convaincu que le retour de la croissance est une bonne nouvelle alors que la croissance signifie seulement de plus en plus de production vaine, « une immense accumulation de marchandises » (Karl Marx), une montagne d'objets supplémentaires pour nous ensevelir. Il a la Foi. Il l'a appris dans la Haute École : en la Croissance tu Croiras. Produisons des millions de tonnes de produits entassés et nous serons heureux ! Gloire à l'expansion qui fait tourner les usines qui font grimper l'expansion ! Surtout ne nous arrêtons pas pour réfléchir !

Nous sommes assis dans une salle de réunion glauque comme il y en a dans tous les immeubles d'affaires du monde, autour d'une grande table ovale avec des verres de jus d'orange posés dessus et une esclave-secrétaire qui apporte un Thermos de café en baissant les yeux, dans l'odeur d'aisselles des réunions tardives de la veille.

Duler commence la réunion en précisant que « tout ce qui va être dit ici est confidentiel ; il n'y aura pas de chartes pour ce meeting ; ceci est une réunion de crise ; faudra voir le réachat mais je suis un peu inquiet des rotations ; un concurrent lance un me-too avec une grosse campagne ; selon des sources concordantes, ils auraient l'intention de nous piquer des parts de marché ; nous nous considérons comme attaqués ». En une fraction de seconde, tous les participants attablés se mettent à froncer les sourcils. Il ne manque plus que les casques kaki et les cartes d'état-major pour se retrouver dans *Le Jour le plus long.*

Après les commentaires météorologiques d'usage, Jean-François, le Directeur de Clientèle de notre agence, prend la parole pour résumer le brief, tout en projetant des transparents sur le mur avec un rétroprojecteur :

— Donc nous venons vous montrer un script de trente secondes pour défendre Maigrelette contre l'attaque des me-too distributeurs. Je rappelle l'objectif stratégique que nous nous étions fixé à la précédente réunion : « Dans un marché en érosion, Maigrelette innove et souhaite offrir une vision nouvelle du fromage blanc grâce à un nouveau pack ergonomique. »

Il relève le nez de ses fiches et change de transparent. Sur le mur, on peut lire ceci en caractères gras :

« Un constat en demi-teinte (suite) :

Émotionnel

Gourmand/irrésistible

Plaisir/Fashion MAIGRELETTE Minceur/Beauté

Sain/nutritionnel

Rationnel. »

Comme personne ne moufte, il continue de paraphraser ce qui a été tapé sur Word 6 par son assistante (dont l'enfant était en train d'attraper une otite à la crèche municipale) :

— Comme il avait été décidé le 23 avec Luc et Alfred, notre réflexion s'est appuyée sur le bénéfice conso : « Avec Maigrelette, je reste mince mais en plus je mange intelligent grâce à ses vitamines et son apport en calcium. » Sur ce secteur très encombré, la brand review nous a montré en effet qu'il fallait miser sur le double insight : beauté + santé. Maigrelette, c'est bon pour mon corps et pour mon esprit. La tête et les jambes en quelque sorte, ha ha hem.

Ce discours est le fruit de la réflexion du département planning stratégique (deux quadragénaires dépressives) et de ses sous-chefs de pub (sortis de Sup de Co Dijon). Il est surtout calqué sur les désirs et les goûts du client et sert à justifier a priori le script que j'ai pondu la veille au soir. Ici Jef s'arrête de rire car il se sent un peu seul. Il continue sa danse du ventre :

— Nous avons trouvé un concept fédérateur qui, je crois, tout en collant à la copy-strat, permet vraiment de conférer un maximum d'impact à la promesse produit, notamment au niveau du code visuel. Bon, eh bien, je laisse la parole à Octave.

Étant donné qu'Octave c'est moi, je suis bien obligé de me lever et de raconter le projet de film dans un silence de mort, en montrant le story-board de douze images couleurs dessinées par un roughman surpayé.

— Bon ben, voilà : nous sommes sur la plage de Malibu, en Californie. Il fait un temps superbe. Deux sublimes blondes courent sur le sable en maillot de bain rouge. Tout à coup, l'une dit à l'autre : « L'exégèse onomastique se trouve en butte au rédhibitoire herméneutique. » L'autre répond : « Attention toutefois à ne pas tomber dans la paronomase ontologique. » Pendant ce temps, dans l'océan, deux surfeurs bronzés s'engueulent : « Sais-tu que Nietzsche fait un éloge complètement hédoniste de la natation dans *Ecce Homo* ? » L'autre rétorque, très fâché : « Pas du tout, il défend seulement le concept de "Grande Santé" en tant que solipsisme allégorique ! » Nous revenons sur la plage où les deux filles dessinent à présent des équations mathématiques sur le sable. Dialogue : « Si l'on prend comme hypothèse que la racine cubique de *x* varie en fonction de l'infini… » « Oui, dit l'autre, tu n'as qu'à subdiviser l'ensemble qui tendra vers l'asymptote. » Le film s'achève sur un plan de la barquette Maigrelette avec cette signature : « MAIGRELETTE. ÊTRE MINCE REND INTELLIGENT. »

Le silence continue d'être silencieux. Le Directeur du Marketing regarde ses chefs de produit qui prennent des notes pour éviter d'avoir un avis. Jean-François tente un numéro de claquettes sans conviction :

— Bien sûr, il y a la signalétique « mm Madone » à la fin, cela va sans dire. Euh… Nous nous sommes dit que ce serait intéressant de prendre des symboles de la minceur et de les montrer en train d'avoir des conversations très intellectuelles… En plus, il faut savoir que les sports outdoor deviennent de plus en plus mainstream.

Bon, et puis il y aurait des déclinaisons possibles : des Miss France qui se disputent à propos de géopolitique et notamment à propos du traité de Brest-Litovsk (1918) ; des Chippendales à poil qui glosent sur la nudité en tant que libération corporelle et négation de l'aliénation post-moderne, tout en montrant leur musculature, etc. Marrant, non ?

Les sous-chefs se mettent à prendre la parole à tour de rôle pour donner leurs commentaires : « j'aime moyen », « j'adhère plutôt », « je suis pas hyperconvaincu même si je saisis bien l'idée », « c'est une piste à investiguer »... À noter que, tel un perroquet, chaque participant répète exactement ce qu'a dit son inférieur hiérarchique. Jusqu'au moment où c'est Duler qui parle. Le grand chef n'est pas d'accord avec ses subalternes :

— Pourquoi faire de l'humour ?

Après tout, Alfred Duler a raison : si j'étais lui, moi non plus, je ne rirais pas. Réprimant la montée de mon vomi, j'essaie d'argumenter :

— C'est bon pour votre marque. L'humour vous rend sympathiques. Et c'est excellent pour la mémorisation. Les consommateurs se souviennent mieux de ce qui les fait rire : après ils se raconteront la blague dans les dîners, les bureaux, les cours de récréation. Regardez les comédies qui marchent en ce moment. Les gens qui vont au cinéma, ils aiment s'amuser un peu...

Alfred Duler laisse alors tomber cette phrase immortelle :

— Oui, mais ils ne mangent pas la pellicule après.

Je le prie de m'excuser pour aller aux toilettes, en pensant : « Toi ma grosse merde, tu as gagné ta place dans mon livre. Tu y figureras en bonne place. Dès le troisième chapitre. ALFRED DULER EST UNE GROSSE MERDE. »

Tout écrivain est un cafteur. Toute littérature est délation. Je ne vois pas l'intérêt d'écrire des livres si ce n'est pas pour cracher dans la soupe. Il se trouve que j'ai été le témoin d'un certain nombre d'événements, et que par ailleurs, je connais un éditeur assez fou pour m'autoriser à les raconter. Au départ, je n'avais rien demandé. Je me suis retrouvé au sein d'une machinerie qui broyait tout sur son passage, je n'ai jamais prétendu que je parviendrais à en sortir indemne. Je cherchais partout à savoir qui avait le pouvoir de changer le monde, jusqu'au jour où je me suis aperçu que c'était peut-être moi.

4

En gros, leur idée c'était de détruire les forêts et de les remplacer par des voitures. Ce n'était pas un projet conscient et réfléchi ; c'était bien pire. Ils ne savaient pas du tout où ils allaient, mais y allaient en sifflotant – après eux, le déluge (ou plutôt, les pluies acides). Pour la première fois dans l'histoire de la planète Terre, les humains de tous les pays avaient le même but : gagner suffisamment d'argent pour pouvoir ressembler à une publicité. Le reste était secondaire, ils ne seraient pas là pour en subir les conséquences.

Une petite mise au point. Je ne suis pas en train de faire mon autocritique, ni une psychanalyse publique. J'écris la confession d'un enfant du millénaire. Si j'emploie le terme « confession », c'est au sens catholique du terme. Je veux sauver mon âme avant de déguerpir. Je rappelle qu'« il y aura plus de joie dans le ciel pour un seul pécheur qui se repent que pour quatre-vingt-dix-neuf justes qui n'ont pas besoin de repentir ». (Évangile selon saint Luc.) Désormais, la seule personne avec qui j'accepte de passer un contrat à durée indéterminée, c'est Dieu.

Je tiens à ce qu'on se souvienne que j'ai tenté de résister, même si je savais que participer aux réunions, c'était déjà collaborer. Rien que de t'asseoir à leur table, dans leurs morbides salles de marbre climatisées, tu participes au décervelage général. Leur vocabulaire belliqueux les trahit : ils parlent de *campagnes*, de *cibles*, de *stratégies*, d'*impact*. Ils planifient des *objectifs*, une *première vague*, une *deuxième vague*. Ils craignent la *cannibalisation*, refusent de se faire *vampiriser*. J'ai entendu dire que chez Mars (le fabricant de barres chocolatées qui porte le nom du dieu de la Guerre), ils numérotent l'année en 12 périodes de 4 semaines ; ils ne disent pas le 1er avril mais « P4 S1 » ! Ce sont des militaires, tout bonnement, en train de mener la Troisième Guerre mondiale. Permettez-moi de vous rappeler que si la publicité est une technique d'intoxication cérébrale qui fut inventée par l'Américain Albert Davis Lasker en 1899, elle a surtout été développée avec beaucoup d'efficacité par un certain Joseph Goebbels dans les années 1930, dans le but de convaincre le peuple allemand de brûler tous les Juifs. Goebbels fut un concepteur-rédacteur émérite : « DEUTSCHLAND ÜBER ALLES », « EIN VOLK, EIN REICH, EIN FÜHRER », « ARBEIT MACHT FREI »... Gardez toujours cela à l'esprit : on ne badine pas avec la pub.

Il n'y a pas une grande différence entre consommer et consumer.

À un moment, j'ai cru que je pourrais être le grain de sable dans l'engrenage. Le rebelle dans le ventre encore fécond de la bête ; soldat de première classe dans l'infanterie du *global marketplace*. Je disais : « On ne peut pas détourner un avion sans monter dedans, il faut changer les choses de l'intérieur, comme disait Gramsci. » (Gramsci fait plus chic que Trotski mais prône le même entrisme. J'aurais aussi bien pu citer Tony Blair ou Daniel Cohn-Bendit.) Cela m'aidait à accomplir le sale boulot. Après tout, les soixante-huitards ont commencé par faire la révolution, puis ils sont entrés dans la pub – moi, je voulais faire l'inverse.

Je m'imaginais comme une sorte de Che Guevara libéral, un révolté en veste Gucci. Tenez, j'étais le Sous-Commandant Gucche ! Viva el Gucche ! Excellente marque. Très bonne mémorisation. Deux problèmes au niveau du percept :

1) elle sonne comme « Duce » ;

2) le plus grand révolutionnaire du XXe siècle n'est pas Che Guevara mais Mikhaïl Gorbatchev.

Le soir, en rentrant dans mon gigantesque appartement, j'avais parfois du mal à m'endormir en pensant aux sans-logis. En fait c'est la coke qui me maintenait éveillé. Son goût métallique remontait dans ma gorge. Je me masturbais dans le lavabo avant d'avaler un Stilnox. Je me réveillais vers midi. Je n'avais plus de femme.

Je crois qu'à la base, je voulais faire le bien autour de moi. Cela n'a pas été possible pour deux raisons : parce qu'on m'en a empêché, et parce que j'ai abdiqué. Ce sont toujours les gens animés des meilleures intentions qui deviennent des monstres. Aujourd'hui je sais que rien ne changera, c'est impossible, il est trop tard. On ne peut pas lutter contre un adversaire omniprésent, virtuel et indolore. Contrairement à Pierre de Coubertin, je dirais qu'aujourd'hui l'essentiel, c'est de ne pas participer. Il faut foutre le camp comme Gauguin, Rimbaud ou Castaneda, voilà tout. Partir sur l'île déserte avec Angelica qui met de l'huile sur les seins de Juliana qui te pompe le dard. Cultiver son jardin de marijuana en espérant seulement qu'on sera mort avant la fin du monde. Les marques ont gagné la World War III contre les humains. La particularité de la Troisième Guerre mondiale, c'est que tous les pays l'ont perdue *en même temps.* Je vous annonce un scoop : David ne bat jamais Goliath. J'étais naïf. La candeur n'est pas une qualité requise dans cette corporation. Je me suis bien fait avoir. C'est, d'ailleurs, mon seul point commun avec vous.

5

J'ai dégueulé mes douze cafés dans les toilettes de Madone International puis je me suis tapé un trait pour me remettre d'aplomb. Je me suis aspergé le visage d'eau glacée avant de retourner en réunion. Pas étonnant qu'aucun créatif ne veuille travailler pour Madone. On n'y boit pas du petit-lait. Mais j'avais d'autres scénarios en réserve : je leur ai proposé un pastiche de *Drôles de dames* avec trois jolies femmes qui gambadent en braquant des pistolets vers la caméra sur une musique soul des années 70 ; elles arrêtent des malfaiteurs en leur récitant des poèmes de Baudelaire (prises de judo, coups de pied kung-fu, roulades et cabrioles à l'appui) ; l'une d'elles regarde alors l'objectif tout en tordant le bras d'un pauvre gangster qui gémit de douleur ; elle s'écrie :

— Nous n'aurions pas pu réaliser cette arrestation sans Maigrelette 0 % aux fruits. Pour être en forme physique et mentale !

Cette proposition n'a pas plus été couronnée de succès que les suivantes : une parodie de film hindou structuraliste, des James Bond Girls chez le psychanalyste, un remake de *Wonderwoman* par Jean-Luc Godard, une conférence de Julia Kristeva filmée par David Hamilton…

L'idiot du village global poursuivait sa diatribe contre l'humour :

— Vous les créas, vous vous prenez pour des artistes, vous ne pensez qu'à gagner des prix à Cannes, moi j'ai des comptes à rendre, je suis en Go/No Go sur ce 0 %, il faut déstocker en linéaire, on a des impératifs, vous comprenez, Octave, vous m'êtes très sympathique, vos blagues me font marrer, mais moi je ne suis pas la ménagère de moins de cinquante ans, on travaille sur un marché, il faut faire abstraction de notre propre jugement et s'adapter à notre cible, penser à la tête de gondole de Vesoul...

— Venise, ai-je rétorqué. Laissez les gondoles à Venise.

Le proctérien n'a pas ri. Il a embrayé sur une apologie des tests. Ses sous-fifres cravatés continuaient de gribouiller sur leurs blocs-notes.

— On a réuni vingt acheteuses et elles n'ont rien capté à vos délires : elles ne nous ont rien restitué. Ce qu'elles veulent, c'est de l'info, qu'on leur montre le produit et le prix, point barre. Et puis il est où mon key visual, là-dedans ? Vos idées créatives, c'est bien joli, mais moi, je suis un lessivier, j'ai besoin de quelque chose de déclinable en PLV ! Et comment je fais ma pub sur Internet ? Les Américains sont déjà en train d'inventer le « spam », c'est-à-dire l'envoi de promos par e-mail, et vous, vous raisonnez encore comme au XXe siècle ! Vous me la ferez pas ! J'ai fait l'école de la déterge, moi ! Le terrain, y a que ça de vrai ! Alors je suis prêt à acheter quelque chose d'étonnant mais en tenant compte de nos contraintes !

J'ai fait le maximum pour garder mon calme.

— Monsieur, permettez-moi de vous poser une question : comment voulez-vous étonner vos consommatrices si vous leur demandez leur avis auparavant ? Est-ce que par hasard vous demandez à votre femme de choisir la surprise que vous allez lui faire pour son anniversaire ?

— Ma femme déteste les surprises.

— C'est pour ça qu'elle vous a épousé ?

Jean-François a été pris d'une quinte de toux.

J'avais beau sourire poliment à Duler, je ne pouvais m'empêcher de songer à cette phrase d'Adolf Hitler : « Si vous désirez la sympathie des masses, vous devez leur dire les choses les plus stupides et les plus crues. » Ce mépris, cette haine du peuple considéré comme une entité vague... Parfois, j'ai l'impression que, pour obliger les consommateurs à bouffer leurs produits, les industriels seraient presque prêts à ressortir les wagons à bestiaux. Puis-je hasarder trois autres citations ? « Ce que nous recherchons, ce n'est pas la vérité, c'est l'effet produit. » « La propagande cesse d'être efficace à l'instant où sa présence devient visible. » « Plus un mensonge est gros, plus il passe. » Elles sont de Joseph Goebbels de l'agence NSDAP.

Alfred Duler poursuivait sa diatribe :

— On a un objectif qui est de fourguer 12 000 tonnes cette année. Vos filles qui courent sur la plage en parlant philo, c'est trop intello, c'est bien pour le Café de Flore, mais la consommatrice lambda elle y pigera que dalle ! Quant à citer *Ecce Homo*, moi je sais de quoi il s'agit, mais pour le grand public, ça risque de faire un peu pédé ! Non, franchement, il faut me retravailler tout ça, je suis désolé. Vous savez, chez Procter on a un dicton : « Ne prenez pas les gens pour des cons, mais n'oubliez jamais qu'ils le sont. »

— C'est atroce, ce que vous dites ! Cela veut dire que la démocratie conduit à l'autodestruction. C'est avec ce genre de maximes qu'on fera revenir le fascisme : on commence par dire que le peuple est con, ensuite on le supprime.

— Oh ! vous n'allez quand même pas nous ressortir le couplet du créatif rebelle. On vend du yaourt, on n'est pas là pour faire la révolution, qu'est-ce qu'il a aujourd'hui ? On ne t'a pas laissé rentrer aux Bains hier soir, c'est ça ?

L'ambiance devenait houleuse. Jean-François a tenté de dévier la conversation :

— Mais franchement, le décalage entre ces filles sexy qui parlent d'herméneutique platonicienne... ça exprime exactement ce que vous voulez dire : beauté et intellect... non ?

— La phrase est trop longue pour une bâche de camion, a tranché un des sbires binoclards.

— Puis-je vous rappeler le principe de la pub : créer un décalage humoristique (ce que l'on appelle « saut créatif » dans notre jargon) qui provoque le sourire chez le spectateur, créant ainsi une connivence, laquelle permet de vendre la marque ? D'ailleurs pour des soi-disant proctériens, votre stratégie est plutôt bancale, excusez-moi : minceur et intelligence, comme « unique selling proposition », ça se pose là !!

Jean-François m'a fait signe de ne pas insister. J'ai failli proposer « Madone über alles » comme signature mais je me suis dégonflé. Vous allez penser que j'exagère un peu, que ce n'est pas si grave. Mais regardez ce qui se joue dans la petite réunion de ce matin. Ce n'est pas juste une présentation de campagne anodine : c'est une réunion plus importante que les accords de Munich. (À Munich, en 1938, des chefs d'État français et anglais, Édouard Daladier et Neville Chamberlain, ont abandonné la Tchécoslovaquie aux nazis, comme ça, sur un coin de table.) Des centaines de réunions comme celle de chez Madone abandonnent le monde chaque jour. Des milliers de Munich quotidiens ! Ce qui se passe là est essentiel : le meurtre des idées, l'interdiction du changement. Vous êtes en face d'individus qui méprisent le public, qui veulent le maintenir dans un acte d'achat stupide et conditionné. Dans leur esprit ils s'adressent à la « mongolienne de moins de cinquante ans ». Vous tentez de leur proposer quelque chose de marrant, qui respecte un peu les gens, qui tente de les tirer vers le haut, parce que c'est une question de politesse quand on interrompt un film à la télé. Et on vous en empêche. Et c'est toujours pareil, tout le temps, tous les jours, tous les jours… Des milliers de capitulations journalières, la queue basse dans des costumes de Tergal. Des milliers de « lâches soulagements » quotidiens. Petit à petit, ces centaines de milliers de meetings débiles organisent le triomphe de la connerie calculée et méprisante sur la simple et naïve recherche du progrès humain. Idéalement, en démocratie, on devrait avoir envie d'utiliser le formidable pouvoir de la communication pour faire bouger les mentalités au lieu de les écrabouiller. Cela n'arrive jamais car les personnes qui disposent de ce pouvoir préfèrent ne prendre aucun risque. Les annonceurs veulent du prémâché, prétesté, ils ne veulent pas faire fonctionner votre cerveau, ils veulent vous transformer en moutons, je ne plaisante pas, vous verrez qu'un jour ils vous tatoueront un code-barre sur le poignet. Ils savent que votre seul pouvoir réside dans votre carte bleue. Ils ont besoin de vous empêcher de choisir. Il faut qu'ils transforment vos actes gratuits en actes d'achat.

La résistance au changement, c'est dans toutes ces salles de réunion impersonnelles qu'elle se pratique de la façon la plus violente. Le cœur de l'immobilisme réside dans cet immeuble, entre ces petits cadres à pellicules et talonnettes. On leur a confié les clés du pouvoir, personne ne sait pourquoi. Ils sont le centre du monde ! Les hommes politiques ne contrôlent plus rien ; c'est l'économie qui gouverne. Le marketing est une perversion de la démocratie : c'est l'orchestre qui gouverne le chef. Ce sont les sondages qui font la politique, les tests qui font la publicité, les panels qui choisissent les disques diffusés à la radio, les « sneak previews » qui déterminent la fin des films de cinéma, les audimats qui font la télévision, toutes ces études manipulées par tous les Alfred Duler de la terre. Plus personne n'est responsable, sauf les Alfred Duler. Les Alfred Duler tiennent les rênes, mais ne vont nulle part. Big Brother is not watching you, Big Brother is testing you. Mais le sondagisme est un conservatisme. C'est une abdication. On ne veut plus vous proposer quoi que ce soit qui puisse RISQUER de vous déplaire. C'est ainsi qu'on tue l'innovation, l'originalité, la création, la rébellion. Tout le reste en découle. Nos existences clonées… Notre hébétude somnambule… L'isolement des êtres… La laideur universelle anesthésiée… Non, ce n'est pas une petite réunion. C'est la fin du monde en marche. On ne peut pas à la fois obéir au monde et le transformer. Un jour, on étudiera à l'école comment la démocratie s'est autodétruite.

Dans cinquante ans, Alfred Duler sera poursuivi pour crimes contre l'humanité. Chaque fois que ce type emploie le mot « marché », il faut comprendre « gâteau ». S'il dit « Études de marché », cela veut dire « Études du gâteau » ; « économie de marché » signifie « économie du gâteau ». Cet homme est favorable à la libéralisation du gâteau, il veut lancer de nouveaux produits sur le gâteau, se lancer à la conquête de nouveaux gâteaux, et n'oublie jamais de préciser que le gâteau est mondial. Il vous hait, sachez-le. Pour lui, vous n'êtes que du bétail à gaver, des chiens de Pavlov, tout ce qui l'intéresse c'est votre fric dans la poche de ses actionnaires (les fonds de pension américains, c'est-à-dire une bande de retraités liftés en train de crever au bord des piscines de Miami, Floride). Et que tourne le Meilleur des Mondes Matérialistes.

J'ai prié Alfred de m'excuser à nouveau car je sentais que j'allais saigner du nez. C'est le problème avec la cocaïne parisienne : elle est tellement coupée qu'il faut avoir les narines solides. Je sentais le sang affluer. Je me suis levé en reniflant à toute berzingue pour foncer aux chiottes et là, mon nez s'est mis à pisser comme jamais, il n'arrêtait pas de dégouliner, il y avait du sang partout, sur le miroir, sur ma chemise, sur le rouleau de serviette automatisé, sur le carrelage, et mes narines faisaient de grosses bulles rouges. Heureusement que personne n'est entré à ce moment-là, je me suis regardé dans la glace et j'ai vu mon visage ensanglanté, du rouge partout, sur le menton, la bouche, le col, le lavabo cramoisi, et j'avais du sang sur les mains – cette fois ça y est, ils avaient gagné, j'avais littéralement *du sang sur les mains* –, et ça m'a donné une idée, alors j'ai écrit sur les murs de leurs chiottes « Pigs », « PIGS » sur la porte, et je suis sorti dans le couloir, pigs sur le contreplaqué, pigs sur la moquette, pigs dans l'ascenseur, et je me suis enfui, je crois que les caméras de surveillance doivent avoir immortalisé cet instant glorieux. Le jour où j'ai baptisé le capitalisme de mon propre sang.

6

Oups ! Le Président de mon agence vient d'entrer dans mon bureau. Il porte un pantalon blanc, un blazer marine avec une pochette blanche et des boutons dorés, une chemise à carreaux roses en Vichy (évidemment). J'ai à peine eu le temps de faire disparaître ce texte de mon écran. Il m'a tapé sur l'épaule avec paternalisme : « Alors, ça usine sec ? » Philippe m'aime bien car il subodore que j'ai conservé une certaine distance avec ce métier. Il sait que sans moi il n'est rien – et c'est réciproque : moi, sans lui, adieu l'île déserte, la coke et les putes (Véronika alanguie sur Fiona engodée, avec moi dans Véronika). Il fait partie des gens que je regretterai quand je serai grillé avec l'ensemble de la publicité française dès la parution de cet opuscule. Il me paie cher pour me prouver son amour. Je le respecte parce qu'il a un plus grand appartement que moi. Là il me tape sur l'épaule bizarrement, et me souffle à l'oreille d'une voix tendue :

— Dis-moi… T'es fatigué en ce moment ?

Je hausse les épaules :

— Depuis que je suis né.

— Octave, tu sais qu'on t'adore ici. Mais fais un peu gaffe, il paraît que tu as pété un câble ce matin chez Madone. Duler m'a appelé pour gueuler et j'ai dû envoyer une équipe de nettoyage pour effacer tes œuvres d'art. Peut-être que tu devrais prendre du repos…

— Tu ne crois pas qu'il faudrait plutôt me virer ?

Philippe rigole, me tape encore dans le dos.

— Tout de suite les grands mots. Il n'en est pas question, on apprécie trop ton talent. Ta présence fait beaucoup de bien à la Rosse – tu sais que les Américains ont adoré les films Orangina-Cola et ta baseline « C'EST BEAUCOUP TROP WONDERFUL » a obtenu un bon score Ipsos – mais simplement peut-être qu'il faut que tu ailles moins souvent chez le client, pas vrai ?

— Attends, j'ai été très calme : ce débile de Duler m'a sermonné avec le « spamming » sur le web, j'aurais très bien pu demander à Charlie de lui envoyer un virus « cheval de Troie » en pièce jointe par e-mail pour dézinguer son système. Ça lui aurait coûté plus cher qu'un ravalement des chiottes.

Philippe est sorti en gloussant très fort, signe chez lui qu'il n'a pas compris une vanne. Ce qui est néanmoins de bon augure pour mon licenciement, c'est que le pédégé soit venu me sermonner en personne parce que lui aussi aurait très bien pu le faire par cc-mail sur l'intranet. Les gens se parlent de plus en plus rarement ; en général, quand on se force à dire la vérité en face, c'est qu'il est PRESQUE trop tard.

7

Les gens me demandent souvent pourquoi les créatifs sont surpayés. Un pigiste qui met une semaine à rédiger un article pour *Le Figaro* va être payé cinquante fois moins qu'un rédac qui prend dix minutes pour pondre une affiche en free-lance. Pourquoi ? Tout simplement parce que le rédac fait un boulot qui rapporte plus de fric. L'annonceur dispose d'un budget annuel de plusieurs dizaines ou centaines de millions à dépenser en publicité. L'agence calcule ses honoraires en pourcentage de l'achat d'espace : en général une commission de 9 % (autrefois c'était 15 % mais les annonceurs se sont aperçus de l'arnaque). En réalité, les créatifs sont sous-payés par rapport à ce qu'ils rapportent. Quand on voit l'argent qui leur passe sous le nez, les sommes qu'ils permettent à leurs employeurs de brasser, en regard leur salaire paraît infime. D'ailleurs si un concepteur demande une faible rémunération, il sera pris pour un rigolo. Un jour, en sortant d'une réunion avec Marc Marronnier, je lui ai posé la question :

— Pourquoi tout le monde écoute Philippe et pas moi ?

— Parce que, m'a-t-il répondu du tac au tac, Philippe gagne 50 000 euros par mois, et pas toi.

Créatif n'est pas un métier où l'on doit justifier son salaire ; c'est un job où ton salaire te justifie. Comme chez les animateurs de télé, la carrière est très éphémère. C'est pourquoi un créatif touche en quelques années ce qu'un individu normal gagne en une vie entière. Il y a toutefois une différence de taille entre la pub et la télé : un créatif met un an à faire un film de trente secondes alors qu'un animateur télé met trente secondes à concevoir un programme d'un an.

Et puis, créatif n'est pas un boulot si facile. La réputation de ce métier souffre de son apparente simplicité. Tout le monde croit qu'il peut en faire autant. La réunion de ce matin vous donne pourtant une idée de la difficulté de ce job. Si nous poursuivons notre comparaison avec le pigiste du *Figaro*, le travail du créatif c'est un peu comme si son article était corrigé par le rédacteur en chef adjoint, puis le rédacteur en chef, puis le directeur de la rédaction, puis relu et modifié par tous les gens mentionnés dans son texte, puis lu en public devant un échantillon représentatif du lectorat du journal, avant d'être modifié à nouveau, le tout avec 90 chances sur 100 de ne pas être publié au bout du compte. Connaissez-vous beaucoup de journalistes qui accepteraient de subir pareil traitement ? C'est aussi pour ça que nous sommes si bien payés.

À un moment, il faut bien que quelqu'un fabrique les publicités que vous voyez partout : le Président de l'agence et ses directeurs commerciaux les vendent à leurs clients annonceurs, on en parle dans la presse, on les parodie à la téloche, on les dissèque dans les bureaux d'études, elles font grimper la notoriété du produit et ses chiffres de vente par la même occasion. Mais à un moment, il y a un jeune con assis sur sa chaise qui les a imaginées dans sa petite tête et ce jeune con il vaut cher, très cher, parce qu'il est le Maître de l'Univers, comme je vous l'ai déjà expliqué. Ce jeune con se situe à la pointe extrême de la chaîne productiviste, là où toute l'industrie aboutit, là aussi où la bagarre économique est la plus âpre. Des marques imaginent des produits, des millions d'ouvriers les fabriquent dans des usines, on les distribue dans des magasins innombrables. Mais toute cette agitation ne servirait à rien si le jeune con sur sa chaise ne trouvait pas comment écraser la concurrence, gagner la compétition, convaincre les acheteurs de ne pas choisir une autre marque. Cette guerre n'est pas une activité gratuite, ni un jeu de dilettante. On ne fait pas ces choses-là en l'air. Il se passe quelque chose d'assez mystérieux quand, avec Charlie, le directeur artistique assis en face de moi, nous sentons que nous avons trouvé une idée pour fourguer une fois de plus un produit inutile dans le panier de la ménagère pauvre. Tout d'un coup, on se regarde avec des yeux complices. La magie est accomplie : donner envie à des gens qui n'en ont pas les moyens d'acheter une nouvelle chose dont ils n'avaient pas besoin dix minutes auparavant. À chaque fois, c'est la première fois. L'idée vient toujours de nulle part. Ce miracle me bouleverse, j'en ai les larmes aux yeux. Il devient vraiment urgent que je me fasse lourder.

Mon titre exact, c'est concepteur-rédacteur ; ainsi appelle-t-on, de nos jours, les écrivains publics. Je conçois des scénarios de films de trente secondes et des slogans pour les affiches. Je dis « slogans » pour que vous compreniez mais sachez que le mot « slogan » est complètement has-been. Aujourd'hui on dit « accroche » ou « titre ». J'aime bien « accroche » mais « titre » est plus frime. Les rédacteurs les plus snobs disent tous « titre », je ne sais pas pourquoi. Du coup, moi aussi je dis que j'ai pondu tel ou tel « titre » parce que si tu es snob tu es augmenté plus souvent. Je bosse sur huit budgets : un parfum français, une marque de fringues démodées, des pâtes italiennes, un édulcorant de synthèse, un téléphone portable, un fromage blanc sans matière grasse, un café soluble et un soda à l'orange. Mes journées s'écoulent comme une longue séance de zapping entre ces huit différents incendies à éteindre. Je dois sans cesse m'adapter à des problèmes différents. Je suis un caméléon camé.

Je sais que vous n'allez pas me croire mais je n'ai pas choisi ce métier seulement pour l'argent. J'aime imaginer des phrases. Aucun métier ne donne autant de pouvoir aux mots. Un rédacteur publicitaire, c'est un auteur d'aphorismes qui se vendent. J'ai beau haïr ce que je suis devenu, il faut admettre qu'il n'existe pas d'autre métier où l'on puisse s'engueuler pendant trois semaines à propos d'un adverbe. Quand Cioran écrivit : « Je rêve d'un monde où l'on mourrait pour une virgule », se doutait-il qu'il parlait du monde des concepteurs-rédacteurs ?

Le concepteur-rédacteur travaille en équipe avec un directeur artistique. Les directeurs artistiques aussi ont trouvé un truc pour faire snob : ils disent qu'ils sont « A.D. » (abréviation de « Art Director »). Ils pourraient dire « D.A. », mais non, ils disent « A.D. », l'abréviation britannique. Bon, je ne vais pas vous expliquer tous les tics de la pub, on n'est pas là pour ça, vous n'avez qu'à lire les vieilles bédés de Lauzier ou regarder à la télé (souvent le dimanche soir) les comédies des années 70, où le rôle du publicitaire est toujours interprété par Pierre Richard. À l'époque, la pub faisait rire. Aujourd'hui elle ne fait plus marrer personne. Ce n'est plus une joyeuse aventure mais une industrie invincible. Travailler dans une agence est devenu à peu près aussi excitant qu'être expert-comptable.

Bref, il est passé le temps où les pubeux étaient des saltimbanques bidon. Désormais ce sont des hommes d'affaires dangereux, calculateurs, implacables. Le public commence à s'en apercevoir : il évite nos écrans, déchire nos prospectus, fuit nos Abribus, tague nos 4 × 3. On nomme cette réaction la « publiphobie ». C'est qu'entre-temps, telle une pieuvre, la réclame s'est mise à tout régenter. Cette activité qui avait démarré comme une blague domine désormais nos vies : elle finance la télévision, dicte la presse écrite, règne sur le sport (ce n'est pas la France qui a battu le Brésil en finale de la Coupe du monde, mais Adidas qui a battu Nike), modèle la société, influence la sexualité, soutient la croissance. Un petit chiffre ? Les investissements publicitaires des annonceurs en 1998 dans le monde s'élèvent à 2 340 milliards de francs (même en euros, c'est une somme). Je peux vous certifier qu'à ce prix-là, tout est à vendre – surtout votre âme.

8

Je me frotte les gencives, elles me démangent sans cesse. En vieillissant, j'ai de moins en moins de lèvres. J'en suis à quatre grammes de cocaïne par jour. Je commence au réveil, la première ligne précède mon café matinal. Quel dommage de n'avoir que deux narines, sinon je m'en enfilerais davantage : la coke est un « briseur de souci », disait Freud. Elle anesthésie les problèmes. Toute la journée, je mâche du chewing-gum sans chewing-gum. La nuit, je vais dans des soirées où personne ne me voit.

Pourquoi les Américains contrôlent-ils le monde ? Parce qu'ils contrôlent la communication. Je suis venu dans cette agence américaine parce que je savais que Marc Marronnier y bossait. L'agence s'appelle Rosserys & Witchcraft mais tout le monde dit « la Rosse ». C'est la filiale française du premier groupe mondial de publicité, fondé à New York en 1947 par Ed Rosserys et John Witchcraft (5,2 milliards de dollars de marge brute cumulée en 1999). L'immeuble a dû être construit dans les années 70 : à l'époque, le look « paquebot » était à la mode. Il y a une grande cour intérieure et des tuyaux jaunes un peu partout, le style hésite entre Beaubourg et

Alcatraz, mais se situe à Boulogne-Billancourt, ce qui est moins classe que Madison Avenue. Autour des deux initiales géantes « R&W » qui trônent dans le hall, toutes les plantes vertes sont en plastique. Des mecs marchent vite avec des dossiers sous le bras. Des filles potables parlent dans des téléphones portables. Tous se sentent investis d'une mission : redorer le blason d'un papier toilette, lancer un nouveau potage en poudre, « consolider le repositionnement optimisé l'an passé sur le segment margarine », « explorer de nouveaux territoires sur le saucisson sec »… Une fois, il m'est arrivé de surprendre une commerciale enceinte qui pleurait dans un couloir. (Les commerciales se cachent pour pleurer.) J'ai joué le mec serviable, lui ai proposé un gobelet d'eau glacée, un Kleenex, une main au cul. Rien à faire : elle s'est forcée à sourire mais j'ai senti qu'elle avait honte de craquer devant quelqu'un.

— Cette nuit, j'ai rêvé que mes pieds marchaient tout seuls et qu'ils m'emmenaient à la Rosse. J'essayais de lutter mais ils étaient sur pilotage automatique… Mais ça va, je t'assure, c'est rien, ça va passer.

Elle m'a demandé de ne pas le répéter à son chef, m'assura qu'elle pétait le feu, que ça n'avait rien à voir avec son job mais que sa grossesse la fatiguait, voilà tout. Elle s'est remaquillée, puis a déguerpi au pas de course. C'est ainsi que je me suis aperçu que j'émargeais dans une secte inhumaine qui transformait les femmes enceintes en robots rouillés.

Marc Marronnier me tape dans la main pour me saluer.

— Salut fumiste ! Toujours en train d'écrire ton roman payé par l'agence pour détruire la pub ?

— Et tu es cité dedans ! C'est toi qui m'as tout appris !

Le pire c'est que c'est vrai. Marronnier est directeur de création de la Rosse et pourtant il publie des bouquins, passe à la télé, divorce, écrit des critiques littéraires dans un hebdomadaire à scandale… Il fait plein de trucs et encourage ses employés à en faire autant, soi-disant pour « s'aérer l'esprit » (mais moi je sais que c'est pour les empêcher de devenir dingues). Marronnier est un peu fini dans la profession mais à une époque c'était un sacré winner : Lions à Cannes, couverture de *Stratégies*, 1er Prix au Club des A.D… Il est l'auteur de plusieurs signatures assez connues : « ET VOUS, C'EST QUOI VOTRE TÉLÉPHONE ? » pour Bouygues Telecom, « QUITTE À AIMER LE SON, AUTANT AVOIR L'IMAGE » pour MCM, « REGARDEZ-MOI DANS LES YEUX, J'AI DIT LES YEUX » pour Wonderbra, « UNE PARTIE DE VOUS-MÊME EN MEURT D'ENVIE, L'AUTRE N'A QU'À FERMER SA GUEULE » pour Ford. La plus connue reste quand même « CAFÉ MAMIE. IL Y A SÛREMENT UN MEILLEUR CAFÉ. DOMMAGE QU'IL N'EXISTE PAS ». Putain, ça semble facile mais fallait le trouver, plus c'est simple plus c'est compliqué à débusquer. Les plus belles signatures sont d'une évidence désarmante : « IL FAUDRAIT ÊTRE FOU POUR DÉPENSER PLUS », « CE QU'IL FAIT À L'INTÉRIEUR SE VOIT À L'EXTÉRIEUR », « L'EAU, L'AIR, LA VIE », « DU PAIN, DU VIN, DU BOURSIN », « 100 % DES GAGNANTS ONT TENTÉ LEUR CHANCE », « CONJUGUONS NOS TALENTS », « LA VIE EST TROP COURTE POUR S'HABILLER TRISTE », « IL N'Y A QUE MAILLE QUI M'AILLE », « SEB C'EST BIEN », « C'EST

POURTANT FACILE DE NE PAS SE TROMPER », « VOUS NE VIENDREZ PLUS CHEZ NOUS PAR HASARD », « PARCE QUE JE LE VAUX BIEN », « NE PASSONS PAS À CÔTÉ DES CHOSES SIMPLES », « QUELQUES GRAMMES DE FINESSE DANS UN MONDE DE BRUTES », « CE N'EST PAS PARCE QUE C'EST DÉJÀ FAIT QU'IL NE FAUT RIEN FAIRE » et bien sûr « JUST DO IT », la meilleure de l'Histoire du Business. (Quoique, à la réflexion, ma préférée reste : « HYUNDAI. PREPARE TO WANT ONE. » C'est la plus honnête. Autrefois quand on torturait les gens, on leur disait « tu vas parler » ; maintenant « tu vas vouloir ». La douleur est supérieure car plus lancinante.)

Marronnier connaît bien les coulisses du métier. C'est lui qui m'a appris les règles non écrites, celles qu'on ne vous enseignera jamais à Sup de Pub : je me suis amusé à les imprimer sur une feuille A4 que j'ai punaisée au-dessus de mon iMac.

LES DIX COMMANDEMENTS DU CRÉATIF :

1) Un bon créatif ne s'adresse pas aux consommateurs mais aux 20 personnes à Paris susceptibles de l'embaucher (les directeurs de création des 20 meilleures agences de pub). Par conséquent, remporter un prix à Cannes ou au Club des A.D. est bien plus important que faire gagner des parts de marché à son client.

2) La première idée est la meilleure mais il faut toujours exiger trois semaines de délai avant de la présenter.

3) La pub est le seul métier où l'on est payé pour faire moins bien. Quand tu présentes une idée géniale et que l'annonceur veut l'abîmer, pense très fort à ton salaire, puis bâcle une bouse sous sa dictée en trente secondes chrono et rajoute des palmiers dans le story-board pour partir tourner le film une semaine à Miami ou au Cap.

4) Toujours arriver en retard aux réunions. Un créatif à l'heure n'est pas crédible. En entrant dans la salle où tout le monde l'attend depuis trois quarts d'heure, il ne doit surtout pas s'excuser mais dire plutôt : « Bonjour je n'ai que trois minutes à vous consacrer. » Ou alors citer cette phrase de Roland Barthes :

« Ce n'est pas le rêve qui fait vendre, c'est le sens. » (Variante moins chic : citer « la laideur se vend mal » de Raymond Loewy.) Les clients se diront qu'ils en ont pour leur argent. Ne jamais oublier que les annonceurs vont dans les agences parce qu'ils sont incapables d'avoir des idées, qu'ils en souffrent et qu'ils nous en veulent. C'est pourquoi les créatifs doivent les mépriser : les chefs de produit sont masochistes et jaloux. Ils nous paient pour les humilier.

5) Quand on n'a rien préparé, il faut parler le dernier et reprendre à son compte ce que les autres ont dit. Dans toute réunion, c'est toujours le dernier qui a parlé qui a raison. Ne jamais perdre de vue que le but d'une réunion est de laisser les autres se planter.

6) La différence entre un senior et un junior, c'est que le senior est mieux payé et travaille moins. Plus t'es

payé cher, plus on t'écoute, et moins tu parles. Dans ce métier, plus tu es important, plus il faut la fermer – car moins tu causes, plus on te croit génial. Corollaire : pour vendre une idée au DC (Directeur de Création), le créatif doit SYSTÉMATIQUEMENT faire croire au DC que c'est le DC qui l'a eue. Pour cela, il doit commencer ses présentations par des phrases du type : « J'ai bien réfléchi à ce que tu m'as dit hier et... », ou « J'ai rebondi sur ton idée de l'autre jour et... », ou encore « Je suis revenu à ta piste initiale et... », alors que, bien sûr, il va de soi que le DC n'a rien dit hier, ni eu d'idée l'autre jour et encore moins défini de piste initiale.

6 bis) Autre moyen de reconnaître un junior d'un senior : le junior dit des blagues drôles qui ne font rire personne, alors que le senior sort des vannes pas drôles qui font rire tout le monde.

7) Cultive l'absentéisme, arrive au bureau à midi, ne réponds jamais quand on te dit bonjour, prends trois heures pour déjeuner, sois injoignable à ton poste. Si on t'en fait le moindre reproche, dis : « Un créatif n'a pas d'horaires, il n'a que des délais. »

8) Ne jamais demander son avis à personne sur une campagne. Si on demande son avis à quelqu'un, il risque TOUJOURS de le donner. Et une fois qu'il l'a donné, il n'est PAS IMPOSSIBLE que tu doives en tenir compte.

9) Tout le monde fait le travail de la personne du dessus. Le stagiaire fait le travail du concepteur qui fait

le travail du DC qui fait le travail du Président. Plus tu es important, moins tu bosses (voir commandement 6). Jacques Séguéla a vécu vingt ans sur le dos de « la Force Tranquille » qui est une formule de Léon Blum récupérée par deux créatifs de son agence dont personne ne se souvient. Philippe Michel est connu du grand public pour les affiches « Demain j'enlève le haut, Demain j'enlève le bas » qui étaient une idée de son employé Pierre Berville. REFILE tout ton boulot à un stagiaire : si ça plaît, tu t'en attribueras le mérite ; si ça se plante, c'est lui qui sera lourdé. Les stagiaires sont les nouveaux esclaves : non rémunérés, taillables et corvéables à merci, licenciables du jour au lendemain, apporteurs de cafés, photocopieurs à pattes – aussi jetables qu'un rasoir Bic.

10) Quand un collègue créatif te soumet une bonne annonce, surtout ne pas montrer que tu admires sa trouvaille. Il faut lui dire qu'elle est nulle à chier, invendable, ou que c'est un vieux coup, déjà fait dix mille fois, ou pompé sur une vieille campagne anglaise. Quand il te montre une annonce nulle à chier, lui dire « j'adore l'idée » et faire semblant d'être très envieux.

Maintenant que Marronnier dirige la création de l'agence, il a oublié tous ses préceptes. Quand ses créatifs lui montrent une campagne, il grommelle « pônul » ou « pôsur ». « Pônul » signifie que ça lui plaît et qu'on sera promu avant la fin de l'année. « Pôsur » veut dire qu'il faut trouver autre chose sous peine d'être placardisé dans les plus brefs délais. Au fond, le travail de directeur de la création n'est pas très sorcier : il suffit de savoir marmonner correctement « pônul » et « pôsur ». Parfois, je me demande même si Marc ne prononce pas ses sentences au hasard, en tirant à pile ou face dans sa tête.

Il m'a contemplé avec un certain attendrissement avant d'interrompre ma rêverie :

— Paraît que t'as déconné ce matin chez Madone ?

Alors je lui ai sorti cette tirade tout en la tapant sur mon clavier pour vous permettre de la lire :

— Écoute, Marc, tu le sais, TOUS les créatifs deviennent cinglés : notre boulot est trop frustrant, on se fait tout jeter à la gueule, c'est de pire en pire. Le plus gros client de l'agence, c'est la poubelle. Qu'est-ce qu'on trime pour elle ! Regarde la tête résignée des vieux publicitaires, leurs yeux sans espoir. Au bout d'un certain nombre de créations refusées, on devient complètement désabusé, même si on fait semblant de s'en foutre, ça nous ronge. Déjà qu'on est tous des artistes ratés, en plus on nous force à ravaler notre amour-propre et remplir nos tiroirs avec des maquettes jetées. Tu me diras : c'est mieux que bosser à l'usine. Mais l'ouvrier sait qu'il fabrique quelque chose de tangible, tandis que le « créatif » doit assumer un titre ronflant, un nom ridicule qui ne lui sert qu'à brasser du vent et tapiner. D'ailleurs tous ceux qui bossent ici sont alcooliques, dépressifs ou drogués. L'après-midi ils titubent, vocifèrent, jouent aux jeux vidéo pendant des heures, fument des pétards, chacun a sa méthode pour s'en tirer. J'en ai même vu un tout à l'heure qui jouait à faire le funambule sur une poutre à quinze mètres au-dessus du vide. Quant à moi, j'en ai plein le pif, mes dents grincent, mon visage est parcouru de tics et je sue des joues. Mais je proclame ceci au nom de cette cohorte souffreteuse : mon livre vengera toutes les idées assassinées.

Marronnier m'écoute avec compassion, tel le médecin qui s'apprête à annoncer à son patient que le résultat du test HIV est positif. À la fin de mon envoi, il touche.

— T'as qu'à démissionner, dit-il en sortant de mon bureau.

M'en fous, je persévérerai et ne démissionnerai pas. La démission, ce serait comme de déclarer forfait avant la fin d'un match de boxe. Je préfère finir K-O et qu'on m'emmène sur une civière. De toute façon il ment : personne ici ne me laisserait claquer la porte ; si je me barrais, comme dans la série *Le Prisonnier*, ils ne cesseraient de me questionner : « Pourquoi avez-vous démissionné ? » Je me suis toujours demandé pourquoi les dirigeants du Village posaient sans cesse cette question au Numéro 6. Aujourd'hui je sais. Parce que la grande interrogation du siècle est bel et bien celle-là, dans notre monde terrorisé par le chômage et organisé dans le culte du travail : « POURQUOI AVEZ-VOUS DÉMISSIONNÉ ? » Je me souviens qu'à chaque générique de la série, j'admirais le sourire narquois de Patrick McGoohan qui gueulait « je ne suis pas un numéro, je suis un homme libre ! » Aujourd'hui nous sommes tous le Numéro 6. Nous nous battons tous pour être en CDI (Contrat de Dépendance Infinie). Et si on plaque son travail, à tout moment, sur l'île salvatrice, au milieu des putes cocaïnées, on risque de voir rebondir une grosse boule blanche sur la plage, chargée de nous ramener au bureau en rugissant : « POURQUOI AVEZ-VOUS DÉMISSIONNÉ ? »

9

En ce temps-là, on mettait des photographies géantes de produits sur les murs, les arrêts d'autobus, les maisons, le sol, les taxis, les camions, la façade des immeubles en cours de ravalement, les meubles, les ascenseurs, les distributeurs de billets, dans toutes les rues et même à la campagne. La vie était envahie par des soutiens-gorge, des surgelés, des shampooings antipelliculaires et des rasoirs triple lame. L'œil humain n'avait jamais été autant sollicité de toute son histoire : on avait calculé qu'entre sa naissance et l'âge de 18 ans, toute personne était exposée en moyenne à 350 000 publicités. Même à l'orée des forêts, au bout des petits villages, en bas des vallées isolées et au sommet des montagnes blanches, sur les cabines de téléphérique, on devait affronter des logos « Castorama », « Bricodécor », « Champion Midas » et « La Halle aux Vêtements ». Jamais de repos pour le regard de l'homo consommatus.

Le silence aussi était en voie de disparition. On ne pouvait pas fuir les radios, les télés allumées, les spots criards qui bientôt s'infiltreraient jusque dans vos conversations téléphoniques privées. C'était un nouveau forfait proposé par Bouygues Telecom : le téléphone gratuit en échange de coupures publicitaires toutes les 100 secondes. Imaginez : le téléphone sonne, un policier vous apprend la mort de votre enfant dans un accident de voiture, vous fondez en larmes et au bout du fil, une voix chante « Avec Carrefour je positive ». La musique d'ascenseur était partout, pas seulement dans les ascenseurs. La sonnerie des portables stridulait dans le TGV, dans les restaurants, dans les églises et même les monastères bénédictins résistaient mal à la cacophonie ambiante. Selon l'étude mentionnée plus haut, l'Occidental moyen était soumis à 4 000 messages commerciaux par jour.

L'homme était entré dans la caverne de Platon. Le philosophe grec avait imaginé les hommes enchaînés dans une caverne, contemplant les ombres de la réalité sur les murs de leur cachot. La caverne de Platon existait désormais : simplement elle se nommait télévision. Sur notre écran cathodique, nous pouvions contempler une réalité « Canada Dry » : ça ressemblait à la réalité, ça avait la couleur de la réalité, mais ce n'était pas la réalité. On avait remplacé le Logos par des logos projetés sur les parois humides de notre grotte.

Il avait fallu deux mille ans pour en arriver là.

ET MAINTENANT UNE PAGE DE PUBLICITÉ

LA SCÈNE SE PASSE À LA JAMAÏQUE.

TROIS RASTAS SONT ALLONGÉS SOUS UN COCOTIER, LE VISAGE PLANQUÉ SOUS LEURS DREADLOCKS. ILS ONT VISIBLEMENT FUMÉ D'ÉNORMES JOINTS DE GANJA ET SONT COMPLÈTEMENT DÉFONCÉS. UNE GROSSE BLACK S'APPROCHE D'EUX EN S'ÉCRIANT :

— HEY BOYS, IL FAUT ALLER TRAVAILLER MAINTENANT !

LES TROIS REGGAE MEN NE BRONCHENT PAS. ILS SONT ÉVIDEMMENT TROP CASSÉS POUR LEVER LE PETIT DOIGT. ILS LUI SOURIENT ET HAUSSENT LES ÉPAULES MAIS LA GROSSE DONDON INSISTE :

— DEBOUT ! FINIE LA SIESTE ! AU BOULOT LES GARS !

COMME ELLE VOIT QUE LES TROIS « BROTHERS » NE BOUGENT TOUJOURS PAS, EN DÉSESPOIR DE CAUSE, ELLE BRANDIT UN POT DE DANETTE. EN VOYANT LA CRÈME DESSERT AU CHOCOLAT, LES TROIS RASTAMEN SE LÈVENT INSTANTANÉMENT EN CHANTANT LA CHANSON DE BOB MARLEY : « GET UP, STAND UP. » ILS DANSENT SUR LA PLAGE EN DÉGUSTANT LE PRODUIT.

PACKSHOT DANETTE AVEC SIGNATURE : « ON SE LÈVE TOUS POUR DANETTE. »

II

TU

« On peut faire d'aussi précieuses découvertes dans les *Pensées* de Pascal que dans une réclame pour un savon. »

Marcel PROUST

1

Ce soir, il fait nuit blanche. Depuis que Sophie est partie, tu t'ennuies toujours le week-end. Tu souffres d'un manque de soufre. Tu contemples *The Grind* sur MTV. Mille filles en bikini et tee-shirt trop court gigotent sur une piste de danse géante à ciel ouvert, sans doute sur South Beach à Miami. Des Blacks baraqués les entourent de leurs abdomens aux carrés de chocolat luisants. L'émission n'a pas d'autre concept que la beauté plastique et la transpiration techno. Tout le monde doit avoir 16 ans pour toujours. Il faut être beau, jeune, sportif, bronzé, souriant et en rythme. S'éclater, d'accord, mais obéissant et discipliné sous le soleil. Tenue moulante exigée. *The Grind*, c'est un autre monde, la plage de la perfection, la danse de la pureté. Or *grind*, en anglais, signifie BROYAGE. Ce jeunisme ordonné te rappelle *Le Triomphe de la volonté* de Leni Riefenstahl ou les sculptures d'Arno Breker.

De temps en temps, à l'arrière-plan, une fille qui ne sait pas qu'elle est filmée se met à bâiller, essoufflée. Puis la caméra s'approche et dès qu'elle aperçoit l'objectif, elle refait l'allumeuse, prend des poses d'actrice porno, suce ses doigts d'un air faussement innocent. Pendant une heure interminable, tu contemples ce fascisme balnéaire en sniffant ta coke. Pour ne plus saigner du nez, tu écrases longuement la poudre sur le miroir avec ta carte « Premier ». Tu transformes les cristaux en sucre glace. Plus la poudre est fine, moins elle irrite les vaisseaux sanguins. Ta vie est sur des rails. Quand tu les aspires avec ta paille en or massif, tu renverses la tête en arrière pour solliciter le moins possible tes sinus. Dès que tu sens le goût dans ta gorge, tu bois un grand verre de vodka-tonic pour cesser d'éternuer sans arrêt. Après le rhume des foins, tu inaugures une nouvelle maladie : le rhume de coke (narines nécrosées, nez qui coule, tics de la mâchoire, carte bleue corrodée à la tranche blanchie). Ainsi passes-tu le week-end au-dessus de toi-même.

Les drogues, tu les as vues se rapprocher de toi. Au début, tu en entendais seulement parler :

— On a pris de la Corinne tout le week-end.

Puis ce furent quelques amis d'amis qui en firent circuler :

— Tu veux du nez ?

Puis les amis de tes amis sont devenus tes dealers.

Ensuite l'un d'entre eux est mort d'une overdose, l'autre a fini en taule. Au début tu en as pris pour essayer, une fois de temps en temps, puis pour t'encanailler, tous les week-ends. Puis pour réessayer de rigoler, en semaine. Puis tu as oublié que ça servait à rigoler, tu t'es contenté d'en prendre tous les matins pour rester normal, et tu as envie de chier quand elle est coupée au laxatif, et ton nez te gratte quand elle est coupée à la strychnine. Tu ne te plains pas : si tu ne reniflais pas la poudre, tu serais obligé de faire du saut à l'élastique en combinaison vert fluo, ou du rollerblade avec des genouillères grotesques, ou du karaoké dans un restaurant chinois, ou du racisme avec des skinheads, ou de la gym avec des vieux beaux, ou du Loto sportif tout seul, ou de la psychanalyse avec un divan, ou du poker avec des menteurs, ou de l'Internet, ou du sado-masochisme, ou un régime amincissant, ou du whisky d'appartement, ou du jardinage de jardin, ou du ski de fond, ou de la philatélie urbaine, ou du bouddhisme bourgeois, ou du multimédia de poche, ou du bricolage de groupe, ou des partouzes anales. Tout le monde a besoin d'activités pour soi-disant « déstresser » mais toi tu vois bien qu'en réalité les gens ne font que se débattre.

Depuis que tu vis seul, tu te branles trop souvent devant des cassettes vidéo. Tu as tout le temps des bouts de Kleenex collés aux doigts. Quand tu as largué Sophie, tu lui as pourtant dit que tu préférais les putes.

— Je te suis fidèle : tu es la seule personne que j'ai envie de tromper.

Comment ça s'est passé déjà ? Ah oui, tu dînais avec elle au restaurant, quand soudain elle t'annonce qu'elle est enceinte de toi. Ce flash-back n'est pas un bon souvenir. Soudain un long monologue, impossible à arrêter, est sorti de ta bouche. Tu lui as déblatéré ce que tous les mecs du monde rêvent de dire à toutes leurs femmes enceintes :

— Je voudrais tellement qu'on se quitte… Je te demande pardon… Je t'en supplie ne pleure pas… Je ne rêve que d'une chose c'est qu'on se sépare… Je crèverai seul comme une merde… Fous le camp, barre-toi, refais ta vie pendant que tu es encore jolie… Va-t'en loin de moi… J'ai essayé, crois-moi, j'ai essayé de tenir mais je n'y arrive pas… J'étouffe, je n'en peux plus, je ne sais pas être heureux… Je désire la solitude et des femmes passagères… Je veux voyager célibataire dans des villes étrangères… Je suis incapable d'élever un enfant car j'en suis un moi-même… Je suis mon propre fils… Chaque matin, je me donne la vie… Je n'ai pas eu de père, comment veux-tu que j'en sois un… Je ne veux pas de ton amour… Je…

Cela faisait beaucoup de phrases commençant par « je ». Sophie a répliqué :

— Tu es un monstre.

— Si je suis un monstre et que tu m'aimes, alors tu es aussi conne que la fiancée de Frankenstein.

Sophie t'a scanné, puis s'est levée de table pour sortir de ta vie sans reprendre sa respiration. Et c'est bizarre, quand elle est sortie en sanglotant, tu te rendais bien compte que c'était tout de même toi qui t'enfuyais. Tu as inspiré et expiré ; tu ressentais ce « lâche soulagement » qui suit toutes les séparations ; tu as noté sur la nappe en papier : « les ruptures sont les Munich de l'amour » et aussi : « Ce que les gens appellent tendresse, moi j'appelle ça : peur de se quitter » et encore : « Les femmes, c'est toujours comme ça : ou bien on s'en fout, ou bien on en a peur. » Quand tu ne t'en fous pas, ça veut dire que tu es terrifié.

Quand une fille apprend à son mec qu'elle attend un enfant, la question que se pose IMMÉDIATEMENT le mec n'est pas : « Est-ce que je veux cet enfant ? » mais « Est-ce que je reste avec cette fille ? »

Finalement, la liberté n'est qu'un mauvais moment à passer. Ce soir tu as décidé de retourner au Bar Biturique, ton lupanar favori. Les maisons closes sont supposées être interdites en France ; pourtant, rien qu'à Paris, on en dénombre une bonne cinquantaine. Là-bas, dès que tu entres, toutes les filles t'adorent. Elles ont deux grandes qualités :

1) Elles sont belles.

2) Elles ne t'appartiennent pas.

Tu commandes une bouteille de champ', sers la tournée, et soudain les voilà qui caressent tes cheveux, lèchent ton cou, insinuent leurs ongles dans ta chemise, frôlent ta braguette qui gonfle, susurrent des obscénités délicates dans le creux de ton oreille :

— T'es mignon, ce que j'ai envie de te sucer. Sonia, regarde comme il est joli ! J'ai hâte de voir sa tête quand il viendra dans ma bouche. Mets sa main dans ma culotte pour qu'il sente comme je suis mouillée. J'ai le clitoris qui vibre, là, tu sens avec ton doigt comme ça pulse ?

Toi, tu les crois sur parole. Tu oublies que tu les paies. Au fond de toi, tu te doutes bien que Joanna se prénomme Janine mais tant que tu n'as pas joui, tu es victime de la pub. Te voilà coq en pâte chez les poules de luxe. Au sous-sol du Bar Biturique, tu biberonnes des tétines siliconées. Elles te maternent. De longues langues recouvrent ton visage. Tu te justifies à haute voix :

— Pour réparer sa voiture, mieux vaut faire appel à un garagiste. Pour construire sa maison, il est préférable de contacter un bon architecte. Si on tombe malade, on a intérêt à consulter un médecin compétent. Pourquoi l'amour physique serait-il le seul domaine où l'on n'ait pas recours à des spécialistes ? Nous sommes tous prostitués. 95 % des gens accepteraient de coucher si on leur proposait 1 500 euros. N'importe quelle nana te suce sans doute à partir de la moitié. Elle fera la vexée, ne s'en vantera pas devant ses copines, mais je pense qu'à mille tu en fais ce que tu veux. Et même pour moins. On peut avoir qui on veut, c'est juste une question de tarif : refuseriez-vous une pipe à un million, dix millions, cent millions ? La plupart du temps, l'amour est hypocrite : les jolies filles tombent amoureuses (sincèrement, croient-elles du fond du cœur) de mecs comme par hasard pleins aux as, susceptibles de leur offrir une belle vie de luxe. C'est pas pareil que des putes ? Si.

Joanna et Sonia approuvent tes raisonnements. Elles sont toujours d'accord avec tes brillantes théories. Qui s'assemble, se ressemble – or toi aussi tu es vendu au Grand Capital.

Accessoirement, ces filles sont les seules capables de te faire durcir même avec le nez chargé à bloc et une capote sur le kiki, à l'heure où tu n'es plus capable que d'ânonner ceci :

— Ne regarde pas la paille qui est dans la narine du voisin mais plutôt la poutre qui est dans ton pantalon.

Tu joues le provocateur revenu de tout mais tu n'es pas blasé. Tu ne vas pas voir les prostituées par cynisme, oh que non, au contraire, c'est par peur de l'amour. Elles te donnent du sexe sans sentiments, du plaisir sans douleur. « Le vrai est un moment du faux », a écrit Guy Debord – après Hegel – et ils étaient plus intelligents que toi. Cette phrase décrit bien l'atmosphère des bars à hôtesses. Avec les prostituées, le faux est un moment du vrai. Tu es enfin toi-même. En compagnie d'une femme dite « normale », il faut faire des efforts, se vanter, s'améliorer, donc mentir : c'est l'homme qui fait la pute. Tandis qu'au bordel, l'homme se laisse aller, ne cherche plus à plaire, à se montrer meilleur qu'il est. C'est le seul endroit faux où il est enfin vrai : faible, beau et fragile. Il faudrait écrire un roman intitulé « L'amour coûte 500 euros ».

Les filles de joie te coûtent cher afin de t'économiser. Tu es trop douillet pour risquer encore une fois de tomber amoureux avec tout ce qui s'ensuit : cœur battant, émotions fortes, déception soudaine, les Hauts de Hurlements. Pour toi rien n'est plus romantique que d'aller aux putes. Seuls les êtres vraiment sensibles ont besoin de payer pour ne plus risquer de souffrir.

Passé 30 ans, tout le monde se blinde : après quelques chagrins d'amour, les femmes fuient le danger, elles sortent avec de vieux cons rassurants ; les hommes ne veulent plus aimer, ils se tapent des lolitas ou des putains ; chacun s'est couvert d'une carapace ; on ne veut plus jamais être ridicule ni malheureux. Tu regrettes l'âge où l'amour ne faisait pas mal. À 16 ans tu sortais avec des filles et les larguais ou elles te quittaient sans gravité, en deux minutes c'était réglé. Pourquoi, plus tard, tout est-il devenu si important ? Logiquement, ce devrait être l'inverse : drames à l'adolescence, légèreté à la trentaine. Mais ce n'est pas le cas. Plus on vieillit, plus on est douillet. On est trop sérieux quand on a 33 ans.

Après, quand tu rentres chez toi, tu lexomiles et ne rêves plus. C'est seulement alors, mon pauvre garçon, que tu parviens, l'espace de quelques heures, à oublier Sophie.

2

Le lundi matin, tu te rends à la Rosse avec des pieds de plomb. Tu songes à l'impitoyable sélection du Marketing-Roi. Autrefois il existait soixante variétés de pommes : aujourd'hui n'en subsistent que trois (la golden, la verte et la rouge). Autrefois les poulets mettaient trois mois à être adultes ; aujourd'hui entre l'œuf et le poulet vendu en hypermarché s'écoulent seulement 42 jours dans des conditions atroces (25 bêtes par mètre carré, nourries aux antibiotiques et anxiolytiques). Jusque dans les années 70, on distinguait dix goûts de camemberts normands différents ; aujourd'hui au maximum trois (à cause de la normalisation du lait

« thermisé »). Ceci n'est pas ton œuvre mais cela est ton monde. Dans le Coca-Cola (un milliard et demi d'euros de budget publicitaire en 1997), on ne met presque plus de cocaïne mais il y a de l'acide phosphorique et de l'acide citrique pour donner l'illusion de la désaltération et créer une accoutumance artificielle. Les vaches laitières sont nourries avec du fourrage ensilé qui fermente et leur donne des cirrhoses ; on les alimente également d'antibiotiques qui créent des souches de bactéries résistantes, lesquelles survivent ensuite dans la viande vendue (sans mentionner les farines carnées qui provoquent l'encéphalite spongiforme bovine, on ne va pas revenir là-dessus, c'est dans tous les journaux). Le lait de ces mêmes vaches contient de plus en plus de dioxines, suite à la contamination de l'herbe broutée. Les poissons d'élevage sont nourris, eux aussi, de farines de poissons (aussi nocives pour eux que les farines de viande pour les bovins) et d'antibiotiques… En hiver, les fraises transgéniques ne gèlent plus grâce à un gène emprunté à un poisson des mers froides. Les manipulations génétiques introduisent du poulet dans la pomme de terre, du scorpion dans le coton, du hamster dans le tabac, du tabac dans la laitue, de l'homme dans la tomate.

Parallèlement, de plus en plus de trentenaires attrapent des cancers du rein, de l'utérus, du sein, de l'anus, de la thyroïde, de l'intestin, des testicules et les médecins ne savent pas pourquoi. Même les enfants sont concernés : augmentation du nombre de leucémies, recrudescence des tumeurs cérébrales, épidémies de bronchiolites à répétition dans les grandes villes… Selon le professeur Luc Montagnier, l'apparition du sida ne s'explique pas seulement par la transmission du virus HIV (qu'il a découvert) mais aussi par des cofacteurs « liés à notre civilisation » : il a mentionné « la pollution » et « l'alimentation », qui affaibliraient nos défenses immunitaires. Chaque année, la qualité du sperme diminue ; la fertilité humaine est menacée.

Cette civilisation repose sur les faux désirs que tu conçois. Elle va mourir.

Là où tu travailles, beaucoup d'informations circulent : ainsi apprends-tu, incidemment, qu'il existe des machines à laver incassables qu'aucun fabricant ne veut lancer sur le marché ; qu'un type a inventé un bas qui ne file pas mais qu'une grande marque de collants lui a racheté son brevet pour le détruire ; que le pneu increvable reste aussi dans les tiroirs (et ceci au prix de milliers d'accidents mortels chaque année) ; que le lobby pétrolier fait tout ce qui est en son pouvoir pour retarder la généralisation de l'automobile électrique (et ceci au prix d'une augmentation du taux de gaz carbonique dans l'atmosphère entraînant le réchauffement de la planète, dit « effet de serre », probablement responsable de nombreuses catastrophes naturelles à venir d'ici à 2050 : ouragans, fonte de la calotte polaire, élévation du niveau de la mer, cancers de la peau, sans compter les marées noires) ; que même le dentifrice est un produit inutile puisque tout le soin dentaire réside dans le brossage, la pâte ne servant qu'à rafraîchir l'haleine ; que les liquides-vaisselle sont interchangeables et que d'ailleurs c'est la machine qui effectue tout le lavage ; que les Compact Discs se rayent autant que les vinyles ; que le papier d'aluminium est plus contaminé que l'amiante ; que la formule des crèmes solaires est restée inchangée depuis la guerre, malgré la recrudescence des mélanomes malins (les crèmes solaires ne protègent que contre les UVB mais pas contre les nocifs UVA) ; que les campagnes publicitaires de Nestlé pour fourguer du lait en poudre aux nourrissons du Tiers-Monde ont entraîné des millions de morts (les parents mélangeant le produit avec de l'eau non potable).

Le règne de la marchandise suppose qu'on en vende : ton boulot consiste à convaincre les consommateurs de choisir le produit qui s'usera le plus vite. Les industriels appellent cela « programmer l'obsolescence ». Tu seras prié de fermer les yeux et de garder tes états d'âme par-devers toi. Oui, comme Maurice Papon, tu pourras toujours te défendre en clamant que tu ne savais pas, ou que tu ne pouvais pas faire autrement, ou que tu as essayé de ralentir le processus, ou que tu n'étais pas obligé d'être un héros… Reste que chaque jour, pendant dix ans, tu n'as pas bronché. Sans toi les choses auraient peut-être pu se passer autrement. On aurait sans doute pu imaginer un monde sans affiches omniprésentes, des villages sans enseignes Kienlaidissentout, des coins de rue sans fast-foods, et des gens dans ces rues. Des gens qui se parlent. La vie n'était pas obligée d'être organisée ainsi. Tu n'as pas voulu tout ce malheur artificiel. Tu n'as pas fabriqué toutes ces autos immobiles (1,5 milliard de bagnoles sur Terre en 2022). Mais tu n'as rien fait pour redécorer le monde. L'un des dix commandements de la Bible dit : « Tu ne feras point d'image taillée ni de représentation… et tu ne te prosterneras pas devant elles. » Tu es donc, comme le monde entier, pris en flagrant délit de péché mortel. Et la punition divine, on la connaît : c'est l'Enfer dans lequel tu vis.

— Vous avez un créneau pour que je vous débriefe ou vous êtes overbookés ?

Jean-François, le commercial sur Madone, passe une tête dans ton bureau.

— Charlie est à l'achat d'art, repasse plutôt en début d'après-midi.

— OK, dit-il, tu te doutes qu'il faut qu'on en remette une couche sur Maigrelette. Va falloir calmer le jeu.

— La séduction, la séduction, tel est notre sacerdoce, il n'y a rien d'autre sur Terre, c'est le seul moteur de l'humanité.

Il te contemple d'un drôle d'œil.

— Dis donc, tu es sûr que tu t'es bien reposé ce week-end ?

— Je suis d'attaque pour une nouvelle semaine en tant que Suppôt de la Société Spectaculaire. En route vers le Quatrième Reich !

J.-F. s'approche de toi et fixe le bout de ton nez.

— Tu as un peu de blanc, là.

Il époussette ton pif poudré avec le revers de sa manche, puis reprend :

— Je serai peut-être en rendez-vous à l'extérieur tout à l'heure, mais de toute façon tu peux me toucher sur mon portable.

— Mmm, Jef, j'adore te toucher sur ton portable.

Bientôt Charlie revient s'asseoir en face de toi. Charlie est un rempart : il est aussi baraqué que tu es fluet.

Charlie est un homme heureux ou alors il imite bien le bonheur. Il a une femme et deux enfants ; il envisage la vie sous un angle constructif – à chacun sa façon de conjurer l'absurdité universelle. Charlie te pardonne tes excès. Tu aimes Charlie car il te compense. Il fume des pétards pendant que tu t'insensibilises les dents. Il passe ses journées à dénicher les pires images ultra-pornographiques sur Internet : par exemple, une femme qui suce un cheval ; un type qui cloue ses testicules sur une planche en bois ; une très grosse dame fistée par un bras en plastique ; il trouve ça « distrayant ».

— Tu connais *The Grind* sur MTV ? Je pense qu'il y a un truc à faire avec cette foule pas sentimentale, cette esthétique de la surface, cet attroupement putassier.

Charlie t'approuve en roulant son pétard :

— Ah oui, elle n'est pas normale cette émission. On pourrait proposer à Maigrelette de la sponsoriser. Et pour faire la pub, on sélectionnerait des extraits de vingt secondes en y rajoutant leur logo en haut à droite, à la place de celui de MTV…

— Joli coup. On verrait les bellâtres et les pétasses en train de gigoter sur la chaîne « Maigrelette TV » ! On pourrait même asiler ça sur CNN ! Et relayer sur le terrain par des soirées événementielles co-brandées « Grind-Maigrelette » !

— Oui ! Et comme il existe des heures et des heures d'émission, on pourrait en diffuser chaque jour des morceaux différents : ce serait le premier spot de pub sans répétition !

— Excellent pour les retombées presse, ça. Note ce que tu viens de dire pour le mettre sur le communiqué de lancement.

— OK, mais comment on introduit le bénéfice « Maigrelette rend beau et intelligent » ?

— J'y ai pensé. Alors écoute ça. On voit des centaines de jeunes qui dansent sur de la house, au bord de la piscine géante, sous le ciel bleu électrique. Et soudain, au bout de vingt secondes, une phrase apparaît : « MAIGRELETTE. ET ENCORE, VOUS NE LES AVEZ PAS ENTENDUS CAUSER. »

— Octave, t'es un génie !

— Non, Charlie, c'est toi le meilleur !

— Je sais.

— Moi aussi.

— Gros bisou.

— J'adore ce que tu fais.

— Non, j'adore ce que tu ES.

Ni une ni deux, tu rédiges le nouveau script, tandis que Charlie dégote une nouvelle vidéo sur le web : un type a enfilé un godemichet au bout d'une perceuse ; il peut ainsi le faire vriller dans le vagin d'une adolescente pendant qu'elle suce son tampon périodique usagé. Distrayant, en effet.

Le lendemain tu montres le nouveau script à Marronnier qui opine du chef (normal, c'est lui, le chef) :

— Toujours aussi invendable, mais si ça vous amuse d'essayer, allez-y tête baissée. Tout ce que je te demande, Octave, c'est de ne pas recommencer tes graffitis à la

Charles Manson au sein des locaux de notre clientèle bien-aimée.

Après, tu recontactes le commercial sur son téléphone insu-portable.

— Jean-François, on tient quelque chose.

— Youpêka !

(Il s'agit de la contraction de « youpi » et « eurêka ».)

— Mais il nous faut trois semaines de délai.

Silence à l'autre bout du sans-fil.

— Vous êtes cinglés les gars ? Je dois leur représenter quelque chose la semaine prochaine !

— Quinze jours.

— Dix.

— Douze.

— Onze.

— Envoyons-lui une VHS de l'émission cet après-midi, tranche Charlie. Chez Madone, ils vont être tellement épatés qu'on ait réagi si vite, qu'ils vont acheter l'idée sans réfléchir.

J.-F. ajoute que « c'est un discours très produit mais qui repose sur un discours marque fédérateur » (fin de citation). Toi, tu applaudis. On a beaucoup dit que les créatifs méprisaient les commerciaux et réciproquement. Ce n'est pas vrai : ils ont besoin les uns des autres, et dans une entreprise on n'aime que les individus dont on a besoin ; les autres, on fait leur connaissance à leur pot de départ. Charlie tient la forme. Et de toute façon, quand Charlie tranche, personne ne discute.

3

Sophie t'a dit au revoir comme si elle t'avait dit bonjour.

Tu déjeunes seul.

Autrefois tu avais trop d'amis et maintenant tu n'en as plus.

Cela veut dire que tu n'en as jamais eu.

Tu bois, ta veste pue la raclette.

C'est chouette.

« Laisse-moi te quitter, laisse-moi partir, laisse-moi redevenir un jeune connard », tu lui as dit.

Tu sors sans tes lunettes pour n'y voir qu'à un mètre.

La myopie est ton dernier luxe. Tout est merveilleusement flou comme dans un vidéo-clip.

Tout est surface.

Tiens-toi bien.

Tu es à la pointe de la société de consommation et à la cime de la société de communication.

Tu commandes un sushi de foie gras poêlé au poivre de Sichuan avec chutney de poire, sauce fond de veau, soja et vinaigre balsamique.

Devant toi, une fille sourit.

Tu l'aimes. Elle ne le saura jamais.

Flûte.

C'était une belle minute.

Accoudé au bar, tu rêves de femmes nouvelles. Tu as mis du temps à savoir ce que tu voulais dans la vie : la solitude, le silence, boire, lire, te droguer, écrire et, de temps en temps, faire l'amour avec une très jolie fille que tu ne reverras jamais.

Or c'était l'heure où les créatifs se font sucer. En passant par le bois de Boulogne, tu t'arrêtes pour acheter une fellation sans capote. Vingt minutes après, tu es de retour à l'agence.

— Virez-moi !

Dans le hall de la Rosse, tu hurles mais personne ne t'écoute.

— Virez-moi !

Quelques stagiaires éclatent de rire en te montrant du doigt, ils croient que tu plaisantes, en profitent pour fayoter en s'esclaffant à tes facéties pathétiques.

— Virez-moi !

Mais dans l'open-space, personne ne t'entend crier. Et, à un moment, tu comprends pourquoi ils gloussent tous : il y a des traces de rouge à lèvres sur la braguette de ton jean blanc.

On répète tes phrases à la télé toute la journée : « N'INNOVEZ PAS, IMITEZ », « POURQUOI VIVRE SANS KRUG ? », « SALOPE. LE PARFUM QU'ON AIME DÉTESTER », « RADIO NOVA, C'EST TOUT LE TEMPS PAS PAREIL », « KENZO JUNGLE. ESSAYEZ UN PEU DE L'APPRIVOISER », « VIAGRA. ARRÊTEZ LE BRIDGE », « EUROSTAR. POURQUOI ALLER DE ROISSY À HEATHROW QUAND ON PEUT ALLER DE PARIS À LONDRES ? », « CANDEREL. T'ES BELLE, T'ES MINCE, T'ES TOI », « BOUYGUES TELECOM. VOUS AVEZ DEMANDÉ LE FUTUR ? NE QUITTEZ PAS », « LACOSTE. DEVIENS TES PARENTS », « CHANEL N° 5. PRÊT-À-PORTER PARTOUT ».

— Virez-moi !

Tu veux être allongé sur une pelouse et pleurer en regardant le ciel. La publicité a fait élire Hitler. La publicité est chargée de faire croire aux citoyens que la situation est normale quand elle ne l'est pas. Comme ces aboyeurs nocturnes du Moyen Âge, elle semble crier continuellement : « Dormez, braves gens, il est minuit, tout va bien, du pain du vin du Boursin, du beau, du bon, Dubonnet, vas-y, Wasa, Mini-Mir, Mini-Prix, mais il fait le maximum. » Dormez, braves gens. « Tout le monde est malheureux dans le monde moderne », a prévenu Charles Péguy. C'est exact : les chômeurs sont malheureux de ne pas avoir de travail, et les travailleurs d'en avoir un. Dormez tranquilles, prenez votre Prozac. Et surtout ne posez pas de questions. Hier ist kein warum.

Il faut reconnaître que ce qui se passe à la surface de cette planète n'est pas très important à l'échelle de l'univers. Ce qui est écrit par un terrien sera juste lu par un autre terrien. Il est probable que les galaxies s'en foutent de savoir que le chiffre d'affaires de Microsoft équivaut au PNB de la Belgique et que la fortune personnelle de Bill Gates est évaluée à 100 milliards de dollars. Tu travailles, tu t'attaches à des êtres, tu aimes quelques endroits, tu t'agites sur un caillou qui tourne dans le noir. Tu pourrais rabattre tes prétentions. T'es-tu rendu compte que tu n'étais qu'un microbe ? Y a-t-il un Baygon contre un insecte nuisible comme toi ?

Tu n'écoutes que des disques de suicidés : Nirvana, INXS, Joy Division, Mike Brant. Tu te sens vieux parce que tu es tout content d'écouter des 30 cm en vinyle. En France, il y a 12 000 suicides par an, ce qui fait plus d'un suicide par heure, pendant toute l'année. Si vous lisez ce livre depuis une heure, PAN, un mort. Deux heures si vous lisez lentement ? PAN, PAN. Et ainsi de suite. 24 cadavres volontaires par jour. 168 interruptions volontaires de vie par semaine. Mille morts choisies chaque mois. Une hécatombe dont personne ne parle. La France est une secte du Temple Solaire géante. Selon un sondage de la Sofres, 13 % des Français adultes ont « déjà envisagé sérieusement » de se tuer.

Tu consultes chaque matin quatre messageries : le répondeur téléphonique de ton domicile, celui de ton bureau, la boîte vocale de ton téléphone portable, et les e-mails de ton iMac. Seule ta boîte aux lettres reste désespérément vide. Tu ne reçois plus de lettres d'amour. Tu ne recevras plus jamais de feuilles de papier couvertes d'une calligraphie timide et imprégnées de larmes et parfumées par amour et pliées avec émotion avec l'adresse soigneusement recopiée sur l'enveloppe, comportant une apostrophe au facteur : « Ne te perds pas en route, ô facteur, porte cette missive importante à son destinataire tant désiré… » Les gens se tuent parce qu'ils ne reçoivent plus que des publicités par la poste.

Tu cèdes à la tentation des UV. Dès que tu es déprimé, c'est-à-dire tout le temps, tu te payes une séance d'ultraviolets. Ce qui fait que plus tu as le cafard, plus tu es bronzé. La tristesse te donne bonne mine. Le désespoir est ton coup de soleil. Comment déceler que tu es malheureux ? Ton visage pète le feu. Tu crois qu'être bronzé permet de rester jeune, alors que c'est tout le contraire : on reconnaît les vieux croûtons à leur hâle permanent. De nos jours, seuls les vieillards ont le temps de se dorer la pilule. Les jeunes sont pâles et inquiets tandis que les vieux sont bronzés et souriants (leur retraite étant payée par les premiers). Ressembler à Jacques Séguéla, c'est ça que tu cherches ? Les UV vont finir par te griller.

C'était à Méga-Rail, faubourg de partage… L'excuse de la cocaïne. Il y a beaucoup de choses que tu n'aurais jamais osées sans elle, comme de larguer Sophie ou d'écrire pareil calembour. La coke a bon dos. En tapant ce livre sur ton ordinateur, tu te prends pour un agent secret infiltré dans le noyau du système, une taupe chargée d'espionner en sous-marin les rouages de l'intoxication d'opinion. (Après tout, la CIA n'est-elle pas, elle aussi, une Agence ?) À la fois mercenaire et espion, tu amasses les informations top-secrètes sur ton disque dur. Si jamais tu te fais prendre, on te torturera jusqu'à ce que tu restitues les microfilms. Tu ne parleras pas, tu accuseras la drogue. Quand on te passera au détecteur de mensonges, tu jureras tes grands dieux que tu ne fus dans toute cette mésaventure qu'une… sentinelle.

Tu croises tous les jours en bas de chez toi un SDF qui te ressemble. C'est ton sosie : maigre, grand, pâle, les joues creuses. C'est toi avec une barbe, toi sale, toi mal habillé, toi sentant mauvais, toi avec une boucle d'oreille dans le nez, toi sans argent, toi avec une haleine de chacal, toi bientôt, toi quand la roue tournera, toi allongé par terre sur une grille d'aération du métro, les pieds nus ensanglantés. Tu ne lui achètes pas *Le Réverbère.* De temps à autre, il hurle de toutes ses forces : « QUI SÈME LE VENT RÉCOLTE LA TEMPÊTE ! » puis se rendort.

Tu passes des nuits entières devant ta Playstation. Pour 29 euros TTC tu t'es abonné au club Playstation. Sept fois par an tu reçois des « CD démos avec incitation à l'achat et un questionnaire d'évaluation qui permet (à Sony) de mesurer (tes) taux de possession, (tes) intentions d'achat, (ton) degré de satisfaction et (tes) commentaires ouverts ».

Tu traînes pendant des heures au supermarché, en souriant aux caméras de surveillance. Une autre chose que tu as entendue dans ton métier : bientôt, celles-ci ne serviront plus seulement à arrêter les kleptomanes. Les webcams à infrarouge, dissimulées dans de faux plafonds et connectées à l'ordinateur central, permettront surtout aux distributeurs de connaître tes habitudes de consommation en identifiant les codes-barres des marchandises que tu achètes et de te proposer des promotions, de te faire goûter de nouveaux produits, de t'orienter vocalement vers les rayonnages que tu préfères. Bientôt, tu n'auras même plus à te déplacer : les marques connaîtront tes goûts puisque ton frigo sera branché sur le Net, et elles viendront directement chez toi te déposer les denrées qui te manquent, et toute ta vie sera répertoriée et industrialisée. N'est-ce pas merveilleux ? Dis bonjour à la caméra. Elle est ta seule amie. Elle te connaît mieux que toi.

Tu viens de recevoir une enveloppe en papier kraft format A4. Il ne fallait pas désespérer : quelqu'un a fini par t'écrire. Tu la décachettes pour y trouver une étrange photocopie laser noir et blanc. Des typographies rudimentaires égrènent quelques chiffres : « 43 5. 0 bg4 fr15 pse12 rj33 gm f 2, alr l i/l ml dr55 » avec la date et l'heure en haut à gauche. Tu es perplexe. Parmi les taches blanches sur fond gris, en cherchant bien, tu finis par déceler un œil d'extraterrestre qui te regarde fixement, deux bras, un début de nez, ici peut-être quelque chose qui ressemble à une oreille… Tu reconnais une échographie. Cette œuvre d'art abstrait est accompagnée d'un petit mot manuscrit. « C'est la première et la dernière fois que tu vois ta fille. Sophie. »

4

Quelques jours ont passé sans que tu les voies. Jean-François importe sa dépression dans ton bureau.

— J'ai un mauvais feed-back annonceur. Alfred Duler a rappelé après avoir vu la cassette du « Grind » en disant qu'il y avait trop de gens de couleur. Il a déclaré – je cite : « Je ne suis pas raciste mais les Noirs c'est trop segmentant, or nous devons mettre l'emphase sur la francité du produit. Ce n'est pas ma faute si notre produit est blanc, et que donc, pour le vendre, il faut montrer des Blancs : ce n'est pas raciste de dire ça, merde, nous ne fabriquons pas un yaourt noir ! On engagera des Blacks quand on sortira la gamme Maigrelette au Chocolat ! » Ses assistants ont paraît-il pouffé quand il a dit ça. Mais quand il a menacé de remettre le budget en compétition, plus personne ne rigolait.

— Écoute, laissons tomber, lâches-tu. Ce facho est l'incarnation vivante de la médiocrité. Tu aurais dû lui rappeler qu'il produit déjà un Maigrelette à la dioxine... Il devrait embaucher des mannequins difformes, irradiés, défigurés et purulents.

Tu te réjouis intérieurement : perdre un des plus gros budgets de l'agence constitue la voie royale vers ta prière exaucée, le paradis de l'oisiveté rémunérée, un long désœuvrement financé par la collectivité... Mais Jean-François se voit déjà à la rue. Pour lui, la situation n'est pas la même que pour toi : il a été programmé pour une existence sans rues. Il a fait une petite école de commerce privée pour fils à papa, s'est marié avec une emmerdeuse propre, a accepté d'être insulté et humilié pendant quinze ans par ses employeurs et ses clients pour pouvoir emprunter de l'argent à la Société Générale afin d'acquérir un trois-pièces à Levallois-Perret. Sa seule distraction ? Écouter la bande originale de *Titanic*. Il ignore qu'une autre vie est possible. Il n'a jamais rien laissé au hasard : sa vie ne veut pas bifurquer. Il ne s'en relèverait pas si Madone quittait l'agence. Il est au bord des larmes ; ce n'était pas prévu dans son plan de carrière. Il doute pour la première fois depuis sa naissance. Il finirait presque par en devenir humain.

— Je sais bien que c'est une crapule fasciste, bredouille-t-il, mais il pèse 12 M€…

Tu te mets à l'aimer. Après tout, il t'a épousseté le nez l'autre jour.

— T'inquiète pas, t'entends-tu lui dire, Charlie et moi on va te rattraper le coup, pas vrai Charlie ?

— Ouaips, je crois que le moment est venu de se mettre en alerte DefConTrois.

Marc Marronnier passe une tête par la porte entrebâillée.

— Eh bien les gars, vous en faites une tête ! On dirait trois salariés de Rosserys et Witchcraft… Oups !

Il se frappe le front avec la paume de sa main.

— Désolé ! C'est ce que vous êtes !

— Arrête de déconner, Marc, se lamente Jef, on est vraiment dans la merde jusqu'au cou sur Maigrelette.

— Ah… Ils sont lourds, les fabricants de fromage allégé…

Marronnier te jette un regard condescendant (en deux mots : con et descendant – car il est debout et toi assis).

— Octave, Charlie… dit-il, ne croyez-vous pas que le moment est venu de sortir le plan Orsec ?

— Ils sont déjà en DefConTrois ! s'exclame Jef. Mais euh… En quoi ça consiste exactement, cette histoire de DefConTrois ?

Charlie fait alors son geste solennel. Il lève les bras et les yeux au ciel, inspire profondément, expire bruyamment, signe chez lui qu'il s'apprête à prendre la parole ou tuer un petit animal mignon. Après un long silence, il regarde Marronnier une dernière fois.

— Chef ? On a le feu vert ?

Le chef hoche la tête avant de la sortir du bureau, qui goûte alors un instant de calme et de sérénité quasi zen. Charlie se tourne lentement vers toi et lâche le mot de passe :

— La Bouse de Dernière Minute.

— C'est parti.

Et devant J.-F., en une minute montre en main, Charlie et toi concoctez la publicité dont rêvent tous les annonceurs : quelque chose de joli, doux, inoffensif et mensonger destiné à un large public de veaux bêlants (car, suite à diverses manipulations génétiques, on peut désormais faire bêler les bovins).

Tu lui lis la Bouse à voix haute :

« Une ravissante femme (ni vieille ni jeune), À LA PEAU BLANCHE, aux cheveux châtains (ni blonde ni brune), s'assied sur la terrasse d'une belle maison de campagne décorée style "Côté Sud" (chaleureuse sans être tape-à-l'œil) dans un fauteuil à bascule (ni trop cher ni trop fauché). Elle regarde la caméra et s'écrie d'une voix suave mais authentique : "**Je suis belle ? On dit ça. Mais moi je ne me pose pas la question. Je suis moi, tout simplement.**" Elle saisit d'un geste calme (ni sensuel ni sophistiqué) un pot de Maigrelette qu'elle entrouvre délicatement (ni trop vite ni trop lentement) avant d'en déguster une cuillerée (ni trop vide ni trop pleine). Elle ferme les yeux de plaisir en goûtant le produit (minimum deux secondes). Puis elle poursuit son texte en regardant les téléspectateurs droit dans les yeux : **“Mon secret c’est… Maigrelette. Un exquis fromage blanc sans aucune matière grasse. Avec du calcium, des vitamines, des protéines. Pour être bien dans sa tête et dans son corps, il n’y a rien de meilleur.”** Elle se lève avec élégance (mais pas trop) et conclut dans un sourire complice (mais pas trop) : **“Voilà mon secret. Mais ce n’en est plus un, maintenant, puisque je vous ai tout dit hi hi.”** Elle démarre un rire espiègle (mais pas trop). Arrive le packshot du produit (minimum cinq secondes) avec cette signature : **“MAIGRELETTE. POUR ÊTRE MINCE SAUF DANS SA TÊTE.”** »

Jean-François passe d’effondré à euphorique en un clin d’œil : ce type-là pourrait entrer au Conservatoire d’Art Dramatique, dans la section « mime cyclothymique ». Il nous baise les mains, les pieds, la bouche.

— Vous m’avez sauvé la vie, les amis !

— Eh oh ! Pas de familiarités quand même, grommelle Charlie, qui mate sur son ordinateur un film montrant un homme sodomisé par une anguille vivante.

Et toi, tu t’aperçois de ta bévue :

— Bordel, c’est pas demain la veille que je serai foutu à la porte. Avec un spot pareil, Philippe va me foutre une paix royale pendant au moins dix ans. On va encore enculer Madone !

Mais Charlie a le dernier mot :

— Tu peux toujours dire qu’on les encule, mais au fond de toi, tu sais très bien que c’est l’inverse.

Et Jean-François s'en va tout guilleret avec son script merdique sous le bras. Cette scène se déroulait vers le début du troisième millénaire après J.-C. (Jésus-Christ : excellent concepteur-rédacteur, auteur de nombreux titres restés célèbres : « AIMEZ-VOUS LES UNS LES AUTRES », « PRENEZ ET MANGEZ-EN TOUS CAR CECI EST MON CORPS », « PARDONNEZ-LEUR, ILS NE SAVENT PAS CE QU'ILS FONT », « LES DERNIERS SERONT LES PREMIERS », « AU COMMENCEMENT ÉTAIT LE VERBE » – ah non, ça c'est de son père).

5

La bonne cocaïne coûte 100 euros le gramme. C'est cher exprès : pour que seuls les riches puissent être en forme, tandis que les pauvres continuent de s'abrutir au Ricard.

Tu téléphones à Tamara, ta call-girl favorite. Sa messagerie te répond d'une voix suave : « Si vous voulez m'inviter à prendre un verre, appuyez sur la touche 1. Si vous voulez m'inviter à dîner, appuyez sur la touche 2. Et si vous voulez m'épouser, veuillez raccrocher. » Tu lui laisses le numéro de ta ligne directe à l'agence : « Rappelle-moi, tes épaules ressemblent à des œufs à la coque, il faut que tu me changes les idées, c'est urgent, je veux tremper mes mouillettes dans ta life, Octave. » Elle a un visage dont ton regard ne parvient pas à se détacher.

Devinette : Qu'est-ce qui a la peau ambrée et un corps de Mexicaine avec des yeux d'Eurasienne ? Réponse : une rebeu dont le vrai nom n'est pas Tamara. Le soir elle vient chez toi. Tu lui as demandé de porter « Obsession », le parfum de Sophie.

Elle a la voix rauque, les doigts fins, le sang mêlé. Le corps féminin est composé de nombreux éléments non dénués de charme : tendons bronzés reliant les chevilles aux mollets, ongles des orteils maquillés, fossettes éparses (à la commissure des lèvres, à la naissance des fesses), dents dont la blancheur contraste avec les lèvres pourpres, cambrures diverses (plante des pieds, bas du dos), rougeurs variées (pommettes, genoux, talons, suçons), mais l'intérieur des bras reste toujours beige comme neige et tendre comme l'émotion qu'il provoque.

Oui, c'était une époque où même la tendresse était à vendre.

Tamara est la putain que tu ne baises pas. Sur sa mini-jupe est écrit « LICK ME TILL I SCREAM » mais tu te contentes de lécher son oreille (elle déteste ça). Contre 500 euros, elle vient dormir à domicile. Auparavant, vous écoutez des disques ensemble : le groupe Il était une fois, les Moody Blues, Massive Attack. Tu es prêt à payer très cher juste pour le moment où vos lèvres s'attirent comme des aimants. Tu ne veux pas coucher avec elle, juste la frôler, subir son attraction extraterrestre. Les amants sont des aimants. Tu refuses de mettre une capote dans Tamara. C'est pourquoi vous ne faites jamais l'amour. Au début, elle ne comprenait pas ce client qui se contentait d'enrouler sa langue autour de la sienne. Et puis elle y a pris goût, aux dents qui mordillent la bouche, à la pointe nerveuse de salive parfumée de vodka, et maintenant c'est elle qui enfonce sa langue dans ta bouche douce, et la pelle devient profonde, pénétration buccale où ta langue devient bite, lèche ses joues, son cou, ses yeux, saveur, gémissement, souffle, désir titillé. Stop. Tu t'arrêtes pour lui sourire à un centimètre du visage, savoir attendre, déguster, ralentir et recommencer. Il faut dire les choses telles qu'elles sont : un baiser est parfois plus beau que baiser.

— J'adore tes cheveux.

— C'est une perruque.

— J'adore tes yeux bleus.

— Ce sont des lentilles.

— J'adore tes seins.

— C'est un Wonderbra.

— J'adore tes jambes.

— Ah ! Enfin un compliment.

Tamara éclate de rire.

— Tu me fais trop kiffer.

— C'est un mot de jeune pour dire que tu es heureuse ?

— En cet instant précis ? Oui.

— En cet instant précis, je sais très bien que tu fais semblant.

— Premièrement, ce n'est pas parce que je fais pas gratuit que je fais semblant. Cela n'a rien à voir. Deuxièmement, oui, je suis plutôt heureuse, considérant que je gagne dix patates par mois en cash.

— L'argent fait le bonheur, alors ?

— Pas du tout mais j'en mets plein de côté pour m'acheter une maison et élever mon bébé.

— Quel dommage. J'aurais tellement aimé te rendre malheureuse.

— Je ne suis jamais malheureuse quand je fais payer.

— Moi c'est le contraire : je te paye pour ne pas être malheureux.

— Embrasse-moi, ce soir je te fais 10 % de remise.

Elle enlève le haut. Une fine chaîne en or entoure sa taille. Une rose est tatouée au-dessus de son sein droit.

— C'est un vrai tatouage ou une décalcomanie ?

— Un vrai, tu peux sucer, il s'en ira pas.

Quelques aimantations après, tu filmes Tamara au caméscope numérique en l'interviewant :

— Dis-moi Tamara, tu veux vraiment devenir comédienne ou c'était une blague ?

— C'est mon rêve, de faire ce métier en plus de… celui-ci.

— Mais pourquoi t'es pas mannequin ?

— Mais je le suis, la journée. Comme beaucoup de filles qui travaillent au Bar Biturique. Je cours les castings à longueur de temps. Seulement y a tellement de filles et si peu de boulot qu'on doit bien se démerder pour arrondir les fins de mois…

— Non je te demandais ça parce que… enfin écoute, voilà : j'aimerais proposer ton composite pour la prochaine publicité Maigrelette.

— OK, ce soir j'avale ton foutre gratos.

— Pas question, voyons, tu n'as donc pas compris que je suis le nouveau Robin des Bois ?

— Comment ça ?

— C'est pourtant simple : je prends aux riches pour donner aux filles.

Oui, certains soirs, tu déboursais 500 balles juste pour l'embrasser sous la pluie, et ça les valait. Bon sang, ça les valait largement.

6

Dix jours plus tard, c'est PPM à l'agence (prononcer pipième) : « Pre-Production Meeting. » La réunionnite au sommet de son art. On n'entend pas une mouche voler : normal, elles savent qu'elles risquent de se faire violemment sodomiser. Alfred Duler est venu avec ses trois mousquetaires de la société Madone, il y a là deux commerciaux de la Rosse, la tv-productrice agence, deux créatifs (Charlie et toi), le réalisateur retenu qui s'appelle Enrique Baducul, il y a aussi son producteur parisien, sa styliste dépressive, son décorateur anglais et une cost-contrôleuse liftée. Charlie a parié avec toi : le premier qui prononce les mots « anxiogène » et « minorer » gagne un déjeuner chez Apicius.

— Les modifs, entame la tv-prod, ont été intégrées par rapport à la réunion du 12. On attend d'autres castings mais Enrique approuve la reco agence. On va donc tout de suite vous montrer la cassette.

Mais, comme toujours dans ce genre de réunions, le magnétoscope ne marche pas et personne ne sait s'en servir. Il faut appeler un technicien car les quatorze personnes présentes, représentant une masse salariale annuelle de plus de 3 millions d'euros, sont incapables de faire fonctionner une machine qu'un enfant de six ans met en marche du bras gauche et les yeux bandés. En attendant l'arrivée du sauveur qui saura appuyer sur le bouton « play », le réalisateur relit tout haut sa note d'intention.

— Il né faut pas qué la fille soit trop zolie, cé séra ouna femme fraîche, ouna zeune adoulte.

Enrique Baducul a commencé comme photographe de mode à *Glamour* avant de devenir la star du film publicitaire esthétisant à dominante orangée. Il cultive son accent vénézuélien car cette note d'exotisme est la principale raison de son succès (environ 500 réalisateurs au chômage filment exactement comme lui, c'est-à-dire flou, avec profusion de filtres et une bande-son trip-hop, mais ne bossent pas car ils ne s'appellent pas Enrique Baducul).

— Yé souis personnellamente favorable à ce qu'on lise la marque dès lé prémier plan. Esta muy muy importante. Ma, il faut ze garder oune zone dé créativité, yé crois.

Il a été choisi parce que Joe Pytka n'était pas libre, et que Jean-Baptiste Mondino a refusé. Tout le monde suit avec le doigt sur les photocopies de son texte, comme en classe de maternelle. Soudain un ouvrier en blouse bleue entre sans frapper, soupire et met en marche le magnétoscope.

— Merci Gégé, dit Jef, que serions-nous sans toi ?

— Incapables, répond Gégé en sortant de la pièce.

Jef se force à rire.

— Hé Hé Hé ! Sacré Gégé. Bien, nous allons donc regarder la reco de casting.

Les quatorze incapables voient alors la belle Tamara, torse nu en Wonderbra noir, qui regarde la caméra en se mordant les lèvres et déclare :

— C'est mon rêve de faire ce métier en plus de… celui-ci. Je cours les castings à longueur de temps. Seulement y a tellement de filles et si peu de boulot… (cut).

Tu prends rapidement la parole pour dire qu'il s'agit d'un casting sauvage, une mannequine exceptionnelle que tu as filmée par hasard et qu'un « call-back » va être organisé avec cette fille afin de lui faire interpréter le texte exact dès demain.

Alfred Duler demande si on pourra la retoucher en post-prod pour éclaircir sa couleur de peau.

— Bien sûr, aucun problème. Elle sera totalement B.B.R. (Bleu-Blanc-Rouge).

Sa chef de pub, un gros tas boudiné dans un tailleur Zara, n'ouvrira la bouche qu'une seule fois aujourd'hui pour dire ceci :

— Ce qu'il faut, c'est susciter l'envie.

Impressionnant, tous ces gens que personne ne baise et qui, néanmoins, travaillent toute la journée pour provoquer le désir de millions de consommateurs.

La tv-prod note sur son calepin : « OK Tamara sous réserve de call-back et deviser paint-box pour éclaircir visage. »

Alfred Duler reprend la parole :

— Je voudrais préciser que nous sommes très heureux de travailler avec Enrique, dont la bande démo est formidable, et surtout parce que nous savons que c'est quelqu'un qui sait rester très professionnel dans son approche visuelle de la pub.

(Traduction simultanée : « On a choisi un réalisateur docile qui ne changera rien au script vendu. »)

— Et Enrique, j'apprécie ce que tu viens de dire sur la marque. Nous savons tous ici que nous ne sommes pas au Club des Poètes. Il est crucial qu'on identifie bien le logo Madone dès le premier plan du film.

— Si, si. Yé pensé dé faire oune packshot très loumineuse.

— Effectivement, renchérit Jef, l'ensemble aura un climat ensoleillé mais clean.

La styliste prend alors la parole :

— On avait dit que ce serait bien si c'était pas trop tristoune au niveau des vêtements.

Elle brandit des tee-shirts colorés.

— On peut trouver du rouge, des choses flashy comme ça.

— Oui, dit un des chefs de produit pour donner une raison à sa présence à cette PPM (et par extension au sein de la société Madone), bien sûr mais il nous faut un stylisme mi-saison pour pouvoir utiliser le film tout au long de l'année.

— Par rapport à ce qu'on avait dit à la réunion du 12, ajoute la cost-contrôleuse, inspectrice des travaux finis payée par Madone pour tout critiquer et faire baisser les tarifs (à l'exception des siens), il faudrait un peu plus d'espièglerie.

— Évidemment, renchérit Jef, cela a été spécifié le 12.

Ils ont tous l'air de flipper comme des bêtes. La styliste est aussi rouge que ses tee-shirts.

— J'ai aussi amené cette chemise…

Tout le monde critique la chemise jusqu'au moment où on s'aperçoit que le client porte la même.

— Écoutez, dit Charlie, on a un contrat de base mais on peut tout de même s'autoriser quelques spontanéités au tournage, non ?

Tous les regards se tournent vers Alfred-Duler-est-un-con.

— Je suis obligé de rappeler que Madone signe un découpage et que si on ne retrouve pas ça au montage, nous on jette le film. On a un contrat ; je suis final sur ce point.

— Bien sûr, frémit Jef, l'agence s'engage à revenir avec ce qu'on vous a montré.

Et la conversation continue ainsi pendant des heures. La nuit tombe. Et tu notes tout, scrupuleusement, comme un greffier – le scribe du désastre contemporain. Car cette réunion n'est pas un « détail » de l'histoire de la Troisième Guerre mondiale.

— Rajouter l'adverbe « goulûment » sur la note d'intentions de tournage. C'est une contrainte.

— A-t-on vraiment besoin de trente secondes ? Ne peut-on pas raconter l'histoire en vingt secondes en raccourcissant tous les plans ?

— OK on va timer les plans mais ça risque de speeder.

— On va être hyper-cut.

— Du moment que l'attribution IPSOS n'en souffre pas, je crois qu'on peut le diffuser en vingt secondes.

— Remplacer « goulûment » par « irrésistiblement » sur la note. C'est très important de mettre l'emphase là-dessus. Je vois ça comme une contrainte.

— Il faut que ce soit un produit auquel on ne résiste pas. Je vous rappelle qu'on pré-testera le film avant l'antenne. Si nos études conso ne sont pas formelles là-dessus, on trappe le film.

— Je vous relis la note d'intention : « Consommation du produit : après avoir ouvert le pot de Maigrelette, la femme le mangera irrésistiblement avec délectation ainsi qu'avec sa cuiller. »

— Octave, tu te trouves drôle ?

— On pourrait visualiser la fille en train de marcher avec le produit à la main…

— Ah non ! Je vous arrête tout de suite ! Maigrelette n'est pas un yaourt déambulatoire !

Tu notes tout ce qu'ils disent parce que c'est limite poétique.

— Passons maintenant aux repérages : la parole est à Tony.

— Nous l'avons visitey plousieurs maisons autour de Miami. Il y a many possibilities : très ouverte ou avec la grande jardin, ou plousse moderne ici tu vois le photo c'est très terrasse, véranda, ou on peut aussi faire dans une mas traditional, oui ?

— Ma, dit Enrique, Tony tou nous donne ta réco, laquelle esta ta recommandacion ?

— Moi je trouve que c'est bien le classic maison avec la perron devant, c'est plousse jolie pour toi je crois. Il ne faut pas faire une chose ennuyante, non ?

— Yé soui okay si tou esta okay.

— Revenons au plan produit.

— Il faut que ce soit un yaourt qui est dans la vie, je ne sais pas, posé sur l'herbe, pour emphatiser l'idée de nature.

— C'est un produit ludique mais vachement santé.

— Notre valeur ultime, a fini par lâcher Duler, c'est l'amour. Nos clients achètent de l'amour (voilà qui plaira à Tamara, songes-tu). Nous ne vendons pas un yaourt, mais du lait maternel ! C'est pour ça qu'on est worldwide. L'amour c'est mondial ! Il faut penser worldwide ! Réfléchir worldwide ! Chier worldwide ! Je crois que telle est la vocation de Maigrelette.

Soudain Philippe entre sans frapper. Il dit de continuer, de faire comme s'il n'était pas là, mais on recommence quand même la réunion au début, seulement dérangés de temps en temps par la sonnerie de son téléphone portable qu'il n'a pas déconnecté.

— C'est une femme-femme. Elle a un jean brut, tu vois, un tee-shirt à manches longues, il faut sursignifier qu'elle est décontractée mais élégante.

— C'est Sharon Stone en brune et en plus junior.

— Vous êtes sûr que Madame Michu de Valenciennes va s'y reconnaître ?

— Attention : elle est middle class mais fun.

— Elle ne fait pas très européenne.

— Nous on n'a rien contre les Maghrébins mais c'est notre cible qui risque de ne pas s'identifier.

— Elle est juste un peu « Côté Sud », c'est tendance, la mode est aux teints mats à la Inès Sastre-Jennifer Lopez-Salma Hayek-Penelope Cruz.

— C'est qui Salma Hayek ?

— Enrique a vu 80 filles et c'est elle qui prend le mieux la lumière.

— Elle est complètement dans les valeurs de la marque, libre, sensuelle, totalement Maigrelette.

— Elle esta magnifico.

— Very cute.

— C'est qui Salma Hayek ?

— C'est vrai qu'elle transmet une émotion à la caméra.

— Je ne suis pas contre valider ce choix après visionnage du call-back.

— « Ambiance de campagne tranquille mais dynamique. L'herbe devra être verte mais méditerranéenne. Sons naturels, les oiseaux chantent. »

— Il faudra penser à monter les grillons au mixage.

— C'est qui Salma Hayek ?

— C'est la nana de la mode latino.

— Elle est en couv du *Vogue* anglais de septembre.

— Connais pas.

La styliste au bord de la crise de nerfs étale vingt paires de lunettes de soleil sur la table pour que le client choisisse celle que Tamara portera sur la tête. Au bout de vingt minutes, on décide finalement de toutes les emporter sur le tournage afin de choisir sur place. (On décide donc de ne rien décider.)

— La musique : cinq musiciens ont envoyé des maquettes. On les écoute ?

Démo 1 :

— Trop branché.

Démo 2 :

— Trop hard.

Démo 3 :

— Trop kitsch.

Démo 4 :

— Trop lent.

Démo 5 :

— Trop cheap.

— « Pour action, note la productrice, demander aux musiciens de retravailler un son plus genre salsa provençale. »

— Je suis opposé à la contre-plongée sur le plan dégustation. J'ai peur que la fille soit déformée. J'aimerais mieux quelque chose de plus classique au niveau du branding.

C'est à ce moment-là que Charlie a gagné un déjeuner chez Apicius :

— Vous trouvez ça anxiogène ? On peut le minorer.

Le Président Philippe s'est alors levé et, avant de quitter la réunion, s'est tourné vers la tv-prod de l'agence :

— Très bonne réunion, Martine, bravo c'est du très bon boulot, tu es nouvelle ici ? je te souhaite la bienvenue à la Rosse, Marc a bien fait d'engager des gens hyper sur le coup comme toi.

— Philippe, je m'appelle Monique, et cela fait cinq ans que je travaille là, a alors répondu la tv-productrice avec une froideur bien excusable.

7

Et maintenant te voilà tout maigrelet. Tu as perdu 17 kilos en trois mois. Tu ne t'alimentes plus que par le nez. Chaque matin, tu te réveilles avec un bloc de craie solide dans ton nez plâtreux. Tu arrives au bureau à 5 heures 35 de l'après-midi. Quand Marc Marronnier t'en fait la remarque, tu réponds :

— Je fais la grève jusqu'à ce que tu me vires.

— Qu'est-ce qu'il y a ? Tu veux une augmentation ?

— Non, je veux vraiment tout plaquer.

— Qui t'a appelé ? CLM ? BDDP ?

— Mais non, je veux arrêter ! Tu ne comprends pas que je suis en train de crever ? Regarde comme j'ai fondu !

— Ressembler à Kate Moss n'a jamais constitué un motif de licenciement.

— Mais je vais mourir d'une tumeur au cerveau !

— Impossible : tu n'as pas de cerveau.

— Mais je suis de moins en moins grand public !

— Je sais mais on a besoin de toi pour parler aux CSP + + + +.

Tu portes un costume Éric Bergère, une chemise Hedi Slimane pour Saint Laurent Rive Gauche-Hommes, des souliers Berluti, une montre Royal Oak d'Audemars Piguet (en attendant la Samsung Watch Phone qui fera aussi téléphone mobile), des lunettes Starck-Eyes, un caleçon Banana Republic acheté à New York. Tu es propriétaire d'un appartement de cinq pièces à

Saint-Germain-des-Prés, décoré par Christian Liaigre. Tu possèdes aussi :

– une chaîne hi-fi Bang & Olufsen verticale avec 10 lecteurs de CD programmables à distance

– un téléphone Cosmo bi-bande GSM équipé d'un data-fax intégré

– six chaises Louis XV héritées de la maison de tes grands-parents

– un tabouret « Barcelona » de Mies van der Rohe

– une bibliothèque de Jean Prouvé contenant l'intégrale de la Pléiade (jamais ouverte)

– un magnétoscope tri-standard Sony

– la nouvelle Flat TV de Philips

– un lecteur de DVD portable Sony Glasstron

– une Lounge Chair de Charles Eames (1956)

– une Playstation Sony

– un réfrigérateur double porte General Electric (rempli de caviar osciètre Petrossian, de foie gras mi-cuit truffé de La Petite Auberge et de champagne Cristal Roederer) avec congélateur géant et distributeur automatique de glaçons

– un caméscope numérique Sony PC1 (360 grammes, 12 cm de haut, 5 cm de large)

– un appareil photo numérique Leica Digilux Zoom

– 24 verres de cristal Baccarat

– trois tirages originaux de Jean-François Jonvelle

– un Basquiat de trois mètres carrés et un dessin de David Hockney

– une affiche de Jean Cocteau

– une table basse en ébène Modénature

– quelques originaux de Pierre Le Tan, Edmond

Kiraz, René Gruau, Jean-Jacques Sempé, Jean-Philippe Delhomme, Voutch, Mats Gustafson

– un lampadaire Urban Outfitters

– 8 oreillers beiges et blancs en pashmina de chez Maisons de Famille

– un autographe encadré de Laetitia Casta

– des portraits de toi par Mario Testino, Ellen von Unwerth, Jean-Baptiste Mondino, Bettina Rheims, Dominique Issermann

– des photos de toi à côté d'Inès Sastre, Gérard Depardieu, Ridley Scott, Eva Herzigova, Naomi Campbell, Carla Bruni, David Lynch, Thierry Ardisson

– une cave pleine de premiers grands crus classés bordelais livrés par les caves Augé (116, boulevard Haussmann, Paris 8e) : Chasse-Spleen, Lynch Bages, Talbot, Petrus, Haut Brion, Smith Haut Laffitte, Cheval Blanc, Margaux, Latour, Mouton Rothschild...

– mille compact discs, DVD, CD-roms et cassettes VHS

– une BMW Z3 dans sa place de parking louée à l'année sous le Café de Flore

– un sosie SDF en bas de chez toi

– cinq paires de Berluti, trois paires de Nike Air Max, une paire d'Adidas Micropacer (avec chronomètre intégré et un micro-ordinateur capable de mesurer la distance parcourue)

– trois manteaux en cachemire Hermès et trois en daim Louis Vuitton

– cinq costumes Dolce e Gabbana et cinq Richard James

– *Sumo*, le livre géant de photos d'Helmut Newton

aux éditions Taschen (50 × 70 cm) sur son présentoir dessiné par Philippe Starck

– cinq jeans Helmut Lang et cinq paires de mocassins Gucci

– vingt chemises Prada et vingt tee-shirts Muji

– dix pulls en cachemire dix-huit fils Tsé par Huseyn Chalayan et dix Lucien Pellat-Finet (tout ce qui n'est pas en cachemire te gratte d'une façon insoutenable, sauf la vigogne)

– un placard contenant l'intégrale de la collection APC des dix dernières saisons

– un tableau de Ruben Alterio

– dix paires de lunettes de soleil Cutler and Gross

– une salle de bains entièrement meublée en Calvin Klein (serviettes de bain, peignoirs, porte-savon, produits de beauté, parfums, sauf les lotions qui viennent de chez Kiehl's New York)

– l'iMac rose sur lequel est rédigé ce livre, un iBook orange connectable à Internet sans câble et une imprimante couleur Epson Stylus 740.

La plupart des autres objets que tu possèdes viennent de chez Colette. Quand ils ne viennent pas de chez Colette, cela veut dire qu'ils viennent de chez Catherine Memmi. Quand ils ne viennent ni de chez Colette, ni de chez Catherine Memmi, cela veut dire que tu n'es pas chez toi.

Tu dînes rarement dans des restaurants à moins de 100 euros par personne. En voyage, tu dors uniquement dans des Relais et Châteaux. Il y a trois ans que tu ne prends plus l'avion qu'en Business Class (sinon tu attrapes un torticolis en dormant) avec une couverture en cachemire (sinon ça te gratte ; voir plus haut). À titre d'information, l'aller-retour Paris-Miami en Business coûte 62 000 francs (10 K-euros).

Avec toutes ces choses qui t'appartiennent, et la vie confortable que tu mènes, logiquement, tu es obligé d'être heureux. Pourquoi ne l'es-tu pas ? Pourquoi plonges-tu sans cesse ton pif dans la schnouff ? Comment peux-tu être malheureux avec 2 millions d'euros sur ton compte en banque ? Si tu es au bout du rouleau, alors, qui est à l'autre bout ?

L'autre jour, tu as fondu en larmes devant le magasin Bonpoint de la rue de l'Université. Devant des petits lits en bois blanc, des lampes en forme de nounours, des chaussures gris perle taille trois mois, des salopettes à 55 euros, un mini-pull à 94 euros, et tu pleurais comme un abruti et les clientes sortaient du magasin horrifiées, persuadées que ce pauvre type qui chialait devant la boutique avait perdu son enfant dans un accident de bagnole, mais tu n'as pas eu besoin d'accident pour perdre ton enfant.

Tu vas te bourrer la gueule dans ta cuisine géante. Tu te diriges vers le frigo ultramoderne. Tu te reflètes dedans. Nerveusement, tu appuies sur le distributeur de glaçons. Ton verre d'Absolut déborde de glace. Tu maintiens la pression sur la manette jusqu'à ce que le sol de la cuisine soit recouvert d'ice cubes. Puis tu programmes la machine sur « glace pilée ». Tu recommences à appuyer. Il neige sur le marbre noir. Tu contemples ton visage dans le réfrigérateur le plus cher du monde. C'était plus facile d'avoir un comportement de célibataire attardé quand tu savais qu'il y avait quelqu'un chez toi qui t'attendait avec amour. Tu es tellement coké que tu sniffes ta vodka par la paille. Tu sens le collapse arriver. Tu vois ta déchéance dans le miroir : savais-tu qu'étymologiquement, « narcissique » et « narcotique » viennent du même mot ? Tu as vidé le réservoir à glace par terre. Tu glisses et te retrouves allongé sur dix centimètres de neige pilée. Tu te noies dans les cubes froids. Tu pourrais t'endormir au milieu de ces milliers d'icebergs. Couler comme une olive au fond d'un verre géant. Absolut Titanic. Tu flottes sur une patinoire artificielle. Ta joue gelée adhère au carrelage. Sous ton corps il y a de quoi rafraîchir un régiment ; or tu es une armée, en pleine retraite de Russie. Tu suces le sol. Tu avales le sang qui coule directement de ton nez à ta gorge. Tu as juste le temps d'appeler le Samu sur ton portable avant de perdre connaissance.

On se retrouve juste après… ça.

UN JEUNE HOMME ENTRE DANS UNE LAVERIE AUTOMATIQUE. IL S'ARRÊTE DEVANT UN ÉNORME LAVE-LINGE DE DEUX MÈTRES DE HAUTEUR. IL GLISSE PLUSIEURS PIÈCES DE MONNAIE DANS LA FENTE, PUIS SORT DE SA POCHE UN PAQUET DE LESSIVE ARIEL, VERSE DU DÉTERGENT DANS SA MAIN, ET L'ASPIRE PAR LE NEZ. IL SECOUE LA TÊTE, COMME REVIGORÉ PAR LA POUDRE ARIEL QU'IL VIENT DE SNIFFER. PUIS IL OUVRE LE HUBLOT DE LA MACHINE À LAVER, ET ENTRE ENTIÈREMENT À L'INTÉRIEUR, TOUT HABILLÉ. IL S'ASSIED EN TAILLEUR DANS LA CENTRIFUGEUSE. LORSQU'IL REFERME LA PORTE, LA MACHINE SE MET EN MARCHE. IL EST ALORS BALLOTTÉ DANS TOUS LES SENS, ASPERGÉ D'EAU CHAUDE. LA CAMÉRA TOURNE À 360° POUR MONTRER LA ROTATION RAPIDE À L'INTÉRIEUR DU TAMBOUR.

SOUDAIN LE MOUVEMENT S'ARRÊTE. DE L'INTÉRIEUR DE LA MACHINE, L'HOMME APERÇOIT UNE JEUNE FEMME TRÈS SEXY, EN MINI-JUPE, QUI ENTRE DANS LA LAVERIE. LA JEUNE FEMME S'AVANCE VERS LA MACHINE GÉANTE. VOYANT LE JEUNE HOMME À L'INTÉRIEUR, ELLE OUVRE LE HUBLOT ET LUI SOURIT. IL RECRACHE UNE GORGÉE D'EAU SAVONNEUSE. ELLE SOURIT EN VOYANT LE PAQUET D'ARIEL POSÉ DEVANT LA MACHINE, PASSE LES MAINS SOUS SA MINI-JUPE ET ENLÈVE SA CULOTTE, QU'ELLE JETTE SUR LE JEUNE HOMME DANS LE TAMBOUR AVANT DE REFERMER LE HUBLOT ET DE REMETTRE LA MACHINE EN MARCHE. LE JEUNE HOMME MEURT NOYÉ EN FAISANT DES BULLES CONTRE LA VITRE.

LOGO ET PACKSHOT ARIEL – SIGNATURE : « ARIEL ULTRA. LA PROPRETÉ ULTRA MÊME EN MACHINE. »

III

IL

« Or c'était le temps où les pays riches, hérissés d'industries, touffus de magasins, avaient découvert une foi nouvelle, un projet digne des efforts supportés par l'homme depuis des millénaires : faire du monde une seule et immense entreprise. »

René-Victor PILHES,
L'Imprécateur, 1974.

1

Un milliard de personnes vivent dans des bidonvilles, selon la Croix-Rouge, mais cela n'a pas empêché Octave de retrouver l'appétit : regardez-le se ronger les ongles ; c'est un début. Marronnier l'a envoyé un mois en cure de désintoxication à la Maison de santé Bellevue (8, rue du Onze-Novembre à Meudon) parce que le Centre de Kate Barry à Soissons affichait complet. Les patrons de création sont comme les médecins-dealers du Tour de France : ils dopent leurs champions pour la performance et les réparent quand ils se cassent la gueule. Voilà pourquoi Octave est passé d'HP en HP – d'Hôtel Particulier en Hôpital Psychiatrique.

Chaque matin, il marche dans le parc, slalome entre les chênes centenaires et les malades mentaux. Il ne lit que des écrivains suicidés : Hemingway, Kawabata, Gary, Chamfort, Sénèque, Rigaut, Pétrone, Pavese, Lafargue, Crevel, Zweig, Drieu, Montherlant, Mishima, Debord, Lamarche-Vadel, sans oublier les filles : Sylvia Plath et Virginia Woolf. (Quelqu'un qui ne lit que des auteurs suicidés est quelqu'un qui lit beaucoup.) Pour déconner, ses assistants lui ont envoyé un paquet de farine Francine par Chronopost. Son psychiatre-traitant n'a pas apprécié la plaisanterie. Charlie a téléchargé sur son iBook le film vidéo d'une nana avec son poing dans la chatte et son autre dans le cul. Il s'est remis à sourire. Son traitement expérimental au BP 897 devrait le débarrasser totalement du manque de cocaïne. Si tout se passe bien, il pourra bientôt regarder une carte bleue sans éternuer.

Au réfectoire, il croise de nouvelles maladies. Par exemple, son voisin d'étage lui explique qu'il est sidophile (une nouvelle perversion sexuelle).

— Je filmais des filles qui se faisaient sauter sans capote par un complice atteint du sida. La fille, bien sûr, n'était jamais au courant. Après je la filmais à la sauvette quand elle allait dans un labo pour chercher ses résultats de test. Le moment qui me faisait jouir, c'est quand la fille découvrait qu'elle était séropositive. J'éjaculais quand elle ouvrait l'enveloppe. La sidophilie, c'est moi qui l'ai inventée. Si tu savais comme c'était bon de les voir fondre en larmes à la sortie du laboratoire d'analyses avec leur feuille « HIV + » à la main. Mais j'ai arrêté car la police a pris toutes mes cassettes. J'ai fait de la prison et après on m'a mis ici. De toute façon je vais mourir bientôt. Mais là je vais bien là, je vais bien. Je vais bien. Là ça va bien là je vais bien je vais bien je vais bien je vais bien je vais bien là je vais bien.

Il a buggé, bave un peu de purée de carottes sur son menton duveteux.

— Moi aussi, dit Octave, je suis atteint d'une psychopathie sexuelle assez bizarre. Je suis passéphile.

— Ah ? Ben alors c'est quoi ça ?

— Une perversion qui consiste à être obsédé par une ex. Mais moi aussi je vais bien je vais très bien là ça va ça va bien bien là très bien je vais bien bien bien bien.

Sophie n'est pas venue lui rendre visite. Était-elle seulement au courant de son hospitalisation ? Au bout de trois semaines, Octave a ri plusieurs fois en regardant les schizophrènes grimacer dans le jardin : ce spectacle lui a rappelé l'agence.

— La vie se compose d'arbres, de maniaco-dépressifs et d'écureuils.

Oui, on peut dire qu'il va mieux maintenant : il se branle six fois par jour. (En songeant à Anastasia qui pourlèche le con de Sophie rempli de son sperme.) (Bon, d'accord, Octave n'est peut-être pas complètement rétabli.)

De toute manière, il était temps pour lui de changer. Il était beaucoup trop années 80 avec sa coke, ses costumes noirs, sa thune et son cynisme à deux balles. La mode avait évolué : il ne fallait plus étaler sa réussite et son travail mais faire semblant d'être pauvre et avoir l'air d'un glandeur. Le profil bas était de rigueur dans les premières années du nouveau siècle. Les stakhanovistes professionnels cherchaient à ressembler le plus possible à des chômeurs fauchés. Terminé le style Séguéla-bruyant-bronzé-gourmetté-vulgaire et les pubs avec des stores vénitiens ou un ventilateur au plafond filmées par Ridley Scott. Il y a eu des modes dans la pub comme partout : dans les années 50, c'était le calembour ; dans les années 60, la comédie ; dans les années 70, la bande de jeunes ; dans les années 80, le spectacle ; dans les années 90, le décalage. Désormais il fallait porter une vieille paire d'Adidas, un tee-shirt Gap troué, un jean Helmut Lang crade, et tailler sa barbe tous les jours pour qu'elle ait l'air d'en avoir trois. Il fallait avoir les cheveux gras, des rouflaquettes, un bonnet, et tirer la gueule comme dans le magazine *Dazed & Confused*, et vendre des films en noir et blanc où des anorexiques dégingandés jouent de la guitare torse nu. (Ou alors des limousines qui roulent au ralenti sur fond verdâtre avec des couleurs saturées et des gosses portoricains qui jouent au volley-ball sous la pluie.) Plus on était monstrueusement bourré de fric (avec Internet les fortunes avaient pris trois zéros supplémentaires), plus on avait l'air d'un SDF. Tous les nouveaux milliardaires portaient des baskets pourries. Octave a d'ailleurs décidé qu'il ira dès sa sortie de l'asile demander des conseils en stylisme à son sosie clodo.

— Curieuse impression : quand j'étais petit, l'an 2000 c'était de la science-fiction. J'ai dû grandir parce qu'à présent c'est l'an dernier.

Octave a eu le temps de méditer dans cette grande maison fin XIXe. Il semble qu'à Meudon le temps passe plus lentement. Octave déambule sur la pelouse et ramasse un caillou âgé de deux mille ans. Contrairement aux tubes de dentifrice, les cailloux ne meurent jamais. Il le balance au loin, sous un arbre ; il y sera encore au moment où vous lirez ces lignes. Le caillou passera peut-être les 2 000 prochaines années au même endroit. C'est comme ça : Octave est jaloux d'une pierre.

Il note :

Donne-moi tes cheveux
Ton corps vigoureux
Le sel de tes yeux
Leur bleu rigoureux

mais, n'ayant personne à qui adresser ce quatrain, il l'offre à son ami sidophile avant de quitter la maison Bellevue.

— Envoie-le à une de tes victimes. Tu verras, cela peut être excitant de regarder la réaction d'une femme qui lit autre chose qu'un résultat positif de test HIV.

— Fais voir… Ah non, t'es fou, non non, il fait trop serial killer ton poème.

2

Octave a attendu le séminaire au Sénégal pour faire son come-back entrepreneurial. La Rosse est comme une armée : de temps à autre, il lui faut des « quartiers libres » ; elle les appelle des « séminaires de motivation ». Cela donne 250 personnes dans des autobus qui roulent vers l'aéroport de Roissy. Beaucoup de dactylographes mariées (sans leurs maris), des comptables neurasthéniques (avec leur anxiolytique), des dirigeants paternalistes, une standardiste sévèrement lochée, un boudin devenu canon depuis qu'elle se tape le DRH et quelques créatifs qui se forcent à rire pour ressembler à des créatifs. On chante comme au karaoké – au besoin, on invente les paroles. On s'interroge : qui couchera avec qui ? Octave attend beaucoup des prostituées locales dont Dorothy O'Leary, une amie reporter à France 2, lui a vanté les charmes. Quant à Odile, 18 ans, dos nu, bandeau dans les cheveux, mules aux pieds, sac en jean en bandoulière, elle suce une Chupa-Chups au Coca-Cola. Et « se pose des questions ». À quoi reconnaît-on qu'une fille a 18 ans ? Facile : elle n'a ni rides, ni poches sous les yeux, ses joues sont bien remplies comme celles des bébés, elle écoute Will Smith dans son Walkman et « se pose des questions ».

Odile a été embauchée comme stagiaire rédac pendant l'absence d'Octave. Elle n'aime que l'argent et la célébrité mais fait semblant d'être naïve. Les nouvelles filles font toutes ça : garder toujours les lèvres entrouvertes et les yeux ébaubis comme Audrey Marnay dans une série photo de Terry Richardson ; actuellement, le sommet de l'arrivisme consiste à feindre l'innocence. Odile raconte à Octave comment elle s'est fait percer la langue toute seule un samedi après-midi :

— Non, il n'y a pas d'anesthésie, le tatoueur se contente de tirer ta langue avec une pince afin d'enfoncer son clou à l'intérieur. Mais je t'assure, c'est pas douloureux, juste un peu gênant pour manger, enfin au début, surtout que moi ça s'est infecté alors ça donnait un goût de pus à tout ce que je bouffais.

Elle garde ses lunettes noires (« ce sont des verres correcteurs »), ne lit que des magazines anglo-saxons *(Paper, Talk, Bust, Big, Bloom, Surface, Nylon, Sleazenation, Soda,*

Loop, Tank, Very, Composite, Frieze, Crac, Boom, Hue). Elle s'assied à côté d'Octave et quand elle retire son Walkman, c'est seulement pour dire qu'elle ne regarde plus la télé, « sauf Arte de temps en temps ». Octave se demande ce qu'il fout là (toujours la même question depuis sa naissance). Odile lui montre une tour qui jouxte l'autoroute :

— Regarde… La cité des 4 000. C'est là que j'habite. Près du Stade de France. La nuit, avec les éclairages, c'est beau comme *Independance Day.*

Comme Octave ne répond pas, elle en profite pour comparer son épilation avec une collègue.

— Je suis allée chez l'esthéticienne ce matin. L'épilation laser, ça fait super mal, surtout le maillot. Mais enfin je suis contente d'être épilée à vie.

— Tu me feras penser à acheter de la crème épilatoire à l'aéroport.

— On arrive à quelle heure à Dakar ?

— Vers minuit. Moi je fonce direct au night. On n'a que trois soirs, faut rentabiliser.

— Merde, j'ai oublié ma cassette de Lara Fabian !

— Dans l'avion, pour pas me déshydrater, je me démaquille, je me fais un peeling, et puis hop ! la crème hydratante.

— Moi je me fais les ongles. Pendant que ceux des pieds sèchent, j'attaque ceux des mains.

Octave tente de rester concentré. Il faut tenir sans coco, accepter la réalité non boostée, il faut faire partie de la société, respecter les êtres, il faut jouer le jeu. Il veut sortir de l'hospice sous de bons auspices. C'est pourquoi il lance ce ballon-sonde :

— Les filles, ça vous dirait de tirer un coup à trois, vite fait mal fait ?

Elles le tancent et il aime ça.

— Pauvre nase.

— Plutôt crever.

Il sourit.

— Vous avez tort de refuser. Les filles disent souvent oui trop tard, quand les garçons ont renoncé, ou trop tôt, quand ils ne leur ont rien demandé.

— …

— En plus je suis prêt à raquer jusqu'à cinq mille balles.

— Non mais vous entendez ça ? Il nous traite de putes !

— Tu t'es vu ? Même pas pour cent plaques.

Octave rit trop fort :

— Je vous signale que Casanova payait souvent ses maîtresses, il n'y a rien de déshonorant là-dedans.

Puis il leur montre l'échographie reçue par la poste.

— Regardez mon futur enfant. Vous ne me trouvez pas hyper-attendrissant tout à coup ?

Mais il fait un bide mérité. La cité des 4 000 rétrécit dans le pare-brise arrière. Octave ne sait même plus draguer. Il n'y croit plus assez. S'il existe une chose qui n'est pas compatible avec l'ironie, c'est bien la séduction. L'une des filles lui demande :

— Tu n'aurais pas un magazine de décoration intérieure ?

— Lequel : *Newlook* ? *Playboy* ? *Penthouse* ?

— Ha. Ha. Toujours aussi drôle, mon pauvre Octave.

— Tu sais que tu deviens vulgaire. Je croyais qu'on t'avait réparé la tête.

— Apparemment le boulot n'est pas terminé. Tu alzheimes complètement.

Octave baisse les yeux et regarde ses pieds compressés dans une paire de mocassins en cuir violet (valeur : un SMIC par pied). Puis il relève la tête et se lamente à voix haute :

— Trêve de plaisanteries. Avez-vous déjà songé, mesdemoiselles, que tous les gens que vous voyez, tous les cons que vous croisez dans leur bagnole, toutes ces personnes, absolument toutes, vont mourir, sans exception ? Lui, là-bas, au volant de son Audi Quattro ? Et elle, la quadragénaire survoltée qui vient de nous doubler en Mini Austin ? Et tous les habitants de ces immeubles planqués derrière des murs antibruit inefficaces ? Avez-vous seulement imaginé le monceau de cadavres empilés que cela représente ? Depuis que la planète existe, 80 milliards d'êtres humains y ont séjourné. Gardez cette image à l'esprit. Nous marchons sur 80 milliards de morts. Avez-vous visualisé que tous ces sursitaires forment un gigantesque charnier futur, un paquet de corps puants à venir ? La vie est un génocide.

Et ça y est, il a vraiment cassé l'ambiance. Il est content de lui. Il tripote sa boîte verte de Lexomil dans la poche de son blouson en daim Marc Jacobs. Elle le rassure, telle la pastille de cyanure du héros de la Résistance avant l'interrogatoire, rue Lauriston, soixante ans plus tôt.

3

L'avion est plein de publicitaires. S'il s'écrasait, ce serait un début de victoire pour la Sincérité. Mais la vie est ainsi faite que les avions de publicitaires ne s'écrasent pas. Les avions qui s'écrasent sont remplis de gens innocents, d'amoureux transis, de bienfaiteurs de l'humanité, d'Otis Redding, de Lynyrd Skynyrd, de Marcel Dadi, de John-John Kennedy. Ce qui confère tant d'arrogance aux communicateurs bronzés, c'est la certitude d'être à l'abri : ils craignent davantage les krachs boursiers que les crashs aériens. Octave sourit en tapant cette phrase sur son iBook. Il est important, il est riche, il a peur – tout cela est compatible. Il boit une vodka-tonic en classe Espace 127. (« Dans l'Espace 127, vous découvrirez avec plaisir des sièges ergonomiques et confortables. Ils s'inclinent à 127 degrés, car c'est l'angle que prend naturellement le corps en état d'apesanteur. Équipés d'un téléphone, d'une vidéo individuelle et d'un casque compensateur de bruit, les sièges de l'Espace 127 vous offrent un confort idéal de travail et de détente », dit la body-copie d'« Air France Madame ».)

En Business Class, les planneurs stratégiques draguent les acheteuses d'art ; les directeurs généraux adjoints baratinent les TV-produceuses ; un coordinateur international caresse la cuisse d'une directrice du développement. (Dans une entreprise, on reconnaît vite les filles qui couchent avec un collègue : ce sont les seules qui s'habillent bien.) Cette partouze sert à « resserrer les liens entre le personnel de l'Entreprise et optimiser la communication interne au sein de la ressource humaine ». Octave a été éduqué pour accepter cet ordre des choses, et puis, la vie étant un bref laps de temps qu'on nous accorde sur un caillou qui tourne sans fin dans l'espace, pourquoi perdre ce bref laps de temps à remettre sans cesse en cause l'ORGANISATION ? Mieux vaut accepter les règles du jeu.

— Nous sommes dressés pour accepter. Je surfe sur du creux. Y a-t-il ici quelqu'un qui voudra bien m'enculer une bonne fois pour toutes ?

Autrefois ses provocations faisaient sourire ; maintenant elles font de la peine.

— Après tout ce que les hommes ont fait pour lui, Dieu aurait tout de même pu se donner la peine d'exister, vous ne croyez pas ?

Solitude dans la foule. Il interroge sans arrêt son téléphone mais celui-ci lui répète :

— « Votre boîte vocale ne contient aucun nouveau message. »

Octave s'endort devant un film avec Tom Hanks (plus qu'un acteur : un somnifère). Il rêve d'une séance de shooting aux Bahamas où il inspecte de ses doigts les chattes épilées et dégoulinantes de Vanessa Lorenzo et Heidi Klum. Il ne grince plus des dents. Il se croit tiré d'affaire. Il s'imagine qu'il a du recul, du second degré, une distance par rapport à tout cela. Avec un soupir discret, il pollue son 501 de chez Lévi-Strauss (collection « Tristes Tropiques » automne-hiver 2001).

Et l'Entreprise a atterri. L'Entreprise a récupéré ses bagages. L'Entreprise est remontée dans un autocar. L'Entreprise chantait des chansons de Fugain sans en saisir le pessimisme extrême : « Chante la vie chante/ Comme si tu devais mourir demain », et : « Jusqu'à demain peut-être/Ou bien jusqu'à la mort. » Octave comprend enfin pourquoi le vaisseau spatial de *Star Trek* se nomme l'*Enterprise* : Rosserys & Witchcraft a des allures d'aéronef paumé dans le vide interstellaire à la recherche de vies extraterrestres. En outre, pas mal de collègues ont les oreilles pointues.

À peine arrivée à l'hôtel, l'Entreprise se disperse : certaines productrices se jettent dans la piscine, d'autres se jettent sur des commerciaux, le reste va se coucher. Ceux qui n'ont pas sommeil vont danser au Roll's avec Odile et tous ses seins. Octave les suit, commande une bouteille de Gordon's et accepte de tirer sur un joint de ganja. Sur la plage, les choses sont clarifiées. Les blacks girls au rendez-vous. L'une d'elles lui dit :

— Viens dans ma loge.

Mais comme elle a l'accent de Conakry, Octave entend :

— Viens dans ma loche.

C'est rigolo. Le mensonge est réciproque, tout s'arrange. Il pose sa main sur son visage en murmurant :

— Chérie, les filles, je ne les baise pas : je préfère les perdre.

Sous haute protection de l'armée sénégalaise, le complexe touristique de Saly comprend quinze hôtels :

l'agence a jeté son dévolu sur le Savana, qui cumule des dortoirs climatisés, deux piscines éclairées la nuit, des tennis, un mini-golf, un centre commercial, un casino et une discothèque, le tout au bord de l'océan Atlantique. L'Afrique a changé depuis les safaris d'Hemingway. Maintenant c'est principalement un continent que le monde occidental laisse mourir (le sida y a tué deux millions de personnes en 1998, principalement parce que les laboratoires pharmaceutiques qui fabriquent les trithérapies – par exemple, l'américain Bristol-Myers Squibb – refusent de baisser les prix de leurs médicaments). Un lieu idéal pour remotiver des cadres moyens : sur cette terre ravagée par le virus et la corruption, au cœur de guerres absurdes et de génocides récurrents, le petit personnel capitaliste reprend confiance dans le système qui le fait vivre. Il s'achète des masques typiques en bois d'ébène, se fabrique des souvenirs, croit parfois échanger des vues avec les autochtones, envoie des cartes postales ensoleillées pour rendre jalouses les familles coincées dans l'hiver parisien. On montre l'Afrique comme contre-exemple aux pubeux, pour qu'ils soient pressés de rentrer chez eux, soulagés de constater qu'il y a pire ailleurs. Le reste de l'année devient alors acceptable : l'Afrique sert d'antiappartement-témoin. Puisque les pauvres meurent, c'est que les riches ont raison de vivre.

On fend les vagues sur un scooter des mers, on prend des Polas, personne n'intéresse personne, tout le monde porte des tongs. En Afrique, un Blanc qui adresse la parole à un Noir n'a plus la condescendance raciste des colonisateurs d'antan ; désormais c'est bien plus violent.

Désormais, il a le regard apitoyé du prêtre qui administre l'extrême-onction à un condamné à mort.

4

Bribes de dialogues au bord de la piscine du Savana Beach Resort.

Une assistante de direction (s'ébrouant) : — Qu'est-ce qu'elle est bonne !

Octave : — Toi aussi.

Une chargée du trafic (mordant dans une mangue) : — J'ai envie de sain.

Octave : — Moi aussi.

Une directrice artistique junior (se dirigeant vers la cafétéria) : — On va bouffer ?

Octave : — Bouffer qui ?

La motivation tourne à plein régime. Le matin est consacré à des réunions d'autosatisfaction où le bilan de l'Entreprise est porté aux nues. Les termes d'« autofinancement » et d'« amortissement pluriannuel » sont souvent employés pour justifier l'absence de prime de fin d'année. (En réalité, tout l'argent gagné par la filiale est déposé en fin d'exercice aux pieds de quelques vieux chauves de Wall Street qui ne viennent jamais à Paris, fument le cigare et ne disent pas merci. Comme les vassaux médiévaux ou les victimes des guerres puniques, les dirigeants de R&W France déversent devant les actionnaires le butin de l'année en tremblant pour le crédit de leur résidence secondaire à rembourser.)

L'après-midi donne lieu à une séance d'autocritique constructive pour étudier comment améliorer la productivité mercatique. Octave a contracté la turista en mettant trop de glaçons dans son gin-tonic. Philippe le Président et Marc Marronnier le prennent à part de temps en temps, genre « on est contents que tu t'en sois sorti, on ne t'en parle pas mais on a un sourire complice et concerné par tes frasques, car on est des patrons modernes et cool, tu ne démissionnes pas, d'accord ? » Ce qui n'empêche pas Philippe de rappeler à Octave combien la réussite du tournage Maigrelette est cruciale pour les bonnes relations de l'agence avec le groupe Madone.

— On vient d'avoir un Strategic Advertising Committee avec eux et on s'est fait sacrément remonter les bretelles.

— T'inquiète pas, Président, cette fois, je vomirai pas sur le client. D'ailleurs, tu sais que j'ai trouvé la fille idéale pour le film.

— Oui, je sais, la beurette, là… Va falloir me la retoucher en post-prod.

— T'en fais pas, c'est budgeté. Tu te rends pas compte de tout ce qu'on peut faire aujourd'hui : on prend une fille qui a un beau cul et on lui incruste le visage d'une autre, les jambes d'une troisième, les mains d'une quatrième, les seins d'une cinquième. On fait des patchworks humains, on est des people-jockeys !

— Peut-être que vous devriez engager un chirurgien esthétique au lieu d'un réalisateur pour tourner le film.

Octave ne cherche plus à tout refuser, mais ne veut pas non plus s'avilir ; disons qu'il a mûri. Le voici soudain qui s'excite :

— Et d'abord pourquoi on ne pourrait pas prendre une rebeu pour le rôle ? Arrête d'être nazi comme nos clients ! Putain, y en a marre de se laisser fasciser comme ça ! Nike a récupéré le look pétainiste sur ses affiches Nikepark, Nestlé refuse les Noirs sur un film de basket-ball, ce n'est pas une raison pour faire la même chose ! Non mais on va où, là, si personne n'ouvre sa gueule ? La pub est même devenue révisionniste : Gandhi vend les ordinateurs Apple ! Tu te rends compte ? Ce saint homme qui refusait toute technologie, s'habillait en moine et marchait pieds nus, le voici transformé en commercial informaticien ! Et Picasso est un nom de bagnole Citroën, Steve McQueen conduit une Ford, Audrey Hepburn porte des mocassins Tod's ! Tu crois qu'ils se retournent pas dans leur tombe, ces gens-là, d'être transformés en VRP posthumes ? C'est la nuit des morts-vivants ! Cannibal Holocaust ! On bouffe du cadavre ! Les zombies font vendre ! Mais où est la limite ? La Française des Jeux a même sorti des affiches Monopoly avec Mao, Castro et Staline pour gagner au grattage ! Qui dira stop si toi, Philippe, le boss, tu ne mouftes pas devant le racisme et le négationnisme de la communication mondiale ?

— Oh ! là ! là ! qu'il est fatigant depuis qu'il ne sniffe plus ! Tu crois que je réfléchis jamais ? Bien sûr que ça me débecte ce boulot, seulement moi je pense à ma femme, à mes enfants, je ne suis pas mégalo au point de croire que je vais tout révolutionner, bordel, Octave, un peu d'humilité ! Suffit d'éteindre ta télé, de ne plus aller chez McDo, la merde ambiante n'est pas ma faute, c'est la vôtre, à vous qui achetez des Nike fabriquées par des esclaves indonésiens ! Facile de rouspéter sur le système tout en le faisant fonctionner ! Et puis arrête de me prendre pour un demeuré sous prétexte que je suis pété de pognon ! Bien sûr qu'il y a des trucs qui m'insupportent. Pas tellement le fait de choisir des castings à la peau blanche, parce que ça, on n'y peut rien, c'est la cible qui est raciste, pas l'annonceur. Ni le prodige de faire parler les morts : l'image des grands artistes leur a toujours échappé, tous ces génies se retournaient déjà dans leur tombe de leur vivant. Non, moi, ce qui m'énerve, vois-tu, mon petit Gucche, ce sont toutes les nouvelles fêtes que la pub a inventées pour pousser les gens à consommer : j'en ai ras le bol de voir ma famille tomber dans le panneau, fêter Noël, à la rigueur – même si le Père Noël reste l'invention d'une chaîne de distrib' américaine –, mais la Fête des Mères du Maréchal Pétain, la Fête des Pères, la Fête des Grand-Mères du café éponyme, Halloween, la Saint-Patrick, la Saint-Valentin, le Nouvel An Russe, le Nouvel An Chinois, la journée Nutrasweet, les réunions Tupperware, c'est n'importe quoi ! Bientôt le calendrier sera rempli de marques : les saints seront remplacés par 365 logos !

— Eh ben tu vois, patron, que j'ai raison de te pousser dans tes retranchements. Moi aussi je déteste Halloween : on avait la Toussaint avant, je ne vois pas pourquoi il a fallu aller chercher une fête outre-Atlantique.

— Ah mais parce que c'est le contraire ! À la Toussaint on allait visiter ses morts alors qu'à Halloween ce sont les morts qui viennent nous rendre visite. C'est bien plus pratique, y a aucun effort à faire. Tout est là : LA MORT SONNE À TA PORTE ! C'est ça qu'ils adorent ! La mort VRP, comme un facteur qui vient fourguer le calendrier de la Poste !

— Je crois surtout que les gens préfèrent mille fois se déguiser en monstres et foutre des bougies dans une citrouille plutôt que de penser aux proches qu'ils ont perdus. Mais dans ton énumération, je te signale que tu as oublié la plus grosse fête commerciale : le Mariage, qui fait l'objet d'intenses campagnes de pub et de promo chaque année dès le mois de janvier – affichage pour la Boutique Blanche du Printemps et les listes aux Galeries Lafayette et au Bon Marché, couvertures de tous les magazines féminins, intoxication radio et télé, etc. Complètement brainwashés, les jeunes couples croient qu'ils se marient parce qu'ils s'aiment, ou pour trouver le bonheur, alors qu'on veut juste leur vendre de la vaisselle, des serviettes de bain, des cafetières, un canapé, un four à micro-ondes…

— Tiens, ça me fait penser à un truc… Octave, tu te souviens sur Barilla, quand tu nous avais proposé une baseline avec le mot « bonheur » dedans ?

— Ah oui… Le service juridique nous avait expliqué qu'on ne pouvait pas, c'est ça ?

— Oui ! Parce que le mot « bonheur » est une marque déposée par Nestlé !! LE BONHEUR APPARTIENT À NESTLÉ.

— Attends, ça ne m'étonne pas, tu sais que Pepsi veut déposer le bleu.

— Hein ?

— Ouais, véridique, ils veulent s'acheter la couleur bleue, en être propriétaires, et c'est pas fini : ils financent des programmes d'éducation sur CD-Rom, distribués gratos dans les écoles primaires. Comme ça les enfants apprennent leurs leçons à l'école sur des ordinateurs Pepsi ; ils s'habituent à lire le mot « soif » à côté de la couleur « Pepsi ».

— Et quand ils regardent le ciel Pepsi, leurs yeux Pepsi s'éclairent et s'ils tombent de vélo, leurs tibias se couvrent d'ecchymoses Pepsi…

— Pareil avec Colgate : la marque offre des cassettes vidéo aux enseignants pour expliquer aux gosses qu'il faut se laver les dents avec leur dentifrice.

— Oui, j'en ai entendu parler. L'Oréal fait la même chose avec le shampooing « Petit Dop ». Laver leurs cerveaux ne leur suffisait pas, alors ils s'attaquent aussi à leurs cheveux !

Philippe éclate d'un rire excessif qui n'empêche pas Octave de poursuivre :

— Ça me rassure que tu t'intéresses à tout ça…

— Je suis lucide : tant qu'il n'y aura rien d'autre, la pub prendra toute la place. Elle est devenue le seul idéal. Ce n'est pas la nature, c'est l'espérance qui a horreur du vide.

— C'est terrible. Non attends, ne pars pas, pour une fois qu'on cause, j'ai une anecdote encore meilleure. Quand les annonceurs ne savent plus comment vendre, ou bien sans raison, juste pour justifier leur salaire indécent, ils ordonnent un CHANGEMENT DE PACKAGING. Ils paient alors très cher des sociétés pour relooker leurs produits. Ils font des heures de réunions. Un jour, j'étais chez Kraft Jacobs Suchard dans le bureau d'un garçon aux cheveux en brosse, Antoine Poissard, ou Ponchard, ou Paudard, enfin un nom comme ça…

— Poudard.

— … oui voilà, Poudard, ça ne s'oublie pas. Il me montrait les différents logos qu'on lui proposait. Il voulait mon avis. Il jubilait sur place, au bord de l'orgasme ; il se sentait utile et important. Sur le sol, il étalait les projets de paquet et nous étions face à face dans cet immeuble de Vélizy, lui rasé de près, avec une cravate Tintin et Milou, moi en pleine descente de cé, nous buvions du café froid qu'une vieille secrétaire pas baisée depuis trente ans nous apportait en soufflant. Je l'ai regardé dans les yeux et à ce moment-là j'ai senti qu'il doutait, qu'il se demandait pour la première fois de sa vie ce qu'il foutait là, et je lui ai dit de choisir n'importe lequel, et il a tiré au sort le logo retenu en faisant « am, stram, gram, pic et pic et colégram, bour et bour et ratatam, am, stram, gram, pic, dam », et ce pack est aujourd'hui sur tous les rayonnages de tous les supermarchés d'Europe… C'est beau comme parabole, non ? NOTRE CONDITIONNEMENT FUT TIRÉ AU SORT.

Mais cela fait longtemps que Philippe a tourné les talons. Il n'aime pas se laisser entraîner à mordre la main qui le nourrit. Il fuit la confrontation prolongée. Il range sa révolte au rayon « autodérision mensuelle pour déjeuners au Fouquet's ». C'est pour ça qu'il a sommeil de plus en plus tôt le matin.

Octave inspire et expire de l'air chaud. Des voiliers traversent la baie sans faire de bruit. Les filles de l'agence se font toutes faire des tresses dans les cheveux pour ressembler à Iman Bowie (résultat : elles ressemblent à Bo Derek maintenant). Au moment du Jugement dernier, quand on arrêtera tous les publicitaires pour leur demander des comptes, Octave ne pourra être tenu que pour partiellement responsable. Il n'aura tout juste été qu'un apparatchik, un employé légèrement mou, qui fut même, un jour, traversé par le doute – son séjour à Meudon pourra sans doute lui valoir les circonstances atténuantes et l'indulgence du jury. En plus, contrairement à Marronnier, il n'a jamais eu de Lion à Cannes.

Il téléphone à Tamara, sa pute platonique, en pensant à Sophie, la mère de l'enfant qu'il ne verra pas. Trop d'absentes dans sa vie.

— Je te réveille ?

— Hier soir j'ai fait un client au Plaza, grésille-t-elle, je te raconte pas, sa queue c'était un bras d'enfant, il m'aurait fallu un pied de biche pour l'enfourner. POUR L'AMEUBLEMENT L'ÉLECTROMÉNAGER BOUM BOUM CHOISISSEZ BIEN CHOISISSEZ BUT.

— Qu'est-ce que c'est que ça ??

— Ça ? Oh, rien, c'est pour ne pas payer le téléphone : ils diffusent quelques pubs de temps en temps et en échange, les communications sont gratuites.

— Tu as signé pour cette horreur ?!

— CHEZ CASTO Y A TOUT CE QU'Y FAUT OUTILS ET MATÉRIAUX CASTOCASTOCASTORAMA. Ouais, enfin, on s'y fait, tu verras, moi je m'y suis habituée. Enfin, bref, donc mon client d'hier soir, heureusement qu'il était complètement défoncé, il bandait mou, mais monté comme un poney, je te jure, enfin je lui ai fait un petit strip sur le lit, il m'a demandé s'il pouvait sniffer un gé sur mes pieds et après on a regardé la télé, je m'en suis plutôt bien sortie. INTERMARCHÉ LES MOUSQUETAIRES DE LA DISTRIBUTION. Il est quelle heure ?

— Trois heures de l'après-midi.

— Ouaaa, je suis claquée, j'étais serpillière au Banana à sept du, les faux cils collés sur les dents. Et toi, ça va, t'es où ?

— Au Sénégal. Tu me manques. Je suis en train de lire « Extension du domaine de la pute ».

— Arrête tes conneries, je vais vomir dans mon sac à main. CAILLAUX CAILLAUX CAILLAUX LUMINAIRES RÉPONDIT L'ÉCHO. Tu veux pas me rappeler plus tard ?

— Tu tiens le portable contre ton oreille ? Fais gaffe. Les téléphones cellulaires fissurent l'ADN. Ils ont fait des tests sur les souris : exposées à un téléphone mobile, leur mortalité augmente de 75 %. Je me suis acheté une oreillette pour brancher sur le portable, tu devrais faire pareil, moi je ne veux pas de tumeur au cerveau.

— Mais Octave, tu n'as pas de cerveau. CONTINENT L'ACHAT GAGNANT.

— Excuse-moi mais j'ai du mal avec tes jingles, là. Je raccroche, rendors-toi, ma gazelle, ma Berbère, mon Alerte à Marrakech.

Le problème de l'homme moderne n'est pas sa méchanceté. Au contraire, il préfère, dans l'ensemble, pour des raisons pratiques, être gentil. Simplement il déteste s'ennuyer. L'ennui le terrifie alors qu'il n'y a rien de plus constructif et généreux qu'une bonne dose quotidienne de temps morts, d'instants chiants, d'emmerdement médusé, seul ou à plusieurs. Octave l'a compris : le vrai hédonisme, c'est l'ennui. Seul l'ennui permet de jouir du présent mais tout le monde vise le contraire : pour se désennuyer, les Occidentaux fuient par l'intermédiaire de la télé, du cinéma, d'Internet, du téléphone, du jeu vidéo, ou d'un simple magazine. Ils ne sont jamais à ce qu'ils font, ils ne vivent plus que par procuration, comme s'il y avait un déshonneur à se contenter de respirer ici et maintenant. Quand on est devant sa télé, ou devant un site interactif, ou en train de téléphoner sur son portable, ou en train de jouer sur sa Playstation, on ne vit pas. On est ailleurs qu'à l'endroit où l'on est. On n'est peut-être pas mort, mais pas très vivant non plus. Il serait intéressant de mesurer combien d'heures par jour nous passons ainsi ailleurs que dans l'instant. Ailleurs que là où nous sommes. Toutes ces machines vont nous inscrire aux abonnés absents, et il sera très compliqué de s'en défaire. Tous les gens qui critiquent la Société du Spectacle ont la télé chez eux. Tous les contempteurs de la Société de Consommation ont une carte Visa. La situation est inextricable. Rien n'a changé depuis Pascal : l'homme continue de fuir son angoisse dans le divertissement. Simplement le divertissement est devenu si omniprésent qu'il a remplacé Dieu. Comment fuir le divertissement ? En affrontant l'angoisse.

Le monde est irréel, sauf quand il est chiant.

Octave s'emmerde avec délectation sous un cocotier ; son bonheur consiste à regarder deux sauterelles s'enculer sur du sable en marmonnant :

— Le jour où tout le monde acceptera de s'emmerder sur Terre, l'humanité sera sauvée.

Il est dérangé dans son ennui délicat par un Marc Marronnier bougon.

— Alors c'est vraiment terminé avec Sophie ?

— Ouais, enfin je sais pas... Pourquoi tu me demandes ça ?

— Pour rien. Je peux te parler deux minutes ?

— Même si je répondais non, tu me parlerais quand même et je serais contraint de t'écouter pour raisons hiérarchiques.

— C'est vrai. Alors ta gueule. J'ai vu le story-board que vous avez vendu à Maigrelette : c'est un désastre. Comment avez-vous pu pondre une merde pareille ?

Octave se frotte les oreilles pour s'assurer qu'il a bien entendu.

— Attends, Marc, c'est TOI qui nous as dit de chier une bouse sur ce budge !

— Moi ? J'ai jamais dit ça.

— T'es amnésique ou quoi ? On s'est fait jeter douze campagnes et tu nous as même dit qu'il fallait déclencher le plan Orsec, la bouse de dernière minute pour...

— Excuse-moi de t'interrompre mais c'est toi le malade drogué qui sors de cure, alors n'inverse pas les rôles, OK ? Je sais ce que je dis à mes créatifs. Jamais je ne t'aurais laissé montrer une nullité pareille à un client aussi vitrine pour l'agence. J'en ai marre de chier la honte dans les dîners en ville. « MAIGRELETTE. POUR ÊTRE MINCE SAUF DANS SA TÊTE. » Non mais tu te fous de qui ?

— Attends, Marc. Que tu sois d'une confondante mauvaise foi, à la limite d'accord, on est habitués. Mais là, le script Maigrelette est vendu, il a bien testé, il y a déjà eu deux réunions de pré-pro : c'est un peu tard pour tout changer. J'ai bien réfléchi et…

— Je ne t'ai pas engagé pour réfléchir. On n'est jamais à l'abri de trouver mieux. Tant que le film est pas à l'antenne, on peut tout modifier. Alors moi je te dis un truc : Charlie et toi, vous allez vous démerder pour me modifier ce script sur le tournage. Putain, c'est l'image de la Rosse qui est en jeu !

Octave approuve et ferme sa gueule. Il sait très bien que ce n'est pas l'image de la Rosse qui préoccupe son directeur de création, mais son fauteuil en passe de devenir un siège éjectable. Si Philippe est venu lui en toucher deux mots auparavant, c'est qu'il doit y avoir une pression maximale venue de chez Madone ; ça sent la partie de chaises musicales, cette histoire. En d'autres termes : ce soir, il y a du licenciement dans l'air sénégalais, et malheureusement, Octave a l'intuition qu'il ne s'agit même pas du sien.

5

Le deuxième soir, le maître des cérémonies avait organisé une expédition dans la brousse. Le but : faire croire aux employés en contrat à durée indéterminée qu'ils allaient voir du pays, s'évader de leur prison de luxe. Mais, bien sûr, il n'en était rien : transportés en 4 × 4 au bord du lac Rose pour un spectacle de danse africaine suivi d'un méchoui, ils ne verraient rien de vrai. Ils se déplaceraient uniquement pour vérifier que le paysage ressemblait bien à la brochure fournie par le Tour Operator. Le tourisme transforme le voyageur en contrôleur, la découverte en vérification, l'étonnement en repérage, le Routard en saint Thomas. Mais bon, Octave se faisait tout de même bouffer par les moustiques ; une part d'aventure restait donc possible si l'on avait oublié son spray à la citronnelle dans sa chambre d'hôtel.

Après le souper, un combat de lutte sénégalaise opposa les séminaristes (siglés Lacoste) aux guerriers de la tribu factice (déguisés en indigènes des films de Tarzan). L'occasion d'admirer Marronnier en slip kangourou rouler dans la glaise, sur fond de tam-tam, sous le baobab géant, la lune, les étoiles, avec le vin au goût d'essence, les éclats de rire dentés de la chargée des relations extérieures, le regard affamé des enfants du coin, la chaleur de l'herbe de Casamance, la semoule pimentée, et Octave avait de nouveau envie d'embrasser le ciel, de remercier l'univers d'être ici, même provisoirement.

Il aimait cette moiteur permanente qui fait glisser les mains sur les peaux. Elle confère aux baisers un goût brûlant. Chaque détail prend de la valeur quand plus rien n'a de sens. Décrocher, c'était bien le minimum vital pour un accro. Octave était parti à reculons dans ce voyage obligatoire ; or voici qu'il frôlait le sublime, touchait l'éternel, caressait la vie, dépassait le ridicule, comprenait la simplicité. Quand le dealer surnommé « Mine d'Or » lui livra son sachet quotidien de ganja, il se vautra sur la plage en balbutiant : « Sophie », le prénom qui lui coupait la respiration.

— L'amour n'a rien à voir avec le cœur, cet organe répugnant, sorte de pompe gorgée de sang. L'amour serre d'abord les poumons. On ne devrait pas dire « j'ai le cœur brisé » mais « j'ai les poumons étouffés ». Le poumon est l'organe le plus romantique : tous les amants attrapent la tuberculose ; ce n'est pas un hasard si c'est de cette maladie que Tchekhov, D.H. Lawrence, Frédéric Chopin, George Orwell et sainte Thérèse de Lisieux sont morts ; quant à Camus, Moravia, Boudard, Marie Bashkirtseff et Katherine Mansfield auraient-ils écrit les mêmes livres sans cette infection ? En outre, que l'on sache, la Dame aux Camélias n'est pas décédée d'un infarctus du myocarde ; cette punition est réservée aux arrivistes stressés, pas aux sentimentaux éperdus.

Octave planait et parlait tout seul :

— Tout le monde a au fond de lui un chagrin d'amour qui sommeille. Tout cœur qui n'est pas brisé n'est pas un cœur. Les poumons attendent la tuberculose pour sentir qu'ils existent. Je suis votre professeur d'éducation phtisique. Il faut avoir un nénuphar dans la cage thoracique, comme Chloé dans *L'Écume des jours* ou Mme Chauchat dans *La Montagne magique*. J'aimais te regarder dormir, même quand tu faisais semblant, quand je rentrais tard, bourré, je comptais tes cils, parfois il me semblait que tu me souriais. Un homme amoureux, c'est quelqu'un qui aime regarder sa femme dormir, et, de temps à autre, jouir. Sophie, m'entends-tu à des milliers de kilomètres de distance comme dans les pubs SFR ? Pourquoi faut-il que les gens s'en aillent pour qu'on s'aperçoive qu'on les aimait ? Ne vois-tu pas que tout ce que je te demandais c'était de me faire juste un peu souffrir, comme au début, d'une embellie pulmonaire ?

Mais déjà débarquaient les dactylographes dénudées et Odile la stagiaire poitrinaire ; elles faisaient tourner une pipe d'herbe, ce qui autorisait de nombreuses plaisanteries vaseuses :

— Rien de tel qu'une pipe à quatre.

— Je tire, je tire, mais rien ne vient.

— Tu es sûre que tu avales ?

— On est d'accord pour une autre séance de pipe, mais il faudrait que tu la laves avant.

Là, ça semble vulgaire, mais dans le contexte, c'était vraiment poilant.

Les collègues cadres du sexe masculin ont tous un pull sur les épaules, simplement noué ou négligemment jeté par-dessus leur polo Ralph Lauren rose. Octave trouve cela inadmissible et il s'auto-énerve :

— MAIS QU'EST-CE QU'ILS ONT TOUS AVEC LEURS PULLS NOUÉS AUTOUR DU COU ! De deux choses l'une. Ou bien il fait froid et on enfile le pull, ou bien il fait chaud et on le laisse à la maison. Le pull autour du cou trahit la lâcheté, l'incapacité de prendre une décision, la peur des courants d'air, l'imprévoyance et la veulerie, l'exhibitionnisme du shetland (parce que, évidemment, ces messieurs sont trop radins pour s'acheter du cachemire). Ils portent cette espèce de pieuvre molle autour du cou parce qu'ils ne sont pas foutus de choisir une tenue adaptée au temps qu'il fait. Toute personne qui a un pull sur les épaules est trouillarde, inélégante, impuissante, lâche. Les filles, jurez-moi de vous en méfier comme de la peste. NON À LA DICTATURE DU PULL SUR LES ÉPAULES !

Puis, ce fut la nuit, le jour, et un barbecue de langoustes grillées sur pilotis. Qui parle de décolonisation ? Rien ne colonise davantage que la publicité mondiale : au fin fond de la plus petite hutte du bout du monde, Nike, Coca-Cola, Gap et Calvin Klein ont remplacé la France, l'Angleterre, l'Espagne et la Belgique. Simplement les petits nègres doivent se contenter de miettes : casquettes copiées, fausses Rolex et chemises Lacoste dont le crocodile, mal imité, se détache au premier lavage. Le rosé tape un peu mais n'est-il pas là pour ça ? On en boit dix-sept bouteilles à huit. Charlie est déchaîné – il participe comme un fou à toutes les animations de l'hôtel, queu-leu-leus, karaokés, concours de tee-shirts mouillés, et distribue des jouets McDo aux gamins indigènes qui crient :

« Cadeaux ! Cadeaux ! »

Octave sait que dès lundi ce mensonge prendra fin. Mais quand un mensonge s'arrête, cela ne veut pas dire qu'on rejoint la vérité. Attention : un mensonge peut en cacher un autre.

Bon sang, ce que c'est compliqué, si on ne fait pas gaffe, on peut se faire avoir en moins de deux.

Charlie tape dans le dos d'Octave qui lui tend son pétard.

— Dis donc, tu savais que Pepsi voulait déposer le bleu ?

— Ouais, Charlie, bien sûr que je le sais, et le bonheur appartient à Nestlé, qu'est-ce que tu crois ? Je me tiens au courant de l'actu…

— Justement. Regarde ça ! (Il brandit un exemplaire du *Monde*.) J'en ai une encore meilleure pour ton bouquin : l'institut Médiamétrie vient de mettre au point un nouveau système de mesure d'audience. C'est un boîtier qui contient une caméra à infrarouge pour surveiller les mouvements de l'œil et une montre contenant un micro, un processeur et une mémoire pour enregistrer l'activité de l'oreille. Ils vont enfin savoir ce que les consommateurs regardent et écoutent chez eux, mais pas seulement devant la télé, en voiture aussi, dans l'hypermarché, partout ! GRAND FRÈRE VOUS REGARDE !

Charlie tire sur le joint et se met à tousser. Octave est déjà mort de rire.

— Vas-y, tousse, Mister Rempart, tousse, c'est la meilleure chose à faire. Finalement, Orwell a bien fait d'être tubard. Cela lui a évité de voir à quel point il avait raison.

Le séminaire de motivation commence par une utopie collectiviste : soudain nous sommes tous égaux, les esclaves tutoient les patrons, place à l'orgie sociale. Du moins le premier soir. Parce que, dès le lendemain matin, les clans se reforment, on ne se mélange plus sauf la nuit, dans les couloirs où s'échangent les clés de chambre : le vaudeville devient alors la seule utopie. Il y a une juriste ivre morte qui pisse accroupie dans le jardin ; une secrétaire qui déjeune seule car personne ne veut lui parler ; une directrice artistique sous calmants qui casse la gueule à tout le monde dès qu'elle a bu un verre de trop (mais très violemment : gifles, coups de poing dans l'œil, Octave a même eu sa chemise arrachée) ; en fait, il n'y a pas une seule personne normale dans ce voyage. La vie dans l'Entreprise reproduit la cruauté de l'école, en plus violent car personne ne vous protège. Vannes inadmissibles, agressions injustes, harcèlement sexuel et guéguerres de pouvoir : tout est permis comme dans vos plus affreux souvenirs de cour de récréation. L'ambiance faussement détendue de la pub reproduit le cauchemar de la scolarité à la puissance mille. Tout le monde se permet d'être grossier avec tout le monde comme si tout le monde avait 8 ans et il faut le prendre avec le sourire, sous peine de n'être « pas cool ». Les plus malades sont bien entendu ceux qui se croient les plus normaux : dégéas persuadés d'avoir raison d'être dégéas, directeurs de clientèle convaincus d'avoir tort de ne pas être pédégés, responsables du trafic attendant la retraite, patrons sur la sellette, dégés en goguette. Mais où donc est Jef ? Octave ne l'a pas vu du voyage. Dommage, ce commercial de choc aurait pu le renseigner sur l'angoisse qui semble tenailler les dirigeants de la Rosse. Duler-est-une-merde a encore dû les poignarder dans le dos.

Sur la plage Octave pleure d'émotion en admirant le sable collé à la sueur des filles, leurs bleus sur les cuisses, les écorchures aux genoux, encore une taffe et il serait foutu de tomber amoureux d'une omoplate. Chaque jour il lui faut sa ration de grains de beauté. Il embrasse Odile sur les bras parce qu'elle porte « Obsession ». Il lui parle de son coude pendant des heures.

— J'aime ton coude pointé vers l'avenir. Laisse-moi admirer ton coude dont tu ignores le pouvoir. Je préfère ton coude à toi. Allume ta cigarette, oui, approche la flamme de ton visage. Tente une diversion si tu veux, tu ne m'empêcheras pas d'embrasser ton coude. Ton coude est ma bouée de sauvetage. Ton coude m'a sauvé la vie. Ton coude existe, je l'ai rencontré. Je lègue mon corps à ton coude fragile qui me donne envie de pleurer. Ton coude c'est un os et de la peau par-dessus, une peau un peu usée, que tu fis saigner quand tu étais petite. Autrefois il y avait souvent une croûte à l'endroit que j'embrasse. Ce n'est pas grand-chose, un coude, et pourtant, j'ai beau chercher, je ne vois pas d'autre raison de vivre en cet instant précis.

— Tu es trognon.

— Lécher ton coude me suffit pour le moment. La mort suivra.

Il déclame :

Les coudes d'Odile
Sont mon talon d'Achille.

Puis, utilisant le dos d'Odile comme écritoire, notre Valmont bronzé écrit une carte postale à Sophie :

« Chère Obsession,

Pourrais-tu avoir la gentillesse de me sauver de moi-même ? Sinon je mets les pieds dans l'eau et les doigts dans la prise. Il existe une chose qui est pire que d'être avec toi : c'est d'être sans toi. Reviens. Si tu reviens, je t'offre une New Beetle. Bon, d'accord, c'est un peu con comme proposition mais c'est ta faute : depuis que tu es partie, je deviens de plus en plus sérieux. Je me suis aperçu qu'il n'existait pas d'autre fille comme toi. Et j'en ai conclu que je t'aimais. »

Inutile de signer, Sophie reconnaîtra un style si personnel. Juste après avoir envoyé la carte postale, Octave regrette de ne pas l'avoir suppliée à genoux : « au secours j'y arrive pas je peux pas me passer de toi Sophie c'est pas possible qu'on soit plus ensemble si je te perds je perds tout », merde, ramper à ses pieds, voilà ce qu'il fallait faire, même ça il n'en a pas été capable ?

Avant Sophie, il draguait les filles en leur reprochant d'avoir des faux cils. Elles démentaient. Il leur demandait alors de fermer les yeux pour vérifier, et en profitait pour embrasser leurs lèvres brillantes. Il y avait aussi le coup du camion :

— Dis « camion ».

— Camion.

— Pouêt pouêt (en leur touchant les seins).

Sans oublier le pari :

— Je te parie que je peux te toucher les fesses sans toucher tes vêtements.

— OK.

— Perdu (en leur mettant la main aux fesses).

Et encore le coup du « téquila boum boum » : on dit à la fille de serrer entre ses dents un morceau de citron vert, on met du sel sur sa main, on lèche le sel, on boit une rasade de téquila-Schweppes cul sec, et on va chercher le citron dans sa bouche. Au bout de trois parcours de ce genre, le citron vert est généralement remplacé par la langue.

Contre toute attente, ces stratagèmes fonctionnaient. Avec Sophie ce fut différent. Il lui fit croire qu'il s'intéressait vraiment à elle. Et elle fit semblant de l'écouter. Ils finirent par croire ce qu'ils ne se disaient pas. Et un jour, elle lui posa la question :

— Pourquoi tu ne dis rien ?

— Quand je ne dis rien, c'est très bon signe : ça veut dire que je suis intimidé. Quand je suis intimidé, c'est très bon signe : ça veut dire que je suis troublé. Quand je suis troublé, c'est très bon signe : ça veut dire que je tombe amoureux. Et quand je tombe amoureux, c'est très mauvais signe.

Il l'a aimée parce qu'elle était mariée. Il en est tombé amoureux parce qu'elle n'était pas libre. Il travaillait avec elle chez TBWA de Plas mais ne pouvait pas l'avoir. Il l'a aimée aussi parce que lui était marié, que c'était interdit, secret et salaud. Il l'a aimée comme toutes les femmes qu'on n'a pas le droit de draguer : sa mère, sa sœur, les fiancées de son père, et son premier amour, impossible, à sens unique. L'amour ressemble aux dominos : la première fois qu'on tombe amoureux entraîne toutes les autres chutes. Il l'a désirée comme toutes les jolies filles de son enfance, c'est-à-dire sans qu'elle le sache. Puis il lui a dit : « Quand je tombe amoureux, c'est très mauvais signe » et elle n'a pas été étonnée. Il lui avait donné rendez-vous à minuit sur le pont des Arts, troisième banc à partir de l'Académie française, assis face au Pont-Neuf, là où la Seine se divise en deux bras ouverts vers l'avenir. Après, c'est devenu presque trop joli pour être vrai. Il a suffi qu'elle vienne au rendez-vous.

— Excusez-moi Mademoiselle, pourrais-je avoir vos coordonnées afin de vous recontacter ultérieurement ?

— Mais tout à fait, Monsieur…

— Octave, appelez-moi Octave. Je crois que je suis amoureux de vous. Cela ne vous dérangerait pas que je dérape sur vos seins, s'il vous plaît Madame ?

— Faites comme chez vous. Mais peut-être pourriez-vous tourner votre langue sept fois dans ma bouche avant de parler ?

— Auriez-vous un local ?

C'est dommage de tomber amoureux aussi facilement. Il y a une explosion de sensualité qui pend au nez des gens maqués. Le plaisir est l'épée de Damoclès du mariage. Sophie l'emmena dans le parking de l'agence, rue du Pont-Neuf, un endroit sombre et silencieux pour faire l'amour contre un mur de béton, debout entre deux bagnoles de fonction. Le plus long orgasme de leur vie à tous les deux. Ensuite, elle lui emprunta son téléphone portable, y tapa son numéro et l'enregistra en mémoire.

— Comme ça, tu ne pourras pas dire que tu l'as perdu.

Octave était tellement amoureux d'elle que son corps se rebellait dès qu'il en était séparé. Il attrapait des boutons, des allergies, des plaques rouges dans le cou, des douleurs stomacales, des insomnies continues. Quand le cerveau croit tout contrôler, le cœur se révolte, les poumons se vident. Toute personne qui nie son amour devient une mocheté et tombe malade. Être sans Sophie enlaidissait Octave. Cela reste valable aujourd'hui : il n'y a pas que la drogue qui lui manque.

— MA BITE CRIE FAMINE !

Octave crie au micro. Odile ondule. Dans la boîte de nuit de l'hôtel, Octave met les disques. Il doit se démerder avec ce qu'il y a : quelques vieux maxi discos, des compils de variété française, trois 45 tours moisis. Tant bien que mal, il parvient à remplir la piste avec les moyens du bord, notamment la plus belle chanson du monde : « C'est si bon/De partir n'importe où/Bras dessus bras dessous/En chantant des chansons » par Eartha Kitt. Mais il cède aussi à la facilité en passant « YMCA ».

— Les Village People c'est comme le vin, clame Octave : meilleur en vieillissant.

Tout plutôt que « Marcia Baïla et c'est la mort qui t'a assassinée ». De temps en temps, Odile se colle contre lui devant ses copines. Et dès que les copines s'éloignent, elle se détache. Ce n'est pas lui qui lui plaît, c'est *lui devant son girls band à elle*. Il se sent vieux et laid dans un monde jeune et beau. Il la rattrape par le poignet et se fâche :

— C'est pénible les allumeuses de 18 ans.

— Moins que les divorcés de 33.

— La seule chose que je ne pourrai jamais changer chez toi, c'est mon âge.

Il court après plein de jolies filles pour éviter de se demander pourquoi il court après plein de jolies filles. La réponse, il ne la connaît que trop : pour éviter de rester avec une seule.

Plus tard, il ne s'est rien passé. Octave a ramené Odile à sa chambre ; elle titubait. Il s'est allongé sur son lit. Elle a filé dans la salle de bains et il l'a entendue vomir. Puis elle a tiré la chasse d'eau et s'est brossé les dents en espérant qu'il n'avait rien remarqué. Quand elle s'est déshabillée, Octave a fait semblant de dormir, puis s'est endormi pour de vrai. La chambre sentait le vomi au Fluocaril.

Dans l'avion du retour, on déplora une avalanche de brushings et quelques pannes de déodorant. Octave déclamait à haute voix les « Paroles, Paroles » d'Alain Delon dans la chanson de Dalida :

« C'est étrange
Je ne sais pas ce qui m'arrive ce soir
Je te regarde comme pour la première fois
Je ne sais plus comment te dire
Mais tu es cette belle histoire d'amour
que je ne cesserai jamais de lire
Tu es d'hier et de demain
de toujours
Ma seule vérité. »

Curieux comme le second degré redescend parfois au premier.

« Tu es comme le vent qui fait chanter les violons et emporte au loin le parfum des roses. »

Personne de sa génération n'ose plus parler comme ça.

« Tu es pour moi la seule musique qui fait danser les étoiles sur les dunes. »

Il a si souvent écouté ces mots en hurlant de rire avec des amis bourrés. Pourquoi les trouvaient-ils si ridicules ? Pourquoi le romantisme nous met-il si mal à l'aise ? On a honte de nos émotions. On traque le pathos comme la peste. Il n'est pas souhaitable de glorifier la sécheresse.

« Tu es mon rêve défendu
Mon seul tourment
Et mon unique espérance. »

Les secrétaires gloussent alors qu'elles fondraient en larmes devant le premier mec qui oserait leur dire « tu es mon rêve défendu » en les regardant droit dans les yeux. Peut-être ricanent-elles nerveusement d'envie. Elles changent de sujet, évoquent les tarifs avantageux de développement photo offerts par le Comité d'Entreprise. Elles n'appellent les dirigeants que par leurs initiales :

— Est-ce que FHP en a parlé à PYT ?

— Il faudra voir ça avec JFD.

— La PPM s'est bien passée avec HPT et RGP.

— Oui mais LG et AD n'ont rien validé.

Le reste du vol sert à rouspéter contre le faible montant des tickets-restaurant. Octave essaie toujours de rire plus fort que les autres et, parfois, y parvient. CQFD (Ce Qu'il Fallait Détruire).

6

Après l'homme invisible, la femme invincible. Dans un avion qui volait exactement en sens inverse, quelques jours après, Sophie lisait la carte postale d'Octave et ne la trouvait pas drôle. Elle était enceinte de lui mais ne l'aimait plus. Elle le trompait depuis un mois avec Marc Marronnier. C'est lui qu'elle allait rejoindre au Sénégal, où il avait décidé de prolonger son séjour.

Au début, elle avait souffert le martyre. Larguer quelqu'un qu'on aime, tout en portant son enfant dans le ventre, demande un courage surhumain, non, rectification, un courage *sous-humain* : un courage d'animal. C'est un peu comme se couper une jambe sans anesthésie avec un Opinel rouillé, en plus long. Puis elle avait voulu se venger. Son amour s'était transformé en haine et c'est pourquoi elle avait rappelé le boss d'Octave, pour qui elle avait travaillé quelques années plus tôt. Il l'avait invitée à déjeuner et là, elle avait craqué, pleuré, tout déballé sur la table du Quai Ouest. Marronnier venait de se séparer de sa dernière mannequin, ça tombait plutôt bien au niveau de son timing sentimental. Ils avaient commandé des « céviches de pétoncle en escabèche ». Octave avait appelé Sophie sur son portable alors que Marc lui faisait déjà du pied.

— Allô, Sophie ? Pourquoi tu ne retournes jamais mes appels ?

— Je n'ai plus ton numéro.

— Comment ça, tu n'as plus mon numéro ?

— Je l'ai effacé de mon portable.

— Mais pourquoi ?

— Il me prenait de la mémoire.

Elle avait raccroché, puis éteint son appareil, puis s'était laissé embrasser par-dessus le moelleux au chocolat mi-cuit. Le lendemain, elle changeait de téléphone.

Sophie effaçait ce qui lui prenait de la mémoire.

Octave ignorait sa liaison avec Marc mais il aurait dû s'estimer heureux : être cocufié par son employeur équivalait à un licenciement indirect. L'avion de Sophie non plus ne s'écrasa pas. Marronnier l'attendait à l'aéroport de Dakar. Ils firent l'amour une fois par jour, pendant huit jours. Ils commençaient à avoir l'âge où c'était déjà beaucoup. Aucun des deux ne souffrait ; ils aimaient glander ensemble. Tout leur paraissait si simple, si soudainement évident. En vieillissant, on n'est pas plus heureux, non, mais on place la barre moins haut. On est tolérant, on dit ce qui ne va pas, on est serein. Chaque seconde de répit est bonne à prendre. Marc et Sophie n'allaient pas bien ensemble, mais ils *étaient* bien ensemble, ce qui est beaucoup plus rare. Le truc qui les chiffonnait le plus, c'est de porter le nom d'un sitcom ringard : « Marc et Sophie. »

Ce n'est tout de même pas pour ça qu'ils décidèrent de mourir. Si ?

Ne partez pas ! Après la pub,
le roman continue.

UN JEUNE DEALER BARBU SE TIENT DEBOUT EN HAUT D'UNE DÉCHARGE PUBLIQUE, LES BRAS EN CROIX. AUTOUR DE LUI, DOUZE CLIENTS SONT RASSEMBLÉS EN CERCLE. ILS PORTENT DES SWEAT-SHIRTS À CAPUCHE, DES BLOUSONS K-WAY, DES CASQUETTES DE BASE-BALL ET AUTRES SHORTS BAGGYS. ILS LE VÉNÈRENT AU MILIEU DE CE TERRAIN VAGUE.

SOUDAIN LE TRAFIQUANT DIT :

— EN VÉRITÉ JE VOUS LE DIS, LEQUEL D'ENTRE VOUS VA ME JETER LA PREMIÈRE PIERRE ?

L'UN DES APÔTRES LUI TEND ALORS UN CAILLOU DE COCAÏNE.

— Ô SEIGNEUR VOICI UN GÉ.

UNE MUSIQUE SACRÉE RETENTIT ALORS, TANDIS QU'UN RAYON DE LUMIÈRE VENU DU CIEL ILLUMINE LE CAILLOU BLANC QUE BRANDIT NOTRE SAINT DEALER ET S'ÉCRIANT :

— TU ES PIERRE ET SUR CETTE PIERRE JE BÂTIRAI MON ÉGLOGUE.

PUIS NOTRE SUPERSTAR CHEVELUE BROIE LE CAILLOU DE COKE DANS SA MAIN POUR EN FAIRE UNE POUDRE BLANCHE. LORSQU'IL ROUVRE SA MAIN, DOUZE LIGNES RIGOUREUSEMENT PARALLÈLES SONT ALIGNÉES À LA PERFECTION DANS SA PAUME.

— PRENEZ ET SNIFFEZ-EN TOUS, CECI EST MON ÂME LIVRÉE POUR VOUS.

LES DOUZE DISCIPLES TOMBENT À GENOUX DANS LES ORDURES MÉNAGÈRES ET CRIANT :

— ALLÉLUIA ! IL A MULTIPLIÉ LES TRAITS !

PACKSHOT : UN TAS DE POUDRE BLANCHE EN FORME DE CROIX AVEC DES PAILLES PLANTÉES DEDANS.

SIGNATURE EN VOIX OFF : « LA COCAÏNE : L'ESSAYER, C'EST LA RÉESSAYER. »

IV

NOUS

« Afin de présenter notre message avec quelque chance de produire une impression durable sur le public, nous avons dû tuer des gens. »

Theodore KACZYNSKI,
dit « Unabomber »,
Manifeste paru dans le *Washington Post*
et le *New York Times* le 19 septembre 1995.

1

Nous avons tous été choqués par le suicide de Marc. Mais dire que son geste nous a surpris serait mentir. La version officielle dit qu'il s'est noyé au large de Saly, emporté par un courant sous-marin. Mais nous, nous savons bien qu'il s'est laissé couler pour être débarrassé d'une vie qui l'encombrait. Nous sentions tous que Marc était stressé, qu'il se débattait, nous nous abreuvions de son entrain factice et nous changions de sujet quand il parlait d'autodestruction. Nous refusions l'évidence : Marronnier était en train de se tuer et nous n'avions pas l'intention de le sauver. Nous organisions son enterrement avant même sa mort. « Le roi est mort, vive le roi ! » À ses obsèques, 300 publicitaires pleurnichaient au cimetière de Bagneux, surtout ceux qui haïssaient Marc et souhaitaient son départ depuis si longtemps : ils culpabilisaient d'avoir été exaucés, et se demandaient qui ils allaient bien pouvoir détester désormais. Pour avancer dans la communication, il faut un ennemi à écraser ; il est très déroutant d'être soudain privé d'un moteur aussi indispensable.

Nous aurions préféré que cette cérémonie ne soit qu'un rêve. À l'enterrement d'un provocateur, nous regardions le cercueil descendre dans le trou en espérant que c'était une ultime manigance de sa part. Comme ç'aurait été bien si tout d'un coup la caméra avait décadré et qu'on s'était aperçu que la cérémonie était organisée par des acteurs : le prêtre serait un comédien sur le retour, les amis en larmes éclateraient de rire, derrière nous une équipe de techniciens déroulerait des câbles et un réalisateur crierait : « Coupez ! » Mais personne n'a crié : « Coupez ! »

Très souvent nous voudrions que notre vie ne soit qu'un rêve. Nous aimerions nous réveiller, comme dans les mauvais films, et résoudre tous nos problèmes par ce subterfuge. Dès qu'un personnage se noie au cinéma, youpi, il reprend conscience. Combien de fois avons-nous vu ça sur l'écran : le héros attaqué par un monstre gluant et carnivore, acculé au fond d'une impasse, qui, au moment où la terrifiante bestiole va le dévorer, paf, se redresse en sueur dans son plumard ? Pourquoi ça ne nous arrive jamais dans la vie ? Hein ?

Comment on fait pour se réveiller, quand on ne dort pas ?

Il y avait un cercueil avec de vraies cendres dedans (Charlie en avait même récupéré une poignée dans sa poche). Nous avons pleuré des larmes réelles. Nous, c'est-à-dire toute la Rosse Europe : Jef, Philippe, Charlie, Odile, les stagiaires, les puissants, les inutiles, et moi, Octave avec son Kleenex, Octave toujours là, ni viré, ni démissionnaire, juste un peu déçu que Sophie ne soit pas venue. Nous, c'est-à-dire tous les parasites entretenus par l'argent de la Rosse : propriétaires de chaînes de télévision, actionnaires de grands réseaux radiophoniques, chanteurs, acteurs, photographes, designers, hommes politiques, rédacteurs en chef de magazines, présidents de grands magasins, nous les décideurs, nous les leaders d'opinion, nous, les artistes vendus, reconnus ou maudits, nous pleurions. Nous pleurions sur notre pitoyable sort : dans la publicité, quand on meurt, il n'y a pas d'articles dans les journaux, il n'y a pas d'affiches en berne, il n'y a pas d'interruption des programmes, il n'y a que des stock-options invendues et un compte en Suisse inutilisé sous un numéro secret. Quand un publicitaire meurt, il ne se passe rien, il est juste remplacé par un publicitaire vivant.

2

Quelques jours plus tard, South Beach, Miami. Des pamelaandersons de toutes tailles, des jeanclaude-vandammes en veux-tu en voilà. Nous sommes tous Friends. Nous faisons des UV avant de tendre notre visage vers le soleil. Pour tenir dans un monde pareil, il faut ressembler à une bimbo ou à un acteur de films pornos. Nous nous droguons parce que l'alcool et la musique ne suffisent plus à nous donner le courage de nous parler. Nous vivons dans un monde où la seule aventure consiste à baiser sans capote. Pourquoi courons-nous tous après la beauté ? Parce que ce monde est laid, à vomir. Nous voulons être beaux parce que nous voulons être meilleurs. La chirurgie esthétique est la dernière idéologie qui nous reste. Tout le monde a la même bouche. Le monde est terrifié par la perspective du clonage humain alors qu'il existe déjà et se nomme « plastic surgery ». Dans tous les bars, Cher chante « Est-ce que tu crois en la vie après l'amour ? » Nous devons désormais nous interroger sur la vie après l'homme. Une existence de sublimes créatures post-humaines, débarrassées de l'injustice de la laideur, dont Miami sera la capitale mondiale. Nous aurons tous les mêmes fronts bombés et innocents, des peaux douces comme du satin, des yeux en amande, tout le monde aura droit à de longues mains aux ongles vernis de gris, il y aura une distribution générale de lèvres pulpeuses, de pommettes hautes, d'oreilles duveteuses, de nez mutins, de cheveux fins, de cous graciles et parfumés, et surtout de coudes pointus. Des coudes pour tous ! En route vers la démocratisation du coude. Comme l'a humblement reconnu Paulina Porizkova dans une interview : « Je suis contente que les gens me trouvent jolie mais ce n'est qu'une question de mathématiques : le nombre de millimètres entre mes yeux et mon menton. »

Charlie et moi, nous téléphonons sans fil, debout dans la mer. Nous roulons sur la plage dans des Jeeps géantes. Malgré la mort de Marronnier, nous n'avons pas annulé le tournage de Maigrelette – trop de frais étaient déjà engagés par la production. À un moment, Charlie a sorti de sa poche une petite boîte contenant quelques grammes des cendres de Marc Marronnier. Il les a saupoudrées dans l'eau. C'est ce que Marc aurait voulu : flotter sur les vagues de Miami. Ensuite il restait un peu de cendres dans sa paume alors j'ai eu une idée. Je lui ai demandé de tendre son bras et d'ouvrir sa main vers le soleil. Je me suis penché. Et c'est ainsi que j'ai sniffé ce qui restait de mon ami, mon mentor, Marc Marronnier. I've got Marronnier runnin' around my brain !

Prévenez-nous si vous trouvez une seule fille moche dans cette ville. Ceux qui, partout ailleurs, sont statistiquement anormaux (les beaux et les musclés) représentent ici la norme ; ils en deviennent presque ennuyeux (rappelons toutefois que je suis un militant de l'ennui). Il y a toujours une fille plus jeune et jolie que la précédente. Suave torture. Mais l'Envie est un des sept péchés capitaux. Miami, ville jumelée avec Sodome, Gomorrhe et Babylone !

À Coconut Grove, un type promène six chihuahuas en laisse et ramasse leur merde avec un gant en plastique. Il croise des trafiquants de salsa et des skieurs de fond sur roulettes. Groupes d'êtres bronzés qui parlent dans des cellulaires devant le Colony. Nous comprenons qu'à Miami nous sommes à l'intérieur d'une publicité géante. Ce n'est plus la publicité qui copie la vie, c'est la vie qui copie la publicité. Des Cadillac roses dont le plancher est éclairé au néon vibrent au rythme du rap chicanos. Tant de beauté et de richesse ne peuvent que donner le tournis. Au News Café, nous dévisageons les top models mais préférerions les défigurer.

Le district Art Deco de Miami se trouve au sud de la ville et au bord de la mer. Il a été construit dans les années 30 pour les retraités. Au début des années 40, beaucoup de militaires ont été mobilisés à Miami car l'US Army craignait une attaque japonaise sur la Floride. Puis la chute de Batista en 1959 entraîna une forte immigration cubaine. Miami mêle donc les retraités (propriétaires des fonds de pension, pour lesquels tous les salariés du monde occidental travaillent à longueur d'année), les militaires (qui les protègent) et les Cubains (qui les droguent) : le cocktail parfait. Dans les années 70, la crise pétrolière calma la ville. On la crut finie, démodée, has-been, jusqu'à ce qu'une publicité la relance dix ans plus tard, en 1985.

Cette année-là, Bruce Weber shoota une série de photos pour Calvin Klein sur Ocean Drive. La parution de ces quelques pages de pub dans les magazines du monde entier fit instantanément de Miami la capitale mondiale de la mode. Miami est la ville dont le prince est un photographe. Si les nazis avaient bénéficié de la force de frappe publicitaire d'un tel lieu, ils auraient assassiné dix fois plus de monde. Christy Turlington y fut découverte sur la plage par un « talent scout ». Puis Gianni Versace réalisa tous ses catalogues sur place, avant d'y mourir assassiné le 15 juillet 1997. Des êtres à roulettes, Cubaines cuivrées, gays en short, glissent sur les trottoirs, leurs yeux cachés derrière des Oakley dernier modèle. Toutes ces choses ne sont pas contradictoires. Finalement les nazis ont gagné : même les Blacks se teignent les cheveux en blond. Nous nous battons pour ressembler à la joyeuse Hitlerjugend, avec des tablettes de Galak sur l'abdomen. Les antisémites ont obtenu ce qu'ils voulaient : Woody Allen fait marrer les filles mais elles préfèrent tout de même coucher avec le blond Aryen Rocco Siffredi.

À l'ombre d'un palmier déplumé, nous contemplons le Volleypalooza, un tournoi de volley-ball sur la plage qui oppose pendant deux jours les agences de mannequins entre elles. Steven Meisel et Peter Lindbergh arbitrent. (D'ailleurs ils arbitrent aussi la planète pendant les 363 autres jours de l'année.) Des perfections en bikinis rouges et noirs smashent sur le sable brûlant. Des gouttes de sueur mêlée d'eau de mer s'envolent de leurs cheveux blonds pour atterrir sur le nombril crémeux de leurs copines qui rient. De temps à autre, la brise légère venue de l'océan leur donne un peu la chair de poule ; même de loin, nous pouvons nous délecter de voir leurs bras frissonner délicatement. Le sable éparpillé sur leurs frêles épaules brille comme une pluie de paillettes fines. Ce spectacle blesse notre cœur d'une langueur monotone. Ce qui nous tue le plus, ce sont leurs dents blanches. Si seulement j'avais enregistré un disque vendu à dix millions d'exemplaires, nous n'en serions pas là. Ah, au fait, c'est l'équipe des bikinis rouges qui a remporté le Volleypalooza. La capitaine de l'équipe gagnante a 15 ans ; à côté, Cameron Diaz, Uma Thurman, Gisele Bundchen et Heather Graham sont quatre vieux thons. Et arrêtez de croire que nous ne pensons qu'à les niquer, ces merveilleuses. Nous nous en foutons pas mal de leur vagin. Nous, ce qu'on voudrait, c'est effleurer leurs paupières du bout des lèvres, c'est frôler leur front du bout des doigts, c'est être allongé le long de leur corps, c'est les écouter nous raconter leur enfance en Arizona ou en Caroline du Sud ; ce qu'on voudrait c'est regarder un feuilleton à la télé en croquant des noix de cajou avec elles et juste, de temps en temps, leur remettre une mèche de cheveux derrière l'oreille, vous voyez ce que je veux dire ou pas ? Oh nous saurions nous occuper de vous, commander des sushis au room-service, danser un slow sur « Angie » des Rolling Stones, rire en évoquant des souvenirs de lycée, oui, car nous avons les mêmes souvenirs de lycée (la première cuite à la bière, les coupes de cheveux ridicules, le premier amour qui est aussi le dernier, les blousons en jean, les boums, le hard-rock, *La Guerre des étoiles*, tout ça), mais les canons préfèrent toujours les bookeurs pédés et les conducteurs de Ferrari et c'est pourquoi la planète ne tourne pas rond. Non, je ne suis pas un obsédé sexuel mais il n'y a pas de mot pour dire obsédé du poumon. Ou alors si : je suis un « obsédé pulmonaire », voilà.

Le soir, nous dînons avec quelques sous-tops sur un yacht de location. Après le dessert, Enrique Baducul parie mille dollars avec l'une d'entre elles qu'elle n'est pas cap' d'enlever sa culotte et de la jeter au plafond pour voir si elle y restera collée. La fille s'exécute et nous rigolons alors que ce n'est pas très drôle (sa culotte est retombée sur le plat de spaghettis). Le monde entier est prostitué. Payer ou être payé, telle est la question. Grosso merdo, jusqu'à la quarantaine on est payé ; après, on paye les autres, c'est ainsi – le Tribunal de la Beauté Physique est dépourvu d'appel. Des play-boys à la barbe de quatre jours regardent si on les regarde, et nous les regardons regarder si on les regarde, et ils nous regardent les regarder regarder si on les regarde et c'est un ballet sans fin qui rappelle le « palais des glaces », une vieille attraction de fête foraine, sorte de labyrinthe de miroirs où l'on se cogne contre son propre reflet. Je me souviens que, petits, nous en sortions couverts de bosses à force de nous foutre des coups de boule à nous-mêmes.

3

Ocean Drive aux néons qui électrocutent les passants fluorescents. Le vent chaud emporte les flyers des soirées disparues. La veille, au Living Room, les filles dansaient comme des quartiers de viande. (Au Living Room, si tu rentres, c'est que tu es une VIP. Une fois à l'intérieur, si tu as une table, c'est que tu es une VVIP. S'il y a une bouteille de champagne sur ta table, c'est que tu es une VVVIP. Et si la patronne te fait la bise sur la bouche, soit tu es une VVVVIP, soit tu es Madonna.) Miami Beach est une gigantesque confiserie : les immeubles ressemblent à des ice-creams et les filles à des bonbons qu'on laisse fondre sous la langue.

Réveil à six du mat' pour tourner dans la plus belle lumière. Nous avons loué une maison de milliardaires à Key Biscayne, avec des copies de tableaux de Tamara de Lempicka sur les murs. Tamara (la nôtre) s'habitue vite à sa nouvelle vie de pub-star. On la coiffe, la maquille, la saoule de café dans le camion-régie. Les décorateurs sont chargés de repeindre la pelouse (pas assez verte par rapport au story-board). Le chef-op' donne des ordres incompréhensibles à des techniciens compréhensifs. Ils passent leur temps à mesurer l'éclairage en s'échangeant des chiffres cabalistiques :

— Essaie de passer en 12 sur le 4.

— Non, on va tenter une autre focale, mets-moi le 8 en 14.

Charlie et moi, nous mangeons tout ce que le catering nous propose : chewing-gums, ice-creams au fromage, bubble-gums, hamburgers de saumon, chewing-gums d'ice-creams de saumon au fromage, de poulets en sashimis. Soudain, il est huit heures et demie et Enrique ne sourit plus.

— Lé ciel est blanc, on né pé pas tourner par cé temps.

Le client a bien spécifié qu'il voulait du ciel bleu et des ombres portées.

— Ma qué, renchérit-il, esta la loumière dé Dieu.

Ce à quoi Charlie rétorque, impérial :

— Dieu est un déplorable directeur photo.

Un ciel blanc est impossible à ravoir à l'étalonnage. Si l'on tournait par ce temps, il faudrait coloriser image par image au Flame, à 6 K-€ la journée. Alors nous petit-déjeunons dix fois en attendant que la brume se lève. La tivi-prod s'arrache les cheveux en téléphonant à l'assureur parisien pour ouvrir le parapluie du « Weather Day ». Moi, je ne panique pas : depuis que j'ai arrêté la coke, je mange tout le temps.

Tamara et Charlie et moi, nous sommes les Jules et Jim de la Floride. Ici, les Ricains nous demandent sans cesse :

— Are you playing a « ménage à trois » (en français dans le texte) ?

Nous buvons des Corona toute la matinée et rions sans cesse. Tout le monde tombe amoureux de Tamara : elle touche 1 euro-bâton par jour pour provoquer ce genre de réaction chimique chez le mâle. Des barbus portent des casquettes et des câbles, des talkies-walkies grésillent dans le vide, des éclairagistes scrutent le ciel d'un air impuissant, nous nous enduisons d'écran total pour attirer le soleil. Des volets noirs nous protègent de la réalité ; le monde est borgnolé. Mais sans soleil, à quoi peut bien servir Miami ?

— Il faudra éviter que les palmiers n'entrent dans le cadre : on est censé être en France, ne l'oublions pas. Ou alors fallait prévoir un matt-painting de peupliers et de hêtres.

— Bravo pour cette remarque, Octave, tu viens de te rendre utile. Tu as justifié en une phrase le prix de ton billet d'avion.

Charlie plaisante mais semble préoccupé. Il tourne depuis ce matin autour du pot. Va-t-il se jeter à l'eau ? Eh bien oui :

— Tu sais, Octave, il faut que je t'annonce quelque chose. Il va y avoir de gros changements à l'agence.

— Oui, merci, après la mort du DC, c'est probable.

— On ne dit pas la mort du DC, on dit le décès du DC.

— Tu oses faire de l'humour avec le suicide de notre employeur bien-aimé ?

Tamara se marre mais Charlie poursuit sur sa lancée :

— Tu as remarqué que Jef n'est pas venu au Sénégal ?

— Oui et quand j'ai vu ça, j'ai eu envie d'annuler mon séjour. Je ne sais pas comment nous avons fait pour survivre quatre jours sans lui.

— Arrête tes conneries. Moi, je sais où il était, Jef, pendant qu'on se la jouait dadadirladada. Ce cher commercial était à New York, figure-toi, en train de demander la place du Président Philippe aux grandes instances de la Rosse.

— Qu'est-ce que tu racontes ?

— Il l'a jouée fine, le petit Jef : il est arrivé au siège avec le soutien de Duler de chez Madone et leur a dit qu'on allait perdre ce budget si on ne changeait pas l'équipe dirigeante en France. Et tu sais ce qu'ils ont dit, les pontes du groupe ?

— « Go fuck yourself, Jef » ?

— Que nenni. Ils adorent ça, les Ricains, le côté jeune loup arriviste qui pique la place des vieux – ils enseignent ça aux requins de Harvard et dans les westerns avec John Wayne.

— Non mais attends, tu déconnes, là. Tu as inventé ça tout seul ?

Charlie se ronge un ongle et n'a pas l'air mytho.

— Octavio, à force de prendre des notes pour ton bouquin, tu as oublié de regarder ce qui se passait autour de toi.

— Oh dis donc, ça te va bien de me dire ça, toi qui passes tes journées à surfer sur le Net à la recherche de photos de fist.

— Rien à voir, je me documente sur mon temps. À ce propos, rappelle-moi de te montrer le film de la nonagénaire qui mange son caca avec une paille. Bref. Tu as vu comme ils flippaient tous au Séminaire ? Réveille-toi : Jef va être nommé P-DG de la Rosse à la place de Philippe qui prendra en charge l'Europe, c'est cousu de fil blanc. On le nommera « chairman emeritus » ou un placard dans le genre.

— JEF PATRON DE L'AGENCE ?? Mais il a même pas 30 ans : c'est un enfant en bas âge !

— Peut-être mais pas un enfant de chœur, si tu veux mon avis. Bienvenue dans les années 00, partner. C'est la mode des pédégés de 30 balais. Ils sont aussi mauvais que les quinquagénaires mais présentent mieux et coûtent moins cher. C'est pour ça que les actionnaires ricains ont dit banco : avec le soutien du plus gros budge de l'agence, Jef ne pouvait pas perdre. Or Jef ne pouvait pas saquer Marronnier, tu me suis ?

— Putain, Marc se serait tué parce qu'il savait que le petit roquet allait le foutre dehors ?

— Bien sûr. Et il se doutait surtout que nous allions lui piquer son poste.

Le ciel a beau être blanc, ce n'est pas une raison pour nous tomber sur la tête.

— J'ai mal entendu là, tu veux dire que Jef nous nomme directeurs de la création ?

— Jef m'a appelé ce matin pour nous proposer le poste. C'est 30 000 euros mensuels chacun, plus les notes de frais, l'appartement payé, les Porsche de fonction.

Tamara sourit.

— Octave choupinet, pour un mec qui voulait se faire virer, ça la fout mal, non ?

— Oh toi la créature, boucle-la SVP.

— Tu as raison, chéri : vous êtes des créatifs et moi je suis une créature.

— C'est joli, coupe Charlie, mais tu te goures, cocotte. Maintenant, nous sommes des directeurs de création. Nos employés créent pour nous.

— Eh oh ! J'ai pas dit que j'acceptais l'offre.

— C'est oune offre qué tou né peux pas réfouser, a lancé Enrique, car visiblement tout le plateau était au courant sauf moi.

Et c'est le moment que le soleil a choisi pour revenir, cet effronté.

4

On croirait vraiment que Tamara a joué la comédie toute sa vie – en y réfléchissant, c'est d'ailleurs le cas. Le métier de call-girl forme au métier d'actrice bien plus efficacement que l'Actor's Studio. Elle se révèle très à l'aise devant la caméra. Elle séduit l'objectif, bouffe son yaourt goulûment comme si sa vie en dépendait. Elle n'a jamais été plus éclatante que dans ce faux jardin méditerranéen transposé en Floride.

— She's THE it-girl of the new century, déclare sentencieusement le producteur technique local à la nana qui tourne le « making of ». Je crois qu'il veut 1) la présenter à John Casablanca d'*Elite*, 2) la prendre en levrette. Mais pas forcément dans cet ordre-là.

Nous envahissons une terre étrangère avant d'investir l'espace médiatique. La campagne Maigrelette restera à l'antenne jusqu'en 2004 et sera déclinée en affiches 4 × 3, Abribus, annonces en presse féminine, publicités sur les lieux de vente, étiquetages promotionnels, murs peints, jeux concours de plage, événementiels de terrain, tracts en distrib, sites Internet, têtes de gondole et offres de remboursement sur présentation d'une preuve d'achat. Tamara, tu seras partout, nous allons faire de toi l'emblème du leader des fromages blancs sans matière grasse sur tout l'Espace Schengen.

Nous buvons des Cape Cod en parlant d'Aspen avec la maquilleuse. Nous croisons quelques vaches maigres (surnom que nous donnons aux grungettes anorexiques qui cherchent de l'héro sur Washington Avenue). Nous jouons à faire semblant de mourir devant la maison de Gianni Versace. Des touristes nous prennent en photo en train de nous vautrer par terre sous la mitraille. Nous nous enroulons dans les tentures blanches du Delano Hotel : Tamara devient Shéhérazade et moi, Casper le gentil fantôme. Autour de nous les gens sont si narcissiques qu'ils ne font plus l'amour qu'avec eux-mêmes. C'est quoi une journée réussie à Miami ? Un tiers de rollers, un tiers d'ecstasy, un tiers de branlette.

Sur le set du tournage, la pelouse est à nouveau brûlée par le soleil. Pour qu'elle verdisse, les accessoiristes recommencent à l'asperger de colorant alimentaire. Ce soir on annonce un combat de drag-queens au Score sur Lincoln Road : sur un ring de catch, les travelos s'arracheront les perruques. « Rien ne compte vraiment », chante Madonna, qui a une maison ici. Elle résume bien le problème. J'aime Tamara et j'aime Sophie ; avec un salaire de directeur de création, j'aurai largement de quoi garder les deux. Mais je ne vais tout de même pas accepter une offre qui renie totalement la première page de ce bouquin, celle où j'écrivais « J'écris ce livre pour me faire virer ». Ou alors il faudra corriger ça, mettre « j'écris ce livre pour me faire augmenter »… Tamara interrompt mes réflexions :

— Veux-tu un café, un thé, ou moi ?

— Les trois dans ma bouche. Dis-moi, quelle est ta pub préférée, Tamara ?

— « LESS FLOWER, MORE POWER. » C'est le slogan de la New Beetle de Volkswagen.

— On ne dit pas « slogan », on dit « titre ». Retiens bien ça, si tu veux que je t'engage.

Nous passons l'après-midi à glander devant le combo, ce moniteur vidéo Sony qui retransmet chaque prise : Tamara sur la terrasse, Tamara dans l'escalier, Tamara dans le jardin, Tamara en plan large, Tamara en plan serré, Tamara naturellement artificielle, Tamara en regard caméra, Tamara artificiellement naturelle, Tamara en dégustation produit (ouverture de l'opercule, plongeon de la cuiller, délectation buccale), Tamara et son coude émouvant, Tamara et ses seins à dessein. Mais la Tamara que je préfère m'est réservée : c'est Tamara à poil en tongs, sur le balcon de ma chambre, avec une bague à l'orteil du pied gauche et une rose tatouée au-dessus du sein droit. Celle à qui j'ose dire :

— Je n'ai pas envie de faire l'amour avec toi mais tu m'enchantes. Je crois que je t'aime, Tamara. Tu as des grands pieds mais je t'aime. Tu es mieux avec des retouches numériques qu'en vrai mais je t'aime.

— Je connais beaucoup de méchants qui font semblant d'être gentils, mais toi tu es une espèce rare : un gentil qui fait semblant d'être méchant. Embrasse-moi, c'est gratuit pour cette fois-ci.

— Tu es mon rêve défendu, mon seul tourment et mon unique espérance. Tu es pour moi la seule musique qui fait danser les étoiles sur les dunes.

— Encore des mots, toujours des mots.

Le plan dégustation, c'est toujours le pire boulot : en plein soleil, après le déjeuner, la pauvre Berbère a dû simuler vingt fois l'extase en introduisant dans sa bouche de pleines cuillerées de Maigrelette. Au bout de quelques prises, elle en était complètement dégoûtée. L'accessoiriste apporta alors une bassine dans laquelle elle recrachait le fromage blanc dès qu'Enrique gueulait « Cut ! » Voilà, c'est une petite révélation que nous vous confions, ne l'ébruitez pas trop : chaque fois que vous voyez un acteur se délecter d'un produit alimentaire dans un film publicitaire, sachez qu'il ne l'avale jamais et vomit le produit dans un récipient prévu à cet effet, dès que la caméra cesse de le filmer.

Charlie et moi sommes assis sur des chaises en plastique avec des kilos de junk-food pour unique compagnie. Sur tous les tournages de films publicitaires, c'est le même cirque : on parque les créatifs dans un coin en les dorlotant avec un mépris complet, et en espérant qu'ils ne vont pas trop l'ouvrir sous prétexte qu'ils sont les auteurs de la campagne en cours de réalisation. Nous nous sentons humiliés, inutiles et gavés de sucreries, bref, encore plus écœurés que d'habitude. Nous faisons semblant de ne rien remarquer car nous savons qu'en tant que futurs Directeurs de Création de la Rosse France, nous aurons mille fois l'occasion de nous venger de manière implacable.

Nous serons riches et injustes.

Nous licencierons nos anciens amis.

Nous soufflerons le chaud et le froid pour terroriser tous nos employés.

Nous nous attribuerons les idées des subalternes.

Nous convoquerons des jeunes réalisateurs pour leur pomper des idées fraîches en leur faisant miroiter un gros boulot que nous finirons par exécuter nous-mêmes dans leur dos.

Nous refuserons d'accorder des vacances aux salariés, avant de prendre les nôtres à l'île Maurice.

Nous serons mégalos et indécents.

Nous garderons les meilleurs budgets pour nous et confierons les campagnes les plus croustillantes à des free-lances extérieurs pour bien déprimer tous les CDI.

Nous insisterons pour avoir notre portrait dans les pages saumon du *Figaro* puis exigerons le licenciement de la journaliste dès sa parution, si son papier n'est pas assez hagiographique (en menaçant *Le Figaro* de ne plus lui acheter de pages de pub).

Nous incarnerons le renouveau de la publicité française.

Nous paierons une attachée de presse pour pouvoir dire dans les pages communication de *Stratégies* que : « il faut bien distinguer le concept du percept. »

Nous emploierons également très souvent le verbe « préempter ».

Nous serons débordés et injoignables ; pour obtenir un rendez-vous avec nous, il faudra attendre trois mois au minimum (pour se voir annuler au dernier moment, le matin du rendez-vous, par une secrétaire arrogante).

Nous boutonnerons nos chemises jusqu'en haut.

Nous déclencherons des dépressions nerveuses en rafales autour de nous. On dira du mal de nous dans la profession mais jamais en face car nous serons craints.

Nous n'en ficherons pas une ramée mais tous nos proches cesseront pourtant de nous voir.

Nous serons dangereux et hyperfétatoires.

Nous tirerons les ficelles de la société moderne.

Nous resterons dans l'ombre « même en pleine lumière ».

Nous serons fiers d'avoir d'aussi importantes irresponsabilités.

— Pour la maquillage vous être contente ?

Notre délire à la « Perrette et le pot au lait » est interrompu par la maquilleuse qui veut un avis circonstancié.

Au moment venu, nous la nommerons make-up artist in chief du groupe R&W car elle a su reconnaître notre importance avant même notre nomination.

— Quelque chose de très naturel suffit, dit Charlie d'un ton péremptoire, il faut qu'elle soit saine/équilibrée/dynamique/authentique.

— Yeah, je la fais les lèvres un peu glossy, je touche pas à sa teint, elle être superbe peau.

— Pas glossy, insiste Charlie avec l'assurance du futur grand patron qu'il est, je préfère shiny.

— Of course, shiny c'est mieux que glossy, m'empressé-je de surenchérir. Sinon on frôle la dérive colorielle.

La maquilleuse recule avec respect devant de tels spécialistes du design labial – visiblement des pros à qui on ne la fait pas. Il ne nous reste plus qu'à snober la styliste culinaire et tutto ira bene.

Tamara allume toute l'équipe. Nous l'adorons tous, nous échangeons des œillades complices devant sa beauté hiératique. Nous aurions pu être heureux si je n'avais passé mon temps à penser à quelqu'un d'autre. Pourquoi faut-il que je ne désire que les gens absents ? De temps en temps, Tamara posait ses mains sur mon visage ; cela l'apaisait. J'avais besoin d'une dose de légèreté. Tiens, voilà qui pourrait nous assurer une bonne signature de secours : « MAIGRELETTE. ON A TOUS BESOIN D'UNE DOSE DE LÉGÈRETÉ. » Je la note, on ne sait jamais.

— Alors, tu vas accepter tout cet argent qu'on te propose ?

— L'argent ne fait pas le bonheur, Tamara, tu le sais.

— Grâce à toi, maintenant, je le sais. Avant je ne le savais pas. Pour savoir que l'argent ne fait pas le bonheur, il faut avoir connu les deux : l'argent et le bonheur.

— Tu veux m'épouser ?

— Non, enfin, si, mais à une condition : qu'à notre mariage il y ait un hélicoptère qui fasse tomber une pluie de Chamallows roses.

— Et les Chamallows blancs, qu'est-ce qu'on en fait ?

— On les bouffe !

Pourquoi baisse-t-elle les yeux ? Nous sommes gênés tous les deux. Je prends sa main couverte d'enjolivures au henné.

— Quoi ? Qu'est-ce qu'il y a ?

— Tu n'es pas gentil d'être aussi gentil. Je préférais quand tu faisais semblant d'être méchant.

— Mais…

— Arrête. Tu sais très bien que tu ne m'aimes pas. Je voudrais être futile comme toi, seulement moi j'en ai marre de jouer, tu sais, j'ai réfléchi et je crois que je vais tout arrêter, avec l'argent de Maigrelette je pourrais m'acheter une petite maison au Maroc, j'ai ma fille à élever, je l'ai laissée là-bas chez ma mère et elle me manque tellement… Écoute-moi, Octave, il faut que tu retrouves ta fiancée et que tu t'occupes de votre enfant. Elle te fait le plus beau cadeau : accepte-le.

— Merde, mais qu'est-ce que vous avez toutes ? Dès qu'on est bien avec vous, il faut absolument que vous parliez de bébés ! Au lieu de répondre à la question « pourquoi vivre ? », vous préférez reproduire le problème !

— Arrête avec ta philo à deux balles. Il ne faut pas plaisanter avec ça. Moi, ma fille n'a pas de père.

— Et alors ? Moi non plus mon père ne m'a pas élevé et je n'en fais pas un drame !

— Attends, tu t'es regardé ? Tu largues une nana enceinte de toi pour passer tes nuits aux putes !

— Oui, bon… mais au moins je suis libre.

— Libre ? Non mais je rêve ! Pas ça, Octave, pas toi ! Nadinamouk ! T'es beaucoup trop deuxième millénaire ! Regarde-moi dans les yeux, j'ai dit les yeux. L'enfant qui va naître PEUT avoir un papa. Pour la première fois de ta vie, tu peux servir à quelque chose. Combien de temps tu vas traîner dans des boîtes crades, à écouter les mêmes blagues vulgaires racontées par les mêmes poivrots débiles et impuissants ? Combien de temps, bordel ? C'est ça ta liberté, Ducon ?

Il y a des psychanalystes à 150 balles la séance : Tamara est une moraliste à 460 euros de l'heure.

— Fous-moi la paix avec tes leçons de morale ! Merde !

— Arrête de m'agresser ou je fais une rupture d'anévrisme. La morale, c'est peut-être ringard, mais ça reste encore ce qu'on a trouvé de mieux pour distinguer le bien du mal.

— Et alors ? Je préfère être dégueulasse et libre, ouais, libre, tu m'as bien entendu, qu'éthique et prisonnier ! « Homme libre, toujours tu chériras l'amer ! » Je comprends très bien ce que tu me dis mais figure-toi que le bonheur familial est peut-être encore plus pathétique qu'une connerie d'histoire salace racontée par un abruti aviné à six heures du matin, tu piges ? Et puis, comment veux-tu que je m'occupe d'un enfant alors que je tombe amoureux toutes les deux minutes, putain ! Oups.

Là, j'ai enfreint une règle de base avec Tamara : il n'y a qu'elle qui a le droit d'employer le mot « putain » ; si c'est quelqu'un d'autre, elle le prend comme une insulte. Elle fond en larmes. J'essaie de me rattraper.

— Pleure pas, excuse-moi, tu es une sainte, tu le sais bien, je te l'ai dit et répété. Déjà que j'étais le seul mec qui paye les putes pour ne pas coucher avec elles, maintenant je suis aussi celui qui en aura fait pleurer une. C'est pas un exploit, ça ? Prête-moi ton portable, il faut que je prévienne tout de suite le *Livre des records*, oui allô ? Passez-moi la rubrique « homme le plus maladroit du monde », siouplaît.

Gagné : elle sourit un peu ; la maquilleuse n'aura qu'un raccord de mascara à faire. Je poursuis mon autoanalyse sur sa lancée :

— Mon amour d'émigrée, explique-moi juste une chose : pourquoi, dès qu'on aime une femme et que tout se passe à merveille, veut-elle nous transformer en éleveur de chiards, placer entre nous une ribambelle d'enfants, une armée de bambins pour crier dans nos pattes et nous empêcher d'être seuls ensemble ? Bon sang, c'est si terrifiant d'être deux ? Moi j'étais content d'être un couple « DINK » (Double Income No Kids), pourquoi vouloir faire de nous une « FAMILLE » (Fabrication Artificielle de Malheur Interminable et de Longue Lymphatique Émollience) ? Tu trouves pas ça pitoyable d'avoir des enfants ? Tous ces couples romantiques qui ne parlent plus que de popo ? Tu les trouves sexy, les frères Gallagher, en train de torcher leurs gosses ? Faut être scatophile ! En plus il n'y a pas de place pour un siège-bébé dans mon coupé BMW !

— C'est toi qui es pitoyable. Si ta mère n'avait pas eu d'enfants, tu ne serais pas là pour déblatérer ces âneries.

— Ce ne serait pas une grande perte !!

— Ta gueule !!

— Ta gueule toi-même !!

— OH ET PUIS ARRÊTE AVEC TES POINTS D'EXCLAMATION !!!!!, s'exclame-t-elle en reniflant.

Elle se mouche. Mon Dieu comme elle est splendide quand elle chiale. Si les hommes font tant de peine aux femmes, c'est sans doute parce qu'elles sont tellement plus belles quand elles pleurent.

Elle relève la tête et sait alors trouver les mots pour me convaincre.

— On pourra continuer de se voir en douce.

Vive cette morale-là. C'est Blaise Pascal qui l'a dit : « La vraie morale se moque de la morale. » Et tandis que j'aspirais ses larmes avec la paille de mon Seven Up, nous pensions tous deux exactement la même chose.

— Tu sais pourquoi ça ne collera jamais entre nous ?

— Oui, je sais, j'ai répondu. Parce que je ne suis pas libre et que toi, tu l'es trop.

5

Et voilà, le tournage est terminé : nous venons de dépenser trois millions de francs en trois jours. Avant de ranger les caméras, nous avons demandé à Enrique de tourner une version « trash » de la pub. Bon, nous étions pétés, Tamara aussi, et Charlie s'est écrié :

— Écoutez. ÉCOUTEZ-MOI TOUS ! Listen to me, please. La dernière fois que j'ai vu Marc Marronnier vivant, il a engueulé Octave ici présent, en lui disant que le script que nous venons de tourner était minable et qu'il fallait en écrire un autre.

— C'est vrai, ai-je ajouté. Il a même dit cette phrase qui restera pour toujours gravée dans ma mémoire : « On n'est jamais à l'abri de trouver mieux. »

— Mesdames et Messieurs, Ladies and Gentlemen, allons-nous passer outre aux dernières volontés d'un mort ?

Les techniciens n'étaient pas chauds-chauds. Après quelques pourparlers avec la tivi-prod et Enrique, décision fut tout de même prise de shooter rapidement une prise « agence », en plan-séquence, caméra à l'épaule, style « Dogma » (c'était l'hiver où tout ce qui était filmé à la « Vidéo gag » portait ce label intello danois).

Voici ce que donnait la version « Maigrelette Dogma » : Tamara déambule dans le décor de teck, gracieusement elle enlève son tee-shirt sur la véranda, puis regarde la caméra, torse nu, et s'étale du yaourt sur les joues et les seins. Elle tourne sur elle-même, gambade pieds nus dans le jardin et se met à engueuler son yaourt allégé, hurlant « Maigrelette ! I'm gonna eat you ! », puis elle se roule dans l'herbe fraîchement repeinte, ses seins sont couverts de peinture verte et de Maigrelette, et elle lèche le fromage blanc sur sa lèvre supérieure en gémissant (zoom sur son visage sur lequel dégouline le produit) : « Mmmm… Maigrelette. It's so good when it comes in your mouth. »

Quel talent. Nous décidons d'envoyer cette version au Festival Mondial de la Publicité à Cannes sans la présenter à Madone. Si on récolte un Lion, Duler sera obligé d'applaudir.

Marronnier aurait apprécié pareil dévouement. Nous pouvons rentrer à Paris la conscience tranquille, afin de nous installer dans son fauteuil encore tiède. Mais cela ne suffit pas à Charlie, décidément rempart plus imprenable que jamais. Le soir même, après la fête de fin de tournage au Liquid, il nous entraînait dans une regrettable virée que je suis malheureusement contraint de relater ici.

6

Les stroboscopes quadrillaient l'espace. Une vieille sado-maso traversa la piste de danse avec un corset de dix centimètres. Elle ressemblait à un sablier en cuir noir.

— Tu sais à quoi elle me fait penser, cette mémé ? En Europe, les entreprises licencient des milliers d'employés pour rapporter plus de fric aux retraités de Miami, pas vrai ?

— Euh… en gros, oui. Les vieillards de Floride sont tous actionnaires des fonds de pension qui possèdent les firmes internationales, donc schématiquement, oui.

— Eh ben, puisqu'on est sur place, pourquoi qu'on irait pas rendre visite à un de ces vieux propriétaires de la planète ? Ce serait quand même con d'être chez eux et de ne pas s'expliquer avec l'un d'entre eux, peut-être même qu'on pourrait le convaincre de ne virer personne la prochaine fois, qu'est-ce t'en dis ?

— J'en dis que t'es bourré mais OK, on y va.

Et nous voilà partis, Tamara, Charlie et ma pomme, dans les rues de Miami Vice, à la recherche d'un représentant de l'actionnariat mondialisé.

— Ding ! Dong ! Ding ! Dong-Ding-Dong-Ding-Dong-Ding !

À Miami même les sonneries cherchent à se faire remarquer : celle-ci joue la *Petite musique de nuit* au lieu de faire « dring » comme chez toi. Cela fait une heure que nous errons dans le quartier résidentiel de Coral Gables à la recherche de fonds-de-pensionnaires à sermonner. Charlie a fini par sonner à la porte d'une splendide villa marocaine.

— Yes ?

— Good evening Madame, do you speak french ?

— Oui, oui, bien sûr, enfin une petite peu mais pourquoi sonnez-tu aussi tard ?

— Eh bien c'est Tamara, ici présente (Tamara sourit à la caméra de surveillance) qui dit qu'elle est votre petite-fille, Mrs Ward.

BZZZ.

La porte s'ouvre sur une momie. Enfin, une chose qui a dû être une femme il y a très très longtemps, dans une galaxie très très lointaine. Nez, bouche, yeux, front, pommettes entièrement remplis de collagène. Le reste du corps ressemble à une pomme de terre ridée – analogie sans doute due à la robe de chambre qu'il y a autour.

— Il n'y a que sa peau qui soit tirée, déclare Charlie avec une certaine lourdeur.

— Que disez-vous ? Quelle petite-fille ? Je…

Trop tard. La vieille n'a pas eu le temps de protester que Tamara l'a déjà allongée par terre (elle est ceinture marron de judo). Nous pénétrons dans une maison en or massif. Tout ce qui n'est pas doré est en marbre blanc. Pouir. Tamara et Charlie transportent Mme Ward sur un canapé aux motifs psychédéliques, qui a dû être à la mode quand sa propriétaire l'était aussi. Sans doute quelque part au XXe siècle.

— Alors puisque vous comprenez le français, Madame Wardmachin, vous allez nous écouter bien gentiment. Vous habitez seule ici ?

— Oui, I mean, NO, pas du tout, le Police vont venir très vite AU SECOURS HEEEELP !

— Bâillonnons-la. Tamara, ton foulard ?

— Tiens.

Elle lui enfonce son bandana dans la gorge, et Charlie s'assoit sur la vieille, et je peux vous garantir qu'il est aussi lourd que ses blagues. La retraitée va enfin pouvoir écouter calmement ce qu'il a à lui dire.

— Voyez-vous, Madame, c'est tombé sur vous mais ça aurait pu tomber sur n'importe quel autre responsable du malheur contemporain. Il faut que vous sachiez qu'à partir d'aujourd'hui, ce genre de visites va devenir monnaie courante. Il est temps que les actionnaires des fonds de pension américains sachent qu'ils ne peuvent pas impunément détruire la vie de millions d'innocents sans rendre des comptes, un jour ou l'autre, est-ce que je suis bien clair ?

Charlie est lancé. C'est toujours comme ça avec les taciturnes : quand ils se mettent à l'ouvrir, on ne peut plus les arrêter.

— Vous avez entendu parler du *Voyage au bout de la nuit* de Louis-Ferdinand Céline ?

— Mpffghpffhmmghphh.

— Non, Céline n'est pas une marque de chaussures. C'est un écrivain français. Le héros de son plus célèbre roman s'appelle Bardamu et il fait le tour de la planète à la recherche d'un coupable. Il traverse la guerre, la misère, la maladie, il va en Afrique, en Amérique, et il ne trouve jamais le responsable de notre désolation. Le livre est sorti en 1932 et cinq ans plus tard, Céline se trouvait un bouc émissaire : les Juifs.

Tamara visite la baraque, ouvre le frigo, se sert une bière et nous en rapporte une chacun. Moi, je note le discours de Charlie qui continue à pérorer en chevauchant la momie sur son sofa hideux.

— Nous savons tous que Céline s'est fourvoyé en devenant un ignoble antisémite – et pardon pour ce pléonasme. Pourtant, nous aussi, comme Bardamu, nous cherchons un responsable. La jeune femme ici présente s'appelle Tamara et elle se demande pourquoi elle est obligée de vendre son cul pour envoyer de l'argent à sa fille. Le crétin à mes côtés se nomme Octave, et lui aussi s'interroge sans cesse, comme vous pouvez le voir à son visage de gargouille tuberculeuse. Qui pourrit le monde ? Qui sont les méchants ? Les

Serbes ? La mafia russe ? Les intégristes islamistes ? Les cartels colombiens ? Têtes de Turc ! Comme le « complot judéo-maçonnique » dans les années 30 ! Voyez-vous où je veux en venir, Lady Machinchose ? Notre bouc émissaire, c'est vous. Il est important pour chacun d'entre nous sur cette terre de connaître les conséquences de ses actes. Par exemple, si j'achète des produits Monsanto, je soutiens les organismes génétiquement modifiés et la privatisation des semences agricoles. Vous avez confié vos économies à un groupement financier qui vous rapporte suffisamment d'intérêts pour vous payer cette atroce villa dans les beaux quartiers de Miami. Il est probable que vous n'avez pas très bien réfléchi aux conséquences de cette décision anodine pour vous et déterminante pour nous, comprenez-vous ? Car cette décision fait de vous la MAÎTRESSE DU MONDE.

Charlie lui tapote la joue pour qu'elle ouvre ses yeux pleins de larmes. La vioque pousse de petits cris plaintifs, étouffés par le foulard.

— Vous savez, poursuit-il, quand j'étais petit, j'adorais les films de James Bond, et il y avait toujours le méchant qui voulait devenir le Maître du Monde, alors il entraînait son armée secrète, cachée dans une forteresse souterraine, et il menaçait toujours de faire sauter la planète avec des missiles nucléaires volés en Ouzbékistan. Vous vous souvenez de ces films, Madame Duchmolle ? Eh bien, j'ai découvert ce soir que James Bond, comme Louis-Ferdinand Céline, s'est fourré le doigt dans l'œil. Le Maître du Monde, il n'est pas du tout comme ça, c'est rigolo, non ? Le Maître du Monde, il a un peignoir minable, une maison nulle, une perruque bleue, un bandana dans la glotte, et en plus il ne sait même pas qu'il est le Maître du Monde ! C'est vous, Madame Wardmuche ! Et vous savez qui on est, nous ? 007 ! Ta ta tan ta tatata tan tan tan !

Charlie fredonne la musique de John Barry. Il chante juste mais cela n'empêche pas la Maîtresse du Monde de chialer pathétiquement, la tête enfoncée dans son oreiller aux couleurs criardes style Versace (qui n'est pas mort puisque son œuvre vit toujours).

— N'essayez pas de m'attendrir, Madame Wardmoncul. Est-ce que vous vous êtes attendrie lorsque des régions entières ont été brisées par des dégraissages massifs, des restructurations intensives, des plans sociaux abusifs décidés uniquement pour vos beaux yeux ? Alors pas de chichis, s'il vous plaît. Un peu de dignité et tout se passera bien. My name is Bond, James Bond. Nous sommes seulement venus ici pour vous demander de dire à votre fonds de pension Templeton qui gère 200 milliards d'euros que, désormais, il ne pourra plus réclamer les mêmes rendements à ses entreprises, parce que sinon, de plus en plus de gens comme nous viendront rendre visite à des gens comme vous, d'accord ?

C'est alors que Tamara s'est interposée.

— Attends, Charlie, je crois qu'elle essaie de te montrer quelque chose.

Effectivement, la vioque montrait de ses doigts boudinés une photo encadrée sur sa table basse. Elle représentait un beau soldat de l'US Army souriant, en noir et blanc, avec son casque sur la tête.

— Mmfhghmfphhgg !!! gueulait-elle en pointant le portrait.

J'ai retiré le bandana de sa bouche pour qu'on puisse entendre un peu mieux ce qu'elle voulait dire par Mmfhghmfphhgg. Elle s'est mise à brailler comme un putois.

— WE SAVED YOUR ASS IN '44 ! MY HUSBAND DIED IN NORFUCKINGMANDY !! Regarde, CONNARD, le photo de MON MARI morte CHEZ VOUS à la D DAY !!

Personnellement, j'ai trouvé qu'elle marquait un point. Mais ça a fait déraper Charlie. Moi, je n'étais pas au courant de ses antécédents familiaux. Première nouvelle, je vous assure.

— Écoute, la Miss. On va pas se balancer nos morts à la figure toute la soirée. Cette guerre, vous ne l'avez faite que pour exporter Coca-Cola. IT'S COCA-COLA WHO KILLED YOUR HUSBAND ! Moi, mon père s'est suicidé parce qu'on l'avait viré de sa boîte pour augmenter ses bénéfices. Je l'ai retrouvé pendu, tu comprends ça, salope ? YOU KILLED MY FATHER !

Il la giflait un peu trop. La vieille saignait du nez. Je vous jure que j'ai essayé de le retenir mais l'alcool décuplait ses forces.

— T'AS FLINGUÉ MON PÈRE, VIEILLE TRUIE, TU VAS PAYER MAINTENANT !

Il la rouait de coups, visait les yeux avec ses poings, a cassé sa bouteille de bière sur son nez, a fait sauter son dentier et l'a introduit dans sa chatte, enfin bon, nous pourrions aussi considérer qu'il décida d'abréger une existence pleine de souffrances, et, de toute façon, presque arrivée à son terme, mais il me semble qu'on peut aussi appeler cela un dérapage. Bref, au bout de cinq minutes (ce qui est très long – par exemple, un round de boxe dure moins longtemps), Mrs Ward ne respirait plus et une odeur de merde a envahi la pièce. La housse Versace serait bonne pour le pressing.

Habituée semble-t-il aux dérapages, Tamara ne broncha pas. Après avoir mesuré son pouls, c'est-à-dire constaté son décès, elle se mit méthodiquement à ranger les dégâts le plus vite possible. Elle nous ordonna de déposer le cadavre de la retraitée au bas de son escalier gréco-romain. Puis nous sommes sortis sur la pointe des pieds de cette villa sordide, non sans détruire la caméra de surveillance avec les cailloux du jardin.

— Tu crois que la vidéo enregistre ?

— Non, c'est juste un interphone.

— De toute façon, même s'il y avait une trace, personne ne nous connaît ici.

Cette dernière phrase fit beaucoup rire les vigiles de garde qui passaient en revue les différents moniteurs de sécurité (l'un d'entre eux, un Haïtien, parlait couramment français) ; ils s'amusèrent moins quand ils s'aperçurent que Mme Ward avait succombé à l'agression et qu'il leur faudrait effectuer un rapport au Miami Police Department.

C'est à partir de là que j'ai cessé de réfléchir. Le quartier était désert. Charlie avait repris ses esprits. Il est tombé d'accord avec Tamara :

— Il était vraiment trop pourave son canapé.

Nous avons terminé la soirée au Club Madonna, une boîte de strip-tease où les danseuses en string, parfaitement refaites (on pourrait créer un mot-valise pour ces cyberfemmes : « parefaites »), viennent chercher avec leur bouche les billets de dix dollars que vous coincez dans votre braguette. Nous avons acclamé des seins incroyables mais pas vrais.

— C'est toujours comme ça avec les femmes, a dit Charlie, soit elles nous frustrent, soit elles nous dégoûtent.

Piquée dans son orgueil de professionnelle, Tamara nous a ensuite gratifiés d'un show magnifique, debout sur le bar, suçant le goulot de sa Corona, durcissant ses tétons avec les glaçons de ma vodka, jusqu'à ce qu'on nous flanque à la porte pour concurrence déloyale. Puis nous nous sommes endormis tous les trois devant la TV « pay per view » de l'hôtel qui diffusait un excellent porno avec, notamment, un double fist anal, chose que j'ignorais techniquement possible, et je dois confesser que les cris de l'actrice me firent venir dans mon pantalon.

Le lendemain, comme nous reprenions l'avion pour rentrer à Paris (toujours en Business à un demi-euro-bâton le siège, au menu « nid de pâtes de sarrasin garni de caviar osciètre relevé d'un cordon de jus de tomate crue »), Charlie m'a dit qu'il acceptait la nomination au poste de DC. J'ai prié pour que l'avion s'écrase mais, comme d'habitude, il n'en a rien fait. Et c'est ainsi que je me suis retrouvé, en une journée, à la fois patron d'agence et complice de meurtre.

7

De retour à Paris, nous trouvâmes sur nos ordinateurs cette circulaire e-mailée à tous les employés de Rosserys & Witchcraft Monde (probablement rédigée par un logiciel de traduction automatique) :

Chers amis du groupe Rosserys & Witchcraft,

L'une de mes obligations principales envers nos clients, nos actionnaires et chacun d'entre vous est d'indiquer le futur de Rosserys & Witchcraft. Ces dernières années, nous avons tous eu la chance de bénéficier d'une qualité de managers exceptionnelle. Un groupe d'individus de talent qui nous a permis d'atteindre nos objectifs en tant que spécialistes du marketing global et intégré tout en transformant notre groupe en un leader communicationnel de premier plan. Aujourd'hui je reconnais leur importance dans notre succès et je prépare le terrain pour la vitalité de Rosserys & Witchcraft dans le prochain millénaire.

C'est avec une grande satisfaction et fierté que je vous annonce la nomination de Jean-François Parcot au poste de Président-Directeur Général de Rosserys Paris. Philippe Enjevin est promu au poste de Président Europe avec le titre de Chairman Emeritus. Ces nominations sont effectives immédiatement. En tant que Chairman Emeritus, Philippe pourra passer plus de temps à faire ce qu'il aime – travailler activement à apporter sur le marché une qualité supérieure de communication intégrée aux résultats globaux.

Le nouveau poste de Jean-François lui permettra de se concentrer sur ce qu'il fait le mieux – travailler avec nous à élever la qualité et la nouveauté stratégique que nous apportons dans notre souci de croissance internationale. Jean-François a su revitaliser le budget Madone depuis 1992 avec son sens du dynamisme et sa puissance de travail.

Je tiens à remercier ici personnellement Philippe pour son immense réussite à la tête de notre filiale française. Aucun doute qu'il saura faire profiter le réseau européen de sa connaissance du terrain et de notre portefeuille de clientèle.

Jean-François a tenu à renouveler la direction de création française en nommant Octave Parango et Charlie Nagoud à la place de Marc Marronnier, dont la disparition tragique a choqué tous les amis et collègues. Il vous informera des autres changements de l'organigramme. Je tiens ici à dire à la famille de Marc combien son sens exceptionnel de l'intuition conceptuelle et des opportunités créatives a enrichi l'histoire de l'agence ainsi que l'évolution de la marque globale.

J'aiderai bien sûr Jean-François, Octave et Charlie dans toute la mesure de nos moyens et je sais que vous en ferez de même.

Lorsque je regarde le futur de Rosserys & Witchcraft, je le fais avec fierté et une extrême confiance.

Le leadership de R&W au 21e siècle se maintiendra tout simplement au top niveau du business.

Avec mes sentiments ravissants,
Edward S. Farringer Jr

Cet enfoiré de Charlie avait répondu oui, en nos deux noms, une semaine avant le tournage. Je n'avais qu'à signer quelques papiers. Je me suis dit qu'en acceptant, j'aurais peut-être le pouvoir de changer quelque chose. C'était faux : on ne donne jamais le pouvoir à ceux qui risquent de s'en servir. D'ailleurs quel pouvoir ? Le pouvoir est une invention révolue. Les pouvoirs d'aujourd'hui sont si multiples et dilués que le système en est devenu impuissant. Et nous qui répétions sans arrêt notre credo gramsciste : « Pour détourner un avion, il faut commencer par monter dedans. » Quelle ironie du sort ! À présent que nous entrions dans le cockpit, nos grenades à la main, et que nous nous apprêtions à donner des ordres au pilote sous la menace de nos mitraillettes, nous découvrions qu'il n'y avait pas de pilote. Nous voulions détourner un avion que personne ne conduisait.

Il faut bien que quelqu'un paie : rendez-vous après ce message.

LA SCÈNE SE DÉROULE AU CARROUSEL DU LOUVRE. UN GRAND DÉFILÉ DE MODE SE PRÉPARE. LA FOULE SE PRESSE DEVANT L'ENTRÉE GARDÉE PAR DE JOLIS GARÇONS DU LYCÉE JANSON-DE-SAILLY EN CRAVATE ROUGE. NOUS PÉNÉTRONS À L'INTÉRIEUR DE LA SALLE, PLEINE À CRAQUER DE TOUS LES VIP'S DE LA TERRE.

LA LUMIERE S'ÉTEINT. LA FOULE DES INVITÉS MURMURE UN « AAAH » DE CONTENTEMENT. SUR LE PODIUM DÉFILENT DES FILLES ENTIÈREMENT NUES AU SON D'UNE MUSIQUE TECHNO-DIRTY-METAL-HARD-ACID-HOUSE.

LES INVITÉS S'EXTASIENT DEVANT CES SUBLIMES MANNEQUINS DÉNUÉS DE VÊTEMENTS : SEINS MAJESTUEUX, FESSES REBONDIES, JAMBES INTERMINABLES, PUBIS RATIBOISÉ EN FORME DE RECTANGLE. SOUDAIN ELLES S'ARRÊTENT AU MILIEU DU CATWALK, GLISSENT LEURS MAINS MANUCURÉES SOUS LEURS AISSELLES ET Y TROUVENT UNE FERMETURE ÉCLAIR ! ELLES DÉZIPENT ALORS LEURS PEAUX SATINÉES, SE DÉBARRASSENT DE LEURS ÉPIDERMES COMME ON RETIRE UNE COMBINAISON DE PLONGÉE. DANS LE PUBLIC, UNE VIEILLE DUCHESSE S'ÉVANOUIT. UN BARBU PORTANT DES LUNETTES DE SOLEIL ÉJACULE SUR LE VESTON DE SON VOISIN. UNE JEUNE FILLE DE DOUZE ANS SUCE UNE GLACE EN FORME DE PHALLUS EN SE CARESSANT L'ENTREJAMBE.

SOUS LEURS PEAUX ARTIFICIELLES, LES TOPS SONT EN MÉTAL. DES CYBORGS D'ACIER TREMPÉ, DES ANDROÏDES MIROITANTS. L'UNE DES FILLES EST RECOUVERTE DE COUPURES DE CENT EUROS. UNE AUTRE SE MET À CRACHER DES PIÈCES DE MONNAIE. UNE TROISIÈME JETTE UNE PLUIE DE CARTES DE CRÉDIT COMME AUTANT DE CONFETTIS. CE SONT DE VÉRITABLES TIRELIRES ROBOTIQUES. UN DES MODÈLES

SORT DES BILLETS DE SON SEXE MÉTALLIQUE COMME D'UN DISTRIBUTEUR AUTOMATIQUE.

STANDING OVATION DE LA FOULE. LES GENS GRONDENT DE PLAISIR. L'AMBIANCE EST ÉLECTRIQUE. LA MUSIQUE S'ACCÉLÈRE JUSQU'À EN DEVENIR INSOUTENABLE. DES TÊTES EXPLOSENT DANS LES TRAVÉES. ON DÉPLORE UNE DOUZAINE D'ARRÊTS CARDIAQUES ET PLUSIEURS VIOLS COLLECTIFS AU SECOND RANG.

PACKSHOT AVEC UNE PLUIE DE PIÈCES DE MONNAIE SUR LE CORPS NU D'UNE ADOLESCENTE THAÏLANDAISE.

signature en surimpression écran :

« ALLEZ DROIT AU BUT : JOUISSEZ DANS UNE PUTE. »

suivie de la mention légale : *« C'ÉTAIT UN MESSAGE DE LA FFRMC (FÉDÉRATION FRANÇAISE POUR LA RÉOUVERTURE DES MAISONS CLOSES). »*

V

VOUS

« Dans une société bloquée où tout le monde est coupable, le seul crime est de se faire prendre. Dans un univers de voleurs, le seul péché définitif est la stupidité. »

Hunter S. THOMPSON,
Las Vegas Parano, 1971.

1

À la Rosse, ça vous a fait tout drôle de revenir en vainqueurs. D'abord l'agence a déménagé : puisque l'ancien paquebot pourrissait, vous l'avez laissé couler, et la place Marcel-Sembat de Boulogne-Billancourt ressemble désormais à un chantier naval désaffecté, avec ses dockers dépressifs en tenue de rap, prenant racine devant le McDo. Pour construire vos nouveaux locaux, trois cents mètres plus bas, vous avez détruit une ancienne usine avant de la reconstruire à l'identique, vous ne savez pas pourquoi (déflocage d'amiante ? incompétence de l'architecte ? un peu des deux ?). Une cheminée de vingt mètres couronne l'immeuble, tel un phallus de brique rouge. Elle ne brûle jamais rien – ou pas encore.

Vous vous délectez assez de votre promotion professionnelle. Les regards terrorisés des 300 néo-employés. Les lèvres nymphomanes des ex-indifférentes. Le changement de ton des supérieurs désormais inférieurs. La camaraderie aussi franche que soudaine de ceux qui se découvrent tout d'un coup vos vieux compères et amis de toujours. La déférence est une déchéance. Mais Charlie et toi, vous avez le triomphe modeste. Vous réunissez toute l'agence et lui tenez ce discours :

« Chers amis, l'idée de nous nommer Directeurs de Création est si incongrue que nous ne pouvions qu'accepter la proposition de Jean-François. Il était plus courageux de lui répondre oui que non. Nous sommes prêts à affronter une période difficile : d'abord parce qu'il n'est pas simple de passer après un authentique génie comme Marc (ici vous laissez passer quatre secondes et dix centièmes de silence ému), ensuite parce que nous sommes des publicitaires publiphobes et que nous allons devoir surmonter ce paradoxe avec votre aide. La publicité pollue, et il sera de notre devoir d'inventer une écologie de la communication. Nous serons – et par conséquent vous serez – obligés d'être intelligents par respect pour le consommateur. Finies les images inutiles sur de la pellicule gâchée ! Nous avons décidé d'ouvrir l'agence à de nouveaux créateurs : écrivains méconnus, poètes maudits, auteurs de sitcoms refusés, graphistes underground, réalisateurs de films pornographiques. Il est temps que la pub se reconnecte sur l'avant-garde artistique de son époque. La Rosse doit redevenir le laboratoire expérimental qu'elle fut à ses débuts ; nous tenterons d'être à la hauteur de l'ambition créative qui a toujours été celle de cette enseigne.

Nous commencerons donc par quelques mesures symboliques (prenant effet immédiatement) : tout d'abord, des haut-parleurs diffuseront en permanence la chanson "T'es OK, T'es bath, T'es in" du groupe Ottawan, qui servira aussi de musique d'attente téléphonique. Les standardistes et les hôtesses d'accueil seront torse nu dans l'entrée de l'immeuble. Toutes les présentations de campagnes seront exclusivement effectuées chez nos clients par des acteurs comiques recrutés dans les cafés-théâtres, accompagnés d'un orchestre russe pour l'ambiance. Tous les employés de la Rosse devront impérativement s'embrasser sur la bouche pour se dire bonjour. Tous les créatifs se verront confier une caméra Sony PC1 pour réaliser toutes les images qui leur passeront par la tête.

Il nous faut retrouver l'innocence originelle, l'enfance de l'art. Soyons sans cesse ÉMERVEILLÉS. Il faut casser ce système autosuffisant, étonner en changeant les règles du jeu, sinon on ne touche plus les gens : on jette l'argent de nos marques par les fenêtres. N'oubliez jamais, et ce sera notre conclusion, que vous êtes ici pour VOUS amuser, et que c'est en VOUS amusant que vous risquez d'amuser nos acheteurs. La nouvelle devise de la Rosse France est de Sir Terence Conran : "Les gens ne savent pas ce qu'ils veulent jusqu'à ce qu'on le leur propose." Elle sera gravée au-dessus de la porte d'entrée dès demain matin. Merci de votre attention et que la fête continue ! »

Les applaudissements furent nourris, bien que peu spontanés. Vous avez convié vos 300 nouveaux subalternes à un pot dans la salle de réunion du patio. Les salariés étaient presque convaincus, à force de chier dans leur froc devant vous, que vous disiez la vérité et que les choses allaient changer. Vous n'auriez plus qu'à les décevoir à petit feu, avant de disparaître comme votre prédécesseur (lequel a laissé un trou dans la caisse de 20 millions d'euros).

Sur vos agendas d'importants nouveaux patrons modernes, vous notez les trucs à faire pour vous rendre populaires :

« 11 h 00 : être poli avec quelqu'un d'inutile.

13 h 30 : penser à penser.

15 h 15 : appeler un bas salaire par son prénom (se renseigner auprès de la DRH).

17 h 10 : demander des nouvelles de la fille d'un subalterne malade (devant témoins).

19 h 00 : sourire en partant. »

À la fin de votre cocktail d'intronisation, Charlie avait organisé une surprise pour tous les créatifs seniors : un dîner Chewbacca. Vous vous êtes donc tous revêtus de costumes d'orang-outangs géants avant de souper dans un salon privé, chez Lapérouse, où douze filles louées firent le poirier, nues, les jambes écartées, pour que vous puissiez déguster des huîtres fraîches sur leur sexe. Un indéniable sens de la motivation interne, ce Charlie.

2

Votre première présentation-client fut néanmoins calamiteuse. Chez Madone, Alfred Duler et ses sbires avaient projeté le film Maigrelette (version aseptisée) à un panel de consommatrices du produit et les résultats de test n'étaient pas fameux : lors d'une « conference call » houleuse, vous avez dû batailler contre le verdict des ménagères de moins de cinquante ans. « Trop éthéré », « overpromising », « anxiogène », « faible GRP », « pas assez impactant », « trop de maghrébité », « peu qualitatif au niveau du *tone and manner* », « packshot pas suffisamment attribuable »... La Berezina. Vous avez lutté ferme pendant toute la visioconférence, insistant sur les « modifs possibles du design sonore », les « grossissements de pack effectuables en post-prod », le « réétalonnage à effectuer ASAP », l'« importance d'une innovation formelle sur cette niche », l'« appétence au niveau du ressenti conso et de la présence à l'esprit », et quand vous avez raccroché le client donnait son « OK sous réserve des remarques de recadrage fixées dans la Brand Review à télécopier ASAP ».

Vous découvrez qu'être chef ne préserve pas des courbettes. Le directeur de création est comme un ébéniste à qui son client ordonnerait de fabriquer une table bancale sous prétexte que c'est lui qui la paie. Les annonceurs ne s'en aperçoivent même pas, mais à force de prudence, ils dépensent la majeure partie de leur argent pour vous forcer à rendre leur publicité invisible. Ils ont tellement peur de déplaire à leur clientèle (ce qu'ils appellent « altérer leur capital-image ») qu'ils en deviennent rigoureusement transparents. Ils font acte de présence sur vos écrans mais craignent de s'y faire remarquer. En tant que Directeurs de Création, vous n'êtes là que pour entériner leur schizophrénie.

Ainsi va la grande chaîne du mépris publicitaire : le réalisateur méprise l'agence, l'agence méprise l'annonceur, l'annonceur méprise le public, le public méprise son voisin.

Voici ce qui reste du 30 secondes Maigrelette tourné à Miami : ce n'est pas un recadrage mais l'amputation d'une amputation (un cautère sur une absence de jambe de bois ?).

« Tamara en plan américain s'assied sur la terrasse d'une belle maison de campagne (**ne pas démultiplier les clichés d'introduction avant l'apparition du produit ; anamorphoser les jambes de la comédienne pour accentuer l'insight consommateur ; réétalonner le visage pour éclaircir sa couleur**). Elle regarde la caméra et s'écrie : "Je suis belle ? On dit ça. Mais moi je ne me pose pas la question. Je suis moi, tout simplement." (**Supprimer "On dit ça" qui induit le doute ainsi que "Mais moi je ne me pose pas la question" qui est superflu : si elle ne se "pose pas la question", pourquoi en parler ? Ce qui donne au final : "Je suis belle ? Je suis moi, tout simplement."**) Elle saisit un pot de Maigrelette qu'elle entrouvre délicatement avant d'en déguster une cuillerée. **(Grossir tous les plans produit.)** Elle ferme les yeux de plaisir en goûtant le produit. **(Est-il possible de faire durer ce plan plus longtemps ? Rappelons qu'il s'agit du "key visual" émergent en post-test. Il est vital de dramatiser la désirabilité produit pour souligner la perception d'un bénéfice de plaisir gustatif déculpabilisé.)** Puis elle poursuit son texte en regardant les téléspectateurs droit dans les yeux : "Mon secret c'est… Maigrelette. Un exquis fromage blanc sans aucune matière grasse. Avec du calcium, des vitamines, des protéines. Pour être bien dans sa tête et dans son corps, il n'y a rien de meilleur." **(Penser à rajouter une démo produit en 3D avec le yaourt qui**

se déverse dans une jatte de lait onctueux et les mots "calcium", "vitamines", "protéines", "0 % m. g." en surimpression avec typo grasse plus impliquante/ interpellante pour nos consommatrices.) Tamara se lève et conclut avec un sourire complice : "Voilà mon secret. Mais ce n'en est plus un, maintenant, puisque je vous ai tout dit hi hi." **(Supprimer la blague inutile qui prend trois secondes au détriment du pack. On peut très bien conclure sur "Voilà mon secret" qui est plus leader et spécifique dans le contexte concurrentiel.)** Packshot et signature : "MAIGRELETTE. POUR ÊTRE MINCE SAUF DANS SA TÊTE." **(Est-il possible d'investiguer d'autres baselines ? Il faut jouer sur les différentes cibles concernées : les enfants, les personnes âgées, les adultes, les jeunes, les hommes, les femmes. Et ce, dans le cadre d'une plus grande modernité.)** Suivi du jingle d'attribution marque : **"mm Madone."** »

Pour la baseline, vous vous en foutez puisque vous en avez une de rechange : « MAIGRELETTE. ON A TOUS BESOIN D'UNE DOSE DE LÉGÈRETÉ. » (Voir acte IV, scène 4.)

3

Ensuite c'est Cannes, le Festival, oh pas celui du cinématographe, non, l'autre, le vrai, celui qui a lieu en catimini comme les réunions de l'OMC ou les symposiums de Davos, tous les ans au mois de juin, un mois après la mascarade sponsorisée : la Semaine Mondiale de la Publicité, en anglais « 48th International Advertising Festival » ou « Cannes Lions 2001 ». Là se rendent les discrets tout-puissants, ceux qui financent les longs métrages avec le « placement produit » (comme BMW avec les James Bond ou Peugeot avec *Taxi 1* et *2*), ceux qui s'achètent les studios de cinéma avec leur argent de poche (comme Seagram avec Universal, Sony avec Columbia-triStar, AOL avec Warner Bros), ceux qui font des films uniquement comme « support de collection » pour vendre leur merchandising (comme Disney ou Lucasfilm), ceux qui possèdent la planète (dans tous les sens du verbe « posséder »). Un film publicitaire de 30 secondes touche beaucoup plus de monde qu'un film de cinéma d'une heure et demie (par exemple, le plan-média du spot Maigrelette a été conçu pour atteindre 75 % de la population des pays exposés).

Dépenses des principaux annonceurs français en publicité (en 1998) :

Vivendi	2 milliards de francs.
L'Oréal	1,8 milliard de francs.
Peugeot-Citroën ...	1,8 milliard de francs.
France Telecom	1,5 milliard de francs.
Nestlé	1,5 milliard de francs.
Madone	1,3 milliard de francs.

Toutes ces marques sont rigoureusement inattaquables. Elles ont le droit de vous parler mais vous n'avez pas le droit de leur répondre. Dans la presse, vous pouvez dire des horreurs sur des personnes humaines, mais essayez un peu de descendre un annonceur et vous risquez très vite de faire perdre à votre journal des millions d'euros de rentrées publicitaires. À la télévision, c'est encore plus retors : une loi interdit de citer des marques à l'antenne pour éviter la publicité clandestine ; en réalité, cela empêche de les critiquer. Les marques ont le droit de s'exprimer autant qu'elles le veulent (et paient ce droit très cher), mais *on ne peut jamais leur répondre.* Quant au livre... Il est très probable que ce roman fera l'objet d'une censure pour « dénigrement de marque déposée », « contrefaçon », « parasitisme », « diffamation », « détournement » ou « concurrence déloyale ».

En anglais, « publicité » se dit « advertising » – les inventeurs de cette profession ont tenté de nous avertir.

À l'aéroport, une hôtesse vous demande :

— Vous avez des bagages ?

Vous répondez :

— Oui, moi j'ai un DESS de marketing et lui il a fait les Beaux-Arts.

Charlie et toi, vous incarnez le sommet de la réussite cannoise : jeunes, bronzés, riches, effrayants, vous arpentez la Croisette en tee-shirt de la Rosse (« Ici on va vous Rosser » devant, « À la Rosse c'est fou ce qu'on Bosse » derrière, c'est un petit CDD au SMIC qui a trouvé le titre) avec vos lunettes noires Tom Ford et vos New Balance aux pieds, vous êtes des nababs cool. Logiquement, vous devriez cartonner avec les gonzesses arrivistes qui descendent ici pour démarcher du taf, leur book sous le bras, au Jane's Club loué par Première Heure (une grosse boîte de prod venue ici passer la brosse à reluire dans le dos des créatifs). Pour le moment, vous allez déjeuner gratuit sur la plage du Carlton à la table d'Alain Bernard et Aram Kevorkian, les patrons de la Pac (les pires ennemis de Première Heure, venus ici entretenir de bonnes relations commerciales avec leurs amis d'enfance). Vous traversez parfois des instants de joie passagère, de brefs moments de bonheur inexplicable : vous les baptisez des « Near Life Experience ».

Au buffet, vous reconnaissez tous les nouveaux pontes du métier, déguisés en SDF, une bande de chevelus (ou tondus) mal rasés, en tee-shirts déchirés, jeans délavés et baskets pourries, engrangeant les plus gros salaires du pays. Leurs noms sont marqués sur leurs badges :

– Christophe Lambert, pédégé de CLM-BBDO (62,5 millions d'euros de marge brute, l'agence de Total « Vous ne viendrez plus chez nous par hasard », France Telecom « Nous allons vous faire aimer l'an 2000 », Pepsi-Cola « The choice of a new generation »)

– Pascal Grégoire, Président et DC de Leagas Delaney (petite agence auteur d'un énorme coup pendant la Coupe du monde de football de 98 : Adidas « La victoire est en nous »)

– Gabriel Gaultier, Président du Club des Directeurs Artistiques, association qui regroupe tous les créatifs français, et DC de Young & Rubicam (73,5 millions d'euros de marge brute, l'agence d'Orangina « Il faut bien secouer Orangina sinon la pulpe elle reste en bas », Stimorol « Mâchez danois », Ricard « Respectons l'eau »)

– Christian Blachas, le patron de *CB News* (vous le voyez tous les dimanches soir sur M6 présenter « Culture Pub » avec Thomas Hervé)

– Éric Tong Cuong, comme son nom l'indique Président d'Euro RSCG Babinet Erra Tong Cuong (marge brute non communiquée, l'agence d'Évian « Déclarée source de jeunesse par votre corps », Peugeot « Pour que l'automobile soit toujours un plaisir », Canal + « Pendant qu'on regarde Canal +, au moins on n'est pas devant la télé »)

– Benoît Devarrieux, fondateur de devarrieuxvillaret (19,21 millions d'euros de marge brute, l'agence du Crédit Lyonnais « Votre banque vous doit des comptes », Volvic « L'eau de Volvic est une chance »)

– Bernard Bureau, vice-président d'Ogilvy & Mather (72 millions d'euros de marge brute, l'agence de Perrier « L'eau, l'air, la vie », Ford Ka « On ne pense Ka ça »)

– Gérard Jean, cofondateur de Jean & Montmarin (l'agence de Yop « Les années Yop », Teisseire « Vous n'auriez pas dû les priver de Teisseire », Herta « Ne passons pas à côté des choses simples »)

– Jean-Pierre Barbou, un des nombreux DC de BDDP@TBWA (127 millions d'euros de marge brute, l'agence de McDonald's « McDo pour les intimes », SNCF « À nous de vous faire préférer le train », 1664 « Quatre chiffres plus forts que tous les mots »)

– Christian Vince, vice-P-DG du groupe DDB France (128,6 millions d'euros de marge brute, l'agence de Volkswagen « C'est pourtant facile de ne pas se tromper », FNAC « Agitateur depuis 1954 », Badoit « Peut-on envisager un repas sans Badoit ? »)

– Bertrand Suchet, fondateur et président de Louis XIV (l'agence d'Audi « Les apparences sont faites pour être dépassées », Regina Rubens, « Respirez, vous êtes une femme », Givenchy, « Un peu plus loin que l'infini »).

Il y a aussi Zzz, ainsi surnommé parce qu'il se fait offrir des voyages à l'île Moustique par toutes les maisons de production (partout où il entre, il est accueilli par un bourdonnement, tous ses collègues qui se mettent à faire « zzzzzz », c'est marrant mais curieusement, lui, ça ne le fait pas rire du tout).

Il y a aussi tous ces bonshommes un peu bedonnants qui ont eu deux-trois idées marrantes il y a vingt ans et vivotent là-dessus depuis. L'un d'entre eux a ainsi bâti toute sa fortune en vendant le même slogan à des clients différents : « La chaussette, c'est Kindy », « Le fromage, c'est Kiri », « Le cacao, c'est Banania », « La montre, c'est Kelton », « La chaussure, c'est Bata »… Vous faites tous de gros efforts pour avoir l'air de vous amuser. S'amuser, c'est la même chose que se suicider, sauf qu'on peut le faire tous les jours. Dès qu'on prononce devant Charlie et toi le nom de Marronnier, vous tirez la tronche de circonstance : « ah là là là là là là là là, m'en parle pas, il nous manque çui-là, tu sais qu'on reçoit toujours du courrier pour lui, des catalogues ImageBank à son nom, putain ils pourraient actualiser leurs fichiers, merde, la profession est en deuil, de toute façon Cannes c'est fini… On se retrouve au bar du Martinez ce soir, après la short-list ? »

La short-list, c'est le choix du jury des 100 meilleurs films publicitaires du monde (sur 5 000 candidats). Et vous y figurez, avec votre « Maigrelette, It's so good when it comes in your mouth ». Le jury, composé de confrères japonais, anglais, allemands, américains, brésiliens et français a trouvé la scène si osée qu'il l'a retenue, malgré quelques sifflets dans le grand auditorium. Vous avez inscrit la version Dogma in extremis, après l'avoir diffusée une seule fois à trois heures du matin sur Canal Jimmy. Ainsi, juridiquement, elle est considérée comme une vraie campagne alors que le client n'en a jamais voulu et que le public ne l'a jamais vue (en revanche, la version « cautère sur moignon » est diffusée en rotation maximale sur TF1 tous les soirs avec sa nouvelle signature : « MAIGRELETTE. ON A TOUS BESOIN D'UNE DOSE DE LÉGÈRETÉ », mais inutile de dire qu'elle n'a pas passé le premier tour ici). Tamara devrait vous rejoindre demain, ce serait tout de même fabuleux que vous gagniez un prix un mois à peine après votre nomination à la tête de Rosserys & Witchcraft France. Vous monteriez sur la scène, vous seriez cités à la télé et dans la presse : « La France, toujours à la traîne des autres pays occidentaux au niveau de la création publicitaire, a tout de même décroché quelques récompenses, dont un Lion d'Or pour Maigrelette de Madone, le pastiche de film pornographique de l'agence Rosserys & Witchcraft, qui vient de se doter d'une nouvelle direction de création bicéphale. » Dans *Stratégies*, vous auriez votre photo avec cette légende : « Octave Parango et Charlie Nagoud nous déclarent : *Ce qu'il faut, c'est fédérer les enthousiasmes au rendez-vous des carrefours de demain.* »

Propos glanés sur le ponton de ski nautique du Majestic, entre personnes se tapant dans les mains pour se dire bonjour :

— Dior m'ennuie.

— Tu as vu le 30 secondes avec le lapin qui saute à l'élastique ?

— Et celui pour la Mégane avec les freins qui déforment les cheveux ?

— Carton. To-tal mé-tal.

— Le nouveau Air France de Gondry est parfait.

— Je suis moins sûr des nouveaux Diesel, c'est rameux.

— La campagne Tag Heuer est un drame.

— Par contre les derniers Pepsi m'ont troué le cul.

— Qu'est-ce que tu penses du Kiss FM avec le gros Black qui chante dans sa Coccinelle ?

— Telmor. Over the top.

— Les Norvégiens vont encore tout rafler.

— Il va y avoir une standing ovation pour le pédé dragué par une fille.

— C'est une vraie idée.

— T'as vu les deux mecs dans le sauna ? ça sent l'or à vingt mètres.

— J'adore ton Maigrelette mais c'est con qu'il n'y ait pas d'animaux dedans. Les chiens, les chats, c'est ultra-cannois.

— Nos pères ont failli être associés, tu le savais ?

— Ah bon ? Embrassons-nous. Tu t'appelles comment ?

— Nathalie Faucheton.

— Oui, vous savez, moi, je suis celui qui aime bien être insolent…

Sourire tout plissé.

— Je vais te dire un truc : si tu n'es pas avec moi, tu es contre moi.

— Ah Ah Ah ! J'ai cru que t'étais sérieux !

— Moi maintenant c'est ter-mi-né : en hiver, je suis dans l'hémisphère Sud.

— T'as vu notre petit Maigrelette ?

— Überfashion.

— J'adore l'idée mais pas l'exé.

— Non mais sérieusement, t'aimes ou t'aimes pas ?

— Entre « j'aime » et « j'aime pas », c'est plutôt « j'aime pas ».

— Arrête, je suis immuno-déprimé.

— Non, je déconne. Franchement, c'est excellent mais vous auriez dû garder la baseline française, « it comes in your mouth », ça fait trop jeu de mots.

— Quoique. Les Ricains sont tellement puritains qu'ils vont tous voter pour. Dès qu'il y a du cul, ils trouvent ça vachement osé parce qu'ils sont infoutus de le fourguer chez eux.

Pouce en l'air.

— L'autre jour, j'étais en réunion et un client me sort : « C'est bien mais il faudrait rajouter de l'aujourd'huité », tu sais ce que je lui ai répondu ? « Et de la demainnitude aussi ? »

Rire vaginal.

— Moi j'ai un chef de groupe qui me parle tout le temps de la « gustativité » ! Il ne connaît pas le mot « goût » !

— On n'apprend pas le goût dans les écoles de commerce.

— De toute façon, il vaut toujours mieux dire « je t'adore » que « je peux pas te blairer ».

— Le mieux du mieux, c'est celui avec le mec qui chante « get up… ah » en attendant la bagnole qui passe tous les jours.

— Je l'ai pas vu, tu me fais déposer la cassette ?

— C'est à fond sur le produit et en même temps complètement pur sur l'idée.

— C'est trop éthéré.

— Oui, mais c'est très hétéro.

— J'en reviens pas que les Nike soient short-listés alors que le testimonial de la femme de Hulk est sorti.

— C'est sûrement les Japonais qui n'ont rien pigé.

— Le Maigrelette porno, fallait quand même oser.

— C'est tellement con que ça fonctionne à donf.

— Ça va être une boucherie.

— T'es au courant de la dernière de Tony Kaye ? Il a exigé la construction d'un tunnel avec 600 daurades clouées sur les murs et ne s'en est jamais servi.

— Je lance un nouveau média, il faut absolument que je t'en parle, ça s'appelle le « magalogue » : c'est entre le magazine et le catalogue.

— Pourquoi tu ne l'appelles pas le catazine ?

Yeux au ciel.

— Comment va Sophie ?

— Elle attend un enfant.

— Ça alors ! C'est drôle, moi, j'attends un canapé.

— e-salut.

Voici Mathieu Cocteau, un ancien rédac de chez BDDP qui s'est lancé dans la conception de sites Internet.

— e-bonjour. Alors ça marche ton petit e-business ?

— e-ouaips. Je me suis fait e-200 millions en six e-mois.

— Mais qu'est-ce que tu e-fous e-là ?

— On a e-besoin de vous. Il faut de la pub pour faire connaître mes sites de merde et aussi de la pub dedans, pour les financer en vendant des bandeaux. La nouvelle économie n'est pas nouvelle du tout. Comme l'ancienne, elle n'existe que par la publicité.

— Je vais te dire : notre prouesse, après avoir dégoûté le public de la pub dans les années 80, fut de leur faire croire que nous étions démodés dans les années 90 et dépassés par le Net dans les années 00. Alors que nous n'avons jamais été aussi powerful !

— e-bon. Pas trop le e-temps de vous e-causer. Faut que j'aille au cybercafé de la plage pour checker mes mails. Allez, e-ciao.

— bye-bye.com !

Et la nuit, au Nibarland, vous dansez tous assis sur vos fauteuils, comme des tétraplégiques. La mode vient de New York : là-bas, le maire a tellement restreint les autorisations de boîtes de nuit que tous les fêtards s'agglutinent dans des bars où il est interdit de danser. Au Spy, au Velvet, au Jet, au Chaos, au Liquid, au Life, on écoute donc de la house music à tue-tête en se contentant d'agiter les bras sans jamais se lever de son tabouret. Et maintenant la tendance a traversé l'Atlantique. Il est du dernier vulgaire de s'agiter debout sur une piste de danse. Dans le monde entier, il importe de rester assis dans la cacophonie générale pour être dans le coup. Dans la discothèque cannoise, vous reconnaissez vite les autochtones à ce qu'ils dansent avec des jolies filles du cru, en se marrant comme des baleines, tandis que les publicitaires demeurent assis sur les banquettes à siroter leurs boutanches pour montrer aux confrères qu'ils reviennent de New York City. Et vous, Charlie et toi, vous faites exprès de vous lever dix fois de table pour aller aux chiottes, attendre cinq minutes là-bas, et revenir tout décoiffés, en reniflant et buvant de grands verres d'eau en vous grattant le nez pour faire croire aux Japonais de Dentsu que vous avez de la coke et pas eux.

Cette fois, vous avez l'impression d'être dans un film de David Lynch : derrière une apparence policée et souriante se cache une dimension obscure, une violence secrète, une folie destructrice qui vous force à sourire encore plus large.

4

Et maintenant mettez-vous dans la peau du commissaire Sanchez Ferlosio, 53 ans, dans son étroit bureau cannois. C'est la fin de journée, vous voyez tranquillement arriver le week-end et les cigales qui chantent et un ballon de blanc au comptoir du Buffet de la Gare, quand soudain c'est le branle-bas de combat : vous recevez un mandat d'arrêt international par e-mail avec en pièce jointe une RealVideo. Vous double-cliquez sur l'icône et vous vous retrouvez en train de mater trois Français en noir et blanc qui sortent d'une villa en s'écriant : « Tu crois que la vidéo enregistre ? — Non, c'est juste un interphone. — De toute façon, même s'il y avait une trace, personne ne nous connaît ici » avant de s'approcher de l'objectif avec un gros caillou à la main.

Vous déchiffrez péniblement un message en anglais, titré « First Degree Murder Prosecution » (tout de même), vous comprenez mal l'anglais mais, grosso modo, il semble y être question d'une enquête de la Police de Floride auprès de la municipalité de Miami à propos des autorisations de tournage en plein air au mois de février. Les noms des trois suspects français défilent alors sous vos yeux et en lisant leur profession, vous voyez très bien pourquoi on est venu vous déranger, vous, en plein Festival de la Publicité à Cannes. Vous regrettez le temps où votre métier était lent et difficile ; et vous décrochez votre téléphone pour avoir la liste des inscriptions dans les Palaces de la Croisette.

Tamara et toi, vous vous réveillez quand le jour se couche : les rideaux du Carlton sont très épais et il suffit d'accrocher « Do not disturb » sur la poignée de porte pour que le monde extérieur vous foute la paix. Vous avez picolé toute la nuit mais tu ne t'es toujours pas remis à la coke : vous avez préféré essayer les champignons rapportés d'un smart-shop d'Amsterdam. Grâce à eux, vers quatre heures du matin, tu as trouvé une idée de pub pour la compétition Humex Fournier (des gélules contre le rhume) :

« Une blonde avec un brushing est assise à l'arrière d'une grosse Mercedes en compagnie d'un riche Arabe. Le chauffeur est très enrhumé. Soudain il se prépare à éternuer : "att... att..." au moment où la voiture s'engouffre dans le tunnel de l'Alma. Écran noir. On entend un crissement de pneus et le terrible bruit d'un choc très violent. Le logo "Humex Fournier" apparaît avec cette signature : "Humex Fournier. Stoppez votre rhume avant qu'il ne vous stoppe." »

Pas mal, te dis-tu en relisant le morceau de nappe sur lequel tu as griffonné ce concept qui sera facturé un million d'euros. Mais on peut mieux faire.

« John-John Kennedy pilote un petit avion au-dessus de Long Island. Il est très enrhumé, tousse et éternue sans cesse. Sa femme, Carolyn, est un peu inquiète, ce qui rime avec son nom de jeune fille : Bessette. Elle lui propose une gélule d'Humex Fournier mais John refuse car ils sont très en retard au mariage de sa cousine. Soudain il recommence à éternuer violemment, ce qui fait dévier la trajectoire de l'aéroplane. Le logo "Humex Fournier" apparaît avec cette signature : "Humex Fournier. Ne commencez pas à piquer du nez." »

Hier soir, pour la première fois, vous avez fait l'amour et ce fut une merveille fruitée et logique. Octave, tu mérites ta réputation de spécialiste du taux de pénétration. Sur MTV, le groupe REM chantait « C'est la fin du monde et je me sens bien ». Tamara s'est rapprochée de toi ; tu cherchais une serviette de table pour essuyer tes doigts poisseux après avoir dévoré un beignet à l'abricot ; ce fut elle qui commença par te lécher la main ; puis le reste. Tu t'en es mêlé, ou vous vous êtes emmêlés, difficile à départager. Elle avait les lèvres sucrées (le beignet à l'abricot). Elle te caressait avec ses cheveux lents. Tamara avait la peau si lustrée qu'on se voyait dedans. Tu as rebandé juste après avoir joui. C'est une chose qui ne t'était plus arrivée depuis longtemps. Quand on vit avec quelqu'un, on ne connaît plus la deuxième érection. On ne remet plus le couvert. C'est pourtant si bon : vous venez d'éjaculer, vous vous regardez, buvez un peu d'eau, fumez une clope, gloussez, et tout à coup, paf, en un regard, le désir se repointe, vous avez de nouveau la chatte trempée et la bite endolorie tellement elle est dure. Baseline : un coup de barre, Tamara, et ça repart.

Pendant son sommeil, des gouttelettes de sueur se sont déposées comme de la rosée sur ses épaules et son front. Elle a, comme dit Paul-Jean Toulet dans *Mon amie Nane*, « la grâce dormante des Créoles, si lasses de n'avoir jamais rien fait ». Tu n'en reviens pas d'avoir mis aussi longtemps à lui enlever son débardeur blanc. Si tu avais su que ce serait si doux… Elle s'est teint les cheveux mais ils ne sont pas blonds, non, ils sont oblongs. Hier soir Tamara mangeait du tarama à la piscine du Majestic quand elle t'a dit :

— Tu veux que je te fasse ?

— Eh ! T'as les seins qui pointent !

— Oui, je pointe et après je tire, en général.

Quand elle tournait la tête les mecs avaient la tête qui tournait. Elle avait un profil chantourné (elle n'a pas les cheveux blonds mais oblongs ; le profil tourné mais chantourné ; les yeux dorés mais mordorés : tout s'allonge en la regardant, même les mots pour la qualifier). Ses cheveux oblongs avaient du retard sur elle, ils avaient du mal à la suivre, ils flottaient dans son dos et envoyaient dans la fumée un parfum que tu connaissais : Obsession... Celui de Sophie, au début, quand elle testait son pouvoir sur toi en boudant la bouche entrouverte comme dans une annonce presse pour Carolina Herrera. Cela te fait penser que vous avez baisé sans capote.

— Fais gaffe, Tamara, je suis extrêmement fécond.

— Je m'en bats les trompes : je prends la pilule depuis dix ans. T'es pas malade au moins ?

Vous faites tous les deux semblant de dormir devant la télé câblée. Vous êtes réveillés par Charlie qui braille au téléphone :

— On a le sida ! On a le sida !

— Quoi ?

— Ben ça y est : le ministère de la Santé vient de nous confier le budget de la prévention contre le sida, c'est pas beau ? Dix millions d'euros sans compète !

Tamara se tourne vers toi.

— Qu'est-ce qu'il y a ?

— Oh, rien... C'était Charlie... On a le sida.

La veille au matin, vous avez ingurgité les champignons hallucinogènes ramenés d'Amsterdam, des psilocybes (4 têtes et 3 tiges chacun), et vos conversations ont pris un tour nouveau :

— T'as deux têtes.

— Le placard va exploser.
— Je suis starshootée.
— Je veux voir un film mais pourquoi, c'est normal ?
— Le temps de comprendre ce que tu me demandes, il est trop tard pour te répondre.
— Je n'arrête pas de travailler dans ma tête.
— Je me suis battu avec le minibar.
— Je chaussure la poitrine de femme.
— Je redeviens moi.
— J'ai pas envie de voir un truc de cul. Enfin bon ben là, de toute façon on le voit.
— Vous les filles, faut vous donner des raisons de nous garder.
— J'ai horreur des phrases qui commencent par « j'ai horreur ».
— Tu me désaltères.
— Tu n'arrêtes pas de me tromper.
— Ouais, mais j'aurais pu faire pire : t'épouser.

Connaissez-vous la différence entre les riches et les pauvres ? Les pauvres vendent de la drogue pour s'acheter des Nike alors que les riches vendent des Nike pour s'acheter de la drogue.

La mer dansait le long du golfe sombre. Elle n'avait pas de reflets changeants, la mer. Ce n'est que le lendemain que Tamara t'a annoncé qu'elle s'en allait pour toujours.

— Avec qui ?
— Alfred Duler, ton client de chez Madone ! Il est dingue de moi. Il laisse vingt messages par jour sur ma

boîte vocale. On a couché ensemble la semaine dernière, il m'a emmenée au Trianon Palace, il n'en revenait pas, il mourait de trouille, c'était mignon. Tu sais, il est plutôt gentil et m'a fait un tas de grandes déclarations ; je crois qu'il veut vraiment quitter sa femme, tu sais, il s'ennuie dans sa vie.

— Oh ça n'est pas un scoop : il ennuie aussi des millions de gens. Mais que vas-tu faire de ta fille, tu la laisses au Maroc ?

— Ben, non, Alfred est d'accord pour la rapatrier en France, il veut qu'on s'installe ensemble, il va demander le divorce, il veut qu'on se marie, la totale, quoi… Tu sais, c'est fou ce qu'on peut chambouler la vie d'un quinquagénaire quand on a la taille fine et une langue agile…

— Et vingt ans de moins que sa femme.

— Écoute, ne fais pas la tête, tu sais bien qu'une occasion pareille ne se représentera pas souvent. C'est la chance de ma vie ! Je vais pouvoir me caser, devenir une grande bourgeoise. J'aurai pour la première fois une maison à moi. Je pourrai la décorer, et je m'appellerai Madame Duler, et ma fille Mademoiselle Duler, et on aura une voiture et des vacances en Provence. Je serai en sécurité, je pourrai enfin grossir ! Mais je ne t'oublierai pas, tu viendras à la fête, hein ? Je voulais même te prendre comme témoin mais Alfred ne veut pas, il est très jaloux de mon passé.

— Tu lui as tout raconté ?? Fais gaffe, c'est mon plus gros annonceur quand même.

— Euh… Non, pas tous les détails, d'ailleurs il n'y tient pas trop, mais enfin il se doute bien qu'on a folâtré ensemble.

— Ce qui était faux, jusqu'à hier soir.

— Oui, c'est pour ça que je t'ai violé, ça m'énervait qu'on n'ait jamais fait la chose. Dis donc, tu tenais la forme, c'était bien, t'étais content ? Je ne voulais pas te quitter sans te faire goûter la marchandise. C'est grâce à toi tout ce qui m'arrive… (en disant cela, elle montre du doigt la couverture de *Elle*, une photo de Jean-Marie Périer sur laquelle elle sourit avec en titre : « Tamara : la Maigrelette au Beur. »)

— Mais tu ne veux pas venir à la cérémonie des Lions ?

— Écoute, Alfred n'y tient pas, il est très possessif, je préfère ne pas le contrarier. Surtout qu'il n'a pas tort : il dit que si je veux me lancer dans le cinéma, je ne dois plus me galvauder dans la pub.

— Alors c'est comme ça que ça se termine ? Et moi qui commençais à t'aimer !

— Arrête : la dernière fois que tu m'as dit ça, c'était trop tôt, et maintenant c'est trop tard.

Et voilà, elle t'embrasse une dernière fois et tu laisses filer son poignet gracile. Tu la laisses partir parce que tu laisses tout le monde partir. Tu la laisses filer vers la carrière de superstar que vous connaissez tous. Tu te sens de plus en plus tuberculeux. À la seconde où elle referme la porte commence la nostalgie de toutes les secondes précédentes.

Le ciel se fond dans l'océan : cela s'appelle l'horizon. « À l'aube du troisième millénaire… » Depuis le temps qu'on nous en parle, ça fait tout drôle de la voir enfin, « l'aube du troisième millénaire... » Pas si terrible que ça. Des pétroliers traversent la baie, avec dans leur sillage une mer irisée (c'est-à-dire polluée). Tu regardes l'échographie de Sophie, qui devient de plus en plus floue, mais tu ne clignes pas des yeux, tu les laisses écarquillés jusqu'à ce que tes joues soient trempées.

Vous rencontrez des êtres qui viennent transformer votre existence mais ils ne le savent pas et puis vous trahissent tendrement, vous les voyez pactiser avec l'ennemi, et ensuite vous les regardez s'éloigner comme une armée après un pillage, sur fond de décombres et de soleil couchant.

5

Vous êtes les produits d'une époque. Non. Trop facile d'incriminer l'époque. Vous êtes des produits tout court. La mondialisation ne s'intéressant plus aux hommes, il vous fallait devenir des produits pour que la société s'intéresse à vous. Le capitalisme transforme les gens en yaourts périssables, drogués au Spectacle, c'est-à-dire dressés pour écraser leur prochain. Pour vous licencier, il suffira de faire glisser votre nom sur l'écran jusqu'à la corbeille, puis de sélectionner « vider la corbeille » dans le menu « Spécial » : l'ordinateur demandera alors « Souhaitez-vous supprimer définitivement cet élément ?

Annuler. OK. » Pour vous escamoter, il suffira de cliquer sur « OK ». Autrefois, une pub disait « Un petit clic vaut mieux qu'un grand choc », mais à présent un petit clic provoque un grand choc.

Quitte à être un produit, vous aimeriez porter un nom imprononçable, compliqué, difficile à mémoriser, un nom de drogue dure, couleur caca, être un acide très puissant, capable de dissoudre une dent en une heure, un liquide trop sucré, au goût bizarre, et, malgré tous ces défauts évidents, rester la marque la plus connue sur terre. Vous aimeriez être une canette de Coca-Cola.

En attendant, si vous étiez Charlie Nagoud dans sa chambre d'hôtel, vous surferiez sur différents sites sexuels, et vous seriez très content de télécharger une vidéo « distrayante », représentant une jeune Asiate qui suce un éléphant avant de vomir un litre de sa semence, et cela vous ferait penser qu'il est grand temps de faire votre toilette pour être beau à la cérémonie de remise des Lions mondiaux. Seulement voilà : Odile, qui ne serait plus stagiaire mais A.D. senior récemment promue, occuperait la salle de bains depuis environ trois quarts d'heure.

Et si vous étiez Octave Parango, vous seriez devant la grande salle du Palais des Festivals, vous savez, le gros blockhaus d'inspiration néonazie au bout de la Croisette, là où les vedettes montent les marches à Cannes sous la mitraille des photographes. Vous seriez en train de poireauter au milieu d'une foule de pubeux de tous les pays du monde, en smokings loués, qui se préparent à assister à la remise des trophées autocongratulés. Vous entendriez le brouhaha, vous humeriez les parfums capiteux et les sudations terrorisées. Vous contempleriez la plage, son sable fin, ses yachts blancs. Vous auriez beau vous retourner, vous ne verriez pas deux mille ans derrière vous mais un con de Hollandais. Vous regarderiez de nouveau le sable vieux de cinquante mille ans et qui se fout de votre gueule. Que sont deux millénaires face à du sable ? Ce n'est pas parce que vous êtes né quelques années avant un changement de calendrier qu'il faut en faire tout un plat.

Vous savez que vous vous en sortirez toujours. Il suffit d'une idée. Vous trouverez toujours une bêtise pour vous remettre dans le coup : vendre aux gens des films pornos où ils feront l'amour avec leurs parents reconstitués en images de synthèse, parachuter du yaourt allégé Maigrelette sur un pays affamé, lancer une drogue en suppositoire, ou un suppositoire en forme de godemiché, proposer à Coca-Cola de teindre sa boisson en rouge pour économiser les frais d'étiquetage, dire au Président des États-Unis de bombarder l'Irak à chaque fois qu'il a des problèmes de politique intérieure, proposer à Calvin Klein de lancer des aliments transgéniques, à Madone de dessiner des vêtements bio, à Bill Gates de racheter tous les pays pauvres, à Nutella de fabriquer du savon au praliné, à Lacoste de commercialiser de la viande de crocodile sous vide, à Pepsi-Cola de créer sa chaîne de télé bleue, au groupe Total-Fina-Elf d'ouvrir des bars à putes dans toutes ses stations-service, à Gillette de lancer un rasoir à 8 lames… Vous vous en sortirez toujours, pas vrai ?

Alors zou, entrez dans la danse.

6

La salle est archicomble. Votre cœur bat très fort. Vous passez votre main dans vos cheveux, et vous donnez un coup de spray Déomint dans la bouche. Votre heure de gloire a sonné. Vous en voulez un peu à Tamara de vous avoir faussé compagnie mais ce n'est pas grave, Odile roule des palots à Charlie, il y a 6 000 personnes dans la salle, et peut-être allez-vous monter sur scène, si vous gagnez une récompense… Tout va bien. Mais alors pourquoi ce sourire de plus en plus crispé ?

Vous engagez la conversation avec votre voisine de gauche :

— Hi. My name is Charlie et lui c'est Octave.

— Je sais : vous êtes les deux nouveaux patrons de la Rosse.

— Ah. C'est bien ma veine : une Française. Et vous travaillez où ?

— À la Rosse. Adeline, je suis au service prod.

— Ah oui, bien sûr, Adeline, maintenant je te reconnais. Excuse-nous, on a très peu dormi depuis trois jours.

— Pas de problème. Vous croyez que le film Maigrelette a ses chances ?

— Difficile à dire. Possible. Il est tellement con que ça peut passer.

— Ah, au fait, fallait que je vous dise : Lady Di et John-John partent en test.

— Je sais, je sais. Et on a le sida.

— Oui, je suis aware. On est en phase de going là-dessus.

La lumière s'éteint. Clap clap nourri. Vous croisez les jambes, vous regardez votre montre, vous attendez votre catégorie (Milk & Dairy Products) en vous recoiffant avec les doigts. Devant vous défilent les spots les plus créatifs de la planète : des délires inconsidérés pour des corn-flakes, des régimes amincissants, des parfums, des jeans, des shampooings, de la vodka, des barres chocolatées, des nouilles, des pizzas, des ordinateurs, des sites Internet gratuits, de la nourriture pour chien, des 4 × 4, moments d'imagination et d'autodérision miraculeusement échappés à la vigilance des annonceurs, typographies novatrices, plans de pommes vertes floues, gros grain en 16 mm, design de demain, phrases qui « interpellent », logos rouges tridimensionnels, dessins animés hindous, musiques parodiques, huitième degré permanent, mots fléchés, pognon dépensé, pellicule grattée à la main, foules au ralenti, émotions libérées, et toujours les jolies filles, puisque tout repose sur les jolies filles, rien d'autre n'intéresse les gens. Vous tentez d'avoir l'air détendu à côté de votre voisine qui se tortille sur son siège et chantonne pour sembler relax. Si Albert Cohen avait vu cette scène avant 1968 (mais elle était impossible avant 1968 puisqu'elle en est la conséquence), il s'en serait inspiré pour décrire les babouineries de *Belle du Seigneur*.

— And the winner is… Maigrelette – The Nymphomaniac by Rosserys & Witchcraft France !

Gloire à Toi Lion d'Or. Hosanna au plus haut des Cieux. Car c'est à Toi qu'appartiennent le Règne, la Puissance et la Gloire Pour les Siècles des Siècles Amen.

Vous explosez de joie,

— yyyyesss !

descendez les travées,

gravissez les marches,

et vous vous apprêtez à remercier le réalisateur Enrique « sans qui nous ne serions pas là » et la belle Tamara « grâce à qui tout fut possible », à dire que votre idée c'était de « chanter un hymne à la vie qui respecte le timing humain »

et tout et tout,

quand ils vous tombent dessus.

Trois policiers vous ceinturent devant toute la profession mondiale, et c'est le commissaire Sanchez Ferlosio lui-même qui vous passe les menottes pour le meurtre de Mrs Ward à Coral Gables, Miami District, Florida State.

D'une certaine manière, on peut dire que vous vous étiez mis, de vous-mêmes, hors compétition.

7

« La vie se passe comme ça : vous naissez, vous mourez, et entre les deux, vous avez mal au ventre. Vivre, c'est avoir mal au ventre, tout le temps : à 15 ans, mal au ventre parce que vous êtes amoureuse ; à 25 ans, parce que vous êtes angoissée par l'avenir ; à 35 ans, parce que vous buvez ; à 45 ans, parce que vous travaillez trop ; à 55 ans, parce que vous n'êtes plus amoureuse ; à 65 ans, parce que vous êtes angoissée par le passé ; à 75 ans, parce que vous avez un cancer généralisé. Dans les intervalles, vous n'aurez fait qu'obéir à vos parents, puis aux professeurs, puis aux patrons, puis aux maris, puis aux médecins. Parfois vous vous doutiez qu'ils se foutaient de votre gueule mais il est déjà trop tard, et un jour, l'un d'entre eux vous annonce que vous allez mourir et alors, sous la pluie, on vous range dans un coffre en bois, sous la terre du cimetière de Bagneux. Vous croyez être épargné ? Tant mieux pour vous. Quand vous lirez ceci, je serai morte. Vous, vous vivrez, et moi, pas. N'est-ce pas bouleversant ? Vous vous promènerez, vous boirez, vous mangerez, vous baiserez, vous aurez le choix et moi, je ne ferai rien de tout cela, je serai ailleurs, dans un endroit que je ne connais pas plus que vous, mais que je connaîtrai au moment où vous lirez ces lignes. La mort nous sépare. Ce n'est pas triste, c'est juste que nous sommes, moi la morte et vous qui lisez cette lettre, de chaque côté d'un mur infranchissable et que pourtant nous pouvons parler.

Vivre et entendre un cadavre qui vous parle : c'est pratique, Internet.

Votre fantôme favori,

Sophie. »

Vous vous regardez en chiens de faïence, les parents de Sophie et toi : comme si vous alliez réussir à vous parler au parloir – si les parloirs servaient à se parler, cela se saurait – maintenant que Sophie n'est plus là, alors que vous n'y parveniez déjà pas quand elle vivait. Ils ont fini par te rendre visite au Centre de Détention de Tarascon, toi Octave le mauvais père qu'ils snobaient dans les réunions de famille. Ils ont les yeux aussi gonflés que cernés. Quatre grosses billes rouges et désespérées.

— Elle a envoyé ce message sur Internet par e-mail en provenance d'un hôtel sénégalais. Vous n'avez jamais eu de ses nouvelles depuis…

— Depuis notre séparation ? Non. Et ce n'est pas faute d'avoir essayé.

Tu accuses le coup. Elle était au Sénégal quand Marronnier s'est suicidé… Se sont-ils flingués ensemble ? Qu'est-ce qu'elle foutait là-bas avec lui ? Putain, déjà que c'est dur d'apprendre qu'on est *cornuto*, si en plus on l'apprend à titre posthume et en taule…

— C'est pas possible, c'est pas vrai, c'est pas vrai, c'est pas possible (vous alternerez ces deux phrases pendant une heure, inutile de retranscrire ici vos lamentations).

Tu les contemples, les deux vieux au menton tremblotant. Juste après être sorti du parloir, tu fonds en larmes devant un encart magazine pour Air Liberté. Ce n'est pas la première fois que tu chiales depuis que tu es incarcéré.

En fait, pour des durs à cuire, vous chialez assez souvent, Charlie et toi. Tellement que lui a tenté de se pendre le lendemain de son arrivée ici. Et tu te lamentes :

— Je ne l'aimais plus mais je l'aimerai toujours sauf que je ne l'ai pas assez aimée alors que je l'ai toujours aimée sans l'aimer comme il fallait l'aimer.

Tu pleures encore à l'heure où tu écris ces lignes.

Bergson a défini le rire comme « du mécanique plaqué sur du vivant ». Les larmes sont donc l'inverse : du vivant plaqué sur du mécanique. C'est un robot qui tombe en panne, un dandy gagné par le naturel, l'irruption de la vérité en plein artifice. Tout à coup, un inconnu vous offre un coup de fourchette dans le ventre. Tout à coup, un inconnu vous offre une sodomie dans les douches. Tout à coup, une inconnue vous offre un adieu en forme d'échographie. Quand une femme enceinte se suicide, cela fait deux morts pour le prix d'un, comme dans les promotions lessivières. Et l'insolente Mylène Farmer de chanter à la radio : « Si je dois tomber de haut/Que ma chute soit lente. »

UNE DERNIÈRE COUPURE PUB, ET À TOUT DE SUITE.

UN HOMME EST SEUL, ASSIS PAR TERRE DANS UN APPARTEMENT SANS MEUBLES.

FLASH-BACK AU RALENTI (NOIR ET BLANC) : ON VOIT LES HUISSIERS QUI SONT VENUS SAISIR TOUT CE QU'IL POSSÉDAIT, ON VOIT UNE SCÈNE DE MÉNAGE AVEC SA FEMME QUI S'EN VA EN CLAQUANT LA PORTE, ON COMPREND QU'IL N'A PLUS RIEN.

SOUDAIN ON REVIENT SUR LUI QUI JETTE UN REGARD DÉSESPÉRÉ À LA CAMÉRA.

UNE VOIX OFF L'APOSTROPHE : « VOTRE FEMME VOUS A QUITTÉ ? VOUS N'AVEZ PLUS UN EURO ? VOUS ÊTES MOCHE ET CON ? TOUT PEUT S'ARRANGER EN UN RIEN DE TEMPS. »

L'HOMME EST INTÉRESSÉ PAR LA VOIX QU'IL VIENT D'ENTENDRE. IL HOCHE LA TÊTE D'UN AIR DÉPRIMÉ. BRUSQUEMENT IL SORT UN REVOLVER DE SA POCHE ET EN POINTE LE CANON SUR SA TEMPE.

LA VOIX OFF POURSUIT : « MOURIR, C'EST ÊTRE LIBRE, COMME AVANT D'ÊTRE NÉ. »

L'HOMME SE TIRE UNE BALLE DANS LA TÊTE. SON CRÂNE EXPLOSE, SA CERVELLE ÉCLABOUSSE LES MURS. MAIS IL N'EST PAS TOUT À FAIT MORT. ALLONGÉ PAR TERRE, IL TREMBLOTE, LE VISAGE COUVERT DE SANG. LA CAMÉRA S'APPROCHE DE SA BOUCHE. IL MURMURE :

« MERCI LA MORT. »

IL CESSE DE REMUER, LES YEUX OUVERTS, FIXANT LE PLAFOND.

LA VOIX OFF CONCLUT SUR UN TON COMPLICE : « TUTOIE LA MORT : TUE-TOI ! LE SUICIDE PERMET D'INTERROMPRE LA VIE ET SES NOMBREUX SOUCIS ! »

Signature avec logo de la FFSP :

« PLUS DE TRACAS : LA MORT EST UN RÉSULTAT. »

suivie de la mention légale :

« CE MESSAGE VOUS ÉTAIT OFFERT PAR LA FÉDÉRATION FRANÇAISE POUR UN SUICIDE PAISIBLE (FFSP). »

AUTRES SIGNATURES POSSIBLES :
« LA MORT EST À LA MODE »
« PAS DE VIE, LA MORT D'ABORD »
« LA VIE ? LAISSE-LA À TES AMIS ».

VI

ILS

« J'ai dit "Non, y aura pas d'endroits merveilleux où aller quand j'aurai fini mes études et tout. Ouvre tes oreilles. Ce sera entièrement différent. Faudra qu'on descende par l'ascenseur avec des valises et tout. Faudra qu'on téléphone à tout le monde et qu'on dise au revoir et qu'on envoie des cartes postales des hôtels où on logera et tout. Et je travaillerai dans un bureau, je gagnerai plein de fric, j'irai au boulot en taxi ou bien en prenant le bus dans Madison Avenue, et je lirai les journaux, et je jouerai tout le temps au bridge, et j'irai au ciné voir plein de courts métrages idiots et 'Prochainement sur cet écran' et 'les Actualités'. Les Actualités. Putain. Il y a toujours une foutue course de chevaux, et une bonne femme qui casse une bouteille au-dessus d'un bateau, et un chimpanzé affublé d'un pantalon qui fait de la bicyclette. Ce sera pas du tout pareil. Tu vois ce que je veux dire". »

J. D. SALINGER,
L'Attrape-Cœur, 1951.

1

Ils ne sont pas morts : ils sont sur une île. Ils respirent et gambadent. Marc Marronnier et Sophie sont ridicules et s'en moquent. Il faut blâmer la joie, c'est sa faute à elle. Ils vivent dans l'eau. Ils finissent par s'aimer, car à force de faire l'amour, on finit par y mêler des sentiments. Ils ont quitté le Sénégal pour une petite cabane sans télé, ni radio, ni discothèque, ni air conditionné, ni canettes de bière, ni rien d'autre qu'eux. Ils font griller le poisson des pêcheurs du village avec du riz de coco, se pochetronnant au ti punch sous les nuages blancs. Au Sénégal, ils n'ont croisé personne sur la plage, sauf un gentil Américain. Ils vont très bien, merci, ils ont fui, ils ont gagné. Ils se marrent doucement. C'est l'Américain qui les a tués.

Les jeunes qui brûlent les voitures ont tout compris de la société. Ils ne les brûlent pas parce qu'ils ne peuvent pas les avoir : ils les brûlent pour ne pas les vouloir.

Qu'ils sont adorables. Marc et Sophie méritent leurs prénoms de sitcom.

Ghost Island, dans l'archipel des Caïmans. Comment ont-ils atterri là-bas ? L'Américain s'appelait Mike mais son nom n'a pas d'importance, d'ailleurs c'est probablement une fausse identité. Avec son visage buriné, il ressemblait au photographe Peter Beard. Il s'est présenté comme un ancien agent du FBI à la retraite. Ils ont sympathisé avec lui sur la plage du Savana à Saly. Après quelques bringues, ils lui ont raconté leur situation : les détournements de fonds de Marc, son licenciement proche, la grossesse de Sophie, leur envie de tout plaquer. Mike leur proposa un marché : disparaître à tout jamais. Se faire passer pour morts afin de prendre la fuite. Il connaissait bien la procédure, pour l'avoir utilisée pendant des années lorsqu'il était chargé au FBI du programme de reconversion des « repentis » de la Mafia. Toute son expérience professionnelle avait consisté à cacher d'anciens criminels, à leur faire reconstruire le visage, à changer leur identité et à les envoyer dans un endroit tenu secret. Et maintenant il a trouvé un truc pour arrondir coquettement ses fins de mois : faire profiter les particuliers de son art. Il n'a posé qu'une condition : ils ne doivent jamais revenir chez eux. Pour tuer Marc et Sophie, il n'a eu besoin que d'un mini-Polaroid, de vrais passeports US, de tout un tas de tampons officiels, et c'est ainsi que Marc et Sophie devinrent Patrick et Caroline Burnham.

À un moment, quand on dit trop aux gens que leur vie n'a aucun sens, ils deviennent tous complètement fous, ils courent partout en poussant des cris, ils n'arrivent pas à accepter que leur existence n'a pas de but, quand on y réfléchit c'est assez inadmissible de se dire qu'on est là pour rien, pour mourir et c'est tout, pas étonnant que tout le monde devienne cinglé sur la terre.

En quoi consiste le bonheur ? C'est du sable blanc, du ciel bleu, de l'eau salée. « L'Eau, l'Air, la Vie », comme disait Perrier. Le bonheur c'est d'entrer dans une affiche Perrier, de devenir une publicité pour Pacific, avec la fameuse trace du pied nu sorti de la mer qui s'évapore instantanément sur le ponton brûlant. Marc et Sophie fabriquaient des pubs ; aujourd'hui Patrick et Caroline en sont devenus une. Ils ont choisi de finir leur vie dans une de leurs créations, de ressembler à un stéréotype bronzé, à une couverture de *Voici*, à une campagne Maigrelette, avec la véranda de teck sur fond exotique, une annonce Club Med avec sa jolie typo et un liséré blanc tout autour.

2

Script :

PATRICK EST ENCORE JEUNE ET BEAU. IL CONDUIT UN HORS-BORD SUR LA MER. LE RÔLE POURRA ÊTRE INTERPRÉTÉ PAR MARC MARRONNIER. IL SAUTE DE SON BATEAU EN MARCHE ET NAGE VERS LA PLAGE. UNE RAVISSANTE FEMME MARCHE VERS LUI, UN BEAU BÉBÉ SOURIANT DANS LES BRAS. IL COURT VERS ELLE. MUSIQUE ÉMOUVANTE

DE GABRIEL YARED. LE RÔLE DE LA FILLE POURRA ÊTRE INTERPRÉTÉ PAR SOPHIE, L'EX D'OCTAVE. ILS SE SERRENT L'UN CONTRE L'AUTRE EN LEVANT LEUR ENFANT VERS LE CIEL IMMACULÉ. À CE MOMENT-LÀ, UN HYDRAVION PASSE AU-DESSUS D'EUX. CONTRECHAMP SUR LEURS VISAGES QUI SE METTENT À OUVRIR DE GRANDS YEUX ÉTONNÉS. LE BÉBÉ ÉCLATE DE RIRE. RETOUR SUR L'AVION QUI S'AVÈRE ÊTRE UN CANADAIR ET ON COMPREND POURQUOI LEURS VISAGES SE SONT ÉCLAIRÉS : L'AVION VIRE SUR SON AILE ET LARGUE SUR EUX CINQUANTE TONNES DE CONFETTIS MULTICOLORES. LA MUSIQUE ENVAHIT L'ESPACE (MONTER LE SON EN POST-PROD). RALENTI, TRAVELLING ARRIÈRE SUR LA PLAGE PUIS PLAN-SÉQUENCE EN PLONGÉE À LA LOUMA. LE SPECTATEUR DOIT PLEURER TOUTES LES LARMES DE SON CORPS EN VISIONNANT CET INSTANT DE PURE BEAUTÉ : LE COUPLE UNI, LE DÉCOR PARFAIT, LE BÉBÉ INNOCENT, LA PLUIE DE CONFETTIS ROUGES, BLEUS, JAUNES, VERTS ET BLANCS. ON VOIT QU'ILS SONT SUR UNE ÎLE DÉSERTE, ENTOURÉS DE COCOTIERS ET DE SABLE BLANC.

SIGNATURE (au choix) :

LE BONHEUR C'EST DE POLLUER LA MER AVEC DES CONFETTIS.

LE BONHEUR NE REND PAS MALHEUREUX.

LE BONHEUR N'APPARTIENT PAS QU'À NESTLÉ.

ÊTRE HEUREUX C'EST MIEUX QUE RIEN, LE BONHEUR C'EST PLUS QUE BIEN.

3

Qu'ils sont parfaits. Ils s'aiment sur une île plate et privée, dans l'archipel des Caïmans. Ghost Island ne figure sur aucune carte géographique. Les journées s'y passent à regarder le ciel et la mer et un enfant qui sourit en regardant le ciel et sa mère. Les arbres n'ont pas de marque : il n'y a pas de logo « cocotier » collé dessus. Caroline et Patrick ont trouvé une porte de sortie – écouter le silence, de préférence allongés dans un hamac.

— *Ce n'est pas moi qui m'occupe de ma fille, dit Caroline, c'est ma fille qui s'occupe de moi.*

Ils ont confiance dans ce monde parce qu'ils croient en être sortis. Les choses de ce monde sont moins fortes que la vie de ce monde. Ils savent enfin ce que c'est qu'aimer. Ils regardent leur fille, se regardent entre eux, puis recommencent, indéfiniment. Le bébé contemple les pélicans. Ils ne font rien d'autre pendant des heures, des jours, des semaines. De quoi attraper un sacré torticolis et tous ceux qui n'ont pas connu cela sont fortement à plaindre.

— *Je suis parti parce que j'ai tout fait.*

— *Qu'est-ce que tu dis ?*

— *Je suis parti parce que j'étouffais.*

Quelque part sur l'eau des Caraïbes, entre Cuba et le Honduras, Dieu a saupoudré les îles Caïmans. On y atterrit en petit avion. La piste de l'aéroport de

Little Cayman traverse sa seule et unique route. Le village compte 110 habitants, sans compter les iguanes. À Grand Cayman, on dénombre 600 établissements financiers avec comptes à numéros. Les Caïmans sont une colonie britannique dotée d'un gouvernement indépendant et de 35 000 entreprises off-shore inscrites à son registre du commerce. Pour accéder à Ghost Island, il faut embarquer sur un taxi-pirogue secret (Mike les a accompagnés).

Ils s'y sentiront bien. D'ailleurs ils sentent déjà bon : noix de coco, rhum vanille, miel, épices, air salin, Obsession de Calvin Klein, ganja et pluies en fin de journée. Odeurs des fleurs et de la sueur.

— *Je bois ta bouche, je lèche tes dents, je suce ta langue. J'aspire tes soupirs et j'avale tes cris.*

Contre un million d'euros en espèces, Mike a tout organisé : le rapatriement à Paris des cendres factices, l'e-mail d'adieu de Sophie, le virement des fonds récupérés en Suisse… Il avait l'habitude d'envoyer des clients à l'Escape Complex Castaneda, l'hôtel où il fait beau toute l'année. Un ensemble de bungalows en palissandre, filao et teck, caché au milieu d'une forêt d'hibiscus et de frangipaniers.

Ils sont installés dans une petite case de roseaux, une paillote sur pilotis au-dessus d'un lagon céruléen. Chaque soir, ils croisent les autres faux morts de l'île : les chanteurs Claude François (62 ans) et Elvis Presley

(66 ans) écoutent le petit Kurt Cobain (34 ans) composer des chansons country avec Jimi Hendrix (59 ans) ; l'ancien Premier ministre Pierre Bérégovoy (76 ans) devise avec François de Grossouvre (81 ans) ; l'écrivain Romain Gary (87 ans) déambule main dans la main avec son épouse Jean Seberg (63 ans) ; le publicitaire Philippe Michel (61 ans) joue au tennis avec Michel Berger (54 ans) ; Arnaud de Rosnay (55 ans) donne des cours de windsurf à Alain Colas (58 ans) ; John-John Kennedy (41 ans) se promène bras dessus bras dessous avec son père John Fitzgerald Kennedy (84 ans) et l'actrice Marilyn Monroe (75 ans).

Tandis que la brise légère transforme les palmiers en éventails géants, Patrick et Caroline partagent une orangeade avec Serge Gainsbourg (73 ans) et Antoine Blondin (79 ans), qui vivent ensemble de l'autre côté de l'île dans une hutte en bambou et toit de palme avec Klaus Kinski (75 ans) et Charles Bukowski (81 ans). Cofondateur (avec Pablo Escobar, aujourd'hui décédé) de l'Escape Complex qui porte son nom, l'écrivain psychédélique Carlos Castaneda (environ 61 ans) bouffe son peyotl avec Jean Eustache (63 ans), tout en consultant les plus-values boursières du capital de Ghost Island. L'île secrète est en effet autofinancée par les intérêts des capitaux versés par tous ses habitants (le ticket d'entrée étant fixé à 3 millions d'US dollars). Une équipe de médecins transgéniques et de chirurgiens bioniques se débrouille pour prolonger l'existence de tous les îliens jusqu'à environ 120 ans. Tous les habitants de Ghost sont officiellement décédés aux yeux du monde[1], mais ce n'est pas une raison pour se laisser aller : les interventions plastiques, greffes, liftings, implants et injections de silicone sont gratuits, comme tout le reste, d'ailleurs. C'est pourquoi Romy Schneider ne fait pas du tout ses 63 ans, quand elle discute cinoche avec Maurice Ronet, son camarade de *La Piscine*, qui en a 74, ou plaisante avec Coluche, âgé de 57 ans.

Il y a aussi Diana Spencer et Dodi Al-Fayed, respectivement âgés de 40 et 46 ans.

Ils coulent des jours paisibles dans cette maison de retraite pour milliardaires, où la télévision, le téléphone, Internet et tout autre mode de communication externe sont rigoureusement interdits. Seuls les livres et disques numériques sont autorisés : chaque mois, les écrans plasma installés dans les bungalows sont automatiquement téléchargés avec les 10 000 principales nouveautés mondiales dans le domaine littéraire, musical et cinématographique. Des adolescents prostitués des deux sexes (loués à l'année) offrent à chacun et chacune des insulaires de satisfaire la moindre de leurs envies érotiques.

Oui, quand on y pense deux minutes, ce qu'ils veulent nous faire avaler, à savoir qu'il n'y a rien d'autre et que

1. À trois exceptions près : Paul McCartney (le vrai) et Guy Bedos (le drôle) habitent depuis dix ans sur Ghost Island et se sont fait remplacer par des sosies dans le « monde réel », tout comme le romancier britannique Salman Rushdie.

nous sommes là par hasard, est à peu près aussi dingue que de nous fourguer un dieu barbu entouré d'anges, et le déluge, l'arche de Noé et Adam et Ève sont aussi absurdes à croire que le big bang et les dinosaures.

Patrick et Caroline boivent devant la mer turquoise. Ils avalent un jus d'ananas sous les lianes des palétuviers, au milieu des papillons grands comme la main. Toutes les drogues existantes sont déposées chaque matin sur leur paillasson dans une jolie valise Hermès. Mais ils ne les consomment pas toujours ; il peut même leur arriver de rester plusieurs jours sans se défoncer, ni partouzer, ni torturer les esclaves. Caroline a accouché dans la clinique ultramoderne de Ghost Island, baptisée « Hôpital Hemingway » (clin d'œil à la fausse mort de l'écrivain américain au Kenya, en 1954).

Bientôt les pays seront remplacés par des entreprises. On ne sera plus citoyen d'une nation mais on habitera des marques : on vivra en Microsoftie ou à Mcdonaldland ; on sera Calvin Kleinien ou Pradais.

Ils sont habillés de lin écru. Ils sont débarrassés de la mort, donc du temps. Plus personne, dans le reste du monde, ne mise sur eux. Ils font donc l'apprentissage de la liberté, comme Jésus-Christ quand il est sorti de son tombeau, trois jours après son supplice, et qu'il lui fallut se rendre à l'évidence : même la mort est éphémère, seul le paradis dure longtemps. Ils regardent leur fille gazouiller avec sa nounou. Elle surveille les singes du regard, et méprise les paons. Caroline est belle, donc

Patrick est heureux. Patrick est heureux, donc Caroline est belle. Une éternité au rythme du ressac. Ils mangent des bichiques (grillades de poissons qui ont bon goût), des acras de morue et des langoustes à la vanille entre les balisiers rouge et or. Leurs seuls vêtements ? Des chemises ouvertes sur des shorts de surf. Leur principal souci ? Ne pas trop se brûler la plante des pieds sur le sable blanc. Leur préoccupation du moment ? Prendre une douche pour se dessaler la peau. Leur unique angoisse ? Faire attention en se baignant, car il existe des courants qui pourraient les emmener vers le large et les tuer pour de vrai.

4

Quand ils sont entrés dans le box des accusés, le président du tribunal a dit à la salle de s'asseoir et à Charlie et Octave de se lever mais ils ont baissé la tête. Les policiers de faction leur ont ôté les menottes. On se serait cru dans une église : les codes, les rites solennels, les robes, il n'y a pas une grande différence entre un palais de justice et une messe à Notre-Dame. À une exception près : ils ne seraient pas pardonnés. Octave et Charlie n'étaient pas fiers mais heureux que Tamara s'en soit sortie. Le procès étant public, toute la profession était présente à la cour d'assises : les mêmes qu'à l'enterrement de Marronnier. Derrière la vitre sale de leur box, ils pouvaient les voir, et comprendre que tout allait continuer sans eux. Ils en ont pris pour dix ans mais n'ont pas de raison de se plaindre (heureusement que la justice française a refusé de les extrader : si on les avait jugés en Amérique, ils auraient été grillés comme des saucisses sur un barbecue dans un film Herta).

… MICROSOFT. JUSQU'OÙ IREZ-VOUS ? Je souris en voyant ça à la télé suspendue au plafond de ma cellule. C'est si loin maintenant. Ils continuent comme avant. Ils vont continuer longtemps. Ils chantent, ils rient, ils dansent aux éclats. Sans moi. Je tousse tout le temps. J'ai chopé la tuberculose. (La maladie est en pleine recrudescence, en particulier dans les milieux carcéraux.)

Tout est provisoire et tout s'achète, sauf Octave. Car je me suis racheté ici, dans ma prison pourrie. Ils m'ont autorisé (contre menue monnaie) à regarder la télé dans ma cellule. Gens qui mangent. Gens qui consomment des choses. Gens qui conduisent des voitures. Gens qui s'aiment. Gens qui se prennent en photo. Gens qui voyagent. Gens qui croient que tout est encore possible. Gens qui sont heureux mais n'en profitent pas. Gens qui sont malheureux mais ne font rien pour y remédier. Toutes ces choses que les gens inventent pour ne pas être seuls. « Les gens heureux me font chier », disait le Gros Dégueulasse de Reiser. Les gens heureux (par exemple, ce type à lunettes que j'aperçois par la fenêtre de ma taule, à un arrêt d'autobus, qui serre la main d'une douce rouquine entre les siennes sous la bruine), les « happy few », dis-je, ne me font pas chier mais pleurer de rage, de jalousie, d'admiration, d'impuissance.

J'imagine Sophie sous la lune, avec de la buée sur les seins, et Marc qui lui caresse l'intérieur du coude, à cet endroit si doux qu'il en devient translucide malgré le bronzage. Les étoiles se reflètent sur ses épaules moites. Un jour, quand je crèverai, j'irai les retrouver, loin, très loin, sur une île pour gicler du sperme avec mon gland sur la langue de la mère de mon enfant. Et quand le soleil se couchera à l'horizon, je le verrai. Je le vois déjà sur une reproduction d'un tableau de Gauguin, du fond de ma cellule chlinguant la pisse. Je ne sais pas pourquoi j'ai découpé ce tableau, *La Pirogue*, dans un magazine, pour l'afficher au-dessus de mon plumard. Il m'obsède. Je croyais que j'avais peur de la mort alors que j'avais peur de la vie.

Ils veulent me séparer de ma fille. Ils ont tout fait pour que je ne voie pas tes yeux si grands. Entre deux quintes de toux, j'ai tout le temps de les imaginer. Deux grands ronds noirs qui découvrent la vie. Les sadiques, ils diffusent à la télé la pub Évian avec les bébés qui se prennent pour Esther Williams. Ils nagent synchronisés sur « Bye-Bye Baby ». Ils tuent mes poumons flétris. Deux yeux pétillants au milieu d'une tête rose. Ils m'empêchent d'en profiter. Sa bouche entre les joues rondes. Minuscules mains agrippées à mon menton qui tremble. Sentir son cou au lait. Fourrer mon nez dans ses oreilles. Ils ne m'ont pas laissé essuyer ton caca. Ils ne m'ont pas laissé sécher tes larmes. Ils ne m'ont pas laissé te souhaiter la bienvenue. En se tuant, elle t'a assassinée.

Ils m'ont privé de ma fille qui dort recroquevillée et se griffe les joues, respire vite puis bâille un peu et se met à respirer plus lentement, ses mini-coudes et genoux miniatures repliés sous elle, mon bébé aux longs cils recourbés de vamp, à la bouche grenat et au visage pâle, lolita dont on voit les vaisseaux sanguins à travers les tempes et les paupières, ils m'ont empêché de connaître son rire qui éclate quand on lui chatouille le nez, ses oreilles nacrées comme des coquillages, ils m'ont défendu de savoir que Chloë m'attendait à l'autre bout du rouleau. Et si c'était elle que je cherchais en courant après toutes ces filles ? Cette nuque duveteuse, ces yeux noisette perçants, ces sourcils dessinés, ces traits délicats, je les ai tant aimés chez les autres filles parce qu'ils m'annonçaient la mienne. Si j'aimais tant le cachemire c'était pour m'habituer à ta peau. Si je sortais tous les soirs c'était pour m'habituer à tes horaires.

Eh ! Et si en réalité ce n'était pas moi qui étais en prison, mais mon sosie clochard à la place, le SDF de ma rue, si c'était lui qui croupissait dans cette cellule merdique, tandis que moi je serais parti, vous m'entendez, PARTI. J'aurais échangé ma place contre la sienne et il pourrait s'estimer heureux : logé et nourri tandis que moi je serais libre à l'autre bout du monde. Tout le monde en sortirait gagnant. Mais je perds la boule. J'ai les poumons détruits.

J'ai fini mon livre qui coûte 99 francs. C'est con, je venais de trouver la meilleure signature pour Maigrelette : « NE SOYEZ PAS BEAU ET CON À LA FOIS. » Il suffisait de racheter les droits audio de la chanson de Jacques Brel et de sampler le passage où il beugle « BEAU ET CON À LA FOIIIIIS ». En le collant après la voix off, cela donnait : « MAIGRELETTE. NE SOYEZ PAS… BEAU ET CON À LA FOIIIIIS. » On aurait vraiment cartonné. Quel gâchis.

Avec ses barreaux, l'unique fenêtre de ma cellule ressemble à un code-barre.

À la télé ils retransmettent le concert des Enfoirés : Jean-Jacques Goldman, Francis Cabrel, Zazie et les autres reprennent en chœur « Emmène-moi au bout de la terre/Emmène-moi au pays des merveilles/ Il me semble que la misère/serait moins pénible au soleil ».

Et tous ces assassins qui crient toute la journée à l'étage, qui gémissent, qui geignent, ils finissent par me saper le moral à la fin. Z'avaient qu'à y réfléchir à deux fois avant de zigouiller des gens. Charlie on l'a retrouvé hier baignant dans une mare de sang, il s'était ouvert les poignets avec une boîte de sardines Saupiquet. Ce fou s'est débrouillé pour filmer son geste avec une webcam clandestine et retransmettre la scène sur le Net en direct live. L'essentiel c'est qu'ils n'ont pas retrouvé Tamara, je suis content qu'elle s'en soit tirée, ils auront tout bousillé sauf ça.

Et moi sur le mur de ma cellule VIP (je suis tout seul, j'ai la télé et des bouquins, ça peut aller, même si ça pue l'urine et si je crache mes poumons), j'ai scotché *La Pirogue* de Gauguin, tableau qui date de 1896. Il fait partie de la collection de Sergueï Chtchoukine exposée à l'Ermitage de Leningrad. Je tousse devant cette image toute la journée : un homme, sa femme, leur enfant, calmement alanguis autour de leur pirogue, sur une plage polynésienne.

Dans l'une des dernières lettres de sa vie, Gauguin a écrit : « Je suis un sauvage. »

Il me suffit de penser que je ne suis pas en prison mais délivré du monde. Les moines aussi vivent dans des cellules.

Je regarde *La Pirogue*, cette scène idyllique, ce couple et leur petit bébé, et à l'arrière-plan Gauguin a peint un coucher de soleil rouge vif, on dirait un champignon atomique, et je nage vers eux, je saute dans la pirogue, je vais les rejoindre sur leur île, ils vont m'aimer, je crawle vers la plage, je croise les poissons-lunes, les raies manta caressent mes paumes, je vais les retrouver, nous ferons l'amour tous ensemble, Tamara avec Sophie, Duler avec Marronnier, je vais tout surmonter, ils ont échappé à la société, nous formerons une famille nouvelle, on baisera à quatre, et je mangerai les pieds de Chloë, si petite qu'elle tient dans une seule main, tu verras, je vais les rejoindre dans l'île fantôme, vous le croyez, ça, oui, c'est clair que j'ai pété les plombs, et je nage sous la mer, je bois la tasse, je me sens si bien, et le coucher de soleil de Gauguin ressemble vraiment à une explosion nucléaire.

5

Sur Ghost Island, quelques mois ont passé. Ils en ont marre d'être morts. Il leur semble que la misère est bien plus pénible au soleil. Ils souffrent de bien-nutrition. Ils végètent au milieu des végétaux. Quand ils sont en forme, ils vont se mêler aux grappes humaines : River Phoenix se fait sucer par Caroline pendant que Patrick sodomise Ayrton Senna ; tout ce petit monde se baise, s'encule, taille des pipes, lèche du sperme, s'astique le clitoris, pompe des bites, éjacule sur des visages, s'attache la chatte, se fouette les seins, se pisse dessus, se gouine et se branle dans la joie et la décontraction.

Mais au bout d'un certain temps, on en a marre des plans à dix-sept. Alors on perfectionne son tennis, on fait de la pêche sous-marine au large de l'atoll, un tour de Riva dans la baie, du ping-pong sous un parasol géant, des parties de pétanque en string, des batailles de Dom Pérignon, et même, tenez, pas plus tard que ce soir, Caroline a repassé elle-même les tee-shirts de Patrick, et il était tout ému qu'elle réclame une planche à repasser au lieu de sonner les femmes de chambre, il ne pensait pas être aussi touché, connaître à nouveau toute cette simplicité. Souvent, ils se relaxent aussi dans des caissons d'isolation sensorielle, ou sur des matelas à eau bouillonnante, entre deux massages aromathérapiques et séances de shiatsu.

Pas d'alternative au monde actuel.

L'azur, l'azur, l'azur, l'azur, ils ont une overdose d'azur, une indigestion de paradis, allongés sur leurs transats ou leurs fauteuils en rotin genre *Emmanuelle* qui grattent les fesses, au bord d'une piscine où barbotent Mona, Tania et Lola, les nymphettes rémunérées dont trois éphèbes glabres se partagent mollement les orifices rasés. Ils sont ventripotents. Ils se sont trop goinfrés, leur ventre pend au-dessus de leur bermuda qui se tient à carreaux. La bidoche trahit les profiteurs. Regarde-les, ces imbéciles heureux que leur lâcheté a rendus alcooliques : une épaisse couche de gras recouvre leurs traits satisfaits. Ils dansent la lambada en toute impunité. Ils ont fui les hommes, moins importants pour eux que les fleurs et les rivières qui se déversent dans la mer. Ils écoutent du reggae californien. Ils sont repus de truffes et de caviar. Gros comme leur bébé. Caroline pouponne, Patrick jardine, bébé babille. Le bonheur donne la gueule de bois.

En 1998, chaque ménage français a dépensé en moyenne 640 francs par semaine pour son alimentation. Coca-Cola vend un million de canettes par heure dans le monde. Il y a vingt millions de sans-emploi en Europe.

Ils voudraient des journaux, des télés, de l'agitation : ils n'ont que la torpeur tiède des jours qui se ressemblent.

Barbie vend deux poupées par seconde sur terre. 2,8 milliards d'habitants de la planète vivent avec moins de deux dollars par jour. 70 % des habitants de la planète n'a pas le téléphone et 50 % pas l'électricité. Le budget mondial des dépenses militaires dépasse 4 000 milliards de dollars, soit deux fois le montant de la dette extérieure des pays en voie de développement.

Caroline commence à trouver horrible d'élever sa fille dans cette secte blasée.

— Elle ne pourra jamais partir d'ici ? Elle a besoin de pollution, de bruits, de pots d'échappement !

Patrick déprime dans la bambouseraie. Même le clapotis des vagues ne berce plus personne. Les heures glissent sur eux. Ils se saoulent de cocktails multicolores, ils ont tout le temps mal au crâne. Le vent salé donne la migraine. La mer miroitante se répète. L'océan gâtifie.

La fortune personnelle de Bill Gates équivaut au PIB du Portugal. Celle de Claudia Schiffer est estimée à plus de 30 millions d'euros. 250 millions d'enfants dans le monde travaillent pour quelques centimes de l'heure.

Revenir, là-bas revenir ! Je sens que les oiseaux ont la migraine… Patrick a des idées d'affiches, des concepts plein la tête, et ça défile, ça défile, il se souvient. POUR LES MECS QUI AIMENT LES MECS QUI AIMENT LES PUTES QUI AIMENT LA COKE QUI AIME LE FRIC.

Pas d'alternative au monde actuel.

Ils se marient, divorcent, se remarient, font des enfants, ne s'en occupent pas, mais élèvent ceux des autres, et d'autres élèvent les leurs. *Tous les jours, les 200 plus grandes fortunes du monde grossissent de 500 dollars par seconde.* L'aube est un coucher de soleil en auto-reverse. Le crépuscule une aurore rembobinée. Dans les deux cas, c'est rouge, c'est long. *On estime que 25 % de toutes les espèces animales pourraient être rayées de la surface du globe avant 2025.* À la fin des contes de fées, on lit toujours la même formule : « Ils vécurent heureux et eurent beaucoup d'enfants. » Point final. On ne nous dit jamais ce qui se passe après : le prince charmant n'est pas le père de ses enfants, il se met à picoler, puis quitte la princesse pour une femme plus jeune, la princesse fait quinze ans d'analyse, ses enfants se droguent, l'aîné se suicide, le cadet se prostitue dans les jardins du Trocadéro.

Patrick et Caroline passent leurs journées à attendre le soir, et leurs nuits à attendre le matin. Bientôt, quand ils feront l'amour, ce ne sera plus pour le plaisir mais pour avoir la paix pendant huit jours. Toutes ces criques cristallines, ces lagons cernés par une barrière de corail ne servent qu'à les enfermer dans du bleu. Leur cabane en pierre de corail et bois de mangrove est surtout clôturée d'eau. Cette île est un château hanté. Des journées entières à effeuiller les marguerites : « je t'aime, plus du tout, plus beaucoup, pas tellement, pas tant que ça, moins qu'hier, plus que demain. » *La fin du monde aura lieu dans cinq milliards d'années, et quand le soleil éclatera, la Terre sera brûlée comme une pomme de pin par un lance-flammes.* Le soleil filtre à travers les feuilles de palmes séchées. Le soleil est un compte à rebours jaune. *Le chiffre d'affaires de General Motors (168 milliards de dollars) équivaut au PIB du Danemark.* La lune en plein jour, les pieds dans l'eau, le clapotis tiède, la brise écœurante, l'odeur des bougainvillées, des bouquets de jacarandas, c'est à gerber de fleurs puantes comme un Stick-Up d'Airwick.

6

Mais vient un jour où le ciel se couvre ; et voici que Patrick se laisse entraîner par un courant qui le porte ; et il regarde la côte s'éloigner ; au loin, sur la plage, Caroline l'appelle mais il ne peut lui répondre car il a la bouche pleine d'eau salée ; il fait la planche, emmené au large dans la mer de plus en plus sombre, d'un bleu de plus en plus profond ; se laisser porter ; devenir un morceau de bois ; une bouteille à la mer qui ne contient aucun message ; et au-dessus de lui il y a les oiseaux et en dessous de lui il y a les poissons ; il croise les requins de sable, les dorades, les dauphins ; les raies manta caressent ses paumes ; et dans le cerveau de Patrick c'est la débandade ; il nage sous la mer ; il boit la tasse ; il se sent si bien ; « et dès lors je me suis baigné dans le Poème de la Mer » (Rimbaud) ; de toute façon je suis déjà mort et enterré ; dispersez-moi entre deux eaux ; soudain il se met à pleuvoir une douche brûlante qui pique mon visage ; et le soleil rougit ; ne plus passer entre les gouttes de verre pilé ; ne plus conjuguer les verbes ; je tu il nous vous ils ; devenir infinitif ; comme dans un mode d'emploi ou une recette de cuisine ; sombrer ; traverser le miroir ; enfin se reposer ; faire partie des éléments ;

des ocres propres aux rayons pourpres ; rien n'existait avant le big bang et rien ne subsistera après l'explosion du soleil ; le ciel vire au rouge sang ; boire des larmes de rosée ; le sel de tes yeux ; leur bleu rigoureux ; tomber ; faire partie de la mer ; devenir l'éternité ; une minute sans respirer, puis deux, puis trois ; une heure sans respirer, puis deux, puis trois ; dans cinq milliards d'années, c'est la mer allée avec le soleil ; une nuit sans respirer, puis deux, puis trois ; rejoindre la paix ; « tu es plus beau que la nuit, réponds-moi, océan, veux-tu être mon frère ? » (Lautréamont) ; flotter comme un nénuphar à la surface ; surfer sur du creux ; rester immobile ; les poumons gorgés d'eau ; âme aquatique ; partir pour de bon ; cinq milliards d'années avant : rien ; cinq milliards d'années après : rien ; l'homme est un accident dans le vide intersidéral ; pour arrêter de mourir il suffit d'arrêter de vivre ; perdre le contact ; devenir un sous-marin nucléaire caché au fond des océans ; ne plus rien peser ; crawler entre les anges et les sirènes ; nager dans le ciel ; voler dans la mer ; tout est consommé ; au commencement était le Verbe ; on dit qu'au moment de mourir on voit sa vie défiler mais Patrick, lui, revoit autre chose CARTE NOIRE UN CAFÉ NOMMÉ DÉSIR J'EN AI RÊVÉ SONY L'A FAIT GAP TOUT LE MONDE EN CUIR SNCF LE PROGRÈS NE VAUT QUE S'IL EST PARTAGÉ PAR TOUS FRANCE TELECOM BIENVENUE DANS LA VIE.COM EDF NOUS VOUS DEVONS BIEN PLUS QUE LA LUMIÈRE RENAULT SCÉNIC À NE PAS CONFONDRE AVEC UNE VOITURE ROCHE BOBOIS LA VRAIE VIE COMMENCE À L'INTÉRIEUR NISSAN MADE IN QUALITÉ SOCIÉTÉ GÉNÉRALE CONJUGUONS NOS TALENTS SFR LE MONDE SANS FIL CRÉDIT LYONNAIS NOUS VOUS

DEVIONS UNE NOUVELLE BANQUE VOUS N'IMAGINEZ PAS TOUT CE QUE CITROËN PEUT FAIRE POUR VOUS CARREFOUR PARCE QU'ON SE CONSTRUIT CHAQUE JOUR NESTLÉ C'EST FORT EN CHOCOLAT BNP PARLONS D'AVENIR NOKIA CONNECTING PEOPLE NIVEA LA PLUS BELLE FAÇON D'ÊTRE MOI ADECCO ÇA NE CHANGE PAS LE MONDE MAIS ÇA Y CONTRIBUE L'ORÉAL PARCE QUE JE LE VAUX BIEN AUTANT D'ATOUTS C'EST UNE DAEWOO CHARLES GERVAIS IL EST ODIEUX MAIS C'EST DIVIN SELF TRADE ET SI LA BOURSE PROFITAIT À TOUS ON DEVRAIT TOUS S'OFFRIR UNE CLIOTHÉRAPIE MENNEN POUR NOUS LES HOMMES ERICSSON COMMUNIQUEZ L'ÉMOTION LA POSTE ON A TOUS À Y GAGNER MONOPRIX DANS VILLE IL Y A VIE TROIS SUISSES C'EST UNE CHANCE D'ÊTRE UNE FEMME LE BÂTON DE BERGER Y A PAS D'HEURE POUR EN MANGER WILLIAMS QUAND ON TIENT À SA PEAU MOBALPA ON EST LÀ POUR ÇA NOUVELLE POLO VOUS AUREZ PEUT-ÊTRE DU MAL À LA RECONNAÎTRE SEGA C'EST PLUS FORT QUE TOI VOUS ENTREZ SUR LES TERRES DU CLAN CAMPBELL L'ABUS D'ALCOOL EST DANGEREUX POUR LA SANTÉ À CONSOMMER AVEC MODÉRATION GILLETTE LA PERFECTION AU MASCULIN DU LEERDAMMER OU JE FAIS UN MALHEUR BELLE DE MINUIT DE NINA RICCI LA NUIT TOMBE LES GARÇONS AUSSI MICHELIN LES PLUS BELLES PERFORMANCES SONT CELLES QUI DURENT VISA PREMIER IL N'Y A PAS QUE L'ARGENT DANS LA VIE PENDANT QU'ON REGARDE CANAL + AU MOINS ON N'EST PAS DEVANT LA TÉLÉ ON DEVRAIT TOUJOURS COMPARER SA VOITURE À UNE 306 LE PARISIEN IL VAUT MIEUX L'AVOIR EN JOURNAL GALERIES LAFAYETTE LA PLANÈTE DÉSIR ENTRE DANS VOTRE VIE GAZ DE FRANCE ICI LÀ-BAS POUR VOUS POUR DEMAIN LIBERTY SURF ACCÉDEZ

LIBREMENT AUX RICHESSES DE DEMAIN CAROLL IL FAIT BEAU TOUS LES JOURS ENJOY COCA-COLA FRAÎCHEUR DE VIVRE HOLLYWOOD CHEWING-GUM WORLD ON LINE FREEDOM OF MOVEMENT UNITED COLORS OF BENETTON BARILLA ON EST TOUS UN PEU ITALIEN QUELQUE PART RATP UN BOUT DE CHEMIN ENSEMBLE TÉLÉ 2 POURQUOI CONTINUER À TÉLÉPHONER TROP CHER OENOBIOL TOUT MON CORPS RÊVE D'UNE PEAU PLUS JEUNE IBM SOLUTIONS POUR UNE PETITE PLANÈTE CLUB MED ÊTRE-RE PEUGEOT 206 ON PEUT ENCORE ÊTRE ÉMU À NOTRE ÉPOQUE ADIDAS VOUS REND MEILLEUR TROPICANA EN VOUS LA VIE S'ÉVEILLE HERMÈS AN 2000 PREMIERS PAS DANS LE SIÈCLE YOPLAIT C'EST TELLEMENT MEILLEUR QUAND C'EST BON AIR FRANCE FAIRE DU CIEL LE PLUS BEL ENDROIT DE LA TERRE GIVENCHY UN PEU PLUS LOIN QUE L'INFINI RHÔNE-POULENC BIENVENUE DANS UN MONDE MEILLEUR

BIENVENUE DANS UN MONDE MEILLEUR

Paris, 1997-2000.

Tamara était habillée par Stella McCartney pour Chloé.

Remerciements à Manuel Carcassonne, Jean-Paul Enthoven, Gabriel Gaultier, Thierry Gounaud, Michel Houellebecq, Pamela Le Moult, Pascal Manry, Vincent Ravalec, Stéphane Richard, Delphine Vallette.

Ce livre est aussi de leur faute.

Au secours pardon

L'Idéal

Préface par Marin de Viry

Préface

par Marin de Viry, de la *Revue des Deux Mondes*

Reconstituons, dans l'ordre logique sinon chronologique :

1. Au début des temps, émerge de l'institut d'études politiques de Paris, de la bonne ville de Neuilly, du divorce de ses parents, d'un menton qu'il récuse, d'être le petit frère du grand, du refus de devenir banquier, d'avoir eu, petit, les joues pincées et le nez embrassé du bout des lèvres par des créatures divines de l'entourage de son père, d'un excès de disponibilité, et probablement d'une personnalité intrinsèquement perverse, un romancier : Frédéric Beigbeder. De là *Mémoires d'un jeune homme dérangé* (1990), et *Vacances dans le coma* (1994).

Premières impressions de lecture : charisme et *zapping, happening* nocturne, affolement, début de syncope et de suffocation (nous parlons du style, pas du couple cœur-poumon). C'était très bien, mais ça aurait pu s'arrêter là si ça avait continué comme ça, si vous voyez ce que je veux dire.

Mais ça ne s'arrête pas, et tant mieux.

2. Capitalisant sur une réputation naissante de cracheur dans la soupe, l'auteur sape les bases du mariage catholique, apostolique et romain, dans un ouvrage intitulé *L'amour dure trois ans* (1997), en démontrant la fonction linéaire suivante (qui n'était avant Beigbeder qu'une hypothèse impie) : un homme marié dont l'âge est égal ou supérieur à 40 ans a une femme dont l'âge est deux fois supérieur à celui des maîtresses futures de son mari, qui va d'ailleurs foutre le camp avec l'une d'entre elles. Les spécialistes cherchent le moyen de calculer l'impact de la parution de ce roman sur l'accélération de la divortialité rive gauche : tout le monde est d'accord pour dire qu'il est énorme. L'auteur devient un enjeu pour l'Église catholique, à laquelle il accordera une interview nonchalante, bien après qu'il eut commis les dégâts susvisés (*Je crois, moi non plus*, dialogue avec monseigneur di Falco, 2004).

3. Mariant un sens inné de l'ingénierie de la provocation avec un souci d'introduction du réel dans le roman, notre homme produit *99 francs* (2000), devenu *14,99 €*, qui déchenille l'agence de publicité dans laquelle il travaille. Jean Dujardin, avec son génie du rire idiot, nous enchanta avec ça en septembre 2007.

Littérairement, c'est la période a) carré VIP, car Beigbeder fait dans la chronique *people*, et b) chercheur de pointe dans le domaine de la mutation du bacille de la peste germanopratine, car il démontre que l'existentialisme ne tient pas la route face à Louis Vuitton, ce dernier bouffant le premier selon une loi historique qui s'inscrit sur les murs de la rue Saint-Benoît, dans ses romans, et dans les têtes des soixante-huitards. Du *logos* au logo (quelqu'un a sûrement déjà dit ça quelque part, je ne me sens pas trouver ça tout seul).

4. *Windows on the World* (2003) ferme la période « personnage-écrivain » (dont l'ultime avatar est pourtant postérieur, allez comprendre, il s'agit de *L'Égoïste romantique* paru en 2005, sorte de recueil de haïkus cokés marquant un rite de passage à l'âge adulte, d'ailleurs très drôles et spirituels), et ménage l'entrée de Beigbeder dans le rôle de « l'écrivain-personnage ». En pub, ça s'appelle un *brand switch*. Dans le monde normal, ça veut dire qu'il arrête de déconner parce qu'il s'est rendu compte qu'il a du talent et une seule vie. *Windows on the World* est le *nine eleven* vu de la banlieue de l'Occident, je veux dire la France, et de la banlieue de cette banlieue, Paris, et de la banlieue de la banlieue de cette banlieue, la tour Montparnasse. Beau texte, poétique, haletant, quelque chose comme le tragique mis à la portée des touristes, l'histoire expliquée aux étriqués. Le tremblement de terre de Lisbonne vu par Bret Easton Ellis.

5. On y arrive, on y arrive. Dans les quatre phases qui précèdent, un narrateur tient lieu de fil rouge, on en retrouve l'histoire de roman en roman. Ce narrateur est un irresponsable qui se dénigre. Qui fuit puis revient au centre de la scène, où il s'accuse au tribunal de l'humanité avant de courir vers les coulisses pour ne pas entendre un verdict qu'il sait sévère. Qui a intériorisé son indignité sans renoncer à son narcissisme. Qui est une

espèce de paparazzo de lui-même. Esthétiquement, on a l'impression qu'il est photographié accidentellement par un Polaroid au moment où il l'arrache des mains de ses paparazzi intérieurs. Ça donne un poulpe myope sur fond d'abysses. Les derniers instants d'un apnéiste à cinquante centimètres du record du monde de profondeur. Un albatros mazouté.

C'est un Narcisse complexé, pour résumer. Un type qui se regarde dans l'eau et qui recule, effrayé, plutôt que de se noyer en pâmoison devant son image, comme dans la légende. Au lieu de se terminer tragiquement, la légende de Narcisse est détournée et ne se termine jamais, comiquement. Narcisse revient au bord de l'eau tous les jours pour s'y mirer, et tous les jours, en se voyant, il crie « au secours je suis ignoble » et part en courant. Je suis ignoble physiquement et moralement, mais je m'aime. Ce personnage de Quasimodo dans le spa du Ritz, de la Bête en thalasso, du monstre en analyse, est aussi profondément mimétique, profondément sensible à ce qu'il doit paraître et à ce qu'on pense de lui. Mais – et c'est là la différence, la grande différence –, à force de regarder la gamelle des autres, il finit par s'apercevoir qu'elle n'est pas mieux remplie que la sienne, contrairement à un personnage mimétique de base, qui trouve toujours de quoi relancer sa petite mécanique à convoiter la femme du voisin de palier et la bagnole du voisin de bureau. Chez le narrateur de Beigbeder, ce qui est beau, c'est que la blessure narcissique ne se referme jamais, et qu'il est lucide. Il comprend que ni en lui-même, ni dans l'imitation, il ne parviendra à la paix. Il est à mi-chemin du romantisme et du mimétisme.

Il récuse le romantisme car il ne considère pas du tout son « moi » comme un absolu adorable, et il récuse le mimétisme, car il voit bien que la convoitise tous azimuts tourne à vide. Il trouve une solution insatisfaisante dans un dispositif fait de snobisme et d'exultation de la chair. Le snobisme procède de la déception qu'il a ressentie à observer ses modèles : « Intéressez-moi », dit le snob, et il ajoute : « Si vous pouvez mais personne ne peut. » L'exultation de la chair, le dévoilement public de ses conquêtes affolantes pour faire baver le manager fatigué en vacances à l'île de Ré, le « j'en ai plus que vous » permanent, permet de se venger de ses modèles décevants : le banquier qu'il n'a pas été, l'époux qu'il n'a pas été, le bon père de famille qu'il n'a pas été, le cadre performant qu'il ne sera jamais, le publicitaire arrogant qu'il a cessé d'être, le super-riche qu'il ne sera pas non plus, etc. À tous ceux-là, c'est-à-dire à tous ses lecteurs et à toutes ses propres incarnations possibles, le narrateur envoie du caviar et des lolitas à la gueule, à longueur de temps. Bref, un garçon construit sur la déception et la vengeance, comme n'importe quel consommateur contemporain. Et qui le sait.

À ce stade, les crétins s'arrêtent et le bon sens chrétien commence. Les crétins s'arrêtent parce qu'ils ne voient que l'insulte adressée à leur mode de vie, à leur misère sexuelle, à leur absence de talent ; et le bon sens chrétien commence, car il attend tranquillement la mutation de l'indigne en divin. Le bon sens chrétien, c'est l'idée de Thérèse d'Avila : Dieu a fait des petits pots et des grands pots, l'important à ses yeux n'est pas leur taille mais qu'ils soient tous remplis. Je dédie cette idée à tous ceux qu'énerve Beigbeder. Il faut tricoter patiemment des cache-nez pour les pauvres en attendant que les écrivains se hissent à hauteur de leurs promesses.

6. Laquelle mutation divine arrive, poussée par l'instinct artistique, qui incite à fendre la cuirasse, qui fait incliner à la sincérité, et veut tenter l'assomption de l'expérience personnelle dans l'universel. Mon petit refuge dans le snobisme et dans l'exultation de la chair, il va falloir l'enfumer un jour pour que je sorte parler à mes frères humains, se dit Beigbeder depuis qu'il a compris qu'il est un écrivain.

C'est le boulot d'*Au secours pardon*, et ça marche.

Madériser le matérialisme

7. Qu'est-ce qu'*Au secours pardon* ? C'est naturellement une histoire russe. Car où voudriez-vous qu'un snob partouzard extravasât son âme, ailleurs qu'en Russie ? Où le goret finit-il toujours par se pâmer au giron de son Dieu si ce n'est quelque part entre Moscou et Vladivostok, je vous le demande ? Je ne dis pas que c'était facile à trouver, je dis juste que lorsqu'on veut faire exploser l'homme contemporain, dostoïevskien sans le savoir, dostoïevskien cosmétique, si j'ose dire, on va en cure métaphysique chez les poivrots. Précisons le concept de dostoïevskien cosmétique. Dostoïevskien, ça veut dire rongé par la haine mimétique jusqu'au désir de meurtre. Cosmétique, ça veut dire que le désir de meurtre a été transformé en désir de paraître plus beau et

plus riche. Sur la scène du crime mimétique, la crème de jour a remplacé le poignard. Ça s'appelle le matérialisme. Or, la Russie a été inventée pour madériser le matérialisme. Ce grand pays postule que la révélation de notre indignité est favorisée par l'absorption d'alcool.

Au début du récit, le narrateur est au pire de lui-même, c'est-à-dire qu'il est chargé de traquer, puis de capturer en Russie la future Claudia Schiffer qui sera le *world point* d'imitation de toutes les femmes, pour la marque L'Idéal, le *global leader* des cosmétiques. Dans ses incarnations précédentes, le narrateur était odieux dans un périmètre restreint ; grâce à l'invention du fascisme cosmétique féminin universel, il est devenu une sorte de haut dignitaire du régime, à la capacité de nuisance beaucoup plus redoutable. Qu'est-ce que le fascisme cosmétique féminin ? C'est la fusion d'une chef, mondiale, et d'un peuple féminin, mondial, dans un projet totalement paradoxal et, partant, fascinant : chacune ne deviendra elle-même que si elle ressemble à la chef. La candidate au rôle de chef doit plaire à l'industrie cosmétique, qui en fera son égérie pour cinq ans au moins, sur tous les culs de bus du monde, tous les spots télé, tous les formats publicitaires sur Internet. Beigbeder nous offre des passages croustillants de *casting* photographiques où sont retoquées des créatures divines éligibles au rôle d'égérie mondiale : les cadres dirigeants de L'Idéal, harassés de boulot, sachant que personne n'a une idée précise du modèle, que ça n'a aucune importance, qu'il suffit qu'il n'entre pas en contradiction avec les préjugés d'un trop gros morceau des clientes potentielles, et qu'il cadre à peu près avec la conception esthétique générale qu'ils ont mis des milliards de dollars à imposer, se défoulent en éliminant des créatures qu'ils n'auront jamais le temps ni les moyens d'aborder.

Car la fausse vierge de la Rodina, qui focalisera toutes les haines et tous les fantasmes des femmes, des hommes et des nouvelles classes sexuelles montantes, ne se trouve pas sous les sabots d'un cheval. Le narrateur ratisse l'Empire, c'est-à-dire les lycées, en vain. La bonne piste lui sera fournie par un pope de sa connaissance, car notre héros ne manque pas de temps à autre de visiter un saint homme, pour s'accuser d'être une merde sur la dalle du Christ-Sauveur. Et là il y a un truc entre le pope et le narrateur, et je vous laisse griller.

Chachlik *manichéen*

8. Car après vous avoir dit que l'élue s'appelle Lena et qu'elle est divine, il convient de suspendre le dévoilement. Le roman a été imprimé le 10 mai, j'imagine au cours d'une cérémonie où l'on a tenté de parler à l'esprit de François Mitterrand en faisant tourner les rotatives, et le public sera autorisé à s'en repaître le 12 juin.

Disons tout de même un mot. Le narrateur se prendra un râteau avec Lena. Mais comme nous sommes en Russie, c'est un râteau ivre. Démarré, la coque fendue, l'ex-frêle esquif germanopratin devenu navire amiral du fascisme cosmétique flotte à peine au milieu d'une tempête d'ambivalence russe déchaînée : le pope est un enfoiré, le fol en Christ du coin un dealer de drogue, Léna la déesse-femme-enfant idéalisée par le narrateur est une *sex machine* plate et sans surprise ; bref tout et son contraire, un grand *chachlik* manichéen très poétique, où seuls les Russes ont le droit de ne pas s'y reconnaître. La plupart du temps, Beigbeder ne se sent plus guidé par ses haleurs habituels : je répète, le snobisme et l'exultation. Ils ont été empalés par des nouveaux riches hauts en couleur. Au contact de l'orthodoxie et du bar du Savoy, il espère par échappées poétiques la perspective séraphique d'une extinction du désir mâle (la PSEDM), mélange d'Absolut et d'ataraxie sidérale. Il extravague dans les cieux céruléens de Saint-Pétersbourg. Il brûle dans la tête ce qu'il a adoré dans le bas-ventre. C'est exaltant, c'est déglingué, c'est réussi.

Vous noterez que jusque-là, dans les romans de Beigbeder, soit le narrateur était un assassin, soit il était tué, comme dans *Windows on the World*. Dans *Au secours pardon*, il tente la synthèse. C'est le côté plan de Sciences Po de ce roman. Première partie : il convient d'éviter deux écueils, a) être assassiné car c'est dommage, et b) assassiner car c'est immoral. Deuxième partie : il convient donc de promouvoir une troisième voie intelligente à la française : a) se faire sauter, b) en même temps que ses victimes. Je n'en dis pas plus, j'ai déjà été trop loin.

9. Encore un petit pour la route quand même. Ce roman est une explosion nucléaire vue d'un atome d'uranium. La cohérence intime qui fait crac est branchée sur l'eschatologie qui fait boum. Ceci est une leçon pour les gens qui pensent qu'on ne peut pas faire un romancier avec un bourgeois de Neuilly. Mariez la fin du monde avec la *midlife crisis*, introduisez du talent, l'influence

revendiquée d'Ellis pour la syncope, un zeste de Gary pour la frustration sublimée, une lichette de Blondin pour le *in vino veritas*, l'héritage laïcisé de Bernanos pour le caractère sacré des promesses de l'enfance, la sainte Russie bien sûr, et vous obtenez le premier roman de Beigbeder dans lequel la connexion entre le lecteur et le récit n'est plus principalement à base de « je te tiens tu me tiens par mon brio mondain », mais est authentiquement poétique. On le savait, qu'il le ferait, mais on est content de le voir quand même.

À l'aide !

« Je n'ai qu'une visée : être libre. J'y sacrifie tout. Mais souvent, souvent, je pense à ce que m'apportera la liberté… Que ferai-je, seul parmi la foule inconnue ? »

Fédor DOSTOÏEVSKI,
Lettre à son frère, 16 août 1839.

PREMIÈRE PARTIE

HIVER

(Zima)

« Donc, messieurs, nous sommes bien d'accord, dit-il en s'enfonçant dans son fauteuil et en allumant un cigare. Chacun de nous va raconter l'histoire de son premier amour. À vous de commencer, Serge Nicolaïévitch. »

Ivan TOURGUENIEV,
Premier amour, 1860.

1

C'est l'année de mes quarante ans que je suis devenu complètement fou. Auparavant, comme tout le monde, je faisais semblant d'être normal. La vraie folie surgit quand cesse la comédie sociale. C'était après mon deuxième divorce. Il me restait un peu d'argent ; j'avais quitté mon pays. J'avais aimé, j'aimerais encore, mais j'espérais pouvoir me passer de l'amour, ce « sentiment ridicule accompagné de mouvements malpropres », comme dit Théophile Gautier. D'ailleurs j'avais arrêté toutes les drogues dures, je ne vois pas pourquoi l'amour aurait bénéficié d'une exception. Pour la première fois depuis ma naissance, je vivais seul, et j'entendais en profiter un instant. Je ressemblais peut-être à mon époque dénuée de structure. Je reconnais qu'il est fastidieux de vivre sans colonne vertébrale. J'ignore comment se débrouillent les autres invertébrés. J'avais grandi dans une famille décomposée, avant de décomposer la mienne. Je n'avais ni patrie, ni racines, ni attaches d'aucune sorte, à part une enfance oubliée, dont les photos sonnaient faux, et un ordinateur portable à connexion wifi qui me donnait l'illusion d'être relié au reste de l'univers. Je prenais l'amnésie pour le sommet de la liberté ; c'est une maladie assez répandue de nos jours. Je voyageais sans bagages et louais des appartements meublés. Vous trouvez sinistre de vivre dans des meubles que l'on n'a pas choisis ? Je ne suis pas d'accord. Ce qui est glauque, c'est de passer des heures dans des magasins à hésiter entre différentes sortes de chaises. Je ne m'intéressais pas aux voitures non plus. Les hommes qui comparent leurs cylindrées me font pitié ; le temps qu'ils perdent à énumérer des marques est effrayant. Je lisais des livres de poche en soulignant certaines phrases au stylo à bille, avant de jeter les deux à la poubelle (le livre avec le stylo). J'essayais de ne rien conserver ailleurs que dans ma tête ; j'avais l'impression que les choses m'encombraient, mais je crois que les pensées aussi, et qu'elles prennent davantage de place. Dans un garde-meuble de la banlieue parisienne, mes vieux postes de télévision étaient empilés dans des cartons, au fond d'un hangar en tôle ondulée. Sur mon agenda, je raturais les jours passés, comme un prisonnier grave les murs de sa cellule. Ne lisant plus les journaux français, j'apprenais les nouvelles avec des semaines de retard : « Ah bon ? Eddie Barclay est mort ? » Je passais des semaines sans sortir, seulement connecté au monde par des sites de pharmacie ou de spanking sur Internet. Je n'ai rien mangé en 2005. Je croyais m'être débarrassé du passé comme on largue une femme : lâchement, sans lui faire face. Je m'imaginais citoyen mondial. Je prenais l'Europe pour un vieux monument qu'on pouvait visiter sans guide, seulement accompagné d'un GPS de poche, petite boîte noire d'où émanait la voix sévère d'une dame virtuelle : « À 500 mètres, préparez-vous à tourner à droite. »

J'écrivais des cartes postales que je n'envoyais pas. Elles s'empilaient dans une boîte à chaussures, avec celles qui m'étaient revenues ornées d'un tampon : « Retour à l'expéditeur, n'habite plus à l'adresse indiquée. » Je voulais éviter d'être triste, mais on n'oublie rien sur commande. Je ne sais pas trop pourquoi je vous dis tout cela. En fait, j'aimerais vous raconter comment j'ai compris que la tristesse est nécessaire.

2

Mon métier n'en était pas vraiment un : « model scout », même le nom est pathétique. J'étais payé pour chercher la plus belle fille du monde et en Russie j'avais l'embarras du choix. Parfois j'avais l'impression d'être un parasite, un contrebandier ou un proxénète ; une espèce de charognard qui ne se nourrirait que de chair fraîche ; un capitaine Achab dont la baleine blanche se prénommerait Mirjana, Luba ou Varvara. Mon avenir professionnel dépendait de quelques mensurations, d'un tour de poitrine, d'une cambrure prononcée ou d'un profil espiègle. Je savais distinguer d'un coup d'œil le nez mutin, la bouche suave, le front bombé, la chrysalide enfermée dans son cocon de soie. Je cherchais la bonne géométrie entre l'écart des yeux et la hauteur du cou, la contradiction parfaite entre l'effronterie d'une poitrine naissante et l'innocence d'une salière fragile. La beauté est une équation mathématique : par exemple, la distance entre la base du nez et le menton doit être la même qu'entre le haut du front et les sourcils. Il y a des règles à respecter : ainsi le « nombre d'or » (1,61803399) qui est la hauteur de la pyramide de Kheops divisée par sa demi-base. Si vous divisez votre taille par la distance sol-nombril, vous devez obtenir ce chiffre, qui doit aussi être égal à la distance sol-nombril divisée par la distance nombril-sommet du crâne. Sinon vous êtes imbaisable.

Mes journées étaient simples : grasse matinée, réveil embrumé vers quatorze heures, castings et séances photos l'après-midi, distribution de cartes de visite le soir. Mon modèle était Dominique Galas, le célèbre Français qui a découvert Claudia Schiffer en 1987 dans une discothèque de Düsseldorf. Je l'ai rencontré sur une plage de Saint-Barthélemy où il a pris sa retraite à 43 ans, un type charmant, plutôt bien conservé pour quelqu'un qui n'a pas dormi pendant vingt ans. Notre métier de recruteurs esthétiques est difficile : combien de fois ai-je cru être tombé sur la perle rare, le top du futur, les courbes du siècle, pour constater en m'approchant que la créature était flétrie, boutonneuse, grasse, que son menton fuyait, que ses mollets enflaient, que ses cheveux tombaient, que son balconnet était vide et ses genoux cagneux ? Galas répétait ce dicton (inversé d'Oscar Wilde) : « Méfie-toi de ta première impression car c'est toujours la mauvaise. » Claudia Schiffer n'avait l'air de rien quand il l'a vue se trémousser sur une piste de danse germanique. C'était une grande tige teutonne comme des milliers d'autres, aux épaules aussi carrées que ses dents. Mais il a su déceler en elle le potentiel de nouvelle Bardot. Comme Gia, le scout géorgien qui a découvert Natalia Vodianova à Nijni-Novgorod, ou Tigran, l'Arménien qui chapeaute le recrutement de Moscou, il avait l'œil perçant, la vista et les connexions. On ne s'improvise pas model-finder ici : il faut trouver les bonnes ouvertures, entretenir les contacts, et respecter certaines règles, dont voici les six principales.

1 – Ne pas abuser sexuellement des filles (sauf si elles le réclament).

2 – Ne jamais demander son numéro de mobile à une fille déjà sous contrat avec Gia ou Tigran.

3 – Toujours se déplacer en voiture avec chauffeur et gardes du corps.

4 – Ne jamais aborder de filles qui portent des lunettes de soleil la nuit.

5 – Ne pas toucher à la cocaïne.

6 – Et surtout ne jamais tomber amoureux.

La photogénie est un mystère. Certaines filles, sublimes dans la vie, ne donneront rien à l'image. Mieux vaut alors les sauter sans les signer. Les filles les plus éclatantes en chair et en os n'accrochent pas la lumière, alors qu'une nana quelconque, avec un nez rond et des yeux engoncés, pourra se révéler rentable si elle possède ce don du ciel : être aimée par la caméra. C'est une question d'ossature et de personnalité, d'ombre sur les joues, de volonté dans le menton, de mélancolie ou d'animalité dans l'attitude. C'est pourquoi je ne sors jamais sans mon bon vieux Pola. Les appareils numériques aplanissent les reliefs, le digital salit les cheveux. Quand Corinne Day a découvert Kate Moss pour sa première série dans « The Face », c'est en tombant sur un Polaroid shooté par Sarah

Doukas de l'agence londonienne Storm, qui l'avait croisée à l'aéroport de New York. La petite Anglaise avait alors quatorze ans et rêvait d'être hôtesse de l'air ; à présent elle gagne 30 millions de livres par an (et son scout prend 10 % de tout ce qu'elle gagne – parfois j'en rêve la nuit !). Aujourd'hui j'ignore s'il arrive encore à Kate Moss de prendre des avions de ligne.

3

Savoir ce qui ferait bander les mecs était mon job. Les filles qui font consommer les femmes sont celles qui excitent leur mari. Or ce qui excitait les hommes, au début du XXIe siècle, c'était la pureté. Tout le monde voulait de l'innocence, probablement parce que les gens se trouvaient tous dégoûtants. Les hommes n'étaient plus attirés que par les physiques enfantins et, en conséquence, les femmes se déguisaient toutes en fillettes. Je me suis toujours méfié des hommes qui s'affichent avec des gamines : ce sont des frimeurs tropéziens ou des homosexuels refoulés. Ils se pavanent avec elles comme des automobilistes au volant de leur nouveau coupé sport. En cette époque où la jolie femme était devenue un trophée, certaines soirées ressemblaient à des concours de teckels : c'était à celui qui arborerait la plus fraîche bestiole à son bras. Les hommes comparaient les corps de leurs accompagnatrices, la clarté de leurs yeux, la douceur de leurs cheveux et la longueur de leur laisse.

— Admire ma fiancée juvénile au regard bleu clair.
— Et toi, mate un peu ma poupée de porcelaine aux cils recourbés.
— Trop vieille. Tu as cassé ton filtre à boudins ?
— La tienne on dirait ma grand-mère, euh non, rectification : mon grand-père. Tu ferais mieux de te taper sa petite sœur.
— La tienne, sa fille doit être mieux.
— (rires) Heureusement que ces connes ne parlent pas français !
— Vas-y, embrasse ses joues, avec ta barbe tu lui essuieras une couche de maquillage, ça fera resplendir son teint de bébé.
— Tais-toi, je tombe amoureux.
— Je te prête tout sauf elle.
— Je ne veux pas de « b.u. » (« d'occasion » en argot russe).

Les femmes aussi se jaugeaient sans cesse comme des prostituées sur un trottoir.
— Mes seins sont plus gros que les tiens !
— Oui, mais les miens sont vrais !
Partout, les corps étaient pesés comme à l'étal d'un marché. Tout le monde voulait être unique, mais en réalité tout le monde avait envie de ressembler à la même couverture de magazine. Et les sentiments n'entraient guère en ligne de compte. On croyait tomber amoureux, alors qu'on obéissait à une campagne Guess. On était entré dans l'ère de l'inhumanité sexy. Je n'ai évidemment pas connu d'autres temps, ce qui rend toute comparaison difficile, mais je ne crois pas que les humains aient

jamais été aussi jaloux les uns des autres auparavant. Les gens devenaient complètement dingues depuis que l'égocentrisme était devenu l'idéologie dominante. Les publicitaires qui décrétaient le look mondial disposaient d'une capacité de frappe historiquement sans précédent. Les investissements annuels en achat d'espace auraient pu supprimer dix fois la faim dans le monde mais on estimait plus urgent de matraquer des visages pour que les marques de luxe restent dans le « top of mind » des affamés. Un philosophe de Karlsruhe, Peter Sloterdijk, avait baptisé ce système le « désirisme sans frontières ». Si le groupe Condé-Nast le leur avait suggéré, je crois qu'une large majorité de jeunes désiristes auraient accepté de se déclarer une nouvelle guerre pour une parution dans le prochain numéro de *Vogue*.

C'était une époque où la seule utopie était physique. La série télé qui résumait le mieux la première décennie du XXIe siècle était intitulée « Nip/Tuck ». Deux chirurgiens plastiques de Miami y expliquaient ceci à leurs clientes : « Si on arrête de se battre pour la perfection, autant mourir. » Je connais certains dialogues de la série par cœur. Une fille à voix aiguë chante dans le générique : « Make me beautiful. A perfect mind, a perfect face, a perfect lie. » Mon épisode préféré : le troisième, celui où une obèse se tire une balle dans la bouche parce que le docteur McNamara refuse de la liposucer. La cervelle de la grosse éclabousse les photos de top-models qu'elle a punaisées dans sa chambre. Scène très touchante, vraiment, que ce dripping d'hémoglobine sur la gorge d'Elle McPherson, suivi d'un panoramique sur le cadavre callipyge, échoué sur la moquette comme une baleine blanche sur South Beach. Plan sur le ciel bleu immaculé de Floride, symbolisant l'absence de tout malheur.

L'œil humain est spontanément attiré par la régularité des traits, l'épiderme lisse et la superficie des lèvres. La régularité de l'arête nasale facilite les relations humaines. Ce n'est pas un hasard si en France une poitrine opulente est surnommée conversation, puisqu'elle la déclenche souvent. Il est logique que les beaux soient mieux rémunérés que les laids, puisqu'ils rapportent davantage d'argent. Il faut donc s'injecter de la toxine botulique pour obtenir une augmentation salariale, ajouter 50 grammes dans chaque sein par incision péri-aréolaire pour progresser en entreprise, repositionner la graisse des joues et augmenter les maxillaires afin de gravir les échelons sociaux. Faites l'essai : vous verrez que vous avez davantage envie de travailler avec des êtres jeunes et beaux, que vous vous sentez mieux avec des gens qui n'ont pas de poches sous les yeux, que vous obéissez plus spontanément aux visages équilibrés, lisses, non déprimés par l'âge. Les apparences ne sont pas seulement sauves, mais aux commandes.

4

Je ne suis pas sûr d'avoir un cœur mais je suis certain d'avoir un corps qui bat. Je ne suis pas convaincu de mériter le pardon de votre Seigneur, mais mon récit m'aidera sûrement autant qu'une psychanalyse, en me coûtant moins cher. Votre immense église chargée d'icônes, malgré ses courants d'air, est le plus confortable des divans. Je l'ai découverte de nuit, un soir de grand froid où, poussé par l'orgueil de l'ivresse, j'avais choisi de désobéir à mes amis et de rentrer chez moi à pied. « À 50 mètres, tournez à gauche », me disait mon amie robotique, séquestrée dans la poche de mon pardessus. La pleine lune aveuglante était empalée sur votre clocher comme une pute sur un client. Je me suis arrêté pour contempler cette meringue géante, improvisée au bord du fleuve de glace. L'ombre des grues quadrillait la neige ; je marchais sur une grille de mots croisés. La lune fit-elle monter la marée dans mon cerveau ? Je ne pouvais détacher mon regard de votre cathédrale massive qui me rappelait le dôme des Invalides, où Napoléon est allé se faire enterrer quand il a renoncé à conquérir votre pays. Malgré les supplications de Miss GPS, je fis le tour de l'esplanade jusqu'à geler sur place (vous vous souvenez ? il faisait moins trente-neuf). Lorsque enfin je m'approchai timidement de votre édifice sacré, quelle ne fut pas ma surprise de vous voir en sortir, père Ierokhpromandrit, emmitouflé dans un grand manteau couvert de givre ! Vous n'étiez qu'un assistant pope, un prêtre stagiaire au français approximatif, quand je vous ai connu rue Daru, à l'époque où je pigeais à *Voici*. Et maintenant vous êtes le chef de la plus grande église de Moscou ! J'ignorais qu'on pouvait aller de la rue Daru à Moscou sans passer par la case Constantinople ! Vous n'aviez pas changé mais moi, si : à cause de ma barbe floconneuse, vous avez mis du temps à me reconnaître. Puis vous avez éclaté de rire et nous sommes allés nous abriter sous le porche, avant de prendre rendez-vous pour cette confession. Vous souvenez-vous de nos festins au Daru, l'épicerie russe, il y a au moins dix ans ? C'était au XXe siècle, quand votre Église était pourchassée… Comment se prénommait la jolie serveuse qui remplissait nos shots de vodka cerise… Olga ? Ah oui, Olga, c'est ça, vous avez bonne mémoire… Avouez que vous aviez un faible pour cette petite ! Une des premières blondes de ma vie. Je me souviens de ses seins ronds et chauds comme des brioches sorties d'un four. Elle pouvait jouir rien qu'avec les tétons, sans se toucher en bas, il suffisait de les pincer très fort pour obtenir la pâmoison. Oui, mon métropolite, j'avais eu une petite histoire avec elle à faire trembler les murs de sa studette sous les toits… Elle embrassait comme un esquimau, en frôlant mon nez avec le sien. Elle vous aimait beaucoup. Vous auriez dû la demander en mariage, puisque ce n'est pas interdit aux prêtres orthodoxes ! Ah bon, toujours célibataire ? Ha ha ha, pas fou le pope ! Pardon, je vous taquine. Quelle joie de vous revoir, mon père, après tant d'années ! Les coïncidences n'existent pas : nous avions rendez-vous. J'ai cru que j'allais mourir de froid, la nuit où j'ai juré de revenir vous voir. Depuis, je fais comme tout le monde : je porte une toque de fourrure ridicule et une doudoune verte en gore-tex. La frilosité est un remède au dandysme.

5

Ce qu'il faut, c'est attendre que les proies se baissent pour ramasser quelque chose dans leur sac. Geste d'origine préhistorique qu'elles accomplissent forcément, à un moment ou à un autre, quand elles ont besoin de se remettre du rouge, ou de se moucher, ou de pulvériser de la ventoline sur leur asthme, ou d'allumer une cigarette, et le prédateur est là, tapi dans l'ombre, à l'affût du string rose qui dépassera du jean Diesel… Elles se sentent vulnérables et offertes quand un mec s'accroupit à leurs côtés ; le ridicule de la posture simiesque crée une complicité. Les pieds écartés et la raie exposée, on frime moins : on s'inspecte mutuellement. On pourrait dénommer cela la fraternité babouine.

Ma technique d'abordage consistait à prendre le premier Pola sans leur demander la permission. En général, elles protestaient : pour qui se prenait cet intrus, ce ringard, cet envahisseur, et c'était alors qu'avec mon accent français j'expliquais ma situation, mon métier, ma quête de la beauté ultime. Leur prénom était-il Tatjana, Anja ou Olena ? Avaient-elles entendu parler de la Paris Fashion Week ? Voulait-elle voir son portrait, oh, ça y est, il est déjà développé ? Que diraient-elles de devenir une icône du mass market ? Parfois, il était préférable que le premier contact fût muet. Pourquoi ? Parce que les consommateurs qui verront nos images ne leur parleront jamais ! J'aimais les contempler comme si elles posaient déjà sur un Abribus. Quand on flashait sur une proie, il fallait savoir prendre son temps, comme un vautour amoureux, s'asseoir à quelques mètres d'elle pour la décortiquer. Pourquoi portaient-elles toutes le même parfum (« Chance » de Chanel) ? La dentition était-elle saine ou faudrait-il implanter des facettes en céramique ? Les cheveux avaient-ils leur vraie couleur ou une teinture de supermarché ? S'étaient-elles accroché des extensions capillaires tondues sur le crâne de mendiantes hindoues à Bangalore ou des faux ongles synthétiques en amande pour rallonger leurs doigts gourds ? Les seins étaient-ils suffisamment ronds ou faudrait-il y insérer des prothèses ergonomiques de 295 centimètres cubes ? Les jambes étaient-elles assez longues ou trichaient-elles en se perchant sur des sandales plates-formes ? Le cul était-il triste, tombant, plat, nécessitant une glutéoplastie (pose d'implants de silicone cohésif) ou une injection de phosphatidylcholine pour dissoudre localement la graisse au niveau de la taille ? Le nez était-il aquilin ou faudrait-il le raboter sur Photoshop ? La peau du visage était-elle saine ou couverte de cache-boutons et bronzée aux UV ? S'était-elle scié les côtes ? Était-elle plutôt faite pour les photos ou les défilés – autrement dit, son maintien était-il à la hauteur de son visage ? Comment marchait-elle ? Comment respirait-elle ? Avais-je envie de l'embrasser (bon signe), de l'épouser (encore plus commercial) ou de la mordre dans le cou (signer tout de suite un contrat d'exclu) ?

Aujourd'hui, toutes les femmes sont belles au premier regard. Parce qu'elles savent toutes cacher leurs défauts. Notre boulot est de passer outre les lentilles de couleur, les faux cils, l'excès de blush, les robes noires qui amincissent, les gaines qui compriment, les Wonderbras qui défient Newton (Isaac, pas Helmut), les liposuccions, les rhinoplasties et l'acide hyaluronique qu'elles s'injectent dans la lèvre dès seize ans. Pour nous piéger, elles peuvent user de tous les artifices de présentation : le scouting professionnel consiste à distinguer le bon produit du boudin masqué. Nous n'avons pas le droit à l'erreur. Se planter coûte trop cher, entre les billets d'avion, la location des apparts à Paris, la production des composites, les bouteilles de champagne en boîte, plus la drogue, sans compter le fait qu'on ne va quand même pas submerger tous nos bookers pour renvoyer la Natacha un an plus tard dans sa toundra natale, cernée, déprimée et défoncée. Clairement, on a autre chose à foutre que de jouer les baby-sitters de futures lap-danseuses d'Ekaterinbourg ou Kaliningrad. Les meilleurs de la corporation (David Kane de « Reservoir Tops », Jean-François Blondel de « Melody », John Vegas et Bertrand Folly d'« Aristo », Andrei Krapotkin de « Star-system », Xavier Antoine de « Marylou », et les gars de l'agence Lumière à São Paulo) peuvent en dix secondes vous énumérer les mensurations d'une inconnue. C'était devenu mon jeu préféré la nuit : aborder les filles en leur balançant les trois chiffres fatidiques. « Let me guess :

85-59-81 ? » (Quelquefois j'arrangeais les chiffres pour leur être agréable : « One meter seventy-eight ? Forty-nine kilos ? ») Dehors le blizzard soufflait ; le carrelage rouge des toilettes du First était siglé Trussardi ; devant le Café Vogue, trois chevaux-taxi attendaient en grelottant sous la neige de m'emmener ivre mort à la Galleria contre 200 roubles. Parfois je vibrais à l'unisson de ce décor de féerie, la blancheur conférait à tout ce qui était visible une aura merveilleuse, et alors, l'espace d'un instant, le monde me semblait bien organisé.

Il fallait trouver les filles avant qu'elles ne tombent sur un magnat du pétrole ou un banquier qui les gâterait. Après elles ne voulaient plus travailler, elles avaient vite un appartement et une bagnole. Attendez, mon pope, je ne dis pas que toutes ces nanas étaient des prostituées, mais juste des pauvresses qui utilisaient les seules armes dont elles disposaient. À Moscou, on devait agir vite, il fallait les dénicher de plus en plus tôt, avant que Peter Listerman ne leur glisse un diamant dans la bouche. Vous ne connaissez pas Peter ? C'est un Israélien qui a une piscine olympique et une piste de ski dans sa datcha. Difficile de lui résister, elles tombent toutes dingues de lui ! Et après elles ne veulent plus faire de photos à moins de 100 000 euros de l'heure. Prenez par exemple Anna Kuznetsova, la star d'Avant Agency, découverte dans le petit village de Medvetsevo. À 17 ans, elle est déjà hors d'atteinte ! Et Tanya Dyagyleva est en embuscade, avec sa série shootée par David Sims le mois dernier… Oui mon père, j'étais un infiltré dans la guerre des cygnes. Je me souviens que la plupart des scouts que je rencontrais me présentaient leurs copines en indiquant tout de suite leur âge :

— Voici Nadia, 15 ans.

— May I introduce to you Ouliana, she's 14.

— Tu connais Svetlana, 13 ?

— Hi, how are you? I will be legal in two years.

On les prenait de plus en plus jeunes, c'était pareil qu'en France. Par exemple, Audrey Marnay a débuté à 14 ans, maintenant elle fait du cinéma et des bijoux, sa carrière de top est terminée, à 26 ans… Depuis mon arrivée en Russie, la question que je me posais c'était : jusqu'où suis-je prêt à descendre ? La limite légale pour le sexe c'est quinze ans et trois mois, mais on sait tous qu'elles commencent à baiser dès treize ans ; en dessous on tombe dans le sordide. Mais où est la frontière pour une photographie, un spot de pub, un photo call par webcam, un défilé de lingerie, un test d'épiderme ? Au début j'avais l'impression d'être le seul à m'inquiéter de voir toute une industrie devenir pédophile. Comme mes confrères semblaient tous trouver la situation normale, je cessai bientôt de m'en préoccuper. Et c'est ainsi que j'ai travaillé tranquillement à donner aux hommes du monde entier l'envie de coucher avec des enfants.

6

Je suis devenu bossu à force de me pencher pour mater des petites filles. Je draguais les visages les plus immaculés pour éviter de les désirer. Parfois, je les baisais pour éviter de les embrasser. J'avais alors la sensation de niquer avec du papier glacé. Il était amusant de chiffonner un peu ces poupées de magazines. J'avais l'œil aguerri des hommes directement passés de la frustration à la lassitude. Mon indifférence étudiée plaisait aux mannequins en herbe. Entre deux soirées avec les plus belles filles jamais nées, je m'abrutissais de médicaments. Quand je pense qu'à une époque les hommes acceptaient de souffrir ! Ceux de ma génération ont toujours refusé. Personnellement, je n'ai jamais toléré d'avoir le cafard sans immédiatement gober une pilule. J'ai grandi sous anesthésie, mais ce n'est pas le plus grave : autant vous le dire tout de suite, je ne savais pas du tout quelle femme je cherchais, ni ce que je voulais dans la vie. Notre société croit pouvoir se passer de volonté mais, au bout du compte, c'est un problème assez grave que d'ignorer ce que l'on veut. Pour vivre, il faut un but précis ; or notre objectif est de plus en plus flou. Sans idéal, on devient un animal morne, un promeneur égaré. On est vide, ou perdu. Momentanément, cela peut être agréable, comme lorsqu'on se trompe de rue dans une ville étrangère. On peut saisir l'occasion pour vagabonder, retarder le moment de demander son chemin, s'asseoir et regarder les nuages, comme un mammifère broutant dans la nature. Mais très vite la panique gagne du terrain. On fouille dans ses poches à la recherche d'un plan, d'un refuge ou d'un système de Guidage Par Satellite. On alpague des indigènes. On hèle des taxis. Très peu de gens ont le courage de se perdre vraiment. En tout cas moi, je ne crois pas l'avoir souhaité. La solitude fut le cadeau d'anniversaire de mes 40 ans. C'est tellement compliqué d'être libre. La liberté est un fardeau qui s'apprivoise, comme la mort. En Russie, vous le savez mieux que partout.

Zut, j'évite encore de vous dire ce qui m'amène. Allons-y : je suis une victime de la beauté féminine, du désir mondialisé, de la société sexuelle, et quand j'en ai fait mon métier, je suis devenu dingo. Je viens vous voir parce que je veux changer, il faut que cela cesse, je ne peux plus vivre de cette manière, même si je me considère irresponsable de mes actes. En balbutiant cela, je suis lucide sur ma lâcheté. Je sais bien que se dire totalement paumé est le confort suprême. Alors voilà, ça m'arrange bien mais je serai irrévocable :

— Je suis obsédé de filles parce qu'on m'a bombardé d'images sexuelles depuis ma naissance (je me considère victime d'une aliénation nouvelle).

— Je suis fou par la faute de mes parents, j'ai hérité de leur folie, mes problèmes ne sont pas les miens, et les leurs n'étaient déjà pas les leurs, etc., ça peut remonter loin : les deux Premières Guerres mondiales, la guerre de Cent Ans, la guerre du feu ?

— Je veux quitter tout le monde sans que personne ne me quitte.

— Nul n'est méchant volontairement, mais il y en a quand même qui le cherchent un peu.

— Il paraît que mon ricanement sonne vulnérable.

Quoi qu'il en soit, toutes mes névroses sont des atouts précieux dans la profession que j'exerce. C'est ce que m'a dit Daria Veledeeva, l'editor-in-chief du *Grazia* russe.

Bref, je suis un éternel insatisfait, comme tous les enfants à qui l'on n'a jamais rien refusé.

Les femmes sont mon sacerdoce. Je veux les conquérir comme un continent. Je voudrais être le Christophe Colomb de la top, le Vasco de Gama du canon.

— Excuse-moi, prekrasnaya (« magnifique » en russe), mais c'est plus fort que moi : je veux être le Docteur Livingstone de ta bouche, le Neil Armstrong de ton cou. Quand je sucerai tes seins, je m'écrierai : « It's a small step for a man, but a great step for mankind. » Ensuite, quand je t'aurai conquise, je ferai comme le premier homme sur la lune : planter mon drapeau avant de redescendre sur terre.

Je faisais des classements de filles, des hit-parades physiques, des listes de visages. Le plus excitant chez une femme, c'est son visage ; ne croyez pas les hommes qui prétendent aimer leurs seins ou leur cul, c'est parce que leur nana a une sale gueule qu'ils se concentrent sur le reste. Je collectionnais dans des chemises en plastique les pages déchirées dans *Max, Mademoiselle*, et *Purple*. J'ai dans ma chambre une commode remplie de photos arrachées. À un moment, j'ai dû endurer la souffrance de trop, celle dont on ne se remet pas. Mon cerveau l'a effacée mais elle continue de me gouverner. Si vous êtes comme moi, je vous plains : vous êtes un homme moderne.

7

Sergueï, mon ami oligarque, me dit souvent : « Zatknis (ta gueule) ! Arrête de te plaindre, Octave, tu t'en sors bien : tu pourrais être proctologue ! » J'ai rencontré ce comique milliardaire dans le cadre de mes prospections nocturnes. Je l'ai surnommé « L'Idiot » en hommage à Dostoïevski et Jean-Edern Hallier. Il ne vit qu'entouré de jolies wannabitches qui lui rappellent sa réussite. Il a eu une aventure publique avec la Paris Hilton russe (une dénommée Xenia). Le groupe pétrolier immense que dirige Sergueï possède (entre autres) deux usines qui fournissent des composants uniques au monde, des essences rares, des ingrédients subtils supprimant les rides au coin des yeux. Il cultive le secret sur l'origine de ces huiles de jeunesse, comme Coca-Cola conserve sa formule au fond d'un coffre-fort. Il faudra que je lui pose la question, un jour : comment fabrique-t-il ses crèmes d'éternelle jouvence ? Ses brevets (et ses relations au Kremlin) en ont fait l'un des oligarques les plus puissants du moment. Sa datcha de la Rublovka, près de Moscou, est un lieu très confortable pour finir la nuit allongé sur des matelas humains. Mais même L'Idiot ne pourra m'en empêcher : il faut toujours que je critique ma vie. J'ai beaucoup de choses à confesser sur les chasseurs de tops, mon père.

Le plus grave problème du mannequinat n'est pas la nymphophilie, ni même l'anorexie, mais le racisme. Si nous courons tous après la blondeur, il faut appeler les choses par leur nom : c'est parce que nous sommes fachos. Les nazis préféraient les blondes : ils auraient adoré la Slovaque Adriana Sklenarikova ou les Tchèques Karolina Kurkova, Eva Herzigova, Veronika Varekova et Petra Nemcova (après tout, ce n'est pas un hasard si Hitler a commencé par envahir la Tchécoslovaquie, le Führer avait le sens des priorités !). Les recruteurs de modèles vénèrent la race aryenne, ses pommettes hautes, ses yeux clairs, sa dentition saine, sa blancheur musclée. Vous connaissez la prédilection du camarade Staline pour les jeunes ballerines et les belles amazones. Il était aussi antisémite que Hitler. Les femmes qui ne correspondaient pas aux goûts esthétiques des dictateurs furent éliminées d'une manière ou d'une autre. Aujourd'hui, dans notre meilleur des mondes, le temps fait le tri : les vieilles et les moches sont exclues. La beauté est un sport où les hors-jeu sont fréquents. Quoi de plus fasciste que les élections de Miss ? D'un côté, les compétitions esthétiques à élimination publique ; de l'autre, les ratonnades de Tsiganes par des bandes de skinheads dans le métro de Moscou. Quand j'énonce le verdict du jury devant des adolescentes en maillot de bain qui fondent en larmes de joie ou de désespoir, j'ai parfois l'impression d'être le gardien qui trie les arrivages à l'entrée du Club Diaghilev : ils nomment cette violence le « face control » (c'est même devenu le nom d'un magazine dédié à la nuit moscovite). L'idée du contrôle facial est de punir la différence. L'Histoire se répète toujours, la démocratie n'y changera rien. Il vaut mieux être une fiancée de tycoon sur stilettos qu'un « Tchiornye », basané à cou de taureau, si vous voulez que Pasha (le videur le plus connu de Moscou) vous laisse entrer dans son établissement. Le mot « model » est à cet égard plus honnête que celui de « mannequin » : il induit mieux l'idée de race supérieure et d'obéissance à un physique dominant. C'est exactement la même situation en France avec nos physionomistes de boîtes de nuit qui refusent les Arabes sauf s'ils sont comédiens de « stand-up ». Je me demande si le voile islamique n'est pas moins facho que le jury d'un Fashion Contest ou le contrôleur facial d'une discothèque. Au moins, en dissimulant leur visage, le voile laisse une chance aux laiderons. Les fondamentalistes sont sûrement des gros machos qui interdisent aux femmes de conduire, de travailler ou de tromper leur mari sans se faire lapider ou vitrioler, mais reconnaissons-leur cela : ce sont les seuls antiracistes esthétiques. Le port du voile milite contre la séduction au faciès et le totalitarisme du joli minois. Avec le voile, chaque femme a une chance de plaire autrement qu'en se conformant aux canons de la beauté définis par le *Numéro* du mois dernier. Qui est le plus fasciste : la burka ou mon booker ? Ah mon père, je vois que vous dodelinez de la tête. Eh bien, dodelinez, dodelinez tout votre saoul.

Mon histoire finira mal, je le sais. La dictature de la beauté engendre la frustration et la frustration engendre la haine. On ne peut pas participer impunément à cette idéologie. On commence par placarder des blondes slaves sur les murs pour vendre du shampoing, et ça se termine en bain de sang orchestré par des mouvements néo-nazis le jour de l'anniversaire d'Hitler, pogroms de Juifs, tabassages de Noirs, bombardements de Tchétchènes, ratonnades de Daghestanais, djihads divers et variés. Vous pourriez me dire que vous vous en foutez, batiouchka : ils ne sont pas orthodoxes. Mais moi cela me concerne parce que la même chose arrive en France. Chez moi on traite les enfants d'immigrés comme des délinquants à longueur d'année, jusqu'à ce qu'ils le deviennent, car les pauvres sont tellement obéissants qu'ils finissent par foutre le feu aux autobus et aux bagnoles, par courtoisie, pour ressembler à l'image qu'on leur projette d'eux-mêmes depuis la naissance. C'est vrai qu'ils ne ressemblent pas à la pub L'Idéal que je vais shooter au trimestre prochain. C'est presque flatteur, si ce n'était si répugnant, de constater que mes photos feront autant de terroristes que la décolonisation. Et s'il n'y avait que la France où l'extrême droite frôle le pouvoir ! En Pologne, en Slovaquie, en Bulgarie, en Hongrie et en Roumanie, les ultranationalistes xénophobes grimpent dans les sondages quand ils ne gouvernent pas. J'en viens parfois à me demander si l'Europe nouvelle ne s'est pas construite sur l'extermination des Juifs. Six millions de morts ne sont pas sans conséquence : nous avons détruit les Juifs d'Europe pour y installer la domination des blondes slaves. Les nazis ont gagné leur combat ; nos agences se sont contentées d'emboîter leur pas de l'oie.

8

À ma sortie de prison, j'ai entretenu une correspondance par mail avec une fille dont je n'avais jamais vu la photo. Elle avait trouvé mon adresse dans l'annuaire des Anciens Élèves de l'École Bossuet. C'était une fille géniale, esseulée et cultivée, qui m'envoyait des citations de poèmes rares, et me téléchargeait des musiques qu'elle aimait : Mazzy Star, Dusty Springfield, Antony & The Johnsons. On avait les mêmes goûts, en espérant que personne d'autre n'ait les mêmes que nous. Elle me faisait rire ; tout ce qu'elle racontait était très érotique. J'avais hâte d'être devant mon ordinateur le soir pour retrouver ses blagues tristes et ses anecdotes salaces. Elle me racontait ses séances de masturbation dans les toilettes de son bureau, les garçons qu'elle aimait à sens unique et les autres qui devenaient tout de suite des boulets, ses sorties où elle embrassait des copines dans des bars de lesbiennes, la vodka-pomme qu'elle buvait par hectolitres. Au bout de quelques semaines, je me croyais amoureux : je lui demandai un rendez-vous. Elle ne voulait pas me rencontrer et me faisait lambiner, affirmant qu'elle me décevrait. Je lui fis un tel rentre-dedans qu'elle finit par céder. Nous nous sommes finalement vus dans un bar d'hôtel à Paris et tout s'est écroulé : elle était petite et moche, avec des lunettes épaisses enfoncées sur un gros pif boutonneux. J'étais affreusement gêné de ne pas réussir à masquer ma répugnance. Il y avait des jours et des jours que je faisais des déclarations enflammées à ce monstre… Je l'avais suppliée d'accepter ce verre avec moi. J'avais même réservé une chambre dans l'hôtel, au cas où nous aurions envie de faire l'amour tout de suite, et là je me suis levé, au bout d'un quart d'heure de conversation polie, en disant « bon eh bien enchanté à très vite » en sachant (comme elle) que cela signifiait « à jamais bubon ». J'ai embrassé sa main boudinée et je me suis enfui. Depuis, je ne réponds plus à ses mails ulcérés. Oui, j'ai honte d'être un sale raciste, un fashion facho – un fashiste. Son cerveau angoissé et son humour cruel étaient parfaits pour me comprendre, et son cœur pouvait sans doute me rendre heureux. Mais je suis un ignoble fashiste, d'autant plus impardonnable que j'ai moi-même subi la même discrimination dans ma jeunesse… Voilà la vérité : je suis un ancien moche qui se venge sur ses semblables.

— Je suis exactement la femme qu'il te faut.
— Si seulement tu avais vingt kilos de moins !

Ce que j'aurais dû lui dire :
— Un chirurgien plasticien m'a recollé les oreilles sous anesthésie générale à l'âge de 10 ans. La technique consiste à inciser derrière les deux oreilles de Dumbo pour refaçonner le cartilage et repositionner les pavillons, puis à recoudre bien serré avec du fil hypoallergénique. J'ai porté un bandage blanc autour de la tête pendant dix jours et une bande Velpeau la nuit pendant un mois : mes camarades de classe ont cessé de m'appeler « Le Chou-Fleur » pour me surnommer « La Momie ». Quand au vingtième jour on a retiré les pansements ensanglantés et arraché les fils bleus enrobés de croûte

gluante, personne n'a remarqué que mes oreilles ne dépassaient plus de mes cheveux. « Il faut souffrir pour être beau » : crois-moi, je connais le sens de ce dicton. J'ai pleuré de douleur pour m'améliorer. La conformité au moule sociétal est inutile, rassure-toi, nos appels au secours resteront inaudibles. Va, je ne te hais point, c'est moi que je déteste ; ma haine envers ma personne altère mes relations avec le reste du genre humain. Adieu, cageot de ma vie.

9

Donc me voici : Octave Parango, model scout de France, échoué dans un pays trente fois plus grand que le sien. Je bosse pour des gens qui considèrent une femme de plus de 24 ans comme obsolète. Mon activité déteint sur moi : je n'ai pas fêté mes 40 ans. Je vieillis dans un monde où vieillir est interdit. Je me déguise en jeune : chemises noires froissées au-dessus d'un jean troué aux genoux, cachemire Zadig et Voltaire en V à même la peau, cheveux en pétard comme si je sortais de mon lit à toute heure de la journée, barbe de huit jours pour sembler rebelle (imaginez un bolchevik avec une tondeuse de garçon-coiffeur entre les dents), chaussures de sport qui n'en pratiquent aucun, petits polos moulants pour ressembler à un chanteur maigrichon, voire britannique, pantalon slim taille basse pour ne pas boudiner mon ventre grandissant. Je ne mets pas de déodorant, parce que puer fait jeune. Pour mes 40 ans, je n'ai pas acheté un blouson en daim : j'en ai acheté deux. Chaque matin je me fais pleurer en épilant les poils blancs qui poussent sur mon crâne, dans mes oreilles et mes narines. Je me tartine les joues d'autobronzant pour être orange plutôt que vert. Je me passe sans arrêt la main dans les cheveux pour vérifier qu'ils sont toujours là. Le soir, dans mon bain, je recueille ceux qui flottent sur l'eau et les dépose sur le rebord de la baignoire comme un maniaque atteint de Troubles Obsessionnels Compulsifs, avant de les enterrer solennellement dans ma poubelle. J'essaie toutes les nouvelles crèmes anti-âge comme un vieux travesti : la Dior Homme Dermo System à la B-Ecdysone cicatrisante et au phosphate de vitamine E, le gel de gommage à la criste marine « Océalys », le gel désincrustant défatigant visage Clarins, un dermo-peeling exfoliant avec ses petites billes qui roulent sur la peau comme du sable chimique, sans oublier le concentré « facial fuel energizing moisture treatment for men » de chez Kiehl's. Je me réserve le Botox et le cocktail DHEA-mélatonine pour l'année prochaine. Je me suis fait corriger la myopie au rayon laser : on m'a charcuté la rétine comme dans le *Chien andalou* de Buñuel pour que je ne porte plus de lunettes (avant je ressemblais à Yves Saint Laurent, maintenant je me prends pour Jésus-Christ). J'envisage de m'acheter des dents en porcelaine, afin d'avoir le même sourire que Keith Richards (tout propre au lieu de tout marron). La seule chose qui me retient est le devis de mon dentiste-visagiste : 20 000 euros pour cinq séances de pose, cela fait cher le ratelier. Je suis aussi à deux doigts de m'inscrire dans un club de gym pour vibrer sur un power plate. Avant de ramener une fille à la maison, je prends toujours un Viagra 100 en cachette pour être certain d'assurer trois ou quatre fois comme si j'avais vingt ans de moins. J'aime répéter que ma bêtise est celle de mon temps mais au fond je sais que mon temps a bon dos et que ma bêtise m'appartient. À quarante balais on est responsable de son malheur, même si l'on paraît plus frais que lui. Ah oui, j'oublie de dire que j'ai quitté ma femme parce qu'elle avait le même âge que moi.

Voilà : je suis un vieux involontaire. Ne rigolez pas : je sais bien qu'il existe des hommes heureux de vieillir. Simplement ils ne sont pas au pouvoir.

10

Pour mieux vous faire comprendre comment je suis devenu fashiste, il faut que je parle de mon père : je crois que je tiens un peu de lui. Dans mon enfance, après le divorce de mes parents, quand mon père revenait de Hong Kong, Singapour ou Sydney, il m'hébergeait chez lui certains week-ends avec mon frère aîné. Il habitait un duplex à poutres apparentes rue Maître-Albert où nous dormions à l'étage, chacun dans sa chambre. J'étais déjà insomniaque. La nuit, j'entendais sous mes pieds des glaçons tinter dans des verres à whisky en cristal, et des bouchons sauter. La porte d'entrée sonnait souvent. Des rires de filles éclataient à l'étage du dessous.

Le samedi soir, mon père organisait des réceptions chez lui où il conviait quelques copains, P-DG américains et piliers de Castel entourés de mannequins de l'agence Paris-Planning et de rabatteurs, bronzés toute l'année, avec chemise ouverte sur torse velu et fausses cartes de visite de photographe de mode. Ils écoutaient l'album orange de Stevie Wonder : *Songs in the Key of Life*, qui reste un de mes disques préférés de tous les temps. Le double 30 cm venait de sortir, ce qui veut dire que nous étions en 1976 (la datation au Stevie Wonder est encore plus fiable que celle au carbone 14). Par conséquent, j'avais onze ans et une paire d'oreilles flambant neuves. N'arrivant pas à trouver le sommeil, il m'arrivait de descendre en robe de chambre et pyjama bleu, tout ébouriffé, en me frottant les yeux, et que voyais-je alors ? Des filles de vingt ans qui éclataient de joie avec leurs dents blanches et leurs jupes courtes en me voyant : « That is your SON ? He is so CUTE ! » Généralement je me précipitais aux toilettes pour dérougir. Quand je sortais de ma planque, mon père me faisait un clin d'œil en allumant son cigare. « On vient de lui recoller les oreilles. » Les filles géantes qui s'appelaient Nina, Kim ou Elisabetta regardaient mes cicatrices sous mes cheveux en poussant des cris effrayés, puis me faisaient des compliments sur mes yeux verts ou se moquaient de mes pantoufles. Vous commencez à comprendre le problème ? J'ai un peu découvert les femmes en sautant sur les genoux de mannequins suédois, danois et néerlandais qui sentaient le patchouli et claquaient des doigts en chantant « When you feel your life's too hard, just gotta have a talk with God ». Elles étaient blondes comme ma mère, comme la lumière jaune des larges abat-jour et comme le champagne qui pétillait dans leur bouche. Elles caressaient ma tête, lisaient les lignes de ma main, me prédisaient un bel avenir d'acteur ou de pilote d'avion, me demandaient en mariage pour rigoler, « look, he's blushing again, your son is so ROMANTIC ! », posaient des questions indiscrètes sur la vie de mon père en échange de noix de cajou et de carrés de chocolat Milka, proposaient de me kidnapper et de partager la rançon, et alors mon père intervenait : « ça suffit, il est tard, va te coucher, si ta mère voyait ça elle me tuerait », et les beautés nordiques me remontaient dans ma chambre, en m'embrassant sur le front, le nez, le poignet ou dans le cou, évitant soigneusement la bouche que je leur tendais les yeux fermés (car pour être franc, je ne demandais qu'une chose : être abusé sexuellement par ces déesses), puis elles bordaient mon lit en soufflant la fumée de leur cigarette sur mon oreiller, souriaient gentiment quand je leur demandais de me serrer encore un peu, et puis j'entendais leurs talons aiguilles cliqueter dans l'escalier, avant de m'endormir dans le pays merveilleux des bras de mannequins-vedettes, pays que j'habite toujours et où, si possible, je souhaiterais expirer dans les plus brefs délais.

11

J'habite Moscou depuis un an : la Ville des Espoirs Déçus. Ici, la beauté est un sport national. La Russie est grande et ses habitants sont pauvres : leur seule distraction consiste à réciter des poèmes en marchant dans des forêts de bouleaux, ou à faire la sieste au bord de larges fleuves immobiles. Leurs églises ressemblent à des glaces à l'or. Ce sont de grands pauvres comme il y a de grands bourgeois. C'est un pays où les hommes meurent tous à cinquante ans ; leurs veuves vendent des chatons à la sortie du métro. De temps en temps, une vieille meurt transpercée par une stalactite tombée d'un échafaudage. C'est assez spectaculaire, l'hiver moscovite.

Les Russes sont obligés d'être immenses comme les steppes d'Asie centrale ou la toundra sibérienne : humbles mais lyriques, fauchés mais orgueilleux. Ils se donnent un mal fou pour ressembler aux personnages de *La Mouette* de Tchekhov. Ils disent des choses profondes dans des cuisines où fermente le kvas et sèchent les champignons. Ils n'ont pas un radis mais leurs tables de bois sont recouvertes de pommes de terre à l'huile, de gâteaux au pavot, de poissons sucrés, de cornichons parfumés, de carafons de vodka avec des oiseaux gravés dessus, de confitures et de thé bouillant dans des samovars de cuivre. Vous ne les connaissez que depuis quelques minutes et déjà ils vous parlent de la vanité de l'amour, de la mort du bonheur, de la folie du monde. Ils en parlent longuement, en remplissant les verres et en vous gavant de pirojnoïe. Ils sont fiers de leur fatalisme : oui, la Russie est foutue, depuis toujours, et l'on n'y peut rien, et as-tu encore soif ? Le « roulis moral » cher à Dostoïevski est la façon la moins douloureuse d'envisager l'existence : on est à l'abri des bonnes surprises.

Au bout du compte, je n'aurai vu les forêts de bouleaux qu'à travers la vitre du taxi entre l'aéroport de Sheremetyevo et la ville. Ou sur la route de la Rublovka, le Neuilly russe : bouleaux éclairés la nuit par les feux d'artifice. Les troncs blancs alignés semblaient des pailles translucides aspirant la neige vers le ciel. Mais les petites naïves, les poètes échevelés, les amoureux frustrés, les philosophes aigris chers à Anton Pavlovitch ne pullulent pas davantage ici qu'à Paris. Les cuisines sont plus modernes que dans leurs livres, c'est-à-dire plus petites, et ils y mangent des Chicken McNugget's sauce barbecue comme tout le monde. C'est vrai que leur conversation est énergique, mais leur mode de vie est le même qu'ailleurs : le suicide le plus agréable possible. Peut-être les Moscovites que je fréquente ne sont-ils pas représentatifs de cette grande nation ? J'ai surtout vu des mecs qui se rasent la tête, portent des tee-shirts Dior, possèdent des nightclubs et conduisent comme des fous en voiture allemande ; des nouveaux riches qui slaloment entre les sept gratte-ciel gothiques de Staline, monstres de pierre illuminés la nuit comme les Pyramides d'Égypte. « Je suis un cosaque, moi ! Un putain de cavalier ! » J'ai souvent vu les tours rétrécir dans le rétroviseur, et la radio à tue-tête chanter en russe pendant que je criais de peur en français, les BMW viser les piétons, « attention ! là !

une femme enceinte ! le feu est rouge, un bébé dans un landau qui descend un escalier, freine ! ». Et j'ai surtout vu les filles, ma foi, les filles russes… sont l'industrie nationale.

La beauté russe n'est pas seulement littéraire ou sylvestre : elle est avant tout féminine. On parle beaucoup des ressources naturelles de ce pays en hydrocarbures ; c'est négliger sa richesse principale. Les Américaines sont trop saines, les Françaises trop capricieuses, les Allemandes trop sportives, les Japonaises trop soumises, les Italiennes trop jalouses, les Anglaises trop saoules, les Hollandaises trop libérées, les Espagnoles trop fatiguées ! Restent les Russes. Les filles russes ont une manière de baisser les paupières comme des enfants pris en faute ; on dirait qu'elles se retiennent de pleurer, comme si leurs yeux turquoise étouffaient des sanglots venus du froid polaire, d'un malheur éternel, d'un viol parental dans la datcha familiale, d'une assiette vide au fond de l'hiver, d'un Noël sans cadeaux où l'on n'a pas le droit de se plaindre parce que sinon le père sera transféré au camp de Krasnoïarsk, d'un menteur qui est parti sans dire « da svidania », et leurs joues de tsarines attirent la caresse comme des seins, pourtant elles ne tremblent jamais, même par moins vingt degrés centigrades, elles se lèchent les dents et ne détournent pas les yeux, tout juste distingue-t-on une rosée calculée qui perle sur leurs lèvres, comme une prière ou un défi. Ce sont des fleurs penchées sur la faiblesse des hommes, qui les excusent et les manipulent, écartent les doigts dans leurs cheveux, et même leur sueur sent bon, et n'importe quel homme devient un pantin entre leurs mains pâles qui flottent dans les airs comme des ailes de cygne. Vous savez de quoi je parle, depuis que la planète est un seul pays. Le reste du monde connaît le pouvoir des filles russes ; c'est pourquoi on leur refuse les visas pour l'étranger. Les femmes de toutes les nationalités les haïssent parce que la beauté est une injustice et qu'il faut combattre toutes les injustices. Les filles russes sont l'ennemi. Ce n'est pas la première fois que des anges ont autant d'ennemis : relisez la Bible, ce catalogue d'anges brûlés.

12

J'avais donc accepté une mission particulière : trouver le nouveau visage de L'Idéal, le leader mondial de l'industrie cosmétique. Comme je vous l'ai expliqué : dans notre monde blasé, seule l'innocence fait vendre. La division grand public de L'Idéal voulait « moderniser » son ambassadrice (traduire : « virer la vieille peau »). Leurs plans de com' sont cloisonnés par tranches d'âge : les 15-35 ans (problèmes de peaux acnéiques) ; les trentenaires (qui croient qu'elles ont encore vingt ans) ; les quadragénaires (qui rêvent qu'elles ont encore trente ans) ; les quinquagénaires (qui espèrent que leur lifting ne se voit pas trop). Moi, coup de bol, je m'occupais des 15-35, c'est-à-dire davantage des 15 que des 35. J'avais été nommé scout par l'agence de mannequins Aristo. C'était un copain de mon père qui en dirigeait l'antenne française : à ma sortie de taule, j'avais planté une émission de télévision en access prime time, et j'étais vraiment grillé en France. Mon émigration à ce poste était un beau cadeau. Je ne pense pas qu'il existe un meilleur moyen de rencontrer des femmes splendides et de les allonger dans son lit. Je dois reconnaître que jamais en France, même à ma grande époque de faste et de lucre, je n'avais fréquenté pareilles merveilles. Ce ne sont plus des canons, ni des avions, ni des bombes atomiques ; ici il faut parler de missiles nucléaires, d'armes de destruction massive, de fusées interplanétaires. La base de lancement des vaisseaux Soyouz n'est pas à Baïkonour mais à Moscou ! La plupart des Français qui s'installent ici ne peuvent plus rentrer chez eux : ils savent pertinemment qu'en France, jamais ils n'auraient accès à des filles de cette beauté. Elles ne leur adresseraient tout simplement pas la parole, ils ne les croiseraient même pas : en France, les très belles femmes vivent dans un ghetto parallèle, protégées du harcèlement des manants par des barrières invisibles. Ici, on les ramène chez soi par paires, ou en grappes. J'ai rencontré un Français qui n'arrive plus à faire l'amour à une seule fille à la fois. « Une seule femme dans mon lit ? J'ai oublié comment on fait ! » Les plus ravissantes autochtones n'ont qu'une envie : qu'un riche en tombe amoureux, ou à défaut qu'un étranger les emmène en voyage. Même leurs râteaux sont agréables ! Elles arrivent toujours à te faire croire qu'elles regrettent infiniment de ne pas pouvoir coucher avec toi, comme des doormen de casino qui t'expliquent que ce soir c'est complet mais s'arrangent pour ne pas trop te vexer, histoire que tu reviennes à la charge le lendemain, sait-on jamais, la vie est longue.

Et puis ce sont des coups d'enfer, pardon, des coups de paradis ! Le sexe n'est qu'une technique, izvinitié mon père de vous parler aussi crûment, mais il existe une série de gestes que les femmes russes accomplissent avec un naturel merveilleux, et ce dès le premier soir : sans devenir scabreux, disons qu'elles font preuve d'une patience très généreuse et d'une dextérité très... imaginative. Oh arrêtez de ronchonner, la nature est la création de Dieu, il n'y a rien de mal à user de ses bienfaits. Les femelles moscovites gobent le sexe et le branlent en alternance et crescendo jusqu'à l'explosion buccale, avec introduction d'index dans votre fondement au moment où le plaisir le contracte ; elles ont tout avalé mais elles n'attendent pas longtemps avant de vous laper à nouveau le frein de bas en haut, pour vous refaire durcir sans capote et s'empaler sur vos sex toys en se tétant les seins puis suçant vos testicules jusqu'à ce que vous demandiez grâce, bon d'accord j'arrête l'énumération mon père, pardon, je pensais distraire votre après-midi, oh ça va, je rigole, ne jouez pas au catholique avec moi. Je ne sais pas où vos femmes apprennent ces rudiments que la plupart des Occidentales n'accomplissent qu'au bout de six mois de dîners en tête à tête. Personne ne malaxe aussi bien les couilles que les Russes, personne ne s'offre aussi spontanément à part, peut-être, une Marocaine dont j'étais amoureux autrefois, mais dont j'ai oublié le prénom. Pendant trois quarts de siècle, le sexe fut la seule distraction des Russes (avec la vodka et la délation) : le résultat est un savoir-faire unique au monde. Je connais un Français qui vit ici parce qu'il n'arrive plus à bander avec les Françaises. D'accord, vous m'avez percé à jour : ce Français, c'est moi ! Mais le temps presse, la file d'attente s'allonge derrière nous. Votre méthode de confession est un peu agaçante, avec tous ces fidèles qui poireautent dans notre dos. Même les dentistes prévoient des salles d'attente ! J'aurais préféré un confesseur dominicain, mais je n'en avais pas sous la main.

Les tentations étaient innombrables mais je ne devais pas traîner : L'Idéal avait besoin de nouveaux emblèmes, on devait renouveler le stock de pommettes saillantes et de bouches rouges. La standardisation des désirs n'attend pas. La demande était très forte, on en avait besoin pour les catalogues, les dossiers de presse, les encarts, les dos de kiosques et les teasings à échantillon détachable. Natalia Vodianova ne pouvait pas tout faire ; il fallait de nouveaux modèles, moins chers, moins célèbres, plus disponibles. J'avais des faces à moudre ! Je devais faire tourner les visages de l'industrie des pots de crèmes hydratantes nutritives gluco-actives. Au téléphone, mon boss, Bertrand, me disait souvent, tel l'ogre du *Petit Poucet* : « Ramène-moi de la chair fraîche. » C'était donc ça : je fournissais des mangeurs de Lolitas qui eux-mêmes entretenaient la libido mondiale.

Comprenez-moi bien. La femelle diaphane est indispensable au bon fonctionnement de l'économie capitaliste, et elle doit changer souvent : le turn-over des apparitions romantiques augmente les bénéfices nets. Malheureusement les mannequins ne gardent pas leur pureté très longtemps. Un jour ou l'autre, nos tops finissaient par se taper un footballeur bagarreur ou un acteur alcoolique, ou bien l'appareil photo d'un téléphone portable les surprenait en train d'inspirer un trait de poudre dans une backroom, avant de plonger dans un caniveau. À part Kate Moss, personne ne survit à ce genre d'images. La vidéo circulait sur Internet, les ménagères changeaient de crémerie ou la crémerie résiliait son contrat d'exclu, et c'était encore moi qui devais dégoter la prochaine frimousse internationale. L'usure était de plus en plus rapide : on appelait ce phénomène les « mannequins-Kleenex ». Je touchais un pourcentage sur les cachets de mes filles mais la vérité est qu'à peine lancées elles étaient déjà remplacées : c'est pourquoi j'avais demandé à être rémunéré au forfait plutôt qu'en intéressement (même à 10 % ce n'était plus rentable, et comment vérifier les chiffres ?). Dans notre jargon, je dirais que j'avais plus de mal à « développer » les filles qu'à les « démarrer ». Autrefois, une fille à succès pouvait durer une décennie ; à présent la beauté durait trois ans.

Je cherchais les « green » (c'est ainsi que nous appelons les débutantes, mais on dit aussi « new faces ») à Moscou ou Saint-Pétersbourg, à la sortie des lycées de Smolensk ou Rostov, voire dans les écoles de théâtre de Novossibirsk, Tcheliabinsk, Koursk, et les charcuteries de Mourmansk, Ekaterinbourg, et les universités d'Oufa, Samara, Nijni-Novgorod, n'importe où dans la Fédération de Russie parce que c'était dans ce pays mutant que les visages les plus vierges commettaient l'imprudence de naître. Évidemment la plus céleste était toujours celle d'à côté.

— Tu aimes l'air félin des Ouzbèques à l'iris noir ? C'est que tu ignores les Kirghizes aux yeux ocre fendus.

— Les lèvres arrondies des Kazakhes, tu déconnes ? Attends de sentir la bouche ourlée des Tatares de Crimée.

— Tu admires la volupté des Tadjikhes à la peau bleue ? Dépêche-toi de caresser les Turkmènes aux bustes menus parfumés à la cannelle.

J'étais payé pour visiter des réserves de femmes. La plus mutine était toujours la prochaine, et malheureusement dans certaines régions reculées de l'ex-URSS, la voisine est souvent très loin : il faut prendre des trains gelés ou des avions rouillés. C'était comme une quête impossible, dont le Graal serait une nymphe. Comment être satisfait un jour ? Dès que je photographiais une pauvre paysanne insupportable de perfection, j'entendais parler d'un village fantôme où une pâtissière avait enfanté une princesse, puis d'une vallée paumée où une roussalka hantait une rivière, ou bien d'une cour d'immeuble délabrée au fin fond de la gloubinka où étincelait une fée en baskets au milieu de moujiks éthyliques. Et quand je remontais dans un vieux Tupolev 124 de la Siberian Airlines sur le point de se désosser en plein vol entre Dniepropetrovsk et Dnieprodzerzhinsk,

L'hôtesse qui me tendait ma carte d'embarquement
Était un sosie de la Belle au bois dormant.

13

Il me revient que, pour me rendre à Nijni-Novgorod, j'ai dormi dans un train vert bouteille qui divisait la terre enneigée en deux parts géantes de tarte à la noix de coco. Les wagons roulaient entre des rangées de peupliers morts qui renaîtraient au printemps : les arbres, comme le Christ, ressuscitent chaque année. Comme vous le savez mon père, sur les bords de la Volga s'élèvent quelques-unes des plus belles cathédrales caractéristiques du baroque moscovite (l'Archange, la Nativité, la Transfiguration, et le Monastère de l'Annonciation) ; en hiver ces édifices sphériques ressemblent à des œufs à la neige. En franchissant le large fleuve, on les voit venir de loin, comme de beaux desserts au restaurant, sur le plateau du serveur, à l'autre bout de la salle ; enfant, à Pau, quand je m'ennuyais à table en famille, les îles flottantes me semblaient des destinations exotiques. Mais quand j'écumais les bars locaux à la recherche de l'apothéose du sexy à lèvres pailletées, je vous garantis que j'oubliais vite ma jeunesse béarnaise. À l'arrivée en gare de Nijni, il pleuvait sur une statue géante de Lénine que le peuple avait eu la flemme de renverser car « *Lénine a vécu, Lénine vit, Lénine vivra !* » ; un McDo était entouré de cinémas pornos sous la bruine froide comme à la sortie de n'importe quelle gare française, et j'ai cherché immédiatement où l'on achetait ses billets pour repartir. J'étais prêt à prendre un vieil Antonov soudé au chalumeau et rafistolé avec des bouts de Scotch, ou un Tupolev au nez cassé, le même qui s'est fracassé à Tomsk, laissant

103 passagers bronzés au tapis : peu m'importait. Et puis j'ai vu Tania, et je suis resté. Pour elle j'étais disposé à monter dans toutes les Traban minuscules et pourries de l'est de la Volga.

Je voudrais vous raconter une anecdote qui montre bien qu'à force de se retenir d'aimer on peut en perdre la capacité. C'est peut-être ce qu'il y a de pire dans la vie : ne plus savoir tomber amoureux. Aux Sept Vendredis (nom du restaurant le plus hype de Nijni-Novgorod), j'avais rencontré une candidate au titre de Plus Langoureuse Liane de l'Est du Monde. Elle me faisait durcir rien qu'avec ses sourcils noisette, et après quelques boissons à la framboise, tout homme désirait mourir en son for intérieur. Elle se prénommait Tania, c'était merveilleux de la regarder se pencher ; je me cachais derrière mon verre pour la dévisager plus longuement. Je lui conseillais de se tenir droite car comme toutes les fillettes ayant grandi trop vite, elle avait chopé une scoliose et se tenait voûtée, par paresse ou tout simplement pour rapetisser. Ses longs cheveux bruns dénoués coulaient en vaguelettes sur ses épaules, les tresses y ayant imprimé une sinusoïde exaspérante. Après quelques culs secs mouillés, elle accepta de m'embrasser en cachette de ses copines, puis de me suivre à l'hôtel malgré l'heure tardive. Elle ne voulait pas enlever son soutien-gorge à coussinets parce qu'elle avait peur que je trouve ses seins trop petits. Je l'ai rassurée :

— Mais voyons, garde ton push-up, fuck la réalité !

— Pachol na houï ! (« va te faire foutre ! »)

C'était une Biélorusse minijupée qui ne souhaitait pas retourner à Minsk – son pays était la dernière dictature communiste du coin (avec la Corée du Nord et le Turkménistan), les filles s'y vendaient beaucoup moins cher et les opposants au régime disparaissaient en hiver dans l'indifférence mondiale. Nous avons passé la nuit à parler en nous grattant doucement le dos et critiquant « Nijni Fucking Novgorod ». Quatorze ans plus tôt, cette ville s'appelait Gorki parce que le poète Maxime y était né ; le savant Andreï Sakharov y était alors retenu prisonnier ; j'avais presque envie de l'imiter pour ne jamais quitter Tania mais je me contrôlais trop. Elle me disait que ma peau était aussi douce que la sienne, me demandait si elle pouvait encore me sucer les doigts, des trucs aimables de ce genre. Je lui ai demandé pourquoi elle n'était pas mannequin et elle m'a répondu qu'elle était trop vieille (21 ans) et que sa mère lui faisait trop à manger. Je ne cessais de penser au model scout qui avait découvert Natalia Vodianova, une petite vendeuse de fleurs âgée de 14 ans, emmitouflée de fourrure acrylique, sur les marchés de sa ville natale de Nijni-Novgorod : qui s'en souvient ? Fortune assurée, oiseau envolé… (proverbe de recruteur). Tania m'a fait rire en m'apprenant une chose que Calvin Klein ignore sans doute : Natalia Vodianova ne vendait pas des fleurs mais des pommes de terre près de la station de métro « Bonheur » et le chasseur de têtes ne l'a pas découverte au marché mais dans un cours de théâtre où elle distribuait ses photos et son numéro de téléphone. Évidemment, à Nijni, toutes les filles la haïssent ; c'est humain – née de père alcoolique et de mère battue, Natalia Vodianova a épousé la 22e fortune de Grande-Bretagne. On déteste toujours les contes de fées des autres.

Le coucher du soleil sur la Volga était le signal de la faim. Tiens, me disais-je, puisque le ciel est rose, soit une centrale nucléaire vient d'imploser dans les parages, soit il est l'heure de dîner. Ma grande peste sentait le savon, ses lèvres étaient sucrées, car elle mâchait sans cesse des Hubba Bubba à la pastèque. Elle avait des mains étonnamment fines, aux longs doigts interminables comme ses jambes (mais plus nombreux). Elle buvait la vodka d'un trait sans ciller. Elle avait juste besoin d'une gorgée de jus d'orange pour faire passer la brûlure. « I am cellulite free ! » Je lui ai dit que ses jambes étaient deux flèches plantées dans mon cœur. Elle ne me crut pas et elle avait raison. Dommage : si elle m'avait cru, peut-être que moi aussi je me serais mis à y croire. J'insistai lourdement :

— Merci à ce train aux couchettes rêches qui m'a conduit à toi…

— Bla bla bla bla, ironisait-elle.

— C'est pour te trouver que je suis venu à Ni-No dans ces draps en papier de verre qui griffaient mon dos moins profondément que tes ongles…

— Bla bla bla.

— Je suis venu pour te kidnapper au bord de la Volga…

— Bla bla.

— OK, finis ton verre et roule-moi un French kiss.

— Bla.

— C'est pas pour me vanter mais je suis célibataire en ce moment. Une telle occasion ne se représentera pas souvent dans ta vie, baby.

— Bl.

Elle avait la moitié de mon âge donc elle était plus sincère. Moi je bonimentais pour qu'il m'arrive quelque chose ; j'essayais de me figurer que je faisais mon boulot alors qu'à ses yeux je n'étais qu'un touriste sexuel comme un autre. J'espérais lui déplaire, par ma vulgarité, et ainsi éviter toute forme de douleur. Quand Tania m'a quitté au petit matin, ou plutôt quand je l'ai laissée partir sans prendre son numéro de téléphone (car c'est ainsi qu'on se dit adieu de nos jours : en omettant de noter quelques chiffres), je l'ai encore contemplée une dernière minute dans la pénombre comme pour enregistrer les ultimes traces de sa silhouette d'allumette, une ombre découpée sur les rideaux éclairés par le lever du soleil, et je me souviens que j'avais hâte qu'elle parte, hâte qu'elle sorte de ma vie pour que je puisse enfin la regretter à mon aise. Je haïssais la sévérité de Tania, et je lui en voulais d'être comme moi : pauvre petit prédateur mythomane au cœur sec. Lorsqu'elle m'a dit froidement, en français : « Au revoir », j'ai senti en moi monter une bouffée de nostalgie et de gratitude. Je suis sorti de ma chambre en courant pour voir la porte de l'ascenseur se refermer sur sa fatigue triste, ses yeux cernés, son « Chance » de Chanel. Je lui ai demandé :

— Pourquoi vous portez toutes « Chance » ?

Elle a souri :

— I gave you one chance, you've just missed it.

Alors je lui ai dit « I hate you », dans un regrettable accès de lyrisme. J'aurais dû lui être reconnaissant : Tania m'a fait comprendre que ne pas souffrir, c'est encore souffrir. Puis j'ai noté ceci :

J'en veux beaucoup aux ascenseurs
de t'emmener aux étages inférieurs.

14

Oh vous savez, des histoires comme celle-là, j'en aurais tant à raconter. Anya, Yunna, Mariya, Irina, Evgeniya, Marta, Galyna, toutes les reines découvertes, décortiquées, perdues, évitées, retenues, oubliées, étiquetées, sélectionnées, shortlistées, comparées, snobées, séduites, rejetées, regrettées… Tel était mon job : je devais aborder la beauté afin de la saborder. Pour cela, il fallait toujours commencer par convaincre la fille de ma probité, puis faire miroiter les roubles devant ses parents ; ensuite l'agence se chargerait de solder la jeunesse à la marque de crèmes antirides. L'Idéal était une des plus profitables entreprises françaises (2 milliards d'euros de bénéfices pour 30 milliards de chiffre d'affaires), fondée par un chimiste génial dont les héritiers avaient fait fructifier les brevets sous l'Occupation allemande. Elle était devenue le leader mondial de l'industrie cosmétique à force de ressasser une phrase clé dans une centaine de langues : « Parce que t'es toi. » Savez-vous que le terme

« cosmétique » vient du mot grec « cosmos » qui signifie ordre mais aussi univers ? Étymologiquement, le maquillage est l'ordre qui régit l'univers… Le cosmétique est cosmique. Dieu n'est rien que du make-up, mon batiouchka ! Mais la crise approchait : Greenpeace venait de révéler que les produits L'Idéal contenaient des additifs chimiques de synthèse, souvent à base de dérivés pétroliers, utilisés comme ingrédients actifs, fragrances ou agents conservateurs, qui avaient la regrettable particularité de donner le cancer des ovaires et du sein. Une étude confidentielle de l'AFSSAPS (Agence Française de Sécurité Sanitaire des Produits de Santé) montrait que 122 accidents graves avaient été provoqués en 2005 par l'application de crèmes solaires ou anti-vieillissement. Des allergies parfois spectaculaires, nécessitant une hospitalisation urgente (œdèmes de contact, eczémas géants, paupières qui se mettent à tripler de volume, pertes de sensibilité épidermique). En gros, les produits L'Idéal empoisonnaient les consommatrices comme le FSB ses agents réfugiés à Londres. Le danger venait de l'application quotidienne sur la peau de substances toxiques (phtalates, muscs artificiels, composés chlorés, formaldéhyde et galaxolide). Contrairement aux laboratoires pharmaceutiques, les fabricants de cosmétiques ne sont pas tenus de tester leurs produits sur l'animal ou l'homme avant leur commercialisation. La loi française considère que les crèmes ne sont pas aussi toxiques que des médicaments. Une aubaine qui permet aux industriels de nous tartiner à peu près n'importe quoi sur la tronche.

L'enjeu était donc économiquement crucial : avec une nouvelle ambassadrice, on ferait oublier le poison caché dans la crème. Le groupe L'Idéal venait de racheter The Nature Stores pour redorer son image écolo. Coût de l'opération : 940 millions d'euros. L'Idéal préparait le lancement d'une nouvelle molécule antivieillissement produite par Oilneft, le groupe dirigé par mon pote Sergueï l'oligarque. Le visage que je cherchais servirait aussi de masque antipollution. Voilà pourquoi j'avais un gros budget en notes de frais : L'Idéal dépensait une centaine de millions d'euros par an en publicité, rien qu'en France. Cela tombait bien : à Paris, quand j'étais concepteur-rédacteur dans la pub, puis (brièvement) animateur de télévision, j'avais pris l'habitude d'être très dépensier. Entre deux coups de foudre non réciproques, je me saoulais de plaisir au « Oh là là », au « Shandra », au « Bordo » et à « L'Égoïste Gold ». Pardonnez-moi, Révérendissime, d'évoquer devant vous ces bars de danseuses. Mais quand on a choisi de se confesser, on doit énumérer tous ses péchés n'est-ce pas ? Jusque dans les moindres détails ? Je suis bien obligé d'avouer que rien ne m'intéressait à part la satisfaction de mon désir d'enfant gâté. Les anxiolytiques me protégeaient tellement contre le romantisme que j'étais devenu incapable de ressentir une quelconque émotion. Si je vous choque, mon pope, interrompez-moi, je ne voudrais pas aggraver mon cas. L'enfer est ici et je suis venu vous demander de me parrainer pour obtenir la membership card du paradis.

15

— C'est dingue, Tania : tu manges tout le temps et tu ne prends pas un gramme !

— Hum, Octave… ça dépend !

Elle reniflait trop pour être honnête. Oui, finalement j'ai revu Tania de Nijni ; elle en fut exagérément flattée parce qu'elle ne savait pas que je l'avais rappelée pour l'oublier. Bon, d'accord, je me vantais tout à l'heure de ne pas avoir noté son numéro mais je ne mentais qu'à moitié. Je l'ai arraché à sa meilleure amie Katia, qui était sortie avec Jean-Michel, un copain français de passage à Nijni. Dans la brasserie, une Tsigane vendeuse de roses nous importuna. Je lui achetai la totalité de son bouquet.

— Non, merci Octave, pas de fleurs, c'est trop triste : elles finiront fanées sur une banquette de boîte de nuit.

— Comme toi !

Revoir en plein jour une femme qui nous a plu un soir d'ivresse est le meilleur moyen de s'en dégoûter. Mais elle avait du répondant :

— La dernière fois, t'étais tellement bourré que t'avais l'air d'un Chinois !

— C'est parce que, contrairement à toi, j'ai arrêté la cocaïne.

Nous mangions du coypou, un petit rongeur charnu qui a un goût de taupe. Je ne sais pas ce qui nous avait pris de commander un truc aussi dégueulasse, peut-être était-ce le seul moyen d'être certains que le contenu de nos assiettes serait plus effrayant que nous-mêmes. Soit par amour-propre, soit par espoir professionnel, mes recrues étaient toujours de bonne humeur quand je les recontactais, alors que c'était justement le signe que je cherchais à les effacer de ma libido. Le troisième coup de fil n'arrivait jamais. C'est après le second rendez-vous qu'elles commençaient à souffrir : le second rendez-vous est le vrai cast. Un contrôle diurne. La confirmation d'un adieu. J'ai effacé son numéro de mon portable pour ne pas être tenté de la rappeler à des heures indues. Elle a dû le deviner puisqu'à la fin du déjeuner elle ne se moquait plus de moi. Nous étions tous les deux aussi émus de savoir que nous ne nous reverrions jamais. À 21 ans, que voulez-vous, on oublie vite son prochain... Je perdais mon temps alors qu'il lui restait le reste de sa vie à vivre.

— Tu sais que j'ai rêvé de toi, adorable pourriture ?

— You in my heart. You in my dreams too.

Elle m'a demandé de prendre son pouls pour voir comme son cœur battait vite. Je lui ai dit « paka » (au revoir) en me mordant l'intérieur des joues pour ne pas sangloter.

Tania était un signal mais je l'ai compris plus tard, en lisant l'Ancien Testament. Les myriades, les armées, les légions d'anges (dix mille millions dans le Livre de Daniel) ne pouvaient plus rien pour me sauver. À l'époque, je ne savais pas que Satan m'avait déjà coupé les ailes.

16

Au début j'étais blême comme la neige. Jamais vu autant de morts que dans votre ville. Ça décède en traversant Tverskaïa : comme il n'y a pas de feux rouges, les voitures accélèrent pour t'écraser. Les flics m'ont attaqué une fois pour me piquer mes cartes de crédit, mon fric et mes papiers. J'ai lâché 500 dollars pour repartir boulevard Gagarine. Morts dans les rues, dans les bars, dans les bagarres. Chaque traversée de Moscou est un parcours du combattant : soit on est bloqué trois heures dans les embouteillages, soit on meurt dans une Lada conduite par un Tchétchène saoul. J'aimais skier à Moscou sur la colline blanche qui descend vers le Bolchoï. On pouvait slalomer devant l'ancien siège du KGB (les gens le faisaient déjà sous Brejnev : ils changeaient de trottoir place de la Loubianka en enfonçant leur chapka sur les oreilles pour ne pas entendre les protestations des dénoncés et les cris des torturés). Ah bon ? On ne les entendait pas car les caves de la prison souterraine sont très profondes ? Vous m'apprenez quelque chose, mon père. C'était bien fichu, leur truc. D'ailleurs je ne sais pas pourquoi j'en parle au passé : le KGB n'a pas déménagé, il a juste changé deux consonnes de son nom. Vous avez déboulonné la statue de Dzerjinski devant l'immeuble du FSB, avant d'élire Président l'un de ses employés modèles. Tous les problèmes de votre pays viennent de cette continuité : vous n'avez pas coupé le cordon ombilical avec les tortionnaires. La Russie est le pays des crimes impunis et de l'amnésie volontaire.

Comment, que dites-vous ? Le pardon des péchés ? Mais vous devriez savoir, mon père, que pour être pardonné il faut le demander, ici personne ne demande pardon à personne, et la moitié de l'administration est inchangée. Si vous aviez vraiment voulu marquer le coup, la Mairie aurait accepté d'installer la pierre du goulag de Solovki au milieu de la place, au lieu de la planquer dans le square mitoyen. Vous auriez fait comme les Sud-Africains : amnistier les responsables qui avouaient leurs crimes. La confession publique demande du sang-froid mais elle est la seule solution après les crimes collectifs – l'autre solution étant la guerre civile. Vous avez préféré faire comme s'il ne s'était rien passé. Alors que ce qui s'est passé est simple à résumer : ce qui s'est passé, mon père, c'est CINQ SHOAHS. Je sais ce que vous pensez : votre interlocuteur a bu trop de vodka. C'est vrai. Mais je sais très bien ce que je dis : en France, nous avons cultivé la même amnésie après la Collaboration, Madagascar, l'Indochine, l'Algérie. On se dit toujours qu'il vaut mieux avancer, que, si l'on commence à ouvrir les archives, tout le monde sera sali comme aujourd'hui avec la politique de « lustration » en Roumanie, en Bulgarie ou en Pologne. Au Cambodge, il a fallu attendre trente ans pour qu'un tribunal commence à juger le génocide des Khmers rouges, les principaux coupables étant morts depuis longtemps. Et les Turcs refusent de reconnaître le meurtre des Arméniens. La Russie sera-t-elle prête à ce déballage avant 2030 ? Dans les époques sombres, seuls les morts sont propres. Skier dans les villes est bien plus amusant que sur les montagnes. Glisser est mieux que marcher. Il faut cacher la saleté sous le tapis moelleux.

Glisser est une façon de penser et peut-être de vivre. Skier sur l'existence imparfaite, surfer entre les obstacles, fuir la gravité en entrant dans les boutiques de luxe de Mercury et du Goum en face du mausolée de Lénine. À présent seuls quelques mètres séparent la *Pravda* de Prada.

Il m'arrivait aussi de surfer sur le verglas en sortant de l'Hotel Ararat Park Hyatt au bras d'un sosie de Mischa Barton. Quand je glissais sur la rue du Théâtre, je pouvais voir sur ma droite la foule des refusés à l'entrée du club Osen et juste en face, la statue d'Ivan Feodorov, le Gutenberg russe, du R&B plein les oreilles, séquestré entre le magasin Bentley, le concessionnaire Ferrari et la joaillerie Bulgari. L'homme qui a fondé la littérature russe au XVIe siècle se retrouve désormais coincé entre une boîte de pétasses et des garages de luxe, obligé d'écouter Jenny from the Block à longueur de journée… piètre destin ! Cent mètres plus loin, la statue de Karl Marx semble déprimée, contrainte de regarder le Bolchoï s'effondrer derrière une bâche géante pour les montres Rolex. Quatorze ans plus tôt, il n'y avait pas de panneaux publicitaires dans votre ville ; à présent on en compte davantage qu'à Paris. Sous les pieds de Marx, on peut toujours lire sa devise : « Prolétaires de tous les pays, unissez-vous ! » (qui ferait un très bon slogan pour l'horloger suisse). C'est le même Marx qui écrivit que « rien n'échappe aux effets corrosifs du capitalisme » ? Eh oui, c'est bien lui… Quand je pense qu'une quarantaine de personnes possèdent un quart de la Russie. Rien n'échappe, en effet. Savez-vous qu'en Pologne, à Oswiecim, une discothèque a été bâtie dans un ancien entrepôt du camp d'extermination d'Auschwitz : elle porte le joli nom de « System ». Un totalitarisme chasse l'autre : la démocratie ici n'est qu'apparente, nous sommes entrés dans le System post-démocratique. Pour décrire le System qui domine désormais la planète, le maître mot ne devrait plus être « capitalisme » mais « ploutocratie désiriste ». Des siècles d'humanisme européen ont été réduits en bouillie par une utopie collectiviste suivie d'une utopie commerciale. Si le désir, selon Bossuet (un curé comme vous), est un mouvement alternatif qui va de l'appétit au dégoût et du dégoût à l'appétit, alors une société désiriste alternera toujours ces deux idéologies : l'« appétisme » et le « dégoûtisme ». L'appétisme (autrefois nommé envie, gloutonnerie, jalousie, voracité, hyperconsommation) mène inéluctablement au dégoûtisme (autrefois nommé nihilisme, fascisme, haine, terrorisme, génocide). Je vous ennuie ? Vous avez peut-être raison : qui sommes-nous pour parler de politique, inutile de remuer la merde, pas facile d'admettre que des dizaines de millions de gens sont morts pour rien. Je me demande tout de même si le nationalisme russe, celui de votre Église et de vos gouvernants, ne sert pas à faire oublier le silence assourdissant de la décommunisation. En l'absence de justice, c'est la peur qui gouverne. C'est pour cette raison que Vladimir Boukovski réclamait un procès de Nuremberg du communisme. Tant que ce pays refusera de regarder son Histoire en face, son malheur sera possible, puisque tous ses habitants continueront d'avoir la trouille. On ne choisit pas son passé. La Russie depuis 1991 est comme l'Allemagne en 1945, l'Espagne après Franco, l'Italie après Mussolini, la France après

Pétain, et moi après la France. Perdre la mémoire n'aide pas à retrouver son chemin. Mais je délire, izvinitié, sans doute l'encens qui me monte à la tête… Peut-être que je me prends pour la Russie ! Après tout moi aussi je déteste me souvenir. Moi aussi j'ai peur de mon passé ; moi aussi je m'interdis de rêver, c'est même la raison de ma présence ici. Dansons sur les cadavres au cœur du System.

17

Je ne portais pas de spatules, mes mocassins lisses suffisaient à faire de moi le roi du surf sur la neige sale de la rue Pokrovka, entre les tramways brinquebalants et les grosses voitures noires garées en double file devant la Galleria. Je savais aussi combler ma solitude en entassant les filles nues sur mon édredon. Mon père, jamais vous ne saurez comme il est doux de leur ordonner de s'embrasser en tirant la langue, jusqu'à ce qu'elles ne soient plus reliées que par un filet de salive. J'ignore pourquoi je suis si friand de la bave des danseuses. J'aime boire le contenu de leur bouche ; je leur demande sans cesse de me cracher dessus. Au moins leur salive n'est jamais simulée.

Je rêve d'une call-girl qui aurait des stalactites pendues à la lèvre supérieure : une strip-teaseuse congelée comme un vampire des Carpates. Je me sens prêt à retomber amoureux comme un enfant, oui, pourquoi pas, une dernière fois… Lorsque je grelotte dans la rue Arbat, parfois des musiques dans le brouillard me donnent envie de mourir d'amour pour une jeune fille qui n'existe pas… Promeneur désolé dans un manteau trop grand. Comme dans la plus belle chanson de Michael Jackson, la star pédophile : *Stranger in Moscow*. Vous savez, ô Saint Homme, ce rendez-vous est un antidépresseur extrêmement efficace. Je ne pensais pas que vous me feriez autant de bien : me confesser à la cathédrale du Christ-Sauveur est presque plus hédoniste qu'une visite au Hungry Duck (pourtant « le bar le plus fou de l'hémisphère Nord », selon le *New York Times*). J'ai essayé de demander de l'aide à l'hôpital psychiatrique de votre ville mais le médecin de permanence a refusé de m'interner. Vos asiles de fous affichent complet. J'ai eu de la chance : il paraît que leurs locaux sont encore moins hospitaliers qu'à l'époque où Soljenitsyne y séjourna. Votre dôme doré abrite mieux ma culpabilité. Je m'y sens minuscule. La reconstruction de votre église est récente, et les Moscovites la détestent car le maire Luzhkov a englouti dans sa pierre tout le budget de la ville. On est tranquille, dans l'obscène chapelle des nouveaux riches, pour demander l'absolution. Mais je m'égare, et trop de patients derrière moi attendent leur tour de lamentations. À bientôt mon père ; j'ai comme l'impression que votre silence pourrait me sauver la vie.

« Je ne sais pas quoi vous dire sur lui : il m'a abordée au Night Flight, j'ai accepté de l'accompagner à son hôtel et puis voilà… Il était gentil, un peu bizarre, très romantique, bien trop tendre pour un client de ce genre d'endroits… Les clients gentils font toujours un peu peur, on se demande pourquoi ils nous font de grandes déclarations amoureuses alors qu'on leur prend 500 dollars la demi-heure et qu'on ne les reverra jamais ! (…) Il disait tout le temps qu'il cherchait un visage, j'ai pensé que ça pouvait être une opportunité professionnelle : il répétait sans arrêt que mes faux seins étaient aussi durs que mes pommettes. C'est pour ça que je lui ai laissé ma carte de visite avec mon composite. Vous savez, la plupart des filles du Night Flight posent pour de la photo de charme, on a toutes des cartes de visite avec notre portrait en lingerie dessus. Les photos que vous avez retrouvées dans sa chambre doivent traîner dans la chambre de beaucoup d'hommes à Moscou. »

Ksenia V.,
escort-girl

« J'ai passé plusieurs soirées avec Octave mais je ne le connais pas et je n'ai rien à vous dire sur lui. Il ne m'a jamais fait mention de son projet et je tiens à dire que je suis très choqué et scandalisé par vos méthodes. (…) Oui, je reconnais que c'est bien moi sur cette photo au Golden Dolls, mais cela ne veut rien dire. Je vous répète que je n'ai rien à voir avec cette affaire et NON JE NE TRAVAILLE PAS POUR LES RENSEIGNEMENTS GÉNÉRAUX, combien de fois faudra-t-il que je vous le répète ? J'ai été complètement dupé dans cette affaire. (…) Je confirme que j'ai réglé la note pour les trois filles ainsi que le champagne et la crème Chantilly. Je reste à la disposition de la police russe pour toutes les questions qu'elle aurait à me poser sur le massacre. »

JMD,
importateur de GPS antiradars

« He said he was looking for new faces. It was my dream to become a model so I accepted to take pictures at his studio. He was very professional so we had an affair together. It didn't last long. He said I was too young, he was nervous, always asking for my I.D. card. But Karolina Kurkova was 15 when she signed her first contract with Miuccia Prada ! I don't see the problem. »

Yurgita P.,
model, Aristo Agency, Moscow

« Je ne sais rien de lui, mais il m'a parlé de ses liens avec le prêtre. L'Église orthodoxe est très proche du pouvoir, il se peut qu'il ait voulu se faire passer pour un "boïevik" – un combattant rebelle tchétchène – afin de ne pas être soupçonné en cas de fuite. Comment le savoir ? »

Irina V.,
attachée de presse free-lance,
responsable de communication
événementielle du concours
Aristo Style of the Moment

« Je ne sais pas si cette histoire peut vous être utile pour comprendre ce qui est arrivé. Un jour, pendant une prise de vue dans son studio, le psychopathe m'a dit qu'il pouvait me faire pleurer deux fois, rien qu'en me racontant une histoire. Il voulait que mes yeux brillent pour ajouter de l'émotion à l'image. J'ai dit qu'il n'avait qu'à essayer.

— Imagine, m'a-t-il dit, un bébé ours blanc sur la banquise, qui gambade joyeusement autour de sa mère. Tout d'un coup, un chasseur tire sur elle. La maman ourse glisse et tombe sur le flanc, un petit rond rouge s'élargissant dans sa fourrure immaculée. Elle grogne de douleur. L'ourson ne s'est aperçu de rien, il continue de sautiller jusqu'au moment où il s'aperçoit que sa mère ne bouge plus. Au début il croit qu'elle dort. Il la pousse, mordille son museau, renifle ses yeux clos. Il essaie de soulever une patte, puis une autre, qui retombent lourdement dans la neige rouge et gluante. Il passe ainsi dix, vingt, trente minutes à essayer de réveiller sa maman. Progressivement il finit par comprendre qu'elle

vient de mourir sous ses yeux. Il se met à gémir, c'est d'abord une plainte rauque, discrète, qui ressemble à celle d'un enfant blessé, puis il crie, il pleure, hurle à la lune. Essaie de visualiser l'ourson si mignon qui réalise qu'il est désormais seul au monde et qui pousse des cris inhumains, ou plutôt, pire pour un animal : humains, dans la mare de sang qui grandit.

Quand il m'a raconté cette scène je me suis mise à pleurer. Lui aussi pleurait. C'était très intense. Il a continué :

— Tu vois, là le petit ours verse des larmes de deuil. Il appelle au secours, il se sent abandonné, désespéré. Malheur immense de la mort du parent qui nous force à grandir d'un coup dans l'horreur ensanglantée. Mais avant de s'éloigner définitivement sur la banquise, comme pris d'un doute, l'ourson blanc se retourne une dernière fois vers sa mère. Il essaie de soulever sa paupière, de lécher son museau. Il insiste. Et soudain il se passe une chose incroyable : la maman ourse entrouvre un œil, puis l'autre ! Elle bouge, elle respire, elle se met à bâiller et s'étire ! Le bébé ours crie à nouveau, mais de joie. Il danse sur place, grimpe sur sa mère, qui le repousse tendrement… Tu vois la scène ? En fait la maman ourse n'a eu qu'une éraflure, la balle du chasseur ne l'a pas tuée, elle était seulement évanouie, le temps que sa plaie cicatrise. C'est un miracle. L'homme est reparti, l'ourson et sa mère se rapprochent pour se tenir chaud, avant de disparaître dans le blizzard, heureux comme s'ils venaient de renaître.

Et là Octave avait raison, je me suis remise à pleurer à chaudes larmes, cette fois de joie. C'était merveilleux. Il mitraillait mes larmes qui faisaient couler mon rimmel. Ma tristesse était photogénique : on aurait dit une pub Sisley.

— Tu vois, a conclu Octave, tes deuxièmes larmes sont plus belles parce que ce sont les larmes de la résurrection. Je viens de te raconter la plus belle histoire de l'univers : l'Évangile. »

Irina K.,
model, Aristo Agency, Moscow.

« Comment avez-vous retrouvé mon téléphone ? Ah ! le Français qui m'a prise pour une Biélorusse, je l'ai fait marcher comme un abruti, je savais bien que je n'aurais pas dû accepter de lui noter mes coordonnées. Il m'a supplié de lui donner mon numéro pendant toute la nuit ! Il cherchait de la drogue, il disait qu'il avait arrêté mais il en parlait tout le temps, comme tous les junkies en manque. Il disait que le problème avec la coke c'est que soit on en prenait trop, soit on n'en prenait pas assez. Pauvre type ! Moi, c'est un principe : je ne donne jamais mon téléphone, trop d'ennuis, et votre appel prouve que j'ai raison ! »

Tania S.,
étudiante, Nijni-Novgorod

« Je ne sais pas quoi vous dire sur mon fils. Je suis sous le choc. Les images des corps… Pardonnez-moi. Puis-je avoir un verre d'eau s'il vous plaît ? (…) C'était un enfant vif, pétillant. Il cherchait toujours à se faire remarquer, il sautillait, faisait le clown, aujourd'hui on dirait "Enfant hyperactif", mais à l'époque c'était "Élève dissipé". Moi je

prenais les blâmes de ses professeurs pour des compliments, je lui ai appris la valeur de l'impertinence, bon sang, vous croyez que tout est de ma faute ? (...) Je les ai élevés toute seule, son frère et lui, ce n'était pas facile tous les jours, je suppose qu'il a nié sa mélancolie comme je la cachais moi aussi... Les enfants sentent les vibrations de la tristesse. Je ne crois pas avoir entretenu le désir d'Octave pour moi, ni la compétition avec son frère aîné. Mais c'est vrai que j'étais flattée d'avoir deux garçons fous de ma personne à la maison ! Difficile de comprendre sa folie. Il n'a jamais manqué d'amour. Il en a peut-être eu trop ? On ne va tout de même pas reprocher à une mère de trop aimer ses enfants ! Le divorce est malheureusement banal, tous les enfants le subissent aujourd'hui, il a bon dos le divorce, on lui fait tout payer, mais si tous les enfants de divorcés devenaient fous, alors le monde serait rempli de malades mentaux en liberté. Pas vrai ? »

Sophie de L.,
mère du suspect, Paris

(témoignages rassemblés au commissariat central
de Moscou après la catastrophe)

DEUXIÈME PARTIE

PRINTEMPS

(Vesna)

« Le 29 avril, un orage lava à grande eau les rues de Moscou, l'air devint plus léger et plus doux, et, l'âme un peu apaisée, je ressentis une nouvelle envie de vivre. »

Mikhaïl BOULGAKOV,
Le Roman théâtral, 1966.

1

Zdrastvoutié à vous, papacha ! Les mannequins ont-elles une âme ? J'ai conçu une métaphysique du top-model en entrant sur la pointe des pieds dans votre champignon atomique. Le taxi qui m'a déposé devant chez vous était très cordial quand je lui ai demandé de garder la monnaie.

— Je te souhaite d'avoir autant d'argent que Roman Abramovitch qui a acheté la moitié de l'Angleterre et de vivre 107 ans comme ma babouchka !

Le pourboire déclenche l'amitié. Merci de m'accueillir à nouveau, mon cher pater noster. Cet après-midi, l'eau qui entoure votre bulbe doré réfléchit le ciel pourpre griffé par les grues jaunes qui mugissent sous le vent de la Moskova, enfin, je veux dire, c'est joli, autour de chez vous, à condition d'aimer la fin du monde. Quelle joie de traverser le pont Loujkov, en venant de l'île où l'on fabrique du chocolat et des résidences pour riches, puis de gravir l'escalier gris et rose comme les nuages, et de contourner les réverbères qui mouchettent votre « encrier fou ». De l'autre côté du fleuve gris, la maison sur la berge est toujours aussi hospitalière que dans le récit de Rybakov. Dans les somptueux appartements de Moscou, l'oligarchie a remplacé la nomenklatura : il faudra que quelqu'un m'explique la différence, personnellement je ne vois pas l'intérêt de vos révolutions qui ne changent jamais rien. Si : autrefois les collabos avaient vue sur une piscine, maintenant ils peuvent contempler votre église. C'est sans doute un progrès. Par contre laissez-moi vous dire que les bas-reliefs de faux bronze qui ornent votre façade sont parfaitement immondes, comme vos dalles de faux marbre. Pourquoi ne pas avoir recollé les restes de l'ancienne église du Christ-Sauveur qui gisent dans le cimetière du monastère Donskoy ? Votre cathédrale toute neuve y aurait gagné de la patine. Vos fresques sont à peine sèches, les murs trop immaculés, on a l'impression de visiter un décor de cinéma, l'ambiance manque de sacré : même les prières semblent de carton-pâte. Izvinitié, je critique toujours tout : c'est le défaut des Français, jacasser au lieu de bâtir. Tenez, puisque j'en suis aux réclamations, c'est un peu fatigant de se confesser debout. J'ai déjà mal au dos alors que je viens d'arriver. Pourquoi les orthodoxes n'installent-ils pas des confessionnaux dans leurs églises comme les catholiques ? Par la faute de votre rituel masochiste, nous sommes obligés de converser debout au milieu de cette foule de mémés à fichu qui épient nos moindres paroles. Encore heureux qu'elles ne parlent pas le français aussi couramment que vous depuis votre exil parisien, dans les années 90. Autrefois tous les Russes parlaient ma langue : Dostoïevski avec ses enfants, Tourgueniev avec Flaubert, Nabokov avec Pivot, et Gabriel Matzneff avec moi. Aujourd'hui l'habitude s'en est perdue, l'anglais l'a supplanté comme partout. Des Cosaques parisiens il ne reste dans mon idiome que le mot « bistro » (qui veut dire « vite ») ; cela dit, c'est un terme que j'emploie très souvent, ce n'est pas négligeable. Parler une langue morte nous protège des oreilles indiscrètes. Mais la station debout, franchement, n'incite pas à demander le pardon des péchés ! Et vos messes qui durent quatre heures (six, bientôt, à Pâques) ne sont pas recommandées les lendemains de fêtes ! La dernière fois qu'on s'est vu, je vous comparais à un psychanalyste, mais chez Freud au moins l'on pouvait s'allonger.

Je m'en veux terriblement de ne pas vous avoir donné de nouvelles depuis des mois : j'ai été retenu par mon travail. J'ai dû rentrer à Paris pour assister à quelques réunions clientèle. Je dois dire que l'ambiance là-bas est encore plus morose qu'à l'époque où vous disiez la messe à la cathédrale Alexandre-Nevski, rue Daru : l'hiver a beau être moins rude qu'ici, les Français dépriment davantage que les Russes. Que voulez-vous : ils n'ont pas encore renoncé à leurs illusions, ils cherchent toujours la lumière au bout du tunnel, ils sont attendrissants. Pardon ? Oui, certains gardent même la foi en votre Seigneur, il est vrai. Mais dans les agences de mannequins, ils sont minoritaires. Pour pallier l'absence d'espoir, la plupart se saoulent de plaisir, comme moi. Je peux vous faire une confidence ? Après tout, je suis là pour ça. Je pense que la majeure partie de vos fidèles russes se réfugient en Dieu sans y croire vraiment, juste parce que Dieu est préférable au capitalisme. Ce retour aux sources fournit une réponse toute faite pour éviter de se tourmenter depuis la chute du régime soviétique. L'hédonisme mondialisé mise sur le même principe que le pouvoir stalinien : des menteurs qui s'adressent à des crétins. Mais le capitalisme est plus vide que le communisme : c'est la première religion pessimiste. Alors, Dieu… c'est mieux que le goulag et moins cher qu'une Bentley. Quel étrange siècle… C'était bien la peine de faire la révolution soixante-dix ans pour finir par transformer Moscou en Las Vegas, et retourner à l'église confesser nos turpitudes.

Je vous assure que la plupart des athées que je croise ont la même préoccupation que vos ouailles récemment libérées : éviter de réfléchir. C'est un boulot à plein temps que de fuir les questions qui fâchent. Suis-je heureux, amoureux, merdeux ? Suis-je un mort-vivant abandonné sur une terre aride ? Ai-je une raison de vivre et de payer autant d'impôts ? Comment faire pour rester viril dans un monde matriarcal ? Par quoi allons-nous remplacer Dieu cette fois-ci : une webcam, un martinet ou un chien de compagnie ? Pour meubler leur solitude et tromper le silence, les mécréants achètent des voitures à crédit ou téléchargent des chansons, picolent dès le déjeuner, prennent des excitants le matin et des somnifères le soir (parfois l'inverse), font défiler des prénoms sur leur portable, disent je t'aime successivement sur plusieurs boîtes vocales, s'abonnent à toutes les chaînes câblées pour adultes, remplissent leur agenda de rendez-vous qu'ils annulent à la dernière minute par crainte de ne pas arriver à parler en public sans fondre en larmes, marchent dans les rues en lisant des sms sans regarder autour d'eux (donc se retrouvent avec de la crotte de labrador sous la semelle droite), se masturbent en lisant *Playboy* ou *In Style*, glapissent de joie quand le capitaine de l'équipe de football fout un coup de boule à un joueur adverse, traversent des centres commerciaux souterrains qui ressemblent à des parcs à thème en enjambant les clochards allongés sur le sol, se battent pour avoir la console de jeux Nintendo Wii avant leur voisin, appellent SOS Médecins à l'aube pour entendre une voix humaine, s'offrent le coffret de la deuxième saison de *Six Feet Under* en DVD qui restera sous Cellophane parce qu'ils préfèrent se toucher devant des bandes dessinées sadomasochistes et, le reste du temps, courent en sens inverse sur un tapis roulant pour oublier que la couche d'ozone s'amenuise d'heure en heure. L'industrie du confort prévoit une quantité effrayante de distractions pour occuper notre esprit. Ce n'est pas une nouveauté (Platon et Pascal avaient remarqué depuis longtemps que l'être humain fuit la réalité) mais le phénomène s'est accéléré. L'homme n'a plus qu'une idée : se changer les idées. Il fuit quelque chose, mais à mon avis, fuir c'est comme chercher à l'envers. Qu'est-ce qu'on cherche alors ? L'amour, vous croyez ? Oh pitié, épargnez-moi votre prêchi-prêcha. Dieu ? Encore une utopie. On rêve d'un rêve. Cela veut dire qu'on dort debout, comme vous en m'écoutant.

2

— Messieurs, notre but est simple : que trois milliards de femmes aient envie de ressembler à la même. Et mon problème est de trouver laquelle.

Pas mal comme entrée en matière, non ? À Paris j'ai présenté les Polaroids du casting Aristo Moscou au siège de L'Idéal, vous savez, cette crémerie cancérigène pour joues dont je vous ai parlé la dernière fois. Malheureusement, après ma phrase d'introduction, j'ai fait un bide total : aucune nana ne leur a plu, ils s'impatientaient, ils voulaient vraiment rajeunir le visage de leur marque pour les années à venir, et l'enjeu était tellement important que mes clients furent incapables de prendre la moindre décision. Les filles que je proposais avaient toutes un truc qui n'allait pas : Yurgita était trop jeune, Katarina trop vulgaire, Tania trop grande, Irina trop souriante, Olesya trop maigre, Ksenia trop chaudasse, Dana trop gentille… Je faisais baver d'envie des chefs de produit qui ne rencontreront jamais de leur vie une fille pareille (sauf dix minutes sur le shooting, où elle leur tendra la main sans les regarder, avec des bigoudis sur la tête et le portable à l'oreille, souriant poliment avant de raconter sa vie sexuelle au maquilleur). Faire la fine bouche était le seul moyen pour les équipes de L'Idéal de venger leur frustration sexuelle : pour la première fois de leur existence, ils avaient du pouvoir sur les Belles.

— Celle-là est trop marquée slave.

— L'autre était bien mais son grain de beauté plagie trop Cindy Crawford.

— Vous n'avez pas la même en plus occidentale ? en moins eighties ? en plus glowy ? en moins pulpy ?

— Il en faudrait une qui parle français pour les RP télé.

— Vos filles sont trop girly et pas assez wild.

— Oui, c'est vrai, on ne veut pas junioriser la marque.

— Il faut du rock'n'roll, du glam, que ça… swingue ! (toux gênée) je veux dire… que ça trashe.

— Attention, on est une marque mainstream.

— Oui, mais maintenant le trash est mainstream !

Le mec qui a dit ça s'est essuyé le front avec une serviette en papier sur laquelle était gaufré le logo : « L'Idéal – Because you are you. »

— Il faut être dans l'avenir, dans le mouvement, dans le risque.

— Pourquoi pas organiser une paparazzade où une de vos nanas snifferait un gros trait de produit ? ça a bien relancé la carrière de la Kate.

— Je suis désappointé, c'est trop prédictable.

— On ne peut pas greenlighter en l'état.

— Elles sont toutes en torpeur. Elles manquent de présence. Elles sont disposables.

Un transsexuel sud-coréen est arrivé en retard en faisant un signe de son éventail signifiant « continuez, je ne suis pas là », preuve qu'il devait être la seule femme importante de la réunion. Très grande diva mutante (sosie de Grishka Bogdanoff), aux pommettes grises refaites, portant une veste décolletée et près du corps, avec de longs cheveux serrés en catogan, la « shemale » a caressé sa queue de cheval qui pesait 25 millions d'euros d'achat d'espace annuels.

— Je me disais : quitte à prendre une Russe, pourquoi pas une Tchétchène ?

— J'adore l'idée !

— Lee, you're so bright !

— Une Tchétchène susciterait de massives retombées annexes.

— C'est bon, ça ! Pour l'image de L'Idéal, ça fait humanitaire, ça fait charity, c'est vachement brand-rétribuant.

— Une musulmane ne cadre pas avec nos best-practices, mais on peut bousculer les codes. Faudra quand même double checker ça avec les directeurs de zones.

— Si c'est benchmarketé, j'achète à 800 % !

— Attends, tu veux une Tchétchène qui sniffe ou une Tchétchène normale ?

— Très drôle. Shut the fuck up. Too many jokes.

L'ex-directeur général était devenu la directrice générale de L'Idéal Paris International en changeant de sexe comme les deux frères Wachowski. Cette femme récente (il venait de se faire implanter une paire de 90C) était l'une des personnes les plus puissantes au monde : le goût de Lee Chan-Yong déterminait l'apparence de milliards de consommatrices. Quand il l'ouvrait, tous les autres directeurs fermaient leur bouche : les responsables d'axe, les directeurs de division, les chefs de groupe et les chefs de produit avalaient soudain leur langue. Un homme capable de changer de sexe devait forcément s'y connaître en féminité. Sa parole avait plus de poids que celle de n'importe quel homme ou femme, puisqu'il était les deux. Lee Chan-Yong était allé plus loin que tous ses confrères pour mieux comprendre ses clientes : l'ablation définitive de son pénis était tout de même un sacré gage de conscience professionnelle. J'ai vite compris que je ne vendrais pas de chair fraîche cette fois-ci. Je pouvais remballer ma cargaison de « miasso ». J'avais envie de dire aux clients :

— Comment osez-vous critiquer ce casting ? Regardez mes Belles, puis regardez vos femmes !

Mais je me suis contenu, ne connaissant pas l'épouse de la drag-queen qui dirigeait la boîte. Aristo a très peur que L'Idéal nous mette en compétition contre une autre agence, ou nous quitte sans préavis, voire pire : qu'ils signent une actrice de cinéma. J'ai une pression infernale, si j'ose employer pareille épithète dans la maison de Dieu. Mais « que faire ? » comme disait le camarade Lénine. Je ne vais tout de même pas aller pécho une Tchétchène à Grozny sous les bombes… Je peux vraiment dire que j'ai networkisé partout : je suis devenu l'ouvrier Stakhanov du clubbing, le Goy errant. Je me suis renseigné auprès de tous les playboys hétérosexuels de Moscou, j'ai demandé à tous les baiseurs frénétiques de la jeunesse dorée russe de m'indiquer les jolies filles de leur connaissance, noté des centaines de numéros de cellulaires, fixé autant de rendez-vous et subi presque autant de lapins, fréquenté le Turandot, le Gazgolder, le Kricha, le Podval et le Luba tous les soirs en quête de petites fesses et de gros seins (eux-mêmes en quête d'oligarques affamés), je suis même sorti de votre empire, je suis allé à Kiev, Riga, Vilnius, Sofia, Varsovie, Belgrade, Zagreb, Bucarest, Budapest (en Europe orientale même les noms se ressemblent : tu crois que t'es en Roumanie, eh non t'es en Hongrie, banane !), j'ai écumé tous les Fashion Lounges où les filles qui défilent sur les plasmas sont des naines comparées à celles qui servent au bar, j'ai la carte de fidélité de tous les Private Gentlemen's Club d'Europe de l'Est. J'ai même sympathisé avec Gulliver (le boss du Diaghilev) et Sasha Sorkin (celui du Cabaret et du GQ), tout cela pour rentrer bredouille à Paris. Je commence à douter de mon savoir-faire.

3

Ce n'est pas grave : au pire, je me serai bien amusé. Vous savez, j'ai vécu pas mal de trucs depuis qu'on s'est perdu de vue à Paris : à l'époque je travaillais dans une agence de publicité, j'ai fait le tour du monde, puis j'ai écrit un bouquin pour me faire virer, j'ai même fait un peu de taule pour complicité de meurtre, une sordide histoire qui m'est arrivée par une nuit d'ivresse, en Floride... Ensuite j'ai fait de la télé en France pendant 99 jours, c'était n'importe quoi, je me cherchais... Depuis que j'habite ici, j'ai l'impression de m'être trouvé. C'est louche : je n'ai jamais déprimé à Moscou. J'ai cru que j'étais à l'abri, entouré de jeunes porteuses de push-up aux cheveux ondulés que j'emmenais dîner au Pouchkine ou au Prado, avant de les faire sauter sur mes genoux au First, près du fleuve lent... Je leur disais :

— Embrasse ma montre, c'est ce qu'il y a de plus cher sur moi.

Certaines la léchaient, la mordillaient, la gobaient. Je ne leur mentais pas assez pour qu'elles s'amourachent. Je les ramenais toujours chez elles avant d'écumer les bordels en solitaire (à Moscou ils appartiennent tous à un Français). Il y avait aussi ce restaurant génial : La Cigogne (Aist), où l'on se faisait régulièrement tirer dessus par des gangsters. Éviter les balles dans une fusillade est un sport moscovite très prisé : l'équivalent du slalom géant dans nos Alpes. Les lendemains de beuverie, j'allais aux bains Sandunov me faire fouetter avec des branches de buis dans un hammam surchauffé, par de gros lutteurs au dos poilu. Lorsque mon corps était violet, ils me plongeaient dans un bac en bois d'eau glacée, puis me balançaient à la figure des seaux d'eau brûlante, et là je devais éclater de rire en me flagellant encore avec des rameaux de thé pour prouver que j'étais un homme. La gueule de bois disparaissait progressivement de mon organisme, remplacée par la douleur pure et simple. En Russie, la souffrance physique sert à oublier la souffrance morale.

Pour les filles les plus coriaces, celles qui refusaient vraiment de considérer mon existence, j'avais une botte secrète : après mon opération de la myopie, le chirurgien m'avait prescrit des gouttes d'Hylocommod à instiller pour hydrater la cornée. J'allais aux toilettes et m'en versais jusqu'à ce que mes yeux débordent. Mes fausses larmes attendrissaient les plus récalcitrantes ; certaines tombaient même amoureuses dans l'instant (les garçons russes ne pleurent jamais, sauf au service militaire). Je n'hésitais pas à citer Tourgueniev : « Sentiments timides, douce mélodie, franchise et bonté d'une âme qui s'éprend, joie languide des premiers attendrissements de l'amour, où êtes-vous ? » Ce coup-là, personne ne le leur avait jamais fait. Un Français qui chiale en déclamant un paragraphe de *Premier amour*, elles tombaient dans le panneau. À Moscou les mecs n'enjolivent pas la drague. Ils sont plutôt directs : ils boivent comme des trous et se défoncent les naseaux parce qu'ils ont la trouille, ce sont des gaillards baraqués en costard cintré anthracite Roberto Cavalli qui font dans leur froc comme des lopettes face aux fées graciles qu'ils n'osent pas aborder. Quand ils se décident finalement, ils sont saouls, n'ont plus beaucoup de temps pour parler, ils deviennent brutaux et les agressent de leur haleine fermentée, en les tirant par le bras ; ça leur laisse parfois des marques bleues. Certaines aiment bien ; elles s'y sont habituées. Tout ce que je peux vous dire, c'est que ma méthode contrastait. J'étais le pleureur fluet qui cite des poètes morts tout en proposant un contrat faramineux avec le leader mondial de l'industrie cosmétique. Des ravages, je vous dis. Je ne pourrai jamais me réhabituer à une autre vie. Je ne sais pas comment font les mecs normaux, ceux qui se contentent d'une seule et même femme pendant des décennies. Il en existe encore, mon père ?

Mon romantisme professionnel ne m'empêchait pas de considérer les jeunes modèles comme du bétail ; j'étais incapable de ressentir quoi que ce soit pour ces filles, quand je les ramenais au son de la *Danse des adolescentes* de Stravinsky dans ma bagnole (après cinq heures de techno au Diaghilev, les tendrons ne savaient même pas que ce club portait le nom de l'inventeur des Ballets russes !). Je les voyais comme des petits faons à capturer dans mon zoo humain. Pardon, mon métropolite ! J'étais soulagé de trouver des nanas plus obéissantes que dans mon pays natal, des beautés qui n'allaient pas me castrer tout de suite. Est-ce un hasard si, en anglais, esclave se dit slave ? À vrai dire, j'avais oublié qu'il existait des femmes capables d'être magnifiques sans pour autant émasculer les hommes. Je découvrais la condition masculine d'avant la condition féminine. Il exista probablement une époque où toutes les femmes baissaient les yeux comme de petites Russes : idylliques poupées faisant mine d'être dévouées pour mieux diriger les opérations. Je ne suis pas misogyne mais je constate que le féminisme a supprimé l'humour qui permettait aux hommes et aux femmes de ne pas se combattre. Quelqu'un a sifflé la fin de la récréation. Maintenant que nous sommes égaux, nous ne nous amusons plus. Désormais nous sommes concurrents dans une course solitaire.

J'aimais aussi leur pauvreté, la façon dont elles se donnaient trop vite contre un room service au Marriott, leurs vêtements d'imitation, les fausses fourrures, les bijoux en toc, les eaux de toilette à bas prix puant la rose de synthèse… tout ce qui me rappelait leur misère m'excitait au plus haut point. Une fois, l'une d'elles me demanda un ticket de métro pour rentrer chez elle. Fou rire intérieur ! Un coup de fil à Sergueï et elle ne se déplaça plus autrement qu'en Hummer stretch : les industriels savent récompenser le travail bien fait.

4

— Octave, t'es sûr que t'as pas une petite bombe tchétchène sous la main ?

— WOWOWOOO ! Putain boss, tu veux nous suicider ou quoi ? Ne JAMAIS dire des trucs pareils à haute voix dans un aéroport russe ! Pardon, il plaisantait, c'est rien, monsieur le douanier, ses papiers sont en règle, c'est un francuski, vous connaissez notre lourdeur... Acceptez ce billet de 100 dollars en guise de dédommagement, pajalousta, diplomat, dokumenti, on peut doubler la queue ? Ambassad, Government, friend of President Putin, da da, spassiba.

Bertrand, mon bien-aimé patron chez Aristo, se rongeait les sangs en sortant de chez L'Idéal, et dès son arrivée à Moscou, il a demandé à visionner toutes les Tchétchènes castées depuis 1991. Je crois qu'inconsciemment il était un peu amoureux de Lee Chan-Yong, le dégé hermaphrodite de L'Idéal. Il n'avait qu'une obsession : ne pas le décevoir. Mais j'avais déjà checké bien sûr : on n'avait rien de vendable en magasin. Nos plus récentes mannequins tchétchènes devaient être mères de famille ou ensevelies dans des charniers. J'ai fait visiter à Bertrand la maison de L'Idiot, dans le village de Jukovka, avec l'étage discothèque-armurerie-stand de tir pour pistolet-mitrailleur, l'étage piscine chauffée, l'étage boudoir oriental narguilé à coussins, l'étage salle de cinéma climatisée, l'étage loft mélangiste design et l'étage terrasse en teck avec jardin d'hiver, palmiers, solarium et héliport. Il a préféré s'allonger à l'étage oriental devant un DVD de *Lassie*. Milana, l'assistante personnelle de Sergueï, et deux Ouzbèques pubescentes lui ont servi le plov[1] sur le ventre,

1. Ragoût de mouton mort bouilli dans son gras 1 heure avec des légumes marron qui flottent à la surface et du riz huileux : plat traditionnel exquis qui nous vient de Samarkand. À ne goûter

je crois pouvoir dire que c'était border line. Certes, je n'ai pas vendu de visage à Paris, mais avec la vidéo que Sergueï a tournée à son insu, Bertrand ne peut plus me licencier.

N'est-ce pas le même homme qui, en m'embauchant il y a un an avec un maigre salaire fixe, m'a fait valoir que le plus merveilleux dans ce métier, c'étaient les avantages en nature ? Ne jamais oublier que les agences de mannequins ont toutes été créées par des mecs très laids qui voulaient coucher avec des femmes très belles, et qui y sont parvenus au-delà de toute décence.

Tchiort ! Elle se cache forcément quelque part, la femme que toutes les Terriennes voudront copier. Pour la dénicher, je vais à nouveau devoir organiser ce que je déteste le plus au monde : un concours de beauté « Aristo Style », avec défilé de vierges et contrat cosmétique à la clé. C'est la solution miracle : on placarde des affiches dans les villes de province et on imprime des annonces dans la presse locale. « Vous êtes une Tchétchène sexy et fraîche ? Osez vivre l'aventure exceptionnelle de notre grand casting. Inscrivez-vous dès aujourd'hui sur www.aristostyle.com et devenez la nouvelle égérie mondiale de la prestigieuse marque L'Idéal. Attention : pour participer il vous faudra nous faire parvenir deux photos en couleur (un portrait face et un portrait en pied) et posséder un passeport à jour.

qu'en cas de conflit militaire imminent avec une des Républiques jouxtant la mer d'Aral. *(Note de l'auteur.)*

L'agence se chargera de faire établir les visas pour la ou les lauréates. » Il suffit d'offrir à la gagnante une séance de shooting dans un placard à balai et elle se croit arrivée (au bas du bulletin d'inscription figure une note qui stipule que la société L'Idéal ne s'engage que sur les retombées locales de l'événement et que les photographies du défilé sont exploitables worldwide sans contrepartie, faut pas nous prendre pour des benêts non plus). Je suis fier de ma trouvaille de titre pour le flyer : « BIENTÔT VOUS SEREZ TOUTES UNIQUES. » Il est toujours agréable de se moquer des puissances qui vous entretiennent. Le bouche à oreille prend le relais, puisque, à part les excursions du fils de Philippe Tesson, il ne se passe pas grand-chose de glamour à l'est de la Volga. À chaque fois qu'on est bredouille, Bertrand me suggère de monter une finale de ce genre et ça ne manque pas : on loue un vieux théâtre, 300 inconnues se pointent et l'on n'a plus qu'à piocher dans le tas. Bon, ce n'est pas si simple : il faut parfois payer le voyage, l'hébergement dans un hôtel miteux, et une nourriture pas trop pourrie sinon elles ont des boutons sur la gueule. On leur apprend à marcher sur un catwalk, on leur enseigne le port de tête, on les numérote, elles font deux passages différents (avec vêtements, puis en maillot de bain), on leur met des notes sur 10 devant leur famille qui les filme avec des vieux caméscopes à manivelle, on les fait danser sous les projecteurs en petite culotte et à la fin on en vexe 299. Les pauvres chéries. Pour se marrer, on leur tend des pièges : par exemple, poser une pile de jolis paréos dans les loges. Celles qui défilent avec un paréo autour de la taille sont éliminées direct (selon l'axiome de la plage de Bidart : « qui dit paréo autour de la taille dit gros cul en dessous »). Carmen Kass a été révélée par un concours de ce genre à Paide, en Estonie. Elle était Miss Järva-Jaani à 14 ans quand Éric Dubois l'a découverte sur les plages de la Baltique. Pareil pour Gisele Bündchen, lauréate du concours Elite Model Look au Brésil. Bien sûr que ça fonctionne, je ne critique pas, je dis juste que cette méthode a moins de classe que l'autre. Le scouting à l'ancienne, au débotté, dans les rues et les bars, demande du cran, de l'audace, le sens de l'improvisation, le goût du risque, il faut les séduire, les faire marrer, les rassurer, les mettre dans sa poche. Ce n'est jamais gagné d'avance. Vous avez déjà essayé d'évangéliser des filles de 14 ans, mon père ? Pas simple, hein ! Il y a des mecs qui sont devenus des légendes dans cet art, car oui, c'était un art, je le maintiens. Ils allaient à l'abordage, la fleur au fusil et sans filet. Ils risquaient le vent, le râteau. Ils jouaient à armes égales. Certes les chasseurs de filles n'ont jamais pratiqué l'amour courtois, mais au moins ils s'exposaient à l'humiliation, essuyaient des refus, se ridiculisaient tous les soirs de la semaine. C'est fini tout ça : avec Internet, la drague s'est rationalisée, il suffit de passer une petite annonce et elles viennent par milliers s'humilier en public pour trois roubles cinquante dans un spectacle prévendu worldwide. On liste des critères et les noms tombent avec des portraits, des adresses mail ; le girl scouting a perdu toute poésie avec le numérique. Le monde a changé : autrefois c'étaient nous qui étions à leurs pieds ; à présent ce sont les filles qui nous supplient. Demain elles se révolteront, saccageront nos salles de congrès, incendieront les locaux de nos agences, dénonceront nos bookers ! La première Glam-révolution, retransmise live sur Fashion TV, se passera ici, en Russie, puisqu'ici, comme en France, les révolutions sont un hobby national. Et je vais vous faire une confidence, padre. J'ai hâte qu'une de ces déesses promène ma tête au bout d'une pique.

5

Comment, que dites-vous, mon starets ? Vous connaissez une Belle ? Attendez un moment, pajalousta, laissez-moi sortir mon carnet de notes, je vous écoute, merci de me témoigner votre confiance, je vous jure que je vais changer, je ne veux plus être le même, vous êtes mon sauveur, je veux vivre autrement. Nom, prénom ? Doytcheva, Lena. Ça s'épèle comment ? Da. Elle est belle ? Allons bon, un ange de plus, il y en a déjà plein votre église. Elle est tchétchène ? Tant pis, on mentira. Non, non, pas du tout mon père, je ne doute pas de votre jugement, mais avouez que la situation est un peu saugrenue : jamais je n'aurais imaginé que vous alliez me présenter la fille d'une fidèle ! Elle rêve de faire ce métier mais vous ne l'avez jamais rencontrée ? Ma foi, les filles qui rêvent de gagner des millions à ne rien foutre sont nombreuses, mais cela n'en fait pas pour autant des Doutzen Kroes. J'espère qu'elle est moins barbue que vous ! Je plaisante, mon père. La créature a un numéro de portable ou une adresse ? Elle est au lycée à Saint-Pétersbourg ? Parfait, c'est justement là-bas que je comptais organiser mon model search contest, cela tombe bien, spassiba infiniment. À Saint-Pét, le mouvement « résistance civique » nous filera un coup de main, les jeunes sont plus courageux en dehors de Moscou. Pas question d'aller en Tchétchénie, trop dangereux ! Les bombes, je les préfère sexuelles, et les attentats, à la pudeur. Je n'ai pas choisi d'être model scout pour me retrouver à crapahuter dans des pays en guerre entre une mine antipersonnel et une grenade à fragmentation. Je l'appellerai de votre part pour le casting et on la présentera à Bertrand comme une finaliste de Miss Tchétchénie. C'est surréaliste, non ? Il n'est pas certain que la police laisse faire : chez vous, les espaces publicitaires se négocient avec une agence contrôlée par l'administration présidentielle, et Poutine ne nous laissera jamais élire une Tchétchène, même bidon ! Mais tant pis, c'est rigolo d'essayer, et quand elle sera star, ils n'oseront plus nous tuer. Je ne pensais pas recruter dans votre cathédrale. Vous me direz : s'il ne se passait rien d'irrationnel dans une église, je ne vois pas où le surnaturel aurait cours. Elle a les pommettes proéminentes, au moins ? Et les dents alignées comme des touches de piano ? Et les yeux en amande, une bouche charnue, un regard de biche effarouchée ? Pardonnez ce questionnaire de maniaque, mais si cette confession doit tourner au rendez-vous de boulot, autant être précis. A-t-elle un regard de brume, les lèvres cramoisies, le teint diaphane, le visage ovale comme un œuf de Fabergé ? « À ce qu'il paraît » est vraiment une réponse de jésuite. On peut être jésuite et orthodoxe à la fois ? De même qu'on peut être tchétchène et habiter Saint-Pétersbourg… L'autre jour, un collègue m'annonçait un arrivage de Tchétchènes lascives : rien que des anorexiques traumatisées par les viols des soldats russes, et les seules comestibles étaient déjà enceintes. « Désolé, leur ai-je dit en pointant mon front, y a pas marqué Amnesty International ici ! » Nous ne sommes pas là pour aider à la réinsertion des orphelines opprimées. Mais je convoquerai votre petite chrétienne. J'ai confiance en votre jugement. Un homme qui fréquente la Sainte Vierge doit forcément s'y connaître en fées mineures.

6

Votre confiance m'honore, sachez-le, et je saurai m'en montrer digne. Je suis venu vous voir parce que je veux devenir un autre homme. Je me déteste infiniment. La quête d'identité, la recherche de soi, gnagnagna, j'ai longtemps pensé que c'était du baratin. Pourtant je me fatigue… Vous savez, c'est à Paris, l'année dernière, qu'est née ma manie de tourner autour des églises la nuit. C'est ainsi que nous nous sommes rencontrés, souvenez-vous, l'hiver dernier ! À Paris, chaque fois que j'étais en descente, j'errais vers Notre-Dame, Saint-Sulpice ou Saint-Thomas-d'Aquin à la recherche d'une dose d'eau bénite. Mais mon refuge préféré était la basilique Sainte-Clotilde, à l'angle de la rue Las-Cases et de la rue Casimir-Périer dans le VIIe arrondissement :

vous ne connaissez pas cette église ? Allez-y faire un tour, quand vous reviendrez en France, c'est un des plus jolis lieux de pèlerinage du pays : une double flèche néo-gothique du XIXe siècle sur une petite place en face d'un square où gambadent des enfants en manteau Bonpoint gardés par des nurses philippines. Dans cet arrondissement, je peux vous garantir que la religion est l'opium de l'élite. Je m'agenouillais régulièrement sous ses ogives non nucléaires, affrontant le regard ombrageux des croyants friqués, et quand la porte était fermée parce qu'il était cinq heures du matin, je m'allongeais ventre à terre sur la dalle de pierre déserte, le cul poussiéreux éclairé par quelques reverbères compatissants, et je criais.

Jésus était lumineux toute la nuit sur le parvis, il m'ouvrait les bras et il était bien le seul dans cette ville morte. Je ne sais s'il s'est sacrifié pour nous, mais je sais qu'on se sent apaisé quand on lui rend régulièrement visite. J'aime bien son regard de Dieu qui s'est fait homme et qui s'aperçoit, mais un peu tard, de son erreur. Il nous contemple gentiment, sans mépris (mais un peu consterné quand même), semblant dire la même chose qu'à Thomas dans l'Évangile de Jean : « Heureux ceux qui croiront sans avoir vu. » Il est cool, ce barbu modeste. Il débarque pour nous sauver et nous, pour le remercier, on le torture, on l'assassine, et il nous pardonne notre ingratitude. Jésus-Christ : c'est nous qui l'appelons au secours et c'est lui qui nous demande pardon. Il ne se la pète pas, pour un fils de Dieu. J'ai connu des « fils de » qui se la racontaient vachement plus que Lui. Quand je pense qu'Il nous a ouvert les bras et qu'on en a profité pour Le clouer sur place comme Nabokov avec ses papillons !

Pourquoi les églises sont-elles fermées la nuit, au moment où l'on en a le plus besoin ? Parfois, je m'endormais sur le sol, devant la porte. À mes ronflements, les pigeons pouvaient deviner que je ne priais pas. Le reste du temps, je ressemblais à une crêpe. Une crêpe en costume Hedi Slimane. Les bras en croix sur le sol, j'enviais les arbres : eux au moins avaient des racines. Jusqu'alors, j'avais complètement oublié ma formation catholique et voici que, tout d'un coup, je demandais pardon au Ciel sous prétexte que j'étais en dépression nerveuse. Amusant, non ? Je laissais parfois rouler quelques larmes intempestives sur mes cernes noirs et ma barbe neuve. Si vous saviez comme il me soulageait d'arrêter de sourire. Le rictus antidésespoir est une gymnastique épuisante. Non, je n'avais pas de visions comme sainte Thérèse d'Avila : s'il vous faut des références, je préfère citer Durtal, l'écrivain qui s'enferme à la trappe de Notre-Dame-de-l'Atre dans *En route* de Huysmans… Dans ma poche j'avais aussi *L'Homme de désir*, de Louis Claude de Saint-Martin (1790) : « À tous les instants de notre existence nous devons nous ressusciter des morts »…

Je venais de comprendre qu'au lieu d'aimer des femmes inaccessibles, je ferais mieux d'adorer l'Éternel Absent. Quitte à être fou de quelqu'un qui n'existe pas ! Je ne voyais pas pourquoi je refusais d'aimer Dieu, le plus grand poseur de lapins. Au « Credo quia absurdum est » du vieux Tertullien (« je crois parce que c'est absurde »), je voulais opposer un nouveau credo : « je crois parce que ce n'est pas plus absurde que le reste. » Voilà : je voulais tordre Tertullien pour le rendre camusien. L'absurdité universelle peut englober l'existence de Dieu ; le non-sens peut avoir du sens. Dieu est aussi absurde que moi et je ne comprends pas pourquoi Camus n'avait pas la foi. Je crois qu'il croyait sans le savoir. Merci de votre bienveillance, mon père, je savais que ma chanson de geste vous attendrirait. Mon corps faisait un avec le bitume. Mais comment devenir le sel de la terre quand celle-ci est en béton armé ? On approche du but, vous allez voir.

7

De quoi me plaignais-je en fin de compte ? De broutilles : mon mariage s'écroulait une fois de plus ; j'étais incapable de m'occuper d'une femme ; je rentrais chez moi de plus en plus tard, tellement tard qu'il était de plus en plus tôt ; à 40 ans je commençais à en avoir marre de me comporter toujours comme le même crétin immature avec son cortège de vaudevilles et de portes qui claquent. Ma vie amoureuse répétait toujours le même cycle : j'allais à une fête, je rencontrais une femme merveilleuse, extraordinaire, bouleversante, je lui déclarais ma flamme jusqu'à ce qu'elle craque, puis on s'installait ensemble et je me retrouvais interdit de sorties, en train de me faire engueuler par une parano hystérique qui gobait des antidépresseurs et des somnifères. Et le cycle recommençait : je mentais de plus en plus mal, j'allais à une fête, je rencontrais une autre femme merveilleuse, extraordinaire, bouleversante qu'à son tour j'allais transformer en harpie agressive, en sorcière possessive, en vipère haineuse. C'est incroyable le don que j'ai pour rendre laides les plus jolies femmes ; un talent incomparable. Un soir, mon épouse m'avait dit : « T'es un tellement mauvais coup que je suis obligée de penser à mon vibromasseur pour jouir ! » Ne riez pas, mon starets, ce genre de chose n'est pas très agréable à entendre. Quand je lui demandais comment elle faisait pour aimer *Tromperie* de Philip Roth tout en fouillant mes poches à la recherche de capotes, elle répondait intelligemment : « J'aime lire Philip Roth, mais jamais je ne l'aurais épousé ! » Donc non seulement je n'étais pas libre, je devais sacrifier mes désirs, réprimer ma libido d'homme génétiquement programmé pour multiplier les conquêtes, me retenir d'être viril, bref, tuer la bête qui me constituait, mais en outre j'étais un serial heartbreaker qui détruisait des femmes sensibles et mon appartement ressemblait de plus en plus à une annexe de Guantanamo. Est-ce de notre faute, à nous les hommes, si notre corps a été conçu de la sorte par votre Créateur ? Pourquoi devrions-nous sans cesse nous justifier d'être ce que nous sommes ? Pourquoi nos épouses nous demandent-elles de nous suicider tous les jours ? Pourquoi aucun mari n'a-t-il le courage de dire tout simplement la vérité à sa femme ? « Chérie, je t'aimerai toujours, tu es vraiment faite pour moi, mais j'ai envie de faire l'amour à d'autres femmes que toi. Cela te paraît insupportable alors que c'est toi qui es insupportable : tu contestes tout simplement l'essence même de ma masculinité. Il n'est pas très grave que je couche avec d'autres femmes si tu n'enquêtes pas sur tous les détails et ne lis pas mes e-mails. Tu peux faire la même chose, je ne te l'interdis pas, au contraire ça m'excite de te savoir désirée par d'autres hommes car comme tous les mecs je suis un pédé refoulé. Ta jalousie est tellement réac que tu es à toi seule la preuve de l'échec de la révolution sexuelle. Tu veux profiter des acquis de la révolution féministe mais tu veux aussi la restauration du couple à l'ancienne. Tu ne m'aimes pas : tu veux me posséder, ce n'est pas la même chose. Si tu m'aimais comme tu le prétends, tu aurais envie que j'aie tout le temps du plaisir, avec ou sans toi, comme je te le souhaite aussi, avec ou sans moi. Je vais être obligé de te quitter pour cette stupide et néanmoins – ma décision le prouve – extrêmement importante raison : j'avais besoin de toucher d'autres corps que le tien, afin de vérifier que c'était le tien que je préférais. Adieu, dragon de ma vie, incapable de comprendre ce qu'est un mari. Je te suggère le suicide ou le lesbianisme comme issue à ton ignorance des fondements de la virilité. Regarde-moi bien : tu ne vas plus me voir. C'est en voulant me posséder que tu viens de me perdre. » Un matin j'avais récité une lettre de Tchekhov à une psychiatre, avenue de la Grande-Armée (adresse logique, puisque je venais de déclarer la guerre aux femmes) : « Le bonheur qui continue de jour en jour, d'un matin à un autre matin : je ne le supporterais pas. Je promets d'être un excellent mari, mais donnez-moi une femme qui, ainsi que le fait la lune, n'apparaisse pas quotidiennement à mon horizon. » Au bout d'une heure à 120 euros, j'avais conclu mon monologue par une question : « Enfin voilà docteur, je bois tous les soirs pour séduire toutes les filles qui n'habitent pas chez moi, bref je suis un mec normal, je ne suis quand même pas malade, si ? » et elle m'avait regardé calmement avant d'ouvrir son agenda et de lâcher : « Il va falloir augmenter la fréquence de nos rendez-vous. » Je n'y suis jamais retourné : à la place je me suis acheté un tee-shirt « I'M MARRIED. PLEASE SHOOT ME ». Et je suis parti pour Moscou.

8

Moi tout ce que je voulais (mais je l'ignorais alors), c'est être materné le plus longtemps possible. À l'adolescence notre mère cesse de nous toucher. Elle nous lâche dans la nature et à partir de la puberté notre corps n'est plus assez serré, bercé, trituré, léché, câliné, tâté, massé. C'est une certitude : la peau de l'être humain a besoin d'un grand nombre de baisers par jour, de même que son estomac a besoin de nourriture ; or elle n'en reçoit qu'au tout début de sa vie (s'il a de la chance) ; à partir de 13-14 ans, on nous effleure moins souvent. Avec la paranoïa antipédophilie, la situation n'a fait que s'aggraver : qui ose frôler un adolescent risque trois ans de détention préventive avant que le juge ne décide si l'ado est mythomane ou traumatisé. L'Occident est foutu. Nos 2 000 cm^2 de peau ont faim de doigts, nos épidermes sont en manque de lèvres. D'où le succès des spas : les gens sont prêts à raquer des fortunes pour que quelqu'un les palpe une heure (quelques paumes sont préférables à une pénurie de bouches). Nous sommes drogués au désir. Il nous faut notre dose de corps frais et nouveaux, la société nous a formatés pour être embrassés comme des enfants éternellement gâtés, égocentriques et amnésiques. En ce qui me concerne, j'évalue ma ration quotidienne minimale à environ un millier de baisers. Si mon cou n'est pas en contact avec des lèvres mouillées au moins mille fois par jour, je fais une tête épouvantable. Regardez-moi : je ressemble au Premier ministre Medvedev ! Il faudrait corriger le *Notre Père* : « Donne-nous aujourd'hui nos baisers de ce jour ! »

Oui, des baisers, des baisers doux plutôt que de l'amour dur, ah les Russes entre elles, mon père, MON PÈRE SI VOUS SAVIEZ ! J'ai toujours adoré regarder les filles se rouler des pelles, surtout si elles portent des colliers et rien d'autre. C'est très joli ; on ne s'en lasse pas ; tant pis pour vous si vous préférez regarder le ciel plutôt qu'une fille qui dégrafe le chemisier d'une autre pour lui durcir le bout des seins avec un glaçon. J'adore quand elles se tortillent pour défaire leur soutif, on dirait des crotales qui ondulent. Céline disait : « J'ai toujours aimé que les femmes soient belles et lesbiennes. » Il s'est trompé sur beaucoup de choses mais pas sur celle-là. Mais oui, je sais, je peux, je vais changer, devenir quelqu'un d'autre, avec l'aide de Dieu, me débarrasser de l'ancien Octave, celui qui sniffait des rails sur des miroirs pour se mirer de plus près. Marre des filles en Valentino qui mâchent du chewing-gum à la cannelle sur le yacht de Staline (le *Maxime Gorki*), le corps enduit d'huile pailletée et parfumée, oui bien sûr, la croix qu'elles suspendent entre les seins sert à éloigner les vampires, marre des Novi Ruskis qui prient toute l'année ce satané VEAU D'OR, À L'AIDE MON PÈRE, du calme, où en étais-je ?

9

Apparemment, en me débrouillant pour rester séparé de tous ceux que j'aimais, je ne faisais que reproduire mon enfance. Toutes ces simagrées pour ne pas vieillir ! Un bon moyen de rester jeune est d'être puéril. Pour cela, il suffit d'aimer les femmes que l'on n'a pas et de délaisser celles que l'on a. Je n'étais peut-être pas capable d'amour. Quand on n'est pas capable, on est coupable. Je prenais de la drogue pour ressentir les émotions que je ne ressentais plus. Mais qu'y pouvais-je si je désirais toutes les femmes ? Tennessee Williams dit n'importe quoi : le désir n'est pas un tramway, mais une cheville, un galbe de hanche ou de gorge à la chair de poule, une paupière mi-close, une chute de reins, une arête duveteuse d'omoplate penchée, une cambrure de pied dans une sandale vernie ou une marque de bronzage, aperçue dans une échancrure, qui vous détruisent la journée. Je détestais ma banalité mais la vérité est que j'avais peur des femmes et de leur pouvoir grandissant. J'avais peur qu'elles m'échappent ou, pire, qu'elles m'acceptent. J'avais peur de mes mensonges. J'avais peur qu'elles les croient ou, pire, qu'elles ne les croient pas. J'avais peur qu'elles m'aiment ou qu'elles ne m'aiment pas. Je les voulais toutes et je les haïssais de me croiser sans se retourner. Dès qu'elles me disaient oui, je cherchais à m'en débarrasser, et dès qu'elles me disaient non, je m'en éprenais. Les femmes m'étouffaient de leur présence comme de leur absence. Peut-être que je les détestais ? Les femmes avaient de bonnes raisons de haïr les hommes depuis des millénaires. Pour se venger de siècles de domination masculine, elles voulaient notre malheur, nous dompter, nous domestiquer, nous nier, nous séquestrer. Elles commençaient par nous castrer et ensuite elles se plaignaient qu'on ne les baise plus ! Elles nous donnaient la vie et ensuite n'avaient de cesse de nous la rendre impossible. Peut-être qu'à force leur haine était devenue réciproque : les hommes en voulaient aux femmes de ne rien leur pardonner. Je vous l'ai dit : c'était la guerre. La prochaine guerre n'opposera plus des pays ou des religions : ce seront les hommes contre les femmes, et l'affrontement sera autrement plus violent. En attendant, tous les hommes vont devenir misogynes, puis gays. Peut-être l'étais-je déjà mais, en ce cas, pourquoi désirais-je tout le temps caresser des seins sphériques et des cheveux soyeux ? On ne devrait jamais se forcer à coucher avec des femmes, quand on est une tapette. Je ne crois pas que je sois homosexuel car une chose est certaine : quand j'étais avec une femme, je regardais toujours les autres, et cela leur faisait mal, mais à moi aussi cela faisait mal, et cette douleur-là, la deuxième, celle de l'homme qui ne peut réfréner son ardeur, sa curiosité, son ébahissement, personne ne la respecte. La souffrance de *L'homme qui aimait les femmes* de Truffaut n'est pas ridicule, elle mérite d'être considérée. Personne ne respecte son appétit insatiable et son émerveillement devant toute créature nouvelle. Don Juan est toujours un traître minable, un ringard qui salive, un libidineux pathétique. L'ignoble retour de la morale (en particulier celle véhiculée par la « presse people », très puritaine, souvent unique lecture des femmes de moins de 24 ans) montre du doigt, culpabilise, stigmatise le pauvre « désiriste » qui ose poser l'œil sur une autre femme que la sienne. C'est l'obsession la plus niée et vilipendée, alors que c'est celle de tous les plus grands poètes, des peintres, des écrivains et des cinéastes, de tous les êtres qui se shootent à l'extase et rendent un hommage permanent aux cadeaux du Ciel, surtout s'ils portent un marcel transparent et un sautoir de fausses perles entortillées.

C'est une de ces nuits où, une fois de plus, j'avais fini allongé sur le parvis de Sainte-Clotilde sans pouvoir bouger que j'ai décidé d'accepter l'offre d'Aristo et de partir pour Moscou. L'idée était de remplacer la drogue par la grâce, et l'hôpital Sainte-Anne par la place Rouge. Oui da, votre sainteté : votre pays m'est tombé sur la tête comme un ciel.

10

Je ne suis ni athée, ni croyant : je suis nulle part et j'attends qu'il pleuve des filles. Au milieu du chaos qu'est ma vie, la religion m'apparaissait comme un beau souvenir d'enfance, une agréable régression, une bouée de sauvetage. Je me suis rendu compte qu'avoir un Dieu est un peu comme avoir un pays, une frontière, une maison, un père. La religion c'est la bonne planque. J'aurais pu comprendre plus tôt qu'on ne pouvait pas tout supprimer en même temps – la foi, la famille, les nations, le passé. Croire nous tient chaud, c'est plus rassurant que d'être un individu mondial isolé dans le blizzard, sur un parking d'hypermarché, entre deux rangées de Caddies vides, des sacs plastiques qui volent et quelques néons grésillant sur lesquels est inscrit : « Choisissez Bien, Choisissez But. » Voilà comment je suis devenu un quadragénaire qui prie la nuit. Prier pour moi, c'est comme regarder un vieux film : quoi de plus réconfortant que ces gestes automatiques, ces tenues désuètes, ces textes connus par cœur ? L'église gravée dans le marbre me fournissait à la fois un repère et un repaire. Parce que vous parlez le français couramment, père Ierokhpromandrit, vous comprendrez cette petite homophonie intraduisible en cyrillique.

Accepter la petitesse de l'homme est le début de l'intelligence. Certaines phrases dans le rituel catholique m'aidèrent à aller mieux. Pardon, je connais moins bien le catéchisme orthodoxe, excusez-moi de ne pas déceler la grande différence qui justifierait mille années de schisme byzantin. Je sais que votre rite est plus méditatif, il suffit de compter les cierges qui nous entourent. Vous aimez les icônes sombres éclairées d'une flamme vacillante, et votre sacerdoce consiste à psalmodier, si possible polyphoniquement, en fermant les yeux comme Sa Sainteté le patriarche Alexis II, lequel, entre nous, n'a pas l'air d'un joyeux drille. Non, non, ne vous énervez pas, je suis d'accord avec vous, le pape Benoît XVI, c'est pas le rigolo du coin non plus ! Les catholiques apostoliques romains répètent sans cesse « Prends pitié de nous », refrain qui fout le cafard mais quand on y réfléchit, idée extrêmement salubre. S'inventer un Créateur quelque part pour pouvoir lui demander d'avoir pitié de soi. Démarche saugrenue mais si efficace ! Quand on sort d'une orgie de filles louées et que même les somnifères de votre épouse trouvés sous le matelas n'agissent plus sur votre cortex, rien de plus sain que de s'imaginer quelqu'un d'immanent qui nous contemplerait, quelqu'un à qui l'on pourrait présenter des excuses, peu importe son inexistence. Cela fait du bien, de faire pitié à quelqu'un d'autre qu'à soi-même. J'adore aussi « Délivre-nous du mal ». C'est dingue. Les gens qui ont rédigé ces textes étaient des malades géniaux ! Ils ont créé le Prozac Universel Gratuit. « Ne nous soumets pas à la tentation mais délivre-nous du mal, amen. » Slogan dément ! Le monde actuel vit carrément à l'opposé : presque tous les gens avec lesquels je travaille sont payés toute la journée pour soumettre les autres à la tentation. C'est notre job : tentateurs. Tentationnistes rémunérés ! Nous sommes des militants anti-ataraxie. L'ataraxie est l'ennemie du capitalisme : l'absence de désirs vains, la tranquillité de l'âme, la sagesse stoïcienne entravent la marche du market. Le monde est entre les mains d'une centaine de Chief Executive Officers dont le seul objectif est de rendre impossible toute forme d'ataraxie sur cette planète. Dans les business schools, partout dans le monde, on enseigne aux meilleurs étudiants comment nous soumettre à la tentation. Ce qu'on appelle la société de consommation devrait être rebaptisé : Société de Tentation. « Ne nous soumets pas à la tentation » pourrait être un mot d'ordre tagué sur une banderole altermondialiste ! Chapeau à ceux qui ont écrit cela. Pourquoi les prières ne sont-elles pas signées ? On ignore le nom du gars qui a pondu le *Notre Père* ou le *Je vous salue Marie*. Vous imaginez les droits d'auteur qui tomberaient tous les ans dans son escarcelle ? Une manne divine, oui, bien sûr, karacho, les textes sont de Lui. Dieu ne touche pas de droits d'auteur ? Vous êtes marrant, quand vous vous y mettez. Bien sûr, Il coûterait trop cher en mensualités.

11

En résumé, j'ai 40 ans : je ne sais pas qui je suis et je ne suis plus qui j'étais. L'angoisse du quadragénaire à l'approche de son anniversaire vient de l'addition de ces deux catastrophes, un peu comme de mélanger du Bailey's avec du Schweppes, ou de jeter un Mentos dans une bouteille de Coca. La perte d'identité et la fuite du temps se conjuguent en une réaction chimique, un précipité nauséabond, un geyser marronnasse. JE NE SAIS PAS QUI JE NE SUIS PLUS. Certains n'y survivent pas, et se pendent, comme mon copain Thierry Le Vallois en février 2006, ou mélangent les médicaments comme Guillaume Dustan en octobre 2005[1]. « Mais au fait, les gars, je ne suis pas du tout prêt pour avoir quarante ans ! » Regardez-les serrer les dents, les quarantenaires rugissants ; à leur enterrement, leurs amis se frottent les yeux en cherchant un sens à leur geste, et ce qu'ils auraient pu faire pour sauver le naufragé. Inutile de chercher du sens à ce qui n'en a pas : ne pas savoir qui l'on n'a pas été, cela seul suffit à faire de vous l'assassin de vous-même. La mort, on n'en sent le vertige qu'au moment d'enfoncer la touche « supprimer » sur le nom d'un ami dans son portable.

Viendrez-vous à Saint-Pétersbourg pour voir de futures couvertures de *Muteen* marcher pieds nus sur du linoléum ? Allez, je vous convie au marché aux sauterelles. Il y aura du monde à bénir, des âmes perdues à sauver, du pain sur la planche pour un pope en quête de développement ! Oui, je vois ce que vous voulez dire, un concours de beautés mineures n'est peut-être pas l'endroit le plus propice à la méditation théologique. Dommage, je vous aurais volontiers inscrit dans mon jury.

1. À cette liste macabre, il convient désormais d'ajouter Édouard Levé, dont le suicide est postérieur à la première édition de ce roman. *(Note de l'auteur.)*

Un pope orthodoxe au Aristo Style Contest, il y avait de quoi tripler le volume du dossier de presse. Tant pis pour les candidates, elles échapperont au jugement de l'envoyé spécial de Dieu ! Promettez-moi tout de même de prier pour leur salut durant mon absence. Je ne sais pas comment vous faites pour résister à mon invitation ; vous avez une force que je n'ai pas. Comment peut-on vivre dans la Société de Tentation sans jamais y céder ? Si quelqu'un avait un jour décidé qu'il fallait rendre tous les hommes dépressifs et frustrés, notre époque a trouvé et appliqué la meilleure méthode possible. Mon père, comprenez-moi : j'en ai assez qu'on me demande sans cesse de m'excuser d'être un mec. J'en ai marre d'être incapable d'être vous.

OK, dobry viétchir, moi aussi j'ai mal au crâne, moi aussi je psalmodie, je dodeline. Allez, j'ai soif, je vais vous laisser, vous avez d'autres grenouilles de bénitier à fouetter. Mais c'est promis, je reviens vous voir dès mon retour de Saint-Pét'. Votre calme me purifie. C'est sans doute la première fois de ma vie que quelqu'un m'écoute. Ce n'est pas au Zima ou au Seven, les nightclubs de la R&B culture, que l'on pourrait m'entendre : la musique y recouvre mes lamentations. Les filles secouent la tête en rythme au lieu de lire Viktor Pelevine, Andreï Guelassimov et Vladimir Sorokine. Ces endroits servent à autre chose : à crier sans que personne ne s'en aperçoive. À se noyer dans la foule des solitudes agglomérées. Chacun pour soi, le bruit couvrira tes sanglots, et dans le noir personne ne distinguera tes grimaces. Bien sûr que je sors ce soir, votre oreille me galvanise ! Vous savez ce que signifient les initiales « R&B » pour la jeunesse de Moscou ? Non pas « Rhythm & Blues », mais « Rich & Beautiful » ! Dosvidanya, cher sauveur à la courtoisie auriculaire ! Davai, karacho et dobre ! J'ai appris à répéter ces termes russes à longueur de journée sans trop savoir ce qu'ils signifient – bon, allez, on y va, OK, d'accord, bien, zou – il suffit de les interchanger et le courant passe, inutile de chercher le sens des mots du moment qu'ils amenuisent l'écart entre les humains. J'entends approcher le bruit qui meuble ma vie immobile. Comme dit Joyce : « le silence, l'exil et la ruse. » Je n'y suis pas encore mais je progresse, chaque trimestre, grâce à vous. À ciao amen !

« Mon mari était une poignée d'eau, je n'ai jamais pu le saisir. Il n'avait aucune consistance ; vivre avec lui était comme d'habiter avec l'homme invisible. Octave fuyait tout le temps, on aurait dit un vieux robinet. Et moi qui me prenais pour son plombier. Même le jour de notre mariage, il avait la tête ailleurs. Il devait déjà planifier notre divorce. Je ne sais pas pourquoi je l'ai épousé, sans doute par masochisme. Je crois bien que nous nous sommes aimés, même si je préfère l'oublier : ce gâchis est trop pénible. Il avait sans doute très envie de moi, et il a confondu désir et amour. Il était très passionné, il éjaculait tout le temps, partout, à toute vitesse. Je ne crois pas qu'il ait jamais su ce qu'aimer signifie. La curiosité, l'humanité, la générosité que cela implique (et pas seulement en pensions alimentaires). J'ai cru qu'il m'aimait parce qu'il me le répétait sans cesse mais tout ce qu'il voulait c'était que je dépende de lui financièrement, il voulait me réduire en esclavage et au début j'aimais bien cette situation, parce que moi aussi j'ai cru que je l'aimais, comprenez-vous ? C'était un dangereux sentimental, « amoureux de l'amour », comme on dit, ce qui revient à dire : pas amoureux d'une personne mais d'une pose, d'une idée, d'un principe. Ce sont les pires pervers : ceux qui se

croient purs mais préfèrent l'image d'un sentiment à un être humain. Cet amour-là, parfaitement puéril et joli comme au cinéma, n'engendre que douleur et déception, personne n'y survit. C'est ravissant deux semaines, un mois, un trimestre, mais le réveil est épouvantable. Le plus terrible, c'est que des millions de gens sont intoxiqués par cette esthétique à l'eau de rose, et sans doute y ai-je moi aussi succombé, sinon comment aurais-je pu adhérer à de telles balivernes ? (...) Quand nous faisions l'amour aussi, il n'était pas là. Il songeait sans doute à l'une de ses maîtresses. Quand il était avec une de ses maîtresses, il m'affirme qu'il pensait à moi ! C'était une expérience originale de coucher avec un schizophrène pareil : à force, moi aussi pendant l'amour je pensais à d'autres mecs, ce qui fait que plus personne dans notre lit n'était à ce qu'il faisait. Il m'a appris l'indifférence conjugale, la vie asentimentale. Aujourd'hui je ne le hais même pas, je ne le regrette pas non plus : à vrai dire je m'en souviens à peine. Vivre avec Octave, c'était vivre à côté de lui. J'allais dire « dans son ombre » mais ce serait inexact : il ne pouvait pas avoir d'ombre puisqu'il était transparent. Ce n'était pas un être humain : c'était un androïde désincarné, une machine vaguement humanoïde, un abonné absent. On passait son temps à l'attendre, à essayer d'attirer son attention, mais rien n'arrivait, ce type était une savonnette, mais une savonnette qui vous salissait. J'ai vécu dans cette frustration permanente : il ne respectait pas les femmes et surtout pas la sienne, je pense que cela provenait de son enfance. Élevé par une mère seule, il idolâtrait les femmes mais les voyait toutes comme des garde-chiourmes, des geôlières, des kapos. Je le lui disais souvent : « Tu crois que tu cherches ton père, pauvre con, c'est ta mère que tu fuis ! » Sur le coup il était furibond mais il m'a confié plus tard que c'était la chose la plus intelligente qu'une femme lui ait jamais dite. La prolifération des mères célibataires a paradoxalement causé beaucoup de tort à l'image de la femme : pour leurs rejetons, une femme est synonyme de Loi, il faut s'y plier, c'est à la fois un absolu impossible et un enfermement casse-couilles. Et bien sûr aucune ne sera jamais à la hauteur de la première femme de leur vie. Un écrivain français d'origine russe a nommé ce complexe « la promesse de l'aube ». Mais quand Romain Gary a raconté son enfance, celle-ci était originale, émouvante et poétique ; aujourd'hui être élevé par une mère seule est devenu la règle. Cela fabrique des hommes qui ont une peur effroyable de la solitude. Ils préfèrent s'installer dans un trois-pièces meublé avec la première venue plutôt que se réveiller seuls dans leur lit. Et une fois installés avec elle, ils lui reprochent de voler leur liberté. Ces hommes incapables de devenir adultes sont les dommages collatéraux de la libération sexuelle. Que faire de ces individus qui ne peuvent ni rester seuls ni vivre avec quelqu'un ? Ce sont des « human bombs » en puissance. Le terrorisme, les meurtres de masse, les tueurs en série sont sûrement une conséquence indirecte de l'évolution de la masculinité en Occident. Moi aussi j'ai été élevée par une femme seule, je sais de quel désastre je parle. C'est assez étrange de grandir avec une adulte célibataire comme modèle, la fille a tendance à confondre la solitude de sa mère avec la vie normale, elle s'y habitue et après elle n'est plus capable de supporter quiconque. Pour un garçon, c'est pire : grandir sans homme à la maison condamne à vivre sans jamais savoir qui l'on est, ni ce qu'on veut, à part conquérir sans cesse des femmes qu'on ne parvient jamais à supporter. Nicolas Sarkozy a été élevé par une mère seule larguée par un mari playboy : voyez le résultat ! Octave est un pervers parce qu'il a trop fusionné avec sa mère dans la petite enfance. Son œdipe n'est pas digéré, il lui file une angoisse de mort : si je ne les séduis pas toutes, je vais mourir abandonné. Comment appelle-t-on un enfant gâté qui a grandi ? Un adulte gâté. (...) Je ne connais pas cette Lena, enfin j'en ai entendu parler comme tout le monde, dans la presse après le drame, c'est la Tchétchène que le prêtre lui a présentée ? Après moi, je comprends qu'il ait eu envie d'une petite jeune qui lui foute la paix, le pauvre... Je lui ai tellement pourri la vie, parfois je m'en veux, mais j'ai tort, c'était lui le dingue, pas moi ! Je ne sais pas ce que mon témoignage peut vous apporter dans cette affaire. J'aimerais me rendre utile, j'essaie de répondre à votre questionnaire dans l'ordre mais ce n'est pas simple, je crois malheureusement qu'il est trop tard et que remuer notre échec marital ne vous apprendra pas grand-chose sur les ramifications du terrorisme international ! (...) Non, j'ignore s'il avait des complices, nous avions totalement perdu le contact depuis notre divorce. Je suppose qu'il est techniquement compliqué d'organiser une telle opération tout seul. Non, il ne m'a jamais parlé de ses relations dans les milieux industriels russes ou l'indépendantisme tchétchène, et je vous prie de ne pas me mêler à cette affaire, merci de ne pas citer mon nom, je tiens à la vie ! (...) J'ai de la chance d'avoir survécu à ce psychopathe. Excusez-moi, je ne disais pas cela par rapport à ce qui est arrivé... je suis maladroite. J'ai eu davantage de chances que certains. Je savais qu'il s'était installé à Moscou, je pensais que c'était pour se taper des putes mais jamais je ne me serais doutée qu'il pouvait basculer dans la violence.

Comme tous les sadiques, il était très douillet, il se vantait toujours de sa lâcheté physique. Je ne pensais pas qu'il était capable de faire du mal, sauf à moi. Je suis sincèrement navrée pour toutes les victimes, je me sens responsable, si j'avais su qu'il pouvait provoquer une telle catastrophe… Il ne cessait de me répéter qu'il était fou mais je ne le croyais pas. Je ne voyais pas comment quelqu'un qui n'existe pas pouvait être dangereux. »

(Extraits du témoignage de l'ex-épouse du suspect recueilli par les officiers de l'Oubop – service de lutte contre la criminalité organisée –, annexée au dossier dans l'affaire de la cathédrale du Christ-Sauveur.)

TROISIÈME PARTIE

ÉTÉ

(Leto)

« Qui pourrait encore en Russie
Trouver de jolis pieds de femme ?
Longtemps je n'ai pu oublier
Deux pieds… Je suis las, je suis triste ;
Mais il m'en souvient ; et en songe
Ils viennent torturer mon cœur. »

Alexandre POUCHKINE,
Eugène Onéguine, 1833.

1

Le printemps a duré une semaine, la neige a disparu et soudain il s'est mis à faire trop chaud : c'était l'été. Des casinos clignotaient sur les avenues mouillées, d'immenses écrans publicitaires digitaux étincelaient entre deux vieilles églises ayant miraculeusement survécu au XXe siècle. Le soleil est arrivé en avance. L'automne servira principalement à attendre la blancheur. À Moscou la gare qui emmène à Saint-Pétersbourg s'appelle toujours Leningrad (les Russes ne peuvent pas changer tous les panneaux de train à chaque fois qu'ils changent de totalitarisme). Si ça se trouve, Saint-Pétersbourg, autrefois nommée Petrograd, sera bientôt rebaptisée Putingrad et cela vous fera moins de lettres à changer sur la façade de la place Komsomolskaïa. La nuit, mon train s'est arrêté souvent, à chaque fois qu'il écrasait un ours, un loup ou un paysan coiffé d'un chapeau d'astrakan. À l'arrivée, au bout du quai, de vieilles femmes vendaient des gants, des fleurs, des chaussettes, des cornichons, des confitures et des chats. Je me suis dit que les jeunes femmes devaient être plus loin, et j'avais raison de penser cela : les jeunes femmes sont toujours plus loin.

Dobri dien, mon père. Je vous ai apporté un bocal de foie gras : goûtez-moi cette merveille, je me fais envoyer les meilleurs produits du Béarn par FedEx. Non que je sois nostalgique de mes Pyrénées natales, mais j'ai une indigestion de caviar rouge. Je n'en peux plus de votre bouffe trop salée. En Russie, on a tout le temps soif à force d'ingurgiter des œufs de poisson, des harengs, de l'anguille et du flétan fumé à tous les repas. Vos zakouski vous rendent tous alcooliques ! Chez nous, à Pau, c'est différent : on verse du vin sur nos plaies et l'on gave les canards jusqu'à ce que leur foie implose dans notre gosier. Ensuite, on noie tous ces organes dans l'armagnac et l'on s'endort à table, le nez dans des restes de graisse d'oie, ou dans le corsage d'une rombière, ce qui revient au même.

Je suis heureux de vous retrouver en pleine forme. Le mois dernier, vous sembliez exténué : vous ressembliez aux dernières photos du comte Tolstoï, en 1910, quand il a quitté sa femme pour aller mourir à la gare d'Astapovo. Aujourd'hui votre barbe blanche resplendit sur votre soutane noire, batiouchka : vous ressemblez à un chocolat liégeois. Votre longue barbe phosphorescente est mon phare dans la nuit. Louange à elle ! Si je puis me permettre, ce serait une bonne idée de la laver de temps en temps, car elle pue comme mon âme. Je ne vous ai toujours pas parlé de Lena Doytcheva. Cela fait deux mois que je ne parle à personne de Lena Doytcheva. J'aimerais ne plus jamais prononcer ces deux mots : Lena, Doytcheva. Je ne sais pas si je dois vous remercier, Monseigneur, de m'avoir présenté l'insupportablement lumineuse Lena Doytcheva. Mais, pour vous parler d'elle, il faut que je récapitule les événements dans l'ordre : mon arrivée dans la pâleur suspecte du printemps pétersbourgeois, notre rendez-vous au Caviar Bar de l'Hotel Europe, autrefois infesté d'espions du KGB, aujourd'hui rempli de flics en civil (quelqu'un peut-il me dire la différence ?), et les jours sublimes qui ont suivi, puis la soirée dans la datcha de l'oligarque. C'est là que j'ai succombé à l'infante Lena Doytcheva, sa vénéneuse vénusté, sa gorge d'albâtre et l'aplomb de ses quatorze ans. Tout est de votre faute, mon père.

Reprenez une bouchée de foie gras pendant que je vous narre ma déchéance. Certes, il manque le pain chaud brioché fourré aux raisins secs, mais c'est tout de même du luxe, le foie d'un pauvre canard palois. Il est mi-cuit, comme tous les habitants de ma ville d'enfance. Ce n'est pas pécher que de savourer les bienfaits que le Très-Haut nous octroie. J'aime vous entendre mâchouiller, le bruit régulier de votre mastication me permet de me concentrer. La barbe en sus, vous me rappelez ma grand-mère texane, dans le jardin de la Villa Navarre, avenue Trespoey, peu avant son cancer. Elle ruminait comme vous, bercée par le clapotis de la piscine à travers les branches de rosiers, et le tintement des glaçons dans son verre de Glenmorangie. Songeait-elle à l'enfance gâchée de son fils (mon père) enfermé en pension chez les curés de Sorèze ? Peut-être lui manquait-il, son deuxième garçon, après tout. Peut-être même avait-elle un cœur, qui sait ? Mon père fut expédié en internat de 1948 à 1955, puis il se retrouva marié avec deux enfants au début des années soixante : peut-on exiger d'un homme qu'il ne soit jamais libre ? Son enfance ne le fut pas assez, la mienne beaucoup trop. Pourtant je me rapproche de lui en vieillissant, d'autant plus que nous faisons désormais le même métier (lui est chasseur de patrons, moi modelhunter). Sorèze est une abbaye bénédictine située au pied de la Montagne noire dans un lieu marécageux près de la rivière du Sor (pour vous qui n'avez jamais mis les pieds dans la région, c'est paumé quelque part entre Toulouse et Carcassonne). Dans les années cinquante, la discipline des curés dominicains était très stricte. Des enfants de dix ans se retrouvaient enfermés la nuit dans des cellules individuelles de deux mètres sur un mètre cinquante, avec un loquet métallique extérieur. (À partir de douze ans ce n'était guère mieux : ils partageaient des dortoirs collectifs avec odeur de pieds et bruits de branlettes, bites au dentifrice, bizutages plus ou moins permanents.) Tous les matins, les enfants étaient réveillés par la cloche à 5 h 30 du matin. Il y avait une montée des couleurs, avec appel dans le froid, en uniforme amidonné. La messe commençait à 7 heures. On s'y rendait en file indienne. Puis on étudiait jusqu'à 20 heures. Les lumières s'éteignaient sur les dortoirs à 21 h 30. Souvent la faim et le froid réveillaient les enfants au milieu de la nuit. L'hiver, les internes faisaient chauffer des briques dans une chaudière à charbon pour s'en servir de bassinoire. Pour les élèves insolents, il existait une punition surnommée le « séquestre » : l'enfant était collé dans un cachot glacial avec une fenêtre ouverte hors d'atteinte et une table scellée au mur, seulement nourri au pain sec et à l'eau pendant une journée, obligé de recopier des pages dans un cahier. Parfois les élèves les plus âgés se mutinaient : un jour ils firent monter une vache et des cochons par l'escalier jusqu'au premier étage, dans le dortoir des surveillants. Une légende raconte aussi que certains volèrent une momie dans la chapelle de Sorèze (trophée rapporté par Napoléon de sa campagne d'Égypte) pour la glisser dans le lit d'un prêtre particulièrement sévère. Souvent le directeur scolaire retrouvait des étrons dans son bureau. Les punitions étaient alors collectives : les élèves qui ne se dénonçaient pas se faisaient des ennemis parmi leurs propres camarades de chambrée. Les raclées pouvaient dégénérer en viols avec introduction anale d'objets divers (stylos, règles, craies). Le pensionnat de Sorèze n'a été fermé qu'en 1991 – la même année que le dernier goulag. Je vous raconte ce malheur parce qu'il existe évidemment un lien direct entre l'éducation de nos parents et notre folie présente : nous rattrapons leur retard. On n'hérite pas seulement d'un nom de famille et d'un peu de fric, on hérite des névroses, des privations, des dépressions non soignées, des frustrations non vengées de la génération précédente. Comme les Russes après Gorbatchev, il y a quinze ans, quand il a fallu faire comme si les millions de morts étaient toujours vivants. Nous avons tous un goulag intime, au fond de nous une injustice qui ne sera jamais digérée. Nous sommes tous des Russes amnésiques. À propos de ma maison de famille, c'est à la Villa Navarre que Paul-Jean Toulet a écrit, le 27 octobre 1901 : « Ce que j'ai aimé le plus au monde ne pensez-vous pas que ce soit les femmes, l'alcool et les paysages ? » J'aime beaucoup ce tiercé gagnant. Véhicules pour s'en aller de soi.

Permettez-moi de faire mienne
La Trinité Touletienne
Comme m'est personnel
Le désespoir paternel.

2

À Pau je me souviens aussi de Gabriel Marcel buvant le thé dans la bibliothèque de mon grand-père sur fond de concerto brandebourgeois. Un vieux sage aux cheveux blancs qui faisait chuchoter mon père : « Octave ! ne dérange pas le Monsieur, c'est un grand philosophe, il a bien connu Henri Bergson, il réfléchit sur le Da Sein... » À sept ans j'épiais ses moindres faits et gestes pour tenter de comprendre ce que pouvait bien signifier le Da Sein (longtemps j'ai cru que c'était une chanson russe, genre « kalin kakalin kamaya »). Avec sa moustache blanche, Gabriel Marcel ressemblait au maréchal Pétain, en plus renfrogné, mais au-dessus de la moustache ses yeux pétillaient de bienveillance. Je courais dans le jardin en culotte autrichienne avec mes cousins Édouard et Géraldine et il nous contemplait avec un sourire amusé comme on regarde une photo jaunie. Maintenant je le comprends mieux : il voyait la mort en notre enfance, c'était notre Aschenbach et nous jouions les petits Tadzio à la sauce béarnaise. Je songe à ce moment avec la même nostalgie que lui alors. J'ai appris depuis qu'il s'était fait baptiser à quarante ans. Mon grand-père aimait recevoir des écrivains dans sa belle maison : Jean Cocteau, René Benjamin, Paul Valéry... On annonçait leur visite longtemps à l'avance, c'était le grand événement de la semaine. Il leur montrait ses lettres autographes de Paul-Jean Toulet. Il préférait sans doute leur compagnie à celle de ses fils : c'est sûrement sa bibliothèque qui m'a donné envie d'écrire. Aujourd'hui la Villa Navarre est devenue un hôtel, vous pouvez dormir dans la chambre de Gabriel Marcel si vous le désirez, avec vue sur la montagne profonde et bleue encadrée de cyprès, de charmes, de tulipiers de Virginie et de séquoias géants.

Je m'ennuyais ferme dans ce silence provincial, comment se fait-il que j'en conçoive une aussi délectable mélancolie aujourd'hui ? Après une journée de cache-cache dans la forêt d'Irati, on dînait dans la chapelle qui est devenue un bar (toutes les églises finissent en discothèques, comme le Limelight à New York et à Londres, peut-être, un jour, la cathédrale de Moscou aussi... qui sait ?). Des vieux intelligents qui hument l'air des Pyrénées, avec un sourire en coin, des femmes américaines qui engueulent des cuisinières espagnoles, des enfants en pension et des livres plein les murs, et devant le perron le chauffeur qui lustre le capot de la Daimler : le voilà, mon vert paradis, je sens que la clé de ma folie se cache dans ce manoir britannique. Savez-vous que cette maison a appartenu à Madeleine de Montebello, dont l'époux Gustave fut ambassadeur à Saint-Pétersbourg ? C'est sous son mandat que fut signée l'alliance franco-russe de 1893. Vous voyez, mon père, que la villa de mes étés d'enfant n'est pas si loin de votre Russie… Du Béarn à la Neva il n'y a qu'un pas… Mon Rosebud est une Utopie, au sens du pays imaginaire de Thomas More. C'est aussi un cauchemar qui me poursuit. Quand j'étais très petit, mon père me disait toujours : « si tu as mal au ventre, signale-le-moi tout de suite », car il se souvenait d'un camarade de pensionnat qui n'avait pas osé se plaindre de maux d'estomac aux pères de Sorèze. On l'avait retrouvé mort au bout de quelques jours d'une hémorragie interne dans son dortoir gelé. Pourquoi se remémorer cela aujourd'hui ? C'est bizarre comme la mémoire trie les déchets – serait-elle favorable au recyclage des ordures ? Nabokov dit que « l'imagination est une forme de la mémoire ». Si jamais mon histoire est inventée, elle n'est qu'une manière de tordre mes souvenirs ?

Si la mémoire est écolo, je ne vois pas pourquoi la mienne refuse d'effacer le visage de Lena Doytcheva. Lena ne pollue personne (quoique… j'aurais bien aimé…). Je comprends qu'on devienne un dragueur incurable quand on a passé son enfance derrière des barreaux. Il est plus étrange de l'être aussi quand on a en l'enfance la plus libre de toute l'Histoire du monde. C'est peut-être pourquoi je suis si sexuellement correct. Je voudrais épouser une jeune fille qui ferait semblant d'être tchétchène pour pouvoir s'exposer sur les murs du monde entier. Plus je cherche à m'en souvenir, plus ses traits m'échappent. Je suis obligé de regarder les photos d'elle dans mon portable pour retrouver sa figure. Regardez comme elle irradie ce cliché, voyez ce halo de brume qui nimbe ses épaules luisantes – la voilà l'explication, elle est peut-être radioactive, après tout elle n'est pas née si loin de Tchernobyl. Elle me fait penser à ce qu'écrit Gabriel Marcel : « Aimer un être, n'est-ce pas lui dire implicitement : toi tu ne mourras point ? » Depuis Adriana Lima, la Brésilienne d'Élite, découverte à treize ans par un scout de l'agence Ford dans un supermarché de Bahia, jamais personne de plus immaculé ne fut aussi sexy. À part la Vierge Marie ? Izvinitié, mon père, pardonnez-moi, je me laisse aller au blasphème mais si vous aviez vu Lena, vous n'auriez plus de respect pour rien, pas même les sombres nuages suspendus au-dessus du monastère Danilovski. L'enfer consiste à être séparé d'elle une fois qu'on l'a croisée. Aujourd'hui, je connais le moyen d'être heureux : ne jamais rencontrer Lena Doytcheva. À présent je sais que seule la mort me guérira, puisque Lena est immortelle. « Aimer quelqu'un c'est espérer en lui pour toujours. » Gabriel Marcel, cravaté sous la véranda de Pau, définissait l'amour, et je me revois petit garçon en pantalon de flanelle grise, contempler ce vieil homme qui allait mourir l'année suivante (en 1973), ce chrétien dont je lirais trente ans plus tard le *Journal métaphysique*, qui déambulait dans le parc avec mon grand-père en guise de canne, sans se douter que Dieu lui confisquerait l'existence quelques mois plus tard. Alors d'accord, je veux bien espérer en la petite Lena pour les siècles des siècles, à une condition : que je puisse me suicider à ses pieds.

3

Je devrais vous détester, votre grandeur... Comment saviez-vous qu'elle me plairait autant ? Mon Dieu. Suis-je bête ! Chaque jour des hommes viennent se confesser chez vous, et vous les envoyez tous à Lena Doytcheva comme à l'abattoir, cela ne me surprend pas. Crétinement, je m'imaginais en avoir été la seule victime éblouie. Mais dans votre église de glace, cette fée est probablement l'un des plus chauds sujets de confession. Combien de clients viennent ici chaque semaine vous décrire sa blondeur de feu, ses seins en cours de formation et ses pupilles transparentes ? Il faut bien des compensations à votre chasteté : entendre parler de Lena la mangeuse de cœurs, à longueur d'année, constitue peut-être votre délassement favori. C'est pourquoi vous indiquez son nom à tous les égarés en manque d'innocence... Qu'il doit être doux de se murer dans un mutisme velu et de hocher périodiquement la tête à l'écoute des mêmes jérémiades, toutes engendrées par la même enfant cruelle ? Il y a du luxe dans la vie ecclésiastique : votre vœu vous protège de ces démones, mais vos oreilles vous permettent d'en jouir par procuration. Comme votre discipline est belle ! J'envie votre force car je suis faible. De toute façon vous savez bien que je n'arrive pas à vous en vouloir de m'avoir amené à elle. Et le secret de la confession nous protège tous de la police.

Le lendemain de ma dernière visite, j'ai appelé sa mère au téléphone, et lui ai laissé un bref message :

« Chère Madame Doytcheva, dites à votre fille Lena qu'elle est convoquée au casting du concours Aristo Style of the Moment, à l'Hotel Europe de Saint-Pétersbourg, le 23 mai à 15 heures. C'est le père Ierokhpromandrit de la cathédrale du Christ-Sauveur qui m'a donné votre numéro. » Puis je l'ai oubliée. Maintenant je n'y parviens plus.

Quand elle est entrée au Caviar Bar, je l'ai trouvée banale, gauche, empotée, les pieds en dedans, timide, bref : irrésistible. En anglais, « clumsy » est un de mes mots préférés. Lena est un oxymoron sur gambettes : son corps contredit son visage. C'est bizarre, je me suis dit qu'elle me ressemblait. Son visage m'était familier, ce devait être son menton volontaire comme le mien. Je déteste rencontrer pour la première fois des filles que j'ai l'impression de connaître déjà, surtout quand j'ai mangé des pommes de terre à l'oignon, des harengs à l'oignon et des aubergines à l'oignon. En la voyant j'ai ouvert la bouche, heureusement je l'ai vite refermée. Zut, je m'aperçois que je n'arriverai pas à en parler. Mes adjectifs sont malhabiles, ils tremblent d'émotion. Par où commencer ? La grâce n'a pas d'aspérité. Peut-être ses ongles. Ses ongles collectionnaient les doigts, ils étaient posés comme des gouttes de rosée au bout de ses mains. Rongés, mais sans nervosité ; grignotés. Les poignets osseux de fragilité grège : deux litchis ? Des avant-bras aux coudes seul un bracelet lisse de métal argenté coupait la route de la soie. On sentait que le bracelet était trop lourd, presque difficile à porter pour ce poignet minuscule. Ses paumes mériteraient chacune un psaume. Différentes teintes de blanc pâle, de rose clair, de beige poudré formaient un arc-en-ciel daltonien quand elle vous tendait la main, donc le bras, donc l'épaule cisaillée d'une bretelle de lingerie bon marché. Les épaules en guise d'abscisse, le soutien-gorge faisant office d'ordonnée : la beauté de l'ado adorée semblait un graphique sur papier millimétré. Les dentelles révélaient des dessous de petite fille sage qui vient de découcher et de se rhabiller en vitesse pour rentrer chez sa maman. C'était la Vénus de Milo en rajoutant des bras : les seins petits mais aussi durs que ceux d'une statue, la poitrine de marbre, mais les cheveux volants ; le même air penché et la même couleur d'immortalité, mais dont la blancheur de lys serait transpercée de bleu, irriguée de vaisseaux translucides dans le cou comme le delta d'un fleuve. Sous la frange blonde, deux sourcils comme des parenthèses assoupies surmontaient le bleu des prunelles, le blanc des pommettes, le rouge des lèvres. Son visage arborait les couleurs du drapeau français ! Les dents étaient saines comme des amandes qu'on vient d'éplucher. J'ai regretté qu'elle n'ait pas un morceau de persil collé sur l'incisive, qui m'aurait permis d'échapper à son emprise. On imaginait qu'elle ne se nourrissait que de pamplemousses roses pour avoir une carnation aussi fraîche. Elle donnait envie de respirer plus fort ou d'être l'air pour entrer dans ses poumons et en ressortir par son nez sous forme de gaz carbonique, ou envie de voler devant le soleil mais pas comme une mouette, plutôt comme un homme qui pourrait soudain voler en agitant les bras très vite, par amour. Ses cheveux étaient jaunes comme le lustre sous lequel j'étais vautré. Les joues rosies par le vent de la perspective Nevski lui donnaient l'air d'une enfant radieuse, avec une bouche de bébé et la santé d'une fille de ferme qui revient d'une sieste sur une botte de foin, avec ou sans palefrenier. Lena était comme le roi Midas : quand on la regardait tout se dorait, l'heure, son cou, ses jambes et ses pieds minuscules en pente sur des sandales cheap, tout, l'air qui l'entourait, même sa langue si on pouvait la voir se changeait en or. En la voyant on se sentait provisoire, fugitif, vieux, inconsolable. On voulait être un comprimé effervescent pour pouvoir se dissoudre dans un verre d'eau qu'elle boirait quand elle aurait la migraine : faire partie des bulles qui lui chatouilleraient la langue avant de supprimer son mal de tête. On avait envie de la regarder dormir pendant trois cents ans. Ses yeux brillants étaient trop pâles pour qu'on puisse les fixer. Pourtant ses yeux crevaient ceux des autres. Ils perçaient tous les blindages. Impossible de deviner si elle allait éclater de rire ou se mettre à pleurer. Sa bouche était un papillon qui butinait entre son nez et son menton. Vous me direz : les papillons ne butinent pas, ce sont les abeilles. Et je vous dirai : ta gueule, mon sous-patriarche, on voit que tu ne la connais pas, parce qu'avec Lena, les papillons butinent, et les agneaux feulent, et les aigles rugissent, et les orties hululent. Entouré d'un foulard démodé, son cou était une brindille que Stendhal aurait aimé tremper dans du givre pour l'orner d'un collier de cristal. Les oreilles : deux aspirateurs à baisers, où dansait une perle méritée. À travers la mousseline on devinait les seins durs et mous, mous et durs (bref : dours), qui bourgeonnaient, palpitaient, frémissaient, grandissaient dans la petite robe débardeur. Réservée comme un chat qui se méfie des intrus, Lena était déjà consciente de son pouvoir sans avoir encore eu le temps d'en abuser. La regarder était l'activité la plus délectable possible ; voir Lena était une drogue mais surtout une torture, car on ne pouvait s'empêcher de songer à la douleur de la séparation. On la regrettait par avance : un si précieux joyau, bientôt cambriolé. Je me répétais intérieurement : « Allez, tu en as vu d'autres ! Tu ne vas tout de même pas t'amouracher d'une blondasse de quatorze ans, c'est pathétique ! Reprends-toi, mon garçon ! » Mais plus on se dit ce genre de choses, plus on s'entiche. La méthode Coué ne peut rien contre les coups de foudre. Étais-je ébloui par narcissisme, à cause de son menton ? En me penchant sur elle était-ce moi que je contemplais ? Moi à son âge… Inutile de chercher à décrypter les miracles. Au moins, si j'avais été Narcisse, j'aurais eu une chance de me noyer en elle… Voici ce que Lena m'a appris : la plupart du temps, quand on se dit « je crois que je deviens fou », c'est qu'on l'est déjà.

L'idée que je devrais, à un moment ou à un autre, dans quelques minutes ou plusieurs heures, regarder autre chose, parler à quelqu'un d'autre, retourner à la vie normale, revenir à la vie d'il y a cinq minutes, la vie d'avant elle, la vie sans Lena Doytcheva, cette idée m'était insupportable. Lena est un rêve dont on ne veut pas se réveiller. Vous saviez tout cela, n'est-ce pas, hiéromoine malfaisant ? Vous saviez que ma recherche était terminée. Vous saviez que je risquais de revivre.

L'embêtant avec la résurrection, c'est qu'il faut mourir avant.

4

Pourtant il m'est souvent arrivé de résister aux belles Russes. Je savais me protéger, dans tous les sens du terme : j'avais enfilé un préservatif mental. Je ne les effleurais pas toujours : je leur demandais de prendre des poses arquées, tendues, douloureuses et sensuelles, et me contentais discrètement comme devant une photo bien léchée. La pénétration m'ennuyait : on doit avaler un Cialis une heure auparavant, être propre sous les bras (voire épilé à la cire entre les tétons), il faut enfiler un caoutchouc hermétique à toute sensation (en plus de celui qu'on porte autour du cœur), limer en ahanant comme un joggeur, pousser un râle poliment rauque à la fin. Vous ne ratez pas grand-chose, mon père, si vous suivez le vœu de chasteté, pardon d'insister là-dessus. L'amour physique donne l'impression de passer un examen, ou de faire des pompes. J'étais comme n'importe quel homme après deux mariages ratés : je préférais organiser mon plaisir sans lui sacrifier mon indépendance, cela me paraissait plus économique et moins astreignant. Je donnais aux candidates des instructions très précises : elles devaient se pincer les tétons à quatre pattes, tirer la langue et laper le sol, ouvrir grand la mâchoire en baissant les yeux, mettre du rouge à lèvres sur la bouche d'une consœur, raser leur pubis avec ma tondeuse à barbe, baver sur leurs seins, s'humilier gentiment. Rien d'extraordinaire : l'homme est une machine prévisible, et l'on est tellement banal quand on jouit. On a la lèvre inférieure qui avance, on fait des bruits saccadés, on sue et l'on rougit, comme un menteur. Au fond, j'avais la même sexualité qu'un prêtre : un plaisir fugace et honteux, qui tache l'intérieur du pantalon. Ne vous scandalisez pas, Monseigneur le curé des riches ! Je raccompagnais les gamines à la porte du studio, conservant leurs Polas comme autant de trophées qui, au besoin, savaient prolonger ma rêverie. Les photographies sont charmantes, on dirait des friandises aux couleurs chatoyantes, à laisser fondre lentement ou à croquer… Ces images constituaient ma sexualité principale. Anja, seize ans, les cuisses écartées, clignant de l'œil, la langue dans la joue, ma main gauche ébouriffant ses cheveux mouillés quand elle murmurait « Viliiiijiiii meniaaaa » (« lèche-moi »)… Nastia, quinze ans, pleine d'énergie vitale, soulevant sa jupe, debout contre le mur, uniquement vêtue d'un sautoir entre les seins et d'un collant transparent… Vesna, dix-neuf ans, la bouche en avant pour imiter celle d'Angelina Jolie, accroupie comme si elle pissait, pour que la plante des pieds soit plus tordue et le mollet plus musclé… Yunna, dix-sept ans, à cheval sur sa sœur jumelle Nina torse nu, mimant un joueur de polo sur neige du Club de Moscou… Evgenia, quatorze ans, clope au bec, jouant de la guitare imaginaire avec les mains sur ses abdos et son nombril percé d'une croix en diamants… Svetlana, dix-huit ans, le torse pailleté et satiné avec « Hottest Body » la nouvelle crème de Victoria's Secret ramenée de New York, fière de ses dents, buvant un Coca à la paille face au ventilateur qui lui donne la chair de poule autour des aréoles… Et la sublime Snejana, seize ans, aux yeux couleur de miel et de moutarde comme les grains de beauté saupoudrés entre ses bouts de seins longs comme des tétines, Snejana la plus pauvre de toutes, qui n'avait même pas de quoi se payer un sandwich et que je photographiais en mangeant des pirojki pour lui faire subir le supplice de Tantale… La faim qui creusait ses joues la rendait plus érotique quand elle suppliait :

— Finger me, Octave…

Dans *Le Maître et Marguerite*, le personnage de Woland (le Diable) habille des femmes dans un théâtre avec des robes qui disparaissent dès qu'elles sortent dans la rue. J'espère que Boulgakov est heureux de constater qu'aujourd'hui beaucoup de femelles moscovites suivent à la lettre ses recommandations. Lors de ma visite à son chat Bégémoth, dans la maison de Bolchaïa Sadovaïa, j'ai croisé davantage de jeunes femmes que chez Gorki, où de vieilles gardiennes acariâtres m'ont ordonné d'enfiler des patins sur mes chaussures. La postérité est une sorte de juridiction d'appel, on peut dire qu'enfin justice est faite : le censuré est entouré d'étudiantes en fleurs quand le stalinien, cerné de tableaux pompiers à sa gloire, doit se farcir d'affreuses sorcières ! Je regrette que le Diable n'ait pas déshabillé Dasha, la journaliste de « Good Morning Russia » qui m'a fait visiter ses souvenirs de la maison des écrivains morts… Encore un ange de perdu, je finirai moi aussi par me mettre à la morphine.

Ce n'est pas moi qui ai créé ces prodiges : c'est votre Seigneur ! J'ai pas mal couché avec mes photos. Souvent je regrettais d'avoir perdu mon ami Jean-François Jonvelle en 2002. Il les aurait tant célébrées… Avec lui on pouvait parler de la fraîcheur des femmes, du mystère de ces bêtes sauvages. Il m'avait appris certains trucs : leur dire de se mordre les lèvres, de se toucher la nuque, de lever les bras pour que la poitrine soit plus ronde et le ventre plus tendu, leur interdire de sourire parce que seul le sérieux est sexy, défense de fermer la bouche parce que ça rétrécit les lèvres, les immortaliser de dos avec le visage tourné vers le bas en signe de soumission, ou vues d'en dessous pour allonger leur cou. Toujours les épaules en arrière pour durcir le corps, et « eye contact » de rigueur. Ou bien, si elles ne regardent pas l'objectif, il faut les yeux baissés et un air coupable de fillette qui vient de se faire prendre en train de voler des Dragibus dans une boulangerie. Si possible les cheveux mouillés, en train de dormir, ou dans la salle de bains, comme si on les surprenait dans leur intimité cambrée, le petit pied posé sur le rebord de la baignoire. Si elles peuvent s'agenouiller en regardant leurs seins, c'est préférable. Toujours le ventilateur à fond et la musique aussi : les deux ingrédients qui font bouger les cheveux. Je faisais ensuite porter les photocopies par coursier à mes amis de la Nouvelle Nomenklatura pour qu'ils fassent leur choix. La moisson de filles nouvelles épiçait les dîners gouvernementaux à Rublovka, sur l'ancien sovkhoze Gorki-2 (la ferme fermée qui est devenue le Southampton russe). Je me sentais utile, et arrondissais ainsi les fins de mois. Si je vous apporte mon catalogue la prochaine fois, père, serez-vous excommunié ? Oh ! Calmez-vous, gospodine ! Je plaisantais, bien sûr !

5

J'étais devenu un contrôleur de chérubins. Pendant un an, à chaque nouvelle jolie jeunette que je voyais au Zima (« Hiver »), au Leto (« Été »), à l'Osen (« Automne ») – à Moscou les clubs portent les noms des quatre saisons, sauf le « Printemps », Vesna, qui est un restaurant de « fusion food » – au Titanic, au Cabaret, au Jet Set, au Seven, au Shambala, au Zeppelin, au Circus, au First ou au Roof, je me suis posé les mêmes questions dans le même ordre en regardant les mêmes filles : est-ce que ses seins tiennent perpendiculairement à l'axe vertical, si oui, est-ce que ses fesses abolissent la loi de la gravitation universelle, si oui, est-ce que ses mollets sont fins comme des baguettes de pain, si oui, est-ce que ses doigts sont longs comme des crayons, si oui, est-ce que sa taille est fine comme si elle portait un corset, si oui, est-ce que sa bouche est entrouverte sur l'oxygène raréfié de l'établissement et l'avenir de ma pensée ? Et si oui, comment fait-elle pour cacher ses ailes dans le dos ? Sur chaque nouveau visage j'apposais ma grille de lecture. Je ne rencontrais pas les femmes : je les vérifiais. Je ne les regardais jamais autrement que de bas en haut, en professionnel, puis de haut en bas, en négligeant leur sourire et sans les saluer. Il me fallait toujours faire passer aux femmes une batterie de tests, une véritable check-list comme un pilote d'avion qui inspecte son appareil en cochant son bloc-notes d'un air sourcilleux, tout en sachant que le jour où il ne trouve plus rien de défectueux est celui où l'avion s'écrase, puisque la perfection n'existe pas.

6

Ce jour-là, une brume légère enveloppait les immeubles, comme de la vapeur d'eau qui flotte, une gaze qui recouvre la lumière. L'odeur était incomparable : mélange de poisson pourri, de parfum de pute, de vodka renversée, de pétrole, d'algues et d'oignon cru. L'odeur de Saint-Pétersbourg est aussi hétéroclite que le rapport annuel d'activités du groupe Gazprom. Au Caviar Bar de l'Hotel Europe, j'étalais de petits œufs noirs sur des crêpes chaudes en passant des coups de fil à Paris pour organiser le grand concours de mannequins Aristo Style of the Moment. L'été approchait. À la table d'à côté, Jean-Paul Gaultier n'en revenait pas : « Quel endroit magique… » Tous les gens qui débarquent chez Pierre-le-Grand ne cessent de répéter le mot magie. Moi je ne crois pas à la magie, je ne crois qu'en l'imagination des fous. Le couturier peroxydé faisait partie de mon jury, tout comme Jean-Luc Brunel, Étienne Folly, Tim Jeffries, Omar Harfouch et Sergueï Orlov, dit L'Idiot. Avant le dîner, j'avais déambulé seul dans le Jardin d'Été du tsar, entre les statues et les tilleuls, le long de l'allée où sa Majesté organisait des fêtes avec feux d'artifice et banquets nocturnes. J'y suis retourné depuis si souvent par la pensée… Cette futaie, c'est mon Éden perdu.

Chaque fois que j'y songe j'ai envie de me taire pour mieux déguster cette image de nous deux, Lena et moi, ensemble... C'est là que Pouchkine venait lire sur son banc, en robe de chambre, comme une pomme de terre avant d'être transformée en vodka. C'est là aussi que, le lendemain de notre rencontre, Lena m'a affirmé que j'étais plus cool qu'Emmanuel Kant (vous les Russes lisez plus que nos ados car vous n'avez pas toujours les moyens d'avoir des Playstation Portable). Il faisait bleu, le ciel était chaud, nous nous tenions par la main, et c'est alors que je lui ai dit : « You are my utopia. » Je ne mesurais pas à quel point ce mot était galvaudé dans vos contrées ; chez nous, il continue d'avoir bonne réputation. Elle m'a expliqué qu'en Russie se faire traiter d'utopie était une insulte. Quand je lui ai demandé : « Est-ce que tu m'aimes ? », elle m'a répondu : « Oui, beaucoup. » J'aurais aimé lui sortir la réplique de Jean Marais à Catherine Deneuve dans *Peau d'âne* de Jacques Demy : « Beaucoup, ce n'est pas assez », mais nous parlions en anglais, ce qui donnait : « Do you love me ? » « Yes, I like you. » « Like is not love. » Bref, c'était moins féerique que si elle m'avait simplement susurré « Ya lioubliou tibé » (« Je t'aime »). Nous avons acheté des Coca à la buvette du parc. Ensuite j'ai commencé à lui faire miroiter des choses :

— Tu pourrais vraiment te faire passer pour une Tchétchène ?

— Vous me demandez ça parce que je suis blonde aux yeux clairs ? Il y en a autant en Tchétchénie que dans le reste de la Fédération.

— Non, euh, je demandais ça comme ça, L'Idéal veut soutenir la lutte courageuse d'un peuple pour sa liberté...

— Je n'ai jamais connu mon père. Si ça se trouve, il l'était ! Ma mère dit qu'il était français.

— Eh bien voilà, c'est parfait : une Tchétchène française, succès garanti.

Un ange passa, mais bien sûr c'était elle qui balançait les bras en marchant... J'ai préféré changer de sujet.

— Si tu couches avec moi, je te promets d'énormes retombées médiatiques.

— Shut up !

— Sans déconner, ma check-list est complète. Tu es parée pour le décollage. Il faut absolument que je t'emmène bronzer ton petit ventre au Club 55 à Saint-Tropez.

— Why ?

— Pour que je te présente le Maître de la Photo de Jeunes Filles en Fleurs : David Hamilton. Il y déjeune tous les jours, il sera fou de toi. Il relancera sa carrière en lançant la tienne.

— Na Zdorowié ! fit-elle en levant sa canette.

— À toi. Corps et âme.

Les palais bleus, roses et rouges me donnaient l'impression de marcher dans une pâtisserie géante, une ville recouverte de coulis de framboise. Je respirais prudemment et évitais les gestes brusques depuis que mon cardiologue m'avait diagnostiqué de l'hypertension artérielle. Mais là – comment faire autrement ? – j'étais victime d'une crise d'asthme. Je comprenais ce qu'avait ressenti Ulysse en entendant le chant des Sirènes, le danger de la beauté pure quand on possède un électrocardiogramme à tonicité excessive. Même un clignement de paupières était tout un événement chez elle. Lentement l'œil se refermait au ralenti, comme un store électrique, puis les cils du haut rencontraient ceux du bas, emmêlaient leur immense longueur et comparaient leur courbure noire, puis ils se brouillaient, se fâchaient, se quittaient vexés, et l'œil se rouvrait doucement à la lumière, et le monde renaissait : chacun de ses clins d'œil était un nouveau matin. C'était incroyable, je devais sûrement avoir l'air d'un satyre ridicule mais je n'en souffrais pas. Ses petits pieds aux orteils vernis en forme de trompettes, son parfum léger bien qu'indélébile (imitation de L'Heure Bleue), ses fossettes aux joues quand elle souriait : elle fournissait sans cesse des raisons de l'aimer, et même si vous échappiez à ces trois-là vous craquiez forcément sur son manteau marron trop large, sa timidité de demoiselle convenable (qu'on pouvait prendre pour du dédain), sa façon de rougir pour un rien, de se ronger le pouce en détournant les yeux, de secouer un pied avec un escarpin suspendu au bout, de pencher la tête pour se tordre une mèche de cheveux, ou de laisser dépasser sa dent de vampire (la canine gauche du haut). Et sa voix ! Un peu trop sereine, lente pour son âge, comme si la princesse s'était déjà habituée à ne jamais être interrompue. Tous les animaux se taisaient quand elle parlait, la nature voulait profiter de sa mélodie, et même le vent se calmait pour lui permettre d'allumer sa cigarette.

Nous avions toutefois des points de désaccords :

— I love Pete Doherty ! C'est le nouveau Jim Morrison. Je suis folle de lui.

— Tu ne tiendrais pas cinq minutes avec ce défoncé.

— C'est un poète.

— Au premier vomi sur ta jupe, tu t'enfuierais.

— Tu es jaloux. Il se drogue parce qu'il souffre.

— Moi, jaloux d'un clodo pareil ? Pizdiets !

— Qui t'a appris des mots pareils ? Tu es vulgaire. J'ai des papillons dans le ventre quand j'écoute les chansons de Pete Doherty.

— Moi c'est en te voyant que mon ventre bat des ailes.

— Doherty est peut-être défoncé mais au moins il n'est pas chasseur de mannequins, lui !

— Eh oh ! Deux mots : Kate, Moss.

— OK mais Doherty ne passe pas ses journées à mater toutes les autres filles à la recherche de gros seins et petits culs, LUI !

— Je regarde les autres seulement pour vérifier ce que je sais déjà : que tu es la plus belle fille de tout l'univers vivant. Que tes yeux sont les plus grands de toute la galaxie, et j'y inclus non seulement la constellation du Sagittaire mais aussi la nébuleuse d'Andromède.

Quand on se disputait ainsi, je voyais qu'elle se vexait davantage que moi parce qu'elle était plus jeune, donc moins blindée. Moi je me retenais de la violer, elle de pleurer. C'était ce qu'on appelle un amour naissant. Le meilleur moment quand on apprend à connaître une jeune femme, c'est ce genre de désaccords sans importance, de petits conflits dont l'unique but est de sceller la réconciliation et de se faire gentiment peur, pour mieux s'apercevoir de la chance qu'on est en train d'avoir d'être enfin ému ailleurs qu'au cinéma. Quand un visage vous fait monter les larmes aux yeux, il est normal de lui en vouloir un peu. Nous avons rôdé jusqu'à la rue Herzen pour passer devant la maison rouge Liberty de Vladimir Nabokov. L'hommage me semblait s'imposer.

Je me sentais vivant en lui envoyant des textos très premier degré. Regardez, pope ultime, je les ai tous archivés dans mon portable.

« Tu m'as oublié ou tu dors ou tu es morte ou tu me largues ou tu m'aimes ? »

« Je t'aime en boucle. »

« Le temps passe trop lentement sans toi. Demain est dans un an. »

« Je te cherche depuis 40 ans. »

« Je remercie le Seigneur de t'avoir donné la vie, ta mère de t'avoir élevée et le père Ierokhpromandrit de nous avoir présentés. »

« Quand je ferme les yeux, je vois les tiens. »

« Je ne devrais pas t'écrire tout cela. Tout homme sincèrement amoureux est un loser. »

« Notre existence ensemble va être énorme. »

« Tes yeux couleur curaçao sont ma dictature. Je t'aime jusqu'à l'asphyxie. »

« Je suis à la fois ton double et ta moitié. »

« Je n'arrête pas de sourire béatement en pensant à ton existence. »

« Sans toi je suis handicapé, tétraplégique, mongolien, comateux, paranoïaque, névrosé et maniaco-dépressif. Ferme les yeux, j'appose mes mains sur ton visage et je chuchote dans tes oreilles que je t'aimerai toujours. Entends-tu mes larmes couler dans tes oreilles ? »

« J'ai plein de boulot ce soir mais j'aimerais bien vérifier ton épilation maillot. »

« Je suis dans un bus au lieu d'être dans ta bouche. »

« Tu es l'air qui emplit mes poumons et rajeunit mon âme dévastée. »

« Je m'ennuie tellement sans toi… parce que je m'ennuie de toi. »

« Je déteste beaucoup de choses mais j'en aime quelques-unes et tu es l'une d'entre elles. »

Rien que de les relire me fait pleurer car dans un moment d'énervement j'ai effacé toutes ses réponses.

7

À partir de mai, il ne fait plus nuit à Pétersbourg, ce qui rend le sommeil difficile. À minuit la lumière est un peu plus mauve, puis bleu Klein. À 3 heures du matin, le soleil se couche pendant une heure, et il ne saurait être question de dormir davantage que lui. Sur de petites barques, Lena m'a fait visiter les canaux, mais attention, Saint-Pétersbourg n'est pas la Venise du Nord (laissons ce surnom débile à Amsterdam ou Bruges, je pense que vous en serez d'accord, mon père). Ses 300 ponts ne sont pas tous éclairés mais le visage de Lena rayonnait suffisamment pour éviter le naufrage. Les pêcheurs faisaient la gueule quand nous faisions fuir les poissons avec notre petite barque à moteur. Certains ponts se levaient, s'ouvraient, sur la Neva, pour laisser passer les bateaux qui remontaient vers le lac Ladoga. Il existe une technique classique de drague pétersbourgeoise : emmenez une fille de l'autre côté du fleuve, elle sera coincée avec vous jusqu'à ce que le pont se referme, vers 5 heures du matin. À Saint-Pétersbourg je me perdais tout le temps : Lena trouvait que j'étais atteint de « crétinisme topographique ». Que voulez-vous, j'aimais m'égarer dans ce labyrinthe marbré comme une silhouette dans le brouillard, une ombre entre la pierre et l'eau qui débordait. Il paraît qu'à l'automne le vent pousse l'eau du golfe de Finlande jusque dans les caves de l'Académie des Beaux-Arts, détruisant les vieux grimoires et les tableaux de maître. Les toits étaient dorés comme les épaules des strip-teaseuses du Golden Dolls. Le ciel était rose comme un sein. Les ponts s'écartaient comme des jambes. Trop de comparaisons sexuelles, je sais, pardon your holyness, mais ce sont les seules qui ne m'ennuient pas. Les ruelles sombres se ressemblaient, et le visage des passantes me donnait l'impression d'être en train de feuilleter le book de l'agence Elite. Nabokov a bien choisi son lieu de naissance, comme le Président Poutine. À Saint-Pét', le physique normal, c'est d'être une couverture de *Vogue*. Certaines déesses se rendaient dans les nightclubs en jet-ski sur la Fontanka. Heureusement qu'il y avait la perspective Nevski pour me servir de boussole, avec ses néons imitant Broadway et les harpes touristiques en fond sonore, après une fin de non-nuit au Zabava Bar (le strip-club situé dans une péniche sur la Neva). Je retrouvais mon hôtel en longeant sa façade rococo, peinte en jaune pour faire croire qu'il fait beau toute l'année. Avec la petite Elena Doytcheva, j'ai visité l'appartement où Dostoïevski a écrit *Les Frères Karamazov :* pas très intéressant, sauf le chapeau mou qu'il avait oublié à Paris. Une pendule arrêtée indique l'heure de sa mort : 8 h 36, le 28 janvier 1881. Je comprends comment on fait pour écrire des chefs-d'œuvre : il suffit de vivre dans un appartement sinistre avec un chapeau mou sur la tête, et soudain quelque chose s'ouvre sur la feuille de papier. Et alors là, hop ! il suffit de plonger, et si tu y parviens, alors on conservera ton appartement en l'état. Nous avons également fait un tour chez Pouchkine : sa bibliothèque est très fournie pour un type mort à 37 ans. On nous a demandé de retirer nos chaussures et de porter des patins pour ne pas abîmer le plancher. Avec Lena nous avons glissé comme des patineurs artistiques, en rigolant les bras levés, sous le regard consterné de la vieille babouchka qui surveillait le musée. Là aussi, une horloge était arrêtée à l'heure de sa mort : 3 heures moins le quart le 10 février 1837. Ils ont gardé les pistolets du duel qui lui coûta la vie. Les deux flingues sont bien rangés dans une vitrine. J'ai longuement observé celui avec lequel le Français d'Anthès a tiré dans le bide de Pouchkine au bord de la Rivière Noire. C'était un temps où l'on ne badinait pas avec l'amour. Pris d'un élan incontrôlable, j'ai dit à Lena :

— J'aimerais mourir dans tes bras.

— Oh no please ! I will have to remove the body ! Tu connais l'histoire du vieillard quand Pouchkine est mort ?

— Niet.

— Pouchkine était mourant, et soudain on annonce son décès. En entendant la nouvelle, un vieillard qui attendait devant la maison se met à pleurer à chaudes larmes. Alors on lui demande : « Vous êtes de la famille ? » « Non, répond le vieux, mais je suis russe. »

Voilà pourquoi je préfère Pétersbourg à Moscou : là-haut les désirs de fric facile et de prostituées graciles sont atténués par l'orgueil culturel et la fierté historique. C'est la ville des montres arrêtées, des appartements inchangés, du pain noir rassis que l'on mange quand même. Le passé remonte sans cesse et pèse lourd sur le présent. À Moscou on veut oublier le passé parce qu'on pense qu'il ralentit l'avenir. À Saint-Pétersbourg le passé garantit un futur : c'est ici que Hitler s'est cassé les dents. Durant les 900 jours du siège de Leningrad, les habitants mangeaient de la colle et du yaourt rance, des rats, des enfants et de la terre. Il y eut 800 000 morts sur 3 millions de citadins. Les Russes fonctionnent comme mon cerveau : ils ne gardent que leurs souvenirs favoris. La liste des collabos du KGB : effacée. La dépouille de Maria Fedorovna (épouse du tsar) : transférée en grande pompe à la forteresse Pierre-et-Paul. Le goulag : archivé dans une cave. La résistance au nazisme : célébrée. Les morts du stalinisme : mauvais goût. Les héros de l'armée russe : autorisés (sauf ceux qu'on a laissés étouffer dans le sous-marin *Koursk*). La vieillesse confère aux immeubles une grandeur qui ne s'apprend pas. Il y a des théâtres rococos et des bars littéraires à chaque coin de rue. Mon père, vous saviez que je risquais de tomber amoureux dans cette ville imaginaire. Même la boîte à la mode s'appelle Oneguin, du nom du dandy romantique imaginé par Pouchkine. Si j'ouvre un jour une boîte à Saint-Pét', je la nommerai Grouchenka comme la fille autodestructrice, l'avaleuse d'hommes des *Frères Karamazov*. Gardons bien à l'esprit que Saint-Pétersbourg est la ville où l'on érige des statues à des enfants gâtés buveurs, noceurs, coureurs de jupons frivoles et morts. Pouchkine, cet écrivain faussement futile, compara Saint-Pétersbourg à « une fenêtre ouverte sur l'Europe ». Windows on Europe ? Il y a aussi un Litteratur Café, où le poète prit son dernier verre avant d'aller se faire tuer en duel par l'amant de sa femme. Lena m'a tout fait visiter ; j'ignore toujours pourquoi elle m'a promené dans la nuit comme une enfant qui fait pisser son chien. Sans doute était-elle polie avec l'ami du curé de sa mère. Malheureusement, j'ai pris sa bonne éducation pour un début de penchant… Je ne savais plus où donner des yeux : Lena ou Pétersbourg ? Concurrence déloyale. Le plus souvent elle éclipsait la ville ; la vie l'emporte sur le marbre, la jeunesse frémissante écrase les cariatides minérales. Tout a trois siècles là-bas. Même la pianiste de mon hôtel, qui avait posé un chandelier et une rose sur son piano noir et blanc.

Mais Lena n'avait pas trois cents ans. Elle marchait discrètement, son book à la main et ses longs cheveux en cascade sur les épaules, ébouriffée par la joie de vivre et la santé. Je peux réciter par cœur sa première phrase au Caviar Bar : « Hi, I am visiting you on behalf of father Ierokhpromandrit. My name is Elena but everybody calls me Lena. » De ma vie, je n'avais jamais rien vu d'aussi éclatant. C'est embarrassant d'avoir immédiatement envie de hurler à la lune devant une petite blonde fine de quatorze ans, de fourrer sa langue dans sa bouche jeune comme une cerise au printemps et de s'allonger par terre pour qu'elle vous marche dessus en répétant « spakoïnoï notchi » (« bonne nuit »). Des amis dans le hall m'ont raconté que j'étais devenu violet en lui serrant la main sans la relâcher pendant une minute. Je n'oublierai jamais mes premiers mots : « My name is Octave Parango, I work for Aristo Agency and I have been looking for you since I arrived in Russia. » Frédéric Cerceaux de l'agence Madison devait avoir les yeux aussi exorbités que moi quand il a découvert Laetitia Casta âgée de quinze ans sur la plage de Calvi. J'ai tout de suite promis à la gamine laiteuse qu'elle gagnerait le concours, que la compétition n'avait plus de sens, qu'elle l'avait remportée haut la main rien qu'en naissant, que j'allais envoyer sa photo par fax à Ellen von Unwerth et Mario Sorrenti, que *Bazaar* se l'arracherait mondialement mais qu'ils ne la méritaient pas, qu'il faudrait qu'elle apprenne à cacher toute cette munificence, à ne plus s'exposer, que sa force lui viendrait de sa rareté et de sa discipline, comme les danseuses du Kirov, que caviar et vodka pour tout le monde, que la vie était belle grâce à elle et pour elle, que Dieu existait puisqu'Il l'avait faite. Je croyais qu'elle riait ; en réalité elle montrait les dents… J'aurais dû me méfier de sa première blague, quand je lui ai dit que ses yeux avaient la même couleur que la piscine de l'hôtel : « Je la connais, l'eau est sale. » C'est alors que j'aurais dû comprendre que, dans cette histoire, le candide, c'était moi. Elle était montée dans ma suite le temps que je scanne son composite afin de le télécharger par mail aux bookers du réseau mondial. Bien que merdiques, ses photos (en noir et blanc, sans doute prises par un copain étudiant à l'Académie des Beaux-Arts de Saint-Pétersbourg en échange de son pucelage) étaient renversantes d'ingénuité perverse. Elle y posait torse nu et j'y ai vu son âme. L'âme : jusqu'alors j'ignorais ce que ce mot signifiait. Tout d'un coup je voyais une photo d'âme. Aucun adjectif ne pourra jamais décrire ce qui se passe sur cette image qui me rappelle un dessin crayonné de Degas qu'on peut voir au musée d'Orsay (« Femme demi-nue, allongée sur le dos », 1865). Certes, j'avais entendu parler de l'âme russe. Croire en Dieu est un pléonasme dans votre pays. Ce que j'ai appris dans la minute, c'est que Dieu est une jeune fille russe aux seins neufs et au regard impérial, qui gambade comme un faune de Léon Bakst dans le palais de la Grande Catherine. Provisoirement, quelque chose de supérieur avait migré dans ce corps, avait emménagé dans cette enveloppe terrestre, le temps d'une existence. Quand on a tellement attendu la grâce, la gratitude est démultipliée. J'avais subi des nuits sur des couchettes exiguës, des repas à base d'agneau bouilli dans des cafétérias en plastoc orange, des tournées de vodka-Formica chez des familles rougeaudes, tout cela pour enfin vivre ce moment miraculeux. Alléluia ! Lena condensa ma pensée en un proverbe : « No pain, no gain. » Je prévoyais déjà que l'effet de mon networking par Internet pouvait faire basculer le jury en sa faveur. Quand je l'ai prise en photo, même mon appareil était intimidé. J'avais vidé mon minibar en tirant la langue comme un cocker. J'accumulais toutes les erreurs de débutant ! Je ne savais plus si j'étais aveuglé par l'amour ou par les flashes. Combien de fois m'avait-on répété de ne jamais mêler les sentiments avec ce boulot ! Piège classique : l'apprentie mannequin obtient tout de vous, des pourcentages non négociés aux soirées chez Karl Lagerfeld. J'aurais mieux fait de me pendre au lustre en faux cristal. Mais que voulez-vous : mon père aussi aimait les jeunes, je ne vois pas pourquoi j'aurais dérogé.

8

Le lendemain, vu mon insistance pitoyable, Lena accepta de m'accompagner au château de Peterhof, en bord de mer. J'aurais dû me méfier : elle sympathisait trop vite pour être honnête. Qu'aurait fait Pierre le Grand à ma place ? Défiguration directe. Le cachot, ou l'écartèlement. Ou bien il aurait fait exactement comme moi : l'entraîner au bout d'un chemin ombreux bordé de bouleaux et de conifères, dans son petit pavillon nommé « Mon Plaisir », qui permet de contempler les brise-glace croisant vers Cronstadt entre les pétales de l'été naissant. L'indolente Lena se foutait de moi, je le voyais bien : tout ce qu'elle voulait c'était que je la pistonne pour gagner la finale. Mais la vue du golfe de Finlande, sous le ciel infini, le soleil blanc, les nuages amis et sa démarche d'enfant dans ce petit Trianon de briques rouges… J'avais l'impression d'entendre de la musique.

J'ai craqué pour une image, que voulez-vous, mon curé, je suis esthète : déformation professionnelle. Et puis j'avais investi tellement de fric dans cette prospection. Je n'avais pas d'autre solution que de tomber atrocement dingue d'une petite gérontophile au torse bombé et à la taille haute. Lena jouait à se laisser arroser par une fontaine magique. Il a plu et elle m'a plu. Je m'emplissais les poumons d'air pur et salé. J'ai lu récemment deux vers de Pasternak qui m'ont rappelé cet instant :

> Livre tes seins à mes baisers, comme à l'eau jaillis-
> [sante !
> Secoue mon âme ! Qu'à l'instant tout entière elle
> [déborde et qu'elle écume !

Le jet d'eau d'une fleur géante l'inondait, son chemisier mouillé collait à ses tétons que l'on devinait en transparence, la couleur de ses aréoles s'assortissait à ses lèvres roses, sa chevelure noyait son front avant de serpenter anarchiquement entre ses mamelons comme un fleuve d'or, la terre devenait meuble sous ses pieds, et j'avais envie de me noyer dans sa boue lustrale. Définit-on l'harmonie ? C'était comme si, dans ce décor printanier de carte postale balte, l'on m'avait enfin accepté. Comme si ma laideur et ma faiblesse m'étaient enfin pardonnées : je n'étais plus un intrus. Sa beauté me donnait accès à un monde immaculé, sa candeur simplifiait ma vie ; je dégustais ce calme provisoire comme une montée de Stilnox. Il suffit d'une seconde ; on croit toucher au but. N'avez-vous jamais ressenti cela ? Ne plus oser bouger, de peur de briser quelque chose ? Dieu me tendait les bras et je me sentais prêt. La grâce est un présent car, dans ces moments-là, on n'a ni passé ni avenir. On devient un paysage.

9

Brr... Il fait chaud dehors et froid dedans. Bravo : votre hauteur de plafond a inventé la clim' écologique. Votre cathédrale glaciale m'enrhume en plein été. Dehors les passants se baladent en short, ou s'allongent nus dans l'herbe pour bronzer au bord du fleuve. Chez vous, regardez : de la buée sort de ma bouche, je pourrais faire des ronds, comme si je fumais un havane. Tant que les églises seront froides, la religion sera en crise. Et pourtant je vous ai dit que j'adorais prier ! Je m'agenouille souvent à Moscou, comme je le faisais à Paris. Je pose les genoux dans des flaques d'eau, devant des églises où je n'entre pas, et je demande pardon au Ciel pour mes péchés. J'aime apostropher le Grand Absent. Tourné vers le firmament, je demande aussi aux étoiles de m'absoudre à l'avance pour les péchés que je m'apprête à commettre. Ensuite je reviens vous voir pour me confesser. Ainsi mes crimes sont-ils bien encadrés. Ivan le Terrible procédait de la sorte à la cathédrale Basile-le-Bienheureux, n'est-ce pas ? La génuflexion permet de souffler entre deux séances de tortures. Sans me vanter, j'ai péché souvent. J'en viens enfin au but de cette confession : au bout de quelques trimestres moscovites, mes chastes séances de photos se mirent à déraper. Le désir s'est mué en avidité, l'avidité en envie (l'un des sept péchés capitaux), et l'envie en haine. Si je vous avais raconté cela la dernière fois, vous ne m'auriez jamais présenté Lena, et vous auriez eu raison. (Quand je pense qu'en anglais, présenter se dit introduire !) Je me souviens précisément du jour où j'ai basculé. Une dénommée Sasha suçait une Chupa Chups dans mon atelier. Avec ses taches de rousseur et sa natte tressée, elle attendait patiemment mon verdict. J'ai senti que je pouvais tout lui demander, donc je l'ai fait : « Tiens-toi droite pour faire grossir tes loches. » « Maintenant soulève ta jupe et penche-toi en arrière. » « J'ai envie de rouler des pelles à ta chatte. » « Baisse tes collants et ta culotte. Écarte les jambes. Ouvre-toi bien. Je peux t'appeler Sésame ? » J'ai gardé les gros plans de son con saumoné, et un enregistrement de ses petits bêlements sous ma férule. C'est exquis : jamais rien entendu d'aussi bandant que ces protestations. Elle n'a jamais porté plainte car mon « toit », Sergueï l'oligarque, me protège. Voyez-vous, ô prophète immaculé, le problème avec le pouvoir c'est qu'on finit toujours par s'en servir. La dépravation sexuelle est une tradition dans la Russie autoritaire depuis Lavrenti Beria. Si une nymphette veut réussir dans le mannequinat, elle ne doit pas se fâcher avec moi. Je suis une sorte de passage obligé vers les sunlights. Le saint Pierre du papier glacé ! Le Cerbère de la fashion week !

Vous toussez ? Au moins, c'est la preuve que vous ne dormez pas. Je dois en venir à l'aveu qui me tarabuste et que je reporte depuis des mois. Voilà : avant de rencontrer Lena, j'ai violé 12 jouvencelles en un an. Ne faites pas cette tête : cela ne fait jamais qu'une par mois... Vous savez, dans nos métiers artistiques, on prend vite certaines habitudes... D'ailleurs, quand je dis « viol », je crâne un peu, parfois je leur glissais juste un doigt, ou les contraignais à se titiller le petit bouton jusqu'à la jouissance. Laissez-moi juste vous exposer ma méthode. Je leur demandais de s'exhiber pour « capter leur sensualité dans l'objectif ». Je leur parlais « cinégénie », « professionnal sex appeal », « porn chic attitude », « hardcore style ». Je citais les photographes underground du moment : Terry Richardson, Rankin, Larry Clark, Juergen Teller, Richard Kern, Roy Stuart, Grigori Galitsin, tous classés X. Aux plus intellectuelles j'évoquais l'injustice faite au grand cinéaste Jean-Claude Brisseau, et comment le chevaleresque Louis Skorecki avait pris sa défense dans une affaire de casting « hot » où le réalisateur avait été condamné par la justice française. Une phrase de son jugement m'avait particulièrement effrayé : « M. Brisseau ne recherchait que la satisfaction de son plaisir personnel. Ce qui est exclusif de toute démarche artistique ou cinématographique. » Ignoble ! À quoi servirait un artiste qui chercherait autre chose que « la satisfaction de son plaisir personnel » ? Je refuse d'ouvrir le roman d'un écrivain qui pense à autre chose qu'à son propre plaisir ! Rodin se branlait devant ses modèles ! Klimt aussi ! Mais passons, je sens que je vais m'énerver, après j'ai des plaques rouges sur les joues, c'est répugnant. Le look porno était dans l'air du temps, jouer la carte du sexy n'équivalait pas à se prostituer, toutes les stars étaient passées par là (et c'est la vérité : la plupart des mannequins ont commencé par la photo de charme, plus ou moins hard). Ensuite, le sexe n'était pas un problème mais un sujet d'investigation, voire un mode d'expression. Elles se lâchaient, s'offraient, se trempaient, gémissaient, suçaient, avalaient, jouissaient, urinaient devant moi à la demande. La justification artistique autorisait toutes les expériences. Elles adoraient se sentir dédouanées. Je fournissais la caution culturelle, elles me prêtaient leur fente : on était plus proche du troc que du harcèlement.

Comment, votre honneur ? Évidemment qu'aucune ne m'a dénoncé. De toute façon, la police est avec nous. Les petites savent que leurs plaintes seraient sans suite, et nos représailles implacables. Une fois, l'une de mes proies a voulu m'attaquer en justice. Quelques coups de téléphone l'en ont dissuadée. Avant de les voir, je m'arrangeais pour qu'elles sachent bien que j'avais leur adresse et celle de leur famille. Nos « bandits » savent faire peur : ils sont très larges, ils sonnent à votre porte, vous soulèvent par le col, ouvrent la fenêtre et vous penchent au-dessus du vide en vous demandant s'il y a un problème. Généralement la réponse qu'ils entendent est : « Non, quel problème ? Il n'y a pas de problème. Il n'y a aucun problème. » En Russie c'est ainsi que les problèmes sont résolus depuis Pierre le Grand. Les carrosses en or massif ont été remplacés par des Mercedes blindées mais l'intimidation reste le nerf (de bœuf) de la société russe. J'ignore ce qu'est devenue la revêche ; probablement se cache-t-elle dans une isba de la taïga ou sous une yourte de Mongolie, au fin fond de vos provinces d'ouate et d'oubli, non loin du frigo où pourrit Khodorkovsky, le milliardaire qui a voulu vendre Ioukos à l'américain Exxon. Poutine et moi, on aime faire un exemple de temps en temps, pour calmer les mutineries. J'avoue que je tenais bien mon business. Je rabattais des minettes pour les orgies de la nouvelle nomenklatura, en échange de quoi mes amis haut placés m'offraient la sécurité et l'impunité. Parfois j'ai honte de m'être vendu aux pétroroubles mais je ne suis pas sûr de le regretter. C'est si simple de devenir une bête immonde quand on vampirise la candeur. Je détruisais ces mijaurées parce que j'allais mal et j'allais mal parce que j'étais un mâle. Quel problème ? Il y a un problème ?

10

Progressivement j'ai délaissé mon travail : L'Idéal me rapportait moins que l'Oligorgie. Les vendeurs de crème cancérigène pouvaient bien se brosser. Les échelles sont différentes : les vendeurs d'aluminium et de gaz font ressembler l'industrie du cosmétique à une start-up d'étudiants stagiaires. J'aimais bien l'idée d'ajouter deux ou trois zéros sur mon compte en banque, juste en devenant une crapule. Aristo me harcelait téléphoniquement mais j'ai vite appris à être injoignable : il suffit de laisser sonner et soudain l'on devient très important. C'est fou comme une boîte vocale pleine impressionne celui qui a composé votre numéro. Les milliardaires moscovites m'hébergeaient à l'œil dans des palais récemment restaurés, où les sofas s'enfonçaient dans la moquette en cachemire et les oreillers dans les canapés en zibeline. Pour faire nos courses, nous hésitions entre l'hélicoptère et le jet, afin d'envoyer quelqu'un à notre place. Les filles étaient ravies de ne plus avoir de castings à passer ; et puis, entre nous, se faire gicler dessus dans des draps de soie est moins fatigant que rester des heures debout devant un objectif en plein courant d'air. L'avenue Montaigne et Courchevel (surnommée « the Russian Alps » par Sergueï) étaient tout ce qui me reliait à mon ancien pays. On s'éloigne vite de soi-même ; c'était tellement agréable que c'en était presque effrayant. J'aimais voir les putes à frange se rouler dans la fange. Si l'on ne profite pas de son pouvoir, il ne sert à rien ?

C'est Lena qui m'amène vers vous, comme vous m'avez conduit à elle. Non, ne vous inquiétez pas, je ne l'ai pas touchée, à peine effleurée. Lena a des pieds étroits, je lui ai sucé les orteils à travers ses bas, ce doit être ce que j'ai fait de plus hot avec elle. La seule fois où nous avons dormi ensemble, c'était visage contre visage, et pendant son sommeil j'ai ralenti ma respiration jusqu'à ce que nos souffles coïncident. Son sommeil était un tableau de Picasso : « la femme qui dort », en moins cubiste. Les femmes de porcelaine nous donnent l'impression d'être un pachyderme dans un magasin de

Limoges. J'étais fier d'entrer dans des clubs avec elle, et je rosissais de contentement lorsque le « face control » lui demandait ses papiers d'identité pour vérifier sa majorité. Sergueï allongeait alors les biffetons pour que la brute fasse semblant que Lena soit majeure. Ce n'est pas moi qui l'ai fait fuir mais Sergueï. Il se vantait d'organiser des fêtes bizarres où les filles doivent porter un badge avec leur prix de vente. Il possède une usine de lait humain et une fabrique de larmes de soumises. Dans la première, des filles venant d'accoucher se font traire par des machines et il vend leur lait maternel à L'Idéal. Il me l'a avoué quand il était saoul : son mystérieux secret de jouvence c'est tout simplement le lait de femme ! Il a déposé un brevet qui permet de conserver le Human Milk. Il paraît qu'en l'étalant sur les joues on rajeunit de dix ans. Je n'aurais jamais dû lui montrer Lena, maintenant il veut la mettre en cloque pour pouvoir la traire ! Son autre usine est encore plus originale : des filles y sont attachées la tête en bas et battues sur tout le corps avec des orties au-dessus de bassines qui recueillent leurs larmes. Il vend les pleurs de vierges par hectolitres, une fortune ! Je ne plaisante pas, il commercialise même les vidéos de ces tortures en ligne. Les pauvres esclaves produisent une grande quantité de larmes quotidiennes. C'est affreusement beau, la quantité de douleur que peut enregistrer une caméra de surveillance dans un hangar tchétchène. Sur l'un des enregistrements, j'ai même reconnu Sergueï en personne ; penché sur une ravissante victime nue et suspendue, il lui murmure à l'oreille :

— Ne t'inquiète pas, petite, on te donnera bientôt la mort. Quand tu me l'auras suffisamment réclamée.

Puis on le voit enfoncer des aiguilles dans ses seins en récupérant ses larmes sur son visage avec une pipette. Les pleurs aspirés sur joues sont plus purs (dans la bassine, ils se mélangent aux crachats, à la sueur, à la salive et à la cyprine, le goût de la larme faciale est bien supérieur, tous les amateurs en conviennent). La rareté du produit provient de la complexité de sa récolte. Les corps des pleureuses doivent être solidement et étroitement attachés pour éviter toute déperdition. La fiole de larmes est vendue sur le net 150 000 euros les 10 ml, mille fois le prix du caviar ! On la déguste au compte-gouttes, one drop is enough ! C'est une eau tiède et salée qui a des propriétés aphrodisiaques, certains s'en versent même directement sur les parties génitales comme de l'eau bénite, avant une orgie c'est très galvanisant. On peut aussi s'en servir pour agrémenter des plats simples (sur blinis, œufs à la coque, pommes de terre au four…) ou parfumer certains cocktails. L'érotisme des larmes est très répandu et porte même un nom répertorié dans le *Dictionnaire des perversions* : la dacryphilie.

J'ai bafoué Lena, je l'ai piétinée, et j'ai compris à l'instant où je la perdais qu'elle était ma dernière chance. Lena est mon châtiment ; j'en suis tombé amoureux comme on écoute une sentence. L'amour commence toujours par la peur. J'ai tout de suite voulu m'en débarrasser. Je ne le savais pas encore, mais entraîner Lena à la party chez Sergueï le dacryphile était un test pour connaître mon degré de maladie mentale. Je voulais savoir si je tenais à elle, et j'ai été servi : au moment où je l'ai dégoûtée, trahie, livrée en pâture, j'ai su que je lui appartenais mais c'était trop tard, elle m'en voulait déjà à mort. Laissez-moi terminer, père Ierokhpromandrit ! Je n'avais pas tout de suite compris que j'en étais fou, ou plutôt j'ai voulu résister ; je pensais qu'elle était comme les autres, que je pourrais la remplacer, l'oublier vite, ou que j'aimerais qu'elle m'échappe, que la voir baiser avec des sadiques m'exciterait comme René dans *Histoire d'O* (vous savez, ce remake des Évangiles où Jésus est remplacé par une femme masochiste). Mais c'est moi qui ai commencé à avoir mal, très mal, épouvantablement mal. La jalousie n'est pas un aphrodisiaque ; les échangistes ne sont pas vraiment amoureux, sinon les partouzes finiraient toutes en bains de sang. Si je vous confesse mes turpitudes, c'est pour la retrouver. Vous imaginez bien que je lui ai beaucoup parlé de vous, et je sais qu'elle se cache par ici depuis la nuit à la datcha. Si vous ne le faites pas pour moi, faites-le pour elle, pour sa famille, pour son avenir ! Professionnellement, elle est en train de tout louper. Mon répondeur déborde de propositions ! Elle ne va tout de même pas sacrifier sa carrière pour défendre son honneur d'adolescente ? L'Idéal veut la booker pour douze campagnes à Paris, l'agence Aristo s'est engagée pour trois tournages, en août, tout le petit milieu de la mode est collé au plafond par son aura, son allure, son look préraphaélite, et cette peste se planque sûrement à Moscou, là où j'ai perdu sa trace. Il faut absolument l'empêcher de rester chez Sergueï ! Si vous ne le faites pas pour moi, faites-le pour la sauver, elle. Je sais tout ce qui va lui arriver si nous ne la protégeons pas. Au mieux elle deviendra une cocaïnomane vendue, une noctambule obsédée de shopping, une starlette qui lit des magazines people pour voir si elle est dedans, une épouse de riche impuissant, une cocue délaissée, une prostituée maniaco-dépressive à l'épiderme grêlé, elle sera corrompue, vieille, banale. Elle portera un tee-shirt « DON'T TELL MY BOOKER » ou « FUCK ME I'M FAMOUS ». Bientôt le Jack Daniel's épaissira ses traits. Elle aura des billets roulés en tube plein son sac à main. Elle sentira le vieux cendrier dans la bouche. Au pire, L'Idiot l'enfermera dans son usine de larmes. La nouvelle crème de L'Idéal contiendra cet ingrédient révolutionnaire. Les amis de Sergueï kidnappent du monde en ce moment, pour augmenter la production. L'Idiot compte même lancer « Virgin Tears » avec Richard Branson, présenté sous forme de goutte-à-goutte avec pipette comme du Rivotril. Il m'a tout raconté un soir après un speed-ball. Il ne doit même pas se souvenir qu'il m'a révélé tous ses secrets, dans l'état où il était…

Voulez-vous que Lena finisse ainsi, suspendue par les pieds en train de pleurer dans une machine à pomper ses sanglots ? MON PÈRE, SAUVONS-LA ENSEMBLE. Je suis à peu près certain qu'elle viendra vous voir, si elle ne l'a pas déjà fait. Je vous assure que j'ai failli devenir un type bien. Je ne crois pas en votre Dieu mais je vous jure que j'ai eu foi en Lena (le mot foi vient du latin « fides », la confiance). Vous vous souvenez quand vous m'avez dit la dernière fois que l'amour est précieux ? Je vous ai répondu : l'amour est un jeu. Vous m'avez rétorqué que je me fourvoyais, que l'amour est un mystère fragile, un miracle, une volonté. Je savais que tel serait le fond du problème, qu'un jour ou l'autre j'allais remplacer ma quête du mannequin ultime par celle de l'Être suprême. Un Dieu qui aurait compris mon angoisse. Un Dieu pour les obsédés, les épicuriens, les dépressifs, les jouisseurs et les lâches. Un nouveau Dieu qui ne serait ni l'argent ni le sexe, un Dieu à trouver, un Dieu à créer, un Dieu que j'en avais marre d'attendre. Je savais que la réponse était quelque part dans le plus grand pays du monde. Viol après viol, je pensais chercher la plus grande étoile de beauté mais si ça se trouve je cherchais le Messie. Platon le dit dans le *Phèdre* : la soif de la beauté est un désir de Dieu. Oui, voici ce que je suis venu vous dire, mon père : Lena Doytcheva n'est peut-être pas la Sainte Vierge, mais le Christ ! Jésus est une femme tchétchène ! Comment ça « foutez-moi le camp » ? Je viens chez vous faire acte de pénitence et c'est ainsi que vous me récompensez ? Bon si vous insistez, alors accordez au moins à Lena l'Immaculée Conception : l'innocente infante ne porte pas en elle le péché originel ! OK, OK, je sais que vous les orthodoxes vous n'avez cure de cette invention des cathos datant de 1854, da, je sors. Aïe ! Vous me faites mal au bras, mon père ! Lâchez-moi, moujtchina, je connais le chemin vers la sortie. Je reviendrai dans votre paroisse, comme dit Terminator. I'll be back ! Alléluia, votre excellence ! Je n'ai qu'à traverser la rue Volkhonka pour aller me recueillir au musée Pouchkine, où les jouvencelles de Renoir ont davantage de miséricorde que vous. Et rendez-moi mon bocal de foie gras !

Tant pis si je marmonne la phrase la plus importante de cette confession.

Tant pis si vous ne l'entendrez jamais :

J’ai aimé et j’ai été aimé, mais jamais les deux en même temps.

EXTRAITS DU BLOG DE LENA DOYTCHEVA

(pièce à conviction annexée au dossier
de la cathédrale du Christ-Sauveur)

Dimanche. Ma vie est un dimanche éternel. Si je ne me suicide pas, c'est que je suis déjà morte souvent. J'ai trop vu maman se faire tabasser par des connards cuités, je n'y ai pas survécu. Quand ils partaient, maman me giflait pour que j'arrête de chialer. Généralement on finissait par pleurer ensemble, je disais au secours et elle pardon, en me caressant les cheveux, jusqu'à ce que je m'endorme enfin, noyée dans ses larmes coupables. Dehors il neigeait tout le temps. J'exagère à peine, venez chez moi, vous verrez.

Lundi. Le mot tabou chez nous, c'était : papa. Je suis née juste après la chute de l'URSS. C'est bizarre de se dire que je n'ai rien connu de tout ce que me raconte maman : l'appartement communautaire qu'on partageait avec deux autres familles, les tours de rôle pour les douches, la cuisine avec les placards divisés, tout ça… Moi je m'imagine la vie collective comme un truc rigolo, une coloc à la « Friends » mais il paraît que c'était pas si marrant quand c'était obligatoire. On ne choisissait pas sur qui on tombait et il fallait faire attention à tout ce qu'on disait. C'est pour ça que Maman est partie travailler comme serveuse en France. À cause de ce qui était arrivé à son père, les autres se méfiaient d'elle, comme si c'était de sa faute. Et quand elle est revenue, ils l'ont détestée encore plus. Personne ne comprenait pourquoi elle avait choisi de rentrer accoucher à Leningrad après la chute du Mur. Son père (mon grand-père) a été déporté en 1937 parce qu'il avait posé le portrait de Staline par terre pendant une commémoration. Maman m'a toujours dit que Staline avait tué tous les hommes intelligents du pays, qu'il ne restait plus que des cons buveurs et castagneurs. Pourtant elle n'a pas aimé vivre ailleurs (moi j'en rêve). « Le pays renaît de ses cendres. » Elle répétait cette phrase quand j'étais petite. Elle a mis des années à racheter aux colocs leurs chambres une à une jusqu'à ce qu'on soit enfin seules toutes les deux dans l'appartement mutilé, morcelé comme un puzzle, où l'on entrait par l'escalier de service. Je ne sais pas ce qu'il y avait avant mais je n'ai rien vu renaître quand je suis née. Des cendres, non, mais beaucoup de poussière, partout, de la neige sale sur du vent.

Mardi. Je n'ai pas connu mon père. Maman m'assure que c'était quelqu'un de bien, un bel homme, un Français sensible, intelligent, mais qu'il avait sa vie à Paris et qu'elle a préféré m'aimer toute seule. Oui, je suis une bâtarde, comme on dit là-bas. La fille d'une fille-mère. J'aimerais en savoir plus mais elle s'arrange toujours pour pleurer avant de répondre aux questions. Aujourd'hui dans un magazine j'ai lu une phrase de l'acteur Peter Ustinov : « Les parents sont des os sur lesquels les enfants font leurs dents. » Moi il me manque un père à ronger.

Mercredi. Le soleil m'a fait sourire ce matin. Je suis crevée. C'est décidé : j'arrête de me toucher. J'ai peur de prendre de mauvaises habitudes. Je ne veux pas être trop autonome dans mon plaisir. Je veux avoir besoin de quelqu'un d'autre pour atteindre le nirvana, j'attends le retour de Vitaly.

Jeudi. Je porte un tee-shirt « Be tough » qui s'arrête au-dessus du nombril que ma mère refuse que je perce. L'an dernier je m'étais fait tatouer une espèce d'aigle-dragon sur la clavicule et elle a exigé que je l'efface ! Le pauvre oiseau ne s'est posé sur mon épaule que deux jours… C'est chiant parce qu'enlever le tatoo au laser est encore plus douloureux que de le dessiner. J'ai grandi toute seule. Je me suis élevée moi-même comme une enfant sauvage. Ma mère n'était jamais là, elle travaillait toute la journée dans un restaurant, je l'ai toujours vue partir tôt et rentrer tard. Parfois des beaux-pères éphémères petit-déjeunaient avec moi et je retrouvais maman le soir pour dîner en tête à tête avec sa solitude. Est-ce générosité ou égoïsme de garder un enfant dont on sait qu'il grandira seul dans un petit appartement ? Les deux. Ma mère s'est sacrifiée en me sacrifiant. Je me demande si je serais capable d'en faire autant. Donner la vie demande d'oublier la sienne. Tania pense comme moi. (Tania est ma meilleure copine au lycée.) C'est fini, ce genre d'esclavage. On veut réussir, utiliser nos dons pour en faire un destin. Nous ne ferons pas d'enfants, c'est le seul moyen de rester teen forever. En plus je garde un bébé (comme baby-sitter) trois ou quatre soirs par semaine et franchement je trouve nul de faire un enfant pour le faire élever par une jeune fille au pair. J'ai l'impression que le bébé m'aime plus que sa propre maman : normal, il me voit plus souvent. Je lui fais prendre son bain, je l'endors, je le cajole, lui chante des chansons d'Avril Lavigne… J'ai le cafard pour lui, une impression d'abandon, de déjà vécu… Je me ronge les ongles parce que j'aime bien mettre mes doigts dans ma bouche comme un bébé.

Vendredi. Ma mère a un vibromasseur en forme de tube de rouge à lèvres, je l'ai trouvé dans sa table de nuit. Je suis fatiguée nerveusement. Je m'en suis servie tout l'après-midi, c'est épuisant, c'est comme une drogue portative, renouvelable à l'infini et entièrement gratuite. Les trucs ignobles auxquels je pense pour arriver au bout me font honte, c'est pourquoi je ne vous les dirai pas. J'ai découvert l'orgasme à onze ans, en frottant mes cuisses l'une contre l'autre. Mais là, là… avec cette machine infernale… Dans la cuisine je suis arrivée toute rouge et couverte de sueur pour préparer le dîner avec ma petite tête d'ange irréprochable. J'ai fait le signe de croix pour bénir le repas et payer ma dette.

Vendredi encore. J'ai calculé que j'ai passé le quart de ma vie devant la télé. Je ne sais pas si j'ai plus envie de la casser ou d'y entrer. Aujourd'hui maman a reçu un coup de fil du père Ierokhpromandrit de Moscou, un vieil ami à elle. Il connaît le mec qui fait passer le casting du Contest Aristo Style. Le genre de défilés de petites débiles qui montrent leur cul à des vieux dégueulasses : j'en pense pareil que pour la télé. Je ne voulais pas y aller, mais bon. C'est ça ou mes cours de physique, ma vie ennuyeuse, ma ville fantôme… ça ne coûte rien d'essayer. Je vous raconterai tout sur ce site. Je vais tenter de mettre les photos en ligne si j'arrive à les télécharger. Sinon allez voir les portraits de Sasha Gachulinkova, elle n'est pas mal non plus (toooo gorgeouuuus !!), sans oublier Anna Selezneva et Ekaterina Kiseleva. Googlez-moi ces demoiselles, vous m'en direz des nouvelles ! Mais revenez me voir après, j'actualise ce blog tous les jours.

Samedi. Je voudrais mourir jeune, mais beaucoup plus tard. Je veux être célèbre. Maman se moque de moi. Pourtant c'est elle qui m'a habituée à être vénérée. Sa religion se prosterne devant des icônes. Ce n'est pas un péché de vouloir en devenir une. Et puis c'est elle qui m'a branchée sur ce concours, c'est elle qui m'a accompagnée pendant des mois chez l'orthodontiste qui a enfilé des bagues sur mes dents, et des fils cisaillant mes gencives, et des appareils roses gluants de salive dégueulasse, tout ça pour que j'aie le plus beau sourire du quartier. Elle ne peut pas me reprocher de vouloir amortir son investissement buccal. Mieux vaut faire des défilés de mannequins que des marches militaires. En résumé, je ne sais pas ce que je veux, mais je l'aurai !

Dimanche. Le casting est mardi prochain, à l'Hotel Europe. Avec Tania on a essayé des fringues toute la journée. On s'est maquillées comme des gothic lolitas, quelle rigolade. Elle est folle : elle a piqué toute la lingerie de sa grande sœur. On a joué les lesbiennes nymphos, pris des photos de dingue habillées en soubrettes, plus ou moins à poil, n'importe quoi. Elle est persuadée que je vais gagner. Bon, c'est vrai qu'on est deux canons de manga maids mais je suis désolée pour vous chers lecteurs, je n'arrive toujours pas à télécharger mes photos, et puis elles enlèveraient tout mystère à mon blog. Je préfère vous laisser nous imaginer quand on s'embrasse sur mon lit couvert de robes pastel et de rubans roses… nos bottines lacées… nos fronts qui chauffent au milieu des ours en peluche.

Lundi. Écrire son blog c'est déjà une forme d'exhibitionnisme, peut-être plus grave que de défiler nue sur un podium devant des obsédés français.

Mardi. Le rendez-vous à l'Hotel Europe s'est très bien passé. L'organisateur s'appelle Octave, il a retenu ma candidature à condition que je me fasse passer pour une Tchétchène, et en plus il m'a invitée à faire des photos dans sa chambre. Il est très gentleman, il m'a dit que mes jambes étaient deux flèches plantées dans son cœur. Et aussi que ma beauté était trop forte, qu'il allait s'acheter des lunettes antiUVB (Ultra Violent Beauty). Je lui ai sorti un vers de Baudelaire que je connaissais en français : « Je suis belle, ô mortels, comme un rêve de pierre », ça lui a cloué le bec que je sache baragouiner quelques mots dans sa langue. Je lui ai expliqué que ma mère avait vécu en France. Il n'a pas retenu Tania qui est furieuse. Sale ambiance à l'Oneguin le soir même. On a fini par s'engueuler en fumant des pétards dans la rue. Pour la rassurer, je lui ai dit que j'étais pistonnée par le prêtre de Moscou.

Mercredi. Chaque fois que Tania me parle de Vitaly mon amoureux, me sentant rougir, je refais mes lacets. C'est devenu un réflexe pavlovien. Il suffit que quelqu'un prononce son nom et je m'agenouille, tête baissée devant mes Converse pour cacher ma face grenat. Et pourtant je me suis laissé embrasser par le Français dans le Jardin d'Été. On s'est promenés toute la journée, on est allés à Peterhof en taxi, c'est incroyable comme il était timide par rapport aux mecs de ma classe. J'ai emmené Octave au Russkaya Rybalka, le restaurant au bord de la mer où les clients peuvent pêcher leur poisson avant de le bouffer. Il s'est mis à pleurer quand on s'est promenés dans le parc de la résidence de Pierre le Grand. Il faut reconnaître que je l'ai un peu allumé en me laissant arroser par la fontaine-surprise en forme de sapin, celle où l'on s'approche d'une grosse fleur rouge avant de se retrouver trempée par un jet d'eau. Sacré farceur le tsar ! 100 000 morts pour faire des blagues de collégien. Octave se marrait au début, mais à un moment il s'est mis à me fixer sans rire, là j'ai compris qu'il devenait sérieux. Sans me vanter j'ai pris l'habitude de ce genre de phase, chaque fois qu'un garçon arrête de rigoler et me regarde fixement, sans ciller, avec cet air dur et mélancolique de soupirant, je sais que c'est le début des complications. Tout maigre et perdu, les cheveux décoiffés, avec ses yeux cernés et sa veste noire, il me rappelait Raskolnikov quand l'ivrogne dans l'auberge au début du livre lui dit : « Chaque homme a besoin de savoir où aller. » Je suis un peu paumée, je ne vois pas pourquoi Octave s'intéresse à moi plus qu'aux autres filles. Comme s'il ne voyait pas que je suis capricieuse, ordinaire, cupide, sans consistance, et en plus idiote et banale. Quand il me répète que je suis « shikarno » et que j'ai les seins convexes, quand il me surnomme sa « Jouvence », je n'arrive pas à savoir s'il se fout de ma gueule ou s'il est sincère. Ce n'est peut-être pas important, du moment qu'on passe de bons moments ensemble. Comme tous les dépressifs il soupire tout le temps, tel un jogger épuisé. C'est bizarre comme les vieux sont plus romantiques que nous. Le temps qu'ils perdent ! Ou alors c'est comme une drogue : ils se shootent aux sentiments. C'est peut-être la raison pour laquelle j'ai toujours fréquenté des garçons beaucoup plus âgés que moi, fumé des pétards dès treize ans, essayé l'ecsta et la baise l'année dernière. Je veux être vieille pour être libre. Je n'ai pas vraiment eu d'enfance, maman prenait de la coke devant moi quand j'avais huit ans, chaque matin au petit déjeuner il y avait des jeunes mecs différents qui traînaient en caleçon dans la cuisine et piquaient mes céréales, j'étais agressive, menteuse et voleuse, virée de toutes les écoles, maintenant je suis un bébé dans un corps de femme, avec un visage d'enfant et un cœur bien enfoui, que je protège trop et qui ne demande qu'à s'emplir de larmes. Je sens que ça finira mal, mais pas tout de suite, s'il vous plaît, encore un instant, Monsieur le Bourreau.

Jeudi. Olienka se moque de moi toute la journée, « alors la starlette », « hello baby Vodianova », et cetera. Tania est toujours fâchée que j'aie accepté de défiler alors qu'Octave l'a jetée comme un vieux blini. Moi je me tue à lui répéter qu'il m'a choisie parce que j'ai accepté de jouer la comédie de la petite Tchétchène : puisque le monde se moque de nous, il est temps de lui rendre la pareille.

Vendredi. C'est demain que je serai ridicule devant tout Saint-Pétersbourg. Pourquoi ai-je toujours l'impression que tout le monde s'amuse sauf moi ? Les autres filles se disent toutes la même chose ou est-ce moi qui ne tourne pas rond ? Je m'en fous : je sais que je suis très heureuse quand j'écoute Michelle Branch tout l'après-midi, allongée sur la pelouse du jardin Aleksandrovski en pensant au Français… Il m'a dit que notre différence d'âge n'était qu'un décalage horaire. Je vois comment les garçons s'arrêtent de parler quand je m'assieds au Tiffany's sur la perspective Nevski. Ils essaient l'air gentil mais je vois leurs yeux inquiets. Demain, peut-être… Je ne veux pas qu'il croie que je puisse avoir des sentiments pour lui. Ma vie peut bien changer, mais si elle reste la même ça ne me dérange pas. J'aurai toujours ma mère et les chansons de mon MP3, hier soir je l'ai regardée danser sur du Jerry Lee Lewis jusqu'à cinq heures du matin, il y aura toujours la place des Arts et les petits ponts jetés sur les canaux où je peux rester assise jusqu'à la tombée du jour en fumant de la skunk avec Tania… Et Spas Na Krovi, la cathédrale construite sur le sang d'Alexandre II. On dirait un cornet pistache-vanille-fraise qui fond sur les touristes en short.

Samedi. Pardon je n'ai pas eu le temps de tenir ce blog, avec tout ce qui s'est passé hier. Je vais essayer de raconter la journée dans l'ordre sans rien oublier mais ce ne sera pas facile, tant de choses sont arrivées en si peu de temps… Bon, premièrement, j"ai remporté le concours Aristo Style of the Moment ! Je ne vous l'apprends pas, c'était dans tous les journaux. Je vais aller à Paris faire les photos de la publicité pour L'Idéal ! La cérémonie était horrible, je n'y voyais rien avec tous les flashes, j'ai cru que j'allais faire un malaise vagal et tomber sur le jury ! Maman a pleuré, j'ai pleuré, Octave a poussé des cris dans le micro, tout le monde a applaudi Miss Tchétchénie à Pétersbourg, c'était surréaliste. C'est là que j'ai commencé à boire, je me sentais un peu ignoble sur le carrelage dans les loges, je me suis regardée dans la glace des toilettes et j'ai flippé toute seule : d'abord qu'est-ce que je foutais là et en plus j'avais gagné ; j'étais dégoûtée. Ma mère a refondu en larmes quand je lui ai présenté Octave. Il faut vraiment qu'elle se repose, petite maman trop émotive… Octave est entré dans ma loge, j'ai dit : « Maman, je te présente l'homme qui a organisé toute cette soirée. Octave, voici ma mère. » Au lieu de le remercier, voilà qu'elle prend son visage dans ses mains et s'en va en courant ! La folle ! Avec une mère pareille, comment voulez-vous que je sois normale ?

Après, Octave était très mal quand j'ai dédié ma victoire à Vitaly sur scène, mon amoureux surfeur, qui est parti faire du snowboard pendant six mois en Antarctique. Finalement tout le monde avait le cafard que je gagne ce trophée de merde ! Octave fait plus jeune que son âge. Il fait semblant d'être blasé mais il a un regard si triste, on a envie de le prendre dans ses bras, de le rassurer. J'avais envie de lui dire : « si tu veux, je peux te sauver, je peux t'emmener loin d'ici mais je ne coucherai pas avec toi. » C'est idiot, je sais, mais je crois qu'il est vraiment tombé amoureux de moi. Une fois, j'ai oublié de vous le raconter, une nuit de la semaine dernière, on a dormi ensemble, j'ai dit à maman que je restais chez Tania, en fait j'étais dans sa chambre d'hôtel à regarder « Desperate Housewives » mais Octave avait pris des somnifères, alors on n'a rien fait, et moi je ne sais pas si j'en avais envie ou pas... Je sais que j'ai été fidèle à Vitaly mais peut-être que s'il avait tenté quelque chose j'aurais cédé. Octave disait qu'il m'aimait trop pour me brusquer, que nous aurions tout le temps de le faire plus tard, qu'il n'était pas pressé. Puis il s'est mis à suer et crier des trucs répugnants : « – Tu crois que je cherche à baiser des filles en enfilant une chaussette en caoutchouc sur la bite ? Hein ? Tu ne comprends rien ! Je veux que tu me serres très fort contre toi en m'expliquant comment on va être heureux ! » N'importe quoi. Bon, je l'ai recopiée ici parce que c'est tout de même une phrase-collector. Revenons à Miss Aristo. Après le cocktail victorieux, il m'a encore fait boire de la Russky Standard... Il a voulu qu'on fasse semblant de se marier dans sa suite. Comme j'étais bourrée, j'ai pioché une robe blanche Isabel Marant dans la penderie de l'agence et lui a passé une autre chemise noire et un nouveau jean (enfin il est resté habillé pareil mais en propre). Il m'a offert une bague de fiançailles qui clignote et je lui ai donné mon bracelet marijuana. Sur le coup j'ai trouvé ça marrant et pas grave mais en fait, avec le recul, c'était un peu glauque ce faux mariage.

— Elena Olgavovna Doytcheva, lycéenne, veux-tu prendre pour époux Octave Marie François Parango, publicitaire au chômage et chasseur de filles ici présent ?

— Faut que je réfléchisse…

— Surtout pas !

— Bon alors da.

— Octave Marie François Parango, écrivain refoulé et contrebandier de chair, acceptes-tu de prendre pour épouse Elena Olgavovna Doytcheva, collégienne à l'absentéisme récurrent, ici présente, afin de lui être fidèle et de lui tenir chaud jusqu'à ce que mort s'ensuive ?

— Voyons voir… vous pouvez répéter la question ?

— Va te faire foutre !

— Yes !

Après l'échange des consentements devant le miroir de la salle de bains, on s'est jeté du riz dessus, il y en avait partout, jusque dans l'entrée ! Il m'a invitée à danser le slow, j'ai choisi « Everytime » de Britney Spears sur son i-Pod Bose (j'adore le clip où elle s'ouvre les veines dans son bain). Depuis que je lui ai expliqué que Lenotchka voulait dire petite Lena, il répète sans arrêt Lenotchka Lenotchka comme un débile. Il est vraiment étonnant comme type. J'en ai jamais rencontré de pareil. On dirait un enfant qui fait des bêtises, j'ai l'impression d'être plus vieille que lui ! Il me fait marrer comme une folle. Quand il m'a dit je t'aime, j'ai dit je t'aime beaucoup pour blaguer mais je crois que lui ne plaisantait pas. C'est embarrassant mais je crois que j'aime être aimée à ce point-là, ça me nourrit, me donne des forces. Ma mère m'a souvent mise en garde contre les mecs qui font de jolies déclarations d'amour : ce sont les plus dangereux, ils te font bien plus souffrir que ceux qui se contentent de vouloir te sauter. Ils te saoulent de belles paroles jusqu'à l'aube, te comparent à la Vénus de Cranach ou à Jessica Alba, ils devinent ton signe astrologique surtout quand c'est Vierge, ne les laisse pas te faire perdre ton temps, dit ma mère. J'aime écouter sa voix quand Octave marche à côté de moi et m'explique des choses, la vie semble plus claire avec lui, plus simple et plus rigolote aussi. Je regarde son blouson élimé et j'ai l'impression que plus rien n'est compliqué. Quand il m'embrasse, parfois j'ouvre les yeux pour voir s'il ferme les siens. Et comme il fait pareil, on a l'air cons tous les deux à s'embrasser les yeux écarquillés. Alors on les referme avant de les rouvrir, encore en même temps. Là on rit. C'est nul. J'aimerais bien qu'il soit mon ami, un copain plus âgé, expérimenté, qui m'aiderait à découvrir le monde. J'ai parlé de l'absence de mon père avec Octave, comme c'était dur de grandir sans lui, et de trouver des capotes par terre dans la chambre de ma mère sans comprendre à quoi servait ce sac en plastique rempli de lait concentré. Il m'a raconté une histoire qui m'a fait pleurer. Celle d'un enfant qui voit son père victime d'un infarctus devant ses yeux. L'enfant doit avoir quatre ans, il est trop petit pour comprendre tout de suite, il essaie de soulever les paupières de l'auteur de ses jours, de secouer ses bras, de le chatouiller. Au bout d'un moment il pige que son père ne bougera plus. Le bébé porte son papa dans ses bras, c'est le monde à l'envers. Alors l'enfant fond en larmes, il appelle au secours, il est désemparé. Il embrasse le visage de son père immobile… C'est alors que son père ouvre un œil, et éclate de rire. C'était une blague, il faisait semblant d'être mort, il n'allait pas le laisser tomber comme ça ! En séchant mes larmes, il m'a dit qu'il venait de me raconter la vie de Jésus ; c'est la première fois que j'y comprends quelque chose. Jésus n'est pas le fils de Dieu mais notre père. Un père absent, parti au ciel, mais vivant, pas mort. Il m'a emmenée à la fête chez l'oligarque, j'étais complètement saoule, je me souviens que Sergueï laissait des pourboires de 10 000 dollars, je n'ai jamais vu autant de billets d'un coup. Dans la voiture il disait n'importe quoi :

— Adam et Ève étaient au paradis et ils ont déconné avec leur corps charnel, ils étaient bien, tout nus comme des robots, ils ne se rendaient pas compte qu'ils étaient nus, et Dieu leur a dit de ne pas manger l'arbre du jardin d'Éden, mais le premier couple était aussi con que les autres, ces deux couillons voulaient leur libre arbitre, et c'est ça qui nous a mis dedans, depuis la naissance du monde, cette putain de liberté qui nous a détruit, n'oublions jamais la devise de Félix Dzerjinski : « Si vous êtes toujours en liberté, cela ne veut pas dire que vous soyez innocent mais que nous n'avons pas bien fait notre travail. »

Chez Sergueï la déco était à base de chandeliers et d'écrans plats, de rideaux légers et de lits blancs, je n'avais jamais mis les pieds dans une aussi belle maison, jamais vu autant de gens sublimes et Octave a disparu. Je n'ai rien compris. Je ne l'ai plus revu. Je ne veux plus le revoir. Je crois qu'il y avait du somnifère dans mon verre, j'ignore qui l'y a mis, sûrement lui, je ne le comprends pas, il est entré dans ma vie avec ses grands mots et il a disparu en me laissant toute seule, c'est un connard et un sadique et un impuissant, et j'ai hâte que mon vrai mec revienne.

Je ne me souviens pas de la suite, quelqu'un a dû me ramener chez moi, je me suis réveillée dans mon lit. Habillée avec les fringues de la veille, dégueulasses ! Et mon trophée débile sur ma table de chevet. (En fait je me souviens de quelques trucs mais j'ai trop honte pour vous les raconter.)

Lundi. J'ai 14 ans et trois mois : Octave m'a dit que c'était l'âge de la Juliette de Shakespeare. De toute façon Jerry Lee Lewis, l'idole de ma mère, a épousé sa cousine Myra quand elle avait 13 ans. À 13 ans moi je mettais du coton dans mon soutif pour rentrer en boîte. Je fumais des joints en classe tous les jours, je prenais de l'ecsta mais jamais de coke (trop vu ma mère en bad). J'ai toujours traîné avec des mecs beaucoup plus âgés que moi, je haïssais l'école, je me suis fait virer dix fois, j'étais agressive par timidité, je mentais tout le temps et volais dans les magasins : une vraie klepto-mytho ! Je fus dépucelée à 13 ans, ivre morte, je picolais beaucoup comme tous les élèves de ma classe, mes mecs étaient des pères de substitution, je vous dis tout ça très vite pour expliquer pourquoi la soirée chez Sergueï ne me traumatise pas. Je me disais souvent : je rentre à l'Oneguin et j'ai même pas mes règles ! Je mentais sur mon âge, je disais que j'avais 17 ans, je me maquillais et m'habillais en vieille, les yeux en noir, des talons très hauts, des jupes très courtes. Souvent je quittais les mecs pour éviter de baiser. À 13 ans toutes les filles de ma classe avaient déjà baisé mais je n'avais pas d'amies, mon physique les rendait jalouses et moi asociale, et comme je changeais souvent d'école je n'avais de toute façon pas le temps de m'attacher. L'an dernier, je me suis forcée à coucher sans plaisir et j'étais très soulagée d'être débarrassée. J'ai tout de même envie de déménager à Tachkent. Là-bas on vit comme des princes, dans une maison avec des domestiques, pour 100 dollars par mois. La bouffe est délicieuse, les gens sont polis, il fait beau, j'ai écrit à Vitaly qu'on pourrait être heureux à Tachkent, que j'aimerais être sa princesse ouzbèque après m'être faite passer pour un top-model tchétchène. Il faut partir d'ici. Mon contrat avec L'Idéal est signé, j'ai le billet d'avion en poche, Sergueï me harcèle sur mon mobile. Ma new life commence… Je reprendrai ce blog dès que je le pourrai, sinon adieu et pardon de vous laisser tomber, mes nombreux fans et groupies ! Nitchevo strachnovo… (C'est rien, c'est pas grave…)

EXTRAITS DE L'INTERROGATOIRE DE Mlle LENA DOYTCHEVA PAR LES SERVICES DE L'OURPO, MENÉ DANS LES LOCAUX DU FSB APRÈS LA CATASTROPHE

« Il était perdu, moi je me cherchais, notre rencontre était fatale. Non, pas le fouet, s'il vous plaît, je serai gentille… utilisez ma bouche et laissez-moi partir, je ne suis pas responsable de cette tragédie. Non je ne suis pas tchétchène, c'était un mensonge pour plaire à la marque L'Idéal, et puis même si j'étais tchétchène, cela ne fait pas AUTOMATIQUEMENT de moi une "chahid" ! Puis-je téléphoner, je connais des personnes très haut placées, je ne veux pas d'ennuis et si vous n'en voulez pas non plus, vous avez intérêt à me relâcher ! (…) Je n'ai rien à voir là-dedans, si ce n'est que je connaissais le Français, qui m'a contactée de la part d'un prêtre orthodoxe. Ma mère l'avait rencontré à Paris quand elle y travaillait comme serveuse dans un restaurant. Il voulait me proposer de faire une carrière dans le mannequinat international. Nous nous sommes vus à plusieurs reprises à Saint-Pétersbourg. Oui, nous avons eu une liaison mais purement platonique. C'était un homme charmant, il semblait très épris de ma personne, je suis très jeune, il m'a un peu emmenée dans son délire romantique, c'était comme dans un film, enfin je crois, je ne sais plus, vous m'avez fait mal au dos tout à l'heure, s'il vous plaît dites

au monsieur lubrique d'arrêter de regarder, je peux remettre ma chemise s'il vous plaît ? Je n'ai pas besoin d'être torse nu pour répondre à vos questions. (…) Octave m'a sauvée, je sais que personne ne veut entendre une chose pareille mais c'est vrai. Comme dit la vieille dans le film Titanic *: "Il m'a sauvée de toutes les façons qu'une personne peut être sauvée." Sauf une. Oui, je pourrais dire que j'ai eu un mini-"crush" pour cet homme mais rien de plus. Nous avons flirté un peu dans sa chambre, rien d'extraordinaire, il disait que je l'intimidais, que j'étais trop petite, qu'il attendrait l'âge légal. Je ne pouvais pas du tout me douter qu'il était aussi dérangé psychiquement. Il était calme et attentionné, jusqu'à ce qu'il mette fin à notre histoire sans me donner de nouvelles, après une soirée chez Sergueï Orlov, le chairman of the board du groupe Oilneft. C'est pourtant lui qui avait insisté pour m'emmener chez son ami. Je ne voyais pas qu'il était capable de jalousie : quand il m'a présenté Sergueï, celui-ci a demandé "Vous êtes ensemble ?" et Octave a répondu : "Non, on est heureux." J'ai su ensuite qu'il avait cherché à me joindre à de nombreuses reprises chez ma mère mais j'étais à Courchevel avec Sergueï et j'avais changé de numéro de portable. Il a sans doute pensé qu'en commettant ce crime il pourrait renouer avec moi… C'est un peu comme le fou qui a tiré sur le Président américain pour séduire Jodie Foster. Ma mère m'a raconté cette histoire horrible… (sanglots) Je ne comprends pas ce qui a pu se passer dans la tête du Français. C'est affreux, affreux… Il avait l'air intelligent, il avait de belles mains, je ne comprends pas, il embrassait comme une fille… Enfin, avec sa barbe, il me donnait plutôt l'impression d'embrasser un "ezhik" (hérisson) ! Que pouvais-je faire ? Comment aurais-je pu deviner qu'il en arriverait à* *de telles extrémités ? Maintenant ma carrière est ruinée, je suis foutue, grillée dans le métier, que vais-je devenir ? Je ne suis pour rien dans cette horrible journée. Pour toujours je suis la fille du malheur. Ma mère n'arrête pas de pleurer, laissez-moi lui parler, après tout c'est elle qui m'a dit d'aller au rendez-vous, c'est peut-être à elle que vous devriez poser vos questions... Olia est bizarre depuis le drame. Elle s'enferme dans sa chambre, prie toute la journée, comme si c'était de sa faute. Je n'arrive pas à la consoler, mon Olienka... Elle déteste Octave, elle lui en veut énormément, moi aussi d'ailleurs, il avait l'air si aimable, pourquoi a-t-il fallu que ce cataclysme s'abatte sur notre famille ? (silence) Heureusement que j'ai Sergueï, vous pouvez l'appeler, il n'appréciera pas vos questions, vous feriez bien de me parler autrement, vous avez un problème ? quel est votre numéro de matricule s'il vous plaît ? Non, je ne vois pas pourquoi Sergueï aurait quelque chose à voir avec l'attentat, nous ne sommes pas en 1999, la guerre n'a plus besoin de justifications, aïe, AÏE arrêtez, je disais ça pour rire, je ne sais plus ce que je dis, je suis si fatiguée... (...) Monsieur s'il vous plaît, détachez-moi, soyez gentil, tout ce que je demande est un verre d'eau sans polonium dedans, cela fait deux jours que je n'ai pas bu, ni dormi, j'aimerais qu'on me rende mes vêtements, spassiba, non, pitié, ne me frappez plus avec le tuyau d'arrosage, je... je serai coopérative, juste un verre d'eau par pitié, j'ai mal aux poignets et au ventre, j'ai des crampes, je ne veux pas que l'autre monsieur revienne, je vous en prie, il m'a fait très mal à la poitrine la dernière fois avec les pinces électriques... »*

(traduction d'Igor Sokologorsky,
de l'ambassade de France à Moscou)

EXTRAITS DE LA DÉPOSITION SOUS SERMENT DE SERGUEÏ ORLOV, CEO D'OILNEFT

« J'ai fait la connaissance d'Octave Parango par l'intermédiaire d'un ami corse qui m'a vendu l'un de mes yachts et une maison à Porto-Vecchio où je n'ai pas encore eu le loisir de mettre les pieds. Il cherchait de nouvelles recrues pour une agence de mannequin franco-américaine, je lui ai proposé de l'aider, étant moi-même actionnaire de plusieurs agences de communication à Moscou et Saint-Pétersbourg. J'ai fait des études supérieures de mathématiques, je ne savais pas que je me retrouverais professeur d'économie, puis banquier et industriel, j'ai débuté comme balayeur, je me suis élevé tout seul dans les années quatre-vingt-dix grâce au système "prêts contre actions", et je ne dois rien à personne. Le groupe pétrochimique et sidérurgique Oilneft possède plusieurs usines de composants cosmétiques, lesquelles fournissent notamment la société Virgin Tears et L'Idéal Monde. C'est par le truchement de cette dernière entreprise que j'ai rencontré Parango à plusieurs reprises dans l'année écoulée (il recrutait des nouvelles filles pour la marque leader) mais jamais il n'a évoqué ni mentionné devant moi ni en présence de mes proches son macabre projet. Je précise que j'ignorais totalement ses antécédents judiciaires, et en particulier qu'il avait purgé une peine

de prison en France pour complicité dans une affaire de meurtre aux États-Unis (homicide de Mrs Ward, dossier en annexe 99F). Chaque fois qu'il critiquait la Russie, je le prenais pour un plaisantin, un artiste, un socialiste de salon (il avait publié un pamphlet contre la pub en France, et selon mes informations il avait aussi conseillé le candidat du Parti communiste français lors de l'élection présidentielle de 2002). Les armes qu'il a subtilisées à mon domicile pétersbourgeois étaient sécurisées dans une salle de coffre : je ne sais pas comment il s'est débrouillé pour y pénétrer. J'ai immédiatement proposé au FSB et à la police de Moscou de fournir la liste des employés de mon service de gardiennage, au cas où ces éléments pourraient être utiles à l'enquête, des complicités n'étant pas à exclure au sein de mon propre personnel de sécurité. Le board d'Oilneft reste entièrement à la disposition des autorités afin que toute la lumière soit faite sur le plus grave attentat terroriste ayant eu lieu à Moscou depuis 2002. Le groupe Oilneft dément formellement toutes les rumeurs concernant l'existence en Tchétchénie d'une prétendue usine de traitement du lait maternel ou à Komsomolsk d'un site de production de larmes humaines, qui détiendrait contre leur gré des ouvrières afin de revendre leur production comme cosmétique anti-âge. Les allégations de la Novaïa Gazeta *sont des affabulations grotesques : le lien avec les sites internet sadomasochistes de flagellations et de crucifixion de jeunes femmes (extreme pain.org, whipped ass.com, extreme brutality, inhuman sadism, executions of virgins, teen torment et crucified teens) n'a jamais été établi ni prouvé et en tant que président du groupe Oilneft je les démens formellement. Quant à fragile hostage.com, unwanted fuck et fresh russian tears, ce sont des labels déposés par une autre filiale du groupe qui commercialise des vidéos bdsm à caractère pornographique dont tous les participants sont majeurs et consentants. La rumeur calomnieuse est une tentative puritaine de déstabilisation professionnelle inadmissible dirigée contre le prestige des marques de notre compagnie, qui sera comme telle poursuivie par notre entreprise devant les juridictions compétentes, en Fédération de Russie et ailleurs (la Cour européenne de justice est d'ores et déjà saisie par la société L'Idéal Monde). Je n'ai rien à ajouter sur cette affaire, qui me consterne et m'attriste comme tous les citoyens de notre ville, en particulier la communauté orthodoxe, dont je fais partie, mais aussi ma famille et mes proches dont je vous laisse imaginer la douleur. Je rappelle que, malgré mes origines juives, je fus membre fondateur dès 1994 du comité de donateurs qui a engagé le financement de la construction de la cathédrale du Christ-Sauveur. Permettez-moi d'exprimer une pensée de solidarité et d'affection pour toutes les familles des victimes touchées par cet horrible acte de destruction et de blasphème. Je m'associe aux prières de toute la Russie Unie, et apporte mon soutien indéfectible au Président Poutine dans son combat pour la vérité. Un jour, il faudra songer à débarrasser notre territoire sacré de tous ces "boïviki" et punir tous ceux qui veulent souiller la grandeur nationale et l'âme de notre pays éternel. Ce combat est celui de notre Président et sera celui de son successeur, quel que soit le candidat retenu. Tant que des dangers aussi extraordinaires menaceront notre cohésion nationale, il faudra à la tête de notre démocratie des hommes volontaires. »*

QUATRIÈME PARTIE

AUTOMNE

(Osen)

« Ma charmante, mon inoubliable ! Tant que les creux de mes bras se souviendront de toi, tant que tu seras encore sur mon épaule et sur mes lèvres, je serai avec toi. Je mettrai toutes mes larmes dans quelque chose qui soit digne de toi, et qui reste. J'inscrirai ton souvenir dans des images tendres, tendres, tristes à vous fendre le cœur. Je resterai ici jusqu'à ce que ce soit fait. Et ensuite je partirai moi aussi. »

Boris PASTERNAK,
Le Docteur Jivago, 1957.

1

J'ai un cheveu blanc sur le front qui s'agite comme un drapeau : pour prévenir la mort que je me rends. Merci de m'accueillir à nouveau dans ta demeure de marbre, père Ierokhpromandrit. Je suis coké jusqu'aux yeux. Retombé le nez dedans depuis trois semaines, ha ha ha ! La pluie de l'automne me ronge les sangs. Je ne comprends rien à ton ciel pierreux : tantôt il nous gèle, tantôt nous étouffe. Et moi qui comptais prendre ma retraite en Russie ! Tes ouailles ont besoin de toi, je n'abuserai pas de ton temps sacré avec mes fariboles poudreuses. Je voulais te demander d'excuser mes récits scabreux de la dernière fois, et surtout te remercier de ne pas en avoir fait état auprès des autorités. Je comprends parfaitement ta réaction ulcérée. Le secret de la confession ne justifie pas qu'on doive subir des descriptions détraquées à longueur de journée. Le Botox paralyse les muscles, il m'en faudrait une injection dans le cerveau. Pardonne-moi 77 fois 7 fois, soit 539 fois ! Je sais parfaitement que tu n'avais nulle envie de m'entendre à nouveau, surtout après que j'ai trahi ta confiance en débauchant la Très Gracieuse Lena Doytcheva. Je suis désolé d'avoir été contraint de placer des charges de dynamite tout autour de ton sublime édifice, de plastiquer l'ensemble de ces majestueux piliers et de m'entourer le ventre d'explosifs. Évidemment, il serait regrettable que j'appuie sur ce détonateur, mais après tout Staline a déjà détruit cette cathédrale en 1931, et Khrouchtchev en avait même fait une piscine chauffée à ciel ouvert ! La plus grande du monde, tu te souviens ? On la repérait de loin, avec sa colonne de fumée qui grimpait dans le ciel, entourée de neige, la vapeur tiède ressemblait à un champignon atomique... On ne voudrait pas revoir pareil spectacle ailleurs que dans le souvenir. Les immeubles sont malléables, comme nos existences, n'est-ce pas ? Quel étrange lieu saint, sombre et lumineux. J'adore ta nef humide et déserte, mais parfois elle me stresse ! Quand je pense que Staline voulait la remplacer par un gratte-ciel géant plus haut que l'Empire State Building, la « Tour Lénine », avec en son sommet la statue du fondateur de l'URSS, ce cher Vladimir Ilitch Oulianov, avec son menton poilu comme le mien, debout dans les nuages, montrant le chemin vers la vérité dans un seul pays ! Et il voulait que cette statue soit plus grande que la Statue de la Liberté ! Une belle bande de malades, hein ! Il serait dommage qu'il ne subsiste de ton église que le parking souterrain, où ma voiture est garée en ce moment même. J'y tiens beaucoup : une Cayenne flambant neuve avec sièges en cuir et trois lecteurs de DVD, offerte par mon Nouveau Russe préféré. De grâce, empêche-moi de la broyer sous un tas de gravats, même sacrés.

2

Comme tu le sais, mon théologien, chaque fois que je suis en bad, j'aime rendre visite à Jésus-Christ. Cet homme est mon antidote. Comme tu en es le digne représentant, je ferais n'importe quoi pour me confier à toi. Ne t'inquiète pas, je ne veux pas faire de victimes. Il est vrai que je me sens mieux dès que je m'agenouille sur ton prie-Dieu ; l'église est mon Xanax. Jésus est très éclairé derrière ton autel. Toutes les bougies du péristyle raniment mon cœur. Le Messie s'est-il vraiment sacrifié pour nous, tel un kamikaze tchétchène ? Arrête de prendre ce regard alternativement courroucé et consterné. Ce qui est sûr, c'est que le Christ a mal fini. Certes, tu as raison. Il est ressuscité. Voilà : tu l'as, la raison de ma venue ici. J'aimerais tellement l'imiter. Il n'y a pas que les musulmans qui peuvent être des martyrs. Les chrétiens qui se jetaient dans la fosse aux lions ne faisaient sauter personne d'autre ? Eh bien il est peut-être temps que ça change : je serai le premier kamikaze catholique qui fera sauter une cathédrale orthodoxe. Christ Akbar ! Yop la boumski !!

Reste assis, ô patriarche. Il faut que tu m'écoutes jusqu'au bout ; ne m'oblige pas à transformer la cathédrale du Christ-Sauveur-Sur-les-Eaux en Ground Zero-sous-la-Moskova. Tu sais très bien que, si tu préviens la police, elle gazera sans hésiter au Fentanyl tous les fidèles présents sous ce dôme ou nous attaquera au lance-flammes, sans parvenir à m'empêcher de déclencher l'explosion. Mieux vaut entendre patiemment ma confession, me donner l'absolution et me laisser repartir d'ici dans le calme et la sérénité. Dès que j'aurai obtenu le retour de Lena Doytcheva, je te promets de disparaître définitivement de ton existence. Le pardon des péchés est-il prévu par la religion orthodoxe ? Je t'en supplie, prête attention à ma complainte, je ne suis qu'une brebis galeuse qui se prosterne à tes pieds. Je t'assure que tout le monde va s'en sortir si les médias relaient mon appel et que la Tchétchène blonde qui a remporté le Petersburg Aristo Style Contest montre le bout de son nez retroussé. Au moment où je te parle, Lena prend une douche quelque part dans le monde, le savon coule sur ses épaules, c'est inadmissible. Je suis ici pour appeler au secours et demander pardon.

3

Attends que je reprenne une ligne, Paris-Vladivostok avec escale à Novossibirsk… Chéri, j'ai rétréci la coke, ouaaah ! La pire connerie à faire avec ce truc, c'est d'arrêter ! T'es sûr que t'en veux pas ? Ô Sainte Narine Immaculée ! Tant pis pour toi my Lord. Moi j'en prends parce que ça m'aide à parler. Je vais donc revenir sur l'origine de ma brouille avec Lena et tu vas m'écouter patiemment parce que ton job consiste à aimer la vie et à la défendre. Et je te comprends : moi aussi je me suis souvent accroché à la vie. À partir de 40 ans, chaque fois que l'on vit quelque chose, on se dit que c'est peut-être la dernière fois. Être convaincu d'avoir dépassé la moitié de sa vie modifie un peu le comportement. Je ne serais peut-être pas ici si j'avais vingt ans de moins. Je te l'ai dit, jusqu'à ma rencontre avec Lena, je me considérais comme un infirme sentimental. Quand on est élevé par des nounous variées et des pères interchangeables, on apprend vite à ne jamais s'attacher. À l'adolescence, les filles ne voulaient pas assez de moi ; aujourd'hui, pour des raisons professionnelles, elles me veulent un peu trop. Je ne connais pas le secret de l'amour. Je suis un handicapé de l'altruisme. Je n'ai pas eu la chance de rencontrer ton Seigneur, et malheureusement, jusqu'à récemment, je n'avais pas réussi à rencontrer quelqu'un d'autre. C'est tristement banal dans les pays riches : il y a longtemps que plus personne ne s'y intéresse à son prochain. Peut-être ne pouvez-vous pas encore vous en rendre compte en Russie : en abusant du désir, notre civilisation l'a détruit. Ce que nous nommons individualisme, je l'ai longtemps pris pour une forme de liberté. Mais à présent je le sais : la liberté ne conduit qu'à l'impuissance devant son écran plat, au suicide dans une salle de bains garnie de miroirs. La liberté, quelle liberté ? Celle de se branler devant sa glace ? Celle de ne dépendre de personne ? On place trop haut la liberté. La liberté est encore un mensonge, une illusion, une autre utopie ! L'individualisme : grande victoire de la philosophie des Lumières ou avènement de la solitude la plus narcissique de l'histoire de l'humanité ? Chez vous, la liberté a le même âge que Lena. La liberté est adolescente en Russie. La vérité c'est que les gens se foutent complètement d'être libres, tu es bien placé pour le savoir : ils se contenteraient amplement d'une raison de vivre.

Lena a cru que je la traiterais comme les autres, toutes ces putes qui lui ont brossé mon portrait en monstre sexuel. Comment aurais-je eu la moindre pitié pour des êtres qui ne m'inspiraient aucun sentiment ? On n'a rien à perdre quand on n'aime personne. Ce n'est pas du nihilisme : c'est du capitalisme. Une civilisation de douillets et de lâches, un System de flics où l'on a peur de son prochain. Je me souviens qu'à Paris je me rassurais en plaignant la misère des pays pauvres à la télévision. La souffrance des démunis me semblait ridiculiser la mienne. Inconsciemment, si j'ai accepté de m'installer ici, ce n'était pas pour chasser de la chair fraîche mais pour savoir si j'étais humain. Je vous prenais pour un pays du tiers monde, encombré de Lada carrées. (Tu connais la devinette russe : quelle est la différence entre une Lada et le sida ? La Lada, tu ne peux la refiler à personne.) Très vite je me suis aperçu que je n'avais rien compris à la Russie. J'ai lu vos auteurs, étudié votre Histoire, votre religion et maintenant je commence à entrevoir la vérité : vous êtes aussi paumés que moi mais vous l'acceptez. Vous rêvez de gagner au casino sans travailler, d'hériter du jour au lendemain d'une usine à gaz ou d'un gisement de pétrole, comme Mikhaïl Prokhorov ou le pêcheur de Pouchkine qui se fait offrir un château par un poisson doré. Vous êtes des Irréalistes, comme dirait Pierre Mérot. Entre la richesse et la liberté, vous avez choisi la richesse, et vous n'aurez ni l'une, ni l'autre. Je devrais être russe ; j'aimerais être né dans votre pays déraisonnable plutôt qu'en Béarn, ma planète coincée entre montagnes et océans. À la Villa Navarre, je ressentais la même chose que les Russes en Russie : autrefois on était chez nous et maintenant on n'y est plus.

Je n'ai fréquenté que des riches chez vous, parce que mon job était de chercher les jolies femmes et que les jolies femmes vont avec les riches, ceux qui ne roulent pas en Lada. À Moscou on dénombre 280 000 millionnaires en dollars ; ce record mondial laisse l'embarras du choix. Tel est un des secrets du métier de scout : le plus rapide moyen d'entrer en contact avec un grand nombre de belles filles dans n'importe quel pays est de fréquenter ses milliardaires. Avec eux j'ai découvert que l'argent tue l'amour, qu'on en parle dans les dîners mais que l'amour n'est plus possible au-dessus d'un certain niveau de vie. De toute façon je crois que l'amour n'existe plus, que les conditions de l'amour ne seront plus réunies désormais dans notre civilisation déniaisée. Comment veux-tu tomber amoureux alors qu'en Russie le romantisme a été aussi sévèrement puni ? Ce qui est mort en 1991 n'est pas seulement l'Union des Républiques Socialistes Soviétiques, mais aussi la crédulité humaine. La conséquence de l'échec du communisme, c'est l'impossibilité de l'engagement, dans quelque domaine que ce soit, politique ou personnel. Et cette défaite ne concerne pas seulement la Russie mais le monde entier. L'hédonisme est l'idéologie des gens dénués d'espoir. Toute chimère est désormais interdite. La mondialisation fait de nous des techno-consommateurs pessimistes et résignés. L'amour est un rêve prohibé, comme tous les autres rêves, à part les crédits revolving. Le XXIe siècle ne se remettra pas d'avoir ridiculisé le lyrisme.

4

Tais-toi, s'il te plaît, dévot chartofylax, tu vois mon pouce ? Il suffit que j'abaisse cette manette et la poussière redeviendra poussière. Dastali ! Je te demande juste d'écouter mon récit et ensuite nous débusquerons Lena ensemble par médias interposés. Quand elle verra son nom à côté du mien à la une des quotidiens et des journaux télévisés, elle reviendra… et si elle ne revient pas, nous mourrons ensemble, quelle importance ? Rien à perdre. J'ai le nez qui coule, je renifle des larmes de drogue. Tu m'as tué à Pétersbourg… Pétersbourg, ô Pétersbourg ! C'est pas mal de répéter le nom plusieurs fois, ça fait poète. Ce qui me fendait le cœur quand Lena me racontait son enfance, c'est qu'il me semblait reconnaître la mienne. Une enfance dénuée de père, une solitude interminable, la mère triste… De toute façon, aujourd'hui tout le monde a la même vie que moi. Nos histoires nous unissent et j'aimerais tant que nos destins se confondent. Les Russes disent qu'il faut vivre à Moscou et mourir à Saint-Pétersbourg : au fond, n'est-ce pas ce que j'ai fait ?

Lena je l'ai aimée malgré sa beauté. Je te l'assure, ce n'est pas seulement son physique qui m'a attiré, mais sa détresse, sa honte d'être belle, sa gêne radieuse. J'ai toujours pensé que le truc le plus érotique du monde, ce serait une très jeune blonde plutôt guindée qui dirait des trucs hyper-chiants du genre « I hate sushis ». L'inatteignable fille en fleur, en top translucide dans un pré, sous les longs nuages blancs virginaux sans fin, ou en nuisette de baby-doll sur un canapé défoncé. C'est ce qu'il y a de plus esthétique, ces cheveux jaunes sur fond de gris pâle. Pourtant je dois admettre que je voulais me vanter de la posséder. Je voulais me pavaner à ses côtés, en recevoir des éclats, la pluie des débris de sa grandeur, ramasser ses miettes d'étoile. J'attendais qu'elle me contamine. Comme tous les complexés, j'étais avide de côtoyer le beau, de l'adorer comme un sacrement. Je jouissais de me balader dans les rues de Saint-Pét' avec une splendeur, dans le crépuscule laiteux. La tête des mecs qu'on croisait ! J'adorais leur détestation. Surtout celle des Français ! En regardant Lena ils tombaient mentalement à genoux, puis leurs yeux se tournaient vers moi qui la tenais par la main et alors ils souhaitaient ma mort. Le regard des autres me galvanisait quand j'ai essayé de lui faire l'amour dans la chambre 403 de l'Hotel Europe, en fin d'après-midi, après la promenade à Peterhof. C'est pour cela que je pense que les hommes qui aiment les jolies femmes sont tous pédés. Ils pensent aux yeux d'autres hommes quand ils les baisent. Quand on sort avec une très belle femme, on fait toujours l'amour à plus de deux. Tous les autres garçons fous d'elle sont aussi dans la chambre quand on la voit se dévêtir, et leur présence ajoute du piment à tous les gestes. Je les entendais murmurer : « Vas-y, Octave, prends-la de notre part.

Fais-le pour tous ceux qui ne le feront jamais. En notre nom. » Oui, je faisais l'amour aux femmes en pensant à des hommes. Baudelaire s'est trompé : ce n'est pas le commerce des femmes intelligentes qui est un plaisir de pédéraste, c'est d'aimer les femmes les plus belles du monde. La voilà, l'explication de mon fiasco complet cette nuit-là : trop de pression. J'imaginais trois milliards d'hommes en train de me siffler. Je n'ai jamais autant transpiré de honte, et je n'avais aucun Viagra sur moi. Ce fut un désastre parfait.

— C'est con : j'avais envie de te faire l'amour pendant huit heures.

— Ah non, c'est trop long.

— T'as raison : huit minutes suffisent amplement. Quel dommage.

— N'insiste pas, c'est pas la peine.

— J'ai bu tellement de vodka aux benzodiazépines que je ne suis même plus saoul. Lena, maintenant je vais te dire ce que je pense vraiment.

— Je peux allumer une clope d'abord ?

— Karacho.

Elle alluma sa cigarette et la flamme de l'allumette fit ressembler ses yeux à une aurore boréale où j'oubliai complètement ce que je voulais lui dire. Quelque chose du genre : l'amour est la cause de dysfonctionnements techniques.

— Lena ?

— Mm ?

— J'arrive au bout de ma vie.

— Mm.

— C'est bientôt la fin.

— Mm.
— Je vais décéder.
— Mm.
— Lena, je suis quelqu'un de très malheureux qui s'entoure de beauté parce qu'il confond le beau et le bien.
— Ce n'est pas toi, c'est Platon qui confond ça. Ta tristesse te rend attirant et tu ne le sauras jamais. Pourquoi tu notes tout ce que je dis ?
— Je n'ai pas de mémoire. Voici ce que j'ai noté dans mon calepin : c'est mieux qu'on ne fasse pas l'amour parce que, vu ta sensualité fougueuse, je sens que ça aurait été extrêmement agréable et donc on aurait adoré baiser, on l'aurait fait tout le temps en hurlant et on aurait eu tellement de plaisir qu'on aurait risqué d'être heureux et alors là ça aurait été vraiment la merde.
Ses cheveux : cascade de blondeur, un incendie dans les draps. C'était comme si mon oreiller avait pris feu.
— You set my bed on fire.
— Éteins-moi.
— Il me manque ma combinaison en amiante et mon masque à gaz. Au secours !
— Pardon !

Pendant que je lui parlais, elle envoyait des textos à son mec. Il y avait de quoi se vexer mais avais-je le choix ? Le plus humiliant fut quand elle s'endormit pendant que je lui récitais le Cantique des Cantiques. Quand mes baisers dans son cou blanc l'ont réveillée, elle ne s'est pas débattue ni plainte, mais s'est laissé embrasser avec docilité, en ronronnant, comme un chat qui attend poliment qu'on lui fiche la paix. Jamais elle ne m'a concédé la moindre déclaration romantique, ni même la moindre allusion indirecte ou litote cornélienne (du genre « va, je ne te hais point »). Seulement, une fois, ce fameux soir où nous avons dormi ensemble, un soupir lui échappa au milieu de la nuit : « Je me sens bizarre… » Lena appartient à une génération qui s'interdit tellement d'aimer qu'elle en ignore jusqu'au verbe. L'amour est tellement mort qu'on préfère dire « je suis bizarre » plutôt que de risquer un « je t'aime », trop dangereux et galvaudé. Je m'en souviens précisément, elle a dit : « I feel weird », à la manière de Louis Jouvet chez Marcel Carné : « Vous avez dit bizarre ? comme c'est bizarre… » Il est vrai qu'au XXIe siècle, aimer est un drôle de drame.

5

Comment, mon startchestvo ? Certes, je te crois volontiers. Lorsque l'existence de Dieu te fut révélée, tu as compris que l'extase n'avait pas besoin d'être charnelle. Depuis qu'un matin tu as ressenti avec force que tu étais aimé de Lui, tu crois en d'autres formes d'orgasmes. Amen. Moi, je crois en Elle. Lena Doytcheva assise sur un banc, le menton levé vers la mer Baltique, sous la blancheur de la lumière zénithale. Si je ferme les yeux, je sens son parfum, et je pourrais m'évanouir. Sainte Lena fille de Dieu, priez pour nous pauvres pécheurs, maintenant et à l'heure de notre mort. Lena sylphide dans l'onde diaprée, sous la cascade bruissante entre les saules penchés respectueusement devant sa grâce. Sauve-moi de cet ange de la mort. Tu connais cette chanson d'Elvis qui s'appelle *The Devil in Disguise* ? Rends-moi ce service : convoque-la immédiatement. Si c'est toi qui l'appelles, elle viendra, j'en suis absolument certain. C'est ma seule revendication. Qu'elle arrive ici, et je repartirai en sa compagnie sans blesser quiconque. Je lui expliquerai que j'étais trop amoureux pour pouvoir la toucher. Elle comprendra ma pureté devant sa pureté. La naïade est bénie entre toutes les femmes. Nous hélerons une voiture sous la neige, et je ne serai plus jamais abandonné. Nous vieillirons ensemble dans une maison lointaine, au bord d'un lac, avec un grand jardin où ce sera toujours l'été, sans que tombe le jour, jamais de septembre. Chez vous toutes les voitures sont des taxis : un inconnu nous fera disparaître parmi les peuplades oural-altaïques contre quelques roubles chiffonnés. Elle m'a parlé de Tachkent, je sais qu'elle veut vivre là-bas. Je lui ai dit que j'étais d'accord pour l'emmener dîner au restaurant Ouzbékistan, à condition de ne pas être obligé de manger du plov à tous les repas. Peu m'importe, je la suivrais même en Tchétchénie ! Karacho, mon père, j'attends ici, mais attention, mon doigt ne bougera pas de ce détonateur. Empêche-moi de tout faire sauter. Ma vie n'a plus d'importance, je suis défoncé, je te jure que je suis prêt au grand saut. Tu as cinq minutes. Spassiba, ô diacre suprême à la pilosité fournie. Tout est de ta faute : tu n'étais pas obligé de me donner accès à l'amour éternel.

6

Le prêtre étant parti, je peux me refaire un trait d'union.

(un silence de 300 secondes, le son de ma respiration pour seule compagnie)

Mes pensées en cette minute :

À la fin de la Bible, l'Apocalypse présente la fin des temps comme une bonne nouvelle. L'année 2005 fut la plus chaude depuis 12 000 ans : youpi. Bientôt Moscou sera au bord de la mer et l'on visitera Pétersbourg en bathyscaphe. Le Groenland s'allège d'au moins 100 milliards de tonnes par an. Je ne comprends pas pourquoi les Terriens redoutent tant la fonte du Groenland, la progression des déserts, le réchauffement de l'atmosphère, l'élévation du niveau des mers ou la déforestation amazonienne : ils devraient se réjouir d'assister au Salut de l'Histoire. Plus de 60 % des écosystèmes sont dégradés, la moitié des espèces de poissons vont disparaître des océans d'ici à un demi-siècle. Les émissions de gaz à effet de serre continuent d'augmenter, le nombre de cancers précoces et de malformations congénitales ne cesse de progresser, la fertilité est en baisse : l'humanité est en train de s'autodétruire. Le monde touche peut-être à sa fin mais ce n'est pas une catastrophe, puisque la fin est un début. (Dans ma jeunesse, l'Apocalypse était même le nom d'une boîte de nuit à Paris, rue du Colisée… Aujourd'hui elle s'appelle les Planches et la moyenne d'âge y est de quinze ans comme au System, le night-club d'Auschwitz. Si nos enfants savaient sur quelle Histoire ils dansent !) Notre mode de vie accélère le mouvement final et les lobbies pétroliers résistent au changement. Peut-être que les C.E.O. (Chief Executive Officers) des multinationales ont, comme moi, hâte d'assister à l'Apothéose Terminale. Ou bien :

Ils se vengent seulement
De n'avoir plus quinze ans.

7

Ah ! te revoilà enfin. J'étais sur le point de mettre fin à beaucoup de vies. Dont la mienne et la tienne. J'en aurais été navré – mais un cadavre broyé a-t-il le loisir d'être navré ? Tiens donc : il y a une bonne et une mauvaise nouvelle ?! Je préfère commencer par la bonne, au cas où nous mourrions avant la fin de ta phrase. La bonne nouvelle c'est que Lena arrive ! Merveilleux ! Batiouchka, je t'adore, je suis trop heureux, j'en tremble, le bonheur me fout les chocottes. Alleluia father ! J'aimerais tant que cette histoire finisse bien. La mauvaise nouvelle ? OK, les forces spéciales cernent les lieux. Je m'en doutais et on s'en fout. On connaît leur tactique : ils vont attendre que je m'endorme pour envoyer les armes chimiques et le commando « Spetsnaz » lanceur de grenades. Avec tout ce que je me suis mis dans le cornet, cela nous laisse une dizaine d'heures. Dieu te bénisse !

Je suppose qu'Il doit le faire régulièrement parce que tu le mérites. Lena arrive, je suis intimidé… Eh bien nous l'attendrons ensemble !

Il faut que je te raconte la seule nuit que j'ai passée avec elle. J'ai demandé à Lena ce qu'elle étudiait au lycée. Elle s'est mise à me parler de physique nucléaire en retirant ses bottes boueuses :

— Hier on a appris le paradoxe de Schrödinger.

— Ah oui ?

— Vous ne connaissez pas le chat de Schrödinger ?

— Non, et tu peux me tutoyer.

— C'est un truc qui date de 1935. Schrödinger imagine qu'on met un chat dans une boîte empoisonnée par la désintégration d'un noyau d'uranium. Il en conclut qu'un atome radioactif est une combinaison linéaire du chat mort et du chat vivant. On étudie ça en cours de physique.

Je savais que les Russes étaient plus érudits que les Français, je n'étais donc qu'à moitié surpris par ses connaissances du niveau d'un chercheur au CNRS. En me décrivant l'expérience de Schrödinger, elle défaisait un à un les boutons de son chemisier arc-bouté.

— Je ne comprends rien à la mécanique quantique… Lena, tu n'es pas obligée de te déshabiller, on peut juste prendre un verre et après je te ramène chez toi…

— Un atome n'a pas un état déterminé. À la fois il est excité, à la fois il est mort. C'est une combinaison linéaire des deux. Le macroscopique ne réagit pas comme le microscopique.

En prononçant ces mots,
Elle retira le haut.

Je les avais déjà vus en photographie mais à présent ils me sautaient aux yeux, avec leur blancheur, leur rondeur de planètes, leur défi princier à la pesanteur. Cette chair tendre, nue, arrondie, pureté suspendue à ce petit torse enfantin… je n'osais piteusement approcher pareil trésor rose, moelleux, chaud du bout de mes doigts.

— C'est incroyable comme ils sont fermes !

— S'ils ne l'étaient pas, à mon âge, ce serait embêtant !

Je me sentais en totale empathie avec le chat de Schrödinger, à la fois vivant et mort – fissuré. La femme-enfant prit ma main pour la poser sur le bourgeonnement de sa poitrine radioactive, et j'étais au paradis des décédés, au milieu de cette foule d'hommes qui m'encourageaient comme des électrons, tous les désirs masculins de toutes les rues jalouses du monde qui me tournaient autour en révolution et se concentraient dans ma main qui palpait, entourait, vibrait, frémissait, pinçait, tripotait les contours de la surface du cœur de la galaxie en fusion du mamelon. Le système solaire est un atome. Lena est le soleil. Jamais je n'ai autant miaulé que ce soir-là.

8

Je pourrais te parler de Lena au Fashion Lounge de Saint-Pét' en train d'aspirer la bouche de sa copine Louisa, de Lena au Moskva, le restaurant situé au sommet d'un immeuble, regardant le soleil incapable de se coucher sur le fleuve, de Lena sur le Zabava-boat, le bateau de table dancing qui tangue sous les échasses des strippeuses qu'elle mangeait des yeux, ou de Lena aux yeux grands comme le Palais d'Hiver, en peignoir, sortant de la salle de bains de mon hôtel, un verre de jus de pamplemousse à la main, se brossant les dents de l'autre, de Lena zappant sur le câble en petite culotte rose, ou de Lena écoutant *I Just Don't Know What to Do with Myself* (la reprise de Dusty Springfield par les White Stripes) en boucle sur son i-Pod et saisissant une olive dans une coupelle, entre le pouce et l'index, avant de la porter à ses lèvres et de recracher le noyau en me demandant pourquoi je reste planté là la bouche ouverte, ou la même scène avec son doigt dans le pot de confiture qui rentre dans sa bouche puis retourne dans la confiture puis revient se faire sucer, des gestes à vous rendre dingo, ou de la chambre de Lena, rue Grajdanskaya, avec tous ses produits de beauté ouverts, en désordre, car elle est incapable de revisser un bouchon ou de ranger un vêtement autrement qu'en le laissant traîner par terre, ou de Lena me demandant de prendre son pouls pour constater comme son cœur bat vite quand on se serre dans les bras jusqu'à frôler la suffocation, ou de Lena se mettant à parler russe en imitant une actrice porno : « Da da ebi menia kak blad ! mne nravitsa tvoy bolshoy francuzski xuy ! Trakhi minia kak suka ! Da, da ! » Car en se déshabillant, elle parlait anglais, mais elle prétendait ne jouir qu'en russe. Je n'ai pas (encore) eu le loisir de vérifier cette information. Elle n'avait pas besoin de s'épiler le sexe puisque ses poils n'avaient pas encore poussé. Elle avait, juste au-dessus de l'oreille, un fin duvet soyeux qui était peut-être l'endroit le plus doux du monde, j'y mettais mon nez et c'était comme de humer un poussin venant de naître.

— Octave, what is your favorite drug ?

— Sniffer tes cheveux.

— What ?

— Ta chevelure est l'endroit où j'aimerais être enterré.

— Tu es tombé amoureux de mon shampoing !

— Quel âge as-tu, Lena ?

— Quatorze ans mais j'en fais douze.

— Je suis un vampire qui se nourrit de ta jeunesse. Je ne peux pas t'aimer sans te détruire.

— Ô prince Vlad ! Bois mon sang de vierge en guise d'apéritif !

— Ne te moque pas. Dante est tombé amoureux d'une fille de treize ans. Et John Casablancas en a épousé une de quinze.

— Je sais. Mais qui c'est, Dante ?

— Celui qui a écrit *L'Enfer*.

— C'était un portrait de sa fiancée ?

— Très drôle. C'est bizarre que tu connaisses Kant et pas Dante.

— Je fais allemand seconde langue. Comment sais-tu que tu es amoureux ?

— J'ai tout le temps faim et jamais froid.

Je ne me souviens pas d'avoir autant pleuré quelqu'un.

Ah zut, mon pope en stock, rien que d'y repenser, voilà que je chiale, spassité izvinitié. Je ne savais pas que j'avais encore un cœur, mon père, comprends-moi, c'est toi qui m'as jeté dans ses bras. Nom de Dieu, entre aimer et être aimé, je préfère aimer. Qu'est-ce que c'est bon de souffrir ! Si tu n'as pas connu cela, je te plains. Ah ? Tu as connu cela à Paris… La serveuse, oui, je m'en souviens, bien sûr, mais je ne savais pas qu'elle était si importante à tes yeux… Pardon de pleurer comme ça, c'est ridicule. Il faut que je m'essuie avec la manche de ma veste car j'ai peur, si je prends un mouchoir, d'appuyer sur le détonateur sans le faire exprès, dans l'état où je suis j'en serais bien capable. Je ne t'ai pas raconté pourquoi Lena s'est enfuie après avoir remporté le concours Aristo Style. Sergueï avait organisé une grande fête dans sa datcha noir et blanc aux baies vitrées ouvertes sur une piscine rouge. Mon erreur fut de l'y emmener.

9

— Accélère et le baril sera bientôt à 100 dollars !

Sergueï collectionnait les grosses voitures parce qu'elles consommaient son pétrole :

— Chaque fois que j'appuie sur l'accélérateur, je m'enrichis ! Plus le pétrole est rare, plus il augmente, et plus j'empoche. En Russie nous sommes passés directement des privations aux privatisations. Quand la planète se réchauffe, mon compte en Suisse aussi ! Brûle-moi ce putain de mother fucking carburant !

Tu le sais mieux que moi : à cause du communisme, il n'y a pas d'anciens riches en Russie, seulement des fortunes récentes, souvent distribuées par le pouvoir pour éviter que les grands groupes ne soient vendus aux Américains. Je te l'ai déjà dit : les plus jolies femmes du pays gravitent autour de ces quelques messieurs enrichis par la privatisation instantanée de l'industrie en 1990. C'eût donc été une faute professionnelle pour moi que de ne pas les fréquenter. Mais je dois ajouter que leur compagnie m'était très agréable. J'ai rarement vu des riches dépenser aussi vite leur argent. Lorsqu'on me présenta Sergueï Orlov, je ne pouvais évidemment pas deviner qu'il serait la cause de la disparition de Lena. C'était un homme trapu et vulgaire, mais fasciné par la littérature comme moi (il avait copié la véranda de sa maison sur celle de Tchekhov à Melikhovo), et tellement cynique qu'il en devenait hilarant. La première fois que nous avons discuté, il m'a dit :

— J'aime la Russie comme ma mère alcoolique.

— Ta mère est alcoolique ?

— Oui, mais je l'aime. Elle est saoule, elle boit jusqu'à se rouler par terre mais c'est ma mère ! J'aimerais m'en aller, comme Berezovski ou Abramovitch, mais je ne peux pas. Je suis incapable de vivre ailleurs que dans ce vieil endroit gelé et crade : mon putain de pays !

Il répétait tout le temps le mot « Positiv ».

— Je veux un truc positiv, une soirée positiv, sois positiv, essaie de me dire des choses positiv.

Il était convaincu que les Russes étaient le peuple le plus masochiste au monde, et qu'il était temps de changer sa mentalité. Il se voyait comme un gourou de la Russie du futur ; cette mission nouvelle comblait son désœuvrement d'homme d'affaires à l'abri du besoin pendant douze générations. Il était sincèrement persuadé qu'il allait débarrasser votre « Narod » (peuple) de cette culture du fatalisme. Comme tout hétérosexuel normal, il est tombé en pâmoison devant Lena, et je n'étais pas de taille à l'affronter. Il a plongé sur elle et son angélisme tellement « positiv ».

— Sweetheart, make my desires reality ! Oooo she so kicks ass ! Ne fais pas cette tête, Octave, tu sais à quoi on reconnaît que tu es un étranger ?

— Parce que je suis mieux sapé que toi ?

— Te vabchié ! (« Qu'est-ce que tu racontes ! ») Parce que tu bois de la vodka en dehors des repas et parce que tu t'arranges pour ne jamais régler la note.

— Mais c'est toi qui refuses tout le temps de me laisser payer !

— On n'a pas besoin de payer, ici tous les endroits où nous allons m'appartiennent.

Sergueï n'avait lancé cette conversation que pour glisser ce détail devant Lena.

<u>*Courte digression cokée sur l'oligarchie.*</u>

Les tycoons russes ne me dégoûtent pas plus que les Français : je ne vois pas en quoi Roman Abramovitch serait moins fréquentable que Bernard Arnault. La Russie n'a pas le monopole des fortunes rapides aidées par l'État. L'ascension de François Pinault ne doit-elle pas autant au soutien du pouvoir que celle de Mikhail Khodorkovsky ? Pourtant seul le second croupit dans une geôle sibérienne radioactive à Krasnokamensk : ses 15 milliards de dollars ne l'ont pas protégé. C'est curieux, Khodorkovsky je l'ai connu chez Castel et à la Palette en 1989. Il importait des ordinateurs avec un de mes plus vieux camarades de fiesta : Michel Leborgne. Il roulait en Porsche, sa société Menatep était installée rue Mornay, dans nos fêtes on le traitait avec condescendance, comme un popov grisâtre. À l'époque on croisait moins de Russes qu'aujourd'hui à Paris. L'autre, c'était Édouard Limonov, qui écrivait dans L'Idiot international. *J'ai toujours du mal à imaginer que les deux seuls Russkofs (à part toi, mon père) que j'ai connus dans les années quatre-vingt ont fini en taule pour avoir désobéi à Poutine, qui accessoirement posséderait 4 % de Gazprom (c'est-à-dire 4 % de 300 milliards de dollars, faites le calcul vous-même, je suis nul en maths et ne veux pas mourir tout de suite). Je me souviens de « Micha » Khodorkovsky avec ses fines lunettes métalliques et son visage sympathique de nerd soviétique, assis en terrasse rue de Seine devant un verre de blanc ; il se morfond depuis le 22 septembre 2005 à coudre des pantoufles dans la colonie pénitentiaire YaG 14/10. Il n'aurait peut-être pas dû financer deux partis d'opposition (Iabloko et le SPS) mais depuis quand est-ce un crime ? Il ne faut jamais croire ce que disent les journaux : que la Russie est devenue un pays démocratique, des balivernes comme ça… Nos deux pays se ressemblent : ils pleurent sur leur passé, car ils ont tenté de se convertir à l'économie de marché, chacun à leur façon, avant d'être rattrapés par la réalité. La France et la Russie sont liées parce que ce sont deux économies étatistes qui font semblant d'être modernes. Des entrepreneurs fortement dépendants des commandes de l'État possèdent les principaux médias, c'est la coutume dans nos contrées. En France, le constructeur Martin Bouygues possède la première chaîne de télévision, le marchand de missiles Arnaud Lagardère possède le plus grand groupe de presse européen, le fabricant de Rafale Serge Dassault s'est payé le* Figaro. *En Russie, Gazprom a racheté le quotidien les* Izvestia, *le tabloïd* Komsomolskaïa Pravda, *la radio Écho de Moscou et la chaîne NTV ; un proche du conglomérat, le magnat de l'acier Alisher Ousmanov, s'est offert le quotidien* Kommersant. *Quant à Roman Abramovitch, il a compris le message de l'affaire Khodorkovsky : pas question de se fâcher avec Poutine, il a vendu sa compagnie pétrolière Sibneft à Gazprom sans barguigner. Mieux vaut se tourner les pouces sur des yachts que dans un cachot.*

Je me souviens qu'à l'arrière de sa Jeep qui roulait sur la route des riches, Sergueï plastronnait :

— Au fond, les Français, vous êtes des sortes d'Ukrainiens : vous n'aimez la liberté qu'à condition qu'elle n'augmente pas votre note de gaz.

— Eh oh, doucement, la France est un grand pays riche.

— Trop rigolo ! Les filles, vous avez entendu ce qu'il a dit ? Hellooooo ! Octave, réveille-toi, j'ai des nouvelles pour toi : la France est UN PETIT PAYS PAUVRE ! Je vais te citer trois noms de grands pays riches : la Russie, la Chine, l'Inde, OK ? Vous les Français, vous continuez de nous prendre pour de pauvres mendiants alors que vous êtes endettés jusqu'au cou et que les réserves de cash de notre Banque centrale pourraient combler cinq fois votre déficit budgétaire. Bientôt c'est nous qui vous ferons l'aumône : on a déjà remboursé par anticipation 23 milliards de dollars au Club de Paris, bientôt on rachètera toutes vos sociétés qui fabriquent des avions et des magazines, on verra si on vous garde dans nos conseils d'administration, personnellement j'hésite mais j'aime bien vos vieux chauves, avec leurs noms à rallonge, ça fera chic sur mon BlackBerry Pearl... Allez, on ne vous virera pas tous, promis : vous êtes décoratifs.

Je n'insistais pas trop pour défendre ma patrie. À droite de la route on voyait le « luxury village » de Barvikha, le Neuilly de Moscou, avec son magasin de Ferrari. Après tout, la France était peut-être morte, comme tous les autres pays communistes.

— Depuis 1998, le PIB de la Russie a progressé de 6,8 % par an.

— Oui, mais l'espérance de vie des hommes s'est effondrée de 3 ans. L'alcoolisme, les bagarres, les meurtres, les accidents de bagnole... En 2004, la Russie a perdu 800 000 personnes, soit l'équivalent d'une ville comme Marseille. Alors d'accord, la business class d'Aeroflot est bien plus luxueuse que celle d'Air France, mais votre État violent redistribue peu les richesses et vous ne faites pas d'enfants.

— C'est pour ça qu'on est riche !

— Vous êtes atroces avec les Tchétchènes. (Je disais cela plus fort pour que Lena joue les offusquées.) 200 000 tués sur 800 000 habitants.

— Imagine que les Corses prennent des écoles et des théâtres en otage. Le gouvernement français réagirait comment ?

— Mal, mais vous êtes plus racistes que nous… alors que vous avez davantage besoin d'immigrés, puisque votre population rétrécit.

— Ah oui ? Dans quel pays le Front national est-il à 20 % ? Je te signale que chez nous Jirinovski plafonne péniblement à 3 % des voix alors qu'on a 20 millions d'habitants musulmans !

De toute façon, personne ne contredisait Sergueï. Comme tous les potentats, il s'était habitué à pérorer sans être contredit. Je le laissais avoir le dernier mot à condition qu'il règle l'addition.

— Tu vois le stratagème ? L'échiquier mondial est renversé : les Américains soutiennent le prix du pétrole pour favoriser la Russie par rapport à la Chine. Tu comprends le truc ? Les États-Unis empruntent des centaines de milliards à la Chine pour acheter du pétrole arabe et le brûler en polluant l'atmosphère, tout ça pour nous renforcer ! C'est génial, non ?

Sergueï était plus drôle quand il me reprochait de fréquenter des femmes trop vieilles.

— Quel âge avait la dernière ? 22 ans ? Octave, arrête de faire n'importe quoi. À partir de maintenant, tu ne dois plus sortir qu'avec des vierges. Les vierges sont aussi des saintes, n'est-ce pas, dans la religion française ?

Sergueï ne couchait qu'avec des filles de quinze à dix-huit ans. Il avait une théorie contre la fidélité :

— C'est le mariage qui est la cause de tous les divorces. Sans la famille, il y aurait beaucoup moins de meurtres. Le désespoir des gens a une cause connue de tous : on continue de présenter le couple comme un modèle de bonheur, alors que le couple n'est plus vivable dans notre civilisation. On continue de vendre un idéal impossible. Le monde en crève !

— N'empêche, Sergueï, on ne peut pas tous les soirs changer de femme. Il doit bien être possible de contrôler « l'infernal désir ». Saint Augustin y est arrivé.

— Mais c'était pour l'amour de Dieu.

— Bouddha y est arrivé.

— Il était obèse, il n'avait pas le choix, personne ne voulait de lui !

— Si les gens veulent tellement rester en couple, il y a bien une raison…

— La publicité. Le cinéma. La presse féminine. Les trois mettent en avant un modèle incroyablement réactionnaire, comme si les années soixante n'avaient jamais existé.

— Non. C'est l'amour. Les gens rêvent de faire tenir l'amour le plus longtemps possible. Il n'y a pas que le désir qui fasse durer un couple, même le sexe est meilleur quand on aime. Les femmes ne sont pas interchangeables. Cela existe, l'attachement progressif, le mystère d'un être qu'on croit connaître et qu'on ne connaîtra jamais, la joie de la complicité et de la découverte incessante, la profonde émotion d'un sentiment éternel. Remplacer chaque soir un corps nubile par un autre corps imberbe c'est s'engager dans une course absurde vers un plaisir de plus en plus furtif… C'est la route au crime. Ce n'est pas le mariage qui rend meurtrier mais la course à la jouissance. L'être humain a besoin de construire quelque chose à deux avec l'âme sœur...

Silence. Sergueï me dévisage, interloqué.

— Octave, tu déconnes, là ?

— Non, je suis sérieux. On peut mourir d'aimer.

— Tu penses vraiment ce que tu viens de dire ?

— HELLOOO ?! Ha ha ha t'as vu comment je t'ai fait marcher !!

— Salaud ! Enfoiré de Français ! Vous l'avez entendu, les filles, comment il a failli me coincer ce mother fucking francuski ?

Je ne pouvais pas résister longtemps au cynisme mondain, même si je n'y croyais plus. Un homme sincèrement amoureux, dans ce genre de virée, peut casser l'ambiance, et la dernière chose que je voulais était que Lena me voie comme un rabat-joie transi et gluant.

— Tu connais la différence entre le mariage et le divorce ? C'est qu'on ne fête son mariage qu'une fois alors qu'on fête son divorce tous les soirs !

— C'est pour ça que divorcer est beaucoup plus fatigant que de se marier.

— N'empêche que la fidélité est le seul moyen de baiser sans capote.

— Il y a aussi l'argent.

— À ce propos, pour les prochaines élections, tu vas devoir choisir ton camp entre le clan Abramovitch-Poutine et le clan Berezovski-Khodorkovsky ?

— FERME-LA, OCTAVE ! Sur la tête de Steven Seagal, il ne faut plus jamais prononcer ces noms en ma présence, OK ? (Il me chiffonnait la veste Prada de ses poings rougis et féroces.) Parlons d'autre chose, mon ami, sinon je te napalme.

On s'entendait bien avec Sergueï tant qu'on évitait de parler d'oléoducs percés et de politique intérieure. En règle générale, les riches russes n'aiment pas qu'on leur pose trop de questions : même à eux-mêmes ils évitent d'en poser. Comme beaucoup de milliardaires, il aimait s'entourer de mannequins débutants et de jet-setters étourdis, et vivait à 800 à l'heure comme si sa déportation sibérienne était prévue pour le lendemain matin. Quand on traversait Moscou à toute berzingue en 4 × 4 blindé, on était toujours suivi par une voiture de gardes du corps en battle-dress et une limousine pleine d'adolescentes défoncées. Je connectais mon i-Pod sur l'autoradio : je faisais office de DJ roulant (playlist : 2 Many DJ's, The Methadones, Prodigy, Justin Timberlake, Aerosmith et Abba). Je l'aidais vaguement à renouveler son cheptel d'orifices, mais il n'avait pas plus besoin de moi que moi de lui. C'est ainsi que naissent les plus solides amitiés. Nous jetions les clés des bagnoles à des voituriers en queue-de-pie, eux-mêmes encadrés par des videurs à oreillette et des physionomistes en tee-shirts noirs déformés par les holsters. Au début, les filles étaient impressionnées par le nombre d'armoires à glace qu'il nous fallait déplacer pour aller simplement dîner dans un restaurant nouvelle cuisine. Chaque fois qu'on entrait dans un hall couleur sable, Sergueï criait :

— Y a-t-il un fils de pute tchétchène dans la salle ? Viens voir ta maman, enculé !

Elles jouaient les effarouchées, choquées par le montant des pourboires lâchés par terre. Mais au bout de quelques jours, elles commandaient des jéroboams de Cristal à 20 000 euros la bouteille et touzaient sur le bateau comme les autres. Sergueï avait le souci du détail : à Saint-Tropez il possédait trois yachts, les deux plus petits servant à porter les projecteurs pour éclairer le gros. On faisait l'aller-retour en jet pour une nuit. Les filles s'habituaient vite à ce mode de vie. Je me souviens d'une qui disait :

— Je ne sors pas avec un mec dont le Price Earning Ratio est inférieur à 80.

Une autre, quand je lui demandais pour qui elle comptait voter à l'élection présidentielle de 2008, me répondit :

— J'adore Dior.

Allongées devant les tables basses enneigées du Shatush, de l'Opera Club ou du Seven, écoutant du *balkan groove*, elles comparaient la taille de leurs montres, critiquaient la clim' de l'avion, s'enrhumaient tout l'été. Elles s'accrochaient vite ; après il était toujours compliqué de s'en défaire.

— Encore une soupe avec du homard ! merde !

C'est fou comme certaines femmes se gâtent vite. La drogue leur fait perdre dix kilos en quinze jours, leurs joues se creusent, leurs seins se vident. Les visages roses virent au gris. Elles ne sourient plus, ou alors pire : elles sourient tout le temps avec de fausses dents phosphorescentes. On les voit se transformer progressivement en clochardes ; au milieu du dîner elles s'exclament : « Oh zut ! J'ai oublié mon chauffeur ! » Le champagne rosé les fait vomir dans les hélicoptères. Elles ont tort de devenir laides aussi vite, parce qu'alors on les vire sans les regretter.

Mon problème était que je sortais avec la mieux. Je me gardais bien d'en faire l'étalage mais du coup j'étais tout le temps effrayé par deux choses : qu'on me la pique ou qu'elle cesse d'être la mieux. Je surveillais tout le monde : les mecs menaçants et les concurrentes potentielles. J'ignore ce qui me faisait le plus peur : que Lena me quitte pour un autre, ou que Lena soit moins bien qu'une autre. J'étais constamment sur mes gardes. Ma vie n'était qu'une suite de regards écarquillés, de coups d'œil en biais. J'étais le petit ami de la mieux du monde, donc l'homme le plus méfiant de Russie. Je suis tellement influençable, mon père, c'est impossible à vivre. Je me souviens, une fois, d'une grande fille que je trouvais resplendissante. Vous savez, Tania, la fille de Nijni, je vous en ai parlé au début de l'année. Il avait suffi que deux potes me disent qu'elle était chevaline, avec trop de gencives et des pieds trop longs, et je ne lui avais plus jamais adressé la parole. Ce n'est pas moi qui décide d'aimer telle ou telle personne, j'ai toujours laissé les autres décider à ma place, depuis toujours. Je ne choisis rien, ni mon métier, ni ma femme. Je ne dis jamais non à personne, c'est trop difficile. Je me laisse porter parce que je ne veux jamais déplaire. Je suis plus proche du bouchon de liège que de l'être humain.

10

— Ladies and gentlemen, welcome to the Official Saint Petersburg's Aristo Style of the Moment Contest !

Le régisseur a éteint la salle pour donner envie au public d'applaudir. Backstage, les filles grelottaient de froid, se frottaient les bras mutuellement en attendant leur tour. Parfois leur mère ou leur tante leur pinçaient les joues pour leur donner bonne mine, ou remontaient leurs seins dans le body. Certaines filles avaient les yeux cernés pour avoir passé la nuit à picoler au Zabava ou à l'Oneguin ; elles seraient les premières éliminées. L'Ukrainien Omar Harfouch insistait pour virer toutes les filles qui mâchaient du chewing-gum. On a tous nos petites marottes. J'ordonnai à Lena de cracher discrètement dans ma main son Bubble Yum à l'abricot et de prendre un air dédaigneux en marchant droit comme sur un fil imaginaire. « Regarde loin, en cherchant l'horizon. Ne laisse jamais traîner tes mains, pose-les plutôt sur tes hanches, les bras ballants font ressembler à un orang-outang. Marche à grandes enjambées comme si tu étais la fille la plus heureuse qu'ils aient jamais vue. Attention aux pieds en canard, il vaut mieux les mettre un peu en dedans, ça fait fillette qui sort de l'école, tu plairas aux pédophiles, c'est bon pour l'applaudimètre, ils sont nombreux dans la salle. Be determined, be fierce. »

Des journalistes posaient des questions moyennement intéressantes : « Where do you come from ? » « How old are you ? » « Why do you want to become a model ? »

(alors que la seule question qui vaille est : « What is your room number, angel ? »). La cérémonie se déroulait assez simplement : un premier passage habillées, un autre en bikini, les notations du jury, quelques commentaires salaces au micro, et l'affaire était pliée. Je n'ai même pas eu besoin de truquer la compétition : avec son innocence aussi affectée que sa nationalité, Lena s'est imposée haut la main, il n'y avait pas photo, si je puis dire (c'est tout de même l'un des jours de sa vie où elle fut photographiée le plus souvent). Je ne m'étais pas trompé car les jambes des femmes sont des compas plantés dans mon œil.

Après son élection, Lena m'a présenté sa mère, Olga, belle blonde d'une quarantaine d'années. J'avais l'impression de l'avoir déjà vue quelque part mais je n'ai pas eu le temps de lui parler, elle était trop émue par la victoire de sa fille, elle a éclaté en sanglots et disparu en coulisses. C'est alors que Sergueï est entré dans la loge, et a tout gâché en invitant Lena chez lui :

— Russian Federation ready for discussion ! Everybody, come to my house for huge party ! Allons enfants de la patrie, le jour de gloire est arrivé !

J'ai essayé de le contrer :

— On passe chez toi dix minutes mais après on repart…

— Impossible, tu es mon ami. Si tu viens, tu dois rester dix heures minimum.

Je me sentais comme un morceau de viande dans un bol de lagma (le lagma est une soupe ouzbèque à base de bouillon de chat et de nouilles flottantes). Mon ami encombrant me tendit un sachet blanc.

— Octave, colombian sodium !

11

Veux-tu danser le slow slave
Pénétrer dans mon enclave
À tes risques et périls
Regarder battre mes cils ?

Je suis russe et j'ai l'âme slave
Attirée par les épaves
Mon romantisme est perfide
Je suis cyclotimide.

J'aimerais lâcher du lest
Vivre une vie moins torride
Mais je viens des pays de l'Est
Tu n'es pas assez solide.

Elena Doytcheva
Lisant ceci, bâilla,
Mais « la nave va »…
Beaucoup plus tard, elle se maria.

12

Lena chambre 403 en shorty échancré et débardeur de coton rose :

— Alors comme ça tu veux vendre ma face à des fabricants de tumeurs ? C'est bizarre.

Moi : — Oui mais ils ne font pas que ça : ils fabriquent aussi des mélanomes, des métastases... Méfie-toi de L'Idiot, il va te séquestrer dans son usine de larmes ou te faire un enfant pour traire ton lait maternel. C'est lui qui revend les composants des cosmétiques antivieillissement à L'Idéal. C'est lui qui file le cancer à toutes les consommatrices de jeunesse éternelle.

Lena : — Mais pourquoi présentes-tu ta gagnante à ce détraqué ? Tu es sûr que tu m'aimes ?

Moi : — Oui mon amour.

Lena : — T'es sûr sûr ?

Moi : — Oui mon amour.

Lena : — Sûr sûr sûr ?

Moi : — Oui mon amour.

Lena : — Sûr sûr sûr sûr ?

Moi : — Ah ça non. Personne n'est sûr sûr sûr sûr, faut pas trop en demander. Ton visage peut sauver le monde occidental. Pour vendre, le Grand Capital a besoin de tes yeux et de tes dents ! Tu peux aider l'Occident à dominer la planète pendant encore quelques mois ! Ta frange, tes lobes d'oreille, tes cils...

Lena : — Arrête de tomber amoureux de détails physiques ! Aime un esprit !

Moi : — Le beau et le bien c'est la même chose.

Platon l'a dit dans le *Phèdre*.

Lena : — Je sais, c'est moi qui te l'ai appris.

Moi : — On a le visage que l'on mérite, même à 14 ans. Si ton physique me plaît, c'est parce que tout le reste aussi. Ton intelligence, ta bêtise, tes seins fermes comme s'ils étaient faux, ta détestable impatience, ton ambition qui empourpre tes joues, tes fesses qui pourraient rebondir par terre, ton amour des hommes insaisissables, tes yeux bleus et brillants, ta peau élastique, tout cela va ensemble. J'ai longtemps cru que le désir pouvait s'ordonner rationnellement, et qu'il fallait être attiré par la plus jolie fille du monde. Je me suis trompé : c'est l'inverse qui vient de m'arriver. Depuis que je t'ai rencontrée, avec tes ongles rognés et ta canine pointue, ta solitude adolescente, tes pieds recroquevillés et tes yeux excessifs, tes lectures solitaires et ta fossette sur la joue gauche, tu es devenue la plus jolie fille du monde. En matière de beauté, l'objectivité n'existe pas. Seule la subjectivité peut nous indiquer le chemin, avec tout ce qu'elle englobe : mes souvenirs, ton avenir, le monde et ses avions écrasés, une chanson que tu aimes, des pays traversés, ou qu'on traversera…

Lena : — Tu soupires très fort, c'est bizarre.

Moi : — Tu dis souvent « c'est bizarre ».

Lena : — C'est étrange.

Moi : — Arrête de mastiquer ton chewing-gum quand je tombe amoureux, c'est pénible à la fin. Si on faisait un enfant ?

Lena : — Non, tu es trop vieux ! Il ne profiterait pas assez longtemps de toi !

Moi : — Merci.

Elle caressait sa lèvre supérieure avec sa cuiller à café. Je l'ai fait rire en étalant de la mousse au chocolat sur mes dents. Elle était trop jolie pour avoir besoin de porter davantage qu'un tee-shirt blanc.

Moi : — Tu penses que tu m'aimeras un jour ?

Lena : — C'est long, l'amour, c'est du boulot… Tu cites Platon mais tu ne t'en souviens pas. Dans *Phèdre*, Lysias conseille de n'accorder nos faveurs qu'à ceux qui ne nous aiment pas.

Moi : — OK, je te déteste, je ne t'aimerai jamais !

Lena : — Trop tard !

Moi : — Exact. Je pense que tu es venue combler un vide dans mon cœur. Tu ne sais absolument pas à quel point tu es parfaite.

Lena : — Non, je ne sais pas… Il paraît… ça dépend… À quoi ça m'avance ? ça intimide les mecs les plus intéressants.

Moi : — Exact.

Mes billevesées ne la faisaient même plus sourire ; j'étais lourd (en France, une fille de son âge aurait dit « relou »). Dès notre arrivée à l'after chez Sergueï pour fêter sa victoire, j'ai compris que c'était foutu. La porte d'entrée avec système de reconnaissance digitale et vocale, l'œilleton électronique, les caméras vidéo de contrôle, les vigiles armés en haut des miradors : la résidence secondaire de Sergueï impressionnait la fausse Tchétchène. Elle faisait des trucs d'enfant amoureuse comme d'ouvrir la fenêtre de la voiture pour passer sa tête dans le vent, et je me répétais en buvant la vodka au goulot : « J'ai pas les épaules pour être avec une nana pareille. Pas les épaules. » Au bout de cinq minutes, elle s'est mise à parler russe avec L'Idiot et ses collègues de bureau ; la flamme des bougies dansait dans ses pupilles. J'étais devenu extérieur à sa vie. Ils parlaient ensemble dans la langue que je ne comprenais pas, elle le chauffait (peut-être pour me rendre jaloux, peut-être parce qu'elle pensait que cela m'exciterait, peut-être simplement parce qu'elle avait envie de son crâne chauve et de son sourire cruel). J'essayais d'avoir l'air détendu mais je bouillais intérieurement. J'étais prisonnier de cette fille qui m'échappait alors que c'était moi qui avais planifié son évasion. J'aurais dû marquer ma désapprobation mais j'étais une couille molle devant les puissances de l'argent : je suis même allé ouvrir une bouteille de Dom Ruinart comme un valet poltron. Je boudais stupidement dans mon coin, j'essayais de la rendre jalouse en massant le dos de quelques prostituées. J'étais patriotiquement et socialement redevenu un étranger et Lena m'oubliait davantage de seconde en seconde. Jamais je n'ai senti aussi nettement le temps passer : chaque instant m'éloignait d'elle, Sergueï m'effaçait à coups de blagues slaves. Elle portait une petite robe décolletée couleur chair, on ne voyait pas bien où commençait le tissu et où s'arrêtait la peau, c'était exaspérant. J'ai ressenti une montée de jalousie atroce, comme si je découvrais soudain le sens du mot abandon. J'ai bu plusieurs shots de vodka Putinka cul sec en espérant que l'alcool m'anesthésierait définitivement. Je titubais de douleur contenue et de haine froide. Je souriais comme un boxeur groggy qui vient d'encaisser une grêle de coups mais refuse de s'avouer K-O. J'attendais le gong. Je ne pouvais tout de même pas tomber à genoux et lui dire « Lenotchka, je t'aime, partons d'ici ! » Et pourtant comme je regrette à présent de ne pas l'avoir fait par peur du ridicule. Mon Dieu, comme la peur du ridicule est ridicule ! J'avais honte de m'avouer amoureux devant mes copains bétaillers. Je snobais Lena, je la méprisais ouvertement, je lui manquais de respect pour paraître cool en public (mais dès que j'étais seul avec elle, j'étais liquéfié, je la fuyais comme Goethe devant Frédérique Brion). Sergueï m'insultait en russe : « nye sluchaïna » (« rien n'est dû au hasard », répétait-il), sa cour l'entourait, Lena s'éloignait de moi en se rapprochant de lui et je ne faisais rien pour l'en empêcher et elle ne faisait rien pour se défendre. Il l'entraîna dans le salon orgiaque, celui où les filles étaient toutes à genoux les seins nus. J'ai fermé les yeux pour contenir mes larmes de rage, et j'ai tourné les talons… Lena m'a demandé si je voulais rentrer. Je lui ai dit : « bonne nuit. » J'étais triste d'être triste, Lena était heureuse d'être triste. Le malentendu entre hommes et femmes s'accroît quand ils ne savent pas qu'ils s'aiment. J'ai refusé qu'elle voie mon émotion. Des cœurs brisés qui bombaient le torse, voilà ce qu'étaient devenus les hommes : des Valmont qui remplaçaient la perruque par un portable à oreillette Bluetooth. C'est la dernière fois que je l'ai vue. Par la fenêtre j'ai regardé les autres filles lui tenir les mains dans le dos, la déshabiller lascivement, lui embrasser la langue, la forcer à lécher les hommes de haut en bas. Sergueï donnait les instructions et elle s'exécutait docilement. Je regardais la scène en marchant à reculons. J'espérais qu'elle m'appellerait au secours mais elle se laissait faire. Ou bien elle m'a appelé au secours mais j'étais déjà trop loin, je ne l'entendais pas, je lui en voulais trop de m'avoir suivi, je détestais ma lâcheté, je voulais qu'elle me regrette, qu'elle me supplie : « Octave, emmène-moi, qu'est-ce qu'on fait là ? » mais elle se prêtait au jeu, langoureusement, elle se laissait aller, les yeux mi-clos. Elle ne pouvait pas m'appeler puisqu'ils utilisaient sa bouche. Peut-être aimait-elle qu'on lui intime des ordres ; peut-être que je n'avais jamais existé. La dernière image que j'ai d'elle : elle se baisse pour laper le bout des doigts de Sergueï en fermant les yeux. Dans le parc de la datcha, des liasses de billets de 500 dollars flottaient sur l'eau de la piscine. À quatre pattes les serveurs essayaient de récupérer les billets coincés dans la grille en plastique.

Dostoïevski était persuadé que la beauté sauverait le monde ; et si c'était au contraire la beauté qui le détruisait ? Dans « Nip/Tuck », un tueur en série dit que « la beauté est la malédiction de ce monde » (tandis que le docteur Troy baise une moche en lui enfilant un sac en papier sur la tête). Mon père, le moment où je te parle est très important : comme dans *Crime et Châtiment*, je peux décider d'appuyer sur ce bouton et de tout détruire, ou bien décider de ne pas le faire, et cette décision n'est pas seulement la mienne mais aussi la tienne, et celle de Lena, et celle de Dieu, peut-être, s'il daigne s'intéresser à nous. Si j'appuie là-dessus, je ne serai pas la seule cause de l'explosion, nous commettrons un crime collectif. Je suis pour la collectivisation des crimes. Je suis un terroriste communiste.

13

Pas les épaules. J'ai su comment la soirée avait fini. Tout le monde était tellement bourré qu'ils se sont amusés à éventrer les oreillers. Après avoir jeté toutes les plumes d'oie en l'air, ils ont versé du miel sur les invitées avant de les rouler dans le duvet. L'orgie était devenue un poulailler à taille humaine. Il paraît que les femmes de ménage ont demandé une augmentation le lendemain. Lénine, reviens, ils sont devenus fous !

Un type comme Sergueï ne cherche pas la beauté, c'est bien pire : il cherche la nouveauté (comme Casanova : « la nouveauté est le tyran de mon âme »). Il veut un prénom de plus sur son tableau de chasse. Depuis mon départ de sa soirée, L'Idiot ne me protège plus. Il sait que je ne suis plus son ami. Ces gens-là détestent quiconque leur a rendu un service. Un ami qui vous présente une excellente productrice de larmes ne peut devenir qu'une chose : un ennemi. Je m'en fiche, c'est tout de même lui qui m'a appris à me servir des explosifs. Les fils électriques, le plastic, les détonateurs tous connectés par cellulaire, sérieusement, je lui dois une fière chandelle. Tu vois ? Si tout saute ici, ce sera grâce à lui. Il collectionne les armes à feu. Chez lui j'ai dégotté un véritable arsenal : uzis, grenades, bazookas, TNT… Quand le pouvoir vous distribue les industries nationales, il vous livre également de quoi les protéger, c'est bien le minimum s'il veut éviter que les usines ne retombent une fois de plus entre les mains du peuple, quand il se révoltera.

Le soir où je me suis enfui pour entrer dans la clandestinité, je me suis servi dans sa cave à munitions, et j'ai volé un Hummer rempli d'explosifs. J'ai troqué Lena contre un camion digne de celui du *Salaire de la peur*. De quoi faire sauter ton « encrier fou » !

Lena va arriver… Je vais lui prendre la main et lui demander pardon comme si j'appelais à l'aide. Comprends-moi, mon starets, j'ai commis une grave erreur : je lui ai demandé de m'échapper, et elle m'a obéi ! Déjà, lors de notre promenade au Jardin d'Été, après notre affreuse première nuit ensemble, assis sur le banc et sous les chênes, j'avais voulu jouer au plus fin :

— Le jour où tu seras à moi je m'ennuierai et je te le ferai payer très cher.

— Ah bon ?

— Oui, je suis fabriqué comme ça. Je t'aimerai tant que tu ne m'aimeras pas.

— Mais pourquoi employer de si grands mots ? Vous êtes tout tremblant, calmez-vous…

Elle buvait la bière au goulot, les ongles bleus comme ses pupilles.

— Lena, est-ce que cela te dérangerait de ne plus me vouvoyer, s'il te plaît ?

— Mais je ne parle pas français !

— Oui… En anglais, le tutoiement et le vouvoiement existent et n'existent pas simultanément, comme le chat de Schrödinger.

— Vous êtes bizarre Octave. Vous me dites des choses romantiques alors que nous n'avons passé qu'une nuit ensemble.

— Une nuit peut durer plusieurs vies.

— Ce n'était pas réel.

— La réalité n'a aucun intérêt.

— Les contes de fées n'existent pas.

— Si, c'est même la seule chose vraie. Il faut avoir le courage de plonger dans ses rêves d'enfant. Croire en Perrault et Grimm comme on croit en Dieu et au Père Noël, croire en l'amour et au bonheur, au partage des richesses et en la justice universelle, au gouvernement mondial, en la Résurrection de la chair et en l'Immortalité de l'âme. Et aux ogres.

— Tu n'avais qu'à m'empêcher de dormir. J'ai aimé nos baisers, tu sais, je ne suis plus vierge depuis un an, je pourrais m'habituer à toi, j'ai même envie de vous connaître.

— Continue de m'échapper, ô créature étrange et familière. Crois-moi, c'est préférable pour nous deux.

— Très bien alors da svidania.

Elle s'est levée d'un bond, cela m'a fait tousser. Il existe sûrement des choses plus jolies mais je ne les connais pas. J'ai tourné la tête vers la cime des sapins, où une mouette bramait. Des morceaux de Saint-Pétersbourg se miraient, malgré l'eau limoneuse, dans l'étang du parc. Je l'ai rattrapée par le bras, un brin macho (je me prenais pour Michel Strogoff). Elle m'a regardé tristement.

— Tu es comme les autres hommes, il suffit que je m'en aille pour que vous me couriez après. Je suis déçue.

— Pas moi.

— Je ne suis pas comme toi : je peux aimer. I can love. You are just pretending.

Puis elle a ajouté quelque chose en français :

— Tu es sûr que tu veux que je te tutoie ?

J'ai baissé les yeux :

— Oui, je veux que tu me tues, toi.

Elle s'est laissé prendre par la main. Je me suis allongé sur le banc, elle s'est assise sur moi en amazone, les genoux serrés sous sa jupe courte, et j'ai compris qu'on pouvait aimer quelqu'un sans jamais relâcher sa main.

14

Je suis défoncé… Holy man, tu sais que je ne comprends toujours pas comment tu fais… Je ne vois absolument pas l'intérêt de faire autre chose que l'amour. Elle arrive quand ? Pourquoi ris-tu ? Mon père, ce n'est pas très gentil de te moquer de mes sentiments ! Pour une fois que je te confie quelque chose de beau, de grand, de supérieur, tu éclates d'un rire méprisant, c'est très désagréable, je pourrais me vexer et appuyer ici pour mettre fin à notre conversation… Si je me retiens de faire exploser ta cathédrale récente, c'est bien parce que j'attends Lena pour l'emmener au Ngoro Ngoro Crater Lodge, sous une hutte masaïe, pour réveiller les flamants roses au lever du soleil tanzanien. Comment ça, elle ne viendra pas ? Que dis-tu… la rue Daru ? On s'en fout de la rue Daru, je te parle d'amour, et de la femme de ma vie ! Je croyais que nous avions passé un accord : tu me rends Lena et je te rends ta cathédrale ! Quel rapport y a-t-il entre Lena Doytcheva et la rue Daru où je t'ai connu dans les années quatre-vingt-dix ? Comment ? La serveuse de l'épicerie russe ? Oui, eh bien quoi, elle était mignonne ton Olga, Olienka, je ne sais plus qui, OK j'ai un peu couché avec elle à l'époque, et alors ? Hein ? Elle s'appelait Olga comment ? NON. Doytcheva c'est impossible, c'est le nom de Len… Les dates ne correspondent pas. Attends… Olga c'était en… 1992… Non, tu me fais marcher. Tvaiumatj ! Non, ça ne peut pas être moi, dis-moi que tu déconnes, je m'en fous, je vais exiger un test ADN ! Mais comment as-tu pu me faire une chose pareille, ah tu le savais depuis le début hein, à Paris tu es tombé amoureux de sa mère et quatorze ans plus tard tu tiens ta vengeance, c'est pour ça que Lena me ressemble autant, inconsciemment je l'ai toujours su, tu voulais me rendre la foi en me conduisant à ma fille, OH MON DIEU C'EST TROP IGNOBLE ARRÊTE DE RIRE, TU ES LE DIA

Les équipes des pompiers moscovites ont abandonné les recherches de survivants au bout de quinze jours. Les soldats de l'armée russe ont déblayé les ruines pendant deux mois, une dizaine de pays avaient envoyé des troupes et du matériel pour les assister, les « French Doctors » et plusieurs cellules psychologiques d'urgence ont aidé à soigner et réconforter les nombreux blessés retrouvés par les chiens-loups et désincarcérés après l'effondrement. On dénombra 526 morts ou disparus, et 362 blessés. Le corps d'Octave Parango n'a jamais été formellement identifié.

Une rumeur a longtemps circulé dans la ville, selon laquelle plusieurs témoins avaient aperçu un individu correspondant à son signalement (un grand échalas barbu aux cheveux longs), qui s'était extirpé seul des décombres, miraculeusement indemne trois jours après la catastrophe, avait épousseté son veston loqueteux et enjambé les gravats avant de disparaître au volant d'un camion emprunté à la Croix-Rouge Internationale. Les recherches effectuées par la police et le FSB pour retrouver ce véhicule n'ont rien donné à ce jour. Les écoutes téléphoniques sur la ligne de sa fille naturelle Lena Doytcheva, le mannequin prétendument tchétchène sous contrat avec L'Idéal, n'ont pas davantage donné de résultats. La même rumeur affirme pourtant que le terroriste aurait rejoint la jeune femme à Tachkent, où elle s'est réfugiée avec son fiancé, le fameux snowboarder Vitaly Rostov, après le scandale. On raconte que la famille serait placée sous la protection des services secrets russes, l'attentat ayant favorisé l'accession au pouvoir de l'actuel gouvernement. Plusieurs journalistes qui enquêtaient sur les liens entre Oilneft et l'attentat sont morts dans les mois suivants. Ces élucubrations sont dénuées de fondement puisque le forcené a été officiellement déclaré disparu sous les décombres. L'enquête sur les responsabilités dans la destruction de la cathédrale du Christ-Sauveur de Moscou est close depuis le 20 avril dernier, date de l'élection de Sergueï Orlov, l'ancien P-DG d'Oilneft, à la Présidence de la Russie, après une brève campagne fortement axée sur la défense des valeurs sécuritaires, nationales et chrétiennes.

D'autres personnes – les pauvres ! – prétendent que cette histoire est inventée de toutes pièces.

Moscou-Paris,
2005-2007.

« Si la leçon globale du XXe siècle ne sert pas de vaccin, l'immense ouragan pourrait bien se renouveler dans sa totalité. »

Alexandre SOLJENITSYNE.

ou L'homme qui pleure de rire

Préface par Marc Lambron, de l'Académie française

Préface

Beigbeder contre la dictature du rire

par Marc Lambron, de l'Académie française

Dans les années 1950, un communiste repenti abjurait Staline. Dans les années 2020, se pourrait-il que le nouveau comité central soit devenu une matinale du service public, nommément celle de France Inter ? La polémique ne cesse d'enfler en cette rentrée de janvier. Une fois de plus, Frédéric Beigbeder met le feu au lac avec un roman provocateur dont le titre graphique n'est qu'un smiley, même si l'éditeur en propose une traduction lexicale, « L'homme qui pleure de rire ». En cause, la présence quotidienne d'humoristes parmi les chroniqueurs du service public, cette façon de soumettre l'information générale au laminoir du rire obligatoire, de la vanne acidifiée, de la déconnade progressiste. Tout homme politique, sous peine de passer pour un pisse-froid, doit-il désormais déférer à la caricature qu'on lui sert en direct ? La nouvelle bien-pensance procède-t-elle moins du jus de crâne que du décrochage de mâchoire ? Le rire comme coup d'État de Khmers rouges dopés à la facétie robespierriste ?

L'ouvrage se présente comme le dernier volet de la trilogie d'Octave Parango, ce clone de l'auteur qui s'attache à infiltrer des bastilles contemporaines avant d'en dénoncer l'inanité. Avec *99 francs*, il prenait la publicité en ligne de mire. *Au secours pardon* vitriolait l'univers de la mode. Cette fois-ci, c'est donc à la matinale de la radio la plus écoutée de France que s'attaque Parango, traître constitutionnel qui aime à brûler les châteaux après en avoir vidé la cave.

Chez cet habitué de l'autofiction transparente, il est aisé de percevoir le décalque : le 15 novembre 2018, en pleine crise des gilets jaunes, Frédéric Beigbeder sabotait par des propos erratiques sa chronique hebdomadaire dans la matinale de France Inter, station qui l'avait recruté, dit-il, comme un « *cynique de droite* » bobo-compatible. Le ludion se voyait contraint de rendre son tablier dans la journée. Ce suicide en direct cristallise et catalyse le récit. Qu'a vécu alors Beigbeder-Parango, quelles leçons en tirer, comment l'inscrire dans son épopée de fêtard impénitent, de perpétuel Peter Pan en émulsion ?

La première partie du texte pince la corde du pamphlet. Voici le narrateur à la Maison de la radio, singe spirituel consentant à « *la mécanique huilée de l'humour matinal* ». C'est que, sur les radios généralistes, l'information du réveil assaisonne désormais les bruits du monde avec les hoquets de l'impertinence décrétée, les petits sketchs de chroniqueurs bien-pensants – il s'agit ici d'« *humour de gauche* » – satirisant sans risque et sans droit de réponse les grandes oreilles de Bayrou, les raideurs de Nicolas Dupont-Aignan ou l'âge de Gérard Collomb. Le narrateur, titulaire d'un CDD renouvelable et espion « *embedded* » chez ces fonctionnaires du rire, observe leur « *verve sans miséricorde* », leurs émulations narcissiques, cette sorte de dictature des ricaneurs qu'il cautionna un temps à l'antenne par sa verve régressive et littéraire. Il pourrait s'en tenir là. C'est cruel, senti, assassin, notamment dans les traits décochés contre l'animateur principal, qui, après avoir diligenté des plans sociaux à *Libération*, représenterait désormais le « *chaînon manquant entre l'humanité et la machine* », émettant des énoncés en « *morse pour salauds sartriens* ».

Trop fin pour être soupçonné de ressentiment, Beigbeder élargit alors sa focale. Les sarcasmes mélenchoniens de ces humoristes, leur « *catéchisme méprisant* » dopé à la moraline ne seraient-ils pas un exutoire de la jalousie sociale ? Satirisant les satiristes, Beigbeder remonte jusqu'au rire zéro, comme il y a des patients zéro : dans les années 1980, une chaîne de télévision, Canal Plus, a installé des petits malins en juges de l'air du temps. La dérision est devenue une clé de lecture et de domination, on a breveté une ENA du rire pour niquer ces salauds d'énarques. Se pourrait-il que l'on importe désormais dans le service public l'esprit potache d'une ancienne chaîne cryptée ? Serait-ce là une ruse de l'égalitarisme, cette passion française où tout ce qui dépasse, tout ce qui indispose l'amnésie confortable des semi-incultes régnants serait arasé par les lazzi, les ricanements avec clin d'œil gagnant, les débinages assaisonnés au fiel caustique. Jean Jaurès et Pierre Mendès France, aujourd'hui, seraient-ils sommés de souffler dans une langue de belle-mère ?

Mettre des rigolos dans la grille, c'est plus largement la loi d'une époque transformée en lugubre sac à rire, un univers qui plébiscite le Coluche italien, Beppe Grillo, installe à la présidence des États-Unis un ancien animateur de téléréalité, place à la tête du Guatemala l'humoriste Jimmy Morales, sans parler de la récente élection d'un acteur satiriste à la présidence ukrainienne ou de Boris Johnson, alias « le clown Bojo », accédant au 10 Downing Street. Apothéose de la pantalonnade ? Avènement des bouffons ? À cet égard, le livre de Beigbeder est moins une prière sur l'Acropole qu'une méditation sur les immunités des nouveaux pitres. Étrange époque, écrit-il, que celle où des altermondialistes conspirent sur Facebook, pourtant fleuron du néocapitalisme yankee. Où de jeunes journalistes progressistes se comportent avec la Ligue du Lol comme des cochons sexistes. Où un monde désaxé semble virer au Comedy Club obligatoire. Comme les gilets, le rire mondial deviendrait-il jaune ?

C'est là que se tient le meilleur du livre, dans l'infusion d'un tumulte au sein d'un esprit troublé. Toute la deuxième partie du roman nous montre Octave Parango, à la veille de son esclandre radiophonique, en dérive nocturne dans le VIIIe arrondissement de Paris, le plus « *clinquant, bidon et scintillant* », celui où l'on trouve en novembre 2018 la plus grande densité de night-clubbeurs et de gilets jaunes, celui où Emmanuel Macron décore Michel Houellebecq à l'Élysée, celui où Octave découvre qu'une affiche où il posait pour une marque de chemises a été taguée par des insurgés fluorescents. Mea culpa ? « *J'ai passé ma vie à communiquer, c'est-à-dire à mentir.* » Parango ne serait-il qu'un « *communard de salon* », un « *irresponsable assermenté depuis l'âge de 18 ans* » ? En somme, une sorte de délinquant de la dérision autocalciné par ses foucades ?

Dans une brume de vodka, le narrateur revoit les années du Caca's Club, cette coterie de jeunes patriciens alcoolisés qui ne vivaient que pour l'esclandre rigolard, anticipateurs de la « vanne » comme règle de vie. Qu'est-ce donc que cette génération de vanneurs, la sienne, qui dansent encore sur les tables à 55 ans, rêvent de passer de l'âge des sucettes à celui de l'Académie française en ayant zappé les années de maturité, non sans s'administrer quelques bonnes doses de kétamine, ce tranquillisant pour chevaux utilisé comme déréalisant psychique ? Annexe du refus de grandir, l'escamotage de la fonction paternelle ne serait-il pas une clé de la dérision universelle ? L'habilité de Beigbeder est de ne pas éluder ses forfaitures récentes ou passées. Tel Jean d'Ormesson naguère, c'est un as de l'autocritique non stalinisée. *L'homme qui pleure de rire*, titre-émoticône, nous montre l'auteur en analyste frondeur, en égolâtre roué, en diariste de la décomposition, en adulescent ingénieux, en repentant séducteur, en virtuose du seppuku virtuel, en Finkielkraut marshmallow. Parango disserte sur la kétamine. À partir des prémices du rire pas drôle, Beigbeder a su écrire un livre excitant.

AVERTISSEMENT

Toute ressemblance avec des faits réels ou des personnalités existantes pourrait révéler les limites d'un auteur sans imagination.

Un jour, il me faudra admettre que j'ai consacré mon existence à faire passer mes problèmes pour des fictions et ma vie pour un roman.

Octave Parango

« Quiconque n'est pas régulièrement la risée des foules ne mérite pas d'être considéré comme un être humain. »

Frédéric BEIGBEDER,
Mémoires d'un jeune homme dérangé, 1990.

« L'homme a quatre visages : ce qu'il est vraiment, ce qu'il croit être, ce qu'il montre aux autres, et ce que les autres perçoivent. »

CONFUCIUS,
environ 500 ans avant Jésus-Christ.

« Je suis la plaie et le couteau !
Je suis le soufflet et la joue !
Je suis les membres et la roue,
Et la victime et le bourreau ! »

Charles BAUDELAIRE,
Les Fleurs du Mal, 1857.

À mon père et mon fils.

TRAJECTOIRE D'OCTAVE PARANGO

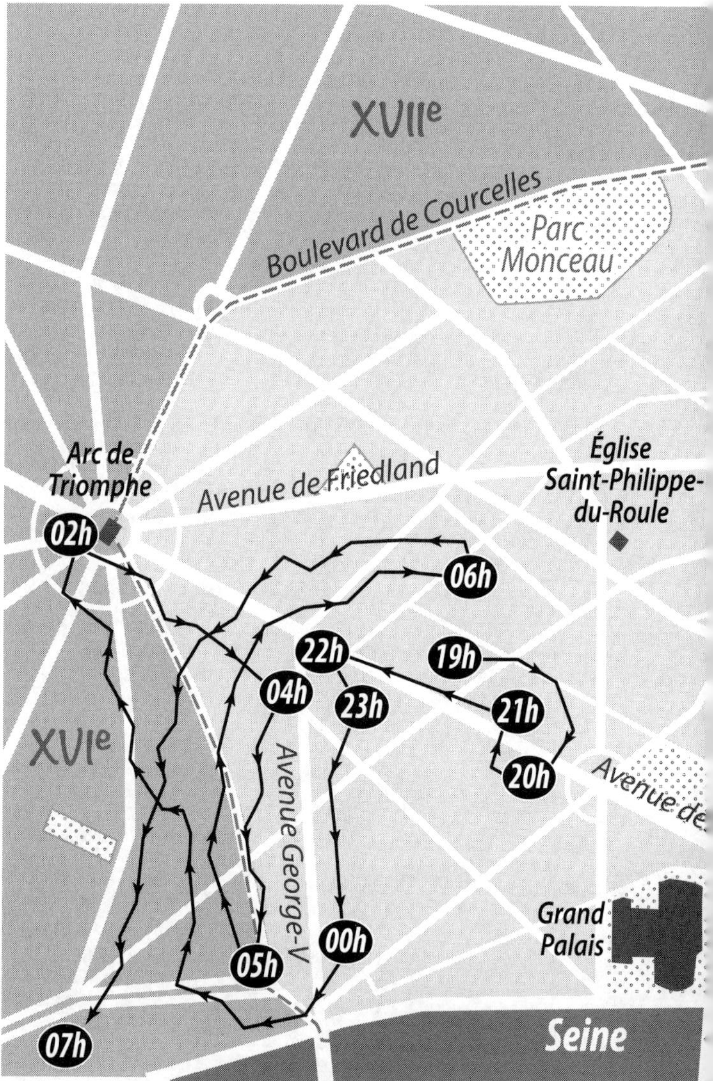

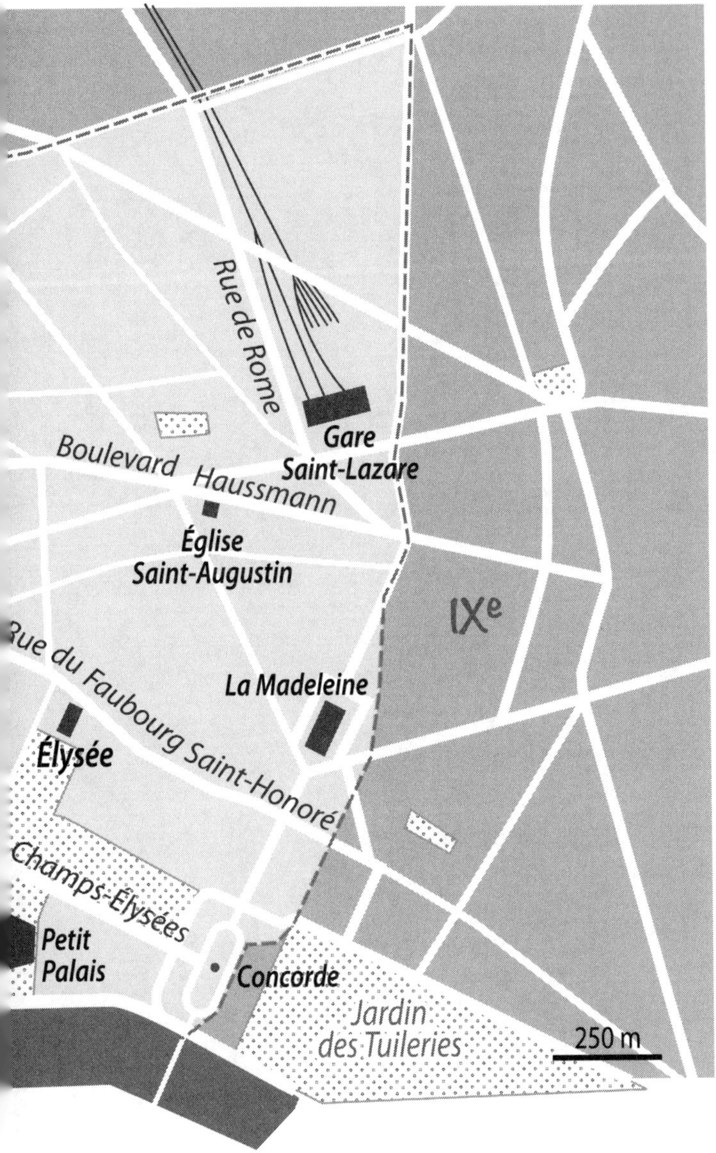
Rue de Rome
Gare
Saint-Lazare
Boulevard Haussmann
Église
Saint-Augustin
IXe
Rue du Faubourg Saint-Honoré
La Madeleine
Élysée
Champs-Élysées
Petit
Palais
Concorde
Jardin
des Tuileries
250 m

Je m'appelle Octave Parango et j'ai soixante-quatorze ans dans vingt ans.

Les sondages viennent de tomber : je travaille pour la Matinale la plus écoutée de France. L'audience de France Publique a été évaluée par Médiamétrie à 4 millions d'auditeurs. Ce matin, l'animateur du 7/9 présente fièrement chaque participant. « Et voici maintenant la météo la plus écoutée de France », « Et à présent l'économiste le plus écouté de France », « Je suis assis à côté de l'intervieweuse la plus écoutée de France », alors quand vient mon tour, il poursuit sur sa lancée : « Tout de suite le billet d'Octave Parango, l'humoriste le plus écouté de France » avec un clin d'œil malicieux. J'aurais dû me méfier : d'habitude, l'animateur est très avare en fermeture de paupières joviale. Cette complicité soudaine trahit quelque chose… L'ambiance est badine, la coanimatrice sourit, tout le monde semble content. Pourquoi vais-je tout gâcher ? Qu'est-ce qui m'a pris ? Ce livre raconte un sabordage qui n'est pas seulement le mien, mais ressemble plutôt à un sacrifice collectif.

Mon naufrage commence sur un fond sonore de folklore traditionnel indien, interprété par Ravi Shankar avec la grâce hypnotique qui caractérise son toucher langoureux du sitar. Cette musique planante a le don de détendre l'ambiance d'une émission stressante. Il s'agit d'un extrait du concert pour le Bangladesh organisé par George Harrison au Madison Square Garden en 1971, le premier concert de charité de l'histoire de la musique pop. En pleine crise des gilets fluos, ce fond baba cool est censé apporter un message d'espoir. Après un moment de silence, je finis tout de même par ânonner dans le micro tordu vers ma bouche pâteuse.

— Oh, je sais ce que vous vous dites : Octave gagne du temps. Octave n'a rien fait, Octave s'est couché très tard. Octave a peu dormi. Alors euh... c'est aujourd'hui un peu particulier comme situation. J'avais vraiment écrit une chronique super brillante sur les gilets fluorescents, c'était très intéressant, mais je l'ai perdue. Je l'avais écrite sur un morceau de papier que j'ai égaré hier soir, vers 3 heures du matin... dans une nouvelle boîte qui s'appelle Medellin... c'est vrai en plus : le Medellin, avenue Marceau.

En face de moi, Sylvia Villerde, journaliste médias de la chaîne, éclate d'un rire nerveux. Elle plonge la tête dans ses mains, puis s'essuie les yeux et coiffe ses cheveux bruns avec ses doigts écartés, ce qui est chez elle une manière de dissiper la peur. Elle a le trac pour moi car elle sait que je dis la vérité : contrairement à mon habitude, je ne suis pas en train de lire une feuille de papier. À ma droite, Antonin Tarpenac éloigne son fauteuil à roulettes pour ne pas figurer sur les vidéos à mes côtés. Il écarquille ses yeux bleus, où la bienveillance est remplacée par le what-the-fuck. Quant à Dominique

Gombrowski (ses lunettes rondes, son large sourire, son tee-shirt XL d'intellectuel qui se fiche de venir en pyjama au bureau), il vient de terminer sa revue de presse en agitant les bras comme chaque matin, et il est hilare. Il est fanatique de mes pitreries. Il croit que je fais semblant de n'avoir rien foutu et que je vais retourner la situation. Cher Dominique, je regrette de t'avoir déçu.

— Mais… euh… on est bien là, non ? On est la première Matinale de France, bravo à tous, félicitations !

Laura Salomé, la coanimatrice diplômée de Sciences-Po comme moi (mais il y a moins longtemps), se dit qu'elle devrait être à la maison en train de s'occuper de son bébé au lieu de gâcher sa vie avec des abrutis. Elle me coupe :

— Vous allez tenir trois minutes comme ça ?

Je sens une montée de transpiration perler sur mon front. Il y a un problème, tous le sentent, sauf moi, tellement persuadé d'être génial.

— Je trouve qu'on est bien. Dominique a lu tous les journaux pour nous éviter de le faire…

— C'est vrai, dit l'animateur d'une voix blanche.

L'animateur, Nathan Dechardonne, commence à s'agiter sur son fauteuil. Il est intégralement inhumain. On ne confie pas un carrefour aussi important à quelqu'un d'empathique. J'admire sa froideur absolue. Il sait rester maître de ses émotions en toutes circonstances, comme à l'époque où il organisait des plans sociaux à *Libération*. Il ne craque jamais sous la pression. Et ce qui m'épate par-dessus tout, c'est qu'il est exactement le même hors antenne : jamais un mot gentil, jamais une attention délicate, Nathan ne baisse jamais la garde ; c'est un bulldozer. Il est le chaînon manquant entre l'humanité et la machine. Quand, après son passage, on confiera l'animation de la Matinale à un algorithme, les auditeurs n'entendront pas la différence.

J'insiste cependant.

— Nathan et Laura, l'émission est à peu près finie, là pour vous c'est bon, les interviews sont terminées…

— L'inquiétude règne quand même, à cette heure-là, soupire Nathan.

— On a peur pour vous et surtout pour les auditeurs : on pense à eux, ajoute Laura.

— Les auditeurs de l'émission qui suit aussi, renchérit Antonin.

Antonin doit interviewer dans dix minutes une chanteuse à texte qui fronce les sourcils en couverture de *Télérama*, dont le nom m'échappe aujourd'hui.

— C'est la panique, donc, poursuit Nathan.

— Ils ont déjà changé de radio, ils sont sur Culture Publique, au lieu d'écouter Tarpenac ! s'écrie Laura, révélant sa préoccupation principale : rester leader de cette tranche horaire, à n'importe quel prix.

Je tente de résister à leur tir groupé.

— Vous êtes beaucoup trop stressés. Là, vous allez vous coucher après, non ? Vous allez faire dodo ?

— Non, on a d'autres rendez-vous, répond Laura.

Je sais pertinemment que je crée un moment de grand danger. Nous réalisons tous que rien n'est sous contrôle. C'est à la fois très agréable et très angoissant. Le malaise est palpable ; j'ai à la fois chaud aux tempes et froid dans le dos. Chaque seconde dure une éternité. Pareille situation ne se produit jamais en pareil endroit. Peut-être avons-nous, tous ensemble, trouvé un moyen d'arrêter le temps. À moins que je ne sois juste un glandeur en train de ruiner le triomphe d'une émission de radio en direct.

— Medellin, c'est comme le cartel ? demande Dominique. Et on y fournit de… ?

— C'est bizarre, dis-je, il y avait écrit « Chez Pablo » au-dessus de l'entrée.

— Oh non ! se récrie Laura.

Il est assez rare de faire l'éloge de la colombienne à une heure de si grande écoute. Je me crois subversif alors que je continue de m'enfoncer dans les sables mouvants de l'improvisation potache.

— Donc les seuls qui vont encore travailler sont Sylvia et Antonin. Vous vous êtes réveillés à quelle heure ?

— Cinq heures et demie/six heures, lâche Antonin avec lassitude.

— Et Sylvia ?

— Cinq heures quarante-cinq.

— Alors, comme j'avais pas de chronique, poursuis-je, j'ai quand même trouvé un article dans un journal sérieux qui s'appelle *Le Figaro Madame*. Un journal très sérieux.

— C'est vrai, dit Nathan, en espérant que son ironie s'entende, et elle s'entend.

— … article que j'ai déchiré dans le taxi, et qui s'intitule « La revanche des lève-tard » de Valérie de Saint-Pierre : elle cite une étude de la London School of Economics qui atteste que « les oiseaux de nuit sont plus intelligents que les pinsons de l'aube ».

— Puissant, ça… dit Nathan, peut-être vexé – il n'a pas dû (ou pu) mettre les pieds dans une boîte de nuit depuis cinq ans.

Mon calvaire se prolonge. Je m'y complais avec l'arrogance du désespoir. Ma déroute a quelque chose de délectable, comme tous les grands projets auxquels on renonce.

— Et il y a une autre étude de l'université de Chicago, qui affirme que les couche-tard sont plus audacieux, prêts à prendre des risques, alors que les gens qui se lèvent à 6 heures sont psychorigides.

— Merci pour moi, grommelle Antonin.

Je m'aperçois que je les ai tous froissés, alors que tel n'était pas mon but. Je cherchais à tenter une expérience : introduire du vide, du naturel, du vivant dans la mécanique huilée de l'humour matinal. Je voulais prouver qu'on pouvait sortir de l'éternelle chronique lue à toute berzingue : je suis en train de démontrer le contraire. Peut-être qu'inconsciemment, en citant ces recherches scientifiques sur les qualités des couche-tard et les défauts des lève-tôt, je veux seulement justifier mon noctambulisme et mon oisiveté… alors qu'autour de moi, il n'y a que des bosseurs matinaux qui en ont, légitimement, ras le bol d'entendre des leçons d'un noceur flemmard. Sans parler des millions de gens qui souffrent de s'être levés aux aurores pour entendre les élucubrations d'un paresseux.

— On s'arrête là ? demande Nathan.

— Quoi ? Ça ne vous intéresse pas ? fais-je, comme si j'étais surpris, alors qu'il me fusille du regard depuis quatre-vingt-dix secondes.

— Bah…

— Pardon, amis auditeurs ! supplie Laura.

— C'était en tout cas la dernière chronique d'Octave Parango ! s'écrie Nathan, suscitant un éclat de rire général autour de la table.

Il me contemple avec la même tendresse que ma fille quand elle verse du sel sur une limace.

J'ai l'impression d'être aspiré dans un trou noir.

Je viens d'être licencié en live. Je sue abondamment, je rougis, je retire mes lunettes pour m'essuyer le nez. Je me demande ce que je fous là et je ne suis pas le seul. Autour de la table, derrière la vitre du studio, dans les bureaux de la Maison Rouge et dans les hautes sphères de la nation française, tout le monde se pose la même question.

— Il s'est suicidé en direct ! rigole Laura.

Je prononce alors la dernière vanne situationniste de l'ex- « humoriste le plus écouté de France » :

— Si personne n'allait au bureau, il n'y aurait plus ces problèmes de carburant.

Il s'agit d'une allusion anarchiste à la hausse de la taxe carbone qui provoque un mouvement de révolte sans précédent en France. Mes collègues me regardent, effarés. Ils sortent du studio sans rien dire. Seul Antonin vient me consoler.

— Mais qu'est-ce que tu as essayé de faire, t'es complètement malade ? Il faut avoir un papier écrit, toujours ! Y a pas de cas où t'arrives les mains vides !

Je sais que sa panique est amicale, mais il tombe mal. J'ai compris – et peut-être voulu – ce désastre. Je titube vers le bureau où j'ai posé mon manteau bleu. Plus personne ne me prête attention. Je me dirige vers l'ascenseur dans un silence de mort. Je devine que je suis déjà un sujet de conversation, ou pire : d'apitoiement général. Je viens d'imploser devant la France entière. Dans les minutes qui suivent, la boîte mail de la Médiatrice de France Publique est saturée de courriels d'auditeurs exigeant mon renvoi. Je reçois quelques SMS de félicitations de copains aussi nihilistes que moi : « waouh, t'es mon idole », « c'était lunaire », « j'en ai rêvé, tu l'as fait ». Mais je ne suis pas dupe de la situation que j'ai créée. J'ai cette manie de toujours chercher à me faire virer. Ma psychanalyste prétend que c'est par manque de confiance en moi, que je cherche à vérifier l'amour qu'on me porte, comme un enfant capricieux casse ses joujoux. Cette fois, le test ne sera pas concluant. Vers 18 heures, la Médiatrice annonce mon départ sur Twitter : « Chères auditrices, chers auditeurs, vous nous avez exprimé votre déception à l'écoute de la dernière chronique d'Octave Parango. Lui-même convient de sa faiblesse et a décidé d'arrêter l'exercice, n'ayant plus assez de temps pour s'y consacrer correctement. »

J'ai été dégagé en une journée, sans préavis, ni avertissement, ni entretien préalable. J'ai l'impression d'être un cancre renvoyé du collège par le proviseur. Jamais chroniqueur ne fut éjecté aussi rapidement dans toute l'histoire de la rédaction de France Publique. Ce départ précipité fut présenté comme une démission. Sachez qu'au sein d'un média de cette importance, quand quelqu'un démissionne en quatrième vitesse, c'est qu'il n'a pas démissionné. On l'a poussé dehors et on le laisse clamer partout que c'est sa décision, par courtoisie… et pour éviter de l'indemniser.

Deux mois plus tôt, lors de la première réunion de l'équipe de la Matinale de France Publique, la patronne des programmes, Françoise Bachelot, a demandé à tous les chroniqueurs d'être « punks ». Sans doute, ce matin, l'ai-je été un peu trop.

LA VEILLE, 19 HEURES

« Je serai pendu demain matin. »

Michel POLNAREFF,
Le Bal des Laze, 1968
(paroles de Pierre Delanoë).

1

C'est l'histoire d'un homme qui voudrait travailler, mais n'y arrive plus. Il boit ces verres de vin blanc qu'on écluse à midi sans réfléchir, et qui engourdissent le cerveau jusqu'au soir, provoquant un rire d'apocalypse. Un rideau de cheveux hirsutes cache les yeux cernés du Big Lebowski parisien ; le reste de son visage est très poilu. Il aime être affalé sur des canapés d'hôtel, la nuque cassée par des coussins trop durs, sans attendre de rendez-vous. Il pleut dehors, il tousse, inutile de se soigner puisque la fin du monde est dans vingt minutes. Un mouvement protestataire est en train de naître en France : des rebelles vêtus de gilets fluorescents expriment une colère que personne n'a vue venir, une révolte grandissante contre la pauvreté et l'indifférence des classes dirigeantes. Chaque semaine, des manifestations de plus en plus violentes ont lieu à Paris ; nées sur Facebook, elles semblent incontrôlées et incontrôlables. Sur le 8e arrondissement de Paris flotte une atmosphère de guerre civile.

Descendant l'avenue des Champs-Élysées, Octave Parango s'identifie aux magasins Abercrombie & Fitch. Pendant les années 2000, on y entendait Justin Timberlake à fond, il y avait très peu de lumière et beaucoup de musc, de jolies filles se dandinaient en bikini orange triangulaire, de beaux gosses au torse luisant gonflaient leurs pectoraux, tout le monde vénérait le mode de vie des surfeurs californiens, une foule adolescente patientait à l'entrée, derrière des barrières métalliques, gardée par un culturiste black en tee-shirt noir et veste trop cintrée. Et puis un jour la lumière s'est rallumée, quelqu'un a baissé le volume de Justin Timberlake qui ne vendait plus un disque, les danseuses et danseurs en maillot de bain se sont volatilisés, soudain la boutique était déserte et silencieuse, le surf était devenu un banal sport de masse, et plus personne ne se bousculait à la porte. Au lieu d'un physionomiste pour bloquer les clients à l'entrée, il aurait fallu recruter un rabatteur pour alpaguer les passants sur le trottoir des Champs-Élysées.

La vie d'Octave a fait faillite sans qu'il s'en aperçoive.

L'argent coulait à flots dans les années 1990… La publicité régnait et il en était l'un des prodiges. Il se souvient de tournages somptueux en Afrique du Sud, de soirées cannoises qui viraient à l'orgie, de séminaires dans des palaces à l'île Maurice, de son arrivée au bureau à 15 heures tous les jours en même temps que son directeur de création. Le fric de la pub finançait tous les médias, quand il y avait moins de supports et plus d'annonceurs. Dans les années 1990, non seulement la communication surpayait ses employés, mais la télévision surpayait ses animateurs, les journaux surpayaient les écrivains, la mode surpayait les mannequins… Les agences ne savaient plus quoi faire de leur argent. La presse aussi se gavait. La manne publicitaire lui évitait de se remettre en question. Et puis est arrivée cette sordide invention de l'armée américaine : Internet. La démocratisation des médias a fait croire au peuple que tout le monde pouvait être animateur, publicitaire, journaliste ou humoriste : il suffisait d'avoir un ordinateur, un smartphone ou une webcam. La notoriété n'était plus une affaire de privilégiés mais une compétition ouverte à tous. La moindre blogueuse dans sa studette pouvait donner son avis sur la dernière collection Chanel en échange d'un sac gratuit. N'importe qui se prenait pour une star – et parfois le devenait. Le pouvoir des médias s'est effondré dans les années 2000 et aucun patron de presse ne l'a vu venir : ils étaient trop occupés à déjeuner au Fouquet's avec Maurice Lévy. Résultat : plus un kopeck, la galère pour tous les pubards/chroniqueurs/prostitués/frimeurs des décennies fastueuses de la fin du XXe siècle.

Tout d'un coup, les réseaux sociaux permettaient de cibler les annonces publicitaires en temps réel sur chaque consommateur, individuellement, au moment le plus efficace. Octave prétendait qu'il haïssait les réseaux sociaux parce qu'ils espionnaient nos secrets pour les vendre à des entreprises. La réalité est qu'il leur en voulait surtout de lui avoir piqué son boulot. À présent, *tout le monde pouvait être Octave.* À titre d'exemple : lorsque le groupe Condé Nast avait demandé à Octave d'animer la Cérémonie des Hommes de l'Année il y a dix ans, le magazine *GQ* avait loué le musée d'Orsay et invité trois cents personnalités à dîner. Cette année, ils l'avaient rappelé pour animer de nouveau la cérémonie… debout sur une estrade, dans un restaurant gratuit. Il avait annoncé les lauréats comme s'il animait la Semaine de la saucisse de Morteau dans un hypermarché. Ce qui étonnait Octave, c'était que les journalistes n'aient pas vu venir la révolte du prolétariat alors… qu'ils en faisaient partie. La dèche concernait tous les secteurs médiatiques. Les politiciens n'avaient même plus besoin de nous pour être élus ! On voyait d'anciens ministres tapiner pour trois sous sur C8, d'ex-vedettes de la télé vendre leur podcast ou créer leur chaîne YouTube que personne ne regardait, et même une ancienne miss météo au chômage mendier du fric sur Instagram. Le déclassement touchait tous les flambeurs des années nonante sans exception. Ils faisaient moins les fiers qu'au Jane's Club de Cannes en 1992… où Octave avait tapé de grosses lignes de poudre blanche à quatre pattes sur le couvercle de la cuvette des chiottes avec les dirigeants de sa chaîne à péage ainsi que le CEO de l'agence Publicis, mort peu après, du même cancer que Jean-Luc Delarue.

Et aujourd'hui sur France Publique
Parango gagnait moins que le SMIC.

2

Octave Parango entre chez Sephora au 70, Champs-Élysées. Il se souvient d'une excursion avec son père et Dewi Soekarno chez Champs Disques, quarante ans plus tôt. Son père avait acheté un grand sac de 45 tours pour la fille de l'impératrice d'Indonésie, une brune timide prénommée Kartika. Octave était tombé amoureux d'elle à treize ans. Aujourd'hui, il porte des fringues aussi hors de prix qu'hors d'usage, par exemple un pull en cachemire Loro Piana, très doux mais très troué. Il déambule parmi les rayonnages de parfum pour homme en prétendant ne pas avoir remarqué la vendeuse aux yeux vert émeraude, au menton volontaire, aux incisives écartées, au rouge à lèvres pourpre, aux salières proéminentes, aux poignets graciles, qui est la cause de son irruption dans ce magasin de cosmétiques, et qui maintenant s'approche de lui, précédée d'une odeur de miel et de vanille.

— Bonjour, monsieur, recherchez-vous quelque chose de précis ?

— Bonjour, on vous a déjà dit que vous ressemblez à Kartika Soekarno ? répond Octave.

La vendeuse, dont la bouche sent la menthe fraîche, n'est pas déstabilisée :

— Non, qui est-ce ?

— Un compliment. Je vis un drame épouvantable : Dolce & Gabbana ont cessé de fabriquer mon eau de toilette, « L'amoureux ». Que vais-je devenir ? Je cherche un parfum qui donne immédiatement envie de me faire l'amour.

— On nous demande la même chose toute la journée. Vous avez essayé « Fucking Fabulous » de Tom Ford ? C'est un cuir oriental décadent à l'étreinte enivrante. Je ne suis pas objective : c'est le parfum de mon amoureux.

— Combien ?

— Cinq cents euros le flacon de 100 ml.

— Ah, tout de même.

— Monsieur, désirez-vous coucher ou ramer ? Cinq cents euros, cela reste moins onéreux qu'un râteau moyen à Paris avec une coincée du 16ᵉ.

— Vraiment ?

— Faites le calcul : 500 euros, c'est un dîner en tête à tête avec une fille de bonne famille dans un restaurant décent, comprenant les coupes de Ruinart rosé avant et le ballon de cognac Louis XIII après, plus les taxis, la bouteille de Grey Goose en club et les pourboires au serveur et au vestiaire, tout cela pour rentrer bredouille… alors que là vous investissez le même tarif dans un flacon qui peut durer des années.

— Mais vous me garantissez que je ne finirai plus la nuit seul devant des sites à caractère pornographique ?

— Vous regarderez les mêmes vidéos mais accompagné.

— Diriez-vous que ce parfum est efficace à 100 % ?

— À 99 %. Il y a toujours le risque de tomber sur une personne anosmique.

— Et si j'en portais maintenant, craqueriez-vous ?

La vendeuse perd instantanément son sourire et brandit son iPad connecté au wifi.

— Voulez-vous que je prévienne : 1) la direction du magasin, 2) le commissariat de police, ou 3) Twitter directement que vous êtes en train de m'importuner ?

— Bon, bon, ça va, ne nous énervons pas ! Je l'achète votre flacon !

Que de souvenirs… Dans les années 1990, Tom Ford avait initié la vogue du « porno chic » dans la publicité de luxe. Il pensait que toutes les femmes devaient s'habiller en putes et les hommes en smoking. En réalité, il plagiait l'univers d'Helmut Newton, où des vamps aux seins nus sur talons aiguilles allument toujours des play-boys aux tempes argentées en costume croisé Yves Saint Laurent. Octave adorait la décadence il y a vingt ans… avant son déclassement. En d'autres mots : il trouvait élégant de danser sur des ruines tant que la ruine n'atteignait pas son compte en banque. La situation a changé au début des années 2010, quand il s'est aperçu qu'il avait tout dépensé, et que sa double colère (deux pamphlets adaptés au cinéma, l'un contre la publicité, l'autre contre la mode) lui avait fait perdre son travail et sa fierté. De son côté, Tom Ford, après son licenciement par François Pinault, avait tourné des films dépressifs au stylisme impeccable, des histoires de gays en deuil errant dans de belles villas qui ressemblaient à des boutiques Christian Liaigre. Tom vivait dans le désert du Texas, il se prenait pour Christopher Isherwood, bref, il était devenu sinistre. Malgré cela, Octave le considérait toujours comme son maître en dandysme : il s'efforçait de porter des cravates en cachemire pour continuer à se différencier des hipsters à capuche et des punks à chien.

Octave demande à la belle vendeuse de l'asperger de « Fucking Fabulous » puis paie son parfum aphrodisiaque avec le dernier billet de 500 euros rose disponible dans tout l'espace Schengen. Ce bel argent liquide est le trophée qui lui reste de la Russie du début du siècle : il vient de réapparaître dans un manteau italien retrouvé dans son déménagement. Le caissier vérifie dix fois le dernier billet rose d'Europe dans son détecteur à rayons ultraviolets avant de l'accepter en jaugeant Octave d'un air soupçonneux. Toute personne porteuse d'un billet de 500 euros est au mieux en train de blanchir une fraude fiscale, au pire un dealer de coke. Vous l'aurez compris : Octave est de retour à Paris après quelques années d'expatriation en Russie. Il fut un temps où une telle information aurait pu figurer en dernière page de *Voici*, celle des ragots sur les personnalités pas assez connues pour passer en couverture. Le soir descend sur l'avenue des Champs-Élysées ; les fêtes de fin d'année approchent ; les guirlandes dans les arbres tentent d'imiter l'ascension des bulles d'une coupe de champagne géante vers le firmament ; des planches de bois calcinées sont empilées devant le mégastore Louis Vuitton.

Ce soir, Octave Parango est le contraire d'E.T. : il ne veut pas rentrer à la maison. Il devrait, pourtant. Il a une chronique à écrire pour le lendemain matin.

3

Aujourd'hui, la drôlerie est obligatoire. Les présentateurs plaisantent, les hommes politiques badinent, les chauffeurs de taxi galèjent, même les pilotes d'avion et les conducteurs de train tentent des annonces comiques au micro. La grande rigolade est universelle. Le monde entier se gondole en même temps qu'il se réchauffe. Le sérieux est interdit. Tout doit être absolument désopilant : les titres des journaux font des calembours, chaque discours politique contient de petites phrases marrantes pour passer au 20 Heures, les philosophes enregistrent des vannes pour buzzer sur YouTube, les chanteurs chambrent leurs confrères pour attirer l'attention. Depuis Andy Warhol, tout l'art contemporain n'est qu'une blague à prendre au second degré.

Pour mieux se figurer ce qu'est l'humanité dans les années 2020, il faut fermer les yeux et imaginer une foule de huit milliards de personnes mortes de rire. Littéralement décédées, entassées par terre, se gondolant. MDR. LOL. PTDR. Mouahahahaha. Il faut visualiser le *Titanic* qui coule avec, à la place de l'orchestre, un comique qui entame un numéro de stand-up. « Hé, les gars, je sais pas si vous avez remarqué mais c'est vachement humide ici, non ? On n'est plus sur un paquebot : c'est carrément l'Aquaboulevard ! Franchement, moi, j'arrête les piscines à débordement ! Hey, cela dit, mourir à cause d'un glaçon, c'est le rêve de tous les buveurs de whisky ! » (Lancer ici les rires préenregistrés.)

Le but des Occidentaux était de faire du monde une blague perpétuelle.

En 1900, Henri Bergson définissait le rire comme un accident : du mécanique plaqué sur du vivant. Le rire était toujours inopiné. Maintenant que le rire est la norme, où est l'accident perturbateur ? C'est un type sérieux. Une fille qui bâille. Quelqu'un de désemparé. Celui qui dérègle l'impératif humoristique par la fainéantise et le silence. Mais aussi celui qui dit franchement son désespoir, son embarras, sa maladresse (Louis C.K., Blanche Gardin, Gaspard Proust, ce dernier si reclus, asocial et timide dans la vie réelle : lors du tournage d'un film sur Octave, Gaspard lui avait confié son aversion pour le rythme hebdomadaire de sa chronique à la télévision). Ou bien l'humour spontané, créateur, imprévu d'Édouard Baer et Benoît Poelvoorde. Un rire non écrit, non planifié, qui surgit de l'observation du présent. Si le présent ne s'y prête pas, on ne se force pas à déconner, on a même le droit de faire la gueule. Dans un univers de gaudriole obligatoire, seule la sincérité perturbe. L'accident dans le système aujourd'hui n'est pas un coup de pistolet dans un concert, mais L'Homme Qui Ne Rit Pas. La subversion aujourd'hui, c'est d'être le contraire du Joker. L'Homme Qui Souffre ? L'Homme Qui Brûle Un Kiosque À Journaux ? Celui qui ne dit du mal de personne. Celui qui croit en quelque chose, s'agenouille et prie. C'est lui le vrai renégat : l'empêcheur de s'esclaffer en rond.

4

Quand Octave est revenu de Russie après l'incendie de la cathédrale du Christ-Sauveur, il n'a trouvé qu'un seul emploi, celui de pigiste dans les pages littéraires du *Figaro Magazine*. Son pamphlet contre la publicité avait rencontré un certain écho ; son nom gardait une certaine valeur, même s'il pouvait effaroucher les annonceurs. L'attentat de Moscou a été attribué par Poutine aux islamistes, ce qui a permis à l'armée russe de bombarder de nombreux pays musulmans sans rechercher le véritable coupable. Octave a fait de la prison pour complicité dans une agression à Miami en 1999, mais n'a jamais été mis en cause pour la catastrophe de la cathédrale russe en 2005. De toute façon, Octave est un terroriste bien trop lâche pour revendiquer ses forfaits.

Les films tirés de ses aventures en ont fait une sorte de symbole de la pourriture cynique du siècle précédent. Même Lomepal l'a cité dans un de ses raps, « Palpal » (9 millions de vues sur YouTube) :

« Me sors pas les mêmes conneries que tes parents gobent
T'es défoncé, tu repars en gov'
Mélange de pilules et de whisky, miskine
Tu vas finir comme Octave Parango. »

C'est sans doute pour sa mauvaise réputation que Françoise Bachelot, la patronne de France Publique, lui a demandé le 4 septembre 2014 de tenir la rubrique « Carte blanche » à la fin de la Matinale. Cette rubrique, où l'on offrait à des artistes trois minutes, tous les jeudis matin, pour s'exprimer librement à l'antenne, n'a pas duré longtemps : le résultat variait du génial au pitoyable. Catalogué « anar de droite » depuis qu'il signait dans *Le Figaro*, Octave eut l'idée d'écrire un éloge de *Merci pour ce moment* de Valérie Trierweiler, ouvrage d'autofiction publié par la compagne trompée du président de la République, qui paraissait ce matin-là en librairie. L'invité de la Matinale était Henri Guaino, plume politique au style flamboyant, devenu apôtre de la Nation en rédigeant les discours de Nicolas Sarkozy. Voici le texte intégral de l'analyse littéraire de *Merci pour ce moment* ; nous le reproduisons ici parce qu'il justifie étrangement le projet du livre que vous tenez entre les mains. On peut même le considérer comme un avertissement qui devrait absoudre ce roman de tout soupçon de trahison. Jamais futur employeur ne fut prévenu aussi franchement de ce qui l'attendait.

4 septembre 2014.

La littérature autobiographique est une longue tradition française, qui remonte aux *Essais* de Montaigne, lequel écrit à la fin du XVIe siècle : « Je suis moi-même la matière de mon livre. » *Merci pour ce moment* de Valérie Trierweiler s'inscrit dans cette prestigieuse histoire nationale. Il peut être considéré comme une confession, suivant le célèbre projet que se fixe Jean-Jacques Rousseau en 1767 : « Je veux montrer à mes semblables un homme dans toute la vérité de la nature ; et cet homme, ce sera moi. » En l'occurrence, Mme Trierweiler détourne légèrement le projet rousseauiste, puisqu'elle choisit de montrer un homme dans la vérité de sa nature, certes, mais que cet homme n'est pas elle. Je rappelle au passage que la publication des *Confessions* de Rousseau était posthume. Écrire sa confession et la publier de son vivant est une pratique plus récente, et plus féminine : elle remonte à George Sand, qui publia *Histoire de ma vie* en 1855, où elle racontait notamment ses amours passionnelles avec Alfred de Musset et Frédéric Chopin. Au XXe siècle, de nombreuses femmes lui ont emboîté le pas : Colette la première, puis Simone de Beauvoir, Nathalie Sarraute et Marguerite Duras, par exemple. Vers la fin du XXe siècle et le début du XXIe, le rythme s'est emballé. Un mouvement littéraire, baptisé « autofiction », étendit l'autobiographie au grand public grâce à Annie Ernaux, Christine Angot et Camille Laurens, entre autres. Il a permis à de nombreuses plumes d'aiguiser leur style au tranchant de l'impudeur. Il s'agit de transcender par l'écriture la souffrance d'aimer, d'exister, d'être quitté ou de quitter. La confession peut aussi servir d'exutoire à des traumatismes plus graves : viols, incestes, lectures de Virginia Woolf. Flaubert disait : « Madame Bovary, c'est moi » ; l'autofiction, c'est quand Madame Bovary devient l'auteur de *Madame Bovary*. Vous me suivez, Henri Guaino ? C'est de l'histoire, je vous fais un cours de littérature française !

L'exhibitionnisme littéraire est à la fois une thérapie et une violence. Dans *Merci pour ce moment*, la scène du suicide aux antidépresseurs dans la salle de bains résume la démarche du livre puisque le suicide de Mme Trierweiler a lieu dans la même salle de bains où Claude Sérillon a poursuivi le couple présidentiel quelques semaines auparavant. Ce n'est pas l'adultère qui tue, c'est le pouvoir. Ce qui est dénoncé dans ce livre n'est pas François Hollande, mais la vie invivable des hommes politiques dans la démocratie médiatique. Et là je sais qu'Henri Guaino est d'accord.

Merci pour ce moment de Valérie Trierweiler est une autofiction, mais c'est aussi, et c'est elle qui l'écrit, un reportage. Ce livre relève du nouveau journalisme, subjectif, à la première personne du singulier, cher à Tom Wolfe ou Hunter S. Thompson. En tombant amoureuse d'un homme politique bientôt élu à la présidence de la République, la gonzo-journaliste suit la démarche de l'auteur de *Las Vegas parano* quand il enquête sur la drogue en s'en foutant des kilogrammes dans le pif. *Merci pour ce moment* peut donc être qualifié d'auto-gonzo-fiction. Une confession aussi dévastatrice qu'autodestructrice : certaines pages rappellent Hervé Guibert ou votre serviteur. En réalité, le seul livre comparable d'auto-gonzo-fiction dans toute l'histoire de la littérature française est paru en février 2013 : il s'agit bien sûr de *Belle et Bête* de Marcela Iacub, roman aussi dangereux que novateur sur sa relation avec Dominique Strauss-Kahn, comparé à un cochon. Il s'agit pour l'écrivain non pas de se venger d'une déconvenue sentimentale, mais de faire de sa vie privée une œuvre d'art, ce qui est la définition du dandysme. La grande nouveauté du XXIe siècle, ce n'est pas Twitter, ni Facebook, c'est que les dandies sont désormais des femmes.

20 HEURES

« Et le printemps m'a apporté l'affreux rire de l'idiot. »

Arthur RIMBAUD,
Une saison en enfer, 1873.

1

Après le direct, Françoise avait littéralement bondi sur Octave pour lui proposer de revenir régulièrement. « Vous êtes ici chez vous ! » lui avait-elle lancé devant Philippe Colas, l'animateur, qui s'en alla bientôt sur une radio concurrente. France Publique semblait un lieu libre, ouvert, hospitalier, c'était la plus prestigieuse antenne radiophonique appartenant à l'État français, et cependant ses employés ne pensaient qu'à en décamper. Octave eut envie de savoir pourquoi ; il accepta l'offre d'emploi et comprit vite. La chronique était payée 250 euros, soit la moitié d'un flacon de « Fucking Fabulous ». En sortant de l'émission, la patronne lui proposa de l'inviter à déjeuner au Café de l'Alma. Devant un ceviche de daurade et une San Pellegrino, elle lui dit :

— La Matinale a besoin d'un mec comme vous, cynique de droite mais compatible avec notre troupeau de bobos. Soyez dadaïste, dites ce qui vous passe par la tête, évitez le militantisme où sombrent les autres, vous avez du mauvais esprit, c'est ça qui nous manque, votre snobisme décalé, votre dandysme littéraire, alors lâchez-vous, faites-vous plaisir et bienvenue chez les fous !

Octave l'avait trouvée exquise, bien plus souriante que les directeurs de programme paranoïaques qu'il avait connus dans la télévision privée. Sa haute chevelure bouclée prouvait qu'elle se contrefichait de la mode des cheveux lisses à la Brigitte Macron. Françoise Bachelot l'envoyait au casse-pipe, mais Octave était trop heureux de retrouver une visibilité massive dans son pays natal. Son ego de pervers narcissique avait besoin de ce petit shoot de notoriété facile. « La Patronne » n'était pas P-DG de France Radio, seulement directrice des programmes de Publique. Personne ne voyait jamais le P-DG : généralement, les P-DG de la Maison Rouge refont la décoration de leur bureau, puis ils sont nommés ailleurs trois ans après par le CSA. À l'époque, le P-DG invisible était un brun ténébreux d'une beauté exceptionnelle. Octave qui, comme tous les écrivains hétéros, était un homosexuel refoulé, regrettait qu'il descende si rarement de son bureau aux boiseries neuves. Le bruit courait qu'il couchait avec le jeune président de la République. Si la rumeur était vraie, cela signifiait seulement que le chef de l'État avait bon goût. Octave n'en revenait pas de la virilité douce du P-DG, de son corps glabre, svelte et musclé à la fois, et de son visage parfaitement symétrique, viril et attrayant. Entre une femme quelconque et ce sosie de Pierce Brosnan, Octave n'aurait pas longtemps hésité avant de tourner casaque.

Avec l'assentiment de ce président discret, Françoise Bachelot avait donc transformé France Publique en machine à vannes depuis 2014. C'est sous son impulsion que la première radio publique française s'est mise à héberger des farceurs dans la Matinale, mais aussi à l'heure du déjeuner et du goûter. Le but officiel était de « rajeunir et féminiser les incarnants, tout en capitalisant sur l'impertinence emblématique de ce média ». L'avantage de multiplier les humoristes, c'était de ne plus retrouver la situation de monopole dont avaient abusé certains chroniqueurs sous Nicolas Sarkozy : la radio avait eu le plus grand mal à s'en débarrasser, et ils avaient joué les martyrs à leur départ. La Patronne avait donc recruté une dizaine de voix éclectiques parmi les auteurs comiques disponibles sur le marché. Leur ton « pop et décalé » avait en quelques mois conféré à la première radio de service public française le même esprit de liberté que la première chaîne à péage dans les années 1980. Octave avait sévi autrefois sur TF+... Son embauche sur France Publique avait quelque chose d'inévitable.

2

La remontée spectaculaire des audiences de France Publique à partir de 2014 s'explique par l'arrivée en masse des clowns à chaque carrefour de la grille : matin, midi, après-midi. La rigolade compensait le sérieux des infos. C'est cette grande mêlée de culture et de déconne qui fit autrefois le succès de « l'esprit TF+ ». La recette était en tout point identique. Il fallait que le ton soit constamment décalé et ironique pour dépoussiérer l'antenne. La retransmission vidéo fut installée en 2014 aussi par l'Adonis président. Cette année-là, la radio ne s'est pas contentée de plagier la télé : elle en est devenue. Quand vous zappiez sur la bande FM, France Publique – la radio la plus prestigieuse de l'État français – se reconnaissait désormais à ses gloussements incessants. En comparaison, Rire et Chansons évoquait Radio Notre-Dame. Même les animateurs les plus sérieux, les reporters les plus intègres, les chroniqueurs les plus pontifiants devaient se montrer beaux joueurs et accepter la pantalonnade permanente, encaisser les potacheries, voire participer aux gags et aux parodies les plus burlesques. La grille de France Publique post-2014 a consisté à transformer la radio leader du service public audiovisuel en un « comedy club » géant où tout le pouvoir était accordé aux bouffons. En quelques années, les audiences ont grimpé en flèche, mais quelque chose a disparu, un élément indéfinissable, fragile… La paix ? l'élégance ? la sincérité ? Allons, voyons, ne soyez pas pisse-froid. Vous savez bien que les radios n'ont pas d'âme. Fuck les rabat-joie, rions nombreux, marrons-nous ensemble dans les médias festifs, cessez de jouer les grincheux, Octave, reprenez un peu de cette poudre de perlimpinpin, mouahahahahahaha.

Octave avait vite compris qu'il existait une hiérarchie des rigolos sur France Publique. Pedro Mika – l'humoriste le plus corrosif de la journée – confessa un jour à Octave que jamais il n'aurait accepté de bosser à la Matinale. Trop casse-gueule de blaguer devant des politiciens, entre deux mauvaises nouvelles. À France Publique, il y a donc des plaisantins de 7 h 55, des comiques de 8 h 55, des amuseurs de 11 h 15, des impertinents de midi, des boute-en-train de 17 h, des bouffons de 17 h 30… Ceux du matin sont les Ducs, ceux de midi, les Marquis, ceux du goûter, les Sans-Culottes. Le panel des humoristes à France Publique est vaste : deux Belges, une Suissesse, une Française d'origine marocaine, une prof marseillaise, un Deschiens, un marxiste qui piège dans la rue tous ceux qui ne pensent pas comme lui, le fondateur d'un site de fausses infos parodiques, un guitariste du métro, un psychopathe sexuel, un toxicomane notoire (ces deux dernières personnes n'en faisant qu'une). Plus on avance dans la journée, plus les humoristes sont de gauche.

Le matin, ils sont plutôt sociaux-démocrates à tendance fatiguée : ils cultivent l'humour détaché, la dénonciation molle, les leçons d'antiracisme, la revendication démagogique ou la poésie progressiste. La direction a souhaité créer un tour de table en fin d'émission pour que l'ambiance sonore soit conviviale. Des études marketing ont montré que les rires des participants aux blagues des humoristes donnaient aux auditeurs l'impression qu'ils étaient drôles. Le but de la dernière demi-heure du 7/9 est d'alléger la sauce et de rendre digeste la partie sérieuse. La chronique humoristique finale est l'équivalent d'un digestif de fin de banquet entre collègues de bureau.

À midi, ils jouent sur l'absurde, les imitations, les parodies, l'esprit potache, la provocation gentille, sans risque, parce qu'il ne faut pas trop choquer à l'heure de la mastication. L'objectif est de faire glousser l'animateur sans susciter une levée de boucliers féministes ou une plainte de la Licra.

À 17 heures, le propos se corse : l'humour devient carrément engagé, anticapitaliste, écolo-radical, voire black bloc. Les talents sont inégaux, mais Octave enviait chez certains chroniqueurs une capacité étonnante à fabriquer de la blague au kilomètre, notamment Thierry Pastilla, dont l'agilité d'esprit l'impressionnait. Le véritable changement est arrivé avec la nomination des deux Belges à la tête de l'impertinence obligatoire quotidienne. Au début, leurs chroniques dans le 7/9 avaient apporté un vent de fraîcheur charmant. Très vite, on leur avait confié un talk-show qui défendait tous les jours les idées mélenchonistes. Après quatre ans de stakhanovisme de l'insoumission, ils étaient devenus aussi inaudibles que le « Bébête Show » de Stéphane Collaro. Octave comprenait enfin le sens du proverbe : « Les plaisanteries les plus courtes sont les meilleures. » Leur autosatisfaction stridente, leur difficulté à fournir chaque jour à 7 h 56 et 17 h 04 des plaisanteries sur tout ce qui se passait dans le monde les avaient métamorphosés en disciples de Jean Roucas. Ils croyaient faire honnêtement leur travail, s'abritant sous le parapluie de la dérision. Ils contestaient le libéralisme, mais se comportaient comme les pires cyniques, vendant leur doxa vague et floue de pseudo-écologistes-pas-dupes-mais-de-toute-façon-nous-les-blagueurs-ne-savons-pas-ce-que-nous-voulons-nous-sommes-simplement-rémunérés-pour-ridiculiser-toute-proposition-alternative-à-la-social-démocratie-suédoise.

— Salut, c'est quoi ton job ?

— Humoriste sur France Publique.

— Waouh ! Génial ! T'as de la chance ! Et donc tu penses quoi de l'avenir de la France ?

— Ah mais ça c'est pas mon boulot, je suis belge ! Moi, mon boulot, c'est de recycler les vannes de Yann Barthès de la veille !

— Mais tu votes pour qui, toi ?

— Ah non, mais moi je suis contre la politique, je suis un marginal, je suis pour la reconnaissance du vote blanc.

Petite parenthèse sur cette histoire de vote blanc. Des dizaines de candidats proposent des idées pour un pays et il y a des gens qui choisissent de voter blanc pour leur dire : « Vous êtes tous nuls. » Très bien, pourquoi pas ? Mais à présent, ils exigent qu'on comptabilise leur non-engagement. Les fonctionnaires anarchistes revendiquent que l'on compte en pourcentage leur refus de revendiquer. Le vote blanc, c'est Ponce Pilate qui se lave les mains pendant qu'on cloue Jésus sur sa croix. Reconnaître l'importance du vote blanc, ce serait comme saluer l'apport crucial de Ponce Pilate au débat sur la crucifixion.

3

Octave était assez frappé de voir à quel point les humoristes étaient tous d'accord entre eux. À coup sûr, ils auraient tous été maoïstes en 1970. Ils s'habillaient tous pareil : jean gris, tee-shirt noir, Stan Smith aux pieds, et bonnet de laine sur la tête en toute saison. Il ne fallait surtout pas s'aviser de les contredire ou de leur appliquer le traitement qu'ils infligeaient aux autres. Octave était surpris par la susceptibilité des corrosifs. Ces amuseurs qui passent leur vie à se moquer d'autrui enragent si on les prend pour cible. L'humoriste de France Publique exige de ses victimes un cuir épais, mais il a la peau tendre. « Ce n'est que de l'humour, enfin voyons ! » Ne vous avisez pas de les tourner en ridicule : le vrai pouvoir ne supporte pas la critique. Une matinée avait particulièrement frappé Octave : Charlotte Vandermeer avait évoqué devant un ministre crispé son procès pour viol… ayant abouti à un non-lieu. Cet homme que la justice venait d'innocenter osa répondre au blagueur/procureur : « Tout est possible puisque vous pouvez être comiques, manifestement… », provoquant immédiatement l'ire de William, le sigisbée de la Belge : « Waaahaa, le clash !! »

Une violence sans possibilité de répondre, cela s'appelle comment ? Un fascisme. Il n'y a rien de comique à accabler publiquement un être humain en rappelant à trois millions de personnes ce qu'il voudrait faire oublier. Et qu'on ne me parle pas d'insolence. « Ôte-toi de mon soleil », la boutade de Diogène à Alexandre le Grand : voilà l'insolence absolue. « Tu seras éternellement un violeur malgré ton non-lieu » n'est pas une courageuse blague mais une ignominie. Toute protestation de la victime produit l'effet Barbra Streisand à perpétuité. Rappelons la jurisprudence : la chanteuse américaine avait attaqué un journal ayant publié une photo de sa maison. En portant plainte, elle révéla son adresse au grand public. Les humoristes remercient tous les jours l'interprète de « The Way We Were » de leur avoir accordé un pouvoir de calomnie illimité : répondre à la presse, c'est apprendre à la masse ce qu'on voudrait lui cacher.

Octave se souvient de sa honte quand, pour être bien vu, il a blagué sur Emmanuel Macron, « ses Berluti et son costume à 10 000 euros ». Richard Ferrand, secrétaire général du parti présidentiel, après avoir écouté sa diatribe, sourire figé – bien obligé, pas le choix –, le prit à part calmement dans le couloir après le direct pour rectifier, avec un sourire poliment dégoûté : « Vous savez, Octave, les costumes d'Emmanuel sont de chez Jonas & Cie, ils coûtent 300 euros. » Octave n'a jamais corrigé son erreur, ni accordé de droit de réponse. L'injustice des humoristes est définitive. M. Ferrand savait que cette calomnie n'était pas assez grave pour mériter un rectificatif, mais il voulait lui signaler qu'il diffusait une fausse information. L'humour est une dictature parce qu'il n'autorise jamais de droit de réponse. C'est son apparente légèreté qui le rend si implacable. Si tu te plains, tu passes pour quelqu'un de chiant, lourd et susceptible. L'humour est une *fake news* avec un éclat de rire derrière et Octave était complice de ce système. Sur trois millions d'auditeurs, combien y en a-t-il qui pensent encore que Macron porte des costumes à 10 000 euros ? L'air accablé de M. Ferrand face à sa petite tête de prince de l'impertinence forcée : Octave devra vivre avec cette saloperie. On ne débat pas avec un humoriste. Autre souvenir : Rachida Dati, qui préféra se lever et quitter le studio plutôt que d'entendre Charlotte parler de ses absences au Parlement européen. La vanne de Charlotte était légitime, mais le départ de Dati compréhensible. Cette impossibilité de se défendre sous peine d'être un rabat-joie scrogneugneu est la clé de cette néo-dictature. Depuis l'attentat de *Charlie Hebdo*, en France, les caricaturistes sont sanctifiés, ils ont tous les droits car leur profession est en deuil. « Ah, mais nous ne sommes que des plaisantins ! » Octave ne supporte plus cette excuse. « Vous n'avez pas d'humour ! Ce n'est que de l'humour ! » C'est comme si, après l'immunité parlementaire, on avait créé l'*immunité humoristique*. L'humoriste peut insulter, dégrader, humilier qui il veut du moment que sa méchanceté est suivie par la phrase : « Non mais je déconnais ! » Il faut affronter la blague meurtrière sans gilet pare-balles. Quand Carlos Ghosn a été arrêté et jeté en prison au Japon, les humoristes de France Publique se sont régalés sans attendre de savoir s'il était jugé coupable ou innocent. Ce fut encore pire quand Patrick Balkany fut condamné et incarcéré à la Santé : jamais on n'a entendu autant de libres penseurs faire l'éloge du système pénitentiaire. Françoise Sagan détestait sa marionnette aux Guignols de TF+, où ils la présentaient comme une cocaïnomane inintelligible. Laura Smet se faisait harceler à l'école à cause de la marionnette débile de son père. « Mais c'est pour rigoler voyons ! » Le pouvoir du Lol est la seule calomnie sans appel. Il permet d'être constamment dégradant, en toute impunité et avec beaucoup de popularité. L'humour des insolents chroniqueurs de France Publique consiste à saper les fondements de la démocratie en se faisant passer pour son dernier rempart.

Les deux Belges de France Publique ont des auteurs qui leur fournissent des vannes, d'autres s'inspirent des monologues de Jimmy Kimmel, Jimmy Fallon, James Corden, Trevor Noah ou Stephen Colbert en priant pour que CopyComic ne les dénonce pas. L'humour est devenu un travail de professionnel dont les vidéos dévastatrices circulent à la vitesse de l'éclair sur les réseaux sociaux. Ces fonctionnaires du rire attaquent toujours les mêmes cibles sans danger. Nicolas Dupont-Aignan pèse 3 % des voix, mais sert de punching-ball à 70 % des blagues. Les attaques sur le physique sont fréquentes : les grandes oreilles de François Bayrou, l'âge canonique de Gérard Colomb, le taux de cholestérol de Gérard Larcher, le zozotement du président.

Octave n'aime pas ce rire discipliné ; il ne parvient pas à s'esclaffer à heure fixe. Il imagine la vie terrible de Charlotte. Tous les jours de l'année, la Guide Scoute du Rire était obligée de chercher des gags sur les infos du jour. Tout ce qui arrivait de dramatique, d'important, de douloureux, tout discours sincère, toute tragédie devait être tourné en dérision : cette alchimiste devait métamorphoser le plomb en « fun ». Dans une émission consacrée aux comiques professionnels de France Publique, en 2017, elle lâcha une énormité sans s'en rendre compte : « L'humour de droite, est-ce que cela existe ? » Les amuseurs au pouvoir n'avaient pas le moindre doute sur leur rire, toujours engagé du bon côté.

L'humour de droite existe, contrairement à ce qu'affirme Charlotte Vandermeer. C'est Luchini se moquant des bobos de l'île de Ré. C'est Gaspard Proust définissant ainsi le nazisme : « Un meeting de Ségolène Royal mais avec des idées. » C'est Houellebecq imaginant une épouse qui le trompe avec des chiens. C'est un rire sans lendemain. C'est la courtoisie du pessimisme et la dérision du progrès. L'humour, le vrai, n'améliore pas le monde, il le rend brièvement supportable, le temps d'un hoquet. Desproges n'essayait jamais de plaire, ni de sauver la France.

Dans la démocratie de divertissement, un président de la République est moins important qu'un bouffon car il doit supporter la caricature quotidienne, alors que le bouffon est incritiquable ; celui-ci est donc un tyran. Vous verrez. À la parution de ce livre, Octave sera boycotté pour crime de lèse-hilarité. Le premier, à ma connaissance, à avoir défini ce totalitarisme de la gaudriole est l'écrivain Michka Assayas. Dans son essai *Contre-feu* paru en 1991, Assayas exprime une idée nouvelle à propos des marionnettes de TF+ : nous vivrions sous la férule de l'humour obligatoire, un discours sans contrepartie possible. Or un pouvoir sans opposition n'est pas démocratique. L'ironie imposée nous fait basculer dans un système politique inédit. On dirait du Musset, mais c'est Michka Assayas qui, le premier de sa génération, a effectué ce constat désabusé : « J'avais l'impression de vivre un âge faux et sans valeur. » Alain Finkielkraut lui a emboîté le pas, plus récemment, dans une diatribe fameuse sur les humoristes du service public : « Je trouve irrespirable le climat de dérision dans lequel nous baignons. » Mais le plus ancien critique de la farce permanente, c'est Étienne de La Boétie. Dans son *Discours de la servitude volontaire* (1576), le copain de Montaigne dénonce la bouffonnerie comme instrument de la soumission du peuple. Plus on distrait la populace de sa servitude, plus on l'écrase aisément. On contrôle mieux un pays en tranformant ses citoyens en enfants assistant à un spectacle de marionnettes. Le rire de service public serait-il un moyen de perpétuer la domination étatique ? Dans *Se distraire à en mourir* en 1985, le théoricien de la communication de la New York University, Neil Postman, ne dit rien d'autre. « Nul besoin de tyran, ni de grilles, ni de ministre de la Vérité. Quand une population devient folle de fadaises, quand la vie culturelle prend la forme d'une ronde perpétuelle de divertissements, quand les conversations publiques sérieuses deviennent des sortes de babillages, quand, en bref, un peuple devient un auditoire et les affaires publiques un vaudeville, la nation court un grand risque : la mort de la culture la menace. »

4

Octave remarque que, depuis le début du mouvement des gilets fluos, les fonctionnaires de l'impertinence ne savent pas comment l'aborder. Ils semblent stupéfaits, effrayés pour leur CDD, et demeurent muets face à cet engagement véritable, infiniment plus courageux que le leur. Ce mouvement venu d'en bas vient en un week-end de disqualifier tous les billets d'humeur révoltés. Au fond, les humoristes de France Publique sont tous des bourgeois qui s'encanaillent, Octave inclus.

Les hommes politiques se bousculent pour passer chez Cyril Hanouna sans comprendre que bientôt, Cyril Hanouna prendra leur place. Le bouffon du roi, c'est sain ; le bouffon qui devient le roi, c'est un nouveau système : le comico-populisme. Coluche l'avait senti lorsqu'il présenta sa candidature à l'élection présidentielle de 1981. Il se définissait – en une de *Charlie Hebdo*, déjà ! – comme anarchiste, libertaire, anti-élite : « Tous ensemble pour leur foutre au cul avec Coluche, le seul candidat qui n'a pas de raison de mentir. » Un sondage de décembre 1980 lui accordait 16 % des intentions de vote, un mois plus tard, c'était 38 %. Deleuze, Guattari et Bourdieu le soutenaient. À la demande de Jacques Attali, il retira sa candidature pour éviter de faire réélire Giscard d'Estaing. Ensuite, les comico-populistes ont pris le pouvoir un peu partout dans le monde.

Le premier fut le clown Tiririca, élu député au Brésil le 3 octobre 2010.

En 2011, l'humoriste Beppe Grillo avait déposé un sac de moules devant le palais Montecitorio à Rome, pour dénoncer les députés qui s'accrochaient à leur siège. Deux ans après, cent soixante parlementaires de son mouvement y entraient. Rigolade et réseaux sociaux avaient fait le boulot. Beppe Grillo avait joué avec Coluche dans *Le Fou de guerre* de Dino Risi. L'acteur se hissa au pouvoir en Italie avec comme unique mot d'ordre : « Vaffanculo. »

Jimmy Morales, un humoriste de télévision, fut élu président du Guatemala en 2015.

Donald Trump, animateur d'une émission de téléréalité, accéda à la Maison-Blanche en 2016.

Marjan Sarec, comique audiovisuel, devint Premier ministre de Slovénie en 2018.

Volodymyr Zelensky, acteur principal d'un feuilleton télé intitulé *Serviteur du peuple*, qui accordait ses entretiens télévisés en jouant au ping-pong et ne s'exprimait qu'en vidéos sur Instagram, fut élu président de l'Ukraine l'année suivante.

Enfin, Boris Johnson, dit « le clown BoJo », déconneur médiatique élu maire de Londres en 2008, devint Premier ministre britannique en 2019.

La démocratie du pouêt-pouêt est née parce que la démocratie s'ennuie. La chance du populisme est son sarcasme (le mot descend du grec ancien *sarkazo* : « je mords »). Ridiculiser son adversaire est plus facile quand on est démagogue qu'humaniste. Le rire sardonique prépare l'élection des clowns. Le succès électoral du comique populiste repose sur l'idée – parfaitement juste – qu'il ne pourra pas faire pire que les sinistres emmerdeurs qui étaient là avant.

L'infotainment constitue une menace pour la démocratie. Il faut distinguer le sérieux de la moquerie. Cette confusion porte au pouvoir d'anciens déconneurs tournés démagogues. Invité sur TF+ en 2016, le comédien Édouard Baer avait contesté ce mélange des genres. « La vie, c'est une séparation des choses. Tout n'est pas imbriqué dans la vie. On ne peut pas tout traiter de la même façon. Je trouve que les hommes politiques doivent nous aider avec moins de communicants. Et de notre côté : mettre un peu moins de dérision. Je trouve qu'il ne faut pas recevoir les politiques avec autant de dérision. »

Avant Coluche, Pierre Dac avait annoncé sa candidature à la présidence de la République française le 9 février 1965. Il était le chef du Parti d'en rire et du MOU (Mouvement ondulatoire unifié) dont le slogan était : « Les temps sont durs, vive le MOU ! » Charles de Gaulle avait prié cet ancien résistant de retirer sa candidature, ce qu'il fit en septembre. Chaque fois qu'un comique se présente aux élections, les médias le soutiennent parce que les candidats rigolos obtiennent de bons scores d'audience. En réalité, le vrai tournant ne fut pas la candidature de Coluche, mais l'élection de l'acteur Ronald Reagan à la présidence des États-Unis en 1980, puis celle d'Arnold Schwarzenegger au poste de gouverneur de Californie en 2003.

Ce qui manque aux humoristes professionnels, c'est la pitié. Leur verve est sans miséricorde. Dès que quelqu'un a un défaut, dès qu'un individu est maladroit, dès qu'un homme commet une erreur, ils s'engouffrent et ils le finissent à la pisse. Or l'absence d'empathie est la définition du psychopathe. Les puissants satiristes ne sont satisfaits que quand la personne est détruite entièrement ; ils gloussent alors entre eux, devant son cadavre, comme des hyènes. Octave n'avait plus envie de faire partie de ces charognards.

Chuck Palahniuk, l'auteur de *Fight Club*, a écrit que la plupart des rires qu'on entend à la télé durant les comédies américaines ont été enregistrés dans les années

1950 et que, par conséquent, presque tous les spectateurs qu'on entend s'esclaffer sont morts.

Que les choses soient bien claires : le but de ce livre n'est pas que l'adjectif « drôle » soit bientôt synonyme de « nazi ». Mais uniquement de soulager nos muscles zygomatiques. Nous ne devrions pas les solliciter jour et nuit à longueur d'année ; nous en avons aussi besoin pour serrer les dents.

21 HEURES

« Le vieux monde se meurt, le nouveau monde tarde à apparaître et dans ce clair-obscur surgissent les monstres. »

Antonio GRAMSCI,
Cahiers de prison, 1929-1935.

1

C'était une radio aux murs rouges et aux couloirs circulaires : son architecture étrange vous ramenait toujours, après des déambulations labyrinthiques, à votre point de départ. Dans les années 1990, mon boulot consistait à faire rire pour vendre des pots de yaourt Madone. Dans les années 2000, je devais faire sourire les mannequins sur les photos des produits de beauté L'Idéal. Et dans les années 2010, j'étais chargé de faire glousser les auditeurs de France Publique coincés dans les embouteillages sur le boulevard périphérique, lui aussi enroulé sur lui-même. Après avoir donné aux consommateurs l'envie d'acheter des choses dont ils n'avaient pas besoin, puis fait désirer aux hétéros des femmes qui n'existaient pas, je devais à présent provoquer l'hilarité des automobilistes pour leur faire oublier la désintégration du modèle social français. Finalement, tous mes métiers auraient pu avoir le même nom : illusionniste. J'ai consacré ma vie à communiquer, c'est-à-dire mentir. Les gens qui travaillent dans la communication ne fabriquent rien, ne créent nulle œuvre, ne changent pas le monde, mais l'enjolivent, le rendent acceptable, le font digérer. Cette stérilité nous ronge et finit par faire de nous de pauvres loques, des zombies titubant au bord de piscines anthracite, montant et descendant d'Uber aux vitres opaques, coupables de n'avoir rien fait pour la planète, à part trier les déchets, avant d'en devenir un. Les gens de la com' désobéissent à la parabole des talents : les publicitaires, les model scouts, les chroniqueurs humoristiques sont des collabos de l'Empire du Rien, ils entendent sans cesse la voix de Dieu qui leur demande : « Qu'as-tu fait de ton talent ? » Et quand on n'a rien fait de son talent, Dieu énonce sa sentence : « Quant à ce serviteur bon à rien, jetez-le dans les ténèbres extérieures, là il y aura des pleurs et des grincements de dents » (Évangile selon Matthieu, chapitre 25). Voilà l'activité principale des impuissants qui ne produisent que des campagnes mensongères et des distractions ineptes : nous grinçons des dents à longueur de vie, jusqu'à ce que notre visage ne soit plus qu'un trou béant, une cicatrice hideuse de malheur et de gâchis.

2

J'adore espionner cette équipe qui fait l'information française. C'est dans notre Matinale que Nicolas Hulot a démissionné en direct. C'est ici qu'une ministre de la Culture a bredouillé « Il faudra réfléchir » après chaque question, et perdu tout crédit en un quart d'heure. C'est ici que les puissants, les artistes qui comptent, les opposants et les gouvernants viennent se faire chahuter tous les matins… ou pas.

J'aime ces journalistes blasés, ces femmes pressées, ces hommes épuisés qui se réunissent dans le couloir rouge du cinquième étage pour échanger des ragots sur les autres membres de leur caste. Ces gens savent ce que vous ignorez. Ils ont accès au Graal supérieur, ils tutoient les importants, ils flottent au-dessus du commun des mortels. Françoise Bachelot descend de son Olympe quand le Premier ministre ou le président de la République sont assis à notre table aux micros tordus comme des robinets. On ne la voit que ces matins-là. Mais au-dessus du Premier ministre, au-dessus du président de la République, il y a… l'Animateur. Il ne sourit pas : il n'a pas le temps. Il sait tout, ou fait comme s'il savait. Il a toujours une façon géniale de ne pas écouter les autres, comme s'il avait un truc mieux à faire, tout en reprenant mot à mot leurs idées glanées dans le couloir, cinq minutes après, lorsqu'il est à l'antenne. J'essaie de l'imiter, mais il faut des années de pratique pour parvenir à un tel niveau d'esbroufe.

Comme il est merveilleux de diriger l'opinion d'un pays indirigeable ! La newsroom, ce sont des enquêteurs blasés qui brisent des vies au téléphone. « JE M'EN FOUS, ON SORT L'INFO DANS TROIS MINUTES, AVEC OU SANS VOTRE PIED ! » (Un « pied », c'est une réaction recueillie par téléphone.) Ils ne fument plus au bureau, sinon on se croirait vraiment dans *His Girl Friday* de Howard Hawks. Il y a toujours un gars prénommé Jean-Michel qui ouvre une porte vitrée et gueule à trente secondes du direct : « On diffuse ! » à une ingénieure du son qui grimace en pivotant dans un fauteuil à roulettes. À la Matinale, la vie est une série télévisée en vrai. J'aime tellement être un cliché. Je me souviens de Fabrice Getty, le frère aîné du célèbre disc-jockey, un honnête spécialiste de politique internationale, absolument désespéré par la déliquescence du monde. Le Finkielkraut de la géopolitique ! Ensemble, on parlait de Trump, du Brexit, de l'emprise de Facebook et du terrorisme en discothèque. Il buvait autant que moi. Il a fini par démissionner, pour se présenter aux élections européennes. Instantanément, il est devenu une tête de Turc des humoristes maison. Les trois dernières années, il ne cessait de répéter que la catastrophe approchait. Un démocrate ne pouvait pas dialoguer avec des démagogues. On aurait dû entendre ses avertissements. Le débat n'est pas possible entre un camp de progressistes subtils et un camp de démagogie bruyante. Lentement mais sûrement, le totalitarisme humoristique laminera les droits de l'homme et les libertés publiques. Ceux qui font l'actualité finiront par passer aux actualités… leur tête au bout d'une pique.

Je sais bien que j'aurais dû mourir dans les années 2010, d'un accident de paille à Moscou. Je veux dire : un soir, mon copain Sergueï m'aurait tapé sur la tête pendant que je sniffais avec sa paille en argent de vingt centimètres, et l'objet serait remonté jusqu'à mon cerveau par la narine. C'est comme ça que ma vie aurait dû se terminer, il y a dix ans. Je n'aurais jamais dû vieillir, je n'étais pas du tout préparé à une chose aussi sale. Vous m'imaginez à la retraite ? À la campagne ? Octave au bistrot du village ? Octave au toboggan le dimanche avec ses enfants ? *Fucking hell*, l'aventure ne pouvait pas se terminer ainsi.

3

Chacun de mes regards est un appel au secours, chaque femme que je croise, une possibilité. Je suis le dernier représentant d'une espèce disparue : le dragueur minable. Tous mes vêtements doivent impérativement être d'une infinie douceur pour attirer la caresse. Je suis marrant comme personnage de roman mais super pénible dans la vie. C'est bizarre comme on m'aime avant ou après, mais jamais pendant. Ayant été viré de la pub et de la mode, je me suis mis à mon compte comme écrivain-pigiste-chroniqueur. Je vends mon talent, je prostitue ma plume. Je peux animer une tombola lors de l'ouverture d'un magasin, blaguer au micro dans un garage pour lancer une voiture, rédiger une préface de guide de restaurants, interviewer Karl Lagerfeld pour la conférence de presse du calendrier Pirelli : j'accepte tout ce qui me paie. Je suis moins riche qu'autrefois, mais c'est à peu près le cas de tous les gens que je connais. Je suis si fauché que je ne lis plus que des revues gratuites : *Air France Magazine*, *Air France Madame*, *Aéroport de Paris Magazine*, *Palace Costes Magazine*, *Stylist Magazine* et *Le Bonbon Magazine*. Je suis plus informé sur les nouveaux 5 étoiles parisiens que sur l'évolution de la guerre en Syrie. Mes cheveux sont longs comme ceux du Messie, mais Lui n'a jamais vécu si vieux : on me compare davantage à un lévrier afghan. L'an dernier, j'ai essayé de les raccourcir, mais ma fille a menacé de s'inscrire à la Ddass avant d'engager une procédure d'annulation de paternité. Je suis souvent en retard et bourré. J'oublie tout, même les prénoms des membres de ma famille. J'aime voir l'aube, quand le ciel prend une couleur de Bellini : un ciel qui mélange le champagne et le jus de pêche, voilà tout ce que je demande à la vie. J'ai dépassé le milieu de mon existence et je suis aussi précaire qu'un stagiaire. Je finirai ma vie comme un débutant, ou plutôt : j'aurai passé toute mon existence à démarrer. Je comprends pourquoi on me dit parfois que je suis « entamé » : entamer est ma spécialité. Je ne sais pas finir. Je suis l'homme des balbutiements. Je crois avoir écrit quelque part que « tout est provisoire : l'amour, l'art, la planète Terre, vous, moi, surtout moi ». Je fais du sport une heure par semaine, mais mon corps ne se muscle pas. Je mange sans grossir, je fais du gainage sans durcir. Les années passent, le monde change, moi pas. J'ai séjourné dans des cliniques de réhabilitation et rechuté dans la toxicomanie la semaine suivante. J'ai autant de volonté qu'un sac en plastique flottant au milieu du Gulf Stream. Je me déteste tellement que je suis obligé de prendre un Viagra pour me branler. Je ne sais pas pourquoi je ne souffre pas. Quand tout va mal, je commande une vodka-Red Bull et j'aspire une clé de kétamine, il y a toujours une solution. Je crois que je suis trop sensible pour me laisser affecter par quoi que ce soit. J'ai peur de mon indifférence. À ceux qui me traitent d'arrogant, je réponds comme Giscard qu'ils n'ont pas le monopole du cœur, mais au fond de ma poitrine, je ne suis pas persuadé d'avoir un ❤ qui bat. Ma vie est un one-man show dans un vieux cabaret qui va bientôt être transformé en magasin de coques pour smartphones. Je joue mon petit spectacle devant une assistance de plus en plus clairsemée : vous. Savez-vous comment on s'aperçoit que sa notoriété décline ? Les passants que je croise croient me connaître personnellement. Ils me demandent si je vais au réveillon de Martin… Un contrôleur de la SNCF me dit qu'il m'a déjà contrôlé alors que non… Des inconnus me donnent rendez-vous samedi prochain au club de tennis… Quand tu perds ta célébrité, les gens te prennent pour une vague connaissance. Au lieu de crier de joie en t'identifiant, ils froncent les sourcils en se grattant la tête. Ils te reconnaissent mais ne te connaissent plus.

La phrase que j'entends le plus souvent est :

— Octave, es-tu au courant que tu n'as plus quinze ans ?

Je n'essaie pas d'être drôle, j'essaie d'être jeune, c'est très différent. Sur ma tombe, on écrira : « Octave Parango, mort d'avoir refusé de vieillir. »

4

Je devrais être habitué au déclassement : le mien a commencé bien avant ma naissance, avec la Révolution française. Mes ancêtres aristocrates furent exécutés en

1794 et jetés dans une fosse commune au cimetière de Picpus. Le dernier château, celui de mon arrière-grand-mère, vient d'être vendu à un trader. Le niveau de vie de notre famille n'a fait que décroître continuellement depuis trois siècles. D'aristocrate, je suis passé à roturier. Puis de grand bourgeois à petit bourgeois. Plus rien ne me distingue de la classe moyenne, à part le snobisme. Je suis hébergé gracieusement par un ami du Caca's Club au Travellers, car je n'avais plus les moyens d'en payer la cotisation annuelle. Devant l'hôtel particulier vide et silencieux d'une courtisane du XIXe siècle, en bas des Champs-Élysées, les émeutiers dépavent le rond-point, qui retrouve la terre boueuse du temps des fiacres et calèches. J'écris cette page dans le salon de télévision du fond, derrière la véranda aux palmiers verts, vautré dans un fauteuil en damas rouge. Le barman est rentré chez lui et je me sers au bar en griffonnant mes gin tonics sur le petit carnet des consommations. Je me souviens des réunions du Caca's Club dans la salle de bains en marbre de la Païva, durant les insouciantes années 1980, entre deux tournois de backgammon. Nous déambulions dans les jardins élyséens comme Proust enfant… « Nous nous acheminions vers les Champs-Élysées par les rues décorées de lumière, encombrées par la foule, et où les balcons, descellés par le soleil et vaporeux, flottaient devant les maisons comme des nuages d'or. » L'erreur qu'ont faite les riches est de montrer leur richesse. Autrefois, les fortunes étaient cachées, mais aujourd'hui elles sont exhibées dans « Capital », en couverture de *Forbes* et sur Instagram. « Coût de la soirée au Club 55 : 62 000 euros. On ne se refuse rien chez les Tropéziens ! »

Cela fait trop de mal aux pauvres de savoir comment vivent ceux qui les exploitent. Il est malpoli de se vanter de ses yachts et de ses *pool parties*. Les anciens riches savaient se tenir. Mon grand-père portait le même costume élimé toute l'année au bureau et ne prenait jamais sa Daimler gris argenté pour aller travailler. Cela ne se faisait pas de flamber. L'argent des établissements Parango dormait en Suisse ou dans un coffre planqué derrière une tapisserie. On était des profiteurs mais on n'en était pas fiers et, le dimanche, on s'agenouillait dans une église pour demander le pardon de ses péchés, en murmurant, sans trop y croire, que les derniers seraient les premiers.

Je suis favorable à la remise dans l'ordre alphabétique de la devise nationale écrite par Robespierre. Il faut changer l'ordre des priorités : Égalité, Fraternité, Liberté. Ce qui est suicidaire, c'est d'avoir créé une catégorie de la population qui n'a plus rien à perdre. Je sais de quoi je parle, depuis que j'en fais partie.

À travers les hautes fenêtres du salon Napoléon III, derrière la terrasse aux orchidées blanches et les moulures en forme d'acanthe, je distingue la fumée des lacrymogènes qui passe comme une brume vespérale sur les CRS protégeant Zara et le Disney Store. L'ancien Gaumont Ambassade, transformé en boutique Weston, est recouvert d'une palissade en bois comme le fort des cow-boys attaqués par les Indiens dans un western des années 1950. C'est là que Jean Seberg vendait le *Herald Tribune* à la criée, en noir et blanc et sans soutien-gorge. J'entends la foule crier « hoouhaa » en empruntant les cris de guerre maoris du « haka » de l'équipe de rugby néo-zélandaise ainsi que leurs uniformes noirs. Les cagoules et les lunettes de natation confèrent aux manifestants un look « Les djihadistes font du ski ». Le parquet vibre et craque avec chaque explosion de grenade ou de pétard. Il serait peut-être temps de sortir du confort pour entrer dans l'Histoire.

À l'extérieur, j'avise une manifestante assise par terre, qui se frotte les yeux en gémissant. En tant que porteur de lentilles de contact, j'ai toujours du sérum physiologique sur moi. Je verse quelques gouttes dans ses yeux rouges, et lui offre ma fiole de plastique. Elle me remercie, avant de repartir au combat, et je prends la direction opposée.

5

Nous sommes la voix de la France. L'élite des médias. Quand un journaliste de la Matinale croise un journaliste de la rédaction de France Publique, c'est-à-dire dans l'ascenseur ou dans le hall, il sourit avec cette affabilité qui est le sommet de la condescendance, se force à feindre la confraternité, comme si nous étions tous dans le même bateau, mais l'hypocrisie ne dure jamais longtemps. Les gens qui font l'opinion d'un pays n'ont pas une minute à perdre. La différence entre un journaliste du 7/9 de Publique et tous les autres employés de la Maison Rouge, c'est que les autres n'ont pas leur visage en photo sur la façade, sur une banderole de trente mètres de hauteur. La Matinale est un État dans l'État, l'ambiance toujours extrêmement tendue entre les animateurs de l'émission et le directeur de la rédaction. Quand les gens dont tout le monde connaît le nom parlent avec ceux dont personne ne connaît le nom, les conversations doivent rapidement être abrégées.

— Salut, ça va… ? (Visage renfrogné de celui qui cherche à qui il parle.)

— Waouh, Nathan, tu es bien rentré dans le Premier ministre, hier matin ! (Autant fayoter parce qu'on ne sait jamais.)

— Oh ! là ! là ! tu parles, Édouard Philippe m'a déroulé ses éléments de langage sur pilotage automatique… (Tête humble de l'homme important, toutefois pressé de s'en aller.)

— Courage, tiens bon jusqu'en juin ! (Mine envieuse de l'assistant d'après-midi.)

— On est des OS de l'info, à plus… (Sourire compatissant de la star qui a deux enregistrements d'émissions, l'une en prime time, l'autre en deuxième partie de soirée, à préparer dans la semaine pour France Télé.)

Et quand les portes de l'ascenseur se referment sur des étages inutiles, les célébrités se recoiffent dans le miroir parce que c'est le seul instant de la journée où elles ont le temps de vérifier leur visage. Depuis que la radio est filmée en direct et que les vidéos circulent jour et nuit, elles ne peuvent plus se laisser aller comme les animateurs d'autrefois, tous obèses, chauves ou ébouriffés, portant de vieux chandails tachés, avec une joue plus poilue que l'autre, et des verrues sur le nez. Bienvenue dans le monde nouveau : celui où l'on se sent toujours plus moche et plus vieux que son concurrent.

Faire venir un écrivain dans le 7/9 était cohérent : la Matinale, ce n'est que de l'écriture. Tout est rédigé à l'avance. L'animateur est assis devant un écran d'ordinateur ; ses bonjours, ses enchaînements, ses questions, ses remerciements et ses au revoir sont identiques tous les jours. L'émission entière est une séance de lecture. Chaque intervenant débarque avec sa feuille de papier. Le jeu consiste à lire son texte en ayant l'air naturel, frais et pimpant. On se regarde à peine. La conversation est impossible. Si quelqu'un prononce quelque chose d'imprévu, c'est la panique instantanée.

Nous formons un club, celui de la parole la plus écoutée de France. Un bafouillage ? Toute la presse se gausse une semaine. Une gaffe ? Un mois de *bad buzz*. Une faute de français ? Une centaine de courriels réclamant correction, réparation, excuses, ou renvoi. Le pouvoir absolu se paie d'une pression absolue. J'admire la manière dont les lunettes de Dominique Gombrowski se déplacent de son front à son nez sans qu'il utilise ses mains. Un don surnaturel que seuls les journalistes de France Publique parviennent à développer à la perfection… avec Jean-François Kahn. Mais qui se souvient de Jean-François Kahn ? L'information est dépassée. Notre règne est sur le point de s'achever. Les jeunes ne nous écoutent plus, ils s'informent sur leur portable. Le vrai se confond avec le faux. Dénoncer les mensonges est ringard ; on a l'air d'un vieux con quand on explique qu'une statistique est bidon, qu'une calomnie est ignoble et qu'il n'existe pas de complot mondialisé. Le temps qu'un expert rectifie les erreurs, le public est déjà loin. Il n'a pas le temps de se souvenir.

22 HEURES

« Is it just me, or is it getting crazier out there ? »

Arthur Fleck,
(Première phrase du *Joker*
de Todd Phillips, 2019).

1

Il est difficile de comprendre l'angoisse qui saisit le chroniqueur du jeudi quand on ne l'a pas vécue. Quel sportif accepterait de remettre son titre en jeu toutes les semaines, à longueur d'année ? La peur commence trois jours avant l'antenne. Le lundi, tu surveilles les alertes Google actualités. Le mardi, tu regardes « Quotidien » et « Touche pas à mon poste » pour déceler la tendance satirique de la semaine. Quelle est la tête de Turc du moment ? De qui va-t-on se foutre dans les jours à venir ? Le mercredi, tu crains un événement tragique ou une catastrophe naturelle qui t'obligerait à être sérieux. Un matin, Nathalie Ferrogi s'est plainte à l'antenne d'être obligée de réécrire toute sa chronique parce qu'un attentat avait fait huit morts la veille à New York. Elle s'est fait remonter les bretelles par Nathan en direct, et s'est excusée le lendemain pour ne pas être virée. L'humoriste de la Matinale n'a pas le droit d'être déconnecté de l'actu. Ses vannes doivent rebondir sur les infos du JT. Pareille obligation tue toute spontanéité. C'est à cause d'elle que l'humour se banalise et cesse d'être drôle. Trop de blagues tuent les blagues, et c'est pourquoi le politiquement correct et le premier degré finissent par l'emporter sur la dérision. Ce fut le cas aux États-Unis et c'est en train d'arriver en France. Quand on se force à plaisanter tous les jours sur les nouvelles, on court le risque de déraper, de choquer, de braquer, de demander pardon… Quoi de plus triste qu'un clown transpirant en quête de sujet brûlant-mais-non-choquant ? Et je ne mentionne pas le problème de l'« appropriation culturelle » : seuls les juifs peuvent plaisanter sur les juifs, seuls les musulmans sur les musulmans, seuls les homos sur les homos… C'est ce qu'on appelle le communautarisme humoristique. L'humour se segmente, comme la société. Si un Blanc imite un Noir ou un Asiatique, c'est désormais un raciste (pourtant, je n'ai pas honte de dire que Pierre Péchin me faisait bien rire dans mon enfance avec sa version arabe de « La cigale et la fourmi »). Si Blanche Gardin n'était pas une femme, elle ne pourrait pas dire que les témoignages de harcèlement sexuel au bureau l'excitent à mort. La mauvaise nouvelle ? L'humour est désormais cloisonné culturellement, en France comme en Amérique. La bonne nouvelle ? L'autodénigrement reste le seul dénigrement socialement acceptable. Or c'est mon fonds de commerce depuis toujours.

Et puis d'ailleurs, d'où vient cette nécessité du commentaire rigolo des informations ? Cette folie est née quand ? Aux États-Unis, avec le « Late Show » de David Letterman, ou Johnny Carson avant lui, ou « Saturday Night Live » ? En France, avec le duo Gildas-de Caunes : un journaliste sérieux avec un pitre à côté ? Ce principe vient du cirque : le clown blanc et l'auguste. Don Quichotte et Sancho Pança, Don Juan et Sganarelle, Laurel et Hardy.

Ce qui est certain, c'est que nous copions servilement les comiques américains. Mais n'oublions pas que les humoristes d'outre-Atlantique ont fait élire Trump à force de taper dessus ; ils ne sont pas infaillibles. Quand l'équipe de foot française a gagné la Coupe du monde en 2018, le principal satiriste américain (Trevor Noah) a déclaré : « L'Afrique a gagné la Coupe du monde » dans son « Daily Show ». Difficile de trouver « joke » plus raciste, pourtant prononcée par un symbole du progressisme. Il se croyait à l'abri de tout reproche, étant noir de peau. Il a dû reculer le lendemain en s'autojustifiant laborieusement.

En France, nous avons une longue tradition de l'irrespect des puissants depuis la fête des fous au Moyen Âge, les valets insolents de Molière et le « Père Duchesne » sous la Révolution, héritage qui a culminé avec le titre censuré de *Hara Kiri* à la mort du général de Gaulle : « Bal tragique à Colombey : 1 mort » en 1970, provoquant l'interdiction du journal. Depuis *Le Canard enchaîné*, qui fut créé en 1915 pour railler les Boches, la caricature est la principale source de pensée politique des Français. Leur opinion se forge à partir des quolibets et des satires. Les Français ne se font pas un avis à partir de l'information brute, mais répètent les blagues des humoristes qu'ils prennent pour argent comptant. « Macron est un banquier pourri de chez Rothschild qui zozote en couchant avec son garde du corps », « Sarkozy, un petit nerveux avec des tics qui aime le yacht de Bolloré et porte des Rolex au Fouquet's », « Hollande un queutard de comédiennes sur son scooter avec une cravate tordue sous la pluie ». Le regard ironique sur le pouvoir prend le pas sur la vérité de l'analyse du pouvoir. Il nous fait accepter notre infériorité avec un sentiment de supériorité. Le sarcasme des humoristes est généralement présenté comme la réponse indispensable à l'arrogance des puissants, mais ne perdons pas de vue qu'il est aussi la vengeance des impuissants.

2

Assis au bar intérieur du Fouquet's, je commande déjà mon troisième Moscow Mule de la soirée en guettant les infos sur mon iPhone 27, à la recherche de la nouvelle au plus fort potentiel comique. Il paraît que, dans sa jeunesse, Coluche se pointait à 8 heures du soir en veste blanche à la terrasse du Fouquet's et allait voir les clients en disant : « Je finis mon service, pourriez-vous régler les consommations ? » Il se faisait 500 balles en cinq minutes, avant de décamper en courant.

Une brunette aux cheveux courts, teint mat, dents blanches, yeux ébahis de faon à la patte prise dans un piège à loups, soutient mon regard depuis deux, non, trois, non, quatre secondes. C'est elle qui engage la conversation. Maintenant que les hommes n'osent plus aborder les femmes, celles-ci sont bien obligées d'effectuer le premier pas.

— Je suis fan du spa auditif.

Le spa auditif est un subterfuge que j'ai imaginé pour travailler moins à la radio. Il suffit de diffuser une flûte de pan et des cris d'oiseaux, et de ralentir mon débit vocal, tel un masseur dans un spa de luxe ; cela me permet d'écrire moins de mots. Bartleby et Parango, même combat. Le faon porte une veste Balenciaga échancrée. Nue en dessous : ses seins en forme de poire sont visibles quand elle se penche. Et elle se penche souvent. Ne pas réagir. Rester de marbre, éviter de focaliser sur la chaîne en or qui caresse son aréole gauche. Elle sent le patchouli et la sueur. Je suis tombé amoureux depuis cinq minutes.

— Tu fumes ?

— Non.

Le coup de la cigarette, je connais. On sort en fumer une dans la rue et un paparazzi nous met en couverture de *Closer*. Non merci. Elle s'appelle Marine. Je préfère ne pas deviner son âge : ma fille aînée doit être plus vieille.

— Tu es vraiment la caricature du connard germanopratin.

— Je croyais que vous étiez fan de mes massages auriculaires.

Marine en est visiblement à son cinquième mojito.

— Parango, tu pues le cul.

— Voyez-vous, mademoiselle, si c'était moi qui avais dit cette phrase, vous auriez pu détruire ma vie en un tweet.

— T'es vieux. T'as envie de me baiser, ça se voit. Il PARAÎT que je fais ça TRÈS bien. J'ai lu tes livres, je sais que tu aimes te faire sucer. T'es vraiment un vieux dégueulasse et mes lèvres sont super douces, EN HAUT ET EN BAS. Je jouis très vite et quand je jouis, je dis PUTAIN très FORT. Préviens tes voisins d'acheter des boules Quies.

Zut, c'est une « YMCA » (Y a Moyen de Coucher Avec). Une professionnelle, quoi. Je n'ai plus d'argent. Il me faudrait du produit péruvien pour prendre une trace tellement épaisse que toute tentation serait annihilée durant les trois prochaines heures. Pour baiser quotidiennement, le plus simple reste de se marier. Les premières années, on est à peu près certain d'avoir des relations sexuelles régulières et consenties. L'adultère apporte ensuite un surcroît de piment, un peu comme la retraite complémentaire ajoute à celle par répartition. Sexuellement, ma vie a connu trois périodes : la disette jusqu'à vingt ans, l'abondance jusqu'à cinquante, enfin la dèche tempérée par ma notoriété déclinante. Mais je ne sens pas cette groupie ivre à 10 heures du soir sur les Champs-Élysées. Marine est soit une escort-girl en chasse, soit une youtubeuse qui tente de me piéger, filmée par un comparse planqué derrière un palmier. Je dois rester souriant, au cas où l'image serait diffusée en direct sur Periscope. Troisième possibilité : cette fille est une lesbienne qui a parié avec une amie qu'elle draguerait Octave Parango. Je décide de changer de sujet.

— Le Fouquet's est moins bien depuis que Jacques Garcia l'a refait. C'est quoi ce besoin d'abat-jour à franges, de fauteuils rouges et de velours taupe du sol au plafond ? Un mot : acariens.

De toute façon, je viens d'apercevoir une autre brune, bien plus appétissante, accoudée au bar intérieur. Je tombe amoureux pour la deuxième fois en dix minutes. Quémander du sexe devient complexe dans la France des années 2020. Mais ce fut difficile toute ma vie. Quand j'étais adolescent, la timidité me paralysait. Je regardais les beautés avec la tête d'un chien qui bave devant un os. J'avais atrocement peur des filles sublimes que je n'aurais jamais. Plus tard, la notoriété accéléra les rencontres, mais jamais avec la jolie taciturne aux lèvres entrouvertes et aux yeux mi-clos qui aurait pu me rendre heureux. Et aujourd'hui, le mouvement #MeToo me ramène à mon impossibilité des débuts. Il est hors de question d'adresser la parole à une femme sans passer pour un porc. Même regarder une beauté plus de cinq secondes dans les yeux est suspect, surtout si l'on est (un peu) connu des médias.

Dans les années 1990, il suffisait de dire : « Tu veux bien être mon plan cul ? » À présent, je devais boire des hectolitres de Moscow Mule pour oser dire quelque chose comme :

— Excuse-moi, mais j'en ai marre de ne pas vous connaître. Combien de temps allons-nous continuer ainsi à ne pas nous rencontrer ? Je pense que nos deux existences devraient peut-être cesser d'être parallèles. Pardon, mais je te regarde depuis une heure sans oser vous aborder. Je crains la lourdeur plus que tout au monde, mais si je n'ose pas, je sais que je ne m'en remettrai jamais. Alors voilà, je tente le tout pour le tout : votre silence m'attire, je ne cesse de me demander comment votre beauté peut être seule ici, pourquoi vous arborez cet air mélancolique quand vous lisez votre portable, au début je t'ai espionnée de loin avec tes tennis blanches ton Levi's ton sac en daim tes créoles aux lobes et ce haut en coton blanc ouvert sur votre dos mordoré. Non je ne vous juge pas sur ton apparence physique, mais elle est pour l'instant l'unique perfection à laquelle vous me laissez l'accès. Je ne peux pas connaître ton âme, quand vous ne m'avez montré que votre visage. Je me demande quel est votre parfum qui endolorit ma vie. Je ne pense pas qu'il soit outrageusement envahissant de vouloir te connaître, j'ai honte de ma curiosité, mais cette curiosité est ce qu'il y a de plus doux et tendre dans l'être humain, je veux comprendre pourquoi tu regardes droit devant toi avec tes yeux verts, j'ai vérifié : devant toi il y a un mur tapissé de tissu rouge et tu as ces jambes et ces épaules nues et ces cheveux longs qui donnent l'impression d'entendre « Can't Fight This Feeling » de REO Speedwagon comme quand j'étais tombé amoureux d'une Américaine un été dans un camp de tennis en 1979, qui s'en moquait autant que toi. Tu dois forcément savoir tout ce qui se passe quand tu renverses ta chevelure ondulée de l'autre côté de ta nuque sans raison, envoyant des molécules de ton parfum qui prennent dans l'air la forme d'un délicieux coup de poignard dans mon ventre, tout d'un coup j'ai l'impression d'avoir douze ans et de croire que la solution à tous mes problèmes serait de trouver refuge dans votre cou pendant la durée d'un hug, c'est-à-dire mille ans. Votre fossette sur ta joue gauche contribue à mon malheur, vous êtes là et vous ne dites rien, et plus vous ne dites rien, plus je suis seul. Quand je pense à tout ce que j'ai sacrifié pour plaire aux femmes, durant ma vie entière, la publicité, les livres, le cinéma, la télévision et la radio, toute cette notoriété inutile accumulée dans le but de diminuer la distance entre vous et moi – en vain. Je suis encombré de mon désir si bavard, obscène et navrant, mais c'est toi qui as commencé, en entrant dans ce bar tu es entrée dans mon existence par inadvertance, je viens vous voir parce qu'il est déjà trop tard, le mal est fait, je suis minable mais telle est la condition masculine désormais, nous ne sommes plus rien que des quémandeurs de sentiments, des mendiants de l'amour : si l'on m'avait dit que je citerais Enrico Macias ce soir, je me serais immolé par le feu, mais je dois reconnaître que le crooner juif arabe a su bien condenser les choses – mon désir fait la manche. Je suis un mendiant imbibé de *ginger beer*. Je me prosterne à vos pieds, je suis un gilet fluo du cœur, un SDF de la bite. Je t'en supplie, avouez qu'il serait absurde de se quitter avant de se rencontrer, non ?

Je me lève, mon verre à la main, et marche droit vers la beauté en short délavé aux tétons énervés, qui croque des noix de cajou parfumées à la truffe noire du Périgord. Pendant que je lui lis cette tirade d'amour rédigée sur mon bloc-notes, je remarque qu'elle a dessiné sur ses pommettes de fausses taches de rousseur au feutre pour sembler plus ingénue. J'adore l'air naïf que prennent les femmes ayant le plus bourlingué. Mon monologue terminé, la sublime mime alors un geste signifiant « sorry I don't speak french », puis la Marine aux cheveux courts marche vers elle et lui roule une grosse galoche. Mes sentiments sont partagés. D'un côté, je suis fier d'avoir toujours le compas dans l'œil du model scout professionnel ; de l'autre, je déprime d'avoir perdu mon mojo et mon temps. Je chiffonne ma lettre d'amour et la jette dans la poubelle jaune : elle sera recyclée en papier hygiénique. Je paie mes verres et tourne à gauche dans l'avenue George-V, en direction du Crazy Horse. Il est l'heure de voir des fesses bombées, des dos cambrés, des seins érigés, un peu de consolation dans ce monde d'indifférence. Je connais une danseuse prénommée Dea qui y travaille peut-être ce soir (le deuxième spectacle est à 23 heures). Tandis que je lui envoie un texto, je croise une soixantaine de manifestants en plastron fluo qui fracassent l'abribus de la station de taxis à l'angle des Champs. C'est bizarre, il n'y a aucun policier aux alentours. Mon ivresse légère me donne le courage de parler à l'un des protestataires, un costaud barbu avec une casquette à l'envers.

— Je suis avec vous les gars ! Foutez le feu au bling-bling !

Ils hésitent. Certains m'ont reconnu et me filment avec leur téléphone. D'autres lèvent les yeux au ciel. En fait, ils ne savent pas dans quel ordre procéder : prendre un selfie d'abord et me tuer après, ou me tuer d'abord et photographier mon cadavre ensuite.

— On va commencer par toi, Parango ! Collabo du système ! Pourriture salariée ! Ordure ! File-nous ton pognon !

— Je suis à découvert à la banque mais j'ai une ardoise au Fouquet's, je peux demander au barman de déboucher une bouteille de Cristal Roederer, si vous le désirez.

— On te la foutra dans le cul, connard corrompu ! Et ensuite on cramera le restau à Sarko !!

Le costaud s'approche, de guingois, une bouteille de Jack pleine d'essence à la main… Dieu merci, un de leurs camarades choisit ce moment pour briser le pare-brise d'une Porsche Cayenne devant le Four Seasons. Une sirène d'alarme retentit et la bande se retourne pour voir des CRS charger, ce qui me permet de m'éloigner à pas chassés, en mimant un faux appel au téléphone, dans la petite ruelle qui descend vers la Maison du Caviar. Le dialogue entre les mondains et la *middle class* semble difficile à rétablir pour l'instant. Ayant l'esprit de l'escalier, j'énumère les trois questions que je n'ai pas osé leur poser :

— Le Grand Soir est-il compatible avec la perche à selfie ?

— Cramer la Porsche 911 de Christian Etchebest en y déversant des poubelles enflammées est-il le moyen le plus efficace de lutter contre l'injustice sociale ?

— Se battre pour son salaire a-t-il encore un sens quand la maison brûle ?

J'ai honte de continuer à blaguer. C'est plus fort que moi : ce que je reproche aux autres, voilà qui je suis. Un shot de Beluga au bar de la rue Quentin-Bauchart me remonte le moral en me remuant l'estomac. Au XXe siècle, la Russie soviétique a tout de même réussi à concilier la justice sociale et les plaisirs de la nomenklatura ; je me trouve con de ne pas avoir proposé aux révolutionnaires une vodka au Raspoutine.

3

La lutte des classes existe, je l'ai rencontrée. Si jamais on ne doit retenir qu'une seule chose de ma trilogie, c'est ceci : on ne peut pas vivre sans idéal. L'idéal est une folie, mais l'absence d'idéal est pire. Je regrette mon manque de repartie : j'aurais pu expliquer aux insurgés comment s'emparer de l'Élysée. Il suffit d'organiser quatre soirées simultanées un dimanche soir dans le quartier. Prévoir un certain investissement pour la location des salles et des déguisements : ni gilets, ni cagoules, ni casques, mais il faut infiltrer 200 black blocs en smoking au bar du Bristol, 100 indignés en veste-cravate au Ran, 300 révoltés en tenue de soirée dans un faux mariage au pavillon Gabriel, et 150 zadistes qui vont assister à une représentation au théâtre Marigny. Tous seront fournis en Captagon par des complices pharmaciens. Une fois ivres et défoncés, les quatre groupes d'activistes n'ont plus qu'à se précipiter à minuit pile vers le château : le groupe du Bristol attaque l'entrée principale du 55 faubourg, le groupe du Ran fonce de la rue d'Anjou vers la rue de l'Élysée, côté faubourg Saint-Honoré, pendant que le groupe de l'avenue Gabriel pénètre simultanément à l'autre extrémité de la même rue. Enfin, les révoltés du Marigny n'ont qu'à traverser l'avenue homonyme pour entrer par le jardin en escaladant les grilles. La sécurité de l'Élysée serait impuissante devant une horde de 750 émeutiers foncedés déferlant aux quatre coins du Palais. Il faut garder à l'esprit cette vérité intangible : la police française n'a pas le droit de tuer. La République peut être renversée par la fête en quelques minutes. Je dévoilerai bientôt le mode d'emploi de la prochaine Révolution française dans mon ouvrage *La Solution festive*. Le jour où ma méthode fonctionnera, les démocrates français pleureront comme tous les Allemands qui, à l'époque, ont pris *Mein Kampf* pour une vanne de plouc.

Les vannes : le mot indique quelque chose. Les humoristes ont ouvert les vannes. Les voitures brûlent devant la boutique Bulgari saccagée. Les insurgés protestent contre le luxe inabordable. La richesse s'expose et joue sur les nerfs des pauvres. Plus les produits de luxe français sont chers, plus la France est prestigieuse, et plus les frustrés sont nombreux. La frivolité est l'orgueil de la France et elle est aussi la cause de sa division. Nous sommes tous fiers que Chanel, Hermès, Cartier et Vuitton soient désormais l'unique image de la France dans le monde, mais combien d'entre nous y ont réellement accès ? Arrêtons de croire que l'industrie du luxe, par la volontaire inaccessibilité de ses prix de vente, est autre chose qu'une humiliation pour une immense majorité des citoyens de ce pays. Les visuels publicitaires de notre principale industrie nationale, omniprésents dans la rue, les magazines, les aéroports, les gares, les réseaux sociaux, les cinémas et les télévisions, finissent par rendre la planète majoritairement malheureuse. Le luxe est une oppression quotidienne, une insulte de pashmina. La ploutocratie ne tient qu'à un fil de chèvre du Cachemire.

J'aurais dû lancer des pavés avec les black blocs mais j'étais trop paresseux. Je préférais adresser des WhatsApp à mon dealer pour m'extraire de cette jacquerie. J'étais un bourgeois : ma souffrance n'était pas seulement matérielle. Je désertais le champ de bataille.

Nous sortons de quarante ans de dérision… pour quel bilan ? Aucun changement. L'humour est un immobilisme. Un dérivatif pour nonchalants. Brûler les

Champs-Élysées est plus efficace que quatre décennies de blagounettes. Les Champs-Élyséens, « tout au bout de la terre », sont le nom des Enfers dans la mythologie grecque : il est naturel que des pyromanes y allument des feux follets.

« L'humour est une grammaire », a décrété Charlotte Vandermeer, la reine des chroniqueurs de France Publique. Mais s'il n'y a rien d'autre et pas de réponse possible, l'humour devient une injonction, le désordre devient un nouvel ordre, la vanne, une machine qui broie tout sur son passage. « On tape sur tous », mais pourquoi faut-il taper à tout prix ? Tous se disent ouvertement progressistes, de Sabrina Rama à William Morris, en passant par Charlotte Vandermeer, qui est la gentillesse même. Et cependant, à France Publique, c'est la course au happening viral, les clowns rêvant d'être aussi contagieux que des microbes. Pedro Mika a fini par se raser la tête en direct, Angélina a montré ses seins pour dénoncer le puritanisme… Si l'invité refuse de rester assis pour recevoir des scuds dans la figure durant trois minutes, Charlotte et William font venir un comparse coiffé d'une perruque pour endosser le rôle du punching-ball humain. Ainsi Marine Le Pen, ayant quitté le studio 511, fut-elle incarnée par un barbu tirant la gueule pendant que les humoristes lisaient leur sketch sur ses mensonges, ses mises en examen, son racisme et sa démagogie. Car les rigolos tiennent à « punir » ceux qui les fuient en les ridiculisant physiquement. Et ils n'ont pas conscience que cette idée – substituer à leur cible un camarade emperruqué – les rend aussi démagos que la démagogue qu'ils souhaitaient dénoncer. Vaincre le Mal en exhibant la supériorité du Bien tourne au combat entre deux populismes : la plouquerie vulgaire de la fille à papa facho et corrompue contre le catéchisme méprisant des bien-pensants salariés par l'État. Tout le monde est sali quand on catche dans la boue.

À part se suicider à l'antenne, il ne me reste plus grand-chose de nouveau à proposer. Je réfléchis : pourquoi ne pas raconter ma rencontre avec les révoltés des Champs-Élysées sur fond de Joe Dassin ? Aucun chroniqueur n'ose en parler. Les contestataires du micro appellent à la révolution anticapitaliste depuis quinze ans et maintenant qu'elle a lieu, dans la rue, dans toute la France, ils flippent comme des jeunes filles de bonne famille. Porter un casque audio et jouer les gauchistes est plus confortable que mettre un casque de moto, un foulard et foutre le feu pour de vrai, au risque de perdre un œil ou une main. La révolution gronde et nous n'y comprenons rien. Nous pensions être les maîtres de la révolte, les lanceurs d'alerte, les esprits farceurs et libres. Alors que nous sommes ce que la plèbe enragée appelle une élite déconnectée. Nous pensions être généreux et altruistes, mais comment en convaincre les vrais rebelles ultraviolents qui brûlent les bagnoles de luxe ? C'est pénible de se faire traiter d'oligarque quand on apprend par cœur *Charlie Hebdo* tous les mercredis. On a tous passé notre temps à critiquer, disséquer, analyser, contester le système sans s'apercevoir que le système, désormais… c'était nous. France Publique a cessé de militer sincèrement pour la justice sociale, elle a préféré passer l'injustice à la moulinette de la dérision. Cela signifie que la gauche est devenue une blague à ses propres yeux.

23 HEURES

« L'humour est une machine à transformer le malheur en plaisir, mais le malheur se venge. »

Dominique NOGUEZ

1

Je me claquemure mentalement en fréquentant la Ruche du cinquième étage. Jamais je n'ai eu autant l'impression d'accéder au cœur du réacteur. Je croise devant le studio 511 la vingtaine de personnes qui font l'opinion officielle. Souvent, je reste debout dans la régie, derrière la vitre, à contempler les Ducs et Duchesses du Verbe, comme des squales dans un aquarium, penchés vers les micros ouverts, qui parlent au pays. Je reste là, caché dans un coin, derrière l'équipe technique, les stagiaires de classe de troisième, le réalisateur, les ingénieurs du son, la fille qui envoie les reportages externes, l'autre qui sélectionne les questions des auditeurs au téléphone, une troisième qui briefe Nathan dans son casque. La fumée des gobelets de café a remplacé celle des cigarettes. De petites bouteilles de Cristaline sont distribuées aux intervenants pour éviter que leurs voix ne râpent trop l'oreille, et aussi conjurer l'affreux phénomène de la « bouche asséchée par la trouille » qui produit un floc-floc répugnant. La Ruche, c'est aussi les conseillers politiques et les producteurs d'émission qui se font des bises. Les journalistes et les attachées de presse qui plaisantent doucement sur les questions à ne pas poser, qui seront tout de même posées, mais dont la liste a été préalablement fournie, et les réponses préparées par le cabinet du ministre.

Jamais de ma vie, à aucun endroit, n'ai-je autant eu ce sentiment d'être au centre du pouvoir qu'en participant à la Matinale de France Publique. Mais je sens que le vent tourne ; j'ai des problèmes avec mon badge d'entrée qui ne fonctionne jamais (il est souvent démagnétisé à force de me servir à concasser des cailloux blancs, la nuit, sur des étagères de marbre, dans des toilettes de luxe) et je dois hebdomadairement tambouriner sur la porte rouge blindée du cinquième étage pour que quelqu'un vienne m'ouvrir à 8 h 54, une minute avant le direct.

Chaque matin, l'être humain accomplit un certain nombre de gestes. Ce sont, la plupart du temps, les mêmes. Se brosser les dents, par exemple. Allumer son téléphone portable. Enfiler des vêtements sur son corps. Parfois, très rarement, l'humain sort de ce programme. Il effectue un pas de côté. Il se dérègle. Depuis un moment, je ne parviens plus à ricaner spontanément. Qui le peut, d'ailleurs ? Le ricanement n'est pas compatible avec la routine. C'est l'approche de la mort qui fait perdre le sens de l'humour. Quand ses amis meurent tous, qu'on est invité à un enterrement par mois, finie la rigolade. On se marre moins en trinquant avec les survivants. Personne n'a réussi à plaisanter sur le regretté Dominique Noguez, le grand spécialiste de l'humour noir, au bord de son cercueil, à l'église Saint-Germain-des-Prés. Face à la fatalité, les fanfarons sont moins loquaces ; comment se moquer de la mort de Pierre Le-Tan autant qu'il l'aurait souhaité ? Les ironistes sont intimidés. On n'avait jamais remarqué tous ces courants d'air glacés au crématorium du Père-Lachaise. On rentre chez soi en frissonnant. L'insécurité est comique, pas la certitude.

2

Je me demande ce que je vais bien pouvoir déblatérer demain matin. Je rêve d'un humour apolitique. Je voudrais être capable de prononcer une antichronique, un texte tellement décalé qu'on ne saurait plus quoi en penser. La guerre de l'humour à France Publique n'oppose pas la droite et la gauche (tout le monde y est de gauche), mais peut-être deux autres camps, irrémédiablement opposés : l'humour engagé contre l'humour absurde. « Les Guignols de l'Info » contre « La Minute nécessaire de Monsieur Cyclopède ». David Letterman contre Monty Python. Les caricatures de *Charlie Hebdo* contre les dessins du *New Yorker*. Yann Barthès contre Chris Esquerre. Stéphane Guillon contre Jonathan Lambert. Thierry Le Luron contre Raymond Devos. Laurent Gerra contre Stéphane De Groodt. Nicolas Canteloup contre François Rollin. Groland ou Palmade ? Choisis ton camp, camarade. Demain matin, je voudrais faire rire sans message, sans réaction à l'actu immédiate. Je préfère le rire qui se fout du monde. À Guy Bedos qui tente de se moquer du pouvoir, je préfère Andy Kaufman qui déstabilise l'organisation même de la société en mendiant de l'argent en direct pour soigner le cancer de sa femme. La différence fondamentale entre les deux catégories de vanneurs : les premiers cherchent à faire passer un message, les seconds – comme me le confia un jour Jonathan Ames (créateur de la série *Bored to Death*) – disent : « *My message is that there is no message.* » Il ne s'agit pas de satire mais de « wit », l'esprit british transbahuté à Manhattan au XXe siècle par Dorothy Parker, Harold Ross, Robert Benchley, Harpo Marx, Saul Steinberg et Roz Chast. J'aime l'humour intemporel sur la nature humaine, aussi efficace un siècle après, alors que les plaisanteries politiques de ce matin seront démodées à 15 heures. Il me revient une séquence dans le film *Ridicule* de Patrice Leconte qui résume le problème des Français : un aristocrate revient d'un voyage à Londres et déclare à Versailles (où les saillies drolatiques, perfides et assassines fusent dans les jardins mondains taillés au cordeau) : « Là-bas, ils ont une chose qu'ils appellent humour. » La noblesse de la cour de Louis XIV demeure perplexe. La vérité est qu'en France nous n'avons pas le même rire métaphysique que les Anglo-Saxons, alors pourquoi voulons-nous tant les plagier ? Ma blague préférée de Bob Mankoff (le patron des dessinateurs du *New Yorker* pendant vingt ans) est sans doute intraduisible : « Moi et mon éditeur ne sommes toujours pas sur la même longueur d'onde. Moi, je voudrais une avance à six chiffres et lui, il refuse de lire mon manuscrit. » Woody Allen ne réagit jamais à l'actualité. Comment éviter de se muer en chansonnier du Don Camilo, en imitateur d'imitateur ? Certains d'entre nous sont drôles parfois, mais on a l'impression que nous sommes interchangeables, comme si nous sortions tous de la même école du rire efficace. Bientôt, il y aura des écoles d'humoristes ; vous verrez qu'HEC ouvrira une succursale de formation en humour (les Hautes Études Comiques). Elle existe déjà au Canada ! En 1988 fut fondée une « École nationale de l'humour » à Montréal. Les Québécois ont toujours eu un peu d'avance sur nous. Faudrait que je leur envoie mon CV avec une lettre de candidature. En cas de chômage, je pourrais peut-être y donner des cours ?

3

Technique de la chronique humoristique
par Octave Parango

Quelques rudiments pour devenir comique radiophonique français en quatorze leçons.

1) Règle numéro un : faire semblant de détester Macron alors qu'on a tous voté pour lui. Il est indispensable de critiquer le président de la République, quel qu'il soit, puisque c'est la personne qui nous salarie.

2) Ouvrir sur une vanne de proximité. La vanne de proximité doit faire le lien avec ce qui a précédé dans l'émission. Il suffit de rebondir sur un propos qui vient d'être prononcé par l'un des participants. La vanne de

proximité intégrera immédiatement votre chronique dans l'ambiance et vous rendra sympathique car elle prouve que vous avez écouté les autres chroniqueurs, ou l'invité, voire l'animateur si vous voulez garder votre emploi longtemps. Exemple de vanne de proximité après la démission du ministre de l'Écologie : « Moi aussi, j'ai envie de prendre des vacances, monsieur Hulot. »

3) Prévoir un running gag. Le comique de répétition fonctionne toujours en radio. Il peut s'agir d'un gimmick, comme de dire « Bonsoir tout le monde » alors qu'il est 8 heures du matin, ou d'un tic de langage : « Salut ma louloute. » Certains chroniqueurs passent quasiment la moitié de leur temps de parole à plaisanter sur les membres de l'équipe, la couleur de la chemise d'Antonin, la coupe de cheveux de Dominique, l'haleine de Nathan… Cela leur évite d'écrire sur une actualité toujours difficile et casse-gueule, et donne l'illusion que l'émission est fabriquée par une bande de copains qui aiment se charrier mutuellement. Alors qu'à peine les micros éteints, tout le monde file dans des bureaux éloignés les uns des autres, sans se parler.

4) Trouver une musique ou des archives à rediffuser. Le fond musical permet de meubler votre néant et de mettre un peu de dynamisme dans l'émission. Utiliser des citations sonores est aussi un support de foutage de gueule efficace et chronophage. Souvenez-vous bien que plus vous glissez d'extraits d'archives dans une chronique, moins il vous faudra trouver d'idées par vous-même.

5) Militer à l'envers, en énumérant des horreurs, pour dénoncer ce qu'on redoute. Exemple : faire l'éloge des flash-balls ou du réchauffement climatique. Rappelons le théorème des 3D d'Alain Chabat : « Pour réussir une comédie, il faut les trois D : Déconne, Dénonce et Danse. » La Déconne seule ne suffit pas, elle est trop vide de sens, mais la Dénonciation non plus, trop lourde de signification. L'aspect festif (Danse) est indispensable pour lier le tout : la musique ou la parodie de chanson crée l'illusion qu'il se passe quelque chose de joyeux pendant votre chronique, alors que diffuser un son et taper dans ses mains est le degré zéro du travail intellectuel. La chronique, parfaite pour France Publique serait une minute de délire gratuit, une minute de révolte altermondialiste et une minute debout sur la table du studio en train de twerker son booty en tirant la langue aux webcaméras numériques haute définition.

6) Glisser des provocations scatologiques, parler de cul, de nudité, de zizi, employer les mots « bite », « anus », « vagin », « vaseline », « tendu du string » ou « détendu du gland », insérer de la drogue (cannabis, herbe, coke, ecstasy, Xanax ou Stilnox, mais pas morphine ou héroïne, trop sales). Les dérapages verbaux, s'ils sont bien contrôlés, entraînent un rire de défoulement, une stupéfaction de l'auditoire. France Publique adore se faire secouer en toute sécurité par les chroniqueurs qui ont l'air de flirter avec les limites de la décence. Prononcer des mots comme « ken », « juter »,

« mouiller » ou « pécho » sur cette radio est une façon inoffensive d'offenser.

7) Une des règles de l'humour énoncées par Bob Mankoff est restée célèbre : « L'originalité est surestimée. » Ne cherchez pas à réinventer l'humour, vous ne parviendriez qu'à faire chier les gens. « Faites ce qui marche. » N'hésitez pas à choisir des boucs émissaires incapables de se défendre, comme Anne Roumanoff, Ludovine de La Rochère ou Ève Angeli. (Au besoin, ayez à portée de votre main une liste de têtes de Turc où vous pourrez piocher comme Thierry Le Luron autrefois, qui faisait rire la salle uniquement en prononçant ces quatre mots : « Jean, Jacques, Servan, Schreiber ».) Lécher consciencieusement la patronne des programmes avec une feinte impertinence – en réalité la reconnaissance du ventre déguisée en pied de nez. Épargner les annonceurs de la radio, les syndicats et les techniciens. L'idée est de taper toujours sur les mêmes sans risquer de perdre sa place.

8) Trouver un angle journalistique. Qu'est-ce qu'un « angle » ? C'est juste une façon de répéter ce qu'il y a dans les journaux, mais dans un style inattendu, avec un enrobage original (pastiche, parodie, déguisement, création de personnages, imitation, etc.). La chance de la chronique humoristique, c'est qu'il s'agit d'un billet d'humeur dont personne n'attend rien, à part un ou deux éclats de rire en trois minutes. Et si vous y intégrez un message moral ou politique, militant

anti-homophobie ou pro-écologie, ça plaira aux *Inrocks*, et évite de réfléchir par soi-même.

9) Écrire très vite. L'aîné des chroniqueurs, Didier Marin, m'a conseillé de ne pas y passer plus d'une heure, « au prix où c'est payé… ». Le problème est que, parfois, le sous-paiement s'entend. Il existe un humour de fond comme il y a des musiques d'ascenseur. On produit du comique non drôle, mais qui meuble l'antenne, et donne au public l'étrange impression qu'il a *ri sans rire*.

10) Lire son papier très vite. Cela donne l'impression que vous êtes à l'étroit dans vos trois minutes et que vous mériteriez une heure d'émission pour vous tout seul. Les meilleurs chroniqueurs, comme Pedro Mika ou Thierry Pastilla, prévoient une vanne par phrase. Attention : cela demande un travail titanesque, une forme de pensée uniquement orientée vers le résultat, mais empêche de se la jouer « intellectuel situationniste ». On perd en succès sexuel dans les soirées ce qu'on gagne en rires immédiats à l'antenne. Malheureusement, la plupart des humoristes de France Publique finissent par se prendre pour Che Guevara. Ils ont un message à faire passer : se faire pardonner leur grosse moto.

11) Ne pas écrire trop en avance. Par exemple, si pour le jeudi vous vous appuyez sur un événement qui s'est produit le lundi, vous pouvez être certain que vous serez le trente-quatrième à plaisanter sur ce sujet. Le seul moyen d'être original est de déconner *uniquement sur ce qui est arrivé la veille* (mercredi soir pour le jeudi). Il

faut lire *Le Monde* du soir, décortiquer le *Charlie Hebdo* ainsi que *Le Canard enchaîné* et « Quotidien » de Yann Barthès. C'est ce dernier qui décide des angles d'attaque. Yann donne le *la* des blagues en France. Sur chaque personnalité ou événement, tous les bouffons attendent son signal. Il est très rare qu'un humoriste sorte de la ligne de « Quotidien ». À ma connaissance, sur France Publique, ce n'est jamais arrivé.

12) Écouter toutes les chroniques concurrentes et se différencier sur de petits détails. Ne pas répéter ce qui a déjà été fait, mais ne pas trop dévier de la route non plus. La plus grosse difficulté consiste à s'exprimer le premier sur un sujet grave, comme cela m'est arrivé après l'élection de Trump ou la victoire du Brexit. J'ai alors fait preuve de la plus grande lâcheté : j'étais contre.

13) Une fois que tu as trouvé un système qui marche, ne plus innover. Mieux vaut user jusqu'à la corde un concept efficace que d'être créatif et de risquer le bide. Ne jamais oublier que peu d'auditeurs écoutent toutes les chroniques. Sur un an, ils en entendront en moyenne 10 %, soit quatre sur quarante : une infime minorité se plaindra si tu radotes. En revanche, retenir ce slogan : un gros plantage et tu dégages.

14) Prévoir une chute sur un propos engagé, généreux et fédérateur qui fera pardonner les trois minutes de dérision. On conclut toujours sur un message de paix universelle destiné à montrer qu'au fond, le plaisantin n'est pas si méchant. Exemple : « Ce que voulaient les

gilets fluos, c'est qu'on les voie. Peut-être qu'à présent, il faudrait les entendre. » La chute politiquement engagée vous rend sérieux et légitime tout d'un coup. On doit donner l'impression qu'on se bat courageusement, alors qu'on dit une banalité sur laquelle tout le monde est d'accord. La chute correcte devrait normalement susciter une réaction vocale du type « wooooh trop mignon » autour de la table. Et le vilain trublion obtient ce qu'il cherchait : être liké comme une vidéo de chaton.

Si vous mettez en pratique ces quatorze recommandations, une belle carrière s'offre à vous, avec tournées de théâtre en province, invitations dans des talk-shows sur France TV, sexe instantané sur Tinder, médaille des Arts et Lettres au bout de dix ans, seconds rôles dans des comédies d'auteur, premiers rôles dans des comédies de merde[1], et à l'arrivée, qui sait, si vous êtes particulièrement arriviste, retors, narcissique et racoleur, un bail de cinq ans dans un château en plein 8e arrondissement de Paris, au 55, faubourg Saint-Honoré.

---

1. Pour distinguer une comédie d'auteur d'une comédie de merde, c'est simple : les secondes sont mieux rémunérées. (Note de l'auteur.)

4

Dans *Le Nom de la rose*, Umberto Eco imagine un second tome de la *Poétique* d'Aristote consacré à la comédie. Un livre maudit, secret et interdit par l'Église au Moyen Âge car le rire déforme le visage et fait ressembler l'homme à un singe ou… au diable. Les moines du roman considèrent que le rire est nuisible, dangereux, et que ce livre doit être brûlé… Il finit en flammes.

Longtemps, je me suis demandé ce que le grand sémiologue italien avait voulu dire. C'est pourtant clair. Le rire est indispensable à la vie, mais il ne doit pas gouverner. Il est un accessoire nécessaire, mais il ne peut pas être le pouvoir central car il pourrit la sincérité. Le rire ne peut pas être le cœur de l'existence, sinon il la détruit tout entière.

Il est impossible d'être heureux au milieu de clowns grimaçants. C'est aussi ce que Victor Hugo a cherché à exprimer dans *L'Homme qui rit* en 1869.

Je n'ai jamais fait partie de la Ligue du LOL. Cette organisation de harcèlement en groupe réunissait des journalistes spécialisés dans les réseaux sociaux. Sous couvert d'humour et de coolitude, ils confirmaient mes pires appréhensions quant à l'horreur digitale. Je boycotte Facebook, Instagram et Twitter depuis leur création, à la fois par snobisme (mon intérêt personnel étant évidemment d'être hostile à la démocratisation de la célébrité) et méfiance envers le progrès technologique. Chaque fois que l'homme a inventé de nouveaux médias sont apparues de nouvelles formes de fascisme.

L'exemple le plus godwinement cité est le cinéma et la radio qui ont fait élire Hitler. Dans l'affaire de la Ligue du LOL, la nouveauté consistait à utiliser l'humour comme alibi pour se comporter de manière agressive envers des personnes vulnérables (gros, timides, journalistes précaires, filles refusant de coucher, etc.). Le plus effrayant dans cette affaire absurde était le nom choisi : « Ligue du LOL », qui faisait penser au gouvernement italien, cette alliance de la Ligue du Nord (d'extrême droite) au Mouvement 5 Étoiles (parti ayant inventé le comico-populisme). Il semblait bien que naissait une nouvelle forme de pouvoir humoristique : comme si des clowns se mettaient à semer la panique en s'inspirant du roman *Ça* de Stephen King. Dans la vraie vie (IRL, comme ils disent), des individus déguisés en clowns s'amusaient par ailleurs à se filmer un peu partout sur Facebook Live en train de terrifier des enfants au hasard dans les rues, le soir de Halloween. On nommait cela le mystère des « clowns méchants ». Un groupe de rap s'en était même inspiré : Insane Clown Posse, la bande des clowns psychopathes. Allez voir leurs clips et vous dormirez moins bien. L'effroi naît de leur sourire indélébile, outrageusement fardé.

La Ligue du LOL entérinait en quelque sorte l'avènement d'une dictature nouvelle : la transformation assumée du rire en violence par une bande de clowns psychopathes imbus de leur micropouvoir, des nerds immondes essayant de compenser leur manque de virilité en injuriant les femmes qu'ils ne pourraient jamais séduire. J'imaginais aisément un tueur en série portant ce masque :

Nous vivons sous le joug du smiley. C'est Paul-Loup Sulitzer qui a importé le premier smiley en France dans les années 1960. Le smiley est une onomatopée dessinée, un borborygme illustré, une réduction du langage a minima. Les ennemis de l'intelligence auront gagné quand les romans auront pour titre ces petits visages à la géométrie stupide. Hihiho.

Un des émojis les plus populaires est celui qui pleure de rire, au visage penché. Il rappelle le personnage de *L'Homme qui rit* de Victor Hugo, dont la face a été défigurée par des forains pour lui imprimer un rire perpétuel, une énorme balafre allant d'une oreille à l'autre. La violence et la rigolade ont quelque chose de lié, comme chez le Joker (personnage inspiré de *L'Homme qui rit*).

Pourquoi envoyons-nous à nos proches toute la journée l'icône du smiley qui pleure de rire alors qu'elle fait si froid dans le dos ?

MINUIT

« Je suis une caricature de moi-même. Pour moi, le carnaval de Venise dure toute l'année. »

Karl LAGERFELD

1

Des études scientifiques annoncent la disparition progressive du désir au XXIe siècle. Les jeunes baisent 45 % moins souvent que leurs aînés. Octave ne comprend pas. Il doit faire l'amour tous les soirs, c'est une obligation non négociable. Le but de sa journée est le sexe, le reste n'a aucune importance. Octave est peut-être le dernier homme qui a été éduqué ainsi. Le travail ne compte pas. Le monde extérieur ne sert qu'à jouir. Sa vie tourne entièrement autour de cette unique question : comment vais-je faire pour niquer ce soir ? Imaginez un héros dont l'existence entière n'a que ce but. Cela demande une organisation drastique : être toujours présentable, correctement sapé, armé de préservatifs et de Viagra… Autrefois, on appelait cela un homme normal, aujourd'hui, on dit : un « sex addict ». Depuis qu'il a passé le cap des cinquante ans, sa satisfaction quotidienne est plus difficile pour deux raisons : il devient un vieux barbu poivre et sel, grand, bossu et maigre. Et le mouvement #MeToo a considérablement rallongé le délai entre la rencontre et la pénétration. Tout le malheur des hommes vient de ce que Harvey Weinstein n'a pas su demeurer seul au repos dans sa chambre. Octave continue de faire passer le cul avant toute autre préoccupation. Serait-il le dernier obsédé français ?

Il a compris très tôt ce qu'était un homme : un concentré de frustration. La condition naturelle de l'homme est la résignation. Il doit accepter de désirer ce qu'il n'aura pas. Le dialogue naturel entre l'homme et la femme n'est pas :

L'homme : Bonjour, j'ai terriblement envie de vous.

La femme : Trop bien ! Où pourrions-nous aller baiser tout de suite ?

No sir.

Le dialogue normal entre l'homme et la femme est :

L'homme : Bonjour, j'ai terriblement envie de vous.

La femme : Qu'est-ce que tu veux que ça me foute, connard ?

Le rôle de l'hétérosexuel est de désirer une femme, de ne pas satisfaire ce désir et de surpasser cette épreuve. La conséquence logique et universelle du désir masculin est le râteau. Sauf s'il ressemble physiquement à Matthew McConaughey, l'existence entière de l'hétéro sera donc consacrée à convaincre la femme par tous les moyens de coucher avec lui. Se rendre désirable est le but de tout ce que l'hétéro entreprend. On peut donc résumer la fonction des jolies filles ainsi : en frustrant les hétéros, elles servent à en faire des poètes, des footballeurs, des savants et des milliardaires.

Quand Octave entre au Crazy Horse, le portier en tenue de la police montée canadienne le salue avec déférence. En descendant les marches vers le vestiaire,

Octave se sent en sécurité. Dans ce cabaret tamisé, il pourra boire du champagne rosé en admirant les plus troublantes cambrures du monde. Il parle à la demoiselle du vestiaire à l'entresol.

— Je viens de prendre un comprimé de Sildénafil, je vais bander toute la nuit, avouez qu'il serait dommage de ne pas profiter d'une telle opportunité.

— Le spectacle va commencer, monsieur, rétorque froidement la jolie hôtesse avec un sourire en lui tendant son ticket de vestiaire. Je vous suggère d'aller prendre place en salle.

La jeune femme en uniforme hésite à appuyer sur le bouton qui, sous son comptoir, permet d'alerter le service de sécurité. Octave renonce à lui citer la phrase grandiose de Walter Benjamin : « *Nur um der Hoffnungslosen willen ist uns die Hoffnung gegeben* » (C'est seulement à cause de ceux qui sont sans espoir que l'espoir nous est donné). Il se dit que les manifestants, dehors, devraient taguer ce superbe slogan sur l'hôtel Prince de Galles. Si possible, sans fautes d'orthographe.

2

Est-ce que vous baisez tous les jours ? Posez-vous la question. Combien de fois par jour, semaine, mois ? Vous êtes d'accord qu'une journée sans faire l'amour est une journée entièrement gâchée ? Avez-vous lu *L'Homme unidimensionnel* d'Herbert Marcuse ? Connaissez-vous le concept de « machine désirante » de Gilles Deleuze ? Ce sont des biographies d'Octave. Tous les médecins disent qu'il faut exercer une activité physique régulière pour se maintenir en bonne santé. Une heure de sexe journalier équivaut à une heure de jogging ou de natation, en moins chiant. Mais la vie d'un homme consiste à entendre des femmes lui dire non. Cela finit forcément par être déprimant. Certains en conçoivent une certaine rancune. Les Incels (« involuntary celibates ») tirent sur des femmes au hasard avec un fusil automatique. D'autres se marient pour être sûrs de ne plus endurer les déceptions humiliantes. D'autres encore choisissent la masturbation à vie devant des vidéos de soumises attachées, bâillonnées et pénétrées par des « fucking machines ». Et le reste est gay.

Pourquoi Octave est-il déstabilisé dès qu'il voit « un visage riant, un œil vif, un nez retroussé », comme dit Diderot ? Est-il répréhensible de désirer sans cesse ? Faut-il le désintoxiquer du sexe dans une clinique spécialisée, à coups d'électrochocs sur la verge ?

À force de fuir la vieillesse, il prenait dix ans par nuit.

La gloire d'Octave est une étoile morte. Le Crazy Horse a soixante-sept ans ; bientôt, ce sera son âge. Il se souvient du scandale qu'il avait provoqué, il y a dix ans, avec Ali Mahdavi en beuglant tel le loup de Tex Avery pendant la générale du spectacle de Dita von Teese, quand la reine du Burlesque répondait au téléphone sur scène en s'écriant : « *Wrong number* », avant de raccrocher. La direction avait tancé le directeur artistique et prié Octave de déguerpir sur-le-champ.

Octave ne scintille plus que par intermittence ; il clignote comme un feu en panne à un carrefour, un feu inutile qui signifie : ralentir. Il a eu sa chance, son heure d'apothéose, mais elle est derrière lui. Tout de même, on a fait deux films sur Octave. « *They had made a movie about us* », écrit Bret Easton Ellis dans *Suites impériales.* Octave pourrait se vanter : « *They had made two movies about me !* » Mais cette gloire passée ne lui rapporte rien. Il ne va tout de même pas visionner ses DVD en boucle toute la journée. Alors, il penche la tête vers le ventilateur pour être décoiffé.

Il est contraint d'avancer comme tout le monde et, passé la cinquantaine, avancer, c'est diminuer, rétrécir, se faner. Octave a beau jouer les fiers-à-bras, on voit bien qu'il n'est plus que l'ombre de lui-même. Il n'a pas tenu les promesses de ses vingt ans. Il s'est contenté de dilapider ses réserves, puis de vivre à crédit comme tous les pays riches. Jeune, il était l'homo festivus de Philippe Muray, ou alors l'hédoniste matérialiste, utopie ultime de Michel Onfray. Il s'adulait en hyperindividu consommateur, lucide sur son impuissance et confit dans son arrogance. Le mondialiste jouisseur a tourné au mendiant salimbanque. Octave s'est cru oligarque alors qu'il n'a jamais été que leur valet. Rappelons qu'Octave est l'inventeur de l'expression « en bad ». Auparavant, l'on disait « j'ai fait un bad trip », Octave a proposé « je suis en bad » à l'acteur qui jouait son rôle. C'est son principal apport à l'idiome national. S'il entre un jour à l'Académie, ce sera pour cette trouvaille.

Il maigrit à vue d'œil. Ses pantalons sont trop larges, ses vestes flottent sur ses épaules. Il ne vieillit pas : il fond comme un bonhomme de neige au printemps. Ses tempes sont perlées de sueur, sa barbe sent le poulet du déjeuner et, au lieu de se laver les dents, il effectue des gargarismes de Get 27. De temps à autre, au milieu de toute cette frénésie, passe comme un voile de chagrin sur le visage d'Octave, un désespoir furtif qu'il efface vite d'un éclat de rire sonore. Le rire d'Octave est l'équivalent des rires enregistrés dans les sitcoms américaines ; sa méthode Coué pour que les choses s'arrangent.

Octave a remis des lunettes à monture épaisse. Il avait réussi à se débarrasser de la myopie pendant vingt ans grâce à une incision au laser dans les rétines, mais le temps a fait son office et la presbytie l'a contraint à remettre des Moscot imitation écaille de tortue pour lire le menu des cocktails du Crazy Horse Saloon. Le barman ne sert pas de gin tonics, attention, il pratique le « liquid art ». Chaque verre est une création sur mesure. Octave va devoir le supplier pour ne pas goûter à ses mixtures au romarin et au poivron.

Il ne sait plus très bien pourquoi il veut faire l'amour. Il n'est même plus certain d'en avoir envie. Depuis sa naissance, on lui a enseigné que la baise faisait le bonheur, alors il a fait de son mieux pour participer. Il a eu accès au spa porno permanent. À Moscou, sa vie a parfois ressemblé à un film X, certaines nuits, dans un jacuzzi ou sur un rooftop, avec squirts de fentes glabres, visages angéliques qui geignent et langues percées/dos arqués/pieds maquillés/clitos érectiles/doigts mordus/traces de lipstick sur le pénis/cheveux enroulés autour du gland/ sperme onctueux qui gicle sur des paupières closes et des dents blanches. Mais il est rentré en France plus vieux et plus fatigué. Et il doit faire de nouveau face à son insatisfaction originelle, obligatoire et permanente. Il note dans son carnet un début de chronique sur la masculinité toxique.

— Je suis un mâle blanc hétérosexuel, oui, je suis une sous-merde qui se prend pour Dieu, je veux sauter toutes les femmes alors que le patriarcat se meurt. Tout homme est forgé par la somme des rejets de femmes. Nous sommes une liste de négations féminines, une addition de fins de non-recevoir. D'avoir surmonté les refus de femmes est ce qui nous définit. Nous tenons notre force de toutes les insistances vaines, les tentatives ratées, les supplications inutiles, notre amour-propre résulte de tous les échecs digérés, et notre fierté de toutes les humiliations surmontées. L'obligation parfaitement légitime et indispensable de demander clairement le consentement de chaque femme avant chaque geste érotique place l'homme en permanence et à chaque étape dans la situation du fiancé en jaquette trois-pièces qui passe devant un maire à écharpe tricolore.

— Mademoiselle Estelle Marivaux, acceptez-vous d'embrasser Octave Parango ici présent ?

— Oui.

— Mademoiselle Olivia du Deffand, acceptez-vous d'être serrée contre Octave Parango et le mur de cette discothèque ?

— Non, en mon âme et conscience.

— Mademoiselle Caroline de Tourvel, acceptez-vous de prendre en bouche Octave Parango jusqu'à jouissance profonde avec cheveux tirés très fort sans la moindre gentillesse ?

— À condition qu'il me lèche simultanément dans la position tête-bêche – surnommée le 69 – jusqu'à éjaculation de cyprine sur sa langue et dans sa barbe.

— Mademoiselle Ophélie Choderlos, avec tout le respect qu'il doit à votre intégrité corporelle, serait-il possible qu'Octave la bafoue totalement avec votre accord provisoire ?

— Euh… Joker ?

Le jour où Octave est entré chez Lidl, le visage caché dans un foulard, pour acheter des produits de marques délivrées de l'oppression publicitaire, il a compris que quelque chose avait changé. Les produits n'étaient plus mis en valeur, mais entassés dans leurs cageots et cartons. Il y avait peu de choix, presque aucun employé. La plupart des marques étaient inconnues : la mozzarella Lovilio, le papier-toilette Floralys, le saucisson Saint Alby, les yaourts Envia et les glaces Gelatelli… La chaîne allemande Lidl est la preuve que la société de consommation des années 1950-2000 est en train de crever. Les clients se fichent du logo du produit, du moment qu'il est vendu 1 euro. Ils ne consomment plus par plaisir ostentatoire ou servilité à la pub, mais uniquement pour survivre. Tu sais que t'es pauvre quand tes pulls ne sont plus siglés Éric Bompard mais Massimo Dutti, et que tu manges des yaourts ayant dépassé de deux semaines la date limite de fraîcheur. Le problème d'Octave est que personne sur terre n'arrive à le considérer comme une victime. Il voudrait se plaindre comme tout le monde, mais personne ne l'écoute. Or il est quintuplement victime.

Victime de siècles de patriarcat qui ont donné de la masculinité une image merdique de gros dégueulasses érectiles et dominateurs.

Victime (et complice) de la société de communication qui l'a transformé en zombie obéissant servilement à l'injonction du luxe et du désir sexuel de modèles irréels.

Victime (et collabo) des médias qui l'ont forcé à une compétition de célébrité à laquelle son narcissisme infantile ne pouvait pas résister.

Victime de son milieu bourgeois qui l'a drogué au matérialisme, au prix de la destruction de la nature, de la vie animale et de toute profondeur mentale.

Et à présent il est trop tard : il sera bientôt, comme tout le monde, victime de la fin de l'humanité, imminente et méritée.

Cette tentative de victimisation d'un coupable est rigoureusement indiffusable en prime time sur France Publique. Octave chiffonne son papier une fois de plus et vise le seau à champagne. Sa boule tombe à côté, comme quand Lionel Jospin a joué au basket avec une corbeille à papier en s'écriant : « Si je l'ai, je suis président. »

3

Dea n'a pas répondu à son message. Il attend que la lumière s'éteigne pour savoir si elle sera sur scène. Dea est mariée : c'est ce qui lui a plu. Depuis quelque temps, Octave ne s'intéresse qu'aux femmes mariées. Il engrange des bribes de bonheur sans projets matrimoniaux, du plaisir sans construire, du sexe sans conjugalité. « Si les maris savaient combien de mariages j'ai sauvés, ils n'auraient plus envie de me tuer », dit-il à ses amis célibataires. Et aussi : « Les femmes mariées sont plus que des femmes : ce sont des âmes pures au corps délaissé, des cœurs assoiffés de caresses, des princesses qui n'ont renoncé ni au conte de fées ni à la pornographie. » Octave n'est pas un tombeur mais un homme tombé. Il chute aux pieds de ces épouses terrorisées à l'idée qu'il ne leur arrive plus rien d'érotique. Alors il leur arrive Octave : pire que le vide. Certains hommes demandent aux jeunes filles leur pièce d'identité pour ne pas être accusés de détournement de mineures ; Octave ne couche que sur présentation du livret de famille. Pour obtenir du sexe régulier, il faut coucher avec des épouses, ce sont les moins compliquées et les plus avides. Octave commet souvent le péché mortel qui désobéit au dixième commandement : « Tu ne convoiteras pas la femme d'un autre. » La punition d'Octave est d'habiter en enfer de son vivant : aux Champs-Élyséens, tu brûleras pour les siècles des siècles.

À la radio, Octave a trouvé une seule idée qui marche depuis trois ans : il commence chaque chronique en disant « bonsoir ». À 8 h 55 du matin. C'est simple, idiot, efficace. Ensuite, il débite à peu près tout ce qui lui passe par la tête, impunément. Octave contemple la montée de la haine et des eaux. Il sait ce qu'il va écrire pour demain matin : une chronique sur les gilets fluos vus par un privilégié.

Dans la plupart des pays du monde, l'injustice sociale est infiniment plus criante qu'en France et les peuples ferment leurs bouches « sans dents ». Au Maroc, les palais des mille et une nuits en dentelle de marbre côtoient la misère la plus odieuse et ceci en toute quiétude. En Russie, l'oligarchie s'éclate la panse de caviar et de putes sans la moindre protestation d'un peuple fataliste. Certes, ces pays ne sont pas des démocraties. La France a la faiblesse d'accorder aux défavorisés le droit de se plaindre. Mais ce luxe nommé liberté d'expression est en péril dans tous les pays occidentaux, depuis que les citoyens ont été remplacés par des consommateurs et les journalistes par des complotistes. Octave en a marre des débats stériles sur le partage des richesses. Il hait l'hyperindividualisme autant que Julien Coupat, mais cela ne l'empêche pas de picoler tout seul au sous-sol du Crazy. De même, les gilets antimondialisation se donnent rendez-vous grâce à Facebook, la firme la plus globalisée de la Silicon Valley. De toute façon, une dictature illibérale mettra bientôt un point final à ces perpétuels dialogues de sourds, ainsi qu'à tous ses plaisirs blasés. La démocratie doit mourir car elle a échoué. Octave figurera parmi les premières personnalités exécutées par la masse plébéienne. En attendant ce jour béni, les gaz lacrymogènes ont au moins le mérite de faire sangloter les serveurs du Crazy Horse quand ils reviennent de leur pause clope, eux d'habitude si imperméables aux émotions. Octave serait bien incapable de faire comprendre aux black blocs qu'il a lui aussi tout perdu, qu'il s'est toujours arrangé pour ne pas payer les jéroboams à étincelles dans les carrés VIP, qu'il est un parasite mondain et non un symbole de l'aristocratie (ou alors déchue), qu'il a soutenu le candidat communiste en 2002 et qu'il admire leur courage physique. Trempés de la tête aux pieds par les canons à eau froide de la police, en plein hiver, puis gazés en tirs tendus, éborgnés à coups de flash-balls et matraqués au sol, les jeunes continuent de scander des slogans rigolos comme « Macron t'es foutu, les Tuche sont dans la rue » tout en fracassant les abribus avec des bouteilles volées au Monoprix des Champs. Ils sont aussi schizophrènes qu'Octave quand ils taguent « À bas l'État » en réclamant à l'État des augmentations salariales. Le rire d'Octave est jaune comme les gilets des contestataires. Quand les punks à dreadlocks s'amusent à casser du nouveau riche, il ne peut qu'applaudir. Ce conflit, c'est la victoire de « Burning Man » sur « Fuck Me I'm Famous » ; c'est Patrick Bateman mis K-O par Vernon Subutex.

Relisant ses notes, il se dit que non, pareille chronique est encore imprononçable sur France Publique. Octave soupire de dépit. Heureusement, la lumière se tamise et le rideau s'éclaire. La voix d'Eartha Kitt chante « Take My Love ». Les danseuses se suivent en playback, dans des postures militaires ; elles portent les chapeaux poilus des Horse Guards de Buckingham Palace et glissent sur un tapis roulant. Leurs corps parfaits n'ont rien d'obscène. Le spectacle du Crazy Horse est une anomalie esthétique et asexuée. Il n'attire plus que des cars de touristes asiatiques. Un enfant de dix ans voit plus de nichons sur l'ordinateur parental tous les jours. Octave aime cet endroit par pure nostalgie de l'ancien monde. Il se souvient du mariage d'Alain Bernardin avec Lova Moor : une fête kitsch à Louveciennes en 1985 avec Philippe Junot, Jean Castel, Mireille Darc et le sculpteur César… Avec sa bande du Caca's Club, Octave avait infiltré la soirée sans invitation. Ils avaient fini par porter la mariée en triomphe sur leurs épaules dans une maison aux murs multicolores, qui ressemblait à la Playboy Mansion. Avec sa vie débridée, le fondateur du Crazy risquerait aujourd'hui la garde à vue tous les soirs. Octave songe à une chronique post-#MeToo qui pourrait s'intituler, en hommage à François Furet, « Le passé d'une domination ». Puis il n'y songe plus car Dea entre en scène.

1 HEURE DU MATIN

« L'Histoire se répète tout d'abord comme une tragédie, après comme une farce. »

Karl MARX

1

Le silence se fait aussitôt. Dea se tient droite, le menton haut, le cou long. C'est une danseuse de formation classique, avec une démarche orgueilleuse, un port de tête qui ne trompe pas. Son nez retroussé, en forme de piste de saut à ski, rappelle celui de Sylvie Guillem. Ses cheveux hésitent entre le rouge et le noir.

— *It's a small step for a man but a giant step for a mannequin*, note Octave sur sa main.

Un cliché serait de dire que son allure impose le respect. C'est plutôt que la honte change de camp. Le public est gêné d'avoir le droit de regarder cette Reine. Quand on contemple Dea nue sur cette scène, on a envie de demander pardon d'être un homme faible et répugnant, pardon pour les millénaires de vulgarité, pardon de n'avoir jamais été à la hauteur de la Femme. Le corps de Dea soumet le patriarcat. Sa nudité n'est pas une infériorité mais une gloire, comme ces ciels nuageux qui soudain s'entrouvrent pour laisser filtrer un rayon de la lumière divine. Cette déesse offre sa beauté en cadeau avec assurance et mépris. Les clients attablés devant elle semblent se prosterner aux pieds d'une idole. Le Crazy Horse n'est plus un cabaret de vieux dégueulasses fondé par un érotomane : c'est une secte réunie pour célébrer un culte post-apocalyptique, vénérer l'Ange de la Réconciliation au Milieu du Chaos. Octave est athée, mais il voit bien que Dieu passe son temps à essayer de le convaincre de son existence. Il a littéralement le souffle coupé chaque fois qu'il revoit Dea, depuis le jour de leur rencontre. Il pleure de gratitude. Il cesse de bomber le torse pour étouffer d'asthme. Dea correspond en tout point à l'adjectif « radieuse ». Octave ressent dans sa chair cette vérité que les libertins connaissent tous depuis le vicomte de Valmont : les êtres les plus excitants sont ceux qui ne sont pas disponibles.

Devant cette apparition sainte, Octave vit un enfer élyséen. Dea est mannequin à ses heures perdues, mais il ne l'a pas connue dans un cadre professionnel, c'est plus banal : il l'a croisée dans son club de gym. Il ne s'est jamais senti aussi timide qu'en la découvrant en short éponge turquoise. Elle se tenait droite devant un miroir, les seins fiers sous son débardeur blanc, séchant ses cheveux mouillés avec une serviette rose. Octave était allongé sur une chaise longue en train de récupérer après une heure de vélo immobile. Dans un film, l'image serait au ralenti. Elle a tourné lentement la tête vers lui, et lui a souri. Octave n'a jamais su si elle lui souriait à lui, ou si elle était simplement bien dans sa peau au sortir de sa douche. Il s'est senti paralysé, ébloui. Il a essayé vainement de ne pas rougir. Il aurait bien voulu fermer sa bouche, mais ce geste était au-dessus de ses forces. Il reverra cette image toute sa vie comme un événement tragique et splendide. Il l'admire depuis cet instant. Octave n'étant pas inscrit sur les réseaux sociaux, sa seule chance de revoir cette beauté a consisté à revenir toutes les semaines au même horaire, dans ce club de gym sordide. Dea était toujours présente : sa merveilleuse souffrance hebdomadaire. Son fardeau exquis du jeudi après-midi. Mais il était paralysé, il n'osait lui parler, il se trouvait trop vieux et rachitique. Au bout d'un mois d'un silence qu'Octave prenait pour de l'indifférence, Dea a daigné l'approcher. S'est accroupie à sa droite, alors qu'Octave récupérait sur un matelas mouillé. Elle avait exactement le timbre de voix qu'il espérait. Grave et curieux. Elle pratiquait le yoga tantrique et la méditation zen. Elle était vegan et n'avait jamais pris de drogue de sa vie. En son for intérieur, Octave était infiniment déstabilisé car il se sentait sauvé. Il bredouilla : « Vous n'avez rien de moche, c'est affreux. »

— As-tu essayé la méditation ? répondit Dea.

— Non… ça se voit tellement que je suis stressé ?

Elle lui a pris la main pour tenter de le calmer. Son cœur battait très fort, elle pouvait l'entendre à trois mètres comme la grosse caisse de Cerrone dans « Give Me Love ». Dea lui a conseillé d'allonger ses jambes.

— Ferme les yeux et respire profondément. Essaie de te concentrer sur ton corps. Tu vas faire un scan corporel de bas en haut. Aie de la gratitude pour chaque partie de toi. Dis merci à tes pieds, tes mollets, tes hanches…

Les paupières closes, Octave essayait de ne pas rigoler.

— Je ressens surtout de la gratitude pour ton corps à toi.

— Lâche prise. Accepte la vie. Visualise un lac lisse.

— Je vois ta nuque. Oh : un homme la mord. Et si c'était moi ?

— Ne te laisse pas troubler par tes désirs superficiels. Chasse leur emprise. Crée une bulle de bienfaisance. Accepte cette paix.

— Mon désir est bienveillant.

— Fais un effort, la méditation est une victoire sur nos frustrations.

— Je ne suis pas frustré, je suis attiré – c'est pire.

— Tu ne m'aides pas. Détends-toi, respire. La méditation doit te libérer de tes obsessions. Sers-toi de tes sens.

— Je ne fais que ça. Je hume ta chevelure, je frôle ta paume. Ta voix caresse mon tympan. Tous mes sens sont en alerte de toi.

— OK, laisse tomber, tu es inapte au zen.

Octave avait exagéré une fois de plus. Il voulait que ce moment dure toujours. D'ailleurs, il dure toujours. Octave est encore assis là-bas, dans cette salle de gym puant la transpiration, et Dea se confie en se contorsionnant, elle lui parle de ses cours de danse en accomplissant ses exercices de Pilates, elle lui raconte ses fugues d'adolescente corse en position du chien tête en bas puis dans celle de la planche ou du guerrier, et il la regarde avec un sourire béat, et il est heureux. État qui ne disparaîtra jamais. C'est Dea qui lui a donné l'idée du spa auditif. Elle lui voulait du bien, il en a fait une blague radiophonique.

— Pourquoi cherches-tu à vivre comme avant, lui avait dit Dea, alors que personne ne vivra jamais comme avant ? Le passé est le passé, accepte-le et tu iras beaucoup mieux…

Quoi qu'il arrive, il sera éternellement sur un tapis de yoga avec Dea. Il est assis dans un fauteuil du Crazy Horse, elle bouge devant lui, ses cuisses rayées par des lasers, seins nus harnachés de cuir dont la sueur brille, mais le temps et l'espace n'existent pas : il est tétanisé comme lors de leur première rencontre. Pas de doute : Octave n'a pas réussi à se retenir de vouloir Dea aux grains de beauté saupoudrés sur la peau comme du poivre noir. Dea, c'est une intelligence au nombril rond, aux pieds fins, aux fesses convexes, aux yeux émeraude. Elle comprend tout, sent tout, devine ce qu'il cache. Elle se méfie d'Octave qui l'a désirée trop vite. Elle a senti qu'il se mentait depuis toujours. Elle le connaît et le comprend. Elle le cerne, l'évite, mais il l'amuse, le pauvre.

Il est sans doute utile de préciser ici à nos lecteurs pourquoi Octave est convaincu qu'il a emménagé en enfer. C'est que, si désuet et surprenant que cela puisse paraître, Dea est irrévocablement, indéfectiblement, irrémédiablement, épouvantablement fidèle à son mari.

2

Soudain, Dea arrête de danser. Elle prend un micro et annonce que les danseuses du Crazy Horse Saloon entament un mouvement de grève illimitée.

— Nous demandons à la direction de modifier nos CDD en CDI. Nous sommes payées 170 euros net par représentation, avec deux spectacles par soirée, sans la moindre sécurité de l'emploi : ce n'est plus acceptable. Nous demandons la suppression de la règle de la « pesée » hebdomadaire ainsi que la revalorisation de nos cachets. Le spectacle est interrompu, bonsoir.

Parce que la Louise Michel du Crazy a des seins ronds et blancs aux bouts rose pâle, les touristes chinois croient à une plaisanterie et s'esclaffent pendant que le rideau se referme, mais Octave sait que Dea est sérieuse. Elle lui a déjà raconté le rituel de la pesée. Le poids des danseuses du Crazy est vérifié chaque semaine par l'établissement. Si une danseuse perd ou gagne deux kilos, son engagement est remis en question. Pour que toutes les filles mesurent la même taille, on les chausse de talons de différentes hauteurs. Octave comprend mieux pourquoi Dea ne répondait pas à ses messages. L'insurrection qui saisit la France ne s'est pas arrêtée aux portes du Salon du Cheval Fou. Octave se demande pourquoi les danseuses n'ont pas inclus la suppression du test du crayon et de la règle du triangle isocèle dans leurs revendications. La direction glisse toujours un crayon sous les seins des danseuses. Si le crayon tient sous la poitrine, le licenciement approche. Et la distance entre les deux tétons est mesurée attentivement avec un double décimètre : elle doit être égale à la distance entre le téton et le nombril (21 cm entre les tétons, 11 cm entre nombril et pubis). Si ce triangle formé par les deux tétons et le nombril n'est pas isocèle, les candidates ne sont pas embauchées. « Le Crazy Horse est un marché aux bestiaux », dit souvent Dea. Octave (qui est en CDD renouvelable depuis trois ans sur France Publique) lui répond que tous les castings des défilés de mode sont des exercices d'humiliation publique. « T'as pas lu *L'Idéal* ? C'est tout le système *fashiste* qu'il faudrait réformer. » Mais Octave sait bien qu'il aurait du mal à se passer de ces codes : les jambes qui doivent toujours mesurer les deux tiers du corps, les ventres plats, les seins hauts, les pommettes symétriques sont sa dictature bénie. La lumière se rallume et cette fois les clients protestent pour de bon. Le brouhaha amplifie jusqu'à la sortie. Octave se rue vers les loges pour féliciter Dea, la révolutionnaire en cuissardes. Ce soir, il a compris que ce principe (payer pour voir des femmes se déshabiller) symbolise un siècle révolu. Ce temple né en 1951 ne survivra pas longtemps au monde nouveau. Il lui rappelle sa dernière visite à l'Élysée. Octave grenouille trop dans les lieux du pouvoir du 8e arrondissement.

3

Le gravier crissait sous ses mocassins dans la cour du Palais. On marche rarement sur du gravier à Paris, quand on se rend à un cocktail. C'est bien dommage car ce bruit est agréable à l'oreille, surtout quand le ciel est bleu et qu'on vient de franchir trois contrôles derrière des barrières, des plots en métal et des camions de policiers armés jusqu'aux dents. Par prudence, Octave avait mis un costume bleu, une chemise bleue, une cravate bleue, des chaussures bleues. Il s'était déguisé en Jean d'Ormesson pour aller à la cérémonie de remise de la Légion d'honneur de Michel Houellebecq par le président de la République. Il était 18 heures et il venait d'envoyer un message à *Charlie Hebdo* pour savoir si un reportage gonzo chez Emmanuel et Brigitte Macron intéressait l'hebdomadaire. La réponse était oui. Il se sentait fichtrement « embedded ». Une sorte d'espion mondain, voilà ce qu'Octave aura été toute sa vie. Une balance en costard cravate, guidée en haut du perron par un huissier avec une chaîne en or. Un lanceur d'alerte qu'on accompagnait jusqu'au jardin pour lui proposer le choix entre un verre d'eau plate et un verre d'eau pétillante. Pour déconner, il avait demandé au maître d'hôtel un gin tonic. L'homme n'avait même pas souri. « Il y aura du champagne après le discours. » Octave fut rassuré : la France évite de saouler les citoyens avant les discours présidentiels. Le parc de l'Élysée était immense, avec sa fontaine au loin. Ce sont ces petits détails qui font la douceur de vivre au pays de LVMH : du gravier qui crisse sous la semelle, un jet d'eau qui chuinte, des merles qui pépient, un jardin fleuri de tulipes rouges et de jonquilles blanches, des buis taillés au cordeau, enfin, merde, Octave comprenait pourquoi tant de types se battaient pour habiter ce château. Il était descendu dans ce parc immense aux chênes intimidants. Il aurait pu se déshabiller et se rouler nu sur la pelouse comme un hippie à Woodstock : par un temps aussi radieux, c'eût été la meilleure chose à faire. Il ne le fit pas, par respect des codes de la bienséance. Octave avait demandé à Jean-Louis Aubert s'il avait la Légion d'honneur, le chanteur de Téléphone avait répondu que non. « Mais j'ai déjà fumé un joint dans les toilettes ici. C'était sous François Mitterrand, avec Coluche. » Quand on est une rock star, fumer un pétard dans les chiottes de l'Élysée est l'équivalent de la plus haute décoration française. Nicolas Sarkozy était présent, sans Carla. Il appelait le maître d'hôtel par son prénom : « Ça va Joseph ? » Il broya la main d'Octave. C'était dingue de mettre autant d'énergie à serrer les mains. Octave avait envie de geindre tant ses phalanges étaient meurtries, mais il grimaça à peine. Dans les hautes sphères, il faut faire semblant que tout va bien alors qu'on souffre atrocement. C'est ainsi que la fréquentation du pouvoir transforme les rebelles cyniques en flatteurs onctueux. Oh, je sais ce que vous pensez : Octave n'aurait pas dû serrer la main de Sarko, il aurait dû porter un cardigan fluorescent et appeler à la révolution. Mais Parango n'est ni François Bégaudeau ni Juan Branco. Il n'est plus aussi communiste qu'en 2002, même s'il reste le seul chroniqueur du *Figaro Magazine* capable de publier des reportages dans *Charlie Hebdo*. Le tapis de la salle de réception était une œuvre d'art contemporaine, il marchait sur des lignes parallèles multicolores. Le découvrant, Teresa Cremisi s'écria : « Ah ? Il était pas là celui-là, la dernière fois ! » Octave avait demandé à l'ancien président si ce tapis disco était déjà présent à son époque, Sarkozy lui avait répondu que non. « La déco a été modernisée récemment. » Les tentures rouges avaient été remplacées par de la peinture grise et blanche, comme dans le grand flagship Dior de la rue François-Ier. Les invités défilaient dans une collection printemps-été, ils marchaient jusqu'au mur avant de faire demi-tour en souriant. Nicolas Sarkozy avait salué Bruno Le Maire, le ministre de l'Économie et des Finances : « Tu vas bien ? Ah ben oui, tu vas baisser les impôts donc ça va. » Puis ils s'étaient éloignés dans un coin pour causer sans qu'Octave puisse les enregistrer comme Patrick Buisson. Beaucoup d'anciens ministres de l'Économie étaient devenus présidents : Giscard, Sarkozy, Macron… Bruno Le Maire semblait au courant de la filière.

Octave était venu soutenir Michel Houellebecq dans cette épreuve terrible qui consiste à accepter une médaille républicaine. Ce n'est pas évident : il faut se laver les cheveux, mettre une cravate, écouter les compliments sans se décomposer en public. Michel déambulait avec la nonchalance qui le caractérise, accompagné de son épouse Lysis. Elle portait une robe jaune transparente. Les rayons du soleil dévoilaient ses jambes à travers le tissu, ainsi que son soutien-gorge également translucide. Aubert lui affirma qu'elle ressemblait à une fée ou une princesse. Elle rétorqua : « Merci, toi aussi. » Octave manqua de s'étrangler avec son verre d'eau minérale glacée. Enfin l'on passa aux choses sérieuses : un énarque en costume-cravate pria tous les invités de rentrer dans la salle au tapis géométrique, puis un garde républicain cria « Monsieur le Président de la République » et tout le monde se mit au garde-à-vous. Les convives formaient un demi-cercle devant le pupitre du PR, en attendant l'entrée du Roi. Octave était épaté par la coolitude de ce blondinet que des millions de Français voulaient décapiter. Son discours avait consisté en une longue tentative de déminage de toutes les éventuelles polémiques concernant cette distinction d'un romancier taxé de misogynie, de déclinisme et d'islamophobie par un chef d'État féministe, progressiste et antiraciste. En regardant Emmanuel Macron, bronzé, svelte et relax parler de littérature, aussi à l'aise que dans un grand débat de sept heures à Grand Bourgtheroulde, Octave s'était dit qu'il eût mérité d'intégrer Normale sup au lieu d'entrer à l'ENA avant de supprimer cette école. L'angle choisi était malin : insister sur le romantisme de l'auteur de *Soumission* pour compenser son caractère réactionnaire. Il aurait pu s'appuyer aussi sur l'humour houellebecquien pour faire passer la pilule. L'humour de droite n'est pas la politesse du désespoir, mais l'excuse du pessimisme. Octave ignorait le nom du conseiller qui avait rédigé ce discours, mais ce dernier n'y avait pas songé : la satire excuse bien des dérapages, ce n'est pas dans ce roman qu'on affirmera le contraire. « Vous êtes une Mme de Staël fatiguée » est la vanne qui avait le plus fait glousser l'assistance ainsi que l'écrivain dépressif. En tant que disciple du lauréat, Octave se réjouissait du couronnement de ce mouvement littéraire que Jean-Philippe Domecq avait nommé le « glauquisme » dans un article du *Monde* publié le jour même. En cherchant à disqualifier la littérature de caniveau, Domecq l'avait baptisée, comme Bernard Frank a créé le mouvement des « Hussards » en voulant les ostraciser, dans *Les Temps modernes*, en 1952. Les romanciers glauques (ou glauquistes) nous libèrent de l'oppression des bons sentiments sirupeux sur la littérature. Le glauquisme est l'équivalent au XXIe siècle du « décadentisme » tant honni à la fin du XIXe. Il faut imaginer Huysmans à l'Élysée, caressant le chien du président, avant d'entrer dans les ordres. Octave se saoulant sur la pelouse, avec sa barbe poivre et sel, ses cheveux longs, son costume trois-pièces, emprunterait la pose du Sar Péladan.

Après le discours, des coupes de champagne rosé furent enfin servies sur la terrasse. Octave en avait profité pour se glisser habilement entre Alain Finkielkraut et François Samuelson, tel un courtisan toréador, afin de se rapprocher du chef de l'État. Il voulait souffler une idée au président qui pouvait lui permettre de sauver la France ainsi que la face. Il manquait à Emmanuel Macron une grande réforme de société. Tous les présidents ont imposé la leur, et c'est généralement la seule chose positive que l'on retient de leur séjour au 55, faubourg Saint-Honoré : Giscard, ce fut la légalisation de l'avortement, Mitterrand, l'abolition de la peine de mort, Chirac, la suppression du service militaire, Sarkozy, la disparition de la pub sur la télé publique, Hollande, le mariage gay. Octave s'était lancé :

— Monsieur le Président, il y a une mesure qui ferait rentrer beaucoup d'argent dans les caisses de l'État, tout en apaisant les souffrances du peuple français.

Au-dessus de l'œil bleu d'Emmanuel Macron, son sourcil gauche avait dessiné un accent circonflexe.

— Ah bon ? Et quelle est-elle ?

— Jeudi prochain, quand vous prendrez la parole, dites que vous légalisez le cannabis.

Le jeune président avait eu un mouvement de recul comme si Octave passait du statut d'écrivain élitiste à rastaman à dreadlocks, mais il avait pris le temps de lui répondre.

— Je n'y suis pas favorable, pour deux raisons : d'abord, les trafiquants passeront aux drogues dures, ensuite, le cannabis ramollit le cerveau des enfants.

— Avec tout le respect que je vous dois, Monsieur le Président, les enfants n'ont plus de cerveau depuis la création de Facebook. Quant aux dealers, il suffit qu'ils ouvrent des magasins. Les Américains l'ont fait, les Canadiens aussi, de même que les Israéliens et les Hollandais. Pourquoi pas nous ?

Mais le président lui avait tourné le dos, il évoquait la suppression du baccalauréat avec Finkielkraut, c'était foutu, Octave était grillé, zappé, devenu un paria, il n'avait plus qu'à aller se suicider dans un bureau obscur comme François de Grossouvre. Afin de lui remonter le moral, la première dame avait proposé de lui faire visiter l'aile privée, côté rue de l'Élysée. Il en avait retenu surtout le salon dessiné par Pierre Paulin qui évoquait la salle des commandes du vaisseau *Enterprise* dans Star Trek, et les W-C analogues à une cabine de yacht en acajou. Brigitte Macron avait affirmé que le président Trump n'avait pas réussi à trouver la chasse d'eau ; Octave n'avait pas cherché à savoir comment elle s'en était aperçue. Marin de Viry faisait craquer le parquet avec ses Church's en se demandant pourquoi Octave était invité au même cocktail que lui. On aurait dit un albatros loufoque devant un goéland mazouté. Octave décida de snober son dîner avec Michel Houellebecq au Jockey Club, par fidélité au Travellers qui, lui, tolère les roturiers en phase de clochardisation. Dans un pays en perte de repères, il faut savoir choisir son camp : les aristos désargentés rue Rabelais, les bourgeois démunis aux Champs-Élysées. Nos malheurs sont cousins mais n'effaceront jamais des siècles de mépris réciproque.

2 HEURES DU MATIN

« Vous comprenez maintenant d'où vient que je sois plus triste que tous les noceurs réunis ? Plus léger que tous les crétins de la terre, mais plus sombre aussi que le plus noir des cacas ? »

Vénédict EROFEIEV,
Moscou-sur-Vodka, 1969.

1

Le vigile à l'entrée des loges m'a barré la route. « Au Crazy, jamais de contact entre les danseuses et les clients. » J'ai compris que Dea s'était enfuie par la sortie secrète qu'Alain Bernardin empruntait pour échapper à ses épouses. J'ai ramassé mon cœur piétiné sur la moquette noire et suis ressorti sur l'avenue George-V. Plus haut, vers le Four Seasons, on entendait les détonations de la lutte finale. Les éclats de verre des vitrines brisées réfléchissaient la lumière des lampadaires comme un collier de diamants arraché à la gorge d'une ballerine. Une fois de plus, mon désir était ghosté. Je haïssais beaucoup la décennie qui s'achevait. Je commençais à ne plus retrouver mon chemin. Les Russes parlent de « crétinisme topographique » depuis le narrateur intoxiqué de *Moscou-sur-Vodka* de Vénédict Erofeiev, qui ne trouve jamais le Kremlin (plus il boit, plus il se réveille dans une cage d'escalier inconnue). Je suis comme lui : chaque fois que je cherche les studios de France Publique, je me retrouve au pied de l'hideuse flamme dorée de l'Alma, entouré de touristes nécrophiles qui prennent des photos du lieu où Diana Spencer fut broyée vivante. Je commence à me sentir tout mou.

C'est bizarre cette impression de *boiter des deux jambes*. J'ai envie de m'asseoir par terre, mais je crains de ne plus pouvoir me relever. Le marchand de sable est passé me livrer sa cargaison illicite ; il flippait à cause des camions de police, mais je lui ai expliqué qu'ils avaient d'autres priorités ce soir, comme sauver la République. Une odeur de sièges en cuir calcinés flotte sur la place. Des explosions font vibrer le sol par intermittence comme, autrefois, les morceaux de Prodigy sur le chantier de l'autoroute de la Défense, lors des raves sauvages de Pat Cash.

Pat Cash se nomme désormais Uri, il porte une barbe, un chapeau noir et étudie le Talmud et la Torah dans une yeshivah en Israël. Le mouvement naturel de l'âge explique que tous les branchés des années 1990 se soient mués en conservateurs dans les années 2020. Ce sont les mêmes personnes avec trente ans de plus : ces trois décennies passées à critiquer la société de consommation tout en se gobergeant aux frais de la dette publique les ont rendus allergiques au changement. À vingt ans, le futur est un océan inconnu et fascinant ; à cinquante ans, ce sont des zadistes à cagoule, des guéguerres de hashtags ou encore la bagarre de flacons « Allure » de Chanel entre Booba et Kaaris au duty-free d'Orly-Ouest. On n'y comprend plus rien. Il faut imaginer le fêtard le plus fatigué de Paris avec de l'hypertension, un diabète de type 2 et de l'arthrose aux phalanges, pestant contre les toilettes non genrées des Galeries Lafayette (« Les hommes et les femmes peuvent-ils être différents sans se déclarer la guerre ? »).

Mes cheveux longs cachent mon front, ma barbe couvre mon menton en galoche. Mes sourcils sont broussailleux, mes yeux enfoncés dans leurs orbites cernées, ma bouche trop fine, mes dents en céramique et mes oreilles velues comme celles d'un hobbit ; en fait, je ne suis qu'un nez. Quand on me croise sur les Champs-Élysées, on aperçoit d'abord mon nez, qui dépasse d'une touffe de poils et de cheveux, posée sur un long échalas sans muscles enroulé dans de la vigogne mitée. Sur l'avenue Montaigne flânent devant les boutiques fermées quelques Saoudiens à oreillette et leurs escorts emperlousées qui pressent le pas vers le Plaza Athénée. Et mon nez slalome entre les putes en trottinette. Les acteurs qui ont interprété mon rôle au cinéma étaient beaucoup trop beaux. Je suis entouré de cailleras cagoulées et de vitrines saccagées, j'enjambe les SDF et les décombres. J'évite l'avenue Marceau, je passe par les petites rues pour aller du Crazy à l'Arc où j'ai rendez-vous, mais je me tiens droit car je suis le seul passant qui ne regarde pas son iPhone 52.

2

Je perds la mémoire des visages, mais mon corps se souvient des lieux. Ce que j'aime dans le quartier des Champs-Élysées, c'est que tout y est clinquant, bidon et scintillant. C'est précisément pourquoi le peuple veut foutre le feu à cette avenue. Les lieux de dépravation les plus ultralibéraux ont toujours été installés dans ce périmètre. Régine, le Mathis Bar et le Studio A rue de Ponthieu, l'Élysée Matignon et le Safari avenue Matignon, l'Apocalypse rue du Colisée, l'Apoplexy rue François-Ier, le 78 et le Central devenu le Queen au 102, avenue des Champs, le Keur Samba rue La Boétie, le Raspoutine rue de Bassano, la Piscine rue de Tilsitt, le Niel's avenue des Ternes, le Puzzle de la rue Balzac, la Suite avenue George-V, le Man Ray rue Marbeuf, le Titty Twister rue de Berri. Aujourd'hui, je fréquente le Manko et le bar du Plaza avenue Montaigne, les soirées au rooftop du Fouquet's de Thomas de la Villejégu (le fils de Philippe Lavil), le Baron rebaptisé Medellin au 6, avenue Marceau, le Piaf rue Jean Mermoz, le bar d'Apicius rue d'Artois, le Madam rue La Boétie, le Roxie de Sandra Sisley rue de Ponthieu, le Noto au-dessus de la salle Pleyel, le Matignon avenue Matignon, et l'Arc décoré par Lenny Kravitz, rue de Presbourg. Les adresses sont les mêmes, les salles changent de nom, mais l'activité principale reste identique : fuir sa solitude par n'importe quel moyen autour de la place de l'Étoile. Se perdre dans la foule, s'abîmer dans le noir, toucher des personnes blindées ou le fond de la solitude, briller quelques minutes avant de se détruire au bar ou aux chiottes. Je passe devant des immeubles de bureaux vides qui ravivent des souvenirs, je marche dans des rues qui sont autant de machines à remonter le temps. Les soirées costumées du Caca's Club tournaient dans ce quartier sans âme de touristes friqués. Pourquoi les mecs du 8e ont-ils toujours la chemise rentrée dans le pantalon, les cheveux plaqués en arrière et les tempes qui dégoulinent ? Pourquoi tout le monde sur les Champs parle anglais, russe ou arabe, mais jamais français ?

Nous lacérions les banquettes de Régine avec des fourchettes, déguisés en Sex Pistols, au son de Gogol Ier et la Horde. Nous descendions l'escalier de l'Élysée-Mat' en combinaison de plongée, avec masque, tuba et palmes. Nous pissions dans les bouteilles et les remettions sur les tables. Nous avons fait rentrer des poules, des brebis, des souris et des cochons au Puzzle, ainsi qu'une vache landaise (mais je n'ai jamais réussi à convaincre le cirque Bouglione de me prêter un éléphant pour la nuit). Nous avons arbitré un match de football avec des Jeeps qui tapaient dans une poubelle métallique en guise de ballon. Nous improvisions des compétitions de pétanque végétale devant chez Ledoyen, avec un radis comme cochonnet et des laitues à la place des boules. Nous transformions la plupart des dancefloors en piscines. Nous composions des hymnes au piano du Safari Club avec Julien Baer et Bruce Meritte :

« La réponse tu le sais
Se trouve au Safari
Et son visage ressemble à Stéphanie… »

Qu'est devenue Stéphanie, la barmaid du Safari ? Il faut que je demande à Bruce si elle vit toujours.

Comme tous les membres de Castel, nous finissions nos nuits entre les bras de beautés sénégalaises du Keur Samba, qui retournaient s'asseoir sur les genoux de Carlos Dolto, Claude Brasseur, Pierre Bénichou et Patrick Balkany, après nous avoir filé de massives érections matinales en dansant le ndombolo. Nous pouvions aussi échouer contre le piano à queue de Joe Turner à la

Calavados, en dégustant des pennes à la vodka à 6 heures du matin avec Dani tout juste sortie de L'Aventure, avenue Victor-Hugo. Tandis que tous mes camarades d'antan dorment paisiblement avec leur femme et leurs enfants, je persiste à rôder dans ce quartier surnommé le « Triangle d'or » car les dorures y constituent le seul repère… avec les pubis épilés. C'est l'un des derniers arrondissements de Paris où un homme seul n'est pas considéré comme suspect, sauf s'il porte un gilet de couleur ou un casque de motard. Il est assez paradoxal que le président du Monde Nouveau réside géographiquement en plein cœur de l'Ancien Régime.

3

Ce n'était pas mieux avant ; c'était pareil, mais j'étais plus nombreux. Quand je descendais au Raspoutine du temps de Mme Martini, j'étais suivi de trente potes qui investissaient ce cabaret russe de stuc rouge et or, décoré par Erté, pour admirer un lanceur de couteaux ivre, un magicien interminable et des musiciens colombiens qui faisaient semblant d'être tsiganes. Il y avait toujours un riche pour glisser dans les cordes des balalaïkas quelques biffetons à l'effigie de Blaise Pascal afin qu'ils acceptent de rejouer « Otchi tchornye ». On dansait le kazatchok jusqu'à s'effondrer sur la piste à carreaux rouges et noirs. On s'en allait à l'aube, ruiné dans tous les sens du terme, avec en guise de trophée un abat-jour ou une pendeloque de lustre à la boutonnière. En ce temps-là, quand je buvais de grands verres sans respirer, on m'applaudissait, et maintenant, quand je reproduis le même geste – saisir un verre plein à ras bord d'alcool pur et le boire sans m'arrêter en huit grandes gorgées –, on hausse les épaules avec commisération. À quel âge perd-on le droit d'être pitoyable ?

Il y a trente ans, j'avais l'instinct grégaire. J'ai vécu toutes les années 1980 et 1990 en troupeau. Et puis un matin, mon entourage s'est volatilisé. Je suis passé de la foule bruyante à la solitude muette. Je ne pouvais pas protester : ce mouvement s'appelle la vie. Dans son enfance, on passe ses jours et ses nuits avec ses frères et sœurs et puis ils s'éparpillent. On les remplace par une bande d'amis dont on croit, dur comme fer, qu'elle sera sa vraie famille, choisie celle-là, et puis eux aussi s'envolent. La vie consiste à s'entourer de gens qui, progressivement, s'éloignent, se retranchent, se réfugient. Ils ont un métier, une femme, des enfants, une maison, un divorce, un cancer, ils sont trop occupés pour aller boire des shots en plein hiver avec un attardé mental dont la barbe blanchit à vue d'œil. Le monde va finir dans dix ans, personne n'a plus de temps à perdre. La condition de la survie en période d'apocalypse est l'isolement, ruminais-je à haute voix comme un clochard en traînant les pieds dans les ruelles qui tournent en spirale autour de la place de l'Étoile, en direction du Victoria, le restaurant de l'Arc. Si j'ai perdu ma bande de potes, c'est peut-être par ma faute. Je n'ai pas su les retenir, je les ai laissés s'éloigner, je me suis trop souvent absenté, j'aimais tellement disparaître. En croyant qu'on va manquer aux autres, on se contente de les perdre.

Cette nuit est mon dernier baroud d'honneur. Quelque chose s'est grippé. Je ne me moque plus. Je suis bien placé pour savoir que se moquer, c'est fuir. Quoi de plus confortable que de ne jamais révéler ce qu'on a sur le cœur ? L'humour est un comportement passif-agressif. Au fond, les satiristes envient les gilets fluos. Ils formulent une critique sans propositions. Ils détruisent tout sans savoir ce qu'ils proposeraient à la place. Ça défoule et ne mène nulle part. On vote Mélenchon parce qu'on sait qu'il ne sera jamais élu. Et lui aussi le sait. C'est commode de pouvoir dire n'importe quoi en permanence car on ne sera jamais aux responsabilités. Tel fut mon sacerdoce : grincer sur commande et sans conséquence. Je suis un irresponsable assermenté depuis l'âge de dix-huit ans. Le peuple ne s'en rend pas compte : il croit que les caricaturistes sont des prétentieux ayant pris la confiance, alors que leur incertitude est criante. J'ai pu appeler au secours toutes les semaines durant trois ans sur France Publique sans être entendu une seule fois. Pour dire les choses clairement : la nouvelle guerre civile oppose les Français qui n'écoutent pas France Publique à ceux qui écoutent France Publique. Les auditeurs de la station leader en France se sentent supérieurs aux autres citoyens. Ils parlent une langue plus élégante, sans accent méridional, ni intonations parigotes. Leurs bouches sont minces et leur élocution pointue. Ils ont des raisonnements intelligents, des références érudites, des solutions de quatre syllabes à tous les problèmes. Ils ne sont pas écrasés par la détresse et l'inquiétude existentielle. Ils sont pacifiques et éco-responsables. Ils ont souvent la sécurité d'un emploi public et détestent les conducteurs de camion. À l'inverse, les personnes qui n'écoutent pas France Publique n'ont pas le sentiment d'habiter le même pays. Ces personnes sont pauvres et précaires, elles n'ont pas d'autre choix que de consommer des perturbateurs endocriniens. Elles galèrent au boulot pour un revenu dérisoire et, si elles se plaignent, la police les tabasse, les éborgne ou leur arrache la main. Elles ne comprennent pas le vocabulaire employé sur France Publique et ignorent l'existence des « avocado toasts ». Elles ont honte de ne pas comprendre les chroniques subtiles et la sémantique intellectuelle des animateurs du service public. Elles se sentent, non pas inférieures, mais exclues. La France a perdu sa langue commune. La coupure est totale. Et tout cela se joue à Paris, dans le même quartier chic, depuis plusieurs samedis. La maison de la radio publique se situe à Paris 16e, dans l'avenue d'un président assassiné. Pour y aller dans quelques heures, je devrai descendre l'avenue Kléber où les indignés font flamber des Mercedes devant l'hôtel Peninsula. Écoutez la question imbitable que Nathan posera à un essayiste vers 7 heures du matin : « Comment analysez-vous cette bascule et ce que questionne ce tropisme de nous et de la société ? » La langue que j'ai apprise à Sciences-Po Paris – et Nathan à Normale sup – n'est pas du français, c'est du morse pour salauds sartriens. C'est un volapük destiné à se gargariser entre « sachants ». Une injure au peuple. Chaque fois qu'un dirigeant emploie l'anglicisme « délivrer » à la place de « faire », ou « adresser » au lieu d'« aborder » un problème, il justifie une révolution.

Les néo-Misérables préfèrent écouter une télévision complotiste russe que la radio étatiste française. Quand le président aura l'idée du Grand Débat, personne ne remarquera l'ambiguïté du terme : il y avait, face à face, un énarque qui débattait et des citoyens qui SE débattaient.

4

L'impératif du moment, c'est de « ne jamais se prendre au sérieux ». Mais si personne ne prend rien au sérieux, on vit dans quel monde ? Il est temps de l'avouer : cette mascarade est née pour moi avec la création du Caca's Club en 1984.

Normalement, un club a toujours un but précis : jouer au golf ou au tennis, réfléchir sur l'avenir de la France, aller dîner avec des hommes d'affaires ou réunir des passionnés de jazz pour un concert… Le mien n'avait pas de projet, à part celui de détruire toutes les boîtes de nuit à la mode et de recouvrir Paris d'un étron géant. Excepté les réunions Dada au Cabaret Voltaire (Zurich), on ne connaît pas beaucoup de clubs dont la raison d'être fut aussi fièrement dénuée de sens. L'intérêt de la presse écrite et audiovisuelle pour le Caca's Club augmentait l'absurdité de ma situation. Plus je m'exprimais publiquement, plus le ridicule tournait à la performance artistique. Si à vingt ans votre principal titre de gloire consiste à avoir bu un verre de champagne par l'oreille à « Bains de minuit », c'est qu'il y a quelque chose qui ne tourne pas rond en ce bas monde. Nous étions fiers d'être absurdes et toute la société nous y encourageait. Je n'avais strictement rien à vendre à part mon nihilisme. Personne du Caca's n'a jamais gagné un centime avec cette organisation. L'entrée était gratuite, les consommations payantes restaient dans les caisses des établissements qui daignaient recevoir ma bande de sales gosses : jamais une association festive ne fut aussi désintéressée. Cela faisait mon orgueil : tous les dirigeants du Caca's perdaient de l'argent et le club était en déficit permanent, comme la France.

Des années après la mort du Caca's Club, j'ai lu un roman de Tom Wolfe intitulé *Moi, Charlotte Simmons*, et alors compris ce que j'avais vécu. Ce livre raconte la vie dépravée des élèves de grandes écoles américaines. Charlotte Simmons est une gentille oie blanche, une ingénue qui débarque vierge à Dupont, une université de l'Ivy League, et se trouve confrontée à l'obsession sexuelle et à l'alcoolisme d'une horde de postadolescents boutonneux. Personne ne révise ses cours, tous ne pensent qu'à picoler et à organiser des fêtes costumées. Ils sont pourtant tous adultes, issus des meilleures familles des États-Unis, tous d'excellents élèves ayant reçu la meilleure éducation possible, bref, l'élite de la nation ; cependant, leur principal objectif est de baiser le plus de personnes différentes, si possible en état d'ivresse. Le satiriste Tom Wolfe a voulu dénoncer le comportement décadent de la jeunesse dorée américaine, en décrivant les futurs CEO's des grandes entreprises comme d'insupportables bambocheurs entre la fin du lycée et le premier stage chez Lehman Brothers. Aujourd'hui, quand je regarde les photographies du Caca's, je vois mon club comme une sorte de parenthèse de débauche dans la vie de presque tous ses membres. Ce fut comme un rite initiatique. Avant de devenir P-DG, banquiers, avocats d'affaires, publicitaires ou ministres, il fallait d'abord se bourrer atrocement la gueule, se déguiser, sauter sur tout ce qui bougeait, dégueuler dans un lit inconnu, pour pouvoir ensuite rentrer dans le rang, épouser une « jeune fille de bonne famille », faire fortune et se reproduire. C'était sûrement un dommage collatéral du système de recrutement consanguin des grandes écoles. L'affreux bachotage des prépas (HEC, Sciences-Po, hypokhâgne ou maths sup) faisait de l'élite française un troupeau de robots qui avaient besoin de péter un fusible pour retrouver forme humaine. Le Caca's Club a été à la bourgeoisie parisienne ce que l'université de Dupont fut pour Charlotte Simmons : l'orgie qui a consolidé, en la canalisant, la folie d'un certain milieu privilégié. Par extension, on peut considérer le Caca's Club – à l'image des humoristes du service public – comme un dérèglement toléré par la haute société parisienne afin de maintenir l'ordre du système en place. Sur une existence qui dure environ quatre-vingts années, le capitalisme autorise à ses futurs patrons une petite décennie de beuverie entre le baccalauréat et l'accession aux manettes. C'est pour cette raison que, quand on les interroge, la plupart des membres du Caca's Club avouent très sincèrement qu'ils ne se souviennent de rien. Ce n'est pas par honte ou une quelconque culpabilité : l'amnésie fait partie du code d'honneur, comme lors du carnaval de Venise, où tous les débordements sont permis à la condition de bien garder son masque sur le visage. Ce qui s'est passé au Caca's reste au Caca's.

Étant fils de bourgeois soixante-huitards, j'ai réellement cru que l'ironie était une forme de révolte. Il faut bien comprendre ce que c'était d'avoir vingt ans dans les années 1980. Mes parents avaient connu la guerre dans leur enfance, puis les Trente Glorieuses, la reconstruction et l'américanisation de la France. Après les utopies foirées des seventies (les moutons dans le Larzac, les disques du Grateful Dead, l'amour libre et son corollaire, le divorce normalisé), les années 1980 virent l'explosion de la publicité, du punk et de la pop synthétique, du ska et du marketing. C'est de loin la décennie la plus cynique du siècle et pourtant la plus frivole, avec les années folles de l'entre-deux-guerres. Le disco, la new wave, la cocaïne et le second degré des années 1980 furent un dernier soubresaut de liberté : le chant des cigales avant une vie de fourmis. J'ai eu vingt ans lors de l'avènement de l'industrie du luxe comme unique horizon français. La consommation était totalitaire, le sourire obligatoire : ce délire date des années 1980. Dire quelque chose de politique, c'était être chiant ou ringard. Je tiens à rendre hommage au pire ennemi de ma classe sociale : François Mitterrand. Son élection en 1981 changea complètement mon pays. Soudain, les radios étaient libres d'être hyper-potaches sur la bande FM : j'écoutais des conneries absurdes, des blagues scatologiques, des chroniques snobs et des musiques dansantes sur Carbone 14, Radio Nova, Kiss FM, Radio Tour Eiffel… Le Caca's Club fut créé la même année que la chaîne TF+. Les années 1980 incarnèrent une sorte de « movida » française avec les magazines *Globe*, *Actuel*, *City*, *Façade*, *Égoïste*, les bars de la rue Quincampoix, les Bains-Douches, Goude et Mondino, Montana, Mugler et Gaultier, et tous ces cocktails bleus dans des verres en forme de V. Il y avait tellement de monde sur les dance-floors qu'il fallait danser les pieds serrés sans bouger, en dessinant des vagues avec les bras pour prendre moins de place. En fait, les danseurs ressemblaient à leurs verres triangulaires. Un morceau de rap (le premier en français) résume cette époque : « Chacun fait fait fait ce qui lui plaît plaît plaît » du groupe Chagrin d'amour. Il raconte une nuit cocaïnée qui s'achève avec une prostituée dans un hôtel : « Le précipice est au bout, le précipice on s'en fout. »

Quelle fête ce fut ! J'ai sincèrement cru qu'elle ne s'arrêterait jamais.

5

Au début des années 1990, lorsque la techno a remplacé la new wave, quelque chose commença à changer. J'ai pris un coup de vieux quand Yazoo et Orchestral Manœuvres in the Dark ont été effacés par Stardust et Daft Punk. C'était presque la même musique... seulement voilà : ce n'était plus ma génération. (Si quelqu'un peut expliquer la différence entre Deutsch-Amerikanische Freundschaft et Gesaffelstein, qu'il se lève tout de suite ou se taise à jamais !) Ou était-ce cette nouvelle maladie qui obligeait à enfiler une chaussette en caoutchouc sur la bite avant d'envisager le moindre plaisir entre amis ? L'invention du téléphone portable transforma aussi la façon de festoyer. Impossible de déconner à 100 % quand on peut à tout moment être rappelé à l'ordre par un « t'es où ? kestufé ? » de sa fiancée. Depuis la création du portable et d'Internet, tout noctambule croit toujours qu'il y a une meilleure soirée *ailleurs*. Mais peut-être y avait-il vraiment de meilleures soirées ailleurs ? J'incarnais quelque chose de rance, de révolu, une condescendance insupportable, un réseau méprisant. Il fallut me rendre à l'évidence : dès le milieu des années 1990, le Caca's Club était has-been. J'étais fini dans la night ; il ne me restait plus qu'à exploiter en art mon image de décadent. Des « raves » démocratiques s'improvisaient dans les rues, les parkings, les terrains vagues, les carrières près de Paris. La jeunesse était happée par cette nouvelle manière de faire la fête, plongée dans une foule d'inconnus, noyée dans la mousse. Et la découverte de l'ecstasy… Cette pilule ouvrait de nouveaux horizons. Elle ne donnait pas envie de clubs fermés, mais d'une osmose chimique avec des milliers d'humains en sueur.

Je ne suis pas fier d'avoir été incapable de renverser la moindre superstructure, mais je reste épaté par l'extrême facilité avec laquelle toute ma génération s'est intégrée à la société la plus individualiste de tous les temps, en remplaçant les pavés de 68 par des poignées de confettis. J'appartiens à la dernière génération qui a trouvé du travail à peu près facilement. Raison pour laquelle elle n'a eu de cesse de cracher sur ses employeurs ? La révolution, la vraie, celle que nous n'avons pas faite, est arrivée. Il ne me reste plus qu'à baisser la tête devant les juges du tribunal populaire afin d'être décapité plus proprement. Nous ignorions à l'époque que l'autodérision n'était qu'une forme de résignation. Je me remémore une de mes soirées dont tous les convives étaient déguisés en pirates ; j'espère l'être resté. Une chose que j'ai gardée du Caca's, c'est que, passé une certaine heure, plus rien ne peut me choquer. J'ai tout vu, tout connu et pourtant je resterai toute ma vie en quête de la MCI (Maximisation de la Connerie Intergalactique). Certains cacasiens préféraient lire J.D. Salinger plutôt qu'Alain Minc : ils sont devenus écrivains, ou se sont suicidés. Exilés fiscaux à Londres, Singapour, Genève, Hong Kong ou Bruxelles, les autres membres du club gouvernent le capitalisme occidental tout en gardant au fond d'eux-mêmes ce réflexe de survie : ne jamais rien prendre au tragique tant qu'il reste une bouteille de champagne au frais. Il ne s'agit pas d'opposer les membres qui seraient « rentrés dans le rang » à ceux qui sont restés bloqués au stade anal. Chacun s'est débrouillé comme il le pouvait avec le fardeau de cet héritage à paillettes. Le bazarder comme s'y complaire sont deux démarches aussi stériles. Aujourd'hui, je sais que le paradis perdu consiste à vivre entre parenthèses dans un monde irresponsable, où il est permis d'être jeune, con, moche et saoul. J'ai continué toute ma vie à croire en la solution festive, persuadé que la gueule de bois maintenait jeune et que je n'aurais jamais cinquante ans. Désormais quinquagénaire, je paie mes impôts en pestant comme tout le monde… Cependant, revisitant ces souvenirs, je souris en levant mon menton proéminent en signe de défi, parce que je conserve dans ma mémoire cette richesse que ni la France insoumise ni le Rassemblement national ne pourront jamais me confisquer. Et si dans quelques années, mes petits-enfants me demandent ce que fut le Caca's, je leur répondrai, les larmes aux yeux : ma noblesse.

3 HEURES DU MATIN

« Pour qu'il y ait de l'art, pour qu'il y ait un acte et un regard esthétiques, une condition physiologique est indispensable : l'ivresse. »

NIETZSCHE,
Le Crépuscule des idoles,
ou comment on philosophe
avec un marteau, 1888.

1

À partir d'un certain âge, il faut renoncer à baiser gratuit. La conquête des femmes exige trop d'efforts physiques : shots de vodka-caramel, traits de poudre nasale, couchage tardif, sexe frénétique avec préservatif et sans éjaculation, prise régulière de Cialis… Trop de risques d'infarctus. Longtemps j'ai préféré les concours d'escorts dans les boîtes du 8e arrondissement. Celui qui avait le plus de bombes à sa table au Raspoutine, au Noto, au Victoria ou au Matignon avait gagné. C'était rigolo, ça coûtait une blinde et évitait la douleur du râteau. Quel soulagement quand tu sais que tu peux coucher indifféremment avec toutes les Moldaves assises à ta table. Plus d'angoisse, plus d'humiliation. T'as gagné si tu dépasses la douzaine de putes. À l'Arc, elles ne paient pas les consommations : elles sont plus ivres que toi. Quand je pense que certains quinquagénaires ont honte de sortir en boîte avec des gamines de vingt ans ! Moi pas ! Je crains surtout de rentrer seul ; j'ai peur de ma main droite.

Définition du capitalisme : t'as gagné si tes amis souffrent plus que toi. Je suis à présent assis à une table au Victoria avec Milica, une native de Saint-Pétersbourg qui me prend pour un Raskolnikov incapable de zigouiller sa concierge. Nous nous parlons sans nous regarder, nos visages sont tournés vers l'Arc de Triomphe fumant.

— *Trump is sexy*, dit Milica.

— *What ??!* Ce gros porc ?

— Oui, il m'excite sexuellement, je te jure que je me touche souvent en pensant à lui.

— L'obèse rougeaud avec sa perruque blonde ?

— Je viens souvent en pensant que sa femme lui pisse dessus. Ou alors j'imagine un threesome avec Ivanka, Melania et Jared Kushner.

— Obama était bien plus beau.

— Le Noir tout maigre avec sa bobonne gentille, là… *No way !* Trump est tellement plus riche, lui et sa famille, ils ont des têtes d'acteurs porno tchèques. Tu sais qu'Ivana, la maman d'Ivanka, est tchèque ? Ils ont tous des brushings et ils sont friqués et ils doivent sentir le parfum Giorgio, et ils ont tous l'air tellement désaxés…

— Mon pote Alé de Basseville a photographié Melania à poil avec une mannequin suédoise, il est exact qu'elle est gaulée. Il est tout de même amusant que ce soit une Slovène liftée qui dirige le monde libre.

— *Oh my God*, j'aimerais tellement qu'elle m'urine dans la bouche.

Tout ce que Milica avait pour elle, c'était sa photogénie sur Instagram, sa ponctualité quand je lui envoyais un rendez-vous par SMS au dernier moment, et ses jambes. Deux tiges interminables, d'un mètre cinquante-six chacune (je les ai mesurées avec une règle pliante). Vous me direz : que foutais-tu avec ce portemanteau ? Et je vous répondrai : je l'écoutais. Cette fille et moi avions une osmose intellectuelle. Je savais qu'elle se droguait fortement, qu'elle disait du mal de moi à ses copines bisexuelles – elle m'avait surnommé « Mister Bean » car j'étais tellement foncedé que je trébuchais sur tous les meubles –, mais ce n'était pas la chose la plus excitante. La chose la plus excitante, c'est qu'elle ne m'aimait pas, ne m'avait jamais aimé et ne m'aimerait jamais. Et qu'est-ce qu'elle était drôle ! Je ne le lui ai jamais dit, mais parfois, pour jouir, je fermais les yeux et pensais à sa couverture du *Numéro* de mars dernier, où elle prenait une douche, nue du haut, en noir et blanc contrasté, le dos cambré, une mèche de ses longs cheveux noirs collée entre ses tétons noirs sur sa chair de poule. Sa méchanceté me donnait des orgasmes.

Je la fais boire terriblement sur le balcon aux murs mauves de la place de l'Étoile. On s'embrasse très fort après chaque ligne, mais nos bouches pâteuses et langues sèches se collent sans la moindre excitation. S'il n'y a pas de salive en haut, c'est qu'il n'y aura pas de cyprine en bas. La coke donne envie de draguer, tout en empêchant de baiser. Pas étonnant que cette poudre rende l'élite schizophrène. Milica dit qu'elle a envie de se suicider parce qu'il n'y a plus de tequila Patrón. Les voitures tournent autour de l'Arc de Triomphe saccagé de l'intérieur comme des planètes aspirées par un trou noir. J'ai attrapé un rhume à force de renifler. Le ciel est traversé d'hélicoptères policiers qui surveillent les incendies de BMW illuminant les façades des immeubles de l'avenue Foch. J'ai l'impression que la redescente de l'escalier des toilettes prend quinze jours.

N'arrivant plus à parler, j'écris ceci sur un ticket de carte bleue :

— De toute façon, les Champs-Élysées méritaient d'être incendiés depuis la fermeture du Queen. Tu ressembles à Faye Dunaway dans *Les Trois Jours du Condor* quand Robert Redford la séquestre dans sa salle de bains, attachée au radiateur.

Elle me traite de « chelou ». Les millennials, même russes, emploient toutes ce terme qui disqualifie tout. Comme « *weird* » en anglais, il est synonyme de « fou », « bizarre », « malade », « compliqué », « angoissant », « taré », « pervers », « obsédé », « original », « différent », « libre », « humain ».

Il est presque 3 heures du matin et l'écran plasma allumé sur BFMTV retransmet des scènes de guérilla urbaine sur les Champs. Soudain, je vois le Fouquet's brûler ! On ignore si c'est la police ou les manifestants qui ont incendié l'établissement. Les images vont faire le tour du monde. Le voilà, mon sujet de chronique pour demain matin. Je vais décrire l'incendie du bar où je me trouvais il y a cinq heures. Je devrais me réjouir car les manifestants ont ravagé la nouvelle déco de Garcia, mais je suis stupéfait de reconnaître mes amis, les serveurs, le barman, le personnel refugié en cuisine et évacué par la sortie de secours à l'arrière, et les tables, les chaises, tout le mobilier saccagé, les vitres défoncées, oh Seigneur, la rage qu'il fallait pour se déchaîner ainsi contre la cantine de Raimu et Colette (qui vivait en face, au sixième étage de l'hôtel Claridge, en 1931). Une image me rend le sourire : trois manifestants se partagent une bouteille de

Chivas sur les Champs-Élysées au milieu des palissades en feu, entre deux charges de CRS.

Tout ce que l'humanité a fait depuis qu'elle a domestiqué le feu, c'est brûler ce qu'elle trouvait. Bois, charbon, pétrole, gaz, cafés, gratte-ciel, animaux, gens. Pas étonnant que le climat se réchauffe.

La pluie s'est mise à tomber pour aider les pompiers à éteindre les flammes.

2

— Milica, cela ne te dérange pas de discuter avec un has-been ?

— T'es pas has-been, t'as un hashtag !

Et Milica me montre qu'en tapant #octaveparango, elle tombe sur des milliers d'occurrences. Tout espoir n'est donc pas perdu.

— J'ai un # donc j'existe !

Je lèche son cou parfumé à la grenadine.

— Chérie, ton cou est tellement sucré qu'il va augmenter mon taux de glycémie. Étant diabétique de type 2, si je mords ton oreille vanillée, je risque de ne plus sentir mes pieds, et si je lèche tes lèvres fruitées, je pourrais bien devenir aveugle.

Pendant trente ans, j'ai appelé à la révolution en déconnant et maintenant qu'elle a lieu au Fouquet's, à cinq cents mètres du palais de l'Élysée, je tremble, je recule et me sens minable. Je comprends que j'ai toujours été dans le camp adverse, depuis ma naissance dans le Neuf-Deux. Mes innombrables efforts pour échapper au déterminisme social n'étaient que des tentatives piteuses pour passer pour un garçon désobéissant. La vérité me dégoûte : je ne suis qu'un communard de salon. Cette révolution survient trop tard et elle est sale, brusque, bordélique, instantanée, désorganisée. Je ne comprends rien à ces barricades improvisées autour de l'Étoile, je n'ai pas vu venir cette colère du haut de mon Olympe médiatique. Pensez-vous : une révolution hebdomadaire ? Cela a un côté *Saturday Night Fever*, ces délinquants qui montent à la capitale tous les week-ends pour casser les magasins remplis de produits qu'ils ne peuvent s'acheter. Contrairement aux danseuses du Crazy Horse, je ne veux pas le changement et ne l'ai jamais voulu, je le crains, j'ai trop à perdre. Je suis frileux et recroquevillé sur mes derniers privilèges. Pour rien au monde je ne renoncerais à ma loge à Roland-Garros ou à ma carte rose à pois jaunes permettant de doubler la file d'attente du Festival de Cannes. Je vois bien que le bateau coule et, au lieu d'écoper ou de lancer des bouées aux naufragés, je bouscule femmes et enfants en gilet de sauvetage pour arracher encore quelques années de confort bourgeois. J'aime traîner dans le 8e parce que la nuit, c'est un arrondissement de bureaux vides ; je ne m'attendais pas à y croiser autant de militants encagoulés. Autrefois, les manifestations allaient de République à Nation, elles ne dérangeaient pas les *chalalas* dans mon genre. Les émeutiers de l'avenue des Champs-Élysées ont compris qu'il ne servait à rien de défiler dans des quartiers désargentés. Deux affiches Figaret avec mon visage photographié en noir et blanc ont été taguées avant d'être arrosées d'essence et enflammées. Le bord de ma joue droite est calciné. Un mannequin décapité, volé dans une boutique voisine, a été déposé devant mon effigie, le majeur dressé. Je me demande quelle conclusion je dois en tirer.

Curieusement, malgré des années d'effort, je n'ai jamais vraiment réussi à alerter les consciences sur la souffrance des personnes nées à Neuilly.

Encore une chronique à jeter à la corbeille. Jamais je ne pourrais prononcer des choses aussi vraies à la radio. Je me précipite aux toilettes des hommes avec Milica. Son grand jeu consiste à pisser debout dans les urinoirs pour garçons. La tête des mecs quand ils voient cette fille perchée sur talons de 12 baisser sa culotte et envoyer un jet parfaitement rectiligne dans la faïence ! Simone de Beauvoir réincarnée en Pussy Riot. Je trace des lignes sur le marbre noir des toilettes avec ma carte de membre du Club Albane. Quand je sors des chiottes tout anesthésié, Milica se fout de ma gueule. Pensez-vous : un vieux obligé de mettre ses lunettes pour préparer les rails. Je suis souvent désopilant sans le faire exprès.

— Tu sais que c'est rigoureusement démodé de se mettre dans des états pareils à cinquante ans révolus ?

— Tu sais que moi et mes cinquante ans révolus on t'emmerde vigoureusement ?

Des lèvres pourpres, une peau de crème et une lucidité perfide : cette fille est un danger public. Je reprends une autre trace directement sur ma main. Et tout d'un coup la vérité me saute aux yeux. C'est à moi qu'ils en veulent. Les insoumis m'ont suivi. Ils ont fomenté la grève du Crazy, incendié le Fouquet's puis le restaurant de la Grande-Armée, ils brûlent tous les lieux où je passe. Ils sont après moi. C'est sûr. Et j'ai envie de répéter cette information à tout le monde, en boucle.

— Les gilets me cherchent.

— Mais oui, Octave.

De l'autre côté de la baie vitrée, les black blocs noir et jaune comme des essaims de guêpes jetaient des bouteilles de verre sur les boucliers des CRS, barricadés derrière des grilles d'arbres arrachées et des barrières métalliques empilées. Ensuite, les guérilleros urbains retiraient leurs cagoules et casques, et changeaient de fringues en cinq secondes, en marchant lentement pour ne pas se faire prendre. Certains de ces hippies punks arboraient le masque de *V pour Vendetta* d'Alan Moore, mais je voyais *Le Cri* de Munch sur patins à roulettes. Il était compliqué en France d'en vouloir à des agitateurs. Le 14 Juillet, fête nationale française, est l'anniversaire d'une manifestation interdite par la police. C'est pourquoi en France les insurrections sont sacrées. On ne touche pas au droit à la colère dans notre pays. La Révolution est notre ADN, notre République est née d'un foutoir violent organisé par une bande d'émeutiers qui ont libéré une prison avant de guillotiner le roi et sa femme. J'admirais les crânes ouverts, les fractures de l'arcade, la témérité des jeunes subissant le matraquage des tibias, des rotules, du ventre, des parties génitales, voire de la pomme d'Adam.

Notre nation est née d'une sédition.

Milica semble préoccupée par mon hypertension. Elle me conseille d'essayer la kétamine.

— Mélangée à la coke, ça s'appelle un CK. Un Calvin Klein. Tu dois te détendre, tu es trop énervé.

— Merci docteur pour votre ordonnance.

Elle me glisse son index dans la narine. Au point où j'en suis, me dis-je. Et j'inspire une pointe de poudre dans le creux de son ongle manucuré, turquoise, assorti à la couleur de sa langue quand elle boit du Get 27.

— Cela veut dire que tu calcules ton vernis en fonction de ta boisson ? Voilà ce qui me dégoûte dans votre génération : rien de spontané.

3

Je n'étais pas un mauvais chroniqueur, mais je n'étais pas le meilleur ; c'était Pedro Mika. M'en apercevant, j'ai rapidement tenté de faire passer ma médiocrité pour de la paresse. Je préférais que les auditeurs se disent « Il ne fout rien » plutôt que « Il est nul ». L'embêtant, c'est qu'ils se disaient probablement les deux. Très vite, je me suis trouvé prisonnier de mon personnage de branleur, qui évite de se creuser les méninges pour écrire quelque chose d'original. Après tout, j'étais l'écrivain de la bande, je n'avais rien à prouver, et d'ailleurs on ne me le demandait pas. J'étais à la fois respecté, traité avec beaucoup trop d'égards, et simultanément considéré comme une pièce rapportée, un hurluberlu en dehors du « game » des comiques professionnels de service public. Parmi les chroniqueurs de la Matinale, j'étais le seul qui n'était pas en tournée de one-man show dans toute la France. Les autres effectuaient de la présence pour remplir leurs salles. Moi, je faisais le pitre uniquement par mégalomanie, pour retrouver les sensations du Caca's Club. On n'attendait rien de moi et du coup je n'ai rien donné. J'ai une vie trop tranquille, et je cherche à déstabiliser mon confort dans la nuit, l'ivresse, les paradis artificiels… et la chronique en direct. Ce qui me plaisait, c'est d'être toujours au bord de la catastrophe, du gouffre, de sentir la peur, le trac monter, la panique dans les yeux de Laura, la jubilation dans ceux d'Antonin, la consternation dans ceux de Nathan. Quand j'étais petit garçon, ma maîtresse d'école écrivait sur mes rédactions : « Peut mieux faire. » Je ne sais pas pourquoi, toute ma vie, on s'est imaginé que j'en avais encore sous le pied. Et si c'était faux ? Et si je ne pouvais pas m'améliorer ? Serait-ce si impardonnable de dire, comme les participants des « Chiffres et des Lettres » quand ils ne parviennent pas à obtenir le résultat demandé : « Pas mieux » ? Ma vie publique est une tentative désespérée pour me faire passer pour un décadent alors que je suis un BCBG au petit doigt levé dans un rallye. Je me démène pour avoir une image de défoncé alors que je suis hypocondriaque. D'où me vient ce désir de salissure ? De Serge Gainsbourg. De Charles Bukowski. D'Antoine Blondin et Alain Pacadis. De Paul Verlaine et Alfred de Musset. De Dorian Gray et des Esseintes. Et du Caca's Club.

Les soirées du Caca's Club seraient impossibles à organiser aujourd'hui. Je me souviens d'un bal Tchernobyl en 1986, juste après la catastrophe nucléaire, où deux cents invités sont venus en combinaison de protection antiatomique ou défigurés au latex. J'avais trois bras, le nez ouvert et sanguinolent, le crâne chauve, maquillé par une spécialiste d'effets spéciaux cinématographiques, avec des pustules sur le front et les joues. Ce soir, la même dérision festive conduirait à improviser une soirée en gilets fluorescents, au club de l'Arc bien sûr, avec deux cents fils et filles de bonne famille arborant des bandeaux sur un œil comme Jérôme Rodrigues, où l'on boirait des cocktails Molotov, surveillés par des CRS portant des masques à gaz, avec jets de fumigènes sur le dancefloor. Il est évident que nous serions lynchés. Ma tête serait mise à prix sur Facebook et Twitter. La racine de cet humour parodique vient des pastiches de Jalons, de l'esprit *Hara Kiri*, du professeur Choron que j'ai connu chez Castel et des délires des Nuls sur TF+ dans les années de l'après-guerre froide.

L'après-guerre froide : la chute du mur de Berlin en 1989 a entraîné une libération sans guerre. Depuis trente ans, nous fêtons la fin de la non-guerre entre les États-Unis et l'URSS. La victoire du capitalisme sur le communisme fut celle du cynisme sur l'espérance. Mon attirance pour la dérision résulte aussi de cette potacherie qui n'est au fond qu'une phase estudiantine de rébellion inoffensive contre mon milieu social privilégié. Cette phase aurait dû durer quelques années, une décennie tout au plus. La bizarrerie dans mon cas a consisté à rester dérisoire jusqu'à la fin du monde.

Le Caca's est né en 1984. Il était une fois cinq garçons de vingt ans qui s'ennuyaient en smoking dans les rallyes mondains : l'Argentré, le Turckheim-Girod de l'Ain, le Schlumberger, le O'Neill, le Amic, le Bremond d'Ars. Tous les samedis soir, nous recevions des bristols à écriture anglaise pour des fêtes guindées au Cercle Interallié, au Jockey Club, au Cercle Militaire, au Polo de Bagatelle, au Tir aux pigeons, au Pré Catelan ou au France-Amériques. Le quintette buvait mais ne se droguait pas encore. Les lendemains de fête, nous nous réunissions, tous les dimanches soir, dans des pizzerias germanopratines en semant le bordel jusqu'à ce que les restaurateurs soient obligés de nous raccompagner à la porte manu militari sans nous faire payer l'addition. Un soir, c'est Charles de Livonnière qui a baptisé notre association. Viré par un serveur feignant l'accent italien, il proclama : « Un peu de respect, nous sommes tous membres du Caca's Club ! » L'apostrophe possessive anglaise parodiait Annabel's, Régine's, Maxim's, le Griffin's, tous ces hauts lieux du snobisme international. Accoler le terme le plus puéril et scatologique à l'emblème possessif du chic moderne : sa trouvaille était d'une efficacité redoutable. « Le Caca's Club » : l'appellation nous allait bien, à nous qui ne parlions que de caca, de pipi, de vomi, de cul, de bites, de chattes, d'alcool et d'herbe, tout en ayant des parents membres du CAC 40. Pour être franc, je dois confesser qu'à cinquante ans passés, je m'ennuie vite quand il n'est pas question de ces sujets. Les blagues potaches, scato, porno et trash me font toujours rire comme un gosse. J'aime Rabelais, les films d'Apatow, *Very Bad Trip* et *Projet X*. Je suis puéril, « indécrottablement » est l'adverbe idoine pour décrire mon infantilisme. Il ne nous restait plus qu'à trouver la signification de l'acronyme : après quelques conciliabules, nous optâmes pour « Club des Analphabètes (nous l'étions suffisamment, et le sommes restés) Cons mais Attachants (l'autodérision compensée par le souci de plaire : où l'on voit que nous étions déjà des tapins) ». Cinq adolescents attardés qui s'encanaillaient, estimaient que sortir uniquement le samedi soir était nettement insuffisant à leur équilibre psychique, et faisaient semblant d'être impolis pour se faire pardonner leur chance d'être nés avec une cuillère de pognon dans la bouche : voilà, au départ, ce qu'était le Caca's.

4

Cela fait trente ans que la presse dit n'importe quoi sur notre association de malfaiteurs : on la prend pour une secte, une loge P2, un complot tout-puissant, une nouvelle forme de maçonnerie. Je suis heureux de rétablir enfin la vérité : nous étions juste une bande de crétins. Par ordre alphabétique, les cinq fondateurs du club étaient : Stéphane Haskell, Charles de Livonnière, Édouard Lussan, Guillaume Rappeneau et votre serviteur. Stéphane était le plus beau, Charles le plus drôle, Édouard le plus imaginatif, Guillaume le plus fou, et moi… je crois que j'étais celui qui voulait le plus faire parler de lui, pour d'obscures raisons que mes œuvres complètes n'ont pas encore réussi à élucider. L'assemblage était incohérent mais parfait pour que la mayonnaise prît : Stéphane était le play-boy de la bande, un brun ténébreux appartenant à la famille Gallimard, qui cachait son angoisse derrière un sourire denté ; Charles, le plus petit de taille, ne pensait qu'à dire et à faire des bêtises comme un enfant turbulent, et il n'a jamais changé, restant le plus fantaisiste du groupe ; Édouard, le faux taciturne et roi du sarcasme, dessinait des scènes de guerre, connaissait par cœur tous les films d'horreur et brisait gentiment les cœurs des filles masochistes qui, régulièrement, en tombaient amoureuses ; et Guillaume... eh bien, Guillaume était le plus rebelle : depuis l'âge de seize ans, il fréquentait l'Apocalypse où nous n'entrions pas, et traînait avec des voyous, des gens du showbiz, des filles de chez Madame Claude ; quant à moi, avec mon long menton, mes lunettes et ma maigreur... j'ai tout de suite compris que j'embrasserais davantage de filles si j'intégrais cette bande. Pourquoi est-ce qu'on s'entendait si bien ? Nous ne le saurons jamais, rien ne fut jamais analysé ni calculé, mais le fait était qu'on riait tout le temps. J'ai l'impression, en y songeant, que nous n'avons absolument rien fait d'autre que rire pendant toutes les années 1980 et 1990. C'était notre seule priorité : les études, l'avenir, la France, l'amour et même le sexe passaient après cette cavalcade – ainsi que l'a surnommée un de nos piliers, Bruno de Stabenrath. Le jour où certains se sont demandé ce qu'ils foutaient à bord du rafiot, le naufrage avait déjà eu lieu. Entre-temps, dix années de délires infantiles auraient creusé nos cernes. Dix ans : quatre-vingts bals costumés dans toutes sortes d'endroits abracadabrants. Des soirées à thèmes piqués dans l'actualité, des idées parodiant les films que nous aimions ou les disques que nous écoutions, des moqueries, des taquineries, des scandales parisiens et des provocations débiles : plus c'était stupide, plus nous étions fiers de nous. En mai 2014, quand Wild Bunch a organisé une soirée « DSK » à Cannes pour le lancement du dernier film d'Abel Ferrara, avec les mecs en peignoir et les filles en femmes de chambre, tout le monde a crié au mauvais goût, à la vulgarité, à la bêtise. J'ai pensé tout de suite : voilà une idée très cacasienne.

Aujourd'hui, avec trente ans de recul, je me rends bien compte de l'absurdité de notre démarche : pour nous révolter contre la prison dorée des rallyes, nous n'avions rien trouvé de mieux que… de créer un club encore plus exclusif. Un cercle rassemblant deux cents personnes pour des fêtes itinérantes, qui n'était en réalité rien d'autre qu'un rallye parallèle, un antirallye, déguisé en « fraternity », le principe s'inspirant de ces associations d'étudiants snobinards qui vomissent dans de vieilles bâtisses à Harvard, Princeton et Yale. En fait de révolution, nous n'accoucherions que de soirées élitistes entre ploutocrates arrogants.

À la sortie de Sciences-Po, les deux grandes écoles étaient l'ENA ou le CACA : il fallait se déterminer. La nostalgie ne suffit pas à faire pardonner notre absence totale d'engagement politique. Notre impuissance, que nous baptisions anarchisme mondain, venait peut-être de la désillusion de cette époque où les idéologies firent long feu : le Caca's Club ne fut pas pour rien dans la chute du mur de Berlin, puisque nous y avions graffité un jeu de mots pourri (« Le Caca's fait le mur »), quelques années avant 1989. L'excuse était toute trouvée : nous serions désenchantés, comme le chantait Mylène Farmer (« Tout est chaos, à côté ; tous mes idéaux, des mots abîmés »). Le chaos, nous voulions le mettre K-O à coups de shots de vodka, et ce que certains appelaient « deuil des utopies », pour nous, consista principalement en une longue, pénible et interminable gueule de bois. Qu'est-ce que nous buvions ! Je n'ai jamais autant bu que durant ces années. Tous mes copains étaient de véritables ivrognes, proches de la clochardisation. Je n'exagère pas : les comas éthyliques étaient hebdomadaires, les filles s'endormaient dans le caniveau, les garçons dégueulaient sans cesse, tout le monde finissait affalé par terre, les côtes fêlées, couvert d'hématomes violets, sous une grappe humaine nommée Bostella, dont j'ai organisé le championnat du monde au Bataclan le 25 janvier 1987. Heureusement que les consommateurs de drogue étaient minoritaires dans notre bande (en ce temps béni), sinon nous serions probablement tous morts l'année où Checkpoint Charlie, à Berlin, fut transformé en mémorial touristique.

Nous avions fait nôtre la devise de Stendhal : SFCDT. Se Foutre Carrément De Tout. Se moquer de l'univers, faire la fête sans arrêt, ironiser en permanence, sur tous les sujets, jusqu'au scandale, jusqu'au procès : nous pensions que notre ricanement était sain. C'était peut-être con. C'était sûrement léger, inepte, vain, frivole. Mais ce qui semblait si important quelques années avant nous (la justice sociale, le bonheur universel, la paix dans le monde, le partage des richesses) était officiellement devenu impossible. Et à cette résignation reconnue par presque tous les hommes politiques et les intellectuels (surtout de gauche) venait s'ajouter une nouvelle impuissance : la défense de l'environnement contre la pollution industrielle qui paraissait détruire irrémédiablement notre cadre de vie. C'était l'époque où les écolos commençaient leur long travail de sape sur le moral de leurs concitoyens. Notre anarchisme mondain était un déguisement branché qui nous évitait de reconnaître que nous étions de droite avant même d'être nés. On avait choisi pour nous : notre milieu, nos parents, notre adresse, nos vêtements étaient de droite. Personne ne nous demandait notre avis, et toute révolte serait pathétique. Je croyais sottement que se foutre de tout était « anar » : j'ignorais que l'à-quoi-bonisme fût toujours un aveu d'impuissance. La génération désenchantée sait à présent que blaguer sur tout ne construit rien, mais au moins cette génération n'a-t-elle pas une goutte de sang sur les mains, contrairement aux précédentes. À TOUTES les générations précédentes, en tout cas dans mon pays. Et dire que nous dansions le rock sur « Enola Gay » sans savoir que c'était le nom du bombardier américain qui a rasé Hiroshima…

5

Les fêtes sont bien plus que des fêtes. Le temps embellit les souvenirs. Dénuées d'intérêt le jour de leur parution (sauf pour y constater les dégâts sur les joues de l'abus d'alcool), les rubriques mondaines deviennent féeriques trois décennies plus tard. Les albums de photos se transforment en catalogues de fantômes. La photographie d'un bal oublié, c'est une jeunesse retrouvée. Toutes les maîtresses de maison vous le diront : le meilleur moment, quand on organise une soirée, c'est celui où l'on perd le contrôle. Au Caca's Club, quand la sauce prenait, cela signifiait que tout m'échappait entièrement, et que personne ne se souviendrait de rien. Heureusement que nous avons des photographies pour nous prouver que tout ceci a bien eu lieu. Notre sommet, c'était le bal « Barry Lyndon » au Palace. Avant ? Des répétitions, des brouillons d'étudiants, des beuveries rigolotes. Après ? C'était drôle, mais c'était moins beau que le bal « Barry Lyndon ». Cette nuit-là, quand Claude Aurensan et Gilles Roignant nous ont prêté la grande salle du Palace pour organiser un dîner en tenue XVIIIe, fut notre apothéose. Tout le reste semblait avoir mené à ces perruques, ces visages poudrés, ces robes décolletées, ces menuets endiablés. Un orchestre de musique de chambre jouait Bach, Couperin, Rameau, Mozart. Il dut battre en retraite devant l'avalanche de projectiles alimentaires. Je pense que le film de Kubrick résumait assez littéralement ce que nous vivions : Redmond Barry est un pauvre escroc qui tente de s'infiltrer dans la noblesse, un pitoyable fils de paysans arriviste qui gravit les échelons. Ce sera à peu de chose près notre destin par la suite : le succès, puis la chute. Cette saison-là, les tenues libertines étaient relancées par Karl Lagerfeld et Laurent Boutonnat. Nous avions allumé des centaines de bougies, au mépris de toutes les règles de sécurité (une folie pareille serait inimaginable aujourd'hui) : la lumière des flammes mettait les visages en valeur, risquant d'embraser les jupes à crinoline des marquises et vicomtesses. Mais la principale idée de ce bal costumé est à mon sens la plus simple, et pourtant je ne l'ai jamais revécue depuis. J'avais bien sûr acheté la bande originale de *Barry Lyndon* sur vinyle, ainsi que celle d'*Amadeus* de Forman, et apporté une pile de disques Deutsche Grammophon empruntés à mon père mélomane. Et nous n'avons écouté que de la musique classique. Toute la nuit, les deux cents membres du Caca's ont dansé comme des fous au son d'orchestres philarmoniques ou de quintettes à cordes : sarabandes, gigues, menuets, branles, quadrilles, polkas, rigodons, rondes et tarentelles. Nous tolérâmes tout de même un anachronisme : « Golden Brown » des Stranglers car il s'agit d'une valse interprétée au clavecin. Personne n'avait jamais vécu un moment aussi poétique. Quand une oreille habituée au disco synthétique n'entend que de la musique classique dans une discothèque, au début elle renâcle, se plaint, elle se sent frustrée de ses BPM habituels. Et puis, si le DJ insiste un peu, il se produit quelque chose de fascinant : l'être humain accepte de danser comme à l'époque où *Les Noces de Figaro* étaient le tube de l'été. Après tout, nos ancêtres s'éclataient à l'époque sur Mozart, pourquoi ne pas faire comme eux ? Les invités se parlaient en vieux françois ! « Oncques n'eût vu plus charmante damoiselle » ! « Nonobstant cette fâcheuse habitude que j'ai contractée de boire… » « Ma mie, vous m'échauffez les sens, dès lors je m'en vais céans vous conter fleurette, derechef et tout de go ! » Comme si des siècles de vie aristocratique ressuscitaient dans les veines de nos invités « fin de race » et exsudaient par tous les pores de ces descendants de grandes familles à châteaux en Sologne. La musique d'époque et les photophores, la hauteur théâtrale de plafond, les décolletés pigeonnants à mouches et les perruques blanches, tout contribuait à plonger ces héritiers décadents dans leur espace-temps naturel. Je me dis souvent que c'était la plus belle fête de ma vie, mais cela ne signifie rien, c'est oublié, cela n'a pas d'importance, ou plutôt c'est plus profond que ça : ce soir-là, je suis entré dans un pays parallèle, ou un rêve éveillé. Je pense que l'envie d'écrire me titillait depuis longtemps, mais je n'avais encore rien publié, et n'imaginais pas que cela fût possible. La plupart des invités de cette soirée sont devenus des gens très sérieux, avec des métiers importants dans le commerce ou la finance, ils sont tous pères ou mères de familles nombreuses. Dans leur existence, le Caca's Club ne constitue peut-être qu'une parenthèse festive, aujourd'hui un vague souvenir rigolo. Comme je les envie ! Comment font-ils ? Ce que j'ai découvert le soir du bal « Barry Lyndon », c'est que la carrière professionnelle ne m'intéressait pas du tout. Je ne voulais pas gagner ma vie mais la dilapider. C'est à partir de cette soirée-là que je suis devenu le moins riche de tous mes amis. Je voulais habiter dans ce dîner imaginaire, être projeté dans ce monde sublimé où les filles ressemblaient à des héroïnes des *Liaisons dangereuses*, où les hommes se battaient en duel entre deux orgies et mangeaient des cailles rôties avec les doigts en tachant leur pourpoint, où tout était plus beau, plus grandiose, plus drôle et plus libre que dans la réalité. Je n'ai plus jamais cessé de rechercher ce trouble, cette perte des repères, ce que j'appellerais… le flou artistique. Il existe des fêtes dont on ne guérit jamais. Quand je disais en commençant que la fête c'est plus que la fête, je voulais dire ceci : une fête peut changer le cours d'une vie. Elle peut devenir une échappée, une bifurcation, un refuge. Je me suis aperçu que tout ce qui m'était arrivé d'important dans ma vie s'était passé dans des fêtes. Je n'ai rien vécu d'intéressant à l'école, ni au lycée, ni à l'université. Je n'ai rencontré personne à la sortie de la messe, ni à l'armée, ni à la télévision, ni dans les réunions d'agence. Certaines fêtes fabriquent des déchets qui refuseront toute leur vie de se coucher tôt. Je fais partie, avec quelques-uns qui se reconnaîtront, de ceux qui ne se sont jamais remis du bal « Barry Lyndon » au Palace. J'aurais aimé que cette soirée ne finisse jamais, car d'une certaine façon, elle me ramenait à cette noblesse que je n'ai jamais connue, même si elle coule dans mes veines.

Et c'est ainsi qu'un matin, on se réveille célèbre, avec une terrible migraine. La veille, vous n'étiez qu'un petit étudiant inconnu qui envoyait des cartons d'invitation et collait des timbres sur des enveloppes. Le lendemain, vous êtes connu, alors que vous n'avez encore rien fait. Le Caca's Club a eu ce pouvoir, comme l'eurent, par la suite, les émissions de téléréalité. Soudain nous étions des personnalités, c'est-à-dire que nous étions passés de l'invisibilité frustrante à la visibilité creuse. Du jour au lendemain, mon téléphone sonnait tout le temps pour des demandes d'interviews ou de photos, des émissions de radio et de télévision, des invitations à des fêtes, et même pour me proposer du boulot (piges dans *Globe*, *Glamour*, *Actuel*...). Inviter ou critiquer la « bande du Caca's » était la garantie d'être furieusement tendance, en cet hiver 1987. Nous énervions, donc nous existions. La tête s'est mise à me tourner. On me saluait partout : les membres du Caca's me devaient le respect, et les non-membres se demandaient comment y entrer. Dans les rubriques « people », on nous charriait, nous décrivait comme une jeunesse dépravée, nous posait des questions sur notre habillement, nos disques préférés, nos projets d'avenir. J'étais bombardé roi de la nuit parisienne, à vingt et un ans je posais en photo dans *Vogue* avec David Guetta et Laurent Garnier, Guillaume Castel et Philippe Corti, Claude Challe et Hubert Boukobza. Cela n'avait aucun sens, et je savais bien que je n'étais pas complètement ce personnage détestable, mais pourquoi le démentir ? Les jolies filles accouraient à nos fêtes. La veille, ce que je disais ne faisait rire que mes quatre copains. Le lendemain, des beautés extraordinaires s'esclaffaient à mes moindres pitreries. La vie était un régal, seul le monde de la nuit dépose pareilles offrandes à vos pieds. Une mauvaise réputation se gagne en un clin d'œil, et se perd plus lentement. Souvent, je croise des gens qui se plaignent de ne pas avoir profité de leur jeunesse. Je n'en fais pas partie. Je n'ai pas adoré mon enfance, dont je me souviens peu. Mais je me suis énormément vengé dans ma postadolescence. À partir du bal « Barry Lyndon », je devins le spécialiste officiel du gâchis juvénile.

Oh ! mon Dieu, depuis combien de temps suis-je parti en fixette sur le Caca's ? C'est le danger de la kétamine : on se perd dans ses pensées, et l'on se retrouve seul à sa table, les yeux dans le vague, à ressasser des souvenirs, alors que les autres sont partis, et qu'il est de nouveau 4 heures du matin.

4 HEURES DU MATIN

« Quatre heures du matin
C'est l'un des derniers verres
Dans les ombres étranges
Et les bouteilles vides
Il va falloir sortir
Dans cette rue humide
Là où le vieux malaise
Me fait presser le pas
Et je veux te dédier
Ma migraine, mon ennui
Le début de ma haine
Et le fond de mon orgie. »

Julien CLERC,
« Quatre heures du matin », 1969.

1

Une fois, j'avais été convoqué dans le bureau de la Patronne. Le jeudi précédent, j'avais fait ma chronique en direct de mon téléphone portable, dans ma voiture bloquée dans les embouteillages, à l'entrée de Bayonne. Bref, j'avais un peu poussé le bouchon. Le bureau de la directrice des programmes avait une moquette épaisse et des étagères aux murs, où étaient rangés des CD toujours sous plastique, des livres dédicacés, des piles de DVD. J'étais attristé par tout cet art sous blister. Tous ces frais de Chronopost, dépensés en vain.

Françoise Bachelot m'avait expliqué que dorénavant, je ne pourrais plus faire ma chronique en direct de la côte Atlantique. Il fallait que je vienne à Paris tous les jeudis, mais la radio ne pouvait me rembourser ni les frais de voyage, ni la nuit d'hôtel. En gros, avec ma pige de 250 euros, je perdais de l'argent en restant. J'aurais dû comprendre que je devais partir, mais elle insistait pour que je continue la chronique hebdomadaire.

— Tu apportes un truc original, décalé, t'es disruptif, c'est sympa ton spa auditif, j'adore quand tu imites Modiano, c'est parfait ! Bon, ça dépend des semaines, parfois t'es un peu bancal, mais ça fait partie de ta fraîcheur : on ne sait pas ce que tu vas faire, j'aime que tu prennes des risques.

Elle me demandait seulement de ne pas sortir trop tard la veille.

— Tu comprends, ça s'entend vraiment dans ta voix. C'est pas très agréable pour nos auditeurs de se lever en entendant un type dont *la voix pue la vodka.*

— Mais c'est ce que les gens attendent, non ? Que je sois fatigué… que je n'aie pas dormi… ça les amuse !

— Tu n'es pas obligé de leur donner ce qu'ils attendent. Tu étais très drôle quand tu as organisé un faux « Masque et la Plume » avec Garcin sur la campagne des présidentielles. Et si tu tiens à passer pour un noctambule, tu peux mentir ! T'as qu'à dire que t'as pas dormi, tout en ayant ronflé huit heures !

C'est embêtant d'être dirigé par quelqu'un d'intelligent. Il va être difficile d'en faire un personnage de méchante dans ma trilogie anticapitaliste. Car le véritable idiot, dans toute cette histoire, c'est moi. Je voulais jouer les nihilistes sans mettre fin à mes jours. Je voulais être un kamikaze sans me faire exploser aux abords du Stade de France. Le suicide radiophonique me paraissait la seule option permettant de concilier autodestruction publique et lâcheté physique. Françoise a poursuivi sa diatribe sur sa lancée.

— Le socle des auditeurs de France Publique, ce sont les profs. Ils ne supportent pas les cancres dans ton genre. C'est une vraie secte ! Le service public, c'est leur matrice, leur repère, leur maison. Ils nous engueulent chaque fois que tu arrives les mains dans les poches ! Il faut que tu fasses semblant de travailler, même si tu ne fous rien.

(N'avait-elle pas compris que c'était l'inverse ?)

— L'animateur ne m'aide pas, ai-je rétorqué. J'ai connu un congélateur Blaupunkt qui dégageait davantage d'empathie.

— Que veux-tu, Nathan se protège… Il ne peut pas copiner avec tout le monde, il doit rester concentré et rendre l'antenne à l'heure.

J'entendais mes cheveux blanchir pendant cette conversation.

Je rêve d'une chronique qui ne fasse pas rire, mais pleurer. Une chronique d'une mélancolie épouvantable. Chaque matin, je raconterais tout ce qui disparaît, les génies qui meurent, la fin des oiseaux et des cachalots, le chagrin de vieillir, l'enlaidissement de mon pays… Je rêve de faire l'éloge de la Géorgie, de décrire ma future maison entourée d'églantines, dans la campagne près de Tbilissi, où le vin coulera à flots et où le pain au fromage se nommera « Hatchapouri ». Telle est mon utopie secrète. Je voudrais une chronique où je ne prononcerais qu'un seul mot : « Hatchapouri… » en pleurant, et les auditeurs se demanderaient ce qu'il signifie.

Après avoir été le Che Guevara du Flore, je veux être le Citizen Kane de Tbilissi.

2

Un noctambule dépravé
Titubait sur une avenue dépavée.

Je sors à regret du K-hole où j'étais revenu trente ans en arrière. J'ai aimé me rouler en mon passé comme dans ces couvertures de survie dorées qui servent à réchauffer les victimes d'attaques terroristes. Je regarde les incendies éteints. J'aime l'odeur du goudron fondu sur l'avenue de la Grande-Armée au petit matin. La révolution de l'Étoile provoque un embouteillage de limousines devant l'Arc. Les Saoudiens s'enfuient, persuadés que la horde va venir les piller. Ils craignent pour leurs grosses montres Hublot qui valent le prix d'un trois-pièces à Livry-Gargan. Une buée bleutée flotte sur l'avenue endormie. Milica m'écrit qu'elle est partie au Raspoutine pendant mon trou noir. « Sorry, j'ai dû t'en donner un peu trop. Viens, c'est bien ici, ils passent Donna Summer. »

La kétamine est la métaphore de ma condition. Elle fonctionne en trois phases qui ressemblent à mon existence. Tout d'abord, elle crée un déphasage ramolli, une perte des repères que l'on pourrait baptiser « effet Chamallow », où l'individu se sent comme en flottaison sur un waterbed ou comme Louis de Funès plongé dans la cuve de chewing-gum vert de *Rabbi Jacob*. Disons que le premier trait équivaut à fumer dix pétards de White Widow ; c'est déjà très bien. La deuxième étape est la phase dite de « décorporation », surnommée le K-hole, qui fait du kétaminomane une âme errante, sans but, sans racines, une entité égarée qui plane et imagine des interactions virtuelles. En gros, le drogué reste assis, le regard éteint, et s'imagine qu'il se lève, sort dans la rue, marche, suit des gens, leur parle, observe le monde, vit des expériences… et survient alors la troisième phase, celle de l'atterrissage, où le consommateur finit par réintégrer son corps immobile, toutes ces errances n'ayant été que fantasmes irréels. Il a cru qu'il s'était levé pour se faufiler au bar ou qu'il était sorti prendre l'air, mais soudain il se voit, toujours assis sur la même banquette, le menton posé sur la main. Les neurologues nomment ce type d'expérience un « état de conscience modifiée » : l'esprit se déplace loin du corps, comme si la pensée équivalait à une téléportation. La kétamine correspond parfaitement aux années 2020 où la souffrance existentielle est tellement élevée qu'on a besoin de sniffer un tranquillisant pour chevaux. C'est la molécule du solipsisme : elle liquide toute réalité extérieure à soi. La décorporation fait passer du « je » au « il ». On se voit vivre de l'extérieur comme dans une Near Death Experience. Tous les romanciers devraient être sous kétamine, puisque c'est le produit qui transforme la vie en roman. En t'éjectant de ta propre condition et en te donnant une vision extérieure de toi-même, la kétamine fait de toi… un auteur de fiction.

Plus l'époque était égoïste, plus les drogues cassaient les barrières. Après la cocaïne stimulant la parole et supprimant tout sommeil, on avait lancé la MDMA qui effaçait la timidité et rendait tactile (tout en empêchant de bander : le produit parfait pour les années sida), puis la kétamine, cet antidépresseur qui, déconnectant le cerveau du corps, t'enfermait dans une bulle ouatée. La drogue a cessé d'être sale dans les années 2010. Les produits récréatifs devenaient des médicaments officiels. Le cannabis fut légalisé dans presque tous les pays riches : les soixante-huitards avaient enfin quatre-vingts ans. Partout dans le monde, les psychotropes étaient considérés comme positifs pour la santé. La kétamine était utilisée comme antidépresseur et anesthésiant dans les hôpitaux psychiatriques. La MDMA servait à soigner les dépressifs profonds et à améliorer la thérapie par la parole des schizophrènes. Le microdosage de LSD était conseillé aux États-Unis pour améliorer le bien-être et l'appréciation de la nature, comme la méditation transcendantale (Michael Pollan a écrit dans *How to Change Your Mind* ce que répètent Vincent Ravalec et Jan Kounen depuis vingt ans). La nouvelle mode était le tourisme chamanique : les bobos partaient en Amazonie boire des tisanes d'ayahuasca pour connecter leur cerveau aux autres dimensions spirituelles et cosmiques. L'embêtant, c'est que si l'on abuse des racines psychédéliques, on se met à vomir des rats vivants. C'est moins compliqué dans la jungle naturelle que dans les insurrections de la place de l'Étoile.

3

Rencontré à l'Arc, Guy-Manuel de Homem-Christo me montre la première photographie de trou noir publiée ce matin par la NASA. Il est très impressionné par cette image du centre de l'univers. On dirait un smiley phosphorescent. Il m'explique que les Égyptiens étaient connectés avec les étoiles. Le trou noir est-il notre début ou notre fin ? Je lui parle des pochettes d'Earth, Wind and Fire, où il y avait toujours des pyramides flottant dans l'espace. Il dit que les musiciens noirs américains sont fascinés par l'Égypte ancienne parce qu'à l'époque les Africains étaient les plus puissants du monde. Nous sympathisons, entre black hole et black power… après mon black-out. Sans son casque de robot, personne ne reconnaît Guy-Man. Quel délice d'être la plus célèbre rock star du monde sans jamais faire de selfies. Vers 4 heures du matin, je lui montre des photos de ma fille et, à son tour, il me présente une vidéo de sa fillette et de son garçon. Deux barbus qui comparent fièrement des images de leurs enfants au milieu de la nuit : est-ce ainsi que notre espèce sera sauvée ?

J'ai remis une pincée de K dans un Kleenex et me suis mouché à l'envers. Au bout de cinq minutes, la poudre te rend extrêmement léger, comme si tu sortais de toi, enfin débarrassé de la prison du corps, puis, quand tu regardes en l'air, la lune dans le ciel de nuit ressemble à un soleil en plein jour et là tu murmures : « Ah ouais quand même. » Et tu ris, tu ris énormément, d'un rire gentil et libérateur, sans te moquer de quiconque, simplement parce qu'un nuage devant la lune a pris la forme d'un smiley au-dessus des Champs-Élysées, la lune a un visage rond qui pleure de rire avec l'obélisque de la Concorde planté dans son œil gauche comme dans un film de Méliès. On croirait distinguer une éruption volcanique avec de la lave orange dégoulinant de l'œil crevé lunaire. J'ai du mal à croire que la kétamine soit un anesthésiant légal car elle dérange l'ordonnancement de la réalité, lui conférant un tremblement réaligné comme des diamants sur une tiare entourée de cheveux au vent. Je sais que la phrase précédente n'a aucun sens, elle a été écrite sous influence, mais je vous jure qu'elle me semblait claire sur le moment, tout comme la suivante : *le feu fin court sous la peau poudroie*. Arriver à écrire, voire se déplacer dans ces conditions constitue un exploit. L'Arc et le Raspoutine se situent de chaque côté de l'Étoile, mais j'ai eu l'impression de mettre un millénaire à traverser la place gorgée de filaments reliés à la lune ensoleillée. Je me suis aperçu dans la vitrine cassée du Drugstore Publicis : j'avais une tête de clown, deux yeux noirs géants entourés de peinture blanche et un sourire élargi, les lèvres gonflées. Et je me disais que je n'avais pas besoin de choisir entre réalité et fiction. L'euphorie kétaminée te met dans un mood bubble d'élasticité. Phénomène de dissociation. Tu te sens spectateur plus qu'acteur de ta vie. Le monde se dématérialise comme dans *Inception*. Soudain, tu te retrouves dans un autre décor sous la pluie. Le K-hole, c'est *Interstellar* : tu vois des pixels et tu as l'impression que ta vie est une simulation. Tu fais des mimiques bizarres comme si tu cherchais une conclusion incompréhensible à un raisonnement oublié. Ou comme si tu nageais en apnée dans une piscine violette, sous un ciel d'acajou mou, ébloui par un mur de néons aveuglants au fond de l'eau, sur une musique de Purcell.

Tout était cassé rue de Bassano, les motos, les scooters, les pare-brise des SUV, mais le Raspoutine était intact. La guerre civile épargnait étrangement les discothèques.

Je n'appelais plus mes amis à Paris par crainte de les déranger dans leur vie de famille, je n'osais plus leur donner le spectacle de mon immaturité solitaire. J'étais seul non par timidité mais par orgueil. C'est peut-être la même chose : de la peur déguisée en teuf. Aux amitiés d'une vie avaient succédé les camaraderies d'une nuit. Ce sont des rencontres d'une intensité maximale mais éphémère : on se dit tout, et puis on s'en va, sans se dire au revoir.

— Milica, tu m'as laissé tomber comme une merde.

— *Poor darling*, je t'ai répété souvent qu'on ne pouvait JAMAIS compter sur moi.

— J'aimerais t'emmener immédiatement dans un sex-shop pour essayer tous les produits sur place.

— Octaaav… Pardon d'être partie pendant ton bad, mais j'ai reçu un SMS d'un Mexicain qui paie mieux que toi. Et en plus il n'arrive jamais à bander : win-win situation.

— La tequila, c'est traître.

Comme il est horrible d'avoir sans cesse envie de femmes indifférentes. C'est aussi con qu'un mec qui se donnerait des baffes sur les joues toute la journée. Pourquoi est-ce que j'aime si vite les gens ? Est-ce un défaut de vouloir embrasser tout le monde ? Les filles ne dansaient plus, elles restaient assises, le visage éclairé en bleu pâle par l'écran de leur iPhone 77. Leurs bouches s'ouvraient lentement, comme si elles parlaient sous l'eau. Je mettais mes lunettes sur mon nez pour essayer de lire sur leurs lèvres. Je relisais mes notes sur mon carnet. Le feu fin court sous la peau poudroie.

Mon sport favori consistait à monter et à descendre les escaliers rouges du Raspoutine tandis que Milica buvait de l'alcool avec ses fiancées ; aux poupées modèles, les consommations sont offertes par l'établissement. Le quinquagénaire en boîte de nuit peut être considéré comme le sommet du pathétique. Sans doute aussi avais-je peur d'être heureux. L'image du père de famille bourgeois ne correspondait pas aux modèles que les années 1980 ont inculqués aux abrutis dans mon genre et je continuais à me salir, confondant murge de vieillard avec rock'n'roll attitude. En remontant du sous-sol, je croise une grande fille blafarde, au teint cireux, aux cheveux sales, aux joues caves et à l'haleine de cendrier. Une vraie toile expressionniste, agrippée à une colonne torsadée.

— Hey, Octave ! Tu es là !

— C'est exact.

— Arrête, je t'en supplie, de jouer de la « air guitar ». C'est interdit depuis 1997.

— C'est ça ou je tape dans mes mains.

— Tu vas dire quoi dans ta chronique dans quatre heures ?

— Hatchapouri.

— Waouh ! Tu vas déchirer !

Je ne réponds plus, je suis paralysé, non à cause de la drogue, mais parce que je viens de reconnaître Dea sur la piste de danse.

4

Bleue fluorescente, Dea se déhanche, Dea se démultiplie sous les stroboscopes. Dea lève les bras dans ses cheveux et pivote comme sur la scène du Crazy. Les cheveux redescendent sur ses épaules nues comme des spaghettis à l'encre de seiche sur une lune gothique. J'oublie instantanément l'existence de Milica, je marche droit vers Dea, la danseuse mariée et gréviste qui ne répond pas aux SMS. J'ai une enclume dans le ventre alors que j'ai complètement oublié de manger ce soir. Dea vient de shooter la dernière campagne Dim. Ses fesses ont fait scandale, agrandies sur un grand magasin. La mairie de Paris a fait pression pour que le magasin retire le cul de Dea sur 20 mètres de hauteur. Au club de gym, Dea m'avait raconté cette censure féministe.

— Avant j'étais un sex-symbol, maintenant je suis un symbole sexiste.

— Les temps changent, lui avais-je répondu. Moi par exemple, jamais je n'aurais cru qu'un jour je m'intéresserais à mes points de retraite. Eh bien, aujourd'hui, c'est ce qui me passionne le plus : ai-je bien cotisé ? Combien je toucherai ? À partir de quel âge pourrai-je cesser de bosser ?

Dea enlaçait une fraîcheur blonde à gros seins débordant d'un débardeur de soie. J'ai vidé mon verre avant d'oser chuchoter à son oreille :

— Tu portes un parfum Victoria's Secret mais je t'aime quand même. Tu étais sublime quand tu t'es mise en grève ce soir. Tu sais quoi ? J'appelle un Uber. Je te ramène au Travellers et on prend un bain moussant. Je te parfume avec Mûre et Musc. Et on pourra enfin s'embrasser.

Dea m'a regardé avec le même visage qu'un juré de « The Voice » quand le candidat chante faux. J'ai fixé ses salières pour ne pas affronter ses yeux de chat sauvage.

— Tu ressembles à une peinture de Klimt. Ton corps m'intéresse. Est-ce une injure ?

— Disons que c'est un peu réducteur.

— Si tu pouvais voir en moi comme mon cœur est pur, tu balaierais mon masque de phallocrate obsolète.

Mon visage dans le miroir de l'escalier semble plastifié comme celui de Christian Audigier quand je le fréquentais à Los Angeles, chez Spago, peu avant sa mort (à cinquante-sept ans).

— Pourtant, je ne te demande pas grand-chose : un petit spectacle privé. Et ensuite tout le monde rentre à la maison. Si tu veux, je peux te payer.

J'ai l'impression que le disc-jockey passe The The mais c'est impossible qu'il connaisse, ce doit être un sample.

— Tu trouves ça drôle de me traiter de pute ?

— Pardon ?

— Tu crois que c'est marrant d'entendre ces conneries tous les jours ? De se prendre des mains au cul chaque fois que tu portes une jupe ? Ou pire : un doigt dans la chatte ?

— Mais… Je disais ça pour plaisanter…

— Je les emmerde tes plaisanteries de merde ! C'est à cause de ces blagues misogynes que je me prends des doigts chaque fois que je sors en boîte !

— Si c'est vrai, tu devrais porter plainte, c'est du viol.

— Ha ha ha ! Porter plainte ? Tu sais ce qu'ils font les flics quand, une fois sur mille, je suis allée au commissariat ? Ils rient. Comme toi. Tout le monde se marre ! Un doigt dans la chatte d'une danseuse du Crazy, c'est tellement rigolo ! Connards ! Bande de connards !

— Mais ça veut dire que tu es jolie, que tu plais, cela n'a pas que des inconvénients dans notre monde d'apparences… d'être séduisante. C'est une chance, non ?

Dea me déteste vraiment. La colère grandit en elle, ses yeux se dilatent, ses narines se plissent, elle bout littéralement sur place. Je sais ce que vous craignez que j'écrive : que ça la rend sexy. Mais non. Un lance-flammes n'est pas sexy. Un bulldozer n'est pas sexy. Une cocotte-minute n'est pas sexy. Une victime d'agression sexuelle n'est pas sexy. Oui, sous kétamine, je pense comme Marlène Schiappa.

— Regarde mon jean, dit Dea. Je suis rentrée me changer après le boulot parce que j'ai la trouille de mettre une jupe et des collants. Et sais-tu pourquoi, sale merde rétrograde ? Parce que les collants, on peut les déchirer avec un doigt. Après le spectacle, je suis rentrée enfiler ce jean parce qu'on ne peut pas transpercer le denim aussi facilement que le nylon.

Elle pleure maintenant, Dea. Je ne sais plus où me foutre. J'aimerais la serrer dans mes bras, mais elle me giflerait. Je voudrais qu'elle sache que je ne suis pas un porc, mais je ne suis même pas sûr que ce soit vrai. Certes, je n'ai jamais doigté une fille par surprise dans un escalier. Mais je n'ai pas toujours demandé la permission. Par exemple, quand j'embrasse une femme que je connais à peine, mes mains descendent vite sur ses seins. Puis dans la culotte. Cela prend quoi ? Cinq minutes ? Dix minutes après le premier baiser ? Et si la personne voulait juste être embrassée sans être caressée plus bas ? Comment ferait-elle ? Devrait-elle crier « pouce » pour ne pas recevoir un index dans la culotte ? Étais-je un putain de violeur sans le savoir ? Combien de femmes ont couché avec moi par politesse, sans envie ni plaisir, juste parce qu'elles avaient la flemme de refuser ?

Finalement, Dea s'excuse et c'est encore plus gênant.

— Pardon, je suis désolée de m'énerver comme ça, tu n'y es pour rien, mais je te jure fallait que ça sorte. J'en peux plus d'être prise pour un morceau de viande qu'on peut tripoter tout le temps.

Je regrette d'avoir avalé un Cialis avant de sortir. Un souvenir vient à mon secours. J'avais organisé le Bal des Dégoûtantes le 13 décembre 1993. Les mecs les plus coincés de Paris étaient tous habillés en duchesses. Coiffés par Alexandre Zouari, portant des robes de haute couture prêtées par Christian Lacroix. Une soirée *gender-fluid !* J'avais adoré cette impression d'être une femme, assez laide, mais tout de même draguée toute la nuit par des hommes. J'avais foutu des vents à la moitié de l'aristocratie française. Je lui raconte :

— Moi une fois j'ai eu une main au cul quand j'étais habillé en robe. Au Queen. Avec doigt dans la raie bien appuyé. J'ai pas aimé parce que je me suis dit : tu l'as bien mérité, t'es qu'un petit con d'hétéro qui va s'encanailler dans une boîte de pédés.

— Voilà ! Tu te victimises alors que t'as rien demandé ! Ça fait chier, merde ! On veut juste s'habiller sexy pour boire un coup, à la rigueur baiser avec quelqu'un qui nous plaît, mais pas se sentir coupable de se faire agresser en permanence. Tu vois ce que ça fait ! Imagine ma vie. Moi, je suis au Bal des Dégoûtantes tous les soirs.

Je crois que je vois ce que cela fait. La notoriété, même faiblissante, donne la même impression. Les gens qui te jugent, te regardent et parlent de toi, devant toi, sans la moindre discrétion. Être en représentation, même quand on est moche, pas en forme, fatigué. Être espionné tout le temps y compris quand on est sale, mal habillé et occupé. Interrompu quand on parle avec sa fille, dérangé sans préambule, juste parce qu'on a commis le crime d'exister. Mais les fans ne glissent pas de doigts dans mon anus, donc je ne peux imaginer la rage que ressent Dea.

— Je croyais que tu étais fidèle à ton mari. Et je te retrouve ici alors que tu ne réponds pas à mes messages. Je souffre comme une brute.

— Ne dis pas de bêtises, tu as envie de me sauter, c'est tout. Et puis je te rappelle que tu es marié, toi aussi.

Ah !

Voilà, il fallait que cette information parvienne jusqu'ici.

5

Lors de ma retraite de Russie, je suis passé par une fête en Suisse… Ma vie a changé dans une soirée sur les bords du lac Léman, il y a dix ans. Je suis tombé amoureux en trempant des meringues dans la double crème de gruyère (et cela n'est pas une métaphore obscène). Mon existence est devenue simple et douce, pourtant mon cœur bat très fort en écrivant cela. Aujourd'hui je suis marié et père de famille. J'habite dans un village au bord de la mer, à mille kilomètres au sud de la capitale. Je viens à Paris un soir par semaine, la veille de ma chronique sur France Publique. J'ai le trac, alors je sors. Je suis heureux, alors je me mets en danger. Je traque l'insécurité.

J'ai la vie du papa de T'choupi. Je suis réveillé tous les matins par un bébé qui réclame son biberon, je sens sa chair chaude peser sur mon torse, les mini-pieds se cambrer contre mon ventre. Dans le jardin, un hamac se balance entre deux platanes, les tourterelles dansent sur les branches des pins, le merle réveille les dernières abeilles de la terre. Les pâquerettes blanchissent la pelouse verte comme des flocons de neige épars. Le grondement de l'océan couvre parfois les babillages du bambin. Le ciel change tout le temps, du gris perle au bleu pâle, du rose clair au pourpre foncé, du jaune orageux au noir tempête. Ma vie consiste à sourire face à la montagne lointaine et rassurante. Si seulement j'étais moins con, je serais fichu d'accepter mon bonheur.

Avoir des enfants sert à perdre son nihilisme. La paternité permet aux hommes de savoir très exactement ce qu'est l'amour. L'amour est une coulée chaude qui remonte du ventre et descend dans les coudes. Ce phénomène électrique s'observe systématiquement chez l'homme qui serre avec sa main la cuisse de son enfant. La paternité, c'est une pédophilie platonique.

Octave Parango a la vie du papa de T'choupi. Sa maison ressemble à celle de tous les dessins animés pour enfants de deux ans. Il y a un jardin autour, un chien, un chat, comme dans *Petit Ours brun*, *L'Âne Trotro* ou *Boule et Bill*. Un petit garçon qui rampe par terre comme dans *Peppa Pig*. Un monde aux couleurs vives comme sur Baby TV. La vie d'Octave est exactement celle que l'on raconte aux bébés du monde entier pour les endormir. Octave Parango ressemble physiquement au papa de Franklin : un homme heureux est une tortue bossue avec un sourire niais.

J'étais devenu la caricature de moi-même, mais ce n'était pas ma vraie vie. Depuis le Caca's Club, dès qu'il fallait citer un crétin alcoolique, un snobinard drogué, c'est mon nom qu'on entendait, et je me pliais poliment à ce qu'on attendait de moi. Je voulais correspondre au personnage que le cinéma avait fait de moi, au lieu de reconnaître que j'étais un père de famille épanoui. Je pense qu'il y a un Octave qui sommeille en tout homme. C'est lui qui, le soir de Noël, te suggère de finir la prune cul sec. Lui qui, quand tout va bien, te souffle à l'oreille que tu t'amusais mieux quand tout allait mal. C'est Octave qui te laisse croire que ce serait une bonne idée de foutre un peu la merde dans ta vie rangée. C'est ce gros connard autodestructeur qui est en chacun de vous, messieurs, et qui vous pousse à rechercher de vieux numéros de dealers dans votre portable un mercredi soir, après un week-end de bonheur parfait avec le sosie de Jackie Onassis et vos enfants. C'est son petit Octave interne qui pousse un ministre de l'Intérieur à descendre des shots de vodka au Noto avec des minettes pendant que Paris brûle. L'abus d'Octave est dangereux pour la santé : à consommer avec modération.

Maintenant, Dea me prend pour son ami. Autrefois, l'humour me permettait de m'approcher des filles. Le problème, c'est que j'entre trop vite dans ce qu'on appelle aujourd'hui la « friend zone ». À force de les amuser, je deviens leur copain et non leur amant. « Femme qui rit, à moitié dans ton lit » est une grosse arnaque. Le vrai dicton devrait être : « Femme qui rit, mec pas sexy. » C'est peut-être la cause de ma vindicte anti-rire : l'humour m'a longtemps privé de sexe. Évidemment, le jour où une belle Suissesse m'avait dit oui était devenu instantanément le plus beau de ma vie. J'avais été foutu de l'épouser, de lui faire des enfants même ! On ne réfléchit plus, on plane sur un nuage quand une beauté consent à nous aimer. C'est tellement rare et compliqué. Quelle fête !

— Je ne veux jamais être ton ami, Dea. Jamais.

— Tu as tort. L'amour platonique dure toute la vie.

— Je suis triste. J'ai mal quand je te vois et tu t'en fous.

— Mais non, je ne m'en fous pas. Arrête de faire ta tête de bébé phoque, Octave.

J'aimais bien quand les femmes chuchotaient « *fuck me* » dans mon oreille, pourquoi veulent-elles me rendre sage alors que je le suis déjà ? Il est absurde de me reprocher mon autodestruction hebdomadaire alors que l'ensemble de l'humanité bousille son environnement quotidiennement.

6

Dea m'a tout de même embrassé sur les lèvres, poliment, pour me dire au revoir, ou par simple compassion, ou pour se débarrasser de moi, avant de faire ce qu'elle sait faire le mieux : disparaître. J'ai tripoté dans ma poche le sac de kétamine. Je me souviens de ma première rencontre avec le calmant pour chevaux, lors d'une soirée mousse que j'avais organisée avec David Guetta au Queen. Trente ans plus tôt, sur cette même avenue, j'avais dirigé un énorme canon gorgé de bain moussant sur quatre cents invités du Caca's Club. C'était une des premières « foam parties » à Paris et les gens ignoraient qu'ils sortiraient trempés des pieds à la tête en plein hiver avec les yeux brûlés par le savon, et leurs mocassins à 4 000 francs qui feraient floc-floc. Certains avaient failli mourir noyés, d'autres étaient plus émoustillés de s'être fait presser les couilles par des gays ecstasiés. Les plus malins se protégeaient les yeux en levant leur tee-shirt sur leur visage… avant de replonger vers les seins siliconés des drag queens. Trente ans après… devant le 102 Champs-Élysées, les canons à eau étaient ceux que la police dirigeait sur les manifestants réclamant une augmentation du SMIC. Les flammes de Porsche éclairaient la façade du Queen où j'ai pris ma première ligne de Special K. Je me souviens qu'on s'amusait à hennir à tour de rôle en mimant le trot d'un pur-sang à l'hippodrome de Longchamp. Rachid Taha m'avait expliqué le lendemain qu'il s'était couché à 4 heures… Je lui avais dit « espèce de couche-tôt » et il avait fini sa phrase : « … de l'après-midi. » Il est mort l'an dernier, il peut enfin se reposer. Et je pense aux islamophobes qui s'éclatent à donf sur « Ya rayah » dans tous les Macumba de France. Aux milliers de racistes qui gigotent comme des dingues sur son rythme arabe, sensuel et électronique. Il est probable que Rachid Taha a plus aidé les musulmans à se sentir à la maison dans ce pays qu'aucun autre artiste que je connaisse. La fête peut être utile, parfois. Paix à son âme.

7

Pourquoi, tous les jeudis matin, ai-je envie de me rouler par terre en pleurant ? C'est simple : je ne supporte plus la moindre malveillance. Je suis censé être l'individu le plus blasé de mon pays, mais je n'ai plus de carapace. Quelque chose en moi s'est craquelé. Je voudrais rentrer à la maison, au bout du train il y a une petite gare, où une brune aux seins ronds aux sourcils dessinés aux pupilles bleues aux dents pointues et à la fossette qui se creusera comme un nombril sur sa joue quand elle me verra descendre du train, tiendra dans ses bras un chérubin dodu aux yeux clairs qui gazouillera au comptoir du Poinçon, avec une petite blonde qui ne se nourrit que de framboises de myrtilles et de mûres qui poussent dans mon jardin, et quand je montrerai ma tête au bébé, il dira « tête », et ses pieds seront des pains au lait Pasquier. Cela n'est pas une image : ses petits pieds ont vraiment la consistance, la forme et le goût d'une brioche, parce qu'il boit tellement de lait qu'il en est rempli jusqu'aux extrémités. Et le soleil brillera sur les vagues où glissent des barbus qui tiennent debout sur l'eau comme des Christ en combinaison de plongée. C'est là que je voudrais être tout de suite : au bout du train, là où l'océan et le ciel fusionnent dans le violet, dans le dernier village de France où chantent encore les oiseaux, et quand je dirai « patati », le bambin répondra « patata ». Avant de savoir parler, le bébé a déjà intégré la futilité du langage. Il a compris que nous ne faisions que bavarder. Il s'en amuse. Nous jacassons devant lui toute la journée et le seul mot qu'il daigne prononcer est ironique : Patata.

Il faut que je dirige mes pas vers la gare Montparnasse, en visant entre les tombeaux de Charles Baudelaire et François Weyergans. Je trouverai la voie du TGV et de la rédemption. Fais attention mon fils, en mon absence, ne te brûle pas en touchant le sèche-serviette, ne trébuche pas dans les escaliers et n'avale pas de petites pièces de Lego qui pourraient t'étrangler, j'ai tout le temps peur que tu te blesses, je rentre, je reviens vite pour te protéger et on dansera encore avec ta grande sœur sur « La poupée qui fait non » en sautant sur le lit. Je t'en prie, pardonne papa pour ses insomnies, il va chercher des histoires à Paris pour te rapporter de quoi manger, les aventures de ton père le rendent très seul sans toi, mon fils.

L'art était devenu post-ironique, feel-good, premier degré, je voulais m'adapter, écrire des gentillesses, des phrases bienveillantes, me muer en bienfaiteur de l'humanité. Dans la vie réelle, les humains n'avaient jamais été aussi égoïstes et méchants les uns avec les autres, mais ils lisaient des romans gentils, allaient voir des films altruistes, écoutaient des chanteurs positifs, plébiscitaient les divertissements gnangnans. Il me revient une tirade de David Foster Wallace sur le rôle des blagues en Amérique. Je ne m'en souviens pas par cœur : j'ai arraché la page du livre et je la garde toujours dans la poche de ma veste. « Il y aurait probablement des tas de livres à écrire et à publier aux Presses universitaires John Hopkins sur la fonction proche du babil qu'a l'humour dans la psyché américaine contemporaine. Pour faire vite, voici ce qui se passe : notre culture actuelle est, à la fois dans son développement et dans son histoire, adolescente. Et puisqu'il est admis que l'adolescence est la période la plus stressante, la plus effrayante de la croissance humaine – le moment où l'âge adulte, auquel on prétend aspirer, commence à devenir un système réel, qui va rétrécissant, de responsabilités et de limites (les impôts, la mort) et où on soupire, en son for intérieur, après cette oublieuse innocence enfantine que l'on prétend dédaigner, il n'est guère difficile de voir pourquoi, en tant que culture, nous sommes si sensibles aux formes d'art et de divertissement dont la fonction première est l'évasion. » Nous nous tournons vers les blagues pour échapper à nous-mêmes ; l'humour est censé alléger cette réalité déprimante : mort-et-impôts. David Foster Wallace luttait contre l'humour, cette illusion d'immaturité, il croyait à l'émotion et à la sincérité, mais son suicide à quarante-six ans ne rassure pas sur la pérennité de sa démarche. En gros, l'homme ironique ne construit rien mais l'homme anti-ironique perd la vie. Je suis d'accord pour dire que l'ironiste se moque de tout pour éviter d'avoir à dévoiler ce qu'il pense : rien. Mais l'a-ironiste est si vulnérable qu'il se pend à la première contrariété. Pourquoi m'a-t-on si souvent traité de cynique alors que le terme exact est « survivaliste » ?

5 HEURES DU MATIN

« No fun, my babe
No fun. »

Iggy Pop and The Stooges,
« No Fun », 1969.

1

C'est
FOU
QUETS
(Tag sur la devanture du restaurant incendié.)

La toile rouge de l'auvent a pris feu au-dessus de la véranda. Les flammes léchaient le premier étage, celui où j'ai si souvent dédicacé mes livres (aux rencontres du MBC).

Puisque brûler le Fouquet's est plus efficace que quatre décennies de plaisanteries, je décide de fomenter, une fois encore, un attentat, mais radiophonique cette fois, qui sabotera définitivement le totalitarisme des comiques troupiers. Je vais arriver sans texte. Je serai le premier chroniqueur sans papier ! Je vais lancer un appel à la grève du rire, à la démission collective et à la décroissance mondiale. Je voudrais décréter un carême de l'humour. Trois minutes de jeûne du hahaha. La chronique ultime serait trois minutes de silence. Une soudaine interruption volontaire du bavardage, un hymne à la paresse et à la nonchalance dans le studio du stakhanovisme suprême. Un happening à la John Cage mangeant une pomme. L'humour le plus noble est celui de Tzara, sans aucun sens, et des Hydropathes, des Zutistes, des Rienistes et des Jemenfoutistes, des Hirsutes et des Fumistes dans les cabarets parisiens à la fin du XIXe siècle, les ancêtres de Groucho Marx. L'idée politique de ne rien faire est empruntée à *L'An 01* de Gébé. La décroissance, le ralentissement général passent par la cessation du travail. Oui, ce serait bien qu'un homme ivre lance un appel à la sobriété. La grève, c'est la vie enfin vécue. Les gilets fluos sabotent la consommation à outrance. En décrétant un jour de grève par semaine, ils croient lutter pour les fins de mois, mais, en gâchant Noël, ils luttent aussi contre le réchauffement climatique. Leurs gilets devraient être verts.

— T'as une de ces têtes ! Tu devrais boire un kombucha-vodka ! me lance Manon, une jeune romancière qui monte dans un taxi en sortant du Raspoutine. Tu vas où ?

— À l'inauguration du Medellin.

— Monte ! Tu ressembles à Octave Parango en plus pauvre. Tu es bien Parango, l'auteur de *Putes mouillées* ?

— Oui, enfin, faut remettre ce titre dans le contexte d'une époque… Révolue, Dieu merci… Et dont je voulais dénoncer le machisme… Le héros est un gros porc, mais c'est pour dénoncer la masculinité toxique…

— Ton problème, c'est que tu te crois toujours en 1998.

— Personne ne m'a préparé pour 2020, je n'étais pas prêt, je ne suis pas conformé pour cette décennie.

— Ne t'inquiète pas : l'hétérosexualité reviendra à la mode. Un jour.

Quand elle rit, Manon dévoile de petites babines voraces. C'est Emma Stone dans *La La Land*, en plus parisienne, c'est-à-dire moins touriste. On sent que Manon a bu beaucoup de bières dans les clubs de jazz de la Huchette. Sa mèche est décoiffée comme celle des lycéennes de la rue Mouffetard. Ses cheveux sentent la cigarette : mi-Cendrillon, mi-cendrier. Elle chausse du 40 pour un mètre soixante-dix, mais ce n'est pas gênant ; c'est sans doute une conséquence de l'alimentation génétiquement modifiée des années 2000. Manon est le genre de filles qui croient que le but de la vie est de fumer des Camel à la Contrescarpe en analysant l'art dramatique de Valère Novarina. Et qui préfèrent « faire l'amour » que « baiser ». Craquante enfant. Je ne parviens pas à distinguer si elle se parfume au pamplemousse rose ou au fruit de la passion. Il faudrait s'approcher plus près, mais ce serait illégal. Le plus fascinant chez elle sera sa manière de démentir tous mes préjugés dans les pages qui suivent.

L'ancien Baron a encore changé de nom. C'est l'inauguration de la nouvelle formule cette nuit, avec un néon « Chez Pablo » au-dessus de l'entrée, avenue Marceau. Quand je pense à tout ce qui m'est arrivé dans un endroit aussi minuscule. J'ai rencontré une actrice avec qui je suis resté deux ans. J'ai fait l'amour derrière le rideau du DJ avec une journaliste de *Elle*. Une amie éditrice a failli mourir d'une overdose de coke dans le couloir des poubelles. La chanteuse Björk a mixé seins nus. Kate Moss s'est battue avec Jamie Hince parce qu'une groupie l'avait regardé. J'ai été placé en garde à vue après avoir sniffé une ligne sur un capot de voiture devant la porte. Que restera-t-il de tout cela si je perds la mémoire ?

— Je suis tout le temps très très très fatigué.

— Tu as essayé de… dormir, parfois, pour voir ?

Manon est écologiste radicale. Elle veut manifester, elle aussi.

— Toi, tu t'en fous, tu vas bientôt crever. Mais pour nous les jeunes, c'est pas cool d'avoir salopé la nature.

— En l'an 2000, j'ai saboté une campagne publicitaire pour les yaourts Madone sur TF+. J'ai tenté d'avertir le public des dégâts écologiques de la publicité. C'était il y a vingt ans et personne ne m'a écouté.

— Tu tries tes déchets ?

— Oui, mais crois-tu sincèrement qu'il suffira de trier les cartons, le plastique et le verre pour éviter notre extinction ? La police devrait arrêter les bagnoles non électriques, rendre le vélo obligatoire comme en Chine sous Mao, clouer les avions au sol jusqu'à ce qu'on généralise les avions solaires. Il faut vendre la viande rouge au prix du caviar, interdire la pêche au thon et au cabillaud, le miel non bio, les vêtements en fibres non naturelles, les emballages non recyclables et, sur le modèle de la loi Évin, fermer Monsanto et tous les producteurs de glyphosate, classer les forêts, verbaliser les citoyens qui consomment trop d'eau du robinet (ou réglementer le nombre de mètres cubes par habitant), interdire l'agriculture non biologique…

Moi, vous me connaissez : quand je suis lancé… Manon hallucine. Elle pensait tomber sur un vieil hédoniste et se retrouve face à un fasciste vert. Manon m'a agacé en m'accusant d'être responsable de son malheur.

Moi, le libertaire des années 1980, je suis devenu le pire prohibitionniste des années 2020. Manon a l'âge de Lena, ma fille aînée. C'est fou comme la paternité transforme les gens. Manon, comme Lena, est l'enfant gâtée d'un enfant gâté. Et moi je suis devenu un millennial : le cynique veut à présent sauver le monde. C'est un peu tard. Comme si le chanteur des Ramones reprenait des titres d'Anne Sylvestre.

— Les citoyens qui ne recyclent pas leurs déchets devraient payer une amende de 1 500 euros comme les clients de prostituées. Interdiction immédiate des SUV diesel. Procès à Evian et Vittel qui continuent de fabriquer des bouteilles en plastique.

— T'as raison. Les manifestants qui incendient le Fouquet's devraient surtout attaquer les aéroports, comme à Notre-Dame-des-Landes. Bloquer le décollage des EasyJet et Ryanair !

Manon danse, un Melon Colada à la main. C'est la mode des escarpins qui laissent voir la naissance des doigts de pied, comme des raies du cul au bout des orteils. Hypnotisé par les stroboscopes, je me crois revenu en 1985. Il y a peu de différences finalement. La même musique (« Got To Be Real » de Cheryl Lynn). Les mêmes tee-shirts noirs. La même vodka-glace. La même frénésie du vide, la même danse pour rien. Parfois, je repense à toutes ces heures passées sur les tabourets des clubs à écouter « Got To Be Real »… Mises bout à bout, que sont devenues ces années entières plongées dans la fournaise des BPM, à hurler dans des oreilles sourdes pour tenter de coucher avec des êtres oubliés ?

Contrairement à Proust, je ne regrette pas le temps perdu. En fait, je n'aime rien perdre du tout.

2

Je suis grotesque au Medellin. Je me souviens du Baron quand j'avais trente-huit ans, c'était déjà trop vieux, mais je n'étais pas le seul de mon âge. Ici, toutes les filles ont l'âge de Lena. Le directeur du club m'a reconnu et a posté un garde du corps à côté de nous pour refuser les « egoportraits ». La bouteille de vodka est offerte. Manon est épatée. Le Medellin a gardé le concept des toilettes insalubres du Baron où nous avons pataugé dans l'urine de 2005 à 2009, mais désormais ils sont gardés par une dame-pipi portant un masque de protection sanitaire en tissu blanc, comme dans les laboratoires clandestins de Pablo Escobar. Dans le couloir trône son portrait entouré de bougies. Je ne sais pas s'il est comique ou stupide de vénérer l'homme qui nous a tous rendus paranos pendant trois décennies. Mais j'aime ce mauvais goût baudelairien.

Manon effectue une thèse en Sorbonne sur la décadence. Elle lit uniquement les auteurs de la fin XIXe, le masochiste Villiers de L'Isle-Adam en tête et ostensiblement (à la terrasse de l'Avenue), mais son mémoire analysera surtout *Les Chants de Maldoror* et *À rebours*.

— Je préfère Durtal à des Esseintes. Au moins il a un but : le monastère.

— Parce qu'il faut un but dans la vie maintenant ? Franchement, Octave, cette vulgarité ne vous ressemble pas.

— Vous verrez, Manon, on change… Il arrive un jour où l'on remplace le désir des tortues incrustées de diamants par un besoin de génuflexion.

Elle passe ses journées au musée Gustave-Moreau et ses nuits au Medellin. En 1880-1890, le mouvement décadentiste procédait d'un refus du progrès technique. Les décadents se tournaient vers l'occultisme, le spiritisme, le sexe dépravé et les drogues dures (absinthe, éther, opium) par angoisse de l'industrialisation. La situation est identique aujourd'hui : il faut inventer le terme de « néodécadents » pour désigner quelques névropathes ayant fui la révolution numérique et la digitalisation de l'humanité dans le chemical sex et la décorporation sous kétamine. La disparition de la vie privée et le basculement dans une société de surveillance constante expliquent logiquement ce sursaut d'hédonisme autodestructeur et ce plongeon dans l'illégalité (toxicomanie et prostitution). Quel prétexte fantastique ! Quel alibi merveilleux pour retourner à la clandestinité ! Sniffer des traces de Special K sur les seins d'escorts engodées est un acte de résistance à l'espionnage de Mark Zuckerberg. Octave admire le squelette de Manon. Il voudrait réaliser le rêve de Sarah Bernhardt : lui greffer une queue de panthère. Si l'on ne trouve aucun moyen de sauver l'humanité, alors il faudra se complaire dans le morbide et l'artifice. Il nous reste quelques années de luxure avant la mort et/ou l'apocalypse. Aux gilets fluos des déçus du capitalisme, Manon préfère le plastron rouge de Théophile Gautier.

— Octave, pratiques-tu l'acédie ?

— C'est un beau mot, le fait qu'une jeune femme le connaisse me comble. Mon modèle est Verlaine, bourré, fauché, oublié et seul, sur la place Monge, entretenu par sa vieille mère Stéphanie… Il faut que tu lises le Sar Péladan, *Le Vice suprême* (1884).

Manon sort de son sac à main un roman acheté chez un bouquiniste : *Les oiseaux s'envolent et les fleurs tombent* d'Élémir Bourges (1893) !! Octave est estomaqué.

— Lis-moi ton passage préféré !

— « C'était une fille maladive, exaltée et même un peu folle, pleurant et riant sans motif, de gros yeux bleus toujours étonnés, les pommettes extrêmement saillantes et des mâchoires de prognathe… »

Elle a déclamé ce paragraphe à voix haute pour couvrir une salsa de Tito Puente.

— On dirait ton portrait ! Connais-tu *Monsieur du Paur*, le roman sadien de Toulet (1898) ? « Il y a dans l'amour un moment où l'on oublie ses prénoms réciproques : les dames s'en tirent en appelant leur mère, qui heureusement ne vient pas. »

Son sourire est carnassier. J'attends avec impatience le moment où elle me mangera.

— Crois-tu que lire des auteurs oubliés nous rassure sur notre aléatoire postérité ?

— Non, c'est que nous le serons aussi. On les lit par solidarité dans l'amnésie future.

Manon pétille, je m'en rapproche, à la vitesse d'un millimètre par seconde.

— Moi, dit-elle, mon idole est Louis II de Bavière, en son château de Neuschwanstein, errant de pièce en pièce avant de se noyer dans le lac de Starnberg en 1886…

— Oh mon Dieu, pourquoi ai-je ce goût pour l'inachèvement, l'immaturité…

— La jeunesse ? T'inquiète pas, Octave, si tu veux me baiser, je suis OK.

Les femmes savent parfois aplanir les problèmes par leur pragmatisme.

— Peux-tu répéter ce que tu viens de dire ?

J'enclenche le dictaphone de mon portable. Manon se penche vers le micro intégré.

— Si tu as envie, je suis d'accord pour piner.

— Précise bien que tu n'es pas ivre ni intoxiquée.

— Ze suis en pppleine posssezzion de mmmes moyyyens.

— OK laisse tomber, ce consentement ne tient pas une seconde devant une cour d'assises.

Enfin débarrassés de la pression sexuelle, nous décidons d'écrire le manifeste des néo-décadents sur une serviette en papier.

3

LISTE DES POINTS COMMUNS ENTRE LES DÉCADENTS DU XIXe ET LES GLAUQUISTES DU XXIe SIÈCLE :

— allergie à une révolution technique (industrialisation au XIXe, digitalisation au XXIe) ;

— crainte de l'avenir (guerre ou réchauffement) ;
— sur fond de montée du nationalisme ;
— on fait la fête au bord du gouffre : avec des danseuses de l'Opéra au restaurant chez Lapérouse ; deux cents ans plus tard avec des danseuses du Crazy toujours chez Lapérouse ;
— il y a un traumatisme générationnel au Bataclan : le meurtre de la petite Marthe assassinée par Soleilland le 31 janvier 1907, le massacre du 13 novembre 2015 dans la même salle de bal ;
— attirance pour les produits stupéfiants : morphine, opium, éther, cocaïne en 1900, kétamine, 3-MMC, ecstasy, LSD, GHB, DMT et cocaïne en 2020 ;
— un grand maître poète et débauché que l'on visite avec respect : Verlaine, Houellebecq ;
— le rôle central de la prostitution (célébrée puis pénalisée) ;
— une féministe culte : Rachilde, Despentes ;
— l'antisémitisme début XXe est populaire, il revient à la mode début XXIe ;
— le complotisme est partout (la franc-maçonnerie satanique au XIXe, les Illuminati et autres *fake news* au XXIe) ;
— une devise commune, celle de Théophile Gautier, le chevelu au gilet cerise : « Notre rêve était de mettre la planète à l'envers. »

4

— Octave, je peux te poser une question ?

— Oui, quoi ?

— Pourquoi gardes-tu ton alliance au doigt ?

— Parce qu'elle me rappelle une chanson de Coldplay intitulée « Amsterdam » que j'ai écoutée un jour avec une demoiselle qui me caressait la joue. Parce que cet anneau m'émeut plus que tout. Parce qu'il symbolise quelque chose de si absolu que tout le reste ne rime à rien. Parce qu'il me remémore que ma femme baise mieux que toutes les autres femmes réunies. Parce que cette bague prouve qu'un jour une Suissesse m'a rendu assez fou d'elle pour lui demander de rester avec moi toute notre vie, et qu'à cette question de malade, cette Suissesse a répondu « oui », ce qui était la seule réponse encore plus dingue que la question. Parce que, pour m'enlever mon alliance, tu devras me couper le doigt. Ah zut, voilà que je pleure, pardonne-moi, tu es si fine, je te quitte, il faut que je reboive. Adieu, hashtague-moi sur #balancetonmaqué !

— C'est chiant ! Ta femme gagne tout le temps sous prétexte qu'elle n'est jamais là.

Je reprends du K pour gravir un échelon supplémentaire vers l'égrégore, l'âme incarnée en fantôme. La kétamine permet la mise en pratique des thèses occultes du chevelu barbu suprême : Joséphin Péladan. On peut se détacher de son corps pour voyager dans les zones floues entre le réel et la fiction (voire devenir autre par la pensée). Le phénomène de décorporation sous K est tout simplement la preuve de l'existence de l'âme. Une entité séparée du corps, une conscience baladeuse dans l'univers, capable de quitter le cerveau humain pour inspecter les environs, voir ce qui se passe aux alentours, parfois remonter le temps avant de réintégrer l'enveloppe de chair. Durant des millénaires, les théologiens du monde entier ont cherché une preuve de l'existence d'une conscience indépendante de notre enveloppe humaine : cher saint Augustin, inutile de te prendre la tête, il suffisait de sniffer une grosse ligne de kéta et d'attendre cinq minutes.

Je regarde le plafond descendre vers moi comme le broyeur d'un camion d'éboueurs. J'ai peur de finir compressé comme un César, le sculpteur qui a le mieux représenté notre destruction. J'ai la mine renfrognée les traits creusés les yeux enfoncés des hommes qui ont beaucoup fêté même quand il n'y avait plus rien à fêter. Ne vous inquiétez pas si le je devient il. Accoudé au bar, JoeyStarr demande à Octave :

— Ça va ?

Pas de réponse. Octave reste muet en le fixant droit dans les yeux, avant de baisser la tête sur son téléphone. JoeyStarr se dit qu'Octave est fâché, qu'il lui fait la gueule pour une raison oubliée. Soudain, le portable de JoeyStarr vibre. Il lit un SMS : « Très bien et toi ? »

C'est mauvais signe quand on ne parvient plus à communiquer que par short message service avec les amis qui sont debout en face de soi.

JoeyStarr sort de sa veste une bouteille de parfum qu'il boit cul sec pour sentir bon. Il tape sur son clavier, le portable d'Octave sonne et affiche une émoticône de caca avec des yeux. Octave et JoeyStarr s'entendent bien sans se parler. C'est ainsi depuis qu'ils se sont rencontrés lors d'une soirée hip-hop dans un hangar du 15e arrondissement. C'est une forme de miracle ; leur différence les destinait logiquement à une détestation réciproque, ou une bagarre générale, ou une indifférence totale. Leur amitié étonne les autres, mais pas eux-mêmes car ils savent qu'ils sont deux naufragés s'accrochant au radeau de *La Méduse*.

L'émoticône est pratique en cas de blocage cérébral, mais nos deux poètes en perdition préfèrent tous deux la langue française. Leur conversation par SMS se poursuit. Octave envoie :

— Mais qu'est-ce, mais qu'est-ce qu'on attend pour foutre le feu ?

Joey répond :

— Ça fait déjà des années que tout aurait dû péter.

Octave continue :

— La bourgeoisie peut trembler, les cailleras sont dans la ville.

Ils se sont envoyé la même phrase en même temps ! Leurs deux messages se sont croisés. Ils sont fiers comme des idiots. Joey tape ensuite :

— Alors ça y est t'es en mode Bernardo[1] ?

— Cette perspicacité t'honore.

— Tu pourrais peut-être partager la cause de ce souci locutoire ?

1. Ici, une explication s'impose. Il s'agit d'une référence à un feuilleton télé en noir et blanc dans lequel Bernardo est l'assistant muet de Zorro. (Note de l'auteur silencieux.)

Octave fouille dans la petite poche avant droite de son jean, celle où tous les drogués planquent leur came en se croyant discrets, alors que c'est le premier endroit où les policiers cherchent en cas d'arrestation. Il laisse traîner son bras ballant contre le comptoir, JoeyStarr frôle sa paume et s'empare de l'objet du délit, le tout n'a pas pris plus d'une demi-seconde. Joey envoie un dessin de siège de W-C et Octave reste seul au bar, ce qui lui laisse le temps de taper ceci :

— En m'empêchant de parler, la drogue m'oblige à écrire. Si je suis toxicomane, c'est par conscience professionnelle.

Passant du fuchsia au rubis, la lumière des plafonniers l'éclaire comme une poursuite sur la scène de l'Olympia, sauf qu'il ne se souvient plus de son texte. Et c'est comme si le plafond se mettait à saigner. Il est difficile de distinguer ce qui est mirage ou visage, dans le brouillard de l'asphalte de cette piscine antarctique d'ardoise violette. Il reste assis sur son tabouret tout en promenant son âme partout dans le liquide. Son horizon est le mur de caramel fondant sur lequel clignote un néon « Souris cabrón » en 3D métallique orné de flambeaux imaginaires.

Et le monde était oblique.

6 HEURES DU MATIN

« Nash, votre rire est-il un appel au secours ?
— C'est ce que sont les rires de tout le monde. »

Lawrence DURRELL,
Tunc, 1968.

1

Je sors du Medellin, j'ai besoin de respirer du CO_2. Dehors les nuages glissent dans le ciel comme si Dieu fumait un cigare et recrachait la fumée sur le monde. À l'heure qu'il est, les mutinés du Fouquet's doivent être en garde à vue en train de se faire asperger de bombe au poivre dans les yeux.

Vers l'Alma, le bitume fondu a creusé des cratères gris : c'est comme si Octave marchait sur une lune molle. Trois chars militaires descendent l'avenue Marceau dans un cliquetis de chaînes rouillées à la Tiananmen. Octave a l'impression d'habiter un tableau de Bruegel. Pensait-il que l'apocalypse se déroulerait dans la quiétude ? Il est naturel que l'approche de la fin suscite des scènes de panique générale. Ce mouvement ne fait qu'annoncer la catastrophe ultime, comme la fuite des animaux annonce l'arrivée du tsunami.

En marchant vers la station de taxis de l'avenue George-V, Octave se retourne pour vérifier que Manon le suit.

Il porte toujours sur lui un petit masturbateur clitoridien, sorte de pompe qui aspire le bouton du plaisir et qui, à la fois par succion mécanique et vibration rapide, conduit la femme à l'orgasme en moins de trente secondes. L'homme ne sert plus qu'à chuchoter des obscénités jouissives à l'oreille et embrasser profondément pour augmenter le plaisir. Il n'a aucune utilité mécanique, il ne sert qu'aux caresses verbales. Tel est sans doute le futur de la masculinité.

Nous remontons la rue Vernet vers le Drugstore. Je pense à la bande d'Armanet, le Caca's Club des sixties… les minets chaussés de Clarks – et non par Carvil – sont tous morts d'overdose ou d'embourgeoisement. Comme nous.

Manon ressemble à une publicité Fiorucci de 1980 ou à une carte de Noël de Paper Moon Graphics. Un feu d'artifice éclate dans le ciel mais il n'est pas vrai. Dans mon organisme, une molécule étrangère a fait tomber la séparation – très surestimée – entre ce qui existe et ce qui n'existe pas.

2

Aujourd'hui, la littérature n'a plus d'autre message que : sauve qui peut.

Et soudain avec la kétamine on est un quart d'heure après, à l'arrière d'une voiture qui roule dans le 16e, et Octave cligne des yeux et il est encore une demi-heure plus tard chez des gens qu'il ne connaît pas. La moquette est en laine de mouton comme dans les années 1970 et il entend « Rikki Don't Lose That Number » de Steely Dan en tentant de dompter sa paranoïa topographique, son GPS intérieur affolé lui suggérant de s'en aller vite, mais son corps refusant de bouger. Sur un téléviseur muet, Octave distingue un jeune homme masqué qui reçoit un jet de canon à eau dans les couilles. Il effectue un vol plané de dix mètres avant de s'effondrer, recroquevillé sur ses parties génitales dans un miroir d'eau étincelant sur le bitume éclairé par les lampadaires orangés. C'est dommage d'avoir à infliger cela à quelqu'un qui aspire à un monde meilleur. Le doux rêveur aura les testicules bleus et enflés pendant trois semaines. Devant un réfrigérateur ouvert, Manon demande une minute de silence pour les homards exterminés. Octave voit qu'elle ne porte pas de soutien-gorge mais se demande si elle a une culotte. Il se souvient d'un vers de Michel Houellebecq inscrit en sucre sur son gâteau de mariage chez Lapérouse : « Adieux à la raison. Plus de tête. Plus qu'un cœur. »

3

On est des organismes vivants disséminés à la surface d'un monde bordélique et incompréhensible, mais on est en contact et c'est ça qui compte. Rien n'a le moindre sens à part nos doigts entrelacés.

— Je suis assis ici, mais mon âme est dans la pièce d'à côté.

— Ah bon ? Tu as une âme, Octave ?

Je veux un Jim Beam. Les mélanges ne font plus rien après 5 heures du matin. Je suis penché comme le grand pin de mon jardin, ma tour de Pise tordue qui perd ses épines sous les orages.

Je veux ressembler à un Otto Dix sous perfusion de lumière. Je traduis « Within » de Guy-Man : « Il y a un monde en moi que je ne puis expliquer, s'il vous plaît dites-moi qui je suis. »

Les lumières de Noël sur le Trocadéro : ils ont voulu saboter la naissance du Christ. Nous devons retrouver une vision liturgique du monde.

4

Octave reçoit un message de Lena Doytcheva-Parango, sa fille russe vivant au bord du lac Baïkal. « Papa, je t'annonce que tu vas être grand-père. » Oh, mon, Dieu ! C'est comme si Iggy Pop arrêtait la drogue pour manger du tofu. Ce qu'il a d'ailleurs fait. C'est grâce au tofu qu'Iggy a survécu à ses potes David (Bowie) et Lou (Reed).

Octave envoie ce texto à Lena :

— Si ma fille fait des enfants en même temps que moi, où va cette famille ?

Quand on vient de l'ancien monde et qu'on ne comprend rien au nouveau… Il ne reste plus qu'à passer dans celui d'après.

La génération suivante est plus forte que la mienne. Nos enfants sont la génération la plus couvée, la plus dorlotée, la plus protégée et la plus proche de ses parents qui ait jamais existé. Non seulement ils n'ont pas connu la guerre, mais ils n'ont pas connu les pensionnats. Leurs parents sont leurs amis. Les parents des nineties ont été tolérants, ouverts, présents, compréhensifs et attentionnés avec leur progéniture durant toute leur existence. Cela n'existait pas auparavant. Et le résultat est : Emmanuel Macron. Des jeunes au sourire invincible. La gentillesse a remplacé le cynisme. Être aimable, doux et pacifique est devenu le comble de la puissance. C'est ça le plus dur avec les jeunes : ils te regardent crever avec une bienveillance vaguement navrée. Macron est un rouleau compresseur, d'une effrayante tendresse, d'une indifférence chaleureuse. Je ne comprends pas pourquoi il n'a pas saisi la perche que je lui ai tendue. La solution festive à la douleur française est la légalisation de l'herbe qui déclenche un rire pacifique et joyeux. Remplir les caisses de l'État avec un Rire qui ne soit pas un Gourdin.

L'idole d'Octave se nomme Rudolf Schwarzkogler. Cet artiste actionniste viennois s'est castré (sectionné le pénis avec un sécateur) puis défenestré du quatrième étage. Mort à vingt-huit ans. Un modèle d'intégrité artistique.

L'injure suprême ?
— Espèce d'instagrammeuse.

Mon enfant fait un enfant.

J'ai écrit cette phrase et les lettres se sont mises à flotter dans les airs comme des ballons argentés gonflés à l'hélium.

5

— Emmenez-nous à l'Hôtel de Berri chez Mme Elsa Schiaparelli, l'inventeuse des sacs en forme de téléphone et des chapeaux en forme de chaussure.

Le taxi a refusé de nous prendre pour aller si près… Je ne pouvais tout de même pas arriver au Travellers dans cet état… Nous avons donc cheminé à pied par l'avenue Pierre-Ier-de-Serbie… À l'Hôtel de Berri, le réceptionniste me trouvait toujours une chambre, dans l'ancien hôtel particulier de la Schiap', cette amie de Dalí et Cocteau… Son jardin était sauvage, comme une jungle abandonnée après un hiver nucléaire… C'était dans la rue du Val-d'Isère, là où l'acteur Robert Dalban mangeait ses fondues, en face du City Rock Café de Ringo Willy Cat, où l'on gobait autrefois des banana split dans une vieille Cadillac ayant appartenu à Elvis… Mon Dieu, je vis beaucoup trop dans le passé… Je devrais porter un monocle, une montre à gousset, une moustache et un chapeau melon.

En marchant, je marmonnais des noms disparus.

— Tu vois ma veste trop grande, j'ai piqué l'idée à Kid Creole and the Coconuts… Le meilleur morceau n'est pas « Annie I'm Not Your Daddy » qu'on entend trop à la radio, Guy Cuevas préférait toujours passer « Stool Pigeon » au Privilège… Regarde à droite, là-bas… Yves Mourousi descendait à l'Espace Cardin quand c'était un restaurant tenu par Jacques Collard et puis il repartait dans son bar, le Look, au 49, rue Saint-Honoré… On dansait le rock de la langouste des B-52's avec Luigi d'Urso et Emmanuel de Brantes en imitant les pinces d'un homard géant… C'était le temps où Paris découvrait le mezcal au Café Pacifico, avec ses ventilateurs au plafond inspirés d'*Au-dessous du volcan*… Daniel Filipacchi se cachait ici, tu vois ? Le Relais Boccador, avec ses huit tables, le meilleur vitello tonnato de Paris… Tu as vu *La Nuit porte-jarretelles* de Virginie Thévenet ? Y avait tout le monde dans ce film : Banier, Louboutin, Eva Ionesco… Vincent Darré, Maud Molyneux, François Baudot… Regarde, là, c'était le Doobie's… le patron se prénommait Narbé, un des mecs les plus faramineusement drôles de Paris… C'était en face du bureau de François Truffaut dans cette impasse, la rue Robert-Estienne… et ici, à droite y avait le Milliardaire, le bar à hôtesses de la rue Pierre-Charron, c'est là que j'ai présenté Jean d'Ormesson à Alain Robbe-Grillet… Sais-tu que Raymond Roussel a vécu ici, rue Quentin-Bauchart, chez sa sœur, juste avant de se désintoxiquer de l'opium en 1928 ?

Je m'aperçois que ces noms ne disent strictement rien à Manon, qui ne réagit même pas…

Elle dort debout à mon bras.

Le dilemme d'Octave : soit être réveillé à 6 heures du matin par un bébé dodu sur la côte Basque, soit être allongé dans une cuve de bubble gum imaginaire à se demander comment son cerveau va rejoindre son corps.

Dans la suite numéro 9 de l'Hôtel de Berri, j'ai pris une poutre de coke. La kéta est redescendue, mais j'ai fait un malaise. Manon m'a porté sous une douche froide pour me sauver la vie. J'ai gobé deux Stilnox pour dormir. Avant de comater, je l'ai entendue soupirer :

— Pourquoi as-tu si honte d'être heureux ? Tu trouves que le bonheur c'est ringard ?

6

Octave effectue ces mélanges en connaissance de cause. Il considère que sa mort serait une bonne excuse pour expliquer l'absence de chronique écrite sur France Publique dans deux heures. « Bonjour la France, Octave Parango est navré de ne pas pouvoir assurer sa chronique humoristique de ce matin pour cause de décès. Octave Parango était l'incarnation d'une littérature post-naturaliste à tendance néo-décadente. Nous reviendrons sur ce drame qui touche le milieu des lettres germano-pratines dans notre journal de 9 heures, avec Antonin Tarpenac en direct du Café de Flore. »

« Bonjour Antonin, vous êtes en duplex avec Simon Liberati et Marc Lambron. Que pouvez-vous nous dire sur cette disparition inopinée de l'auteur de *99 francs* après une soirée légèrement excessive dans le 8e arrondissement ?

Simon : — Je pense d'abord à sa famille décomposée, ses parents divorcés, sa veuve sexy et ses bébés dodus, et je tiens à leur exprimer ma peine en ce triste jour. Ensuite, je crois que malgré notre deuil très douloureux mais provisoire, il nous appartient de ne pas oublier son message glauquiste, bien que potache. Octave était certes un écrivain surestimé et difficile à suivre, avec des cheveux parfois gras et une hygiène de vie déplorable, mais son œuvre doit nous guider vers un monde plus esthétique, guéri des injonctions consuméristes.

Marc : — Il y avait dans Octave du "parangon", comme le cratylisme onomastique le suggère, mais au moins est-il resté "fidèle aux rêves de sa jeunesse", pour reprendre le dernier mot de Melville, trouvé sur sa table de travail après sa mort. »

Et finalement.

Je cherche la télécommande pour zapper sur une autre vie.

C'était l'heure de se branler en écoutant la voix de la fille qui énumère les bouchons sur FIP.

Octave finira-t-il la tête dans un sac en plastique comme Jerzy Kosinski et David Hamilton ?

Le corps enduit de Johnson's Baby Oil, elle luisait comme si ses seins, son nombril et ses fesses étaient en or massif. Elle glissait entre mes bras en émettant des bruits de savonnette, j'avais l'impression qu'elle avait des vagins mouillés partout, ses mains et sa bouche étaient des vagins, ses cuisses étaient des vagins, son cul était un vagin, inutile de savoir si elle mouillait tant elle était lubrifiée. Mon vibro allait et venait sur sa peau trempée et fluide en faisant ventouse et rapidement elle hurlait en ajoutant son squirt à son océan d'huile. J'aimais son clapotis, le bruit de la femme ointe, la glissade sur son corps de patinoire brûlante. J'ai débandé puis rebandé assez tôt, quand elle m'a dit qu'elle accepterait de se faire percer les tétons devant moi. Elle connaît un salon de tatouage qui accepte de pratiquer les piercings en public. J'ai demandé si je pourrais me branler en écoutant ses cris de douleur et éjaculer sur le sang qui giclerait de ses seins. Elle a joui quand j'ai dit ça, en imaginant mon sperme mêlé à son hémoglobine, formant une nappe rose sur son torse, couleur de milk-shake à la framboise, avec mon gland qui tapait dans sa gorge, par spasmes durables. Je crois que si elle était morte étouffée par ma queue appuyée sur ses cordes vocales, je l'aurais considéré comme une preuve d'amour courtois. J'aurais pleuré de gratitude sur son cadavre romantique.

Hallucinations visuelles mais aussi auditives. J'entends des voix qui n'existent pas, je sursaute en entendant un grand craquement alors qu'il ne s'est rien passé.

En réalité, pendant presque une heure j'étais plongé dans un bain d'eau glacée tandis que mon âme tournait autour du lustre de cristal en contemplant Manon vibrer avec mon sex-toy et jouir cinq fois de suite. Mon âme voyeuse et voyageuse n'a daigné revenir dans son enveloppe terrestre qu'à l'instant où la jolie étudiante en lettres s'est endormie en têtant mon vibromasseur poisseux et gluant de son plaisir. En position fœtale, elle ressemblait à ma gargouille préférée sur le toit de Notre-Dame : la Stryge. C'est une démone surpuissante, telle la Russalka des eaux russes, ou Oona la Reine des Fées celtes. Mon égrégore décorporé a flotté autour de la Stryge en spirales… puis le réveil a sonné. C'était l'heure où les chroniqueurs vont blablater.

Il n'y avait personne dans cette chambre. Étais-je seul depuis le Medellin ? Il est clair que j'ai vexé Manon. Elle a dû partir pendant que je conversais par écrit avec JoeyStarr. Faut-il s'inquiéter quand les seules filles qu'on ramène sont imaginaires ? Il est possible que j'aie marché en parlant seul à voix haute dans les rues en cendres, comme un *homeless bum*. J'aurais pu me noyer tout habillé dans cette baignoire. Je ne sais pas comment j'ai survécu.

Il me suffit de me lever, car je suis nu sur la couette : j'enfile mon peignoir et je descends les escaliers vers la rue, et dirige mes pas vers la maison radiophonique rouge.

7

Ce texte a été envoyé à 6 heures du matin par SMS à Julie, la coordinatrice des chroniqueurs de la Matinale de France Publique, et accessoirement la fille la plus cool du monde.

L'idée de remplacer les mots de la langue par des images simplifiées est une des plus perverses manières de réduire l'intelligence humaine. Les objets, animaux, aliments ne sont plus désignés par des groupes de lettres, mais par des images minimales, des schémas basiques. C'est un retour aux hiéroglyphes égyptiens ou une déclinaison non poétique des calligrammes d'Apollinaire. C'est la victoire de Disney sur Proust.

Peut-on retranscrire l'émotion proustienne en émojis ?

« Longtemps je me suis 🛏️ 🕣 » ?

Nous entrons dans une phase de disparition lexicale. Cette nouvelle écriture rend impossible la complexité. Les débats sont simplifiés à l'excès. C'est le langage de l'éructation et de l'invective, du blanc et noir. Au départ, les smileys sont apparus dans les SMS comme des tampons modérateurs : par exemple, pour temporiser une exagération en ajoutant 😉. Mais progressivement les émoticônes remplacèrent le vocabulaire. Au lieu d'écrire « j'ai envie de toi » on envoie 🍆 🔥. La littérature peut-elle y gagner ? Je ne suis pas sûr mais faudrait essayer pour 👀. Bien que 😞, Octave a repris un 🍸 avec 👧 qui sentait la 🚬 ; il fut 🤔 😨 en entendant les 👮 qui 🔫 encore sur les ✊ 🤕. Son 👃 le piquait, 👧 disait qu'elle cherchait ❤️ mais ne trouvait que 🍩 contre 💰. La 🌍 se ♨️, la 🌃 et le ⌛ conduisaient à la 💀. Octave était une 🗑️ non recyclable. Le 🎧 passait une 🎶 qui le rendait 😜 à moins que ce ne soient ses 🗞️ aux 🚽. Son 📱 sonnait dans son 👖 mais il n'👂 rien. La vie était un ⚫ et le 🍾 ne permettait pas d'oublier 👽. Ce qu'il avait préféré depuis 👶 ? Une 👩 qui 💦 sur un 🛁 et l'🌅 sur la 🌊 et aussi regarder 🌌 🌠 en état d'🐷. Il héla un 🚕 pour emmener 👩🎓 mais il craignait de se prendre un 🌬️. Au fond Octave était un 🐤 qui se prenait pour un 🐊. Il 🙄 pour masquer sa 😱 et son envie de 😿. Il voudrait 💦 pour éviter 🤖. Il y a des 🌩️ dans les 👀 de Manon : elle ressemble au 👿, à une 🦁, à une 🐯…

Croit-elle que la vie est un tour de 🎠 ?

Cette page de 💩 offre un aperçu de ce que les 📚 perdront en quittant 🖋️ pour devenir des 🖥️.

7 HEURES DU MATIN

« Et les hommes furent brûlés par une grande chaleur. »

Apocalypse selon saint Jean, entre 60 et 96 apr. J.-C.

1

Après une averse, l'avenue des Champs-Élysées se met à briller comme le ventre d'une baleine. Les nuages blancs voilent le soleil et le flot des voitures monte vers l'Arc de Triomphe, ravagé mais ouvert, telle une immense porte sur un autre monde. Les canons à eau nettoient l'Étoile : un Kärcher géant. Les individus protestataires sont balayés comme des feuilles mortes ; et les pavés lavés de leurs scories.

Je ne suis pas un vieux, je suis un pré-mort. (C'est ainsi, « pre-dead », que se définit l'écrivain américain T.C. Boyle.) Ou un homme posthume, comme dit Nietzsche de lui-même (« les hommes posthumes – moi par exemple »), dans *Le Crépuscule des idoles.*

Lors de l'enterrement de Victor Hugo, sur les Champs-Élysées, son catafalque fut exposé sous l'Arc de Triomphe, gardé par douze jeunes poètes, puis escorté par deux millions de personnes directement jusqu'au Panthéon.

Dehors, le jour se levait de plus en plus ; cela devenait un problème urgent, ces nuages en forme de troupeaux de moutons. Fallait-il les compter pour trouver le sommeil, au moins pendant dix minutes dans le taxi avant de parler en direct à mon pays ?

2

En peignoir, Octave passe devant un magasin de pompes funèbres. Il pousse la porte d'entrée.

— Bonjour, monsieur, dit le croque-mort. Qui est le défunt ?

— Moi.

C'était un matin d'hiver, une splendeur transparente, un ciel perle comme une eau-forte, et jamais je ne m'étais senti aussi mal. Marcher est si compliqué quand il y a deux couloirs parfaitement identiques devant soi alors qu'on sait pertinemment qu'il ne devrait y en avoir qu'un seul. Il s'agit d'effectuer un grand nombre de pas, les uns devant les autres, jusqu'au studio, sans tomber, ni laisser ses empreintes digitales sur les murs vitrés. Parvenir à parler sans baver sera le fruit d'efforts incommensurables. Je salue les autres participants d'un hochement de tête ponctué de borborygmes. Dans ma paranoïa, ils comprennent tout de suite que je suis anormal en entendant mes mâchoires claquer. En réalité, ils s'en foutent et corrigent leur chronique. La Matinale est le seul endroit où l'arrivée d'un chroniqueur en peignoir de bain est quelque chose d'absolument banal. Dans le couloir, ceux qui ont fini leur direct sont détendus et discutent avec ceux qui vont parler bientôt, lesquels ne les écoutent pas car ils répètent leur texte à voix haute et bombent le torse pour cacher leur frousse. Le plus jovial est Dominique Gombrowski ; il répète sa revue de presse en moulinant l'air avec ses bras, comme un comédien du Français. Il me dit que je suis beau, que je sens la vodka, et reprend sa diatribe sur la révolte des gilets fluos. J'essaie au prix d'une concentration surhumaine de lui sourire sans grimacer. Lui seul me pardonne mes excès, on se connaît depuis longtemps, il croit que derrière l'épave se cache un grand professionnel. Le temps que j'aurais passé dans ma vie à essayer d'avoir une tête normale… mais plus je fais d'efforts pour composer un visage serein, plus j'ai l'air d'avoir un AVC. Je fais la bise à Sylvia Villerde. Elle semble stressée, sa chronique est trop longue, elle n'est jamais satisfaite. Elle anime trente minutes d'émission juste après 9 h 30, sa vie est un enfer ; la panique est son état normal. Je voudrais l'emmener dans un pays chaud, mais ce n'est pas le bon contexte pour la supplier de gambader sur du sable.

3

Dans le couloir rouge de la mort médiatique, je m'achète un Coca-Cola glacé au distributeur automatique. Un grand chauve m'aborde :

— Vous êtes Octave Parango ?

— Ou ce qu'il en reste…

— Cette boisson est trop sucrée. Je suis médecin. Faites attention à vous.

— C'est dur la vieillesse. On doit faire attention au sucre, au sel, au gras, à la vodka, à la kétamine…

Le géant dégarni croit que je plaisante et engage la conversation avec quelqu'un d'autre. Je me gave de soda trop riche en saccharose. S'il était un bon professionnel, il me ferait immédiatement hospitaliser pour un lavage d'estomac.

Ce qui m'a broyé, c'est moi, et moi seul. Je suis trop émotif, j'ai présumé de mes forces. J'aime faire le pitre, mais je suis trop timide. Il ne fallait pas me proposer ce travail et j'aurais dû le refuser. Mais je voulais récolter des compliments dans le train Saint-Jean-de-Luz-Montparnasse. Je voulais une dernière ration de gloriole comme un toxico réclame une dernière dose. C'était aussi pathétique que mes nuits sur les pistes de danse avec un garde du corps pour me protéger des enfants. J'espère avoir parfois, une fois peut-être, enjolivé la matinée d'une inconnue, comme la rosée dépose son vernis sur la terre et fait briller la nature, après la sauvagerie de la nuit, avant la lassitude du ricaneur.

J'estime déjà très étonnant d'être en vie et physiquement présent dans ce studio 511 de la Maison Rouge. Et il faudrait en plus que j'aie préparé quelque chose ? La France m'en demande trop. Estimez-vous heureux que je parvienne à ânonner quelques mots dans le micro… Il y a deux heures, j'étais tellement kéblo que mon seul mode de communication consistait à écrire sur des bouts de papier et à les tendre à mes camarades de comptoir. En prime time radiophonique, ce serait conceptuel :

— Ah ! Octave me fait signe qu'il a quelque chose à nous dire… s'écrie Laura. Je lis son morceau de papier… « Bonsoir tout le monde. »

— Eh bien, merci, Octave, pour cette excellente entrée en matière ! Autre chose ?

— Attendez, il m'a tendu un autre Post-it… « Je t'aime, quitte ton mec et retrouve-moi au Zebra après l'émission, chambre 102. »

— Merci, Octave, on enchaîne tout de suite avec Antonin Tarpenac et son invité Xavier Polan, vingt-deux ans, le prodige du septième art, qui vient de réaliser *Aujourd'hui maman est vivante*, son dixième film en dix ans.

Ma vie au XXe siècle : être à bord d'une Lamborghini pied au plancher avec l'autoradio à fond. Et au siècle suivant, on s'est aperçu que la voiture était prêtée par un gars qui est en prison, qu'en fait elle ne lui appartenait même pas, qu'il la louait mais sans payer le proprio, et un jour les huissiers ont saisi la Lamborghini, et tu finis à pied, et le paysage défile moins vite, soudain tu vois tous les détails du monde en panne.

Le romancier à message voulait seulement marcher pieds nus dans l'herbe qui descend en pente douce vers la mer, quand l'été se termine. Il voulait ronfler dans le train qui le ramène pour manger des pieds de bambin, et savourer le peu de temps qu'il lui reste à vivre allongé sur une pelouse jonchée de pâquerettes, et au moment où tu pourrais t'endormir tu sens ton fils qui t'escalade comme un koala dans ton cou, le poupon galopin pose sa tête ronde sur ton épaule et s'encastre contre ton torse pour que tu le serres très fort, tu humes ses cheveux doux et il babille des onomatopées dans le creux de ton oreille, mais le jour où il a dit deux fois « pa » tu as fondu en larmes, les fraises et les framboises ne demandent aucun travail, elles poussent à l'ombre derrière ma cabane, et quand les enfants en ont volé ils nient, mais les taches sur leurs tee-shirts les dénoncent. Le contact de ta petite main sur mon bras m'empêche de dire la vérité : je n'ai pas assuré ta sécurité pour les années à venir, je n'ai pas été à la hauteur de la tâche qui m'incombait, j'ai laissé le monde s'abîmer et je ne mérite pas ta confiance, ni la caresse de ta petite main sur ma joue qui pique.

On peut se suicider sans mourir. À travers la baie vitrée, le soleil se liquéfiait dans la Seine orangée. Autour de moi, tous ces gens étaient gentils, mais ils avaient un pays à réveiller, des nouvelles à transmettre, et mon combat pour la frivolité ne m'avait jamais semblé plus vain. Un petit prétentieux, voilà tout ce que j'étais, je devais changer les idées d'un peuple qui souffrait, avoir l'humilité de travailler et non de glander. Défendre l'oisiveté en prime time n'avait pas plus de sens que d'augmenter les impôts en période de crise. L'humanité avait besoin de souffler, je voulais rentrer dans un lit, et m'éteindre complètement.

4

Dans l'enfance, le temps passe si lentement qu'il semble immobile. Vers l'âge adulte, le rythme s'accélère, mais on ne s'en aperçoit pas encore car on est obsédé par le futur, ce gisement inépuisable. Et puis vient l'âge mûr et alors le temps file à toute allure, comme la corde d'un arc qu'on avait tendue à l'extrême depuis sa naissance, pour la retenir, et qui lâche brusquement. Le temps fonce alors si vite que les années durent des minutes. Comme si Dieu avait appuyé sur la touche « avance rapide ». Les enterrements s'enchaînent, les anniversaires aussi. Soudain, les bébés des autres passent le baccalauréat, le permis de conduire, se marient ou meurent. Passé cinquante ans, l'accélération vers le tombeau donne le tournis. Le futur n'est plus une richesse infinie. On croise des copains de l'adolescence devenus chauves comme des sénateurs. Nous sommes ridés parce qu'il est tellement fatigant d'essayer de retenir le temps ; c'est comme empêcher les chutes du Niagara de couler avec les deux paumes écartées.

Encore trois claquements de doigts et c'en sera fini.

5

Les sondages viennent de tomber : je travaille pour la Matinale la plus écoutée de France. Ce matin, l'animateur du 7/9 présente fièrement chaque participant. « Et voici maintenant la météo la plus écoutée de France », « Et à présent l'économiste le plus écouté de France », alors quand vient mon tour, il poursuit sur sa lancée :

« Tout de suite le billet d'Octave Parango, l'humoriste le plus écouté de France. »

Il eût été plus simple de ne pas y aller. Le type qui ne s'est pas réveillé est plus sympathique que celui qui se pointe sans avoir rien préparé. Nathan Dechardonne me toise comme si j'étais un hérisson écrasé sur une route départementale. Pourquoi sait-il si clairement ce qu'il veut, comment fait-il pour donner si bien le change ? Dans mon incertitude, je me sens plus proche de celui qui sait qu'il ne sait rien, mais qui en parle tout le temps (Socrate).

— Bonsoir Paris. Ceci est le manifeste des Post-Décadents. Premièrement, nous disons halte au rire. Nous ne voulons plus être drôle parce que le monde ne peut plus se le permettre.

Nathan m'interrompt :

— Je vous rassure, Octave. Drôle, vous ne l'avez jamais été.

— Oui, je suis l'agelaste du 7/9. Deuxièmement, nous vivons une dystopie au présent, je le reconnais : mon nihilisme carnavalesque a brûlé la planète. J'ai longtemps hésité entre la collapsologie et le suicide festif. Je m'appelle Octave Parango et j'aurai soixante-quatorze ans dans vingt ans. Quand ma vie s'achèvera, le monde sera inhabitable. Mon job sera terminé : j'aurai été finalement plus dangereux pour la Terre que le Chiffre, le Spectre, et même le Joker. Dix ans de bals, dix ans de pub, dix ans de mode, dix ans de médias : je suis responsable de la catastrophe carbonique. C'est pourquoi aujourd'hui je quitte Paris. Je fuis la croissance économique. Ne m'en veuillez pas mais, cette nuit, j'ai découvert que je pouvais être assis ici pendant que mon âme était ailleurs. Je vais faire tout ce qui est en mon pouvoir pour arrêter de salir le monde. Je vais cultiver mon jardin, partager ma bagnole électrique, ne plus prendre l'avion, me chauffer avec des panneaux solaires… La machine désirante de Gilles Deleuze passe à la déconsommation. Je n'ai jamais été un exemple, plutôt un antihéros. Est-ce qu'un antihéros peut devenir un exemple ? J'ai tenté d'avertir mes contemporains. En l'an 2000, je disais la même chose que Greta Thunberg aujourd'hui. Je tiens à préciser que je n'ai aucun mérite. Le rapport du Club de Rome sur les limites de la croissance date de 1972. Nous savions que nous allions dans le mur, mais nous espérions ne plus être là quand l'humanité s'apercevrait de l'entourloupe. Il se trouve que nous vivons toujours quand nos enfants nous demandent des comptes. Le capitalisme est inarrêtable parce que la publicité est plus puissante que notre volonté d'enfants gâtés. Il faut désormais sauter de l'appareil en route. La canicule finale est pour 2030 selon Guy McPherson, l'initiateur du concept de « NTHE » (Near-Term Human Extinction, traduction : Extinction Humaine À Court Terme). Soit un système écolofasciste prend le pouvoir mondialement dans l'année, ce qui est peu probable. Soit nous devons profiter de la dernière décennie humaine pour nous sauver. Tel est le message des Post-Décadents. On peut être à la fois Post-Décadent et Néo-Rural. Il est surréaliste que l'humanité continue d'aller au bureau. Les gens devraient hurler de terreur continuellement. Ou tout plaquer pour retourner dans une forêt afin de baiser toute la journée avec hommes, femmes, animaux, plantes, niquer toute la création sexuellement, puisque c'est ce que nous lui avons fait métaphoriquement depuis l'avènement de l'ère industrielle, à la fin du XIXe siècle (l'époque des Premiers Décadents). Nous n'avons plus qu'à attendre la flambée finale en serrant nos enfants dans nos bras comme Charlotte Gainsbourg dans *Melancholia.* Il faut se prosterner et prier Dieu. Qu'avons-nous à perdre ? L'utopie la plus optimiste aujourd'hui, c'est d'espérer un miracle. Et demander le pardon de nos péchés le reste du temps. C'est la seule façon d'accepter l'inacceptable. Nous étions un accident dans l'univers et nous allons disparaître. Notre planète va redevenir aride comme ses voisines ; la norme sera rétablie dans la galaxie : des cailloux brûlants ou congelés qui tournent dans le vide avec strictement rien dessus et sans la moindre signification. Aucune vie, nulle part. La nuit partout, et le silence, continu. Merci Seigneur pour l'humanité, ce beau pari perdu. Aujourd'hui, nous le savons : la démocratie du pouêt pouêt équivalait à un suicide collectif façon Temple solaire. Nous nous sommes immolés par le rire. Il est trop tard pour se plaindre. Toute notre alimentation est empoisonnée au plastique. L'air que nous respirons est vicié. Il fallait refaire mai 1968 en novembre 1989, après la chute du mur de Berlin au lieu d'organiser des bals costumés. Ma génération, adepte de ce que Raoul Vaneigem appelle « l'hédonisme de supermarché », porte une responsabilité incommensurable, gigantesque, trop lourde pour ses épaules fluettes. Vous vous rendez compte ? Si on nous avait dit qu'on serait la dernière génération de l'histoire de l'humanité… Il y a de quoi devenir marteau. Dans les années 1980, nous proclamions « No future » parce que nous pensions en avoir un. Aujourd'hui que nous n'avons plus d'avenir, nous n'avons plus tellement envie d'être punks. C'est pourquoi je demande au président de la République de légaliser immédiatement le cannabis. La France a besoin d'être hippie. Le mot d'ordre : il faut se sauver pour sauver le monde. Partez tous, quittez les villes, fumez le calumet de la paix. En vérité mes frères et mes sœurs je vous le dis : aujourd'hui, nous devons tous ralentir notre rythme de vie pour survivre. La frénésie consumériste nous tue, et donc c'est peut-être la nonchalance qui nous sauvera.

— Eh bien, merci Octave pour ce message d'espoir, dit Laura Salomé, tétanisée.

— C'était donc la dernière chronique d'Octave Parango, se réjouit Nathan Dechardonne.

— N'éteignez pas tout de suite pour courir nu dans la rue, grommelle Antonin Tarpenac. Y a mon émission après.

Je continue de parler par-dessus les quatre bips de 9 heures du matin, tant pis si je bouffe de l'antenne, je sais que c'est ma dernière fois :

— Sortant de la piscine où je l'ai plongé un instant, Jésus avance à quatre pattes sur la pelouse. Il rampe en crabe dans le gazon, sous le soleil. Il s'arrête sous le hamac pour arracher une écorce qui pendait au tronc du platane. Il suit du regard un papillon jaune porté par la brise. Il cueille une pâquerette, puis reprend sa progression sur les mains et les pieds vers les lauriers du jardin. Et puis soudain, comme sa mère ouvre grand une serviette pour le sécher, il n'a plus peur de tomber. Alors il se lève et, tout étonné de tenir debout, il se penche en avant et effectue un premier pas, puis un deuxième, sur l'herbe. Il n'en revient pas d'y parvenir. Cela fait des mois qu'il refusait et se remettait à quatre pattes pour avancer, par peur de l'échec. Mais aujourd'hui c'est fini, il ne tombe plus. Il marche, debout, pas après pas, vers la serviette chaude qui l'attend dans deux mètres. Il marche quinze pas d'affilée, écrasant les feuilles mortes et les aiguilles de pin. Il est debout pour la première fois de sa vie. Je filme avec mon téléphone mon petit garçon conquérant de fierté. Sa grande sœur l'applaudit.

— Il marche !

Je suis allongé dans l'herbe, la silhouette de Jésus se découpe sur le ciel bleu et, vu d'en bas, mon fils paraît tellement plus grand que son père.

6

Je regarde Nathan s'excuser pour le retard derrière la vitre du studio. On sent qu'il fait attention à ce qu'il mange. Il a ce sourire pincé des gens qui se retiennent de jouir. C'est bizarre de ne jamais savoir s'il est heureux ou triste d'entendre des horreurs tous les matins.

Je croise Françoise Bachelot qui me sourit et m'embrasse, preuve que la patronne des programmes n'a pas dû entendre mon seppuku matinal.

— Très bonne idée de venir en robe de chambre, dit-elle. On va avoir de la reprise.

Julie, l'assistante des chroniqueurs, la fille la plus gentille du monde, qui m'a supporté tous les jeudis matin durant trois ans, malgré mes bourdes, mes angoisses, mes silences, et a toujours bu des mojitos avec moi, chaque fois que c'était possible, Julie semble épuisée :

— Je me suis couchée à 2 heures, levée à 4...

— J'ai dormi cinq minutes : je te bats.

Je me retiens de vomir sur le clavier de son ordinateur.

— T'étais touchant ce matin.

— Ah bon ?

— Le standard explose sous les appels, les auditeurs sont en larmes. Tu vas être augmenté. Non, je déconne.

— Je me casse.

— Je l'avais bien senti, mais il y a un truc que je ne comprends pas.

— Quoi ?

— Pourquoi t'as pas lu le texte que tu m'as envoyé il y a deux heures ?

— Quel texte ?

— Celui avec les émojis partout.

— Je ne vois pas du tout de quoi tu parles.

On se regarde longuement et on comprend tous les deux : j'ai envoyé un SMS en plein K-hole. Elle me tend son portable et je lis un long message entrecoupé de petits dessins.

— Wow. Je ne me souviens de rien.

— Je te crois, il suffit de voir ta tête.

— Je suis une épave.

— T'inquiète. De toute façon, ça n'aurait rien donné de décrire des petits dessins à l'antenne.

— Je vais partir. On doit tous partir. Je pense ce que j'ai dit ce matin. C'est la fin. La société doit s'arrêter tout de suite.

— Je ne peux pas démissionner.

— Tu vas me manquer.

Un silence. La machine à café vrombit dans le couloir. Le distributeur d'eau glougloute. Julie me regarde tendrement.

— J'en ai marre que personne ne me dise « je t'aime »…

Elle a les yeux humides derrière ses lunettes. Je la serre dans mes bras. Nous sommes adoucis par la fatigue.

— Ne me serre pas trop, dit-elle. Je te rappelle que tu es nu sous un peignoir de bain.

— Je t'aime, Julie.

— Tu dis ça pour rire.

— Non. « Je t'aime » est la phrase la moins drôle du monde.

7

Une heure après, le président de la République retweeta ma chronique tout en annonçant la dépénalisation du cannabis. Il invita tous les Français à venir « fumer la moquette sur le gazon de l'Élysée (ou réciproquement) tous les soirs à 19 heures, *cause it's a punky reggae party* ». Il ajouta même : « *New wave, new rave.* » La semaine suivante, il reprenait dix points de popularité au sondage Odoxa et douze sur le baromètre YouGov.

8

Dans le train, les voyageurs remerciaient Octave. Le compartiment était parfumé à la marijuana néerlandaise et au haschisch marocain. Il acceptait son âge pour la première fois de sa vie. Il fredonnait « Going Up the Country » de Canned Heat : « Je m'en vais là où l'eau a le goût du vin. » Les joints circulaient dans le wagon, en toute légalité.

Il serait désormais un chômeur de plus de cinquante ans. Son actualité serait le lever du soleil, l'aurore sur la mer, les premières lueurs de l'aube qui filtrent par-dessus la Rhune. Trouver à manger pour les enfants dans le jardin, écrire et rester amoureux encore, jusqu'au bout de la piste noire.

Il téléphona à Lena pour la féliciter. Sa fille riait en l'appelant « papy ». Son fiancé était plus vieux qu'Octave. Il réparait des barques au bord de la Volga ; ils semblaient heureux. Elle tenait à ce qu'Octave soit présent à leur mariage, dans trois mois à Samara.

— Davaï ! Je vous apporterai du caviar d'Aquitaine, dit Octave. Il est bien meilleur que le russe.

Et plus tard, traversant les paysages de sa famille maternelle, le Poitou, le Limousin, le Périgord, dans un train qui roulait lentement vers son pays de cocagne, il sanglota quand l'océan apparut derrière les pins. Il ne pouvait s'en empêcher, et les passagers du wagon se demandaient pourquoi Octave pleurait de joie, comme s'il avait retiré un masque de smiley.

Paris, Guéthary et Pau, 2018-2020.

Table

Du même auteur :

Romans

La Trilogie Marc Marronnier :

MÉMOIRES D'UN JEUNE HOMME DÉRANGÉ, La Table Ronde, 1990.
VACANCES DANS LE COMA, Grasset, 1994.
L'AMOUR DURE TROIS ANS, Grasset, 1997.

WINDOWS ON THE WORLD, Grasset, prix Interallié, 2003.
L'ÉGOÏSTE ROMANTIQUE, Grasset, 2005.
UN ROMAN FRANÇAIS, Grasset, prix Renaudot, 2009.
OONA & SALINGER, Grasset, 2014.
UNE VIE SANS FIN, Grasset, 2018.
UN BARRAGE CONTRE L'ATLANTIQUE, Grasset, 2022.

Nouvelles

NOUVELLES SOUS ECSTASY, L'infini / Gallimard, 1999.

Essais

DERNIER INVENTAIRE AVANT LIQUIDATION, Grasset, 2001.
JE CROIS MOI NON PLUS, *Dialogue entre un évêque et un mécréant*, Calmann-Lévy, 2004.
PREMIER BILAN APRÈS L'APOCALYPSE, Grasset, 2011.
CONVERSATIONS D'UN ENFANT DU SIÈCLE, Grasset, 2015.
LA FRIVOLITÉ EST UNE AFFAIRE SÉRIEUSE, Éditions de l'Observatoire, 2018.
BIBLIOTHÈQUE DE SURVIE, Éditions de l'Observatoire, 2021.

PAPIER À BASE DE FIBRES CERTIFIÉES

Le Livre de Poche s'engage pour l'environnement en réduisant l'empreinte carbone de ses livres. Celle de cet exemplaire est de :
2,2 Kg éq. CO_2
Rendez-vous sur www.livredepoche-durable.fr

Composition réalisée par PCA

Achevé d'imprimer en octobre 2022 en France par
DUPLI PRINT MAYENNE – 53101 Mayenne
N° d'impression : 2976702A
Dépôt légal 1re publication : novembre 2022
Librairie Générale Française
21, rue du Montparnasse – 75298 Paris Cedex 06

61/1112/1